W0371453

KNAUR

Über die Autorin:
Ju Honisch ist in Bayern aufgewachsen und hat Anglistik und Geschichte in München studiert. Vieles, was sie schreibt, gehört in den Bereich der Phantastik oder ist nicht weit entfernt davon angesiedelt. Ihr Debütroman *Das Obsidianherz* wurde mit dem Deutschen Phantastik-Preis ausgezeichnet, für *Schwingen aus Stein* gewann sie 2014 den Phantastik-Preis »Seraph«. Ju Honisch lebt in Hessen.

1

Taryah tanzte. Der Klang der Trommeln und Flöten mischte sich mit dem Geruch der parfümierten Kerzen. Er durchdrang jede Pore, suchte nach dem Gemüt der Menschen, betörte es wie süßer Nebel; drang dann noch tiefer, in den Bauch, die Eingeweide, das Zentrum der Sinneslust. Doch Duft und Musik allein waren es nicht, die ihr Publikum mit offenen Augen träumen ließen.

Es war Taryah selbst.

Jetzt verharrte sie auf dem linken Fußballen und hob ihr rechtes Bein so hoch, dass ihre Gliedmaßen eine gerade Linie gen Himmel bildeten – nur einen winzigen Augenblick lang. Und schon stand sie wieder auf beiden Füßen, wirbelte herum, ließ sich vom Rhythmus tragen, ließ sich gleiten, leiten, verleiten von den Klängen. Die Musiker teilten ihre Kunst mit ihr, ohne sie ansehen zu dürfen. Doch sie erspürten sie mit ihren Künstlersinnen und verwoben ihre Musik mit Taryahs Schönheit und exquisiter Erotik. Sie fühlte die Verbindung zwischen ihnen – die sich aneinander steigernde

Wildheit, die Anmut und Grazie, Inbrunst und Musikalität einte sie und zog sie mit sich. Weiter und weiter. Und tiefer und tiefer.

Taryah schwebte beinahe, schien mit ihren Füßen kaum noch den Boden zu berühren, glitt nahezu lautlos durch den weitgehend möbellosen Raum, dessen Intarsien-verschnörkeltes Parkett ihr eine Bühne der Pracht bot. Nur das leise Klingeln ihrer goldenen Knöchel- und Armreifen mischte sich ebenso zart wie zärtlich in den Rhythmus der Musik.

Taryahs Arme und Hände formten jene Gesten der Liebe, die Einladung und Versprechen zugleich waren. Langsam glitten sie an ihrem Körper entlang, als liebkosten und umrahmten sie dessen perfektes Kunstwerk. Dann wieder streckten sie sich sehnsuchtsvoll nach ihrem Zuschauer, als wäre dieser ihr nah und doch so fern. Und ihr Zuschauer dankte es ihr, sog an ihrem Zauber, atmete Schönheit und Perfektion in einer Welt, die sonst wenig davon bot.

In seinem Blick las sie seine Gedanken – dass sie diese Schönheit nur ihm schenkte, ihm allein. Spürte, wie er es zuließ, dass dieser Gedanke ihn erfüllte, obgleich er wusste, die Schöne, die für ihn tanzte, tat es allein auf sein Geheiß hin. Er hatte sie hierher befohlen, zu sich bringen lassen. Doch nun ergötzte er sich an dem glitzernden Gedanken, sie wäre ganz freiwillig hier – weil sie ihn wollte, ihn vielleicht sogar liebte und nicht nur fürchtete. So, wie ihn alle fürchteten.

Sie sah sein versonnenes Lächeln, das Staunen in seinen Augen und die Gewissheit dahinter: Er hatte sie sich verdient.

Taryahs kastanienrote Locken flogen, jede einzelne wie fedrige Seide. Ihre Hüften kreisten, wippten, zuckten, lockten. Ihre Bewegungen boten Einblicke und verbargen schon im nächsten Moment, was man beinahe zu erhaschen gemeint hatte. Taryah war Fleisch gewordene Perfektion.

Ein Schleier fiel. Er senkte sich ganz sacht herab wie ein Nebelschwaden, und glitt dann wie zufällig vor dem Mann zu Boden. Atemlos griff er nach ihr, doch Taryah entzog sich ihm, war schon wieder davongewirbelt, während sie ihm noch ein Lächeln schenkte. Wie ein besonderes Kleinod war es, kostbar und doch wohlfeil.

Zwölf Schleier. Sieben davon lagen bereits vor ihm wie Beutestücke.

Taryah spürte sein siegessicheres Lächeln, verbuchte es als Bestätigung ihrer Kunst und erwiderte es huldvoll und vielversprechend.

Bald.

Ihre hellgrünen Augen versprachen immer viel. Ihre zarten, goldgeschmückten Knöchel, ihre langen Beine, ihre runden Hüften und ihre schmale Taille waren jedes für sich ein wortloses Versprechen. Und ihre Brüste in dem glasperlenbestickten Oberteil, das mit erstaunlich wenig Material bemerkenswert viel erreichte, wurden zum Unterpfand des Versprechens. So weich, so zart, so nah, so unerreichbar.

Bald erreichbar.

Bald.

Noch aber waren sie teilweise durch einen transparenten Seidenschleier bedeckt, der das, was kommen sollte, erst ankündigte und nach und nach in Szene setzte.

Nacktheit war trivial. Nur der Weg dorthin war erregend. Und über diesen Weg wusste Taryah mehr als ihr Gastgeber, dessen genussreiches Philosophenlächeln langsam hinter wachsender Begierde verschwand. Dabei konnte sie in seinen dunklen Augen lesen, wie wichtig ihm dieses versonnene Lächeln auf seinen sonst so strengen Lippen war. Er pflegte es bewusst, inszenierte sich mit ihm als ein Mann, der über den Dingen schwebte, bodenständig zwar, doch zugleich überlegen und stetig aufstrebend.

Dass Begierde in diesem Konstrukt ein zweischneidiges Schwert sein konnte, wusste Taryah. Sie sah, wie die Lust ihn durchdrang, wie er sich in den Wellen ihrer Sinnlichkeit rekelte. Aber sie wusste auch, dass die Wellen nicht zu Wogen werden durften. Nicht zu schnell jedenfalls, weil die Begierde ihn gleichermaßen irritierte, denn sie war unreflektiert und fremdgesteuert. Nur der Anspruch an eine Ästhetik, die seiner Erhabenheit zweifelsfrei zustand, rechtfertigte sie. Und natürlich die angestrebte körperliche Erfüllung selbst, denn nicht einmal dieser Mann hinterfragte einen ihm dargebotenen Orgasmus philosophisch.

Seine Feinde nannten ihn den Blutdenker – ein komplizierter Mann, und gefährlich. Man durfte ihm nur so weit gefallen, wie er sich selbst in diesem Spiel der Lust gefiel.

Der Goldschmuck an Taryahs Handgelenken klirrte leise, als sie nach dem nächsten Schleier griff. Ganz langsam zog sie das durchscheinende Seidenstück von den Resten ihrer Kleidung, die nur mehr aus vier Schleiern, dem Glasperlengeflecht, das ihre Brüste stützte, und einem goldbestickten Nichts bestand, das an einer geflochtenen Goldkordel ihre Scham bedeckte.

Dann ließ sie den Schleier fallen und riss sich, wie in einer Aufwallung plötzlichen Verlangens, auch den nächsten ab und warf ihn hoch in die Luft. Wie eine seidene Feder glitt er langsam und lautlos gen Boden, und sie umtanzte ihn, umgarnte ihn, wob ihre Anmut und ihre scheinbar unschuldige

Lust in ihn, bis auch dieser sich ihrem Gastgeber zu Füßen schmiegte wie ein weiteres Versprechen.

Während Taryah ihren Tanz einem neuen Zenit entgegentrieb, betrachtete sie ihren Gastgeber und ihre Umgebung. Der Mann, der sie angefordert hatte, war stattlich und saß auf dicken Teppichen zwischen einer Vielzahl an Seidenkissen, halb gelöst, halb angespannt. Seine Linke ruhte locker zwischen den Beinen, mit der Rechten griff er bisweilen nach einem prunkvollen Rotweinkelch. Stühle gab es nur selten in den Boudoirs, die für die sinnlichen Freuden gedacht waren, denn sie wurden dort nicht gebraucht. Taryah wusste das. Sie wusste viel.

In einer weiteren funkelnden Drehung glitt ihr Blick zu den Musikern. Er hatte sie mit dem Rücken zu ihr postiert, um ihnen zu verwehren, was ihm allein zustand. Nein, der Blutdenker teilte nicht gern, nicht einmal den Anblick einer Tänzerin. Er hatte die Dinge gerne für sich allein, wollte sie erobern und besitzen und nichts preisgeben, das er nicht wohldurchdacht übergab.

Er war nicht nur Philosoph, er war ein Eroberer. Darin sah er sein Wesen, seine Profession, und er würde auch sie erobern. Er lauerte bereits darauf, war jedoch Stratege genug, zu warten und zu genießen, ehe er sein Fleisch in sie senkte. Er wusste, wie man sich den Genuss lange erhielt, wollte alles, in taktischer Reihenfolge. Seiner Reihenfolge.

Er war es, der bestimmte, wann etwas geschah, wann sich etwas änderte. Er war es, der die Welt in beherrschbare Teile zerschnitt – und dann beherrschte er sie.

Taryah las es in seinem Gesicht, in jenen siegesgewissen, harten Zügen, in die sich nie ein Zweifel schlich. Ja, er war ein machtbewusster und brutaler Mann. Doch er war auch dem Schönen zugetan, und nicht zuletzt war er vorsichtig. Er wusste das, aber sie wusste es auch. Und würde es zu nutzen wissen.

Nicht weit von ihm und den Köstlichkeiten an seinem reichgedeckten Tisch, mit dessen Köstlichkeiten er den erotischen Genuss mit dem lukullischen veredeln wollte, saß sein Mundschenk. Dem dürren jungen Mann hatte man eine Binde um die Augen gebunden, und so, blass und ängstlich, blickte er gerade nur nach unten auf die Speisen, die er zu verkosten hatte. Vielleicht sah er trotzdem mehr. Hätte Taryah Mitleid empfinden können, sie hätte es für ihn getan.

Stattdessen wandte sie Aufmerksamkeit und Körper wieder ihrem Gastgeber zu. Zandru von Lorennen war Sieger in einem schon Hunderte von Jahren andauernden Krieg, deren Sieger und Verlierer mit wandelndem Kriegsglück immer wieder ihre Rollen tauschten. Heute und hier war Zandru der Sieger, und er genoss seinen Sieg in tiefen Zügen. Wie den Wein an seinem Gaumen und das Versprechen der Lust in ihren Augen.

Ein weiterer Schleier fiel. Und wieder einer. Nun blieb nur noch einer übrig, den sie um sich schlang, über ihre Haut zog, ihre Brüste damit liebkoste. Ganz nah tanzte sie an den Blutdenker heran, wirbelte das bunte Stück Seide, das nur lose um ihre Hüften geschlungen war, und er fing es, hielt es, zog daran.

Er lächelte – siegesgewiss wie stets. Und immer noch ein wenig philosophisch, als trüge er eine Erkenntnis der Welt in sich, die auf der Schwäche der anderen basierte. So war es, dessen war er sich sicher. Nichts in seinem Leben hatte bislang dieses Weltbild getrübt, und er hätte es auch nicht toleriert. Auch Taryah wusste, dass sie gut daran tat, nicht an seinem Weltbild zu rütteln.

Dennoch gab sie den Schleier nicht frei, sondern ließ sich von ihm mit dem Tuch in seine Nähe ziehen. Schenkte ihm ihr sanftes, zuversichtliches Lächeln, während sie ihm gleichzeitig weiterhin vorenthielt, was er nun immer energischer von ihr forderte. Noch berührte er nicht sie, sondern nur den Schleier, den sie wie eine kühle, zarte Verbindung zwischen ihnen festhielt. Als Pfand. Als Fessel.

Ohne Frage war er stärker als sie. Auch wenn er dem Gemetzel seiner Schlachten lediglich vom Feldherrnhügel aus zusah, war er doch ein Kämpfer. Er hatte sich seine Position ebenso erkämpft wie seine Siege und wusste, was er wollte und wie er es bekam. Bald schon würde er ihr Spiel beenden, um das seinige zu beginnen.

Er war kein Spieler, er war Kriegsherr, und Taryah wusste, sie durfte den Augenblick, in dem sie ihn hinhielt, um ihn bis an die Grenzen seiner Selbstbeherrschung zu führen, nicht überreizen. Genau die richtige Sekunde musste es sein, und dann würde sie nachgeben und ihm entgegenfließen wie die Seide, die er zarten Trophäen gleich um sich drapiert hatte.

Einen Moment noch.

Noch einen.

Jetzt.

Zu einfach durfte man es einem Kämpfer nicht machen, und so gönnte sie ihm zunächst einen kleinen Sieg. Er sah nicht aus wie jemand, der andere zu respektieren wusste, verachtete mit Sicherheit Frauen, die es ihm einfach machten – und vermutlich auch Männer, die ihm allzu willfährig Respekt zollten. Jene, die es nicht taten, räumte er beiseite, und wahrscheinlich würde er auch ihr keinen Respekt mehr entgegenbringen, sobald er seinen Sieg ausgekostet hatte. Sein Respekt galt nur ihm selbst und dem Bild, das er von sich hatte: Denker. Philosoph. Feinsinniger Genießer.

Und Sieger, natürlich.

Jetzt zog er sie zu sich. Sie half ihm nicht, überließ ihm die Führung, wehrte sich nicht, zähmte nur seine Geschwindigkeit. Es war nichts gewonnen, wenn er sie jetzt nur nahm und dann ging.

Nun konnte sie seine dunklen, harten Augen sehen, die sie unter buschigen Brauen musterten. Eine kunstvoll gewirkte Goldkappe verdeckte das vor der Zeit schütter gewordene Haar, und seine Muskeln rochen etwas zu sehr nach Parfüm. Ein eitler Mann, der sich nicht gesalbt hatte, um ihr, sondern allein um sich selbst zu gefallen. »Komm!«, befahl er und fuhr mit seiner Zunge an ihrem Oberschenkel entlang. Dann zwang er sie in die Knie.

Sie schenkte ihm einen Augenaufschlag. Ihre langen Wimpern flatterten nicht und ihre Augen, die in die seinen blickten, zeigten keine Scheu. »Eine Bitte, Herr«, flüsterte sie.

»Was willst du?«, fragte er unwirsch, und sie sah, dass er zu wissen glaubte, was sie von ihm erbitten würde. Eine Bezahlung vielleicht oder das Versprechen für das Gewähren einer Gunst.

Sie lächelte. »Nur die Gnade eines Schluckes Wein aus deinem Becher«, wisperte sie. »Mehr nicht. Der Tanz hat mich durstig gemacht.«

Er zog an dem Perlenhalter ihrer Brüste. Der riss, so wie vorgesehen. Schimmernde Perlen sprangen über den Boden, fügten ihr eigenes glasfeines Trommeln zur Musik wie Regen in der Nacht.

Ehe er ihr antwortete, griff er nach dem, was er befreit hatte. Seine Hände, mit denen er seinen Anspruch geltend machte, waren hart. Der Philosoph war dem Herrscher gewichen.

»Wein willst du?«, fragte er und kniff ihr in die Brustwarzen. »Was bekomme ich, wenn ich dir Wein gebe, Mädchen?«

»Alles«, sagte sie, ohne ihn zu berühren, hob nur ihre Hände, nicht in einer Abwehrgeste, sondern offen. Dann strich sie ihm mit dem linken Mittelfinger über seine Oberlippe. »Alles, was du dir vorstellen kannst und mehr.«

»Wein!«, befahl er unwirsch, und der Mundschenk streckte ihm den Becher entgegen, ohne seinen Blick vom Boden zu heben. Der Blutdenker nahm ihn und gleichzeitig ihre Finger in seinen Mund, um die er seine Zunge kreisen ließ, ehe er sie freigab.

»Du schmeckst süß«, sagte er und reichte ihr den Becher. »Wie Mandelkuchen.« Sie nahm das Gefäß in beide Hände und trank daraus. Guter Wein, getestet und geprüft vom Mundschenk und ohne Gift. Eben noch reiner Wein – bis ihre Lippen ihn berührten.

»Danke, Herr!«, sagte sie und neigte ihr Haupt, während sie den Becher an ihn zurückgab, ihn ihm darbot in einer Geste der besiegelten Einigkeit und der freiwilligen Unterwerfung, die er so schätzte.

Seine Hand griff nach dem einzig verbleibenden Kleidungsstück. Es würde nicht so schnell reißen wie der Perlenhalter. Er würde etwas mehr Geschick brauchen, vielleicht auch Geduld. Über beides verfügte er nicht mehr; sie sah es in seinen Augen, sah es an der Beule in seinen Beinkleidern, und sie behielt recht: Seine Augen wurden dunkler vor Ärger, während er erfolglos an dem goldenen Band zerrte, das ihr letztes Geheimnis verbarg. Ganz sicher wollte er keine Zeugen für sein Scheitern.

»Sollten wir nicht allein sein, Herr?«, fragte Taryah nun, beinahe schüchtern, und ihre Unterwürfigkeit gepaart mit seinem erfolglosen Nesteln an ihrer goldenen Kordel verfehlten ihre Wirkung nicht. »Geht!«, befahl er den Umstehenden unwirsch. »Rasch! Verschwindet!«

Musiker und Mundschenk sprangen auf und entfernten sich hastig, ohne sich umzudrehen. Eine geschnitzte Holztür fiel ins Schloss. Stille.

So war es gut.

Mit der Linken löste sie nun das Band, das den Weg zu seiner Erfüllung verwehrt hatte, und kurz darauf starrte er mit bebendem Atem auf den letzten Teil ihrer perfekten Blöße.

Ganz langsam schob sie ihm ihr Becken entgegen.

»Du wirst mir dienlich sein«, sagte der Mann, der die Köpfe seiner unterlegenen Feinde auf Lanzen über der Burg aufspießte, und griff nach ihr. »Sehr dienlich. Und auf jede erdenkliche Weise.«

»Mit allem, was ich habe«, stimmte sie ihm zu. »Mit jedem Teil meines Körpers und jeder Kunst meiner Hände und Lippen. Trinkt, Feldherr. Nehmt einen Schluck von Eurem Wein. Und dann erobert mich.«

Er ergriff den Kelch und leerte ihn, als würde das Teilen des Weines seinen Anspruch besiegeln. Sein Wein. Sein Wille.

Er zog sie zu sich.

Taryah lächelte.

2

Maleni rannte. Ihre Füße berührten kaum die Stufen der schmalen, steinernen Hintertreppe, und ihre Sinne schwirrten, wie immer in diesem Stadium ihres Seins. Sie blickte sich um, lauschte angestrengt, hörte jedoch nichts. Noch nicht.

Im Dunkel einer Nische stand ein grauer Rückensack in den Schatten. Sie griff hastig danach, zog etwas hervor, warf sich eine Bluse über, grau, sittsam und unauffällig. Der weite, mehrschichtige Hosenrock war braun. Blitzschnell zog sie die gestrickten Strümpfe hoch und band die Strumpfbänder über dem Knie. Lederschnürstiefel, ein graues Umschlagtuch und eine brave Wollhaube, unter der ihr rotes Haar verschwand. Da stand sie: Maleni, die bescheidene Magd, holte zuletzt ein unverziertes kleines Holztigelchen aus dem Sack, öffnete es, strich sich die asche- und dreckfarbene Paste ins Gesicht und mit ihr den Duft von Schmutz und Schmierseife. Ihre Hand zitterte leicht.

Eine Gestalt löste sich über ihr aus den Schatten, und sie fuhr erschrocken herum. Es geschah nicht oft, dass sie jemanden nicht kommen hörte. Der Mann, der die Livree der Palastdiener trug, war gut doppelt so alt wie sie. Sein Gesichtsausdruck war undurchdringlich, die Haltung steif und aufrecht, beinahe arrogant, und seine schwarzen Augen musterten sie kalt und unbeweglich wie die eines Raubfisches, der in den Tiefen des Meeres das Vorbeitrudeln eines Ertrunkenen betrachtet. Sie starrte zurück, unsicher, wie lange er sie bereits beobachtete. Was hatte er gesehen?

Schließlich senkte sie ihren Blick in dem Versuch, jene Scheu und Unterwerfung der Magd Maleni auszudrücken, die sie im Moment nicht fühlte. Maleni. Die Heilkundige. Die Gehorsame.

Im Niederschlagen der Augen taxierte sie den Mann erneut – kurz nur, das musste reichen. Er war groß, eher schmal als kräftig, und seine Haltung hatte etwas Katzenhaftes. Dass er ein paar Stufen über ihr stand, war schlecht. Sie würde seinen eigenen Schwung, sein eigenes Gewicht nutzen müssen, um ihn von unten her die Treppe hinabzustürzen.

Da sah sie es: Seine Linke bewegte sich. Nur einen winzigen Augenblick lang tippte der kleine Finger auf das Gelenk des Ringfingers, einmal, zweimal.

Sie nickte. Dann berichtete sie: »Der Auftrag ist ausgeführt. Das Ziel ist entfernt worden.« Sie sagte es ohne Triumph und ohne Trauer.

Seine Augenbraue zuckte kurz. Gut, sollte das heißen, vermutete sie. »Der Seiteneingang des Pferdestalls ist offen«, antwortete er ruhig. »Die Händlerkarawane nach Weroburg ist weniger als eine halbe Tagesreise voraus ostwärts. Die Schwester sollte sie erreichen können. Ein Pferd steht gesattelt.«

Sie neigte ihr Haupt, signalisierte mit ihrem linken kleinen Finger ihren Dank, und schon war der Bruder die Treppe hinauf verschwunden, als hätte es ihn nie gegeben. Sie nahm ihren Sack, stopfte das leise klingelnde Seidenbündel hinein und schob es ganz nach unten, weit von sich, unter einen falschen Boden

»Ich bin Maleni«, sagte sie sich still. »Ich bin eine *Magd.* Niemand sieht mich.«

Es war wie immer schwierig, Taryah in dem eigens für sie abgespaltenen Teil ihrer Seele zu verbergen. Taryah lebte so gerne und mochte es, gesehen zu werden. Sie glänzte von innen, strahlte, leuchtete und trug eine Schönheit in sich, die Maleni, die sich Antlitz und Körper mit ihr teilte, nicht annähernd erreichte. Taryah und Maleni waren eins. Und sie waren zwei. Und gemeinsam besaßen sie nur ein Leben, das sie retten – oder verlieren konnten.

Maleni griff nach dem Sack und rannte die Treppen hinunter. Wenn der Bruder seine Aufgabe erfüllt hatte, würde die Türe unten offen sein. Und danach wieder versperrt, als wäre es nie anders gewesen. Sie musste sich beeilen. Man wusste nie, wie lange es dauern würde, bis jemand den Liebhaber fand, den Taryah betörte und dann leblos zurückließ.

Als er den Wein getrunken hatte, war der Blutdenker in der Bewegung erstarrt. Er hatte nicht gleich verstanden. In seinem Denken war eine solche Ungeheuerlichkeit wie sein eigener Tod bis zu diesem Augenblick nicht vorgesehen gewesen. Ganz sicher nicht der Tod durch ein zartes, schönes Wesen, das er so gut wie erobert hatte. Das er gerne erobert hätte. Das er niemals mehr erobern würde, denn es hatte ihn besiegt.

Maleni huschte weiter durch die verlassenen Gänge, während sie sich die letzten Augenblicke im Tanzsaal erneut ins Gedächtnis rief. Taryahs Ziele und Liebhaber reagierten stets unterschiedlich auf ihr Gift. Manche schliefen langsam ein, hatten noch Zeit, das zu tun, was sie so unbedingt tun wollten, fühlten sich nicht schlecht, bemerkten kaum, wie Muskel um Muskel sich ihrem Willen entzog. Wenn es so war, gewährte Taryah ihnen ihren Wunsch. Ein ultimatives Abschiedsgeschenk. Manch einer war ihr mehr als nur nah gewesen und hatte ihr seinen letzten Atem ins Gesicht gehaucht.

Der Liebhaber der heutigen Nacht jedoch war erstarrt wie eine Statue aus Eis. Er hatte noch gelebt, als sie ihre Schleier und wenigen Kleidungsstücke zusammengesucht und in eines der Tücher gebunden hatte. Sie hatte seinen schweren Atem gehört, seinen hasserfüllten Blick gesehen und die Flüche, die er nicht mehr hatte aussprechen können, ebenso wenig gehört wie die Befehle, die ihm auf den vergifteten Lippen gelegen hatten. Befehle, die ihr – so sie ausgesprochen und befolgt worden wären – einen schmerzhaften und grausamen Tod garantiert hätten.

Bevor Taryah wie ein Wispern im Sturm verschwunden war, hatte sie ihm etwas ins Ohr geflüstert: »Du warst auserwählt vom Orden der Xyi. Stirb stolz im Glanz unserer Pflicht, Feldherr. Dein Tod wurde befohlen.«

Jetzt hatte Maleni die Tür erreicht, sah sich noch einmal um, band sich dann den Sack auf den Rücken, lugte vorsichtig durch den Türspalt und schlüpfte schließlich hinaus auf den Burghof. Es war längst nach Mitternacht, und die Nacht war mondlos bei bedecktem Himmel. Nur an zwei Stellen glühten dort Kohlen in Feuerkörben, der Rest lag im Dunkeln.

Sogleich sah und hörte Maleni, dass die Feinde nicht weit waren. Der Pferdestall befand sich auf der anderen Seite des großen Hofes, und davor lagerten die Soldaten ebenjenes Blutdenkers, der dem Fyrsthen von Gendern diente und dessen Einflussbereich zu erweitern gedacht hatte. Schlacht um Schlacht, Tod um Tod.

Die Anwesenheit der Kämpfer hier im Hof war eine Komplikation, vor der ihr Bruder sie nicht gewarnt hatte. Soldaten waren gemeinhin in ihren Quartieren untergebracht, in den Räumen dieser Burg, die der Blutdenker erobert hatte.

Noch vor kurzem hatte die Berenburg zur Fyrsthenei von Virniu gehört. Gendern war Verbündeter Virnius – gewesen.

Doch in diesem endlosen Krieg änderten sich die Bündnisse stetig, und Freunde und Feinde auseinanderzuhalten war nicht leicht. Ein toter Bote, und schon wusste man nicht mehr, ob der freundliche Recke an der Spitze einer verbündeten Armee sein Gastrecht dazu missbrauchen würde, die Familie des Gastgebers auszulöschen und das Reich des Fyrsthen von Gendern auszudehnen.

Maleni bewegte sich eng entlang der Wand des Innenhofes, schlich lautlos durch die Schatten und behielt die Männer am anderen Ende des Hofes dabei stets im Auge. Der Eingang des Pferdestalls befand sich in deren unmittelbarer Nähe. Hatte der Bruder das gewusst? Oder es nicht für erwähnenswert gehalten, weil er keinen Zweifel daran hegte, dass es ihr gelänge, ungesehen wie ein Windhauch zu verschwinden?

Dem Orden der Xyi sagte man nach, seine Brüder und Schwestern könnten sich unsichtbar machen. Doch auch wenn die Xyi vieles beherrschten, das wie Magie erschien – das Aufheben der physikalischen Gesetze gehörte nicht dazu. Die Magie war tot in dieser Welt; allein die Kunst der Xyi bestand.

Einen Augenblick lang hielt Maleni inne und sammelte sich. Noch hatte Taryah sich nicht vollständig in den geschlossenen Bereich ihrer Seele zurückgezogen. In Augenblicken wie diesen erschien es ihr stets, als hätte sie nicht die komplette Oberhoheit über ihren Leib und ihr Denken. Und das, obgleich sie gerade jetzt jede Bewegung und jede Regung ihres Körpers beherrschen musste, nicht zaudern, nicht zögern und nicht einen Moment darüber nachgrübeln durfte, wer sie war. Es war doch so leicht, schalt sie sich selbst. Sie war Maleni, Bauerntochter. Waisenkind. Kräuterkundige. Reisende. Wanderapothekerin. Harmlos. Unauffällig.

Und doch so schwer, denn sie war viele und vieles.

Was, so dachte sie, wenn ausgerechnet jetzt der Tod des Feldherrn entdeckt wurde? Dieser Zeitpunkt war stets ungewiss. Es konnte erst am Morgen geschehen oder in jenem Augenblick, in dem ein Bediensteter mehr Wein bringen würde. Einerlei. Weiter.

Maleni hielt ihren Blick gesenkt, damit das Glühen der Kohlenbecken sich nicht in ihren Augen spiegeln und sie verraten konnte. Denn einen Kampf würde selbst eine Schemenjägerin der Xyi verlieren. Auch nicht, wenn sie – wie Maleni selbst – auf die unterschiedlichsten Arten und Weisen töten konnte: mit Gift, mit den Händen, den Füßen oder jeder Waffe, die es auf der Welt gab, und jedem Gegenstand, der sich zur Waffe machen ließ.

Dennoch blieb sie eine einzelne junge Frau, und auch wenn sie die Schatten der liegenden und ruhenden Gestalten nicht zählen konnte, waren es zu viele, um es mit ihnen aufzunehmen. Die Männer dort waren kampferprobt, sie waren wohlgerüstet, und sie würden sie besiegen. Dann würden sie sie töten. Langsam und genüsslich.

Keine Angst, dachte sie. Eine Schemenjägerin der Xyi erlaubte sich keine Angst. Angst war der größte Feind in einer Welt aus Feinden.

Aus der Dunkelheit lösten sich zwei Schatten und schritten über den Hof, bewaffnet und aufmerksam. Wachen. Maleni stand wie eine Katze – reglos, sprungbereit – und beobachtete die immer näher kommenden Männer aus den Augenwinkeln. Hatten sie sie schon gesehen? Nein, dann hätten sie schon reagiert.

Als sie nur noch wenige Schritte von Malenis Versteck in den Schatten trennten, blieben die Männer stehen und sprachen miteinander. Leise, verhalten, als wollten sie niemanden wecken, den man vielleicht besser nicht erzürnte.

Maleni spitzte die Ohren, verstand jedoch nur einzelne Worte.

»Leben die … noch?« Es war eine Frage.

Wer lebte, verstand Maleni nicht. Doch das gedämpfte Lachen der Antwort war hart und lüstern und voll überlegener Grausamkeit.

»… genug für …«

Maleni erinnerte sich dann, dass der Graav der Berenborg zwei junge Töchter gehabt hatte. Was wohl aus der Familie des Graaven geworden war? Sie hatte angenommen, sie wären alle längst tot, doch was, wenn sie noch lebten? Was, wenn sie einem Heer von Soldaten zur Belustigung dienten?

Maleni schüttelte den Kopf. Ihr Auftrag war eindeutig. Töte den Feldherrn. Sonst nichts. Rettungsaktionen lagen nicht in ihrem Aufgabenbereich. Und was sollte sie auch mit Geretteten anfangen? In einem Landstrich, in dem alsbald eine wütende Armee nach einer Mörderin suchen würde, würde es schwierig genug werden, sich selbst in Sicherheit zu bringen. Es wäre Wahnsinn, jetzt nach irgendwelchen Überlebenden zu forschen, die sie dann doch nicht befreien konnte. Die sie nicht einmal aus dieser Burg würde befördern können, geschweige denn aus der Graavschaft, und für die sie nirgends einen sicheren Ort würde finden können.

Die eine Wache machte eine unanständige Geste und lachte. Beide kamen noch näher. Maleni hielt die Luft an und verschmolz mit der Dunkelheit. Es war keine Magie, nur eine Kunst, und sie war fehlbar.

»Jetzt?«, fragte sein Kamerad.

»Jetzt. Morgen ist es vielleicht schon zu spät.« Der Mann fasste sich wohlig in den Schritt und rieb sich.

»Gut. Dann geh. Und wenn du fertig bist, übernimmst du die Wache. Dann gehe ich.«

Der Mann nickte, und schon eilte er fort, die Hand an seinem Gürtel.

Sein Kompagnon blickte ihm einen Augenblick nach, wandte sich dann in Malenis Richtung und sah genau zu ihr hin.

Maleni blieb still, doch in Gedanken überschlug sie ihre Chancen. Wie lange würde sie brauchen, um den Dolch aus einer der vielen Taschen zu ziehen, die in ihrem Rock versteckt waren? Nicht länger als eine Sekunde, das Werfen des Messers schon einbezogen. Und das Aufspießen des Herzens der Wache. Würde er noch Zeit haben für einen Schrei oder bliebe es bei einem lauten Seufzer? Dann jedoch würde er fallen, und auch das verursachte vielleicht Lärm.

Aus den Augenwinkeln beobachtete Maleni, wie die sich entfernende Wache auf eine Tür in einem der Seitengebäude zuhielt. Sein Schritt war federnd vor Vorfreude, und Maleni erkannte die Bewegung. Sie hatte sie schon öfter gesehen, das erste Mal vor vielen Jahren.

Jetzt aber musste sie sich entscheiden. Hier in den Schatten der Burgmauern, keine zweihundert Schritte entfernt von dem Mann, den sie heute getötet hatte.

Es war nicht der erste gewesen, der in den letzten Jahren ihre tödliche Kunst genossen hatte. Und hoffentlich nicht der letzte.

3

DAMALS

Sieben Jahre war kein Alter, in dem man bereits alles verstand. Malenis Wissensdurst war beachtlich, doch er lief allzu häufig ins Leere. Niemand in einer armen Bauernfamilie hatte die Zeit, einem kleinen Mädchen immer wieder Erklärungen zu geben, einerlei wie viele Fragen es stellte. Dabei hätte man Dinge manchmal dringend wissen müssen. Doch das stellte sich erst viel später heraus.

So war Maleni mit sieben Jahren stolz darauf, dass sie ihrer Mutter bereits helfen konnte. Sie konnte Pertoffeln schälen und im Herbst Äpfel aufsammeln. Sie konnte Getreidesamen in die Furchen ausstreuen, die ihr Vater mit dem Pflug zog. Sie konnte Salat und Gemüse im Garten ernten und wusste, wie man es wusch.

Sie konnte schon ganz viel, fand sie. Und es gab immer etwas zu tun. Die Eltern arbeiteten vom ersten Tageslicht an bis tief in die Nacht hinein, und Malenis zwei ältere Schwestern waren nicht minder beschäftigt. Sie lernten, den Haushalt eines Bauernhofes zu führen und das Hungern der Familie in Grenzen zu halten – außer im späten Winter, wenn die Vorräte aufgebraucht waren und das Frühjahr auf sich warten ließ. Aber so war das eben. Sie lernten von ihrer Mutter, mit Kräutern umzugehen, um die Familie bei Krankheiten vor dem Tod zu schützen.

Der Tod hieß Kyrros; er holte sich, wen er wollte und wann er wollte.

Doch das war normal. Alle Bauernfamilien in der Gegend hatten Familienmitglieder an Krankheiten und Verletzungen verloren. Es war traurig, doch es war eben so. Maleni hinterfragte es nicht. Kyrros war allgegenwärtig. Jeder starb irgendwann.

Die Bauern im Tal beteten Kyrros an, den Endgültigen Gott, über den man nichts wusste. Sie huldigten ihm, damit er ihnen die Gunst gewährte, sie möglichst lange zu ignorieren. An den Wegkreuzungen und auf den Gipfeln der Hügel stellten sie ihm Opferschreine auf, in denen sie die Hände der Verstorbenen auf Blumen betteten – ihm zu Ehren. Maleni wusste, wo die Hände ihres Bruders und ihrer Schwester lagen, die Kyrros die Hand gereicht hatten, und auch die ihrer Großeltern.

»Wie sieht er aus?«, hatte Maleni gefragt.

»Man sieht ihn nur einmal. Und dann kann man nicht mehr von ihm berichten«, hatte ihre Mutter ihr erklärt. Sie hatte auch immer gesagt, dass Kyrros den Krieg nicht mochte, weil er ihm ins Handwerk pfuschte. Doch ob das stimmte?

Die Kriegshorde brach in das Tal wie eine Sturmflut. Dutzende, berittener, bewaffneter und hungriger Soldaten. Sie wirkten ungeordnet, doch das täuschte. Sie gehorchten ihrem Anführer. Der war es auch, der ihnen befahl, sich in diesem Tal mit Proviant und allem zu versorgen, das sie brauchten.

Sie brauchten viel.

Malenis Familie und ihre Nachbarn hatten schon seit langem die schmale Straße über den Hügelpass zuwachsen lassen, damit man das Tal nicht fand. Doch vielleicht wussten die Soldaten ja, dass es diese Zuflucht gab. Oder sie hatten ihren Weg und das Tal durch Zufall gefunden.

Die Hufe donnerten. Maleni blickte zum wolkenlosen Himmel und erwartete ein Gewitter. Es waren ihre Schwestern, die sie packten und zum Haus zogen. Maleni wehrte sich, denn sie wollte doch sehen, was da donnerte. Sie entwischte der Familie, die sich blitzschnell in den Keller verzog.

»Nun komm schon!«, flüsterte ihre Mutter wütend und panisch. »Maleni, komm!«

Doch Maleni kam nicht. Ihr Vater war noch nicht zu Hause. Er hätte schon vom Feld zurück sein müssen, und solange er nicht da war, wollte Maleni nicht in den finsteren Keller. Dort standen die Vorräte auf den Regalen, daneben lagerte das Fass mit dem Beerenwein, und dahinter war alles verborgen, was die Familie an Wertgegenständen besaß – nicht mehr als ein paar Münzen für Notfälle.

Maleni büxte aus. Sie wollte sehen, wann ihr Vater heimkam und was es mit dem Donner, der immer näher kam, auf sich hatte.

Und so drehte sie sich um, lief auf ihren nackten Füßen wieder aus dem Haus, und achtete nicht auf den verzweifelten, gedämpften Ruf ihrer Mutter hinter sich: »Maleni! Maleni, versteck dich!«

Maleni aber versteckte sich nicht. Erst als sie hörte, wie die Kellerklappe sich schloss – sie draußen, Mutter und Geschwister im Keller – kam ihr der Gedanke, ob es nicht vielleicht gemütlicher gewesen wäre, mit ihnen zusammen auf den Vater zu warten. Doch dann tauchten die ersten Reiter auf dem ausgetretenen Pfad auf, der zu ihrem Haus führte, und Maleni tat instinktiv, wie ihr geheißen. Sie duckte sich und quetschte sich hinter ein Holzlager aus an der Wand gestapelten Scheiten. Zwischen Wand und Holz gab es einen winzigen Abstand, denn ihr Vater sagte immer, nasses Holz würde Wände nass machen. Und nasse Wände würden zu rotem Husten führen.

Außer ihrem kleinen Bruder und Maleni selbst hätte niemand in dieses Versteck gepasst. Gesehen hatte sie noch keine, aber Maleni wusste, was Soldaten waren. Das waren Menschen, die nichts anbauten, nichts ernteten, sondern über das Land zogen und sich nahmen, was sie wollten. Sie nahmen sich auch Menschen. Junge

Männer zwangen sie in den Dienst, aber sicher war Kayu mit seinen vier Jahren noch zu jung. Und ihr Vater? Der war gewiss zu alt und Maleni konnte sich nicht vorstellen, dass er so etwas zulassen würde. Er war der Schultheiß dieses Tales. Er würde den Soldaten sagen, dass sie wieder gehen mussten.

Doch als sie ihn sah, sagte er nichts. Sie lugte durch die engen Zwischenräume der zu Feuerholz behauenen Scheite und hätte am liebsten nach ihm gerufen. Irgendetwas ließ sie freilich schweigen und ganz still sein.

Ihr Vater blutete aus mehreren Wunden. An einem Seil zogen ihn die Männer auf den Pferden hinterher, bis er in seinem eigenen Hof auf die Knie fiel.

»Wo sind deine Schätze, Matschkratzer?«, brüllte ihn einer der Kerle an, während er und seine Kumpane von ihren Pferden abstiegen. Maleni erstarrte vor Angst, als einer der Fremden die Pferde zur Seite des Hauses führte, dorthin, wo sie hinter den Holzscheiten verborgen war. Doch er band nur seine Pferde dort an, und Maleni brauchte einen Augenblick, um zu begreifen, dass das ihr Versteck eben sicherer gemacht hatte. Sie rührte sich nicht, schrie auch nicht, stopfte sich nur die Faust in den Mund, während ihr Tränen der Angst über die Wangen liefen.

So sahen also leibhaftige Soldaten aus. Bewaffnete Männer, die mit dem Donner kamen. Ihre hohen Stiefel reichten bis weit über die Knie, und sie waren so bunt. Wie Blumenwiesen. Maleni hatte noch nie so bunte Kleidung gesehen. Kleidung war es nicht bunt. Sie war immer graubraun, außer wenn es eine Hochzeit im Tal gab. Dann trugen die Frauen bunte Bänder im Haar und am Rock, die sie eigens mit Zwiebelsud gelb oder mit Färberwaid blau gefärbt hatten.

Doch diese Männer waren farbenprächtig. Ihre weiten Beinkleider waren in mehreren Schichten angeordnet, und die äußere, längs geschlitzte Schicht bot klaffende Einblicke auf die untere, andersfarbige. Die Ärmel sahen auch so aus – weit, mehrschichtig und bunt. Die Männer trugen breite Ledergürtel um den Wanst und quer von der Schulter über die Brust bis zur Hüfte, und überall steckten Waffen, kleine Messer, große Messer, Schwerter. Manche der Eindringlinge hielten riesige Keulen, deren Enden in spitzen Eisenstacheln endeten. Manche hatten Spieße. Andere trugen Armbrüste.

Die Oberkörper der Männer steckten in harten Schalen aus Eisen oder festem Leder, und ihre Köpfe bedeckten entsprechende Helme, aus denen manchmal Federn in der Mitte zu wachsen schienen, die so bunt waren wie die Ärmel. Maleni hätte von so viel Pracht begeistert sein müssen, doch sie sah nur ihren Vater, der blutend auf dem Boden lag.

Tritte hagelten nun auf ihn ein und Schläge. Er schrie, Malenis so starker Vater schrie. Am liebsten hätte sie es ihm gleich getan, doch die Angst hatte ihr die Stimme genommen.

Inzwischen waren ein paar der bunten Kerle ins Haus eingedrungen, und Maleni hörte Geräusche der Zerstörung, das Verrücken von Möbeln, stürzende Gegenstände, zerschellendes Geschirr. Das klang furchtbar, doch es war nichts gegen die Schreie, die folgten. Die Mutter schrie; ihre Geschwister! Erst angstvoll, dann schmerzvoll und schließlich panisch vor Entsetzen. Männer drängten nach in das kleine Bauernhaus.

»Holt die Weiber raus!«, schrien die Männer, die noch draußen waren. »Holt sie raus, damit wir alle was davon haben!«

Durch das Geschrei konnte Maleni noch immer die Stimme ihres Vaters hören. »Lasst sie in Ruhe!«, brüllte er. »Fasst sie nicht an!« Und dann verloren sich seine Worte in einem hohen, letzten Schrei.

Ihre Mutter und Schwestern wurden über den Boden hinaus ins Freie gezerrt, blutig und mit heruntergerissenen Kleidern, und diesmal konnte Maleni nicht anders – sie schrie.

Eine Hand schlug ihr auf den Mund, und ein Griff an ihrem Nacken ließ sie erstarren. Das Herz wurde ihr kalt in der Brust, und sie wusste, dass ihr Schicksal nun besiegelt war. Doch dann geschah – nichts.

Sie schielte zur Seite. Neben ihr in dem engen Gang hockte eine schmale Gestalt, deren dunkle Kleidung sich kaum von den Schatten abhob. Auch das Gesicht wirkte im Zwielicht konturlos. Maleni verharrte, noch immer starr vor Entsetzen. Gleich. Gleich würde es geschehen. Zuckende und pumpende Körper jener Soldaten, die sich immer zu mehreren um Mutter und Schwestern scharten, diese festhielten und Unsägliches mit ihnen taten. Gleich würde sie neben ihnen liegen, die Beine auseinandergezogen, nackt und hilflos.

Doch die Gestalt neben ihr rührte sich nicht; schien kaum präsent zu sein, so unauffällig war sie. Nach und nach ließ sie Maleni vorsichtig los.

»Still!«, flüsterte sie. »Vielleicht wirst du heute leben. Sei ein Schatten.«

Und Maleni wurde zum Schatten, zog sich selbst in Körper und Geist zurück in die Dunkelheit, während ihre Welt brannte und ihre Familie schreiend um Gnade winselte.

4

Der Wachsoldat wandte sich ab und warf einen letzten Blick auf die Tür, hinter der sein Kamerad verschwunden war. Maleni wartete. Hatte er sie tatsächlich nicht gesehen? Man konnte sich nie sicher sein. Niemand konnte das, zu keinem Zeitpunkt. Und auf dieser Welt war es schlecht, bemerkt zu werden.

Maleni war sich dessen stets bewusst. Seit jenem Tag, als die Soldaten in das Tal ihrer Eltern gekommen waren, hatte sie diese Wahrheit verinnerlicht. Es betraf nicht nur sie. Es betraf jeden in den Acht Reichen – und somit auf der ganzen Welt. Heute lebte man noch. Morgen war man schon tot. Entdeckt und ermordet.

Sie beobachtete, wie der Soldat langsam wieder dem Feuer entgegenschlenderte, um das seine Kameraden saßen oder lagen. Er mochte sich jeden Augenblick nach ihr umsehen.

Noch tat er es nicht. Lange Minuten vergingen. Minuten, die sie nicht hatte.

Sie blickte an sich hinunter. Ihr graubraunes Gewand verschmolz mit den Schatten; der Dreck in ihrem Gesicht verfälschte dessen Form im spärlichen Licht. Wenn es ihr gelang, kein Geräusch zu machen, würde sie hier herauskommen. Die Karawane war schon weiter entfernt, als ihr lieb war, aber mit einem Pferd würde sie sie noch erreichen können.

Ganz langsam bewegte sie sich, ging ein wenig in die Knie, um auszutesten, ob ihre Bewegung wahrgenommen würde. Noch mit gebeugten Knien tat sie einen Schritt rückwärts und senkte ihren Fuß sanft ab. So würde sie abspringen können.

Doch ihr nächster Schritt führte sie nicht in Richtung des Pferdestalles, sondern seitwärts in die entgegengesetzte Richtung – ganz so, als hätten ihre Füße ein Eigenleben entwickelt. Manchmal geschah das, und Maleni hatte sich schon oft gefragt, ob es Taryah war, die in solchen Augenblicken ihre Schritte lenkte, den Gedanken dann aber verworfen. Taryah agierte weitaus pragmatischer. Taryah wäre längst von hier verschwunden. Taryah wusste, was gut für sie war.

Und so war es wohl Maleni selbst, die manchmal gegen jede Logik handelte; auch wenn »selbst« nicht immer leicht zu bestimmen war. Das war schwierig und doch gewohnt, denn Taryahs und Malenis Arbeitsfelder waren gut aufgeteilt, und die Kunst, einmal diese und einmal jene Person zu sein, ohne mit sich selbst uneins zu werden, war in ihr so angelegt. Nur manchmal haderte Maleni mit Taryahs beherrschender Präsenz, und dann wiederum ärgerte sich Taryah über Malenis allzu emotionale Reaktionen. So wie jetzt. Sie musste fort von hier, hatte keine Zeit für philosophische Erwägungen, und spürte doch jenes unterschwellige Beißen und Lodern in ihrer Seele, das sie zwang nachzusehen, was hier vor sich ging. Sie versuchte sich davon zu überzeugen, dass ihre Neugier der Geschwisterschaft der Xyi einen Wissensvorsprung erbringen mochte, doch sie wusste es besser. Jener Bruder auf der Treppe hatte es sicher längst in Erfahrung gebracht und ihr keine Kunde mitgegeben, die sie weiterreichen sollte. Also war sein Wissen vermutlich schon zum Berg unterwegs, geflüstert von Bruder zu Schwester, geleitet durch das Netz an Informationen und Informanten, das die Acht Reiche unsichtbar durchzog, ohne dass die Fyrsthen es je zu greifen vermochten. Außerdem war sie gewiss nicht die einzige Schemenjägerin der Xyi in dieser Gegend. Sicher konnte sie sich dessen freilich nicht sein, denn gemeinhin blieben sie allein, umgaben sich mit Menschen, die nicht zum Orden gehörten, so, wie man sich mit Blumen umkränzte oder mit Tarnung umgab. Ein jeder von ihnen erhielt irgendwann, irgendwo einen Auftrag, eine Aufgabe, erfüllte sie und reiste dann weiter – allein.

Vorsichtig glitt sie weiter entlang der Schatten und verschmolz mit ihnen bis zu jener Tür, durch die der Wachtposten verschwunden war. Niemand hatte Alarm gegeben oder in ihre Richtung geblickt. Ihr Blick wanderte zwischen ihrem Ziel, dem Weg dorthin und ihren Feinden hin und her. Diese geteilte Aufmerksamkeit war ihr in Fleisch und Blut übergegangen und bedurfte nicht mehr Konzentration als jener, die Maleni stets zu eigen war, die sie gelernt und verinnerlicht hatte: niemals etwas unbewusst tun. Immer denken, immer planen, immer die Herrschaft über alle Sinne und Gliedmaßen ausüben. Die vollständige Konzentration bestimmte ihr Leben und erhielt es.

Die Fokussierung der Xyi war einzigartig – ebenso wie ihr Gehorsam. Nur dass Maleni sich über Letzteren in diesem Moment hinwegsetzte. Hatte sie das je zuvor getan? Mit sieben hatte sie der Schemenjägerin der Xyi gehorcht, die sie von dem Schlachtfeld, das einst ihr Elternhaus gewesen war, mit sich genommen hatte. Danach hatte sie den Meistern und Meisterinnen des Berges gehorcht. Und als ihre Kunst und ihr Wissen so weit gediehen waren, dass sie allein komplexe Aufgaben meistern und diese überleben konnte, war sie in die Welt geschickt worden, um zu gehorchen und Befehle auszuführen. Mit achtzehn war ihre Anwärter- und Junxerzeit abgeschlossen gewesen. Seit drei Jahren verfolgten sie und Taryah ihre lebenden Ziele. Und brachten sie um.

Sie lauschte eine Weile an der Tür, öffnete sie leise, warf noch einen Blick über den Hof, und huschte dann in das Innere des Gebäudes. Der Gang lag im Dunkeln; nur an seinem Ende brannte eine Kerze in einem Halter und beleuchtete schwach eine Treppe aus dunklem Holz, die nach oben und unten führte.

Minutenlang stand Maleni reglos und erfasste ihr Umfeld. Sie tastete mit den Füßen über den Boden, fühlte durch ihre dicken, weichen Sohlen jedoch kaum mehr als unebenen Grund. Blitzschnell hockte sie sich hin und berührte den Fußboden mit der Rechten. Dies war kein festgetretener Lehm, aber auch kein Dielenboden. Die Rechtecke unter ihren Fingern waren rauh und nicht ganz eben. Ziegelsteine. Vermutlich ein Gesindetrakt.

Sie erhob sich und passte ihre Schritte dem Untergrund an. Dann glitt sie voran, vorsichtig, langsam, Fuß um Fuß, absolut lautlos. Bald hörte sie Geräusche; sie kamen die Treppe empor. Leise, unterdrückt und verzweifelt. Maleni kannte diese Geräusche. Sie waren ihr seit jenem letzten Tag auf dem Bauernhof ihrer Eltern im Gedächtnis geblieben, denn sie hatte damals sehr genau gesehen, was die Männer ihrer Familie angetan hatten. Sie hatte deren Grunzen, Höhnen und Stöhnen ebenso vernommen wie die Schreie und das Flehen der Opfer. Und das Lachen der Umstehenden. Vergessen hatte sie es nie, nur beiseitegeräumt. Im Berg hatte man ihre Erinnerung genommen und geformt. Taryah hingegen erinnerte sich nie daran. Sie war immer nur in einem schmal begrenzten Jetzt zu Hause. Sie war die Erfüllung der Aufgabe.

Maleni bemerkte, dass sie sich auf die Lippe biss. Sie hatte die Treppe erreicht und lenkte ihre Schritte nach unten. Stufe um Stufe schlich sie weiter, wie ein Geist. Als sie die schwere Holztür mit den Eisenbeschlägen erreichte, wusste sie, dass sie ihr Ziel gefunden – und hier nichts zu suchen hatte. Das Schuldbewusstsein schien ihr die Luft abzuschnüren wie ein Seidenschal, der sich ihr um die Kehle legte. Taryah hatte mit solchen Schals bereits getötet. Und Ungehorsam gegenüber dem Orden wurde geahndet.

Maleni musste sich ins Gedächtnis rufen, dass Taryah sich ja schlecht selbst umbringen konnte. Und auch, dass eine Schemenjägerin der Xyi bei allem Gehorsam immer auf sich allein gestellt war und eigene Entscheidungen fällen musste. Dies also war ihre eigene Entscheidung. Wie sie diese rechtfertigen würde, darüber würde sie später nachdenken.

Entgegen Malenis Befürchtung quietschte die Tür nicht in den Scharnieren sondern glitt gut geölt auf, als sie sie langsam und vorsichtig mit der Linken aufschob. In der Rechten hielt sie längst ihren Dolch.

Innerlich hatte sich Maleni für den Anblick gewappnet, der sie erwarten würde. Sie war nicht wie Taryah und wusste, dass sie schnell würde handeln – oder umkehren müssen. Dennoch durchzuckte sie beim Anblick des Wachsoldaten, der zwischen den Beinen eines nunmehr reglos wimmernden Mädchens lag und ein weiteres, angststarres in Schach hielt, jene altbekannte Panik, die sie einst hinter dem Holzstoß gespürt hatte. Sie wusste, dass es den grausameren Kämpfern in diesem endlosen Krieg längst einerlei war, wen sie schändeten oder wie alt der- oder diejenige war. An jenem längst vergangenen Tag auf dem Hof ihrer Eltern war Maleni sieben Jahre alt gewesen, Und sie wusste heute, welches Schicksal sie erwartet hätte. Ihr Körper war damals gefunden und gerettet worden. Ihr Geist jedoch hatte die Qualen ihrer Familie mitangesehen und –

Entschlossen schob sie die lähmenden Erinnerungen fort. Der Kerl hatte sie entdeckt. Groß war er, breit, bewaffnet. Und ohne jeden Skrupel. Er würde sich auf Maleni ebenso stürzen wie auf die beiden Mädchen, die wimmernd und winselnd auf dem Boden lagen.

Momente später zog Taryah den Dolch aus der Kehle des Mannes und ließ ihn geräuschlos auf den Boden sinken, wo er – von ihr abgewandt – sein Blut verspritzte, ohne ihre Kleidung zu besudeln. Taryah hingegen, das spürte Maleni, war ungehalten. Reine Zeitverschwendung, knurrte sie stumm. Töten war eine Kunstform, das Gemetzel hier hingegen sinnlos. Nicht ihre Art der Kunst. Maleni jedoch wusste, dass man schnell sein musste, wenn man kräftemäßig unterlegen war. Der Mann war immer noch von der Lust abgelenkt gewesen, die ihm die Gedanken lähmte. Und sie selbst hatte ihren Vorteil genutzt.

Taryah säuberte ihren Dolch an seiner Kleidung und schob ihn dann in sein Versteck zurück. Viel Zeit hatte sie nicht. Wenn der Mann nicht bald zurückkam, würden seine Kumpane ihn vermissen, und ihn verschwinden zu lassen, war nicht möglich. Zudem gab es zwei Zeugen, auch wenn die beiden Mädchen nicht wirkten, als könnten sie noch viel sagen.

Taryahs Augenbraue zuckte. Sie liebte den detailgenauen Plan und hasste es zu improvisieren. Dies war nicht ihre

Aufgabe. Zudem fühlte sie Malenis Kampf, spürte, wie sie erneut die Oberhand gewann. War das sinnvoll? Maleni war ihre Schutzexistenz. Sie hatte sie von einer Aufgabe zur anderen zu tragen. Sie musste ihr Wissen und ihre Fähigkeiten – ihrer beider Fähigkeiten – dazu einsetzen, die Aufgaben zu erfüllen, die man ihnen stellte.

Taryah hockte sich rasch neben die beiden am Boden angeketteten Mädchen. Sie schätzte sie auf vierzehn bis sechzehn Jahre, und ihre Kleidung war nur noch in Fetzen vorhanden. Offene Wunden und dunkle Blutergüsse überzogen die geschundenen Körper, und ob die schreckstarren Augen sie überhaupt wahrnahmen, wusste Taryah nicht. Als sie einem der Mädchen mit dem Finger über die feuchte Stirn strich, bestätigte sich ihr Verdacht: Fieber.

Die Mädchen waren so gut wie tot. Taryah konnte es riechen. Als Kräuterkundige und Heilerin wusste Maleni, dass es hier nichts mehr für sie zu tun gab. Und Taryah? Die sollte nicht einmal hier sein. Sie zog sich zurück.

Maleni schluckte heftig, konnte den Anblick kaum ertragen und hörte zugleich die kühle Vernunft, die ihr sagte, dass sie die beiden nicht würde retten können. Ihre Ketten waren zu dick, ihr körperlicher Zustand war zu schlecht, und tragen konnte sie die Mädchen auch nicht; schon gar nicht beide gleichzeitig.

Als Schemenjägerin der Xyi wusste sie, wie der Tod aussah – und wie man ihn brachte. Niemand würde diese Gefangenen mehr quälen. Und sie musste endlich fort von hier, und zwar schnell, bevor auffiel, dass der Soldat, dessen Blut noch immer aus seiner Kehle sickerte, nicht zurückkam.

Sie griff nach einem auf dem Boden stehenden Holzbecher. Wasser hatte man den Mädchen immerhin gegönnt.

Ein Tropfen, zwei aus einem kleinen Fläschchen waren genug.

»Trinkt«, sagte sie und setzte erst dem einen und dann dem anderen Mädchen den Becher an die Lippen. Sie waren zu schwach, um selbst danach greifen zu können. »Kyrros nehme sich euer an!«, betete sie dabei. Das hatte sie schon lange nicht mehr getan. Götter verloren an Bedeutung, wenn man im Berg zu dem erzogen wurde, was sie heute war. Man gehörte dem Orden, man gehorchte dem Großmeister. Man betete zu niemandem.

Die Mädchen tranken, Flüssigkeit rann ihnen aus den Mundwinkeln. Sie waren schwach, so schwach. Das eine der Mädchen strich ihr mit dem Finger sanft über die Hand. Wollte sie ihr danken? Ihr verzeihen?

Dann wurden die Blicke der Mädchen starr.

»Es tut mir leid!«, flüsterte Maleni. »Es tut mir leid.«

Einen Augenblick später lag das Kellerverlies bereits hinter ihr. Sie wartete nicht. Es galt, keinen weiteren Moment zu verschwenden. Es war nicht ihre Aufgabe gewesen, sich ungebeten einzumischen. Es war nicht ihre Aufgabe zu töten.

Tatsächlich hatte Maleni das vorher noch nie selbst getan.

5

Sie hatte es geschafft, durch den Hof zu kommen – zielsicher, lautlos, flackerflink. Durch die Schatten, an einer Wand entlang, an ihr empor und schließlich wie eine Katze auf allen vieren über ein Zwischendach war sie davongekrochen.

Nun blickte sie hinab auf das spärliche Feuer der Soldaten und den einzelnen, wartenden, der in Kürze entdecken würde, was sie in der Kammer zurückgelassen hatte. Sie konnte es nicht verhindern; auch Taryah konnte es nicht. Nicht hier, im Hof, bei all den Zeugen. Natürlich hätte sie ihm in jenem Keller auflauern, hätte noch ein Leben nehmen und so ihren Vorsprung vergrößern können. Doch Warten war in Anbetracht jenes anderen Toten, der zwischen ihren Perlen lag, keine Option.

Über ein zerbrochenes, halb verkohltes Stück Dach ließ sie sich in das Innere des Stalls hinabgleiten. Der Kampfschaden der letzten Schlacht war stummer Zeuge, dass die Berenborg nicht ganz ohne Gegenwehr gefallen war. Maleni gab gut Acht auf die brüchigen Balken, verwandelte ihre Furcht in nahezu manische Akribie. Alles richtig machen. Keine Fehler. Keine Bewegung, die nicht hundertprozentig berechnet und geplant war. Kein Geräusch. Zum Klettern brauchte man beide Hände. Das machte diese zwangsläufig waffenlos. Sie durfte nicht hasten und musste sich doch beeilen. Wie langsam man war, wenn man fehlerlos in der Dunkelheit agieren musste, verstohlen und doch jederzeit zur Gegenwehr bereit. Maleni lächelte. Es musste und es würde ihr gelingen, denn das Gelingen war Teil des Planes.

Der Stall zog sich groß und mit doppelreihigen Boxen die ganze Seite der inneren Burgwehr entlang; die Tiere im Inneren bewegten sich schlaftrunken in ihren Boxen, und ihre Wächter schliefen reglos und fester, als sie es erwartet hätte. Der Bruder musste hier tätig gewesen sein, und er hatte gute Arbeit geleistet. Sehr gute Arbeit. Der Orden leistete stets gute Arbeit.

Kurz spürte Maleni Stolz. Es war gut, nicht zurückzudenken. Nicht über das hinauszudenken, was ihre Aufgabe war. Gehorsam hatte seine Berechtigung. Jetzt, da sie die Folgen ihres Ungehorsams fürchtete, wusste sie das plötzlich.

Aufmerksam inspizierte sie den düsteren Raum auf der Suche nach dem Reittier, das hier auf sie warten sollte; dann sah sie es: Ein Brauner, stark, doch nicht auffällig, gesattelt und mit zwei Taschen und einem Mantel bestückt. Ein Gefühl warmer Dankbarkeit durchflutete sie, doch sie ließ ihm nur wenig Raum, warf sich in den Kurierumhang, der über dem Sattel des Pferdes gehangen hatte und ihre weiblichen Formen verbarg, zog sich die Kapuze tief ins Gesicht und griff nach den Zügeln. Raus hier. Jetzt. Hurtig.

Das zweite Tor des Stalles führte in den äußeren Befestigungsring, wo frische Kampfspuren davon zeugten, dass diese zwar praktische, aber für die Sicherheit katastrophale architektonische Fehlleistung den Feinden geholfen hatte, in den inneren Bereich einzudringen. Maleni schüttelte den Kopf über so viel Unvorsichtigkeit. Im Verteidigungsring war der Boden weich und grasig, und auch hier schliefen die dort lagernden Soldaten. Selbst die Wachen an der Wand schliefen. Und falls auf dem Wehrgang weitere ihren Wachdienst taten, so fiel ihnen auch nicht auf, dass aus den Stallungen mitten in der Nacht leise ein Pferd geführt wurde. Erst am großen Außentor wurde sie wie erwartet aufgehalten.

»Wer da?«, fragte eine unfreundliche Stimme.

»Geheimer Kurier des Feldherrn«, flüsterte sie, in der Hoffnung, ein Flüstern würde nicht als weiblich erkennbar sein.

»Parole?«

»Berensieg.« Ein gut informiertes Netzwerk hatte etwas für sich.

Sie harrte auf Zustimmung und hoffte inständig, die Parole mochte sich nicht geändert haben. Erfahrungsgemäß hatten sie nicht besonders lange Gültigkeit, und Maleni hatte den feingesponnenen Plan durchbrochen, eigenmächtig gehandelt, ihre Kompetenzen übertreten und so Zeit verloren.

Und sie hatte getötet.

Rasch schob sie den Gedanken fort und konzentrierte sich erneut auf den Torwachmann, die Hand bereit, ihm den Kehlkopf mit einem kurzen, spitzen Schlag einzudrücken, falls er seine Kameraden herbeirufen wollte.

Der Teil von Malenis Seele, der nicht sie selbst beherbergte, klaffte roh auf. Taryah lauerte auf eine Reaktion. Es war eine Kunst, auf eine Reaktion zu reagieren, bevor diese noch abgeschlossen war. Es galt, genau den richtigen Moment abzupassen; auch dann, wenn man im Dunkeln die Augen des anderen nicht sah. Eine Herausforderung. Taryah lächelte im Schatten der Kapuze.

Nicht zu töten wäre einfacher, dachte sich Maleni. Ein weiterer Toter, und ihre Fluchtchance würde noch weiter sinken, als es bereits geschehen war. Als sie es bereits hatte geschehen lassen.

»Kann passieren«, sagte der Wachmann da und zog das Manntor auf.

Maleni atmete geräuschlos aus und führte das Pferd zielstrebig und ohne Hast durch die schmale Öffnung. Verdammt, sie war nervös. Sie durfte nicht nervös sein! Nervosität war verdächtig. Doch die Erinnerung an den Keller, in dem sie nie hätte sein dürfen, verfolgte sie, ließ sich nicht abstellen oder umlenken, war einfach da wie ein Stück Unrat, das sich nicht forträumen ließ und nicht in Einklang zu bringen war mit den Belehrungen, die ihr fast ein ganzes Leben wieder und wieder eingebleut worden war: Nicht abweichen vom Plan. Der Plan ist durchdacht. Der Plan ist detailliert. Der Plan ist Gesetz und Gebot. Jede Sekunde zählt. Jede Einzelheit ist wichtig.

Taryah teilte diese Meinung. Maleni hatte sie ignoriert.

Außerhalb der Burgmauern schwang sie sich in den Sattel. Auf der steinigen Straße, die von der Burg fortführte, gellten die Hufschläge des Braunen allzu laut durch die späte Nacht und schienen in Malenis Seelenhast widerzuhallen. Jeden Augenblick erwartete sie, dass Alarm gegeben würde. Man würde den Feldherrn finden oder die Leichen im Keller, ihren nächtlichen Kurierritt hinterfragen und sie aufhalten. Dann wäre sie vielleicht schon bald in derselben bedauernswerten Situation wie die Mädchen, die sie erlöst hatte. Malenis Bruder würde ihr nicht zu Hilfe eilen. Rettungsaktionen standen weit hinter Geheimhaltung. Maleni schüttelte unwirsch den Kopf. Daran hätte sie denken sollen, bevor sie in jenen Keller gegangen war. Nun war es zu spät und ihre Entdeckung nur noch eine Frage der Zeit. Sie hatte den Mannen des Feldherrn ihren bereits errungenen Sieg gestohlen. Wenn sie auf dieser Straße bliebe, würde es nicht lange dauern, und die Mannen des Feldherrn würden sie finden.

Dabei war die Berenborg mit dem Tod des Feldherrn gar nicht frei. Sie gehörte nun zur Fyrsthenei Gendern, und Gendern würde seinen Anspruch auf die Graavschaft vielleicht auch ohne den Feldherrn einfordern. Nur eines war gewiss: Meredor, der Fyrsth von Gendern, würde voller Zorn auf denjenigen sein, der den besten und erfolgreichsten Streiter und Strategen seines Landes ermordet hatte. Und Soldaten fühlten ihre höchst eigene Loyalität zu einem Heerführer, der sie hatte siegen lassen – auch wenn das Heer vor nicht allzu langer Zeit noch an der Seite Virnius' gekämpft hatte und nicht gegen die Fyrsthenei Virniu. Dieser endlos lange Krieg ließ die Wege der Treue kurz werden. Ein Heer hielt zusammen – und es war beinahe schon einerlei, für welchen der acht Reichsfyrsthen es kämpfte, solange es siegte, verpflegt wurde und die Ansprüche des Siegers geltend machen konnte. Ein hehres Ziel war ohnehin nicht mehr erkennbar für die Kämpfer.

Das Warum der Allianzen durchblickte niemand mehr – außer vielleicht den Xyi, die ihre Aufgabe darin sahen, das Gleichgewicht aufrecht zu erhalten und ordnend in die Geschehnisse einzugreifen. So sahen es die Xyi. Und so sah es Maleni, die Schemenjägerin der Xyi, die den Krieg der Reiche hasste und sich Frieden wünschte und ein Ende der marodierenden Horden. Wenigstens sie hatte also ein Ziel. Und was sie tat, würde sie diesem Ziel näherbringen.

Eng an das Ross geschmiegt galoppierte sie die dunkle, breite Straße entlang, verlor ihr Gefühl für die bereits zurückgelegte Strecke und hatte nur einen ungefähren Eindruck von der verstrichenen Zeit. Das war sonst nicht so. Kämpferinnen der Xyi wussten um jede Sekunde, über die sie vor sich selbst Rechenschaft ablegen mussten.

Schließlich bog sie von der Straße ab, durchs Gestrüpp gen Norden. Vielleicht war es von Anfang an keine gute Idee gewesen, gen Gendern zu flüchten, obschon man sie vermutlich eher in der entgegengesetzten Richtung suchen würde. Egal – weiter.

Das Pferd wehrte sich, sie zwang es durch das kratzige Gebüsch, hielt an, sprang ab und ordnete das Gesträuch hinter sich. Sie entfernte gebrochene Zweige, verwob sie ineinander, trat Spuren glatt. Das erste graue Licht des anbrechenden Tages ließ sie sehen, was sie sehen musste. Ihre Verfolger würden es heller haben. Dann lauschte sie, hörte jedoch gegen den Wind nichts als das morgendliche Singen der Vögel. Die harmlose, friedliche Stimmung erschien ihr verlogen und falsch zu sein. Die Welt war nicht harmlos.

Mit blitzschnellen, geschulten Bewegungen holte Maleni die dort erwarteten Pferdeschuhe aus den Satteltaschen – breite Lederfüßlinge, die man um die Hufe schnallte und die nicht tief einsanken. Ihr erhabenes Relief gaukelte die Spur kleinerer Wildtiere vor. Einen gewieften Spurenleser würde man damit nicht verwirren können, doch Soldaten waren gemeinhin Kämpfer und keine Fährtensucher. Sie schwang sich wieder auf das Ross. Es tänzelte unruhig, hasste die Fremdkörper an seinen Hufen, wollte zur Straße zurück, doch Maleni ließ es nicht zu. Sie war eine exzellente Reiterin. Sie und alle Brüder und Schwestern der Xyi waren das.

Mit Geschick und Willenskraft trieb sie das Tier weiter, gen Nordosten, wo sie bei der Anreise ein niedergebranntes Gehöft gefunden und Teile ihres Gepäcks zurückgelassen hatte. Zur Berenborg war sie dann mit nur wenig Gepäck auf einem Wagen gefahren, der sie in einer vereinbarten Taverne abgeholt hatte – verschleiert, geheimnisvoll, beschützt und lüstern beäugt von den Soldaten, vor denen sie jetzt floh. Der Feldherr hatte sie angefordert, und sie war gekommen.

Sie musste gut eingefädelt gewesen sein, diese Einladung, und Zandru von Lorennen musste schnell interessiert gewesen sein, denn so lange hatte er die Burg noch nicht besetzt gehalten. Doch es war nicht ihre Aufgabe, darüber nachzugrübeln, wie die versponnenen Wege der Xyi organisierten, was zu geschehen hatte. Sie musste nur tanzen und schön sein, eventuell mit dem Mann schlafen – oder der Frau – und ihn oder sie dann eliminieren. Dass sie dabei ungeschoren davonkam und somit für neue Aufgaben einsetzbar war, schuldete sie den Xyi ebenso wie sie ihnen das Versprechen gegeben hatte, schweigend zu sterben, ohne etwas zu verraten, wenn man sie je fassen würde.

Gegen manche der Gifte, die sie verwandte, war sie immun. Das während ihrer Ausbildung zu erreichen, war ein langer Prozess gewesen, und er hatte ihren Körper verändert. Heute konnte sie Gift auf ihren Lippen oder in ihrem Mund transportieren, und Taryah konnte mit einem Kuss oder einem Schluck aus dem gleichen Becher töten. Bisweilen vergiftete sie ihre Brüste oder andere Teile ihres Körpers, die sie dem Ziel darbot. Doch sie hatte auch stets Gift parat, das sie gegen sich selbst einsetzen konnte – falls ein anderer Ausweg irgendwann nicht mehr zur Verfügung stand.

Aber so weit war es noch nicht; sie musste weiter. Nordwärts. Virniu und Gendern waren die beiden südlichsten Fyrstheneien. Südlicher war nur das Meer mit den Pirateninseln. Malenis nächste Anweisungen würde sie weiter nördlich in der Fyrsthenei Passagur erhalten. Sie kannte die Treffpunkte der Geschwisterschaft und wusste, dass man dort ruhig ausharren und auf neue Einsatzbefehle warten und sicher sein konnte, dass sie einen dort auch erreichten. So war es immer, unabänderlich und verlässlich, und normalerweise beruhigte sie der Gedanke. Heute jedoch kehrten ihre Gedanken wieder und wieder zu ihrem Ungehorsam zurück. Ihre Abweichung von der Ordnung der Abläufe hatte sie zutiefst verunsichert. Vielleicht hätte sie ihre Habe in dem alten Haus lieber zurücklassen und stattdessen gleich der Karawane hinterhereilen sollen, die ihr ein gewisses Maß an Sicherheit und Anonymität in der Menge garantierte. Gewiss gab es dort Menschen, die schwören würden, sie hätte die reisenden Händler niemals verlassen.

Maleni kämpfte um Vorherrschaft in sich selbst. Taryah hatte sich zurückgezogen, doch sie lauerte dicht an der Oberfläche. Das war nicht gut. Erst wenn sie ganz verschwunden war, würde Maleni sich wieder halbwegs sicher in ihrer Unauffälligkeit fühlen. Sie wusste, was sie tat – aber hatte sie das auch gewusst, als sie in den Keller gegangen war? Der getötete Soldat belastete sie nicht. Er war ein Kollateralschaden, wie Wachtposten oder Zufallszeugen es gelegentlich wurden. Mit jenen so zu verfahren, dass Maleni sich oder Taryahs Aufgabe nicht gefährdete, stand auch vonseiten der Xyi in ihrem persönlichen Ermessen.

Doch die Mädchen brannten Maleni auf der Seele. Es war nicht Taryah gewesen, die sie zu Kyrros geschickt hatte; Maleni selbst hatte es getan. Und sie war es auch, der nun die Tränen die Wangen hinabliefen; Tränen, deren Existenz sie so lange geleugnet hatte.

Eine tiefe, innere Verzweiflung ließ Malenis Magen halswärts streben und schnürte ihr beinahe die Luft ab. Das durfte nicht sein. Es war stets anders gewesen. Sie war eine Assassinin der Xyi.

Sie trauerte um niemanden.

KASSIBER 1

Geheimbericht an die Geschwisterschaft

Berenborg Situation planmäßig bereinigt. Gesandte übernahm nicht sanktionierte Zusatzaufgaben. Zeitverzögerung macht planungsgemäßen Fortgang unwahrscheinlich. Mit der Entfernung der Gesandten durch gegnerische Kräfte ist zu rechnen.
Hase

6

Mit der Helligkeit des Morgens war der Regen gekommen, grau, schwer und von ermüdender Beharrlichkeit. Die kalten Tropfen hatten eine ganze Weile gebraucht, um den Umhang zu durchdringen, doch inzwischen spürte Maleni Feuchte und Kälte bis auf die Haut.

Niemand reiste gerne im Regen, nicht einmal Maleni, die, seit sie ihre Ausbildung abgeschlossen hatte, wenig anderes tat, als zu reisen. Ihr rastloses Dasein hatte sie noch nie gestört und war das einzige, das für sie einen Sinn ergab. Wer tötete, der blieb nicht, um auf die Folgen zu warten.

Sie war nun schon viele Stunden unterwegs, kam in dem dichten Wald jedoch nur langsam voran. Dennoch war es vernünftig gewesen, nicht auf der Straße zu bleiben. Und Maleni war vernünftig. Vernunft war nach Gehorsam das oberste Gebot.

Ihre unbotmäßigen Empfindungen hatte sie mittlerweile abgestellt – oder zumindest irgendwo in sich verborgen, wo sie nicht störten. Bisweilen meinte sie, ihr Gemüt wäre voller Verstecke für Dinge, die man gerade nicht denken oder fühlen sollte. Manche waren abgeschlossen und unzugänglich. Viele sogar. Doch sie war dankbar für die Fluchttüren in ihrer Seele. Nur der, dessen Innenleben aufgeräumt war, mochte in einer Zeit des Chaos überleben.

Den Sack mit ihren Habseligkeiten hatte sie bereits aus der Bauernhofruine geholt. Die Knochen der ehemaligen Besitzer, die Maleni in dem bis auf die Knochen geplünderten Haus zu den Wächtern ihrer Habe gemacht hatte, hatten ihr gute Dienste geleistet. Ebenso wie die von Wind und Wetter zerfressenen Wände und der Wald, der sich den Garten zurückerobert hatte und sich anschickte, alsbald auch die restlichen Steine des zerstörten Bauwerks zu überwuchern.

Vielleicht hätte es bessere Verstecke gegeben, auch nähere. Doch Maleni hatte eine seltsame Verbundenheit zu der Ruine gefühlt. Es hätte ihr Elternhaus sein können. Sicher sah dieses nach vierzehn Jahren Verfall auch nicht anders aus und bot nur wilden Tieren oder irgendwelchen Flüchtigen eine kurze Zuflucht. Eine Zuflucht, über der die Erinnerung an Mord und Verwüstung hing wie klammer Nebel.

»Sentimental«, flüsterte Taryah im Innersten Malenis, die sich nicht gern mit sich selbst unterhielt. »Viel zu sentimental.«

Kurz hatte Maleni überlegt, ob es vernünftig wäre, sich in der Ruine zu verbergen und abzuwarten, bis die Verfolger, die es zweifelsfrei geben musste, ihre Jagd nach ihr aufgaben. Ein Dach über dem Kopf, wenngleich auch ein halb eingestürztes, hatte bei diesem Wetter etwas Verlockendes gehabt. Aber dann hatte sie eine kalte Feuerstelle vor der Ruine entdeckt, die noch nicht dagewesen war, als sie ihre Habe den Knochen anvertraut hatte. Spuren der Urheber der Lagerstätte fand sie nicht; sie fehlten in nachgerade auffälliger Weise, und in ihrer Magengrube hatte sich ein unsicheres Gefühl breitgemacht. Sie hatte gelernt, ihrer Magengrube in dieser Hinsicht Beachtung zu schenken. Sie war die Zusatzinstanz für ihre Vernunft.

Wer so weit von der Straße sein Lager suchte, wollte offenbar nicht gefunden werden. Genau wie sie selbst. Der Krieg entwurzelte das Volk. Wer kein Heim mehr hatte, nicht mit einer Karawane reiste und zu keinem der Heere gehören wollte, konnte sich immer noch als Räuber und Dieb durchschlagen. Oder als Mörder.

So wie sie selbst.

Maleni zuckte bei dem Gedanken zusammen. Sie war keine Mörderin, hatte sich noch nie so gesehen. Woher kam nur dieser plötzliche, ihr so fremde Gedanke? Sie wusste stets, was sie war, denn man hatte ihr beigebracht, es zu wissen und nie daran zu zweifeln. Sie war eine Assassinin der Xyi, eine Schwester unter Geschwistern. Eine geheime Schemenjägerin für die Acht Reiche, doch keine Söldnerin eines einzelnen Reichs. Sie führte die Befehle der Geschwisterschaft aus, so, wie die Soldaten die ihrer Offiziere ausführten. Sie alle töteten auf Befehl, um in diesem Krieg etwas zu bewirken – einen Sieg, eine Eroberung oder ultimativ den Frieden. Ob man das tanzend und elegant tat oder innerhalb einer Horde schwertschwingend und brüllend – das Ergebnis war das gleiche; der Tod selbst war ein Gleichmacher. Die Todgeweihten – einerlei, ob sie sorgfältig in Prunksärgen bestattet oder ermordet neben ihren zerstörten Bauernhäusern zurückgelassen wurden – hatten allesamt eines gemeinsam: sie lebten nicht mehr. Doch die Macht des Todes vermochte auch jene auf einer Ebene zu verbinden, die das Sterben als zweckgerechte Rädchen in einer verworrenen und verwüsteten Welt durchführten. Und Taryah war dabei so stolz wie Maleni auf den Beitrag, den sie leisteten. Der Orden der Xyi wusste, was zu tun war. Und die Schemenjäger taten es – auf ihre ganz besondere Weise, unsichtbar wie der Wind und leise wie Gift.

»Du warst auserwählt vom Orden der Xyi. Stirb stolz im Glanz unserer Pflicht. Dein Tod wurde befohlen«, sagte Taryah ihren Zielen, wenn diese ihr Leben abtraten, wie eine Leihgabe, die es zurückzugeben galt. Sie tat es stets mit einer gewissen Andacht und dem gleichen spirituellen Anspruch, mit dem Maleni als Kind Kyrros gehuldigt hatte.

Nein, sie war keine Mörderin. Mörder waren Menschen, die ohne jede Ordnung und ohne einen Plan all jene quälten und töteten, die ihnen mit ihrem Leid die Zeit vertrieben. Wieder sah Maleni jene Szene aus ihrer Kindheit vor ihrem geistigen Auge und schüttelte ärgerlich den Kopf. Es war sinnlos, daran zu denken. Es war lange her. Und sie war damals von einer Schwester gerettet worden – einer Schemenjägerin der Xyi.

So hatte sie wieder ihr Pferd bestiegen und weiter geritten, ohne sich noch einmal nach der Ruine umzusehen. Erneut hatte sie ihre Empfindungen aufgeräumt und nur eines bewahrt, das für sie und ihre Ziele an dieser Ruine am wichtigsten war: hier hatten Menschen gelagert, die vielleicht noch in der Nähe waren. Sie musste auf der Hut sein.

Denn Menschen waren gefährlich.

7

Es war schon Nachmittag, als der Wald sich lichtete. Maleni hatte nur kurz pausiert, etwas gegessen, ihr Reittier versorgt. Die Pferdeschuhe hatte sie längst abgenommen und sie zusammen mit anderen verdächtigen Besitztümern, wie Schleiern und Schmuckstücken, in einem verborgenen Seitenfach ihres Gepäcks verstaut. Wenn sie die Karawane erreicht hätte, hätte ihr dort ein Apothekerkarren zur Verfügung gestanden, der das Reisen vereinfachte und – was noch wichtiger war – über Geheimfächer verfügte. Ein Karren unter vielen. Die Anonymität der Gruppe hätte Schutz geboten. Doch die Karawane hätte sie nur erreichen können, wenn sie auf der Straße geblieben wäre. Und dort hatte sie nicht bleiben können, weil sie sich nicht an den Plan gehalten hatte. Ein Fehler zog den nächsten nach sich, und Maleni wünschte sich einmal mehr, sie wäre nicht von dem Diktat ihres Gehorsams abgewichen. Vielleicht lauerte Taryah deshalb noch immer so nah an der Oberfläche. Viel zu nah.

Einmal mehr huschte das in ihrem Inneren verborgen geglaubte Bild der geschändeten Mädchen durch ihren Kopf. Ob die beiden verstanden hatten, dass sie ihnen den Tod brachte und diesen als einen Akt der Gnade verstanden wissen wollte? Und warum hatte ein letzter Rest des Mitgefühls in ihr all die Jahre der Ausbildung im Berg überlebt, trotz aller Bemühungen ihrer Meisterinnen und Meister?

»Sentimental. Viel zu sentimental«, sagten die Meister und Taryah im Chor, und sie hatten recht. Maleni wünschte sich, sie hätte in den Augen der Mädchen lesen können, dass sie ihre Beweggründe verstanden. Das war nicht geschehen, und nun fand sie weder Gewissheit noch Erleichterung.

Taryah hatte es da einfacher. Von ihren erfolgreich gelösten Aufgaben blieben ihr nur das Gefühl des Erfolgs und die gewonnene Erfahrung als praktische Zuwaage. Der Rest der Erinnerung war neutrales Beiwerk, so schal wie abgestandenes Wasser.

»Sei nicht albern«, flüsterte Taryahs immer noch zu nahe Präsenz.

Maleni presste ärgerlich die Lippen zusammen und konzentrierte sich auf die Landschaft, die sich nun weit vor ihr erstreckte. Nach Osten hin wurde das Gebiet sumpfig. Maleni war noch nie hier gewesen, doch sie hatte die Geographie der Acht Reiche im Kopf. Im Berg gab es Karten. Die Schemenjäger der Xyi waren seit Hunderten von Jahren unterwegs, sie kannten jeden Winkel der Reiche, und jeder Anwärter der Xyi musste die detaillierten Beschreibungen und Karten verinnerlichen, bevor er den Berg verließ. Deshalb wusste Maleni, dass das Moor, das rechts vor ihr lag, sich noch über unendlich viele, sumpfige Meilen erstreckte. Urgenmoor hieß es, und es zog sich weit durch den nördlichen Teil Genderns. Saftig und grün sah es aus, einladend geradezu, und lockte mit feist blumiger Harmlosigkeit. Bisweilen standen Birken in kleinen Gruppen beieinander, ansonsten war das Land flach und von schmalen, schwarzen Wasserläufen durchzogen, die – von langen Schilfgräsern überwachsen – kaum wahrzunehmen waren. Dunkelgrünes Moos und hohes Gras lösten einander ab, und den Boden überzogen kopfförmige Büschelknollen, aus denen orangegelbes Urgengras hervorwucherte wie wilde Haarschöpfe versunkener Leichen. Viele glaubten, die rotblonden Bodenbeulen wären tatsächlich genau das – und das Urgenmoor hatte genug Kreaturen verschlungen, dass die Theorie bei allem Aberglauben nicht gänzlich von der Hand zu weisen war. Es gab Pfade durch das weite Moor, die halbwegs sicher waren, doch Maleni wusste, dass schon der nächste Wetterumschwung einen ehemals sicheren Weg zwischen Schilfrohr und Urgengras in ein unsichtbares Sumpfloch verwandeln konnte, aus dem es – so man einmal darin steckte – kein Entrinnen gab. Was das Urgenmoor einmal festhielt, gab es nicht mehr preis.

Im Zentrum des Moors gab es eine befestigte Anlage, die den Schemenjägern der Xyi bisweilen als Zuflucht diente. Doch es hatte den ganzen Tag geregnet, und sich bei einer solchen Witterung mitten ins Moor zu begeben, hieße, Kyrros in unbotmäßiger Weise herauszufordern.

Ungehalten blickte Maleni in die andere Richtung. Nach Westen hin stieg die Landschaft rasch an, wurde steinig und felsig und streckte sich schließlich senkrecht zu einem alten Bergmassiv empor; dem höchsten Gebirge aller Acht Reiche. Seine scharfen Klüfte und undurchdringlichen Steilwände machten ein Fortkommen beinahe unmöglich, zumal zu Pferd und mit Gepäck. Nach Norden hin flachte die Bergkette zu den Farrowulschen Eisenbergen hin ab, allerdings erst nach vielen Tagesreisen. Auch die westlichen Ausläufer, die am südlichen Ende des Hochgebirgszuges Virniu ein steinernes Rückgrat bildeten, waren um einiges niedriger. Doch um diesen Weg einzuschlagen, hätte sie zurückreiten müssen.

»Du hättest nach Westen reiten sollen!«, schalt Taryah.

»Ich hatte meine Anweisungen«, brummte Maleni zurück.

»Und du hast sie ignoriert. Gefühlsduselei.«

Entschlossen versuchte Maleni ihr zweites Ich in den geschlossenen Teil ihrer Seele zurückzudrängen, in dem es – still – ausharren sollte, doch ein Geräusch hinter sich ließ sie auffahren. Sie blickte hinter sich. Über dem Wald, den sie nun hinter sich gelassen hatte, stiegen Vögel auf, als hätte sie etwas aufgescheucht. Ein einzelner Reiter würde eine solche massenhafte Flucht nicht auslösen. Also kam hier mehr als einer.

Sie waren hinter ihr her. Wie sie sie bei all ihren Vorsichtsmaßnahmen hatten so weit verfolgen können, war kaum fassbar, doch Maleni bezweifelte nicht, dass, wer immer dort durch den Wald reiste, sie – und nur sie – suchte. Es würde nicht mehr allzu lange dauern, dann würden die Verfolger sie einholen. Einen offenen Kampf gegen eine Einheit Soldaten – noch dazu Soldaten, denen sie den Anführer geraubt und die sie einen Tag lang durch den Regen hatte reiten lassen – würde Maleni nicht gewinnen können. Auch Taryah nicht.

»Fyrsthenfurz!«, schimpfte sie leise und in dem Bewusstsein, dass es unter ihrer Würde war, die Wirklichkeit durch den Gebrauch sinnloser Worte zu verwünschen. Es änderte nichts.

Sie blickte wieder nach vorne. Sumpf oder Berge?

»Berge!«

Entschlossener, als sie sich fühlte, lenkte sie ihr Ross nach links. Sie musste sich beeilen. Hier, außerhalb des Waldes, würde man sie weithin sehen können, und niemand konnte einschätzen, wie lange es noch dauern würde, bis der wenig durchsichtige Wald vor den Augen ihrer Verfolger wich und ihnen den Blick über die Ebene freigab – und auf sie, Maleni selbst.

Die hohen Bäume waren niedrigem Gesträuch gewichen, das sich büschelweise zwischen den Felsen angesiedelt hatte, wie winzige Oasen in einer Steinwüste. Es war nicht hoch genug, um sich darin verbergen zu können, erst recht nicht mit einem Pferd. Maleni schüttelte den Kopf. Sie musste es bis in die Berge schaffen.

Dass diese stets näher wirkten, als sie waren, war ihr ebenso bewusst, wie dass der Weg in den Sumpf ihr weitaus mehr Sicherheit vor den Soldaten würde bieten können. Doch selbst wenn es ihr gelang, die Verfolger im Moor abzuschütteln, würde sie den Tücken des regengetränkten Urgenmoors nicht gewachsen sein und vermutlich still und stumm darin versinken.

Der Gedanke, den Soldaten in die Hände zu fallen, behagte ihr freilich auch nicht. Im Reiten überprüfte sie ein letztes Mal ihre Wahl und behielt sie bei. Vielleicht hatte die Freiwilligkeit des aus dem Leben Scheidens ein wenig mehr Ehre in sich, als zu ertrinken und zu einer jener schwarzen Moorleichen zu werden, die das Urgenmoor bisweilen wieder ausspuckte, als wäre es ihrer überdrüssig.

Den Xyi war ihre Ehre wichtig, auch wenn sie sie nie über die Vernunft siegen ließen.

Fast nie.

»Dumm!«

Maleni stieß ein unzufriedenes Grunzen aus. Der Tag neigte sich dem Ende zu. Das Pferd war müde und wäre selbst in ausgeruhtem Zustand auf dem Untergrund nicht allzu schnell vorangekommen. Der Kalkfels wurde zunehmend brüchiger, die Spalten tiefer und breiter. Flechten und

Moose verbargen Löcher im Untergrund. Ein Pferd konnte sich hier leicht das Bein brechen. Ein Mensch freilich auch.

Sie ließ dem Ross die Zügel und hoffte, das Tier würde mit seinem Instinkt genauer wissen, wohin es treten musste. Sie hatte keine Zeit, abzusteigen und es zu führen. Wenn sie die Berge erreichen konnte, bevor die Verfolger aus dem Wald kamen, hatte sie gute Chancen, sie abzuschütten. Das Gebirge war, wie sie gehört hatte, voller Höhlen und Schluchten, und Spuren konnte man auf dem Stein nicht sehen. Irgendwo hier gab es den Geheimen Pfad durch die Schluchten. Nur wo?

Wieder wandte sie sich um. Der Wald lag nunmehr dunkel und lauernd hinter ihr, und wie viele Verfolger in ihrem Rücken waren, konnte sie nicht einmal erahnen. Sicher nicht ein ganzes Heer. Dazu war der Wald zu dicht. Doch auch eine kleine Truppe konnte ihr gefährlich werden. Vermutlich besaßen sie Fernwaffen, Langbögen oder Armbrüste. Maleni besaß nur eine Flöte, die man spielen, mit einem Handgriff aber auch zu einem Blasrohr umfunktionieren konnte. Damit ließen sich Giftpfeile verschießen, doch die Entfernung, die sich damit überbrücken ließ, war nicht groß. Ein Pfeil oder Armbrustbolzen flog allemal weiter. Auf über zweihundert Schritte Entfernung konnte man sie damit treffen – oder ihr Pferd. Und sie wusste, was geschehen würde, wenn man sie fing.

Maleni fluchte stumm. Sie gab es ungern zu: Sie hatte Angst.

8

Der junge Mann blickte den älteren an und schob sich die blonde Mähne aus dem offenen, freundlichen Gesicht. »Du meinst, sie wird hierherkommen?«

»Möglich.« Der Grauhaarige nickte. Er sah nicht auf, starrte nur in die Flammen seines sparsamen Feuers, das gelb züngelte, als wolle es etwas zum Gespräch beitragen.

»Ist das gut?«, fuhr der junge Mann fort. »Oder ist es schlecht? Gerade jetzt.«

Der Ältere zuckte mit den Schultern. Es waren sehr breite Schultern, die in kräftigen, muskulösen Armen endeten. Dem weit geschnittenen grauen Leinenhemd gelang es nicht, die Wuchtigkeit seines Körperbaus zu verbergen, und das abgewetzte Lederwams darüber betonte sie noch. Dennoch sah er nicht aus wie ein Kämpfer. Er war auch keiner, wenngleich Kampf ihm nicht fremd war. Er war Schmied, sein Körper geprägt vom Schwingen des Hammers und Formen des Eisens. Sein Alter war schwer auszumachen; er vermittelte eher den Eindruck einer grauen Zeitlosigkeit. Nur eines war sicher: Er schwang den Schmiedehammer schon sehr lange, denn Haar und Bart waren ebenso grau wie das Eisen, dessen Meister er war.

Auch der jüngere der Männer war muskulös, aber weniger massiv, eher biegsam und flink. Vielleicht würde er in nur wenigen Jahren dem Alten ähnlich sein. So gewaltig, so zeitlos.

»Eine Frau?«, fragte er erneut. Grau, braun und ledern war auch seine Kleidung, nur trug der jüngere Schmied über seinem Wams noch eine altmodische Gugel, die seine Schultern bedeckte und bei Bedarf mit einer Kapuze den Kopf vor Regen schützen konnte. Er war groß, doch seine Jugend ließ seiner Körperkraft etwas Leichtfüßiges angedeihen.

»Elgor! Du hast ihr Gepäck unter den Toten doch gesehen. Gar so viele Männer, die Seidenschals, Goldschmuck und Busenmieder tragen, gibt es nicht.« Der alte Schmied hob den Blick nicht von den Flammen, als wäre es ihm zu anstrengend, in die intensiven, hellbraunen Augen seines jungen Begleiters zu sehen. Er klang müde.

»Und sie kommt in diese Richtung?« In der Stimme des jungen Mannes schwangen sowohl Skepsis als auch Neugierde.

Der Ältere zuckte mit den Schultern, als wolle er dem anderen bedeuten, dass er schließlich nicht hellsehen könne. »Wenn sie nicht zur Straße zurückgekehrt ist«, antwortete er. »Bei diesem Regen wäre sie dumm, durch das Moor zu reisen.«

»Immerhin bräuchten wir uns dann keine Gedanken zu machen. Ihre Dummheit hätte vielleicht etwas für sich. Oder auch nicht.«

»Wenn sie ist, was ich denke, dass sie ist, wird sie nicht dumm sein.« Der Alte spuckte in die spärlichen Flammen.

»Der Kyrrospriester in der letzten Taverne sagte, es käme etwas auf uns zu, als er uns die Knochenwürfel warf.« Der junge Mann grinste.

Der Alte hingegen schnaubte verächtlich. »Du wirst doch keinem Kyrrospriester und seinen Knöchelchen Glauben schenken? Der Würdige wollte ein Bier, und du warst großzügig. Zudem kommt immer etwas auf uns zu. Seit Anbeginn der Reise. In den Acht Reichen kommt immer etwas auf alle zu. Und es ist nie etwas Gutes.« Der Schmied sah nun doch hoch und blickte sein Gegenüber schmunzelnd an. Um seine Augen bildeten sich tiefe Lachfältchen. »Du bist sehr überzeugend das, was du bist, mein Junge. Es mag einen weniger Geduldigen ermüden.«

Der junge Mann lachte, und sein Lachen klang erstaunlich tief und sonor und hallte von der Höhlenwand wider.

Durch den Spalt im Fels konnte man die Außenwelt noch als schmalen, rissigen Streifen wahrnehmen. Der Tag senkte sich zur Neige. Das Licht, das von außen in einem gebündelten Strahl in die Höhle fiel, war bereits von jenem Orange durchdrungen, das den baldigen Sonnenuntergang ankündigte. Über dem kleinen Feuer hatten die beiden Männer eine Wildhenne gebraten, die sie zuvor erlegt hatten. Es war kein üppiges Mahl gewesen, doch keiner der beiden beklagte sich. Sie hatten zu essen, sie hatten zu trinken, und es regnete ihnen nicht auf die Köpfe. Hier zu rasten war eine gute Idee gewesen, denn sie hatten es nicht eilig. Nur wer ein wirkliches Ziel hatte, hastete. Ihr kurzfristiges Ziel hingegen war es, zu überleben. Das vermochte man auch im Trocknen.

Ihr langfristiges Ziel freilich war ein anderes.

Der junge Mann stand auf und ging nach hinten ins Dunkel des Felsenhorts. Dort hatten sie ihre Maultiere untergebracht, die bemerkenswert gelassen mit der für sie untypischen Umgebung umgingen. Allerdings hatten sie auch schon vieles in ihrem Leben gesehen und noch mehr getragen, denn wandernde Schmiede führten zu viele schwere Gerätschaften mit sich, als dass sie sie hätten auf dem Rücken schleppen können. Maultiere waren unauffälliger als

Pferde und geländegängiger als Karren. Und zur Not konnte man auf ihnen reiten.

»Wir haben uns doch Mühe gegeben, unsere Spuren zu verbergen.« Vom hinteren Ende der Höhle klang die Stimme des jungen Mannes steinern verhallt.

»Warum hätte sie Maultierspuren folgen sollen – selbst wenn sie sie gesehen hat?« Der alte Schmied klang ungeduldig, blickte dem Jüngeren nach und runzelte die Stirn. Sie reisten schon lange gemeinsam und gehörten zusammen, obgleich er nicht der Vater und sein Begleiter nicht der Sohn war.

Sie würden weiter zusammen durch die Welt reisen. In Bewegung zu bleiben schützte in einem Krieg; Immobilität hingegen lieferte aus. Und Wanderhandwerker waren gern gesehen in den entlegenen Dörfern, die oft nur noch dünn bevölkert waren. Zwar gab es noch Schmieden, doch Schmiede waren selten geworden. Die starken Männer wurden zu gern von der einen oder anderen Seite rekrutiert – als Kämpfer oder Reittier-Beschuher der Offizierstiere. Man nahm die Handwerker einfach mit, sammelte sie ein wie Furage; als hätten die Bauern sie eigens für die Truppen dieses oder jenes Fyrsthen bereitgestellt.

Früher war es anders gewesen. Doch das war lange her, länger als ein Mensch gemeinhin lebte. Viele Generationen lagen zwischen dem Frieden, als die Acht Reiche noch ein Reich gewesen waren, das – wie der ganze Kontinent – Predorenn hieß. Predorenn, das heute nur noch »das Alte Reich« genannt wurde. In Predorenn jedenfalls hatte Frieden geherrscht. Es hatte einen König mit einem Kronrat gegeben, und die acht Fyrstheneien, die sich jetzt bekämpften, waren nur einzelne Herrschaftsgebiete gewesen, die dem obersten

Souverän und dem Kronrat unterstanden. Nicht viele wussten noch, was damals genau geschehen war. Der alte Schmied wusste es. Und der junge Mann wusste es auch.

»Ich frage mich, wie es sein wird«, meinte er jetzt und grinste. »Eine Frau!«

»Das weiß man nie«, gab der Alte zur Antwort und warf ein abgenagtes Vogelknöchelchen auf die Flammen, die daraufhin grünlich aufflammten, als nähmen sie es übel, mit Unrat gefüttert zu werden. Der alte Schmied lächelte. Es gehörte zu seinem Metier, Feuer zu verstehen. Doch gemeinhin spielte er nicht damit.

9

Maleni konnte die Verfolger sehen. Sie war abgestiegen und lugte hinter einem riesigen Felsen hervor, der gleich einem Vorboten des Gebirges aus dem steinigen Grund ragte. Eine Gruppe zu Pferd kam aus dem Wald, nacheinander ritten sie heraus, wie winzige Perlen, die aus einem Schatzkästchen rollten. Allzu nah waren sie nicht, doch nah genug, dass man sie sehen konnte. Und das galt dann gleichermaßen für beide Richtungen.

Maleni versagte sich einen Fluch. Sie war keinesfalls weit genug entfernt, um sicher zu sein. Wenn sie weiterreiten wollte, würde sie die Deckung dieses Felsens aufgeben müssen, denn noch hatte sie lediglich die Vorläufer, nicht aber die Berge selbst erreicht. Hinzu kam ihr Pferd, dem inzwischen von dem zu langen und zu schnellen Ritt der Schaum aus dem Maul troff. Lange würde das Ross nicht mehr durchhalten.

Sie hielt seinen Kopf, um das Tier daran zu hindern, aus der Deckung zu treten. Vermutlich war es dankbar, in diesem Augenblick nicht laufen und sie nicht tragen müssen, doch leider würde diese Pause nicht von langer Dauer sein.

Maleni hatte in der letzten Nacht nicht geschlafen und wurde zusehends müder. Ein Auftrag nahm sie immer sehr in Anspruch, physisch und letztlich auch psychisch. Und selbst wenn sie mit dem Getanen nicht haderte, weil sie es nicht getan hatte, brauchte Taryah doch sehr viel Energie, um ihren Tanz und ihre Lockungen bis zum bitteren Ende durchzuhalten. Obschon zwei Seiten in ihr lebten und beide teils eigene Ziele verfolgten, teilten Maleni und Taryah sich die Kraft einer einzigen Frau. Und Tat und Flucht berührten stets den Rand dessen, was ein einzelner Körper zu leisten imstande war.

Das Kribbeln latenter Furcht in ihrem Blut ließ sie jedoch nicht ruhen, hielt sie weiter aktiv. Sie kannte dieses Kribbeln, mochte es gar. Man konnte darauf gleiten, eine Zeitlang zumindest, doch irgendwann holte einen die Erschöpfung trotzdem ein. Dann konnte selbst ein Flirren in der Seele die Müdigkeit nicht mehr fernhalten.

Erneut glitt Malenis Blick über das Moor und zu den Reitern am waldigen Horizont. Von ihrem jetzigen Standpunkt aus wirkte das Urgenmoor wie saftig grünes Land, einladend und harmlos. Maleni wünschte sich innig, die Reiter besäßen weniger Ortskenntnis als sie und würden glauben, sie wäre ins Urgenmoor verschwunden.

Doch das Schicksal tat ihr diesen Gefallen nicht. Stattdessen ritten die Reiter gen Norden, die schmale Passage zwischen Bergen und Sumpf entlang. Dass sie, Maleni, diesen Weg niemals gewählt hätte, würde ihnen schnell klar werden, denn die Ebene zwischen Bergmassiv und Sumpf war eng, doch flach und weithin einsehbar. Hätte sie diesen Weg gewählt, hätten die Männer sie längst entdecken müssen. Maleni kaute unschlüssig an ihrer Lippe. Sollte sie reglos abwarten, bis die Reiter weit genug an ihr vorbeigezogen wären, und sich ins Gebirge wagen, wenn sie den Rücken zuwandten? Aber das war ein gefährliches Spiel, eines, das man allzu leicht verlieren konnte. Was, wenn die Feinde sich anders entschlossen und der Abstand zwischen ihnen und ihr auf einmal sehr viel kleiner war als jetzt?

Wenn es so kam, würde man sie nicht übersehen. Der Landstrich war öd und leer. Hier gab es nicht einmal mehr Ruinen. Moor und steiniger Grund verhinderten eine sinnvolle landwirtschaftliche Nutzung, und von den Birken im Moor abgesehen gab es keine hohen Bäume, die als Deckung dienen konnten.

Die Reiter waren zu zwölft, einer von ihnen würde sie gewiss erspähen, und mit zwölf Feinden auf einmal konnte nicht einmal eine Schemenjägerin der Xyi so einfach fertigwerden.

Sehnsüchtig blickte sie zu den Bergen, die ihr nah, fast schon greifbar erschienen. Die alten Felsen wuchsen steil aus dem Boden, durchzogen von schmalen Schluchten, Klammen und Pässen, von denen manche ins Nichts führten. Dort wäre sie kaum mehr auffindbar.

Maleni überprüfte, was ihr an Waffen zur Verfügung stand. Blasrohr. Messer. Wurfsterne. Würgeschal. Gift. Viel Gift der unterschiedlichsten Art. Hier und jetzt war es nutzlos, denn sie konnte ihre Feinde ja kaum zu Festmahl oder gewürztem Getränk einladen. Wenn es ihr gelang, wenigstens eine strategische Position einzunehmen, würde sie immerhin ein paar der Kämpfer mit in den Tod nehmen können.

Sie klopfte ihrem Reittier aufmunternd auf den schweißfeuchten Hals. Es schüttelte ärgerlich den großen Kopf, aber Maleni schob sich dennoch müde in den Sattel und beugte sich tief über den Hals des Pferdes, als könne sie sich so ungesehen machen. Dann wandte sie sich gen Westen, hielt auf die Berge zu. Die Huftritte des Pferdes schienen ihr dröhnend laut, und sie warf einen Blick über ihre Schulter nach hinten. Die Perlenschnur an Verfolgern war stehen geblieben; vermutlich hatten sie sie entdeckt und begriffen: Die einzelne Reiterin, die sich da in Richtung Gebirge bewegte, war mit ziemlicher Sicherheit die Mörderin, die sie suchten. Einen Vorteil hatte Maleni: Auch ihre Verfolger und deren Tiere waren müde. Vielleicht, so dachte Maleni, blieb ihr doch eine winzig kleine Chance, diesen Tag zu überleben.

Sie dachte selten über den Tod nach. Er war Teil ihres Lebens, wie Frühstück oder regelmäßiges Waschen, und es ging ja auch nur selten um ihren eigenen Tod. Die Xyi planten ausnehmend gut: Obgleich jeder Auftrag das Risiko des Scheiterns und getötet Werdens barg, verlief der Großteil von ihnen glatt. Das Netz der Xyi plante, sorgte für Anreise, Zugriff und Abreise – und zwar oft genug, ohne dass der Schemenjäger die Planer und Macher im Hintergrund je zu Gesicht bekam. Irgendwann, wenn Taryah nicht mehr jung und schön genug sein würde, würde auch sie solche Hintergrundarbeiten für den Orden verrichten.

Freilich nur, wenn sie heute überlebte.

10

Von seinem Aussichtspunkt im Schatten des Felsens am Eingang der Höhle aus spähte Elgor hinab ins Tal. Es war schon Abend, doch im Sommer wurde es erst spät dunkel. Die Nächte waren kurz, und so sah er trotz der Dämmerung eine Reiterin, die eilig auf die Berge zuhielt und deren müde gelaufenes Pferd immer wieder einmal den Tritt verlor. Die Loryr-Berge waren zerklüftet und steil, und der Boden wirkte überall wie mit einem überdimensionierten Hammer bearbeitet – in senkrechte Einzelteile zersprungen, und von tiefen, schmalen Spalten durchzogen. Es war gefährlich, in den Bergen unaufmerksam zu sein, das galt für Mensch und Tier gleichermaßen. Und so wäre es im Falle dieser Reiterin besser gewesen, das Tier zu führen. Allerdings war sie vermutlich nicht minder abgekämpft – zumindest wenn es sich um die Frau handelte, deren Kommen Umbert, der Schmied, für wahrscheinlich gehalten hatte. Auch für gefährlich. Und letztlich für unabdingbar. Manches hatte zu geschehen. Manches bot auch Möglichkeiten. Herbeigesehnte Möglichkeiten.

Umbert hatte lange gelebt und besaß eine ausgesprochene Gabe, aus Bruchstücken von Wissen einen Zusammenhang zu schaffen, der einen Sinn ergab. Er behielt freilich nicht immer recht. Doch diesmal möglicherweise schon. Es mochte eine Möglichkeit sein. Eine Gefahr. Oder beides.

Oder einfach noch zu früh.

Die Zeit hatte Meister Umbert und seinen Gesellen zusammengeschmiedet. So wie das Eisen, das sie bearbeiten. Und wie alle in den Acht Reichen hofften auch sie stets, es würde sich etwas ändern. Irgendetwas sollte geschehen, um den Knoten an Gier, Tod und Rache, der sich Kriegstaktik nannte, zu zerschlagen. Sie warteten auf einen Hinweis, einen Anfang, eine Öffnung in eine neue Richtung.

Elgor hatte schon alle Acht Reiche gesehen. Im Norden war es kälter, im Süden wärmer. Ansonsten unterschieden sich die Reiche nicht so sehr von einander. Überall sprach man in etwa die gleiche Sprache, gefärbt lediglich von starken regionalen Dialekten. Die Götter, die die Menschen anbeteten, hatten unterschiedliche Namen, und die Zeremonien, in denen man ihnen huldigte, unterschieden sich, doch der Grundgedanke war überall gleich: Man bat sie, den Krieg zu beenden, die Dinge zum Besseren zu wenden, die Feinde zu bestrafen. Da in einem Dauerkrieg jedoch jeder irgendjemandes Feind war, fragte sich Elgor bisweilen, ob ein göttliches Eingreifen tatsächlich von Vorteil sein würde. Und ob, falls es ein solches bereits gegeben hätte, es vielleicht eine Mitverantwortung für die verworrene Lage trug.

Er selbst glaubte nicht an Götter, zumindest nicht an wohlmeinende, nebulöse Schöpfer. Dennoch bereitete es ihm stets Freude, die Priester und Akolythen der unterschiedlichen Glaubensrichtungen nach deren Weissagungen zu fragen. Manchmal waren die Schlussfolgerungen dieser Frauen und Männer von einer gewissen Tiefe, was – wie Elgor meinte – vielleicht weniger an deren Gottheiten lag als an dem größeren Erfahrungs- und Wissenshorizont, den die Götterdiener aus den vielen Einzelinformationen ihrer Gläubigen ziehen konnten. Ihre Perspektive unterschied sich von der anderer.

Doch im Grunde suchten sowohl er als auch Umbert stets nach dem, das so vollständig verschwunden schien: nach Antworten auf alte Fragen. Nach Lösungen für alte Probleme. Und nach Magie, oder immerhin den Resten davon.

Im Alten Reich hatte es sie gegeben. Nur wenige Menschen kannten ihre Geheimnisse: der Kronrat des Königs, eine Gruppe von Männern und Frauen, aus deren Mitte der jeweilige König gekürt worden war, hatten besondere Fähigkeiten ihr Eigen genannt. Doch es hatte sie letztlich nicht davor geschützt, beinahe samt und sonders ausgerottet zu werden.

Die allgemeine Meinung in den Acht Reichen war, die Fyrsthen hätten sich gegen den Herrscher aufgelehnt und die Struktur des Wahlkönigtums in einem blutigen Aufstand zerschlagen, um sich im Anschluss daran gegeneinander zu wenden.

Doch das war möglicherweise nicht die ganze Wahrheit.

»Und?«, fragte Umbert vom Inneren der Höhle aus. »Was siehst du – außer, dass sie vermutlich hübsch ist?«

Elgor starrte nachdenklich nach draußen.

»Sehr hübsch.«, entgegnete er. »Und sie wird verfolgt«

»Das ist schlecht für sie«, erwiderte Umbert. »Noch schlechter ist es, wenn sie irgendwelche Soldaten in unsere Nähe bringt. Wenn sie sie erwischen, wäre es mir lieber, es geschähe weiter weg von uns.«

Er trat bedächtig das winzige Feuer aus, das ihnen als Wärme- und Lichtquelle in der Höhle gedient hatte. Es wurde noch etwas dunkler. Ein Lichtschein in den Bergen würde – egal wen – zu ihnen führen. Umbert blieb lieber im Verborgenen. Er hätte nicht so lange überlebt, wenn er nutzlose Risiken eingegangen wäre. Ein guter Kampf, so fand er, war ein Kampf, der ohne ihn stattfand. Er selbst wertete das nicht als Feigheit. In seinen Augen zeigte es vielmehr die Umsicht eines vernünftigen Mannes, der wenig Lust verspürte, für einen der Fyrsthen oder dessen Soldaten sein Leben und seine Gesundheit zu riskieren. Er hätte es übelgenommen, von irgendwelchen bewaffneten Dummköpfen einen Kopf kürzer gemacht zu werden – für nichts als eine weitere nutzlose Kerbe in ihren wie auch immer gearteten Waffen. Den Krieg würde es nicht beeinflussen, und den Frieden würde es nicht bringen. Niemand hätte etwas davon – schon gar nicht Umbert.

Elgor wandte sich um und versuchte, in der nun dunklen Höhle seinen Freund zu erkennen. Es gelang ihm nicht. »Wenn sie ist, was du denkst, das sie ist – wird sie ihren Verfolgern vielleicht entgehen können?«, fragte er ins Dunkel.

»Das kommt auf viele Dinge an«, gab Umbert zurück. »Wie viele Verfolger sind es? Wie gut ist sie darin, Menschen zu töten, die ihr nicht den Rücken zukehren? Ist sie wirklich das, was ich meine? Und: Gibt es die Xyi überhaupt, oder sind sie doch nur eine Legende, die zur Erklärung plötzlicher Todesfälle herangezogen wird, weil das praktischer ist, als sich den Kopf darüber zu zerbrechen, wer in den eigenen Reihen ein Verräter sein mag? Märchen sind den Menschen stets glaubhafter als eine Wahrheit, die sie nicht wahrhaben wollen.«

»Die Xyi sind kein Märchen!«, begehrte Elgor auf.

Umbert nickte und lächelte. »Tatsächlich sind sie auf sehr unwirkliche Weise ein Teil der Realität.«

Elgor wandte sich ab und blickte wieder nach draußen. »Man sieht es nicht so genau, aber es scheinen zwölf Verfolger zu sein.«

Umbert erwiderte nichts darauf, doch Elgor verstand auch so. Zwölf Feinde würden auch für eine Legende zu viel sein.

11

DAMALS

Stunden vergingen, der Abend kündigte sich an, und irgendwann war Maleni hinter dem Holzstoß allein. Beide Hände fest auf den Mund gepresst, lernte sie, lautlos zu schreien. Innerlich. Dass man das konnte, hatte sie nicht gewusst.

Unablässig schrillte es in ihr, ein hohes, panisches Kreischen, das nur sie selbst hören konnte. Ihre Augen brannten. Sie wusste nicht, ob es an den Tränen lag, die ihr unablässig über die Wangen rannen, oder an den Bildern, die sich ihr wie Feuer auf die Pupillen legten. Die Augen zu schließen war unmöglich; sie blinzelte nicht einmal. So furchtbar der Anblick auch war; noch viel beängstigender war es, die Schreie und schrecklichen Geräusche zu hören und nicht zu wissen, ob nicht jemand kam, um auch sie zu holen.

Das schmale Wesen, das wie aus dem Nichts erschienen war und bis vor einiger Zeit noch neben ihr gehockt hatte, war verschwunden. Ihr hatte sie ihr Leben zu verdanken, aber vielleicht war das unheimliche Etwas ja auch nur ein Geist gewesen, der bald auch sie mit sich ins Reich der Toten nehmen würde. Ihr Vater sagte immer, Geister seien eine Erfindung der Ängstlichen. Warum hätte Kyrros ein solches Zwischenstadium zwischen Leben und Tod zulassen sollen? Aber Kyrros ließ ja auch andere Dinge zu. Schreckliche Dinge. Und das Warum erschloss sich niemandem. Schon gar nicht jetzt, nicht hier, wo ihr Vater schon sehr lange reglos am Boden lag und sie sich so sehr wünschte, auch ihre Mutter und Geschwister würden bald nicht mehr zappeln und schreien.

Sie schmeckte Blut und wusste, es war ihr eigenes. Sie hatte sich in die Hand gebissen. Wie konnte sie nur so etwas Furchtbares denken! Sicher würde bald alles vorüber sein. Die bösen Männer würden fortreiten. Ihre Familie würde aufstehen. Und dann würde alles sein wie vorher.

Doch mit der Zeit, die verging; mit dem Grauen, das einfach nicht enden wollte, verfielen ihre Gedanken in eine seltsam schwere Leere. Es war ihr, als würde die Welt gleich anhalten oder einfrieren oder versteinern. Eis, kroch ihr durch die Adern, und ihr Herz wollte nicht mehr schlagen. Dann wieder flatterte es schmerzhaft in ihr, wie ein gefangener Vogel, der zu groß für seinen Käfig war, während sie wieder und wieder versuchte, irgendetwas zu begreifen. Sie begann die Männer zu zählen, versuchte sie auseinanderzuhalten. Ersteres war unmöglich, denn Maleni kannte noch nicht so viele Zahlen. Letzteres erwies sich als schwierig, denn die Kerle waren auf grausame Weise gleich. Bunt und schrecklich. Ihre Augen waren voller Gier, ihre Münder weit und zahnig, wenn sie lachten. Und sie lachten so ungeheuer viel.

Maleni würde nie mehr lachen, da war sie sich sicher. Lachen war fürchterlich. Das hatte sie nicht gewusst. Sie hatte viel zu viel nicht gewusst. Und das Wissen, das so grobschlächtig über sie hereinbrach, brachte keine Erkenntnis, keine Erklärung. Sie verstand nichts außer der nackten Brutalität und dass nichts je wieder sein würde, wie zuvor.

Ohne Unterlass spähten ihre weit aufgerissenen, brennenden Augen durch die Ritzen zwischen dem Feuerholz – und dann blinzelte sie. Sie glaubte, die Geistergestalt gesehen zu haben, draußen jetzt, nur einen Augenblick lang. Ein Schatten unter Schatten. Maleni versuchte dem Schemen zu folgen, doch die zierliche Gestalt schien mit ihrer Umgebung verschmelzen zu können. Mal glich sie sich den Bewegungen der Männer vor ihr an, mal schien sie nichts zu sein als einer der Obstbäume im Garten.

Schließlich tauchte etwas neben dem Brunnen auf. War das ein Gesicht? Eine Hand? Goss sie etwas in den Brunnen? In den Eimer, der am Rand stand?

Die schattigen Bewegungen vergingen im Nichts, und Maleni war sich nicht mehr sicher. Angestrengt hielt sie Ausschau, doch die flüchtige Gestalt blieb verschwunden. Was hatte sie an dem Brunnen gemacht?

Mutter ... Unwillkürlich flog Malenis Blick zu dem blutigen Bündel zerrissener Kleider und zerstörter Glieder, das ihre Mutter gewesen war. Auch sie war still geworden, bewegungslos, stumm.

Als die Gestalt mit einem Mal wieder lautlos hinter ihrem Holzstapel auftauchte, zuckte Maleni zurück. Noch immer konnte sie nichts erkennen außer den Augen unter der dunkelfleckigen Kapuze. Maleni schauderte, als das Wesen eine graue Hand hob und seinen erdigen Finger an den Ort legte, wo wohl seine Lippen sein mussten.

Maleni nickte kurz. Sie hatte längst verstanden, dass sie keinen Laut von sich geben durfte. Dabei hätte sie zu einer anderen Zeit so viele Fragen gehabt. Wer war die Gestalt? Was war sie? Was da neben ihr hockte, war weder Mann noch Frau noch Kind, und auch sein Alter offenbarte sich ihr nicht. Seine Bewegungen ließen es jung erscheinen, doch Maleni glaubte nicht recht daran. Was genau tat es da; worauf wartete es, während es aufmerksam, gespannt und, von den Augen abgesehen, absolut regungslos durch den Spalt in Richtung Brunnen blickte?

Maleni schielte hin und her, von ihrem Besucher zu den Soldaten. Einer holte Wasser aus dem Brunnen, und kurz hatte Maleni den Eindruck, als wäre die Anspannung ihres Besuchers noch ein wenig mehr angewachsen.

In diesem Augenblick packten ein paar der riesigen, bunten Kerle ihre Eltern und Geschwister und schleiften sie wie lasche Knochensäcke zum Haus. Keiner von Malenis Familie wehrte sich noch, niemand sagte etwas, keiner schrie. Sie waren ganz still. Ihre Haare hingen ihnen über die Gesichter, ihre Arme baumelten, ihre Köpfe schwangen hin und her, und schon bald konnte Maleni sie aus ihrer Position heraus nicht mehr sehen.

Maleni drängte es, nach ihnen zu sehen, doch sie rührte sich nicht, saß einfach regungslos da, an der Seite des Geisterwesens und wartete, dass der Alptraum vorübergehen würde. Bald. Hoffentlich.

Aber die Soldaten dachten nicht daran, zu gehen. Ja, sie lachten nun nicht mehr so laut wie zuvor, aber stattdessen schürten sie mehrere Feuer, blickten gen Himmel und redeten über das Wetter. Wie konnten sie nur jetzt über das Wetter reden?

Dann verteilten sie Essen. Maleni erkannte die Vorräte aus ihrem Keller. Am liebsten hätte sie eingegriffen. Diese Kerle fraßen einfach alles auf. Alle Vorräte! Die mussten doch über den Winter reichen! Die Familie würde sonst verhungern.

Nein, hörte sie da eine Stimme in ihrem Kopf. Nicht ihre Familie, sie selbst würde verhungern. Sie würde allein verhungern.

Ihr wurde eiskalt, und sie fühlte sich, als wäre sie auf einen Schlag um Jahre gealtert. Denn in diesem Augenblick begriff sie etwas, das zuvor jenseits ihres Verstandes gelegen hatte. Sie hatte Fakten zusammengezählt und ein Ergebnis erhalten; wie eine Erwachsene. Und wünschte im gleichen, zittrigen Atemzug, sie hätte es nicht getan. Sie würde es leugnen, dachte sie. Würde einfach denken, es wäre nicht so. Würde …

Da umschloss eine Hand ihr Genick mit festem Griff, Maleni rührte sich nicht, weinte nicht, schrie nicht. Diese Hand gehörte Kyrros, dessen war sie sich sicher. Jetzt würde sie sterben.

Doch die Augenblicke vergingen, und noch immer spürte sie den festen Griff und das Grauen in ihrer Seele. Vorsichtig schielte sie zur Seite. Die Gestalt neben ihr war bis zu ihr aufgerückt und drückte mit starken Fingern auf ihre dünne Wirbelsäule. Schweigend. Und Maleni verstand: Sie lebte noch. Wollte leben. Wollte das hier überleben.

Draußen legten sich die Soldaten zur Ruhe, ermüdet von ihren grausamen Spielen. Einige von ihnen kippten einfach zur Seite; manche schnarchten oder röchelten dabei, und wieder andere krochen noch eine Weile murmelnd über den Boden. Nur eine kleine Gruppe, deren Kleider noch ein wenig bunter als die der anderen waren, und deren Hüte mehrere prachtvolle Federn schmückten, saßen noch immer etwas abseits und ließen Wein in einem Schlauch kreisen. Die Anführer, vermutete sie.

Die Hand verschwand wieder von Malenis Nacken, und im nächsten Augenblick war auch die Gestalt erneut verschwunden. Wie der Wind war sie hinausgeweht, und Maleni konnte sie nirgends mehr entdecken. Aber sie sah etwas anderes: Einer der wenigen noch stehenden Männer griff sich an den Hals und fiel. Und dann noch einer. Der Rest wurde mit einem Mal sehr hektisch, blickte sich um, zog Waffen, brüllte. Aber nicht lang, und Hektik und Brüllen erstarben. Einer nach dem anderen wurde leise, krank, plötzlich müde – und sank, stolperte, fiel zu Boden. Schließlich lagen alle da.

Maleni verstand, dass sie jetzt schreien und weinen durfte. Laut klagen. Brüllen.

Aber sie wusste nicht mehr, was.

12

Die Felsen wurden höher und steiler, und was eben noch einzelne Felsnadeln waren, rückte zusammen und wurde zu einer Art Felsenkamm. Maleni ritt um einen Felsvorsprung und warf einen prüfenden Blick hinter sich, sah jedoch niemanden. Dies bot ihr nur bedingt Trost, denn sie wussten, wo sie war.

Kritisch sah sie sich um. Vor ihr befand sich ein schmaler werdender Pfad, der zu beiden Seiten von fast senkrecht emporstrebenden Felsen eingefasst war, die einen Blick auf den gewundenen Weg schon nach kurzer Zeit verstellten. Kurz darauf warf sie ihr Hauptgepäck hinter eine Felskante und brachte es somit außer Sichtweite. Dann lenkte sie ihr Ross näher an die emporstrebenden Formationen, stellte sich im Sattel auf, balancierte, sprang, flog geradezu und hing schließlich mit den Fingern an einem schmalen Felssims. Der kantige Stein ritzte ihr die Hände auf.

Einerlei.

Nur nicht fallen!

Sie zog sich hoch. Schmal, leicht und wohl trainiert wie sie war, harmonierten ihre Tänzermuskeln perfekt mit ihrem Kämpferwissen. Finger, Hände, Ellbogen. Ein Bein schwang hoch.

Etwas brach. Steinbrocken rieselten. Sie rutschte, fiel, scharrte mit der Wange entlang an schartigem Fels.

Und fing sich. Erneut griff sie nach oben, verbat sich den Gedanken, sie könnte abstürzen. Die Xyi stürzten nicht ab. Die Xyi konnten fliegen.

Beinahe zumindest.

Nun hatte sie sich über den allzu schmalen Simsrand gerollt, lag einen Augenblick lang mit dem Körper flach da, während Arme und Beine zu lang für das Versteck schienen. Einen zweiten Augenblick gönnte sie sich nicht, kam auf die Knie, die selbst eng aneinandergepresst kaum genug Platz hatten, und spähte nach unten.

Sie wusste, dass Höhen von oben immer höher wirkten als von unten. Seltsam weit unter ihr stand das Pferd. Es würde sie verraten. Es musste fort. Sie griff loses Felsgestein und warf es nach dem Tier. Sie warf gut. Wer mit Wurfsternen zu töten vermochte, musste zielsicher und kräftig werfen können. Sie traf die Hinterfront des Tieres. Es sprang nervös einen Satz nach vorn, blieb dann jedoch wieder müde stehen.

»Verschwinde!«, flüsterte sie. Sie wagte nicht zu rufen. In der Landschaft trugen Stimmen bisweilen weiter als man dachte. Und die Xyi mussten lautlos sein.

Ein weiteres Steinchen traf die Hinterfront des erschöpften Tieres, und es lief ein paar Schritte, um dann erneut stehen zu bleiben und sich irritiert umzusehen.

»Nun lauf schon!«, zischte Maleni ungeduldig und traf diesmal das Ohr. Nun mobilisierte das Pferd sichtlich ungehalten doch noch seine letzten Reserven und lief weiter. Rennen konnte man es nicht nennen, eher eine Art widerwilligen Trab, bei der das Ross verärgert schnaubte und missmutig den großen Kopf schüttelte.

Immerhin, es lief, verschwand um den nächsten Felsvorsprung und somit außer Sicht. Wenn es jetzt nicht beschloss, umzudrehen und den Feinden reiterlos entgegenzulaufen, hatte Maleni vielleicht eine Chance.

»Verflucht kleine Chance«, wisperte sie in sich hinein, verstummte jedoch gleich darauf wieder. Die Xyi vergeudeten keine Worte.

Vorsichtig stellte sie sich auf und tastete sich an der Felswand entlang, bis ihre Hände einen weiteren Vorsprung fanden, an dem sie sich hochzog. Ob ihre Deckung weiter oben besser sein würde, war nicht vorhersehbar, aber sie versuchte es trotzdem. Ihre Schenkel brannten von dem langen Ritt und den Strapazen der letzten Stunden; die Hände krallten sich zitternd vor Anstrengung in den Fels. Weiter. Etwas höher noch.

Erneut schob und zog und hievte sie sich selbst auf einen schmalen Vorsprung, der bei Licht betrachtet auch kaum höher als der vorherige war. Dennoch: Vielleicht würden ihre Verfolger sie in derart luftigen Höhen über sich schlicht nicht erwarten. Es war kein guter Plan, doch die guten Pläne waren ihr längst ausgegangen. Was blieb, war, die Kerle auszuschalten, ehe sie sie einholten. Schließlich wusste sie nicht, wie weit diese schmale Schlucht gehen würde. Vielleicht hörte sie irgendwo einfach auf, vielleicht schon nach der nächsten Biegung. Dann hätte man sie eingekeilt und bräuchte sie nur noch abzuschlachten. Jeder Versuch, die Konfrontation selbst zu steuern, war die bessere Alternative.

Sie balancierte ihre Position aus. Viel Bewegungsspielraum hatte sie nicht, doch von hier oben würde es ihr vielleicht gelingen, hinterrücks einen Überraschungsangriff zu starten. Sie musste schnell sein und ihre Verfolger töten, bevor diese zu ihren Langwaffen greifen konnten. Alle musste sie töten. Unordentlich war das. Töten ohne Auftrag. Ohne Sinn. Nur um des Überlebens willen.

Auf der anderen Seite: Auch Überleben war Pflicht.

Sie blickte an sich hinunter. In der Abenddämmerung war sie grau in grau, nicht leicht in den Felsen auszumachen. Aber kaum, dass man sie wahrnehmen würde, konnte man sie von dem Vorsprung herunterschießen wie reifes Obst.

»Bei der Ehre der Xyi«, wisperte sie sich selbst zu und holte flink ihre Waffen aus den verborgenen Taschen ihrer Kleidung. In ihrem Rückensack hatte sie noch mehr, konnte ihn hier jedoch nicht ablegen und brauchte zudem beide Hände frei.

Außerdem blieb ihr keine Zeit mehr. Die Hufe der Verfolger waren nun schon laut auf dem steinigen Grund zu hören. Gleich würden sie um die Felsen biegen. Maleni würde sie so weit unter sich vorbei reiten lassen, dass sie noch nah genug für ihre Geschosse waren, ihr jedoch so weit wie möglich den Rücken zuwandten. Der Schluchtenpfad war eng. Hier mit Schlachtrössern zu drehen würde schwierig werden, zumal für eine ganze Gruppe.

Ein letztes Mal ging sie ihren Plan in Gedanken durch. Sie musste schnell sein, denn sie hatte keine Deckung, konnte nicht einmal ausweichen – außer vielleicht, indem sie nach unten sprang. Nicht einmal drei Mannshöhen tief. Das war gut, wenn man springen musste. Es war schlecht, wenn man nicht gesehen werden wollte.

Da kamen sie, die Verfolger; Soldaten des pflichtgemäß verblichenen Zandru von Lorennen. Große, kräftige Kerle, deren Pferde Schaum vor dem Maul hatten und damit gleichsam die Stimmung ihrer Reiter wiedergaben. Wütende Männer, darauf erpicht zu strafen und zu töten.

Die Formation ritt in lockererem Abstand als Maleni es sich gewünscht hätte. Selbst wenn sie schnell genug war, konnte sie sie nicht alle erwischen. Die Schlucht war zu eng, ihr Sichtfeld zu eingeschränkt; sie würde die ganze Gruppe nie gleichzeitig überblicken können. Doch das hatte Maleni gewusst. Sie hatte es lediglich nicht ändern können.

»Ihr seid auserwählt von einer Schemenjägerin der Xyi«, flüsterte sie sich selbst innerlich zu. »Sterbt für unser Überleben!«

Längst hatte sie ihre Reptilienhauthandschuhe angezogen, die ihre Hände – fast unsichtbar – vor den Giftspitzen ihrer eigenen Waffen schützen sollten. Karruhaut galt als beinahe undurchdringlich und giftabweisend. Und Karrus waren entsprechend schwer zu jagen. Nicht so wie Menschen. Die waren gemeinhin leicht zu jagen.

Es war an der Zeit. Maleni öffnete ihre Seele.

13

Taryah warf ihre fünf Giftsterne so schnell, dass kaum mehr als drei Sekunden zwischen dem ersten und dem letzten Wurf verstrichen. Die Feinde trugen Harnische und Helme, jedoch keine Vollrüstung. Taryah hoffte, die rasiermesserscharfen Metallspitzen würden unter der Kleidung nicht auf Kettenrüstung stoßen, und tatsächlich schienen die Geschosse im Fleisch stecken zu bleiben.

Gut. Tief eindringen mussten sie nicht.

Taryah registrierte die Schreie, ließ sich jedoch nicht ablenken. Nachgesang. Nachtgesang. Nichts als Bestätigungen, dass sie getroffen hatte. Sie zählte sie, so wie sie stets über ihre Ziele akribisch Buch führte.

Getroffen.

Abgehakt.

Währenddessen hielt sie schon das Blasrohr in der einen Hand, die kleinen Federgeschosse in der anderen. Das Gift war das gleiche wie an den Sternen. Es wirkte schnell.

Das Herausblasen der fedrigen Nadeln erzeugte ein winziges Geräusch, ein zartes, sattes »Ftupp«. Taryah zielte auf ein Gesicht. Eine ledergeschützte Hand fuhr hoch und schlug vergeblich nach dem Geschoss, wie nach einer Mücke. Es traf ihn, da waren schon Geschoss zwei und drei unterwegs.

Das dritte verfehlte sein Ziel, denn der Reiter hatte allzu schnell begriffen, dass die Gruppe angegriffen wurde. Das

Federchen schoss über seinen Kopf hinweg, während er auf der Taryah abgewandten Seite vom Pferd glitt und sich hinter dem Tier verschanzte.

Damit war das Überraschungsmoment auch schon vorüber. Sieben, dachte Taryah verbissen. Mehr als die Hälfte, aber keinesfalls genug. Und noch lebten alle. Es starb sich nicht so schnell, nicht einmal durch Flussquallengift, das einem die Nerven lähmte, während es ungeheure Schmerzen durch den Körper jagte. Selbst Taryah würde von diesem Gift krank werden, wenn es je in ihre Blutbahn kam. Allerdings würde sie es überleben. Andere nicht.

Maleni konnte sich an den Schmerz erinnern, den das stark verdünnte Gift in ihr ausgelöst hatte. Fieber und Agonie, die dann doch nicht zum Tode führten, obgleich man ihn Sekunde um Sekunde herbeisehnte. So zu leiden war beinahe jenseits des Erträglichen. Und nur eine Behandlung reichte nicht aus. Doch immerhin verschaffte es den Schemenjägern der Xyi eine gewisse – eingeschränkte – Immunität. Manche sagten, es ändere Dinge im Körper der Menschen. Falls das so war, war Taryah für diese Änderungen dankbar.

Taryah hatte keine direkte Erinnerung an den Schmerz. Für sie war er nur der Ausdruck des Gegners, der getroffen und besiegt war. So wie jetzt.

Die Schreie der Verwundeten erklangen inzwischen laut, spitz und voller Agonie. In der engen Felsenschlucht scheuten die Pferde und versuchten vergeblich, aneinander vorbeizukommen. Doch Maleni hatte die Stelle gut ausgesucht. Hier konnte man nicht manövrieren. Das panische Wiehern der Pferde mischte sich mit den Schreien der sterbenden Menschen. Manche der Rösser stiegen. Die übrigen Reiter hatten ihre Last mit ihnen, rissen an Zügeln, versuchten gleichzeitig, ihre Waffen zu ziehen, brauchten dann aber doch beide Hände, um ihrer Reittiere Herr zu werden. Zudem verstopften Tiere und Menschen die schmale Schlucht dergestalt, dass die letzten Soldaten noch nicht einmal um die Ecke gebogen waren. Sie konnten nicht weiter.

Ein Armbrustbolzen krachte neben Taryahs Gesicht gegen die Felswand hinter ihr und zerbarst. Man hatte sie entdeckt. Splitter trafen sie; vermutlich nicht giftig, dachte sie. Die Armeen hielten nichts von Gift. Dies lag weniger daran, dass sie Skrupel gehabt hätten, sondern vielmehr an dem Mangel an ausgeklügeltem Wissen und sehr feiner motorischer Fähigkeiten, deren es bedurfte, um sich beim Kampf damit nicht selbst umzubringen.

Taryah machte sich so klein es ging, bot jedoch immer noch ein gut sichtbares Ziel. Unsichtbar, flüsterte sie sich zu, wir Xyi sind unsichtbar.

Aber es nutzte nichts. Sie war – sichtbar. Eine einzige Sekunde verging in unendlicher Langsamkeit, während sie mit den Augen die Reaktionen der Feinde maß. Sie hatte zu keinem Augenblick geglaubt, übersehen zu werden, wenn der Kampf erst richtig losbrach. Vielleicht aber hatte sie ihrem eigenen geheimnisumwitterten und legendenhaften Ruf unbewusst ein Stück zu weit vertraut. Ein solcher Fehler konnte schnell tödlich enden.

Schon hatte sie sich umgeblickt, die Lage erfasst, nutzlose Grübeleien von sich fortgeschoben – für Maleni, für später; sollte es ein Später geben.

Manche der Männer lagen nun auf dem Boden zwischen den Hufen ihrer Pferde, schrien, schlugen um sich oder zitterten wie Gallert. Sie waren nicht mehr wichtig, würden kaum noch aktiv in den Kampf eingreifen. Außer Acht durfte man sie freilich dennoch nicht lassen. Nur Tote waren ungefährlich.

Von jenseits der Biegung rückten weitere Soldaten nach. Sie näherten sich vorsichtig, zu Fuß und nutzten die nervösen Pferde der Reiter vor ihnen als Deckung. Taryah versuchte, alle Männer im Auge zu behalten. Die, die lagen; die, die eilig vom Pferd und aus der Schusslinie rutschten, und die, die von hinten aufschlossen. Fünf Feinde. Mit Fernwaffen. Und keine Deckung für sie.

Blitzschnell machte sie sich zum Sprung bereit, spannte ihre Muskeln an wie eine Katze. Länger hier oben zu verweilen hatte keinen Sinn. Höher zu klettern würde sie nur zur noch besseren Zielscheibe machen. Sie musste mit ihrem Sprung einen der Kämpfer treffen und sofort wieder auf die Füße kommen. Ihr Schwung würde ihr geringes Gewicht ausgleichen. Ihre Schnelligkeit würde sie tragen, ihre Behendigkeit sie schützen.

Doch sie sprang nicht. Stattdessen fiel sie, wurde hinabgerissen. Ein langes Lederseil hatte sich peitschengleich um ihren Hals geschlungen und zog sie mit einem schmerzhaften Ruck nach unten. Eine Gara. Dieser Hybrid zwischen Lasso und Karbatsche war eine gefährliche Waffe in den Händen desjenigen, der sie zu führen wusste. Nicht viele konnten das. Garas waren nicht kriegstauglich.

Für den Bruchteil eines Augenblicks raubte das geflochtene Lederseil Taryah den Atem und drückte ihr die Gurgel zusammen wie ein Henkersstrick. Sie kämpfte verzweifelt gegen die Schwärze, die sich vor ihren Augen ausbreitete. Wenn sie nicht sofort weiterkämpfte, war der Kampf an dieser Stelle vorbei.

Sie knallte gegen einen Sattel, rutschte über einen Gaul, riss – noch fallend – mit einer Hand an dem Lederseil, während die andere bereits ihr Messer umschloss.

»Verfluchtes Weib!«, drang das Brüllen des Kerls, der sie gefangen hatte, durch ihren Schleier aus Schmerz und Vorahnung. Den Schmerz fortzuschieben hatte sie gelernt; die Vorahnung machte sie wachsam, und so plante sie bereits ihren nächsten Schritt, während sie noch brutal kopfüber und rücklings über das Pferd des Angreifers gezogen wurde.

Luft.

Sie musste dringend Luft holen. Nicht ohnmächtig werden! Sie würde nie mehr erwachen.

Mit dem Messer schlug sie noch im Sturz einen Bogen. Ihre Position war denkbar schlecht, doch noch ehe ihr Hinterkopf auf dem Felsen aufschlagen und ihr Genick brechen konnte, stak ihr Messer im ungeschützten Oberschenkel des Angreifers. Mit einem Ruck, der ihrer eigenen Sturzgeschwindigkeit geschuldet war, zog sie die Klinge lang durch das fremde Fleisch, hievte sich daran hoch, lenkte ihren Fall um und kam so auf ihrem Gegner zu liegen. Der schrie und brüllte, versuchte, seine Gara zu seiner Verteidigung einzusetzen; doch eine Gara war keine Nahkampfwaffe. Und weil auch ihr Gegner das natürlich wusste, legten seine harten Hände sich nur wenige Augenblicke später um Taryahs Hals, um den sich die Lederschlinge gerade erst lockerte.

Sie rammte ihm das Knie in die Weichteile und nutzte den Augenblick, in dem er nur mit seinem Schmerz beschäftigt war, ihr Messer aus seinem Bein zu ziehen und erneut zuzustechen. Mit der anderen ergriff sie den kleinen Finger seiner Rechten an ihrem Hals und knickte ihn mit einer scharfen, schnellen Bewegung nach hinten um. Es war der schwächste Finger der Hand; die große Pratze des Mannes als Ganzes hätte sie sicher nicht bewegen können. Ein Knacken verkündete den Erfolg ihres Vorhabens. Kurzfristig ließen beide Hände locker. Jetzt noch einmal mit dem Messer zustoßen! In den Hals des Feindes.

Doch sie kam nicht mehr dazu. Vier weitere Kämpfer drangen auf sie ein, noch bevor sie sich vollends aus der Garaschlinge befreit hatte. Noch immer stand sie nicht, lag stattdessen auf ihrem Opfer, dessen Blut, wie geplant, in weitem Schwall aus dessen Bein spritzte, während seine Extremitäten nunmehr hilflos in der Luft ruderten. Wenn ihn jetzt niemand versorgte, würde es später auch nicht mehr nötig sein.

Taryah spürte, wie sie an den Armen gepackt und hochgerissen wurde. Rückwärts. Ohne dass sie Halt fand. Die Drohungen und Beleidigungen, die Flüche und Verwünschungen, die auf sie herniederprasselten, gingen unter in dem Kreischen der Verwundeten und in ihrem eigenen Schrei, der ihr entkam, wie ein flüchtender Vogel.

Sie schrie sonst nie. Die Xyi waren lautlos.

Jemand drehte ihre Hand in die falsche Richtung, und sie verlor ihr Messer. Diese Kerle waren ungeheuer stark und ihr zu viert überlegen. Sie brauchte Platz, musste manövrieren können, um sich zu wehren. Nur dann hatte sie eine Chance. Doch zwischen ausschlagenden Pferden und wütenden Mördern gab es keinen Platz. Der Vorteil, den Maleni gesucht hatte, hatte sich zum Nachteil gewandelt. Sie war nicht unsichtbar. Nicht unbesiegbar. Nicht mysteriös. Nicht schemengleich. Sie war so gut wie tot.

Taryah wand sich, drehte ihre Hüften, trat mit ihren Füßen zu, hörte einen Knochen knacken. Ihre Tritte konnten

Holzbretter durchschlagen, doch sie brauchte Platz, Mitte, Balance. Und diese Männer hielten sie nieder, drückten sie mit dem Rücken auf den Boden, einer schien förmlich auf ihr zu sitzen, ein riesiger, dicker Mensch. Wie konnte man nur inmitten eines Krieges so viel Gewicht ansammeln?

Acht.

Taryah hatte acht große, starke Männer in den Tod geschickt.

Und die restlichen vier würden Maleni nun töten.

Es war nicht mehr zu verhindern.

KASSIBER 2

Geheimbericht an die Geschwisterschaft

Der Handelstrek nach Passagur musste die Strecke ohne Heilerin zurücklegen. Ihr Wagen wird zur weiteren Verwendung für sie oder eine andere Heilkundige mitgeführt. Anweisungen werden erwartet.
Wanderfalke

14

Soldaten hassten. Das mussten sie, denn anderenfalls hätten sie das Leben, das sie tagein, tagaus führten, nicht führen können. Sie hassten Feinde. Sie hassten Gefahr, Regen, Kälte und Hitze. Sie hassten jeden Anflug von Normalität, der ihnen zeigte, wie absonderlich ihr Dasein war. Sie hassten Ausnahmen in ebendieser Normalität, die wiederum das Verlässliche in Gefahr wandelten.

Und sie hassten Frauen. Vielleicht nicht alle einzeln, aber doch insgesamt. Dabei gab es unter den Soldaten auch Frauen. Doch zum einen waren es wenige, und zum anderen gehörten sie zu dem Verbund aus Leid ertragen und Leid zufügen, der das Leben der Armeen bestimmte. Ganz bestimmt aber hassten sie Frauen, die ihnen gefährlich wurden. Zierliche, hübsche Frauen, die sich nicht an die Regeln hielten, und die töten konnten. Welche Regeln dies waren, das war letztlich einerlei in einer Welt, in der Regeln irgendwann unzuverlässig geworden waren. Nichts als Ruinen aus einer anderen Zeit.

Als die vier Kerle nun wie auf ein stummes Stichwort hin über sie herfielen, wurde es dunkel um Taryah. Sie versuchte sich zu winden und zu drehen, sich wie eine Schlange den Griffen zu entziehen, doch vier große, muskulöse Kerle waren stärker und schwerer, und die Assassinin konnte ihre versteckten Waffen nicht erreichen. Schemenjägerinnen der

Xyi mussten durch Schnelligkeit und Geschick – und aus größerer Entfernung – töten. In einem direkten Nahkampf Frau gegen Übermacht hingegen waren ihre Erfolgschancen gering.

Das hatte sie gewusst – ebenso wie sie wusste, dass sie schon längst tot wäre, wenn die Wut der Kerle nicht so übermächtig wäre, dass sie ihr unbedingt vor ihrem Tod noch weh tun und ihr ihre Überlegenheit beweisen wollten – auf die einzige Weise, die Männern dazu einfiel.

Der Umhang riss, die Bluse darunter ebenfalls. Acht Hände fassten, griffen, quetschten und rissen an Taryah, und ihre taktische Überlegenheit nutzte ihr nichts. Auch nicht ihre strenge Ausbildung zu einer Tötungsmaschine, die ihresgleichen suchte. Fast war sie gekränkt, dass man so mit ihr umging. Krude, dumme Kerle gegen die Eleganz einer Spezialistin. Das durfte so nicht sein. Es schien, als hätte sie noch nicht verstanden, dass dies das Ende bedeutete und es nun einerlei war, wie gut sie war, wie schön, wie elegant und wie erfolgreich sie bislang gearbeitet hatte.

Einundzwanzig Jahre war sie alt. Elf davon hatte sie gelernt, das zu werden, was sie war. Elf Jahre, die aus nichts bestanden hatten, als aus Drill und Training, Theorie und Praxis, Wissen und Seelenformung. Und Gehorsam. Jeden Tag, ohne Ausnahme – fast. Jede Bewegung ein antrainierter Ablauf von Perfektion, jeder Gedanke ein strukturierter Plan innerhalb eines Rasters strukturierter Pläne, jedes Gefühl wusste sich der Seelenhälfte zuzuordnen, zu der es gehörte.

Taryah fühlte eiskalte Wut.

Maleni hingegen fühlte Verzweiflung und Angst. Das half nicht, aber ihr fiel auch nichts anderes ein, das hätte helfen können. Taryah zog sich zurück; Maleni spürte das. Was sie tun konnte, hatte sie getan. Nun war es an ihr, Maleni selbst, den Rest des Weges zu gehen.

Maleni biss in eine der Hände, die an ihr zerrten, und schon schlug ihr eine andere ins Gesicht. Jemand riss wütend an ihrem Hosenrock; offenbar hatte er bemerkt, dass man ihr den Rock nicht einfach über das Gesicht ziehen konnte. Sie versuchte mit ihren Beinen auszuschlagen, doch acht Pranken hielten sie an Ort und Stelle, und sie lag immer noch auf dem Rücken. Das war das Ende aller taktischen Vorteile. Nicht einmal an ihr eigenes Gift kam sie noch heran; diese Entscheidung hätte Taryah fällen müssen und hatte es nicht getan. Vermutlich war ihr der Gedanke an einen Freitod gar nicht erst gekommen. So war sie eben – ein Kampf und selbst die ausweglosesete Situation weckten in ihr nie den Wunsch, zu sterben, sondern den Willen, zu überleben.

Ein Schwert schnitt durch Fleisch. Ein Schrei. Blut spritzte; ein Kopf fiel. Fiel hinunter auf ihre Brust und verharrte dort einen Augenblick, ehe er weiter an ihr hinabglitt. Nasse Haare streichelten sie wie in rote Farbe getunkte Pinsel.

Einige Hände ließen sie los. Ein schwerer Körper fiel auf sie, kopflos; Blut strömte ihr über Hals und Gesicht. Sie versuchte, zu sehen, was geschehen war. Pferdebeine, aufspringende Männer, Bewegung, Blut und die Last auf ihr: Alles nahm ihr die Sicht. Erneut wand sie sich im Griff ihrer Angreifer. Die Hände, die sie hielten, verschwanden. Sie versuchte, sich rückwärts über den Boden zu schlängeln. Das tote Gewicht auf ihr drückte sie nieder, doch ihre kleinen Bewegungen, mal hierhin, mal dorthin, ließen sie dennoch vorankommen. Langsam. Viel zu langsam.

Jetzt konnte sie sich töten.

Doch jetzt hatte sich alles verändert.

Vier Männer hatten sie angegriffen. Vier fochten auch jetzt. Und einer war tot. Es waren also nicht mehr vier Männer sondern … Maleni hielt kurz inne. Mit dem Toten hier fünf? Das konnte nicht sein. Sie konnte sich nicht verzählt haben.

Erneut sah sie zu den vier kämpfenden Männern, und da erst verstand sie. Sie hatte sich nicht verzählt; sie hatte Unterstützung bekommen. Jemand bekämpfte ihre Feinde. Er war schnell, stark und schien ungeheuer groß zu sein. Geschmeidig war er, behende und zielsicher. Dunkle Haare wehten, während er sich duckte, beugte, abwandte, vorstieß, sprang. Hierhin, dorthin. So über alle Maßen rasch und trittsicher.

Blut spritzte. Er hatte ihre Angreifer überrascht. Tatsächlich hatte er auch Maleni überrascht, denn auch sie hatte ihn nicht herankommen sehen. Aber jetzt war er da, schnitt sich durch Feinde, schweigend, beharrlich und erfolgreich. Er sah nicht aus wie ein Soldat, doch seine Bewegungen hatten etwas Professionelles. Er war ein Könner seiner Kunst. Woher war er gekommen? Und warum kämpfte er für sie? Niemand kämpfte für die Xyi – außer den Xyi selbst. War er ein Bruder? Sie erkannte ihn nicht und auch nichts in den Abläufen seiner Bewegungen. Sein Stil war etwas anders, konnte nicht im Berg erlernt worden sein. Kein Schemenjäger und dennoch auf ihrer Seite? Unmöglich. Oder, so dachte sie, er wusste einfach nicht, was sie war. Vielleicht war sie in seinen Augen nur eine Frau, die von einer Übermacht von Männern niedergezwungen und ermordet wurde. Er hatte eingegriffen. Angegriffen. Ein hehrer Held in einem Reich, in dem es keine hehren Helden mehr gab, nur Tote und Überlebende?

Unwahrscheinlich.

Stahlblaue Augen blickten sie an – für den Bruchteil einer Sekunde. Für den gleichen Bruchteil war sie unaufmerksam. Ein Pferdehuf trat nach ihr, knallte gegen ihren Kopf.

Es wurde dunkel.

15

Es war immer noch dunkel, als Maleni die Augen wieder aufschlug. Ihr Kopf dröhnte und hämmerte, und nur langsam schälte sich ein Flackern aus der Dunkelheit. Kurz überfiel sie blanke Panik. Hatte ihr Augenlicht bleibenden Schaden genommen? War sie nun blind in einer Welt von Feinden?

Doch dann formte sich langsam, Stück für Stück, ein Bild aus Flackern und Finsternis. Was sie sah, war ein winziges Lagerfeuer, das nur wenig Licht auf den Ort warf, an dem sie sich befand. Wo war sie? Was war geschehen? Und wie schwer war sie verletzt?

Aus dem Augenwinkel nahm sie eine Bewegung wahr und keuchte erschrocken auf, als sie verstand, dass ihre sonst so brillante Reaktionsfähigkeit sie im Stich ließ. Bilder wirbelten auf sie ein, lähmten sie. Ein Ritt durch einen Wald. Blätter, Äste, der Geruch von nassem Erdreich und Moder. Der kopflose Leichnam, der sie plötzlich unter sich begrub. Das Gewicht und der Blutgeruch waren auf einmal ganz deutlich in ihrem Gedächtnis. Maleni würgte. Erst jetzt merkte sie, wie ungeheuer übel ihr war. Sie schluckte entschlossen. Nicht nachgeben. Schon gar nicht gegen sich selbst.

Wie ein Schäferhund seine Schafe, versuchte sie ihre Gedanken einzufangen und gesammelt in eine Richtung zu treiben, doch Bilder und Eindrücke bewegten sich wirr und brachen immer wieder aus dem Halt ihres Verstandes aus. Sie atmete flach, drängte die Übelkeit Schritt für Schritt zurück und hoffte, dass das für den Augenblick reichen würde, denn zu mehr war sie nicht imstande.

»Sie ist wach!«, sagte eine Männerstimme. Neue Panik durchfuhr sie. Jetzt musste sie reagieren, schnell. Ihre Waffen finden, kampfbereit sein. Die Xyi mussten stets kampfbereit sein. Waffen. Wo waren …

Ihre Glieder schienen wie Blei, so unendlich schwer. Sie konnte kaum ihre Hände heben, und ihr Kopf schmerzte noch immer so sehr. Sie musste sehen, woher die Stimme gekommen war und wem sie gehörte. Und zu wem sie gesprochen hatte.

Mindestens zwei, zählte ihr geschulter Geist automatisch, ein Sprecher, ein Zuhörer. Zwei Feinde, vielleicht mehr. Ihre Nase sagte ihr, dass für so ein kleines Feuer sehr viel Rauch in der Luft war. Sie befand sich nicht im Freien, sondern in irgendeinem »drinnen«. Wo? Wie war sie hierhergekommen? Und was war zuvor geschehen?

Stahlblaue Augen erschienen vor ihrem geistigen Auge. Wie ein Leuchtfeuer, das einem den Weg zeigt, flammten sie in ihrem Gedächtnis auf, streiften eine Erinnerung, die nicht zugänglich war. Sie versuchte, sich an das dazu gehörige Gesicht zu erinnern, doch da war nicht viel, dessen sie sich entsann. Fliegende dunkle Haare. Entschlossenheit. Kampfkraft. Eine Art erhabener Wagemut. War er hier, der Blauäugige? Bruder oder kein Bruder?

Stöhnend rollte sie sich auf die Seite, um nachzusehen, wie schwer sie verletzt war. Sie entsann sich an großen Schmerz, an Schläge, Tritte und Demütigung. Aber sie wusste nicht, ob sie einen Schwerthieb oder einen Messerangriff hatte einstecken müssen. War sie am Ende bereits halb verblutet und deshalb so unerträglich schwach?

Eine Hand ergriff sie am Oberarm und half ihr auf die Knie. Sie ergriff sie mechanisch, quälte ihren Blick nach oben und hoffte, den Recken mit den hellen, blauen Augen zu sehen. Die Hand gehörte tatsächlich einem Mann. Jung war er, doch mehr konnte sie bei dem schlechten Licht nicht erkennen.

»Geht es?«, fragte er. Er klang sympathisch und blickte sie mit freundlichen, hellbraunen Augen besorgt an. Sie versuchte unauffällig ein Zeichen mit dem kleinen Finger zu machen, doch er sah es nicht.

Kein Bruder also. Ein Bruder hätte es gesehen.

Sie schwankte, und schon hielt er sie mit beiden Händen – ein fester Griff, kraftvoll und doch sanft, als hätte er Angst, sie zu zerbrechen. Beruhigend. Jemand, der ihr nicht weh tun wollte. Zumindest nicht gleich.

Ihr Blick fiel auf ihr Gepäck, das nicht weit von ihr auf dem Boden lag, daneben ihr Rucksack. Du liebe Güte! Hatte er das durchsucht? Ihre Waffen und Gifte gefunden? Wusste er, wer sie war? Was sie war?

»Ich heiße Elgor«, stellte er sich vor, und seine Freundlichkeit flößte Maleni spontanes Misstrauen ein. So hatte man ihr das beigebracht. Freundlichkeit von Fremden war stets verdächtig. Und er schien wirklich sehr nett zu sein.

Er blickte von ihr fort. »Das dort ist Umbert. Umbert, der Meisterschmied.«

Schmerzhaft drehte sie den Kopf und sah nun unweit des Feuers einen weiteren Mann sitzen. Seine Züge lagen im Schatten, doch seine Maße wiesen ihn als großen, breiten Kerl aus. Älter als der Mann, der sie hielt.

»Maleni«, krächzte sie. Ob sie gleich ihren Beruf dazu nennen sollte? Heilkundige. Es erklärte ihre Tränklein und Essenzen und machte sie sympathisch, denn Heilkundige wurden allerorten gebraucht; im Krieg wie im Frieden. Zudem war es nicht gelogen. Sie wusste um die Heilkunst und die Wirkung von Kräutern und Extrakten. Sie konnte damit töten. Oder heilen.

Töten war einfacher.

»Leg dich besser wieder hin«, brummte der andere, und seine Stimme wies ihn als sehr viel älter aus. »Mit Kopfverletzungen spaßt man nicht. Und es trägt kaum zur Gemütlichkeit bei, wenn du uns hier die Höhle voll speist.«

Auch er war offensichtlich nicht der Mann, der ihr zu Hilfe gekommen war. Wo also war er? Auch irgendwo hier in der Düsternis? Sie blickte sich um, sah jedoch nur diffuse Bewegungen in den Schatten. Eine Höhle, hatte er gesagt. Das ergab einen Sinn, aber es war ihr nicht genug.

»Wo bin ich?«, fragte sie.

»In den Loryr-Bergen. Hier gibt es viele Höhlen.«

»Wo ist der …« Sie hielt inne. Wie fragte man nach einem Phantom, das aus dem Nichts gekommen war und einen gerettet hatte? Blaue Augen. Es war, als würde diese Erinnerung sie verfolgen. Blaue Augen, die sie kurz ansahen und sich dann einem Kampf zuwandten, der für sie ausgefochten wurde.

Ganz plötzlich taten sich neue Bilder in Malenis Gedächtnis auf. Sie war auf dem Boden der schmalen Schlucht aufgewacht. Da hatte der Blauäugige neben ihr gekniet. Seine große, schwielige Hand hatte an ihrem Hals gelegen, als überprüfte er, ob sie noch lebte. Wer er wäre, hatte sie ihn fragen wollen, doch ihre Stimme hatte ihr nicht gehorcht.

Nichts hatte ihr gehorcht. Er war dann aufgestanden, hatte sie ein letztes Mal angesehen und war in der Dämmerung verschwunden. Fort. Als wäre er nie da gewesen.

Eine Weile hatte sie so gelegen, dann war sie losgekrochen. Auf Händen und Knien durch wirklich viel Blut, das den felsigen Boden rot färbte wie einen Seidenteppich aus Farrowul. In kleinen Vertiefungen hatte es sich gesammelt wie Regen in Pfützen. Aber wo, so hatte sie sich dumpf gefragt, waren die Toten? Wo die Pferde? Mühsam hatte sie versucht, Antworten zu finden, doch nicht einmal die Fragen waren von besonderer Klarheit gewesen. Sie hatte sich an den Felsen hochgezogen und ihr Gepäck geborgen, hatte ihr Blasrohr gefunden, das wundersamer Weise unzerstört auf dem Boden lag, gleich neben ihren Wurfsternen. Jemand hatte aufgeräumt. Hoffentlich hatte er sich nicht dabei vergiftet. Mit einstudierter Akribie verstaute sie die Waffen und Handschuhe, obgleich ihre Hände zitterten. Sie hatte sich umgesehen, in der stetig zunehmenden Dämmerung, und schließlich rat- und tatenlos zwischen ihren Besitztümern gesessen. Sie hatte nur noch gemerkt, wie ihre Sicht sich langsam zuzog wie die Vorhänge eines Bettes. Und sie war auf das felsige, blutige Bett hinter diesen Vorhängen gesunken und hatte sich gefragt, warum er sie gerettet hatte, um sie nun allein sterben zu lassen. Denn sterben, das war ihr in diesem Augenblick unabwendbar erschienen, würde sie. Jetzt.

Maleni riss sich zusammen und schüttelte vorsichtig den schmerzenden Kopf. Zu ihrem Tod war es nicht gekommen. Sie lebte. Daraus ließ sich unschwer folgern, dass sie nicht gestorben war.

»Wie bin ich hierhergekommen?«, fragte sie den Braunäugigen, der sie immer noch stützte.

»Du lagst verletzt unten in der kleinen Schlucht«, antwortete er.

»Und Elgor meinte, man sollte dich dort nicht so rumliegen lassen«, tönte die Stimme des Älteren vom Feuer her. Sie klang resigniert und ironisch zugleich. »Er findet, man sollte schönen, jungen Frauen helfen. Auf seine Weise ist er Idealist. Möglicherweise der letzte in den Acht Reichen.«

Hunderte von Fragen stürzten über Maleni herein, aber sie brachte keine von ihnen heraus. »Danke«, sagte sie deshalb nur, während sie angestrengt weiter ihr Gedächtnis durchforstete. Sie spürte, dass da mehr war, weitere Erinnerungen, und dass sie diese gleichzeitig finden und vergessen wollte. Sie fürchtete sich vor deren ultimativer Konsequenz.

»War da … sonst niemand?«, fragte sie schließlich vorsichtig.

»Nein«, sagte Elgor. »Aber die Schlucht war rot von Blut. Ich dachte, es wäre deines, aber das kann nicht sein. Dann wärest du jetzt doch schon tot.«

Tatsächlich, dachte Maleni, genau so war es. Sie müsste tot sein. Alles andere ergab keinen Sinn. Zwölf Verfolger. Vier Peiniger. Ein Retter. Wo waren sie alle hin?

»Ich bin angegriffen worden«, sagte sie langsam. »Da waren … Marodeure. Sie wollten …« Maleni verstummte. Was wollten Marodeure schon von allein reisenden Frauen: sie fangen, sie berauben, sie vergewaltigen, sie umbringen. Man musste es nicht erklären. Ihr unglaubliches Überleben bedurfte viel eher einer Erklärung.

Tatsächlich fragten die beiden Männer nicht genauer nach. »Du lebst«, sagte der Ältere nur trocken.

»Ich hatte Hilfe. Ein Kämpfer kam. Habt ihr ihn gesehen?«

Sie fühlte den Blick, der zwischen den beiden Männern hin- und herging, mehr als sie ihn sah. Es war, als hakte sich deren kritisches Begreifen ineinander, doch nur für einen einzigen Augenblick. Schon war davon nichts mehr zu sehen. Vielleicht hatte sie sich geirrt.

»Du warst allein«, sagte der junge Mann. »Ich habe dich hierhergebracht – mit deinem Gepäck. Ich wollte dich nicht so liegen lassen.«

Es war Maleni, als könne sie ein amüsiertes Schnauben vom Feuer her hören. Doch es war zu leise, als dass man sicher sein könnte, und ihr Kopf dröhnte so laut, dass sie es sich vielleicht eingebildet hatte.

»Elgor hat dich hierhergeschleppt. Er mag Mädchen.«

Es war nicht eben hell in der Höhle, doch Maleni meinte zu sehen, wie Elgor rot wurde.

»Nur«, fuhr der Mann fort, »was tun wir jetzt mit dir?«

Die Frage eröffnete viele Möglichkeiten, und Maleni hoffte, sie würde sich erholen können, ehe ihre Gastgeber zu einer Antwort kamen, die ihr nicht gefiel. »Kennt ihr euch aus in diesen Bergen?«, fragte sie daher, um Zeit zu gewinnen.

Der junge Mann, der angeblich Mädchen mochte, nickte.

»Könnt ihr mich mitnehmen?«, fuhr sie fort. »Ich muss nach Norden.«

»Wir sind nach Farrowul unterwegs«, sagte Elgor. »Nach Nordwesten. Quer durchs Gebirge.« Dann blickte er seinen Reisegefährten an. Maleni sah dessen Reaktion nicht, hörte auch nicht seine Stimme.

»Gemeinsam ist es weniger gefährlich«, fuhr er fort, als müsste er den anderen überzeugen. Vermutlich musste er das tatsächlich.

»Nicht unbedingt«, gab dieser jetzt auch zu bedenken, ganz sanft. »Ein schönes Mädchen in einer wilden Welt mag einem mehr Scherereien einbringen, als man haben will. Wer bist du, Maleni?«

»Ich bin Kräuterfrau und Heilkundige!«, antwortete sie. »Ich kann nützlich sein!« Gemeinsam war das Reisen tatsächlich weniger gefährlich. Die Karawane hatte sie verpasst, aber zwei männliche Begleiter mochten zusätzlichen Schutz bedeuten – und eine Tarnung.

»Wir sind Schmiede«, gab Elgor Auskunft. »Wandernde Schmiede finden überall Arbeit in dieser Zeit.«

»Wandernde Kräuterfrauen auch.« Maleni versuchte unter Schmerzen zu lächeln. Sicher trug ihr Gesicht noch die Spuren der Schläge.

»Dann nehmen wir dich mit in die Fyrsthenei Farrowul«, bekräftigte Elgor.

»Und danach sehen wir weiter«, brummte der alte Schmied.

Farrowul. Das lag westlich von Passagur und nördlich von Virniu. Vermutlich konnte sie in Farrowul ebenso gut Kontakt zur Geschwisterschaft aufnehmen wie in Passagur. Die Xyi waren überall. Hauptsache, sie kam erst einmal fort aus Gendern und Virniu.

Ihr wurde schwindlig, und sie spürte, wie die großen Hände des jungen Mannes sie sanft zurück auf die Decke gleiten ließen. Das war fürsorglich.

»Schlaf erst mal«, sagte er. »Du bist bei uns sicher.«

Wieder klang er so unerhört freundlich, und wieder wusch eine Sturmflut an Misstrauen über sie hinweg. Schlafen – im Beisein von Fremden? Die Welt war voller Fremder, doch diese hier waren nicht vom Netzwerk der Xyi gestellt worden. Vielleicht würde sie nie wieder aufwachen.

KASSIBER 3

Lagebeurteilung

Westverschiebung der Grenze zu Virniu nicht abgeschlossen. Offenheit der Lage vorübergehend gewährleistet. Weitere Maßnahmen vonnöten. Eine Heilerin wird vermisst.
Frettchen

16

DAMALS

Maleni war nicht hinter dem Holzstapel hervorgekommen, die ganze Nacht nicht. Längst waren ihr die Beine eingeschlafen in der unbequemen Stellung.

Die Feuer brannten langsam herunter. Niemand legte Holz nach. Zu Anfang, da hatte der eine oder andere noch gezuckt oder sich übergeben, doch jetzt lagen die bunten Soldaten einfach da, während die Flammen ihrer Lagerfeuer immer weiter herunterbrannten.

Maleni weinte leise. Sie wollte die Feinde nicht wecken, obgleich sie zugleich nicht sicher war, dass man sie überhaupt noch hätte wecken können. Sie wusste nicht, was sie von all dem halten sollte. Böse war es. Die Männer waren böse. Vielleicht hatten sie Kyrros die Hand gegeben, aber vielleicht würden sie auch wieder aufwachen und weiter schlimme Dinge tun.

Während die Nacht unendlich langsam verging, dachte Maleni oft, dass sie jetzt ihr Versteck verlassen und nach ihren Eltern und Geschwistern sehen sollte. Und manchmal zuckten ihre Glieder bei dem Gedanken, sich zu bewegen. Doch letztlich blieb sie sitzen, starrte aus tränennassen Augen ins Dunkel und wartete darauf, dass alles wieder normal werden würde. Zugleich wusste sie, was sie finden würde. Also ging sie nicht, blieb verstockt und verwirrt sitzen, wo sie war. Sie wollte keine Gewissheit. Es war leichter, hier zu warten, dass ihr Vater kommen und sie scheltend hinter dem Holz hervorziehen würde.

Aber er kam nicht, und obgleich Malenis Verzweiflung darüber von Augenblick zu Augenblick wuchs, erstaunte es sie nicht. Sie war sieben, doch sie war nicht dumm.

»Komm«, sagte da eine Stimme neben ihr, und Maleni fuhr auf. Wieder hatte sie die Gestalt nicht nahen gehört, aber immerhin konnte sie jetzt an der Stimme erkennen, dass es eine Frau war. Ängstlich blickte sie auf die ihr dargebotene Hand.

»Komm!«, sagte die Frau noch einmal und fügte dann, als Maleni immer noch nicht reagierte, hinzu: »Deine Familie ist tot. Und bald werden weitere Soldaten kommen. Du kannst hierbleiben und sterben. Oder mitkommen und leben.« Sie sagte es ganz sachlich. »Ich gehe jetzt. Mit dir oder ohne dich.« Dann drehte sich die Frau um und war schon wieder verschwunden.

Ein paar Sekunden rührte Maleni sich nicht, doch dann verstand sie: Wenn die Fremde ginge, wäre sie allein. Vollkommen allein. Und so krabbelte und kroch sie mit tauben Gliedern aus ihrem Versteck, umrundete den Holzstapel und sah sich im ersten grauen Licht des Morgens vorsichtig um. Die Frau, die eben noch mit ihr gesprochen hatte, war nirgends zu sehen. Um die Leiber, die in so mannigfacher Zahl über den Boden verstreut lagen, nicht sehen zu müssen, hielt sie ihren Blick nun eisern auf das Haus gerichtet und lief darauf zu. »Mutter?«, rief sie. »Vater?« Dann rief sie die Namen ihrer Geschwister, erhielt jedoch keine Antwort. Schließlich trat sie ein.

Im Haus fiel sie über ein Bein. Es gehörte ihrer Schwester und sah seltsam verdreht aus. Kurz erwartete Maleni, nun ob ihrer Unachtsamkeit gescholten zu werden, doch ein abgrundtiefes Schweigen hielt die Welt umklammert. Niemand sprach zu ihr. Es schien, als wäre sie gar nicht da.

Maleni berührte die Gesichter ihrer Familie. Kalt waren sie. Und auch Maleni war es kalt nach dieser schrecklichen Nacht. Doch so kalt wie die, die hier lagen, war sie nicht. Außerdem war sie furchtbar müde und hatte Hunger und Durst. Fast fühlte sie sich hohl, nicht nur im Bauch, sondern irgendwie auch im Kopf und im Inneren. Der Brotkorb erwies sich als leer, auch die Körbe mit den Pertoffeln und dem anderen Gemüse. Wenigstens trinken musste sie etwas.

Sie trat wieder nach draußen und suchte nach dem Eimer, schöpfte in einem Becher Wasser daraus.

Eine Hand umfing ihr Handgelenk und hielt es. »Trink es, und du stirbst. Dann musst du hier nicht verhungern.«

Da war sie wieder, die seltsame Frau, die so gar nicht aussah wie Frauen sonst aussahen. Zum ersten Mal blickte Maleni ihr richtig ins Gesicht. Das war seltsam fleckig gefärbt und wirkte wie ein Schattenmuster der Nacht. Es war schwierig, in dem schlechten Licht eine Mimik zu erkennen.

»Du bist noch klein«, sagte die Frau. »Aber vielleicht verstehst du ja schon, dass es hier nichts mehr gibt für dich. Nichts außer dem Tod, den ihr Kyrros nennt. Vielleicht willst du aber gar nicht sterben?«

Malenis Magen knurrte unpassend laut, als verstünde er den Ernst der Lage nicht. Sie legte ihre Hand darauf und blickte die Frau verzweifelt an. Diese fuhr leise fort: »Ich weiß eine neue Familie für dich. Eine große Familie. Wir sind überall, und bei uns muss niemand hungern. Nur gehorchen muss man. Wir sind ein Wille und ein Plan. Und wenn man einmal dazugehört, gehört man immer dazu. Willst du dazugehören?«

Maleni hatte keine Ahnung, ob sie zu einer neuen Familie gehören wollte, und das mit dem Willen und dem Plan verstand sie nicht. Sie wollte ihre alte Familie zurück. Sie hätte gerne geweint, doch es schien, als hätten die Tränen der Nacht sie ausgetrocknet. Ganz ausgedörrt war sie. »Ich habe so Durst!«, klagte sie.

Die Frau sah sie nur an. Und Maleni wusste, was sie sagen musste, damit sie etwas zu trinken und zu essen bekam.

»Bekomme ich etwas zu trinken, wenn ich mitkomme?«

Ein säuerliches Lächeln huschte über die Züge der Frau. »Du bekommst sogar noch viel mehr, wenn du mitkommst. Aber du musst gehorchen. Wenn du nicht gehorchst, stirbst du.«

Maleni nickte. Gehorchen kannte sie. Noch einmal blickte sie sich nach dem Haus um, doch da zog die Frau sie bereits in die andere Richtung. »Nicht zurücksehen!«, sagte sie. »Komm jetzt!«

17

Sie hatten ihr Pferd gefunden. Es hätte einfach in der Schlucht herumgestanden, hatten sie gesagt. Dieses eine Pferd. Das, das sie geritten hatte. Wo waren die anderen zwölf Pferde hin? Wo die Leichen? Maleni zwang sich, nicht danach zu fragen, fürchtete viele Gegenfragen: Was tat sie hier? Wohin wollte sie? Warum war sie allein unterwegs? Warum hatte man sie verfolgt?

Sie war recht einsilbig gewesen, als sie aufgewacht war. Die beiden Männer teilten das Frühstück mit ihr. Das war nett. Schon wieder nett. Sie würde achtsam sein müssen. Niemand war nett ohne Grund.

Maleni hatte das Gespräch eisern auf das Nötigste beschränkt. Langfristig musste sie sich Antworten überlegen, denn obgleich die beiden Schmiede weniger Fragen stellten, als sie erwartet hatte, war doch klar, dass sie irgendwann Antworten haben wollen würden. Diese sollten dann besser plausibel sein.

Malenis Kopf schmerzte noch immer; dennoch ging es ihr nach all den Blessuren des Kampfes besser als gedacht. Ihre Muskeln und Gelenke schmerzten, ihre Schläfen pochten, und jeder einzelne blaue Fleck schien sich trichterförmig in ihr Fleisch zu bohren. Doch das war alles nicht schlimm. Sie hatte weder Knochenbrüche noch innere Verletzungen davongetragen. Alles andere hatte sie zu ertragen gelernt.

Sie wusch sich an einem Rinnsal außerhalb der Höhle. Die beiden Männer ließen sie dabei allein; eine unverhofft zurückhaltende Geste des Anstands. Sie hatten ihre Mulis fertig gemacht, und Elgor hatte die Tiere nach draußen geführt und bei dieser Gelegenheit ihr Pferd gefunden.

»Ja, das ist meins«, hatte sie gesagt und es sofort bereut, denn auf der Hinterfront des Tieres prangte deutlich das Brandzeichen des Graaven der Berenborg. Sie erklärte es nicht. Sollten sie doch fragen, wenn sie es wissen wollten.

Doch sie fragten nicht. Auch das war seltsam.

Dann brachen sie gemeinsam auf, führten die Tiere von dem erhöhten Punkt der Höhle hinunter und weiter durch die enge Schlucht. Sie kamen nur langsam voran, denn der Boden war uneben und der Pfad eng und steinig. Zu beiden Seiten ragten die Felsen hoch, gaben den schmalen Weg vor, der mit vielen Biegungen und Windungen nach Nordwesten führte, das steile, hohe Gebirge empor – und irgendwann ein gutes Stück weiter nördlich wieder hinunter. Hoffentlich.

Manchmal kam Maleni sich vor, als befände sie sich in einem schattigen Trichter, und ein Gefühl von Platzangst kam in ihr auf, das sie bisher nicht gekannt hatte. Sie fragte sich, ob weitere Verfolger aus der Horde des Blutdenkers hinter ihr her waren. Ob sie wussten, was mit ihren Kameraden geschehen war. Und einmal mehr, wo die Toten abgeblieben waren. Der Gedanke fraß an ihr. Irgendetwas war hier falsch – auch wenn es ihr Überleben gesichert hatte.

»Wir werden einige Zeit unterwegs sein«, meinte Elgor. Er ging hinter ihr und führte zwei Mulis, nacheinander aufgereiht und mit Stricken verbunden. Der alte Schmied vor ihr zog ebenfalls zwei der Tiere. Die zwei ersten hatten Gepäck geladen, die anderen trugen einfache Behelfssättel mit Satteltaschen.

»Hier kann man nur zu Fuß laufen. Es wird nachher noch steiler und schwieriger«, fuhr der junge Mann fort.

Sie blickte sich nach ihm um, und er schenkte ihr ein Lächeln, das einzuordnen sie als schwierig empfand. Warum grinste er sie so an? Es verunsicherte sie – nicht zuletzt, weil sie spürte, wie Taryah sich tief in ihr wohlig und überlegen in dem Lächeln zu rekeln schien. Maleni konnte daraus keine Unterstützung ziehen. Männer lächelten Taryah an und starben. Männer lächelten Maleni an und machten nichts als Ärger. »Wie lange werden wir brauchen, bis wir in Farrowul sind?«, fragte sie, um irgendetwas zu sagen.

Er zuckte mit den Schultern. »Kommt drauf an, wie gut wir vorankommen – und ob wir auf Widernisse stoßen. Dieser Weg durch die Loryr-Berge ist nicht so bekannt und zu schmal und unwegsam für Armeen. Ungefährlich ist er dennoch nicht. Also: mehr als eine Woche. Weniger als einen Monat.«

Sie nickte. Rein theoretisch hatte sie von dem schmalen Schluchtenpfad gewusst, der hier über einen der seltenen Pässe führte. Dass sie ihn in ihrer Hast tatsächlich gefunden hatte, war freilich purer Zufall gewesen.

»Ich war hier noch nie«, sagte sie und freute sich an der Tatsache, dass sie nicht lügen musste. Zwar war sie Meisterin in dieser Kunst, denn auch diese Fertigkeit wurde im Berg der Xyi unterrichtet, doch Maleni mochte das Gespinst aus Unrichtigkeiten nicht, das man um sich errichtete und das bei jedem neuen Wort unter der Belastung des Irrealen zu reißen drohte.

»Was willst du in Farrowul?«, fragte er nun, und Maleni seufzte stumm. Ab hier galt es, den Pfad der Wahrheit langsam und vorsichtig zu verlassen.

»Ich habe da Verwandte«, sagte sie. Brüder und Schwestern der Xyi waren Verwandte, die einzigen, die sie hatte. Mehr sagte sie nicht. Man hatte ihr beigebracht, nichts zu sagen, was nicht direkt gefragt wurde. Die Tendenz, Lügen durch zusätzliche Information zu unterfüttern, um sie salonfähig zu machen, war etwas, das man ihnen schon früh austrieb, denn es barg die Gefahr, an seinem eigenen Gedächtnis zu scheitern.

Also: Sie hatte Verwandte. Das musste reichen.

»Wäre es nicht einfacher gewesen, südwestlich um das Gebirge herum durch Virniu zu reisen?«, fragte er jetzt. »Mit einer bewachten Karawane statt allein?«

Sie zuckte mit den Schultern. »Das Gebirge ist lang und streckt sich so weit nach Westen. Es ist ein sehr weiter Weg.« Keine Lüge. Doch natürlich war es keine Antwort. Jeder vernünftige und harmlose Mensch wäre auf der Straße nach Westen und an der Südküste entlanggereist, um die Ausläufer des Gebirges an einer flacheren und reisefreundlicheren Stelle nach Norden hin zu durchqueren. Es gab dort eine Hauptreisestraße. Allein ohne Karawane durch die Wildnis zu reiten, war verdächtig. Doch letztlich reisten auch diese Schmiede allein ohne Karawane durch die Wildnis. Das war nicht minder verdächtig. Also lächelte sie. »Und ihr?«, fragte sie dann. »Warum nehmt ihr den Weg direkt durch die Berge?«

Fragen stellen konnte sie auch. Der junge Mann besaß kein alleiniges Recht darauf. Zudem war es eine übliche Taktik der Geschwisterschaft, Fragen mit Gegenfragen entgegenzutreten.

»Wir reisen gerne auf Routen, auf denen man keiner der Armeen begegnet«, gab er zur Antwort.

»Nicht, dass es noch viele solche Routen gibt«, brummte Umbert von vorne und linste über die Schulter zurück. »Jedes Jahr weniger.«

Sie blickte von ihm zurück zu Elgor und nickte. Große Armeen passten hier nicht durch. Kleine Trupps, Marodeure, Mörder und Räuber freilich schon. Und wilde Tiere. Vielleicht sogar Pantheiger? Und Schlangen. Maleni mochte Schlangen nicht. Sie blickte verstohlen um sich.

Eine Weile schwiegen sie. Elgor lächelte schon wieder. Sie lächelte auch. Was er wohl dachte? Er schien so ehrlich und von einer fast arglosen Direktheit zu sein. Solchen Menschen zu trauen, fiel schwer. Auf der anderen Seite: Ihm zu trauen, hatte schließlich auch niemand von ihr erwartet. Maleni fragte sich, ob sie ihre Reisegefährten irgendwann würde eliminieren müssen, wenn diese gar zu viel über sie erfuhren. Umgekehrt war die Gefahr freilich auch gegeben, erschien ihr jedoch gering. Hätten die beiden sie töten wollen, hätten sie in der vorigen Nacht ausgiebig und bequem die Möglichkeit dazu gehabt – und hatten es nicht getan.

In der Welt, wie sie war, musste man sich schon beinahe fragen, warum nicht.

18

Sie pausierten in regelmäßigen Abständen, und Maleni war dankbar dafür. Ihre Verletzungen schmerzten auf dem schmalen, unebenen und bisweilen steilen Pfad, ihre Muskeln brannten, und ihr Kopf hämmerte.

Die erste Pause legten sie ein, als sie das dritte Mal stolperte und fiel. Niemand kommentierte ihre Ungeschicklichkeit. Und niemand fragte, ob sie sich weh getan hatte. Natürlich hatte sie das. Doch sie klagte nicht. Sie schwieg. Alles würde besser werden, wenn sie erst einen Posten der Xyi erreichte. Drüben. Viele Tage entfernt. Auf der anderen Seite des Gebirges. Des hohen, steilen und beinahe undurchdringlichen Gebirges.

Sie packte ihre medizinischen Vorräte aus, rührte sich ein Pülverchen mit Wasser von einer Gebirgsquelle zusammen und holte ein Fläschchen mit Heilöl, um sich einzureiben.

»Sollen wir dir helfen?«, fragte Elgor freundlich und beflissen.

»Nein, danke. Ich kann es allein.« Sie konnte beinahe alles immer allein. Das hatte man ihr so beigebracht. Auch wollte sie nicht, dass man ihr half. Der Gedanke, die großen, arbeitsgewohnten Hände des jungen Mannes würden ihr Öl über die nackte Haut schmieren, hatte etwas Beunruhigendes. Er ließ ihre abgeschottete Innenseele vibrieren, während sie außen ein Gefühl der Schutzlosigkeit überkam.

Besser. Nicht.

Sie verzog sich hinter ein paar Felsen, um sich so weit zu entblößen, dass sie sich einreiben konnte. Eine gewisse Steifheit ihrer geschundenen und überanstrengten Glieder machte das schwieriger als gedacht, doch immerhin folgte ihr keiner der Männer, um Nutzen aus der Situation zu ziehen.

Sie hatte allein sein wollen. Sie war allein. Sie biss sich auf die Lippen.

»Hol ihn«, flüsterte Taryah ihr lautlos zu. »Er hat schöne, kraftvolle Hände.«

»Nein«, antworte sie ebenso stumm und verspürte einen Augenblick lang den Wunsch, sich selbst zu treten, ohne zu wissen, wer da wen zu strafen gedachte.

Die Pause war nicht lang. Sie aßen und tranken etwas, füllten die Wasserflaschen auf, dann ging es weiter bergan.

Die Gespräche in den Pausen gestalteten sich schwierig. Es wurde Maleni rasch klar, dass nicht nur sie ungern über Vergangenes berichtete. Auch ihre beiden Reisebegleiter erzählten ausnehmend wenig. Sie beantworteten Fragen, doch Maleni wollte nicht zu neugierig erscheinen.

Dennoch entspann sich bei der nächsten Pause ein Gespräch.

»Wo kommt ihr her?«, fragte Maleni.

Die Mundwinkel des alten Schmiedes zuckten, und seine wintergrauen Augen streiften sie mit einem sekundenlangen Blick. »Von überall her«, sagte er kryptisch, und sein Gefährte fügte hinzu: »Wir waren schon überall. In allen Acht Reichen.«

Das war eine beachtliche Leistung. Die Fyrstheneien erstreckten sich über die ganze bekannte Welt. Um die gesamte zerklüftete Landmasse des Kontinents herum gab es lediglich noch die vorgelagerten kleineren Inseln, und nur der Ozean schlug an die Gestade. Manche behaupteten, jenseits des Meeres gäbe es noch weitere Länder, doch niemand wusste es genau. Schiffe, die vor langer Zeit einmal nach den sagenhaften Ländereien des Westens, Südens oder Ostens gesucht hatten, waren nicht zurückgekommen. Das mochte bedeuten, dass es nichts außer den Acht Reichen gab. Oder es hieß, dass, was auch immer jenseits des Horizonts sein mochte, noch viel gefährlicher war als die Welt, die Maleni kannte. Und die war gerade gefährlich genug.

Seit vielen Generationen schickte niemand mehr Schiffe zur Erkundung neuer »Welten«. Jedes der Acht Reiche brauchte seine Schiffe für den Krieg. Und die einzigen, die sonst noch Schiffe besaßen, waren die Bukanier, Marodeure der Meere, die in den küstennahen Gewässern und zwischen den Inseln lauerten und manche der Eilande besetzt hielten.

Maleni merkte, wie sich das Schweigen zog.

»Ich war noch nicht überall«, sagte sie, ohne zu spezifizieren, wo sie schon gewesen war. Tatsächlich war sie schon relativ weit herumgekommen. Nur nach Holtur und Wynnosiol, in die beiden nördlichsten Fyrstheneien, hatte ihr Weg sie noch nicht geführt. »Ob es wohl außerhalb der Acht Reiche noch Land gibt?«, fragte sie. Das Thema interessierte sie nicht sonderlich. Doch es lenkte von ihren Reisen ab, ebenso wie von denen der beiden Männer.

»Als Predorenn noch einen König hatte, sandte dieser Schiffe aus, die unendliche Weite des Meeres zu erkunden«, hub Umbert an und klang wie ein Märchenerzähler, der gleich mit einer längeren Geschichte aufwarten würde. Er öffnete den Mund noch einmal, als wollte er fortfahren, doch er tat es nicht.

Maleni musterte ihn erwartungsvoll. Kaum noch ein Mensch nannte die Acht Reiche beim Namen Predorenn. Allein das hatte schon etwas Legendenhaftes. Predorenn, das ferne, vergangene Reich, in dem Frieden geherrscht hatte.

»Und?«, fragte sie, in der Hoffnung, der Schmied würde doch noch zur Unterhaltung beitragen. Doch er zuckte nur mit den Schultern und blickte weit vor sich hin, als wolle er den Horizont erneut wahrnehmen. Nicht, dass es in der Schlucht einen solchen gegeben hätte. Doch es schien, als blickte er durch die senkrechten Felsen hindurch, um etwas zu sehen, was sonst niemand sah.

Elgor fuhr statt seiner fort: »Es gibt Erzählungen, das Meer würde irgendwo aufhören und die Welt dort zu Ende sein. Dann wieder sagen manche, es gäbe auf der anderen Seite der Ozeane Länder mit sagenhaftem Reichtum, voller wunderschöner, junger Frauen.« Er blickte sie treuherzig an und zwinkerte. »Möglicherweise auch wunderschöner, junger Männer. Wer weiß?«

Maleni grinste verhalten und hielt seinem Blick stand. »Danke«, improvisierte sie und holte weit mit den Armen aus, eine unökonomische Geste, die sie sonst nie verwendete. »Und in den Bächen fließt Wein, während auf den Feldern Kuchen und Braten wachsen. Und die Entdecker jener alten Tage sind nur deshalb nicht zurückgekommen, weil es dort netter war als hier und sie ihr Geheimnis nicht teilen wollten.«

Elgor lachte auf. Seine braunen Augen funkelten. Maleni lachte mit ihm.

Umbert hingegen blieb ernst. »Es ist leicht, vom Garten der Lüste zu träumen, wenn man selbst in einer Zeit des Blutes lebt«, meinte er nachdenklich. »Jeder Einzelne, der die Wahl hätte, würde den Garten der Lüste mit Sicherheit vorziehen. Doch alle zusammen als Menschheit scheinen wir uns immer wieder falsch zu entscheiden. Offenbar«, er machte eine leicht zynische Pause, »addiert sich Intelligenz nicht.«

»Vielleicht ist es auch kein Garten der Lüste, sondern ein Garten des Todes«, gab Elgor zu bedenken. »Die Urgorrn mögen dort noch hausen. Dass sie aus Predorenn verschwunden sind, heißt nicht, dass sie überall ausgestorben sein müssen.«

Nun lachte Maleni. »Die Urgorrn? Das ist doch Aberglaube! Eine Rasse riesiger, magisch begabter Ungeheuer, die deshalb ausgestorben sind, weil ausgerechnet die Menschen sie besiegt hätten! Wenn es solche schrecklich mächtigen Urgorrn gegeben hätte, gäbe es keine Menschen mehr. Wir wären diejenigen, die ausgestorben wären!«

Ein Blick flog sekundenschnell von einem Mann zum anderen. Dann blickte jeder von ihnen in eine andere Richtung, der alte Schmied die steilen Felsen empor gen Himmel, der junge zu ihr. »Sicherlich hast du recht«, meinte er ernsthaft. »Es erschiene einem sonst kaum logisch.«

Umbert schnaubte bei dem letzten Wort. »Wir wollen weiter«, sagte er. »Ich meine mich zu erinnern, dass wir bald eine Stelle erreichen, wo die Schlucht ein wenig weiter ist. Dort ist es einfacher, ein Lager aufzuschlagen. Bis zur nächsten sicheren Höhle werden wir es bis Sonnenuntergang nicht mehr schaffen.«

Maleni erhob sich etwas mühsam. Ihr taten die Füße weh.

»Du kannst ja zur Abwechslung mal reiten«, schlug Elgor ihr vor. »Dann kannst du dich ein bisschen ausruhen. Das Gelände hier gibt es her.«

Genau das hatte sie auch gedacht. Er war wirklich sehr fürsorglich. Sie musste sich nicht zu einem Lächeln zwingen, es stahl sich von allein auf ihre Lippen. Nett.

Wirklich. Sehr. Nett.

Was versprach er sich nur davon?

19

Die zwei Reiter hatten angehalten und blickten auf das Tal zwischen Urgenmoor und dem Gebirge. Sie waren nicht mehr jung, doch auch nicht alt. Soldaten wurden nicht alt. Tatsächlich wurde niemand sehr alt, nicht einmal die Fyrsthen und Graaven der Fyrstheneien, die nicht nur ihre konkurrierenden Anwärter auf das Hochkönigtum fürchten mussten, sondern oft genug auch die ehrgeizigeren Mitglieder ihrer eigenen Familien. Doch diesen Soldaten hier war es trotz ihres blutigen Handwerks gelungen, das gesegnete Alter von ungefähr vierzig, fünfzig Jahren zu erreichen. So etwas geschah nicht ohne das umsichtige Zutun derjenigen, die das Überleben an sich zur Kunstform entwickelt hatten. Eile, so wussten sie, zahlte sich nie aus. Nur Narren hasteten der Gefahr hinterdrein. Der kluge Mann hingegen fand stets einen Grund, nicht zu eilen.

»Und nun?«, fragte der eine.

Der andere zuckte mit den Schultern.

»Weiter oder zurück?«, fragte wieder der erste.

»Erst einmal Pause«, meinte der andere. Pausen waren das Beste am Krieg.

Der Tod einer der Ihren bei den Töchtern des Graaven von Berenborg hatte die Gemüter erregt. Verrat innerhalb der Mauern, die sie just erst erobert hatten? Die Leichen der Mädchen gaben Rätsel auf, obgleich niemand erwartet hatte, dass die eroberten Weiber den Ansturm der Eingeweihten noch lange überlebt hätten. Wären sie einfach so ihren Verwundungen und ihrem Schrecken erlegen, keinen der Nutznießer hätte es gewundert. Doch bei ihnen hatte ein Soldat gelegen. Und der hatte sich gewiss nicht selbst erstochen.

Das Rätselraten um das Wer und das Wie war wirr durch die Leibgarde des Zandru von Lorennen geflogen, und das Misstrauen hatte sich auf die unterschiedlichsten Gruppen verteilt: Das Gesinde des Graaven war es gewesen. Nicht alle waren bei dem Angriff vernichtet worden. Manche hatte man übernommen, schon um zu gewährleisten, dass das Wissen um das Funktionieren der Burganlage nicht verloren ging.

Oder einer von ihnen war es gewesen, der den Moment der Schwäche eines Gefährten aus irgendeinem Grund ausgenutzt hatte. Als Truppe waren sie zwar eine Einheit, doch als Menschen gab es in einem Umfeld aus angespanntem Warten, Kampf und Blut genug, worüber man uneins sein konnte.

Vielleicht war es auch nicht die Leibgarde gewesen, sondern die regulären Truppen, die den Soldaten der Feldherrngarde ihre Vorrechte neideten – und sei es nur der Vorzug zweier kostenfreier Scheiden übriggebliebener Kriegsbeute. Die Gemüter hatten sich erhitzt. Schuldzuweisungen waren geflogen wie Messer.

Es war noch nicht hell gewesen, als der vierte Tote gefunden wurde. Und da wurde es deutlich, denn niemand von ihnen hätte ihren Feldherrn getötet, ihren Anführer und Helden, an den sie glaubten. Ein hinterhältiger Feind war eingedrungen und hatte die Morde begangen.

Die Erkenntnis schmiedete die Männer zusammen, als hätte es nie Streit gegeben. Mit einem Mal waren Missgunst und Neid untereinander verflogen. Ein gemeinsamer Feind musste gejagt werden, und der in der Rangfolge nachrückende Befehlshaber gab seine Befehle schnell, noch bevor jemand darüber nachdenken konnte, ob wirklich er derjenige war, der jetzt befehlen sollte. Er war da. Er befahl. Gehorchen war man gewohnt.

Die Garde rückte aus. Eine Reiterin suchten sie, jene Tänzerin, die im Mantel eines Kuriers die Burg verlassen hatte.

Ein Teil hatte die Hauptstraße nach Westen genommen, nach Virniu an der Südküste entlang, denn in der Tat war es mehr als wahrscheinlich, dass ein Meuchelmörder von dort gekommen war, um das Vordringen der gendrischen Truppen zu unterbinden – auf hinterhältige und gemeine Weise.

Ein Teil der Reiter wandte sich dennoch nach Osten, vielleicht nur, weil so viel Arglist nahelegte, die Flüchtende würde sich nicht an Wahrscheinlichkeiten halten. Bei jeder Abzweigung von der Straße erkundete eine Handvoll Soldaten, ob die Mörderin von dort aus südwärts zum Meer geflohen war. Nordwärts durch den Wald schien ihnen nicht sinnvoll. Doch gerade deshalb suchte auch dort ein kleiner Teil der Truppe.

Die zwei alten Kempen waren mit ebendiesem Teil gezogen und hatten schließlich ein altes Gehöft näher untersucht, das der Verfolgertrupp im Wald gefunden hatte. Sie sollten gleich nachkommen, doch sie nahmen sich Zeit für eine Pause und mehr Sorgfalt bei der Inspektion der Ruine als irgend nötig war. Und dann war es mit einem Mal zu dunkel gewesen, um noch durch den Wald der Spur ihrer Einheit zu folgen. Und so waren sie geblieben und hatten auf den nächsten Morgen gewartet. In der Finsternis nach irgendjemandem zu suchen, ergab schließlich keinen Sinn – einerlei ob es die eigenen Leute oder eine unbekannte Mörderin war. Das musste jeder einsehen.

Natürlich fürchteten sie sich nicht vor einer einzelnen Reiterin, doch diese war mit bösen, widernatürlichen Kräften im Bunde – oder zumindest glaubten das manche. Denn wie sonst hätte ihr etwas so Unglaubliches gelingen können?

»Und ich sage dir, das war eine. Eine von den Assassinen der Xyi«, sagte der erste unvermittelt und beileibe nicht zum ersten Mal.

Sein Gefährte schnaubte verächtlich. Er konnte es nicht mehr hören. »Du und dein Aberglauben. Jeder weiß, dass die Xyi nur ein Märchen sind.«

»Ach, und du würdest gerne gegen sie kämpfen?«

Wieder schnaubte der andere und spuckte in weitem Bogen auf das Gras. »Eine Frau! Eine Giftmischerin aus Virniu. Vor der hast du Angst?«

Ein höhnischer Blick traf auf einen wütenden. Doch die beiden waren schon zu lange beisammen, um sich um eine solche Einzelheit noch zu entzweien. Kinkerlitzchen – zumindest bis man gezwungen war, sich tatsächlich und höchst selbst damit zu befassen.

»Dann reiten wir jetzt weiter und suchen sie?« Selbst wenn sie nicht existieren mochten, sollte man Gefahren aus dem Weg gehen.

»Erst mal suchen wir unsere Einheit.«

Sie ritten jedoch nicht los, sondern blickten weiter um sich. Sie hatten Zeit. Hast verdarb nur den Charakter, und so ließen sie ihre Blicke über das einladende Grün der saftigen Landschaft zur Rechten schweifen. Dann über das Grenzgebirge im Westen. Dorthin zu reiten würde anstrengend werden.

Schließlich sahen sie die Pferde von ferne.

»Da!«, sagte der eine. »Sie kommen zurück. Vielleicht haben sie sie gefunden.«

Längst hatten sie sich abgesprochen, was genau sie dem Truppenführer der kleinen Sucheinheit sagen würden, um ihr Ausbleiben über Nacht zu erklären. Es war wichtig, solche Details verlässlich vor einer Befragung zu regeln. Wahrheit war relativ und musste sich nur logisch in ein Gesamtkonzept einfügen. Das erforderte eine gewisse nachvollziehbare Plausibilität, während Ehrlichkeit einfach nur unpraktisch war. Sobald man das verinnerlicht hatte, war das Generieren passender Aussagen nur noch eine Mischrechnung aus Kreativität und Erfahrung.

Sie wussten also, was sie ihm sagen würden, wenn er sie erst erreichte. Im Moment waren die Reiter in der Ferne freilich noch recht weit weg.

Doch irgendetwas schien falsch. Die alten Recken strengten ihre Augen an.

»Sie sind so langsam«, sagte der eine schließlich. »Warum sind sie so langsam?«

Der Truppe entgegenzureiten, hatte keinen Sinn, denn die beiden Soldaten hätten doch nur wieder den gleichen Weg zurückreiten müssen. Also blieben sie stehen und warteten.

Die Minuten zogen und streckten sich. Die Entfernung schien nicht wesentlich kleiner zu werden. Nach einer weiteren Viertelstunde warteten sie immer noch.

»Sind da überhaupt Reiter drauf?«

»Sind das auch unsere Leute?«

Sie sahen sich hastig um. Zu zweit einer Übermacht an Feinden zu begegnen war nichts, das ihrem Naturell entsprach.

»Zurück in den Wald?«

»Vielleicht haben sie uns schon gesehen?«

Unschlüssig blieben sie stehen.

»Was sagen wir, wenn es Soldaten aus Virniu sind?«

Sie dachten nach.

»Unsinn«, sagte schließlich einer. »Das müssen unsere Leute sein. Soldaten aus Virniu – das müssten viel größere Einheiten sein.«

Wieder schlich die Zeit. Das Gespräch versiegte. Die nahenden Pferde trotteten langsam im Schritt, die Köpfe tief, als hätte man ihnen die Zügel freigegeben. Es war keine Art, eine berittene Truppe zu führen. Doch aufrechte Reiter waren ohnehin nicht zu erkennen.

Und dann gaben die beiden Soldaten ihren Reittieren doch die Sporen und ritten, von plötzlicher Neugierde erfasst, auf die Pferde zu, die da – einer wirren und unkontrollierten Karawane gleich – langsam auf sie zu trotteten. Sie waren schwer beladen. Aber sie trugen kein Gepäck.

Als die beiden säumigen Soldaten die zwölf Rösser erreichten, sahen sie, dass diese durchaus Reiter trugen. Jedes Pferd einen. Sie hingen quer über den jeweiligen Sätteln, befestigt mit ihren eigenen Steigbügelriemen. Ihre Köpfe baumelten herunter – bis auf einen, der blutäugig aus einem Sattelsack lugte, wie ein Grasbüschel aus dem Boden.

Kälte hing über der Pferdeherde, die jemand mit einem Seil lose miteinander verbunden hatte, so dass sie sich nicht voneinander entfernen konnten. Ein Eiswind schien die Gruppe zu umgeben, den die noch kraftlose Morgensonne nicht hatte besiegen können.

Schweigend ritten die beiden Soldaten um die Gruppe herum, die bei ihrer Ankunft stehen geblieben war. Die Pferde schnaubten ängstlich, und die beiden Reiter taten es ihnen nach. Die Stille zog sich und schien Teil der Kälte zu sein.

»Sie sind tot«, flüsterte schließlich der eine. »Sie sind alle tot.

Alle. Alle zwölf.«

Der andere war neben dem Pferd stehen geblieben, aus dessen Sattelsack der Kopf lugte. Die weit aufgerissenen Augen schienen ihn vorwurfsvoll anzusehen.

»Meine Fresse!«, murmelte er. »Gerald! Meine Fresse! Zerlegt.«

Ganz vorsichtig streckte er die Hand nach dem dazugehörigen Körper aus, als müsse er sich vergewissern, dass das, was er sah, wirklich existierte.

Dann machte er mitsamt seinem Pferd einen Satz zurück. »Heiliger Kyrros!«, zischte er. »Sie sind erfroren. Sie sind ganz vereist!«

»Das kann nicht sein!«, flüsterte der andere zurück und umrundete im weiten Bogen die tote Reitergruppe.«

»Ich habe es dir doch gesagt! Die Xyi! Die können fliegen. Und sich unsichtbar machen. Mit einem Hauch können sie einen vergiften. Mit einem Blick töten. Durch Wände können sie gehen. Sie lauern im Verborgenen!«

»Ach!«, gab der andere wütend zurück. »Und dort gefrieren sie einen dann zu Eis?«

20

Maleni achtete stets akribisch darauf, bei ihren kurzen Ausflügen nicht verfolgt zu werden. Viele Möglichkeiten gab es nicht, sich von den beiden Reisebegleitern zu absentieren, doch die Männer ließen ihr ihre Privatsphäre, wenn sie sie brauchte. Und auch sie selbst waren diskret, was ihre Körperhygiene anging. Maleni war auch hierfür dankbar. Sie brauchte den Abstand ebenso wie den Anstand.

Vielleicht hätte sie sich jetzt nach einigen Tagen der Reise keine Sorgen mehr zu machen brauchen, doch jeder Ansatz zur Sorglosigkeit löste in ihr erneut akutes Misstrauen aus, das wie plötzliches Eiswasser ihren Nacken herunterrann. Das war gut so. Das hatte man ihr beigebracht. Vertrauen war etwas, das sie niemandem schenken konnte, denn sie hatte keines.

Und doch wäre es schön, welches zu haben, und sei es nur, um einen Augenblick nachlassen zu können in der eisernen Disziplin zweigeteilter Einsamkeit. Die Schmiede waren wirklich nett und hilfsbereit. Und Elgor konnte so wunderbar lachen, dass sie einfach mitlachen mochte, die Augen schließen und lachen. Es war ein so leichtes Gefühl, fast trug es sie in Höhen, die sie nicht kannte.

Der Fremde stand ganz plötzlich vor ihr, als hätte er sich aus dem morgendlichen Nebel materialisiert. Ihr ganzer Körper reagierte auf sein Erscheinen, als wäre sie in kochendes Wasser gesprungen. Niemand schlich sich so an, dass sie es nicht bemerkte. Niemand.

Aber er hatte es getan.

Sie hatte sich nach dem Waschen noch nicht einmal fertig angezogen. Ihre langen, roten Haare hingen nass herunter; die Kappe lag neben ihren anderen Sachen auf einem Felsen, nicht ganz in Griffweite.

Ein Fehler.

Seine Augen maßen sie mit kleinteiliger Genauigkeit und schienen sie auf einen Blick zu erfassen. Geschult. Gefährlich.

Waffen. Sie steckten in ihrem Gürtel und ihren Röcken, ihrer Bluse, ihren Stiefeln und Strümpfen, ihrem Umhang. Sobald ihre Haare wieder hochgeflochten waren, würde auch dort etwas stecken, das man zur Not gebrauchen konnte. Lediglich in dem dünnen, hüftlangen Strauchwollhemdchen, das derzeit ihr einziges Gewand war, steckte nichts. Fast nichts. Im Saum war eine schmale Kette eingenäht. Mit ihr konnte man Menschen garottieren. Doch im Moment nützte sie Maleni nichts. So schnell konnte man einen Saum nicht auftrennen. Das würde dieser Mann nicht zulassen.

Ihre Hand wollte zucken, doch Maleni unterband jede unbeabsichtigte Regung. Wie aus dem Nichts war er gekommen. Er war nah. Zu nah. Ein Feind. Was sonst? Freunde schlichen sich nicht so gänzlich lautlos an Frauen an, die sich gerade wuschen.

Das alles dachte sie und kämpfte zugleich gegen ein seid ihrer Zeit bei den Xyi ungewohntes Gefühl der Hilflosigkeit an, das nicht so sehr ihrer Waffenlosigkeit als vielmehr ihrer weitgehenden Blöße geschuldet war. Fast nackt, waffenlos, barfuß auf scharfem Fels, nicht genug Platz für einen Kampf, bei dem ihre Taktik schnelles Ausweichen erforderte. Auf der anderen Seite: Sie hatte schon mehr als einen Menschen getötet und dabei nichts getragen als Gift auf den Lippen und an den Fingern.

Ihre Seele hatte sich bereits geöffnet, und Taryah schoss hervor, mit der gleichen unfassbaren Geschwindigkeit, mit der Maleni bereits auf ihre Besitztümer zuglitt. Maleni verschwand in den Hintergrund. Gleichzeitig versuchte sie dem Fremden auszuweichen, analysierte ihn. Mittelalt. Sandfarbenes Haar mit grauen Strähnen, das ihm in einem Zopf den Rücken hinunterhing. Hochgewachsen und ebenso elegant in seinen Bewegungen wie seine Kleidung unauffällig war. Seine Augen verfolgten sie wie die einer Schlange. Schon stand er zwischen ihr und ihrem Arsenal.

Sie konnte auch mit bloßen Händen töten. Doch sie brauchte genug Platz, um seine vermutlich größere Körperkraft auszugleichen. Einen letzten Augenblick lang – nein, weniger – überlegte Maleni, die Schmiede zur Hilfe zu rufen. Sie tat es nicht. Die Xyi brauchten keine Hilfe von anderen. Und Taryah hatte andere Pläne.

Der kleine Finger des Mannes tappte auf sein Ringfingergelenk. Sie wiederholte die Geste ebenso unauffällig.

»Unachtsam, Schwester?«, flüsterte er beinahe tonlos. Eine Spur von Spott schwang in seiner gepflegten, leisen Stimme mit; seine dünnen Lippen aber bewegten sich nicht. Er war perfekt. Irgendwann würde sie auch so perfekt sein.

»Ich grüße dich, Bruder«, flüsterte Taryah, ohne auf seine Kritik einzugehen. Kannte sie den Mann? Die Geschwister kannten einander längst nicht alle, schon gar nicht mochte eine junge Schwester einen ergrauten Schemenjäger kennen, der vielleicht schon seit Jahren im Feld seinen Dienst tat.

Er neigte sparsam seinen Kopf. Erst jetzt fiel ihr auf, dass er kein Gepäck bei sich trug. Er stand hier kampfbereit; seine Besitztümer mochte er irgendwo verborgen haben.

»Was tust du hier?«, fragte er. Seine Stimme klang leise und neutral, so wie Xyi-Stimmen immer klingen mussten.

»Ich bin unterwegs nach Passagur. Ich nehme den Weg über Farrowul.«

Er blickte sie skeptisch an. »Ein Umweg«, sagte er. »Bist du die Schwester, die für den Blutdenker tanzen sollte? Ich habe von dem Plan gehört.«

Er musste weit oben in der Hierarchie stehen, wenn er die Aufträge seiner Geschwister kannte. Gemeinhin wusste jeder Schemenjäger nur das, was ihn anging. So konnte man nichts ausplaudern.

»Zandru von Lorennen erfüllte mit meiner Hilfe den Plan. Doch beim Rückzug …«, Taryah suchte nach einer unverfänglichen Formulierung, die ihre grenzenlose Dummheit nicht preisgeben würde, »… beim Abzug kam es zu einer Verzögerung. Ich konnte die Karawane nicht erreichen und war gezwungen, einen anderen Weg zu wählen.«

»Du reist nicht allein.« Es war eine Feststellung – wieder sehr neutral. Fand er es gut, oder fand er es schlecht? Aus seinem Ausdruck war nichts zu erraten. Taryah fragte sich, wie lange der Bruder sie schon beobachtete.

»Nein. Ich habe Reisegefährten gefunden.« Sie zupfte an ihrem Hemdchen, aber vermutlich war es sinnlos, ihn mit ihrer Blöße ablenken zu wollen. Er würde weitgehend immun gegen ihre Verführungskünste sein. So immun wie gegen Gift.

»Sie gehören nicht der Geschwisterschaft an«, meinte er, klang nun zum ersten Mal argwöhnisch, und inspizierte dabei mit bestenfalls klinischem Interesse ihre nackte Haut.

»Nein«, antwortete sie und suchte seinen Blick festzuhalten, der ihr jedoch immer wieder entglitt. »Doch sie sind nützlich und kennen den Weg durch das Gebirge.«

»Du wirst sie eliminieren müssen, wenn sie zu viel über dich erfahren.«

Eine Weile schwieg Taryah und versuchte, keine Regung zu zeigen, während sie ihre sentimentale Außenseele zurückdrängte, als diese sich empört gegen das Gesagte wenden wollte. »Vermutlich«, sagte sie schließlich kalt. »Doch sie haben mir geholfen. Ich hatte Verfolger.«

»Wo sind die?«

»Tot.« Das war keine wirkliche Antwort auf die Frage, denn Taryah wusste nicht, wo sie waren. Dabei hätte sie es in der Tat gerne gewusst.

Er blickte sie skeptisch an.

Taryah musterte den Mann und schenkte ihm dann ein strahlendes Lächeln, das er amüsiert zur Kenntnis nahm. Er hatte etwas Faszinierendes. Seine Abgebrühtheit galt ihr als Herausforderung. Taryah wäre ihm gern näher gekommen, doch ihr zweites Ich war ganz gegensätzlicher Meinung. Maleni wünschte sich weit, weit weg. So blieb sie hin- und hergerissen stehen.

»Wohin bist du unterwegs, Bruder?«, fragte sie, ohne seine Frage zu beantworten. Vielmehr versuchte sie, ihrem Lächeln einen geheimnisvollen Anstrich zu geben.

»Gendern«, sagte er. Einen Grund für seine Reise nannte er nicht. »Ich muss wissen, was mich dort erwartet. Ich möchte nicht als Erstes auf deine Verfolger treffen.«

Sie zuckte mit den Schultern. »Meine Verfolger geben niemandem mehr Auskunft. Doch die zwölf waren eventuell nicht die einzigen.«

»Zwölf?« Eine Augenbraue hob sich erstaunt stirnwärts. Bewunderung oder Zweifel? Die Xyi logen einander nicht an. Und faktisch hatte Taryah nicht gelogen. »Es gelang mir, sie in einen Hinterhalt zu locken.«

Er musterte sie mit neuem Interesse. Seine Augen verrieten dabei keinen einzigen seiner Gedanken. So perfekt.

»Ich hatte keine Wahl«, fügte sie hinzu, als er nicht antwortete. »Sie waren mir dicht auf den Fersen.«

Seine Mundwinkel zuckten.

»So jung und schon so … effizient.«

»Die Geschwisterschaft lehrte mich, gründlich zu sein.« Ein Standardsatz.

»Dennoch wächst das Talent, kaltblütig durch die Welt zu schneiden wie eine unsichtbare Klinge, gemeinhin mit den Jahren der Übung. Unsere inneren Seelen wachsen daran.«

Das wusste Taryah. Das musste er ihr nicht erklären. Sie wuchs. Und Maleni würde irgendwann kleiner werden. Immer kleiner. Und kleiner. Gut so. Viel Überflüssiges würde dann wegfallen. Perfektion und Effizienz würden bleiben.

»Es wird getan, was getan werden muss!«, sagte sie; ein weiterer Lehrsatz ihrer Ausbildung.

Er nickte – lächelte – würde in der Lage sein, sie mit einer Hand umzubringen. Das würde er können – und tun, so er es für nötig hielt. Doch warum sollte er? Noch wusste er nichts von Malenis Extratour. Und nichts von dem Fremden, der sie gerettet hatte. Taryah jedenfalls würde es ihm nicht sagen.

»Dieser Weg endet an der Grenze zwischen Virniu und Farrowul«, sagte er nun. »Wenn du das Gebirge hinter dir gelassen hast, halte dich nordwärts, aber nimm die Straße. Am Fuße des Gebirges gibt es …« Er hielt einen Augenblick inne, als fiele ihm nicht ein, was er sagen wollte, »… Getier. Zieh nordwärts. Virniu im Süden ist nicht sicher; auch wenn der Blutdenker tot ist. Der Fyrsth von Gendern wird versuchen, Virniu zu erobern. Die Berenborg war nur ein Anfang. In der Stadt Pyrn ist eine Herberge, die zu uns gehört. Sie heißt *Zum Tanzenden Gott*. Sieh zu, dass du deine Reisegefährten vorher … loswirst.«

Er hatte ihr nichts zu befehlen. Sie war gerade so eine freie Schemenjägerin, wie er ein freier Schemenjäger war. Doch seine Erfahrung hatte ihm einen Rang verliehen, den sie nicht ignorieren mochte. Und vermutlich hatte er auch recht. Es war beileibe nicht so, dass er ihr irgendetwas Neues sagte. Sie war weder dumm noch ungeschult.

»Ich danke dir, Bruder!«, sagte sie dennoch. Da war sie bereits allein.

Sie sah sich um. Vermutlich würde sie ihn finden können, wenn sie es darauf anlegte, und es reizte Taryah auch, so ihre Kräfte an den seinen zu messen. *Er* reizte sie – so glatt, eisig und perfekt. Wie es wohl sein mochte, in einem solchen Mann innere Glut zu entfachen?

Maleni kämpfte sich mühsam in den Vordergrund. Es war nicht leicht. Sie fühlte die seltsame Erregtheit ihres Körpers und die Anspannung jedes einzelnen Muskels. Selbst ihr Innerstes vibrierte, wollte buhlen, töten. Keines von beidem wäre sinnvoll gewesen. Keines von beidem war noch möglich.

Einen schmerzhaften Augenblick lang waren Taryah und Maleni einander ebenbürtig, während sie einander wie fauchende Katzen gegenüberstanden. Aber das war falsch, war nicht der richtige Weg. Sie mussten einander verstehen, einander ergänzen.

Maleni holte tief Luft, dann blickte sie auf ihre zitternden Finger. Taryah und sie schienen sich auseinanderzuentwickeln. Noch behielt sie, Maleni, die Oberhand. Und wenn ihr das irgendwann nicht mehr gelänge?

Dann würde es zu spät sein.

Erschrocken verbat Maleni sich diesen Gedanken. Zu spät für was? Sie war eine Schemenjägerin der Xyi, sie war es gern, und es erfüllte sie mit Stolz. Etwas anderes hätte sie in dieser Welt nicht sein mögen. Sollte auch sie eines Tages die tödliche Eleganz dieses Bruders erreichen, wäre dies der Höhepunkt dessen, was einem Menschen an Existenz und Können möglich war – die absolute Meisterschaft des Seins über den Tod.

Sie schrak aus den Gedanken hoch, fand sich vor ihren Sachen kniend wieder. Panisch blickte sie sich um. War er noch da? Beobachtete sie noch immer? Was sollte er denken, wenn er sie so unfokussiert herumhocken sah – immer noch fast nackt?

Über ihr in den steilen Felsen bewegte sich etwas. Schon stand sie wieder, zitterte nicht mehr, war zum Sprung bereit. Maß die Gestalt, die sich für einen Moment aus den Schatten löste, mit scharfem Blick; mindestens eine Mannslänge über ihr. Schon war die Gestalt erneut verschwunden, doch in ihrem Sinn formte sich der flüchtige Eindruck zu einem Bild. Lange, dunkle Haare wehten im Bergwind. Ein großer, breiter Mann, nicht von der schmalen Eleganz des Bruders.

Oder doch?

Blaue Augen. Die hatte sie sich sicherlich nur eingebildet – auf diese Entfernung.

Oder nicht?

»Ihm nach!«, flüsterte es aus ihr. »Er hat uns belauscht.«

Beinahe senkrecht hoch müsste sie steigen, um ihn zu verfolgen. Fast nackt und barfuß. »Sinnlos!«, wisperte Maleni. »Er ist schon wieder fort.«

Wahrscheinlich war er nie da gewesen; sonst hätte der andere Schemenjäger ihn entdeckt und eliminiert. Dass er ihn nicht wahrgenommen hatte, war unvorstellbar.

21

DAMALS

Du kannst mich Niccela nennen«, hatte die Frau irgendwann gesagt. Da waren sie schon eine ganze Weile unterwegs gewesen. Lange Tage und Nächte. Maleni hatte Niccelas kurze und prägnante Fragen alle beantwortet. Niccela wiederum hatte so gut wie keine ihrer Fragen beantwortet. Sie wusste alles über Maleni, mehr als sie wissen wollte. Maleni wusste gar nichts, und es schien ihr, als wüsste sie jeden Tag weniger.

»Ist es noch weit?«, fragte Maleni schließlich und blickte dann ängstlich auf den Boden, weil die Frage überflüssig war. Niccela hasste alles, was überflüssig war. Sie blickte in die Welt, als wäre diese ein dünner Faden, auf dem es zu balancieren galt. Für Maleni war die Welt groß und weit und erschreckend und endlos. Sie wusste nicht, wo sie war, wusste nicht, wohin es ging, wusste nicht einmal, wo ihre Heimstatt gelegen hatte. Hinter ihr. Alles lag hinter ihr. Und so sah sie sich manchmal um, blickte zurück – doch da war nichts.

Ihr taten die Füße ganz schrecklich weh. Sie konnte auch kaum mehr laufen, jedenfalls nicht so schnell, quälte jeden Schritt aus ihrem Körper heraus, einzeln und schmerzhaft; wollte klagen, unterließ es. Wenn sie langsam war, schimpfte Niccela. Wenn sie Geräusche machte, schimpfte Niccela. Wenn sie unachtsam war und Spuren hinterließ, schimpfte Niccela. Und wenn sie weinte, schimpfte Niccela auch. Aber Maleni konnte inzwischen ganz leise weinen, so dass es nicht so störte. Sie mochte es nicht, wenn Niccela schimpfte. Es war freilich noch viel unheimlicher, wenn die Kämpferin nicht schimpfte, sondern sie einfach nur ansah. Dann war da etwas in ihrem Blick, das Maleni ihren eigenen Wert im Vergleich zu dem der ganzen Welt überdenken ließ. Sie kam sich dabei sehr unnütz vor. Vermutlich war sie in ihrem kurzen Leben noch zu keiner Zeit besonders nützlich gewesen, doch ihre Nützlichkeit hatte bislang nie den Prüfstein für ihr Überleben abgegeben. Jetzt tat sie das.

Maleni verstand nicht, warum, aber dass es so war, verstand sie schon. Irgendwie, auf einer Ebene jenseits von Worten, die sie noch gar nicht kannte, begriff sie zunehmend mehr, während das, was sie alles nicht wusste, noch viel schneller zu wachsen schien. Sie hatte Angst. Diese Angst machte es nicht leichter, alles zu ertragen, alles richtig zu machen – und dabei nicht zu weinen.

Am Anfang hatte Niccela noch geantwortet, wenn Maleni die Frage stellte: »Ist es noch weit?« Dann hatte sie sich irgendwann blitzschnell umgedreht, Maleni an den Schultern gepackt und sie geschüttelt, dass ihr der Kopf hin und her flog.

»Es ist stets so weit, wie es eben ist!«, hatte sie auf ihre leise, intensive Art gezischt. »Und manchmal ist es noch weiter. Frag nicht mehr!«

Jetzt hatte Maleni doch gefragt. Die Frage war von ganz allein aus ihrem Mund geschlüpft, an ihrem Verstand vorbei und unter Umgehung ihrer zerbrechlichen Vernunft. Dabei hatte sie sich solche Mühe gegeben.

Niccela sah sie nur verdrossen an.

Maleni zog den Kopf ein. Bislang hatte sie keine Prügel bezogen. Niccela schlug nicht. Niccela goss einem Eis in die Seele, und dann gefror man irgendwie.

Dann wieder war Niccela freundlich. Sie rieb Salbe auf die Blasen und wunden Stellen an Malenis Füßen. Sie gab ihr Essen, ließ sie aus ihrem Becher trinken. Sie sorgte dafür, dass Maleni sich wusch und auch mal die Kleidung wechselte, so wie sie dafür gesorgt hatte, dass Maleni das, was für sie noch brauchbar war, aus ihrem Elternhaus mitgenommen hatte. Maleni trug es in einem geknoteten Tuch, das ihre ganze Vergangenheit enthielt. Gestrickte Strümpfe, ein gehäkeltes Mäntelchen, Strauchwollleibchen, ein zweites Hemd, die viel zu großen Schuhe ihrer Schwester zum Wechseln, eine dicke Decke und Seife. Und ihres Vaters Zopf. Niccela hatte ihn dem Toten abgeschnitten und ihn Maleni gegeben. »Da!«, hatte sie gesagt. »Daran halte dich fest, bis du ihn nicht mehr brauchst. Halt ihn fest und sei still.«

Maleni hatte den Überblick über die Tage verloren. Längst war sie nicht mehr in dem Tal, das ihre Heimat gewesen war. Sie würde es auch nicht mehr wiederfinden. Es war fort. Unerreichbar. Und alles, was sie hatte, war ein Zopf, der ihr die Heimat ersetzen musste. Manchmal krallte sie sich daran fest und ließ ihren Tränen freien Lauf – inzwischen gelang es ihr geräuschlos.

Seit einiger Zeit wanderten Niccela und sie auf einer Straße. So einen breiten Weg hatte Maleni noch nie gesehen. Wege waren sonst nirgends breiter gewesen, als wenn man vier Füße längs nebeneinanderstellte. Dieser hier freilich war breit genug, dass zwei Wagen aneinander vorbeifahren konnten. Manchmal hörte sie auch Wagen kommen. Dann scheuchte Niccela sie von der Straße, versteckte sich im Gebüsch und hielt ihr dabei den Mund zu.

Und die Karren polterten vorbei.

Maleni sah den Wagen sehnsüchtig nach. Dabei wusste sie nicht, ob die Menschen darauf netter waren als Niccela. Schließlich hatte Niccela sie gerettet und ihr eine Familie versprochen.

Irgendwann, irgendwo.

Irgendwie.

Wenn die Karawane außer Sicht war, gingen Niccela und Maleni weiter. Maleni blickte auf den Boden. Sie war immer so müde, dass sie stolperte, wenn es auch nur die kleinste Unebenheit gab. So sah sie es schließlich auch nicht kommen.

Die Gegend war waldig geworden. Man konnte nicht weit sehen. Die Straße machte einen Knick.

Zuerst roch Maleni Rauch. Sie wäre am liebsten davongelaufen, denn obgleich nur eine Spur von Rauch in der Luft lag, musste sie doch an jene Nacht denken, als vor ihrem Elternhaus Lagerfeuer gebrannt hatten. Sie sah wieder die toten Soldaten vor sich und verstand jeden Tag mehr, wie ungeheuerlich das gewesen war, das Niccela getan hatte. Sie hatte die Frau gefragt, warum, doch Niccela hatte ihr nur versprochen, dass sie das Warum bei ihrer neuen Familie erfahren würde.

Ängstlich blieb Maleni stehen.

»Nun komm schon«, drängte Niccela, nahm sie beim Handgelenk und zog sie mit sich. Ein paar Dutzend Schritte weiter öffnete sich der Wald, und am Straßenrand stand ein schrecklich großes Haus mit Stallungen und einer hohen Mauer, die alles umgab. Aus mehr als einem Kamin drang Rauch.

»Ist das ein Schloss?«, fragte Maleni ehrfürchtig. Von Schlössern hatte man ihr erzählt. Fyrsthen lebten in so etwas. Und Adlige. Und sie hatten immer zu essen, auch wenn sie selbst nichts anbauten.

»Nur eine Taverne. Mit Poststation. Hier kann man Pferde wechseln, wenn man es eilig hat. Und übernachten.«

»Übernachten wir hier?«, wollte Maleni wissen. Die Aussicht, ein Dach über dem Kopf zu haben, war einladend und beängstigend zugleich. Dass man in Häusern nicht sicher war, hatte sie vor kurzem erst erfahren. Doch dieses sah sehr sicher aus. So eine Mauer hätten sie zu Hause haben sollen. Dann wären die Soldaten vielleicht nicht über sie hergefallen.

Niccela beschleunigte jetzt ihre Schritte. Sie schien sich zu freuen, dieses Haus zu sehen und ging auf eine kleine Tür zu, die sich neben dem großen Tor in der Mauer befand.

»Gut Freund!«, sagte sie ungewöhnlich laut, und Maleni zuckte zusammen. Sonst zischte oder flüsterte Niccela meist nur. »Von weit«, fuhr sie fort.

Die Tür öffnete sich. Ein sehniger Alter blickte erst auf Niccela, dann auf Maleni.

»Sei willkommen, Niccela!«, begrüßte er sie. »Wen bringst du uns da?«

»Sie braucht eine Familie. Ihre wurde erschlagen. Sie wusste zu überleben.«

Der Mann nickte verstehend, während er Maleni kritisch musterte, und winkte sie beide schließlich in den Hof. Hier stand eine Vielzahl von Pferden. Waren Soldaten hier? Maleni schmiegte sich näher an Niccela, die sie sofort abschüttelte.

»Wir haben Gäste«, sagte der Mann neutral, und er und Niccela sahen einander einen Augenblick zu lange in die Augen.

»Viele?«

»Siebenundzwanzig. Söldner für Farrowul. Vorausgesetzt, sie treffen niemanden unterwegs, der besser zahlt.«

Die beiden Erwachsenen blickten sich wieder an, ganz ernst diesmal, und Maleni begriff, dass Söldner, die man nicht zuordnen konnte, nicht besser waren, als Soldaten, die Bauern überfielen.

»Kommt durch die Küche herein.« Der Mann warf dem Vordereingang einen kritischen Blick zu. »Nicht durch die Schankstube.«

Das war bestimmt eine gute Idee, denn Maleni wollte keine Söldner sehen. Gewiss waren sie so bunt wie die Soldaten und lachten genauso viel. Sie schauderte.

Sie gingen um das große Haus herum, hielten die Pferde, an denen sie vorbeiliefen, zwischen sich und dem Haus. Maleni betrachtete es aus der Deckung. Sie hatte noch nie ein so riesiges Gebäude gesehen. Schon gar nicht eins, das offenbar mehrere Lagen aufeinander hatte. »Das ist aber hoch«, murmelte sie schüchtern.

»Drei Stockwerke«, sagte der Mann. »Erdgeschoss, Mitte und Dach. Viele Zimmer für viele Gäste. Wie heißt du, Kind?«

»Maleni.«

»Ich bin Drakju, der Wirt.«

»Sei gegrüßt, Drakju, der Wirt«, sagte Maleni artig und neigte ihren Kopf, so, wie man es ihr beigebracht hatte.

»Sei willkommen, Maleni.«

Sie blickte an dem hageren Mann empor. Einen Wirt hatte sie noch nie kennengelernt, doch sie hätte ihn sich dicker vorgestellt. Vielleicht machte er kein gutes Essen?

»Bist du jetzt meine neue Familie?«, fragte sie verwirrt.

Er verzog seinen Mund zu einem Schmunzeln. »Eher so etwas, wie ein entfernter Verwandter«, gab er zur Antwort. »Bis zu deiner eigentlichen Familie ist es noch ein ganzes Stück Weg.«

Weiterlaufen. Wo ihr die Füße doch so weh taten! Maleni seufzte.

Sie hatten nun das Gebäude umrundet, und Drakju öffnete die Hintertür und lud sie mit einer knappen Geste ein, einzutreten.

Auch eine so große Küche hatte Maleni noch nie gesehen. Und dass es hier kein gutes Essen gab, konnte auch nicht sein. Es roch köstlich, und Malenis Magen knurrte, während sie versuchte, das geschäftige Treiben zwischen Herden, Töpfen und Pfannen zu erfassen. So viele Leute, die alle nur damit beschäftigt waren, Essen zu kochen! Mindestens sechs Frauen und Männer arbeiteten da. Oder mehr. Sie versuchte, sie zu zählen, doch sie standen nie still. Dabei waren sie alle schon älter – nicht dass Maleni eine genaue Vorstellung von Alter hatte, doch sie konnte zwischen Kindern, Eltern und Großeltern unterscheiden. Und diese waren irgendwo zwischen Eltern und Großeltern, auch wenn sie in ihrer behenden Betriebsamkeit so gar nicht alt wirkten. Sie bewegten sich viel zu – jung.

Drakju schob Maleni zu einer Frau. Diese war groß und etwas runder als der Wirt, und ihre muskulösen Arme spannten den Stoff ihrer Bluse.

»Das ist Maleni«, sagte er zu ihr. »Ein – zukünftiges Familienmitglied.«

Die Frau nickte. »Ich bin Heora«, sagte sie. »Du hast doch bestimmt Hunger.«

Maleni begriff, dass diese Frau nett war. Das Leben war gut. So gut es eben sein konnte, wenn man ein Waisenkind war. Sie würde jetzt etwas zu essen bekommen. Und später dann eine Familie. Sie hoffte, diese würde so lieb sein, wie ihre Eltern und Geschwister es gewesen waren. Vielleicht nicht ganz so lieb, niemand würde so sein wie ihre alte Familie, aber doch ähnlich. Sie beschloss, alles zu tun, um dieser neuen Familie zu gefallen. Sie würde alle Aufgaben immer ohne Murren erledigen. Sie würde nicht weinen. Und sie würde ganz bestimmt nie wieder fragen, wie weit es noch war.

Am anderen Ende der Küche ging eine Tür in den nächsten Raum. Es musste der Schankraum sein. Von dort ertönte Lärm, der nun immer lauter wurde. Das Gegröle erinnerte Maleni an die Nacht mit den Soldaten, und sie blickte panisch um sich, auf der Suche nach einem Versteck.

Keinen Augenblick zu früh. Das Gejohle verschob sich im Ton, wurde noch lauter.

Und kam näher.

Als die Tür aufflog, steckte Maleni bereits unter einer Seitenbank. Sie sah den ersten bunten Krieger hereinstürmen und wusste, dass es hier nun so sein würde wie daheim. So weit war sie gelaufen, und nun geschah an diesem Ort das Gleiche wie dort. Alle würden tot sein. Und sie auch.

Sie versuchte Niccela zu erblicken, doch obgleich die Küche so groß war, war sie nun doch unübersichtlich mit ihren Köchen und

Töpfen und Tellern und Angreifern und Schwertschwingern und schreienden Menschen.

Maleni unterdrückte ein Wimmern. Ihr Versteck war nicht gut. Man würde sie finden, auch wenn im Moment noch die Küchenbelegschaft zwischen ihr und den Mördern war. Warum? Womit hatte sie das verdient? Und: Wo war Niccela? Die hatte sie doch schon einmal gerettet. Sie mochte nicht wirklich gesprächig sein und auch nicht gemütlich, aber sie konnte Feinde töten.

Und es wurde getötet. Blut spritzte weit, bis in Malenis Versteck. Sie versuchte noch weiter nach hinten in den Schatten zu kriechen, doch da war nur die Wand. Fliehen war auch nicht mehr möglich. Sie konnte noch nicht einmal genau sehen, was geschah, erblickte nur die Beine, hörte das Brüllen, das tierisch und wild ertönte, und das Schreien, das schmerzerfüllt und panisch klang.

Ein Körper fiel und lag ausgestreckt vor ihr. Weite Augen blickten unverwandt starr auf sie. Inzwischen kannte Maleni den Tod, konnte das Werk Kyrros' erkennen, ohne dass sie eine Zeremonie dafür brauchte. Dieser Mensch war tot. Konnte sie sich hinter ihm vielleicht doch verstecken? Der Mann war breit und bunt. Er sah nicht nach Küchenpersonal aus. Das musste ein Söldner sein. Vielleicht war das Niccela gewesen, dachte Maleni, und ein seltsamer Stolz erfüllte sie durch all ihre Panik. Ihre Niccela.

Sie kauerte sich noch tiefer gegen den Boden, und ihre Hände fassten in glitschiges Blut. Es strömte aus dem Kerl, der vor ihr lag. In ihm stak ein langes Küchenmesser. Vorsichtig griff Maleni danach und umfasste das Heft mit einer Hand. Sie wollte eine Waffe haben. Die würde ihr nichts nützen, aber sie wollte sie dennoch. Sie zog daran. Es war gar nicht so einfach, doch schließlich glitschte die Klinge aus dem toten Leib.

Blut kam hinterher.

Maleni hielt die Waffe und rührte sich nicht mehr. Der Griff war fast zu groß für ihre kleine Hand.

Der Lärm machte ihr zu schaffen. Die Schreie weckten Erinnerungen; das Blut hatte einen Geruch, den sie zu vergessen versucht hatte. Wie lange würde es dauern, bis die Söldner den Wirt und seine Leute umgebracht hatten? Würden sie sich Zeit nehmen? Würden sie sie quälen, den Frauen Dinge zufügen, auch wenn diese nicht so jung waren wie Malenis Schwestern? Und nicht so schön. Doch auch Malenis Mutter war nicht verschont worden …

Sie merkte erst, dass sie schrie, als jemand sie am Haar packte und aus dem Versteck zog. Mit einer Hand versuchte sie, sich an der Bank festzuhalten, doch der Kerl, der sie zog, war viel stärker. »Ei, was haben wir denn da?«, fragte er und zerrte sie an den Haaren weiter. Dann blickte er sich panisch um, ohne sie loszulassen. Sein Gesichtsausdruck wurde hart und wütend. »Scheißvolk! Sterbt endlich!«, brüllte er und schlug mit seiner anderen Hand um sich.

Diese hielt ein Schwert.

Blutende und zuckende Leiber lagen auf dem Boden. Entfernte Verwandte, dachte Maleni. Doch als sie noch einmal hinsah, stellte sie fest, dass fast nur bunte Kerle auf dem Boden lagen. Vor ihr stand Heora, mit dem Rücken zu ihr und dem Kerl. Sie schwang zwei lange Küchenmesser mit einer Eleganz, als tanzte sie zum Mittwinter für Kyrros. Zwei Kerle drangen auf sie ein. Sie waren größer und stärker und breiter und viel furchteinflößender, hatten die Zähne gefletscht und brüllten Flüche. Und sie hatten lange Schwerter. Im nächsten Moment klafften ihre Hälse auf, und je ein Schwall hellen Blutes schoss daraus hervor. Jetzt waren sie still, bis auf ein Gurgeln und das Geräusch, das sie machten, als sie fielen.

Sie fielen irgendwie sehr langsam.

Alles schien sehr langsam zu geschehen.

Maleni begriff, dass Heora den Kerl hinter ihr noch nicht gesehen hatte. Sie musste sich jetzt umdrehen. Unbedingt musste sie das, denn der Söldner holte nun mit seiner Waffe aus, um der Frau den Kopf von den Schultern zu schlagen.

Dann schrie er. Und Maleni wurde gewahr, dass sie noch immer das Küchenmesser hielt. Nur steckte es jetzt im Bein ihres Peinigers. Sie erinnerte sich nicht daran, dass sie das hatte tun wollen, doch sie entsann sich ganz deutlich des kurzen Widerstands des Fleisches. Dann war die lange Klinge plötzlich ganz einfach weiter in den Schenkel des Mannes gedrungen. Er blutete heftig und schwallweise.

Das hatte sie getan.

Sie.

Maleni.

Sieben Jahre alt.

Sie wusste nicht, ob sie entsetzt oder stolz sein sollte.

Nun hatte sich Heora umgedreht, und der Kopf des Mannes fiel nach hinten, als ihm im Hals ein breites, rotes Grinsen wuchs.

»Gut gemacht, Kind!«, rief die Frau.

Dann war es auf einmal seltsam still. Die Küche war voll. Überall lagen blutende Menschen, in jeder Ecke und Nische, selbst über dem Herd, wo das Feuer nach ihren Kleidern und Gesichtern griff. Maleni hörte nichts mehr außer einem hohen Pfeifen in ihrem Kopf. Sie versuchte zu begreifen.

Siebenundzwanzig hatte Drakju gesagt. Siebenundzwanzig. Maleni zählte sie nicht und wusste doch, dass sie alle hier lagen. Nur die Angestellten des Wirtes standen noch, blutüberströmt und doch eigentümlich munter. Manche keuchten, manche lächelten seltsam.

Und Maleni wurde ganz furchtbar schlecht.

»Vergorrnte Sauerei!«, murmelte Drakju.

22

Wohin wirst du gehen, wenn wir diese Ansammlung an nervtötenden Felsen überwunden haben?«, fragte Elgor Maleni, während er zwei Vögel an einem sparsamen Lagerfeuer über den Flammen briet. Er hatte die Tiere mit erstaunlicher Präzision mit Pfeil und Bogen erlegt, und es hatte Maleni beunruhigt, dass ihre beiden Reisegefährten solche Waffen mit sich führten und auch noch so erschreckend gut damit umzugehen verstanden. Es galt, dieses Talent im Gedächtnis zu behalten, denn jede Waffe eines jeden Menschen mochte sich irgendwann gegen sie, Maleni, selbst richten.

Auf der anderen Seite hätte sie sich vielleicht nicht darüber wundern sollen, dass die Handwerker auch begnadete Jäger waren. Schließlich legten sie weite Entfernungen zurück und mussten sich irgendwie verpflegen – und eventuell auch verteidigen.

Elgor jedenfalls führte den Bogen wie ein Meister, und seine großen Schmiedehände waren ruhig und kraftvoll. Maleni betrachtete sie gern und beinahe sehnsüchtig. Schnell zwang sie sich, von seinen Händen fortzusehen, doch schon wanderte ihr Blick zu seinen breiten Schultern und von dort zu seinem Gesicht, in dem schon wieder ein Lächeln kurz davor war, in ein freundliches Lachen umzuschlagen.

Schnell blickte sie in eine andere Richtung.

»Ich gehe zu meinen Verwandten«, antwortete sie ihm. Das war unverfänglich und bestätigte, was sie bereits gesagt hatte. Was man lange genug wiederholte, mochte einem Zuhörer irgendwann als wahr gelten, hatte man ihr beigebracht.

»Wir werden uns direkt nordwärts halten«, meinte Elgor und sah von den Bratvögeln zu ihr. Sein Blick hatte immer etwas entwaffnend Aufrichtiges, und Maleni fragte sich jedes Mal, was hinter diesen so ehrlichen Augen vor sich ging. »Erst nach Pyrn und dann weiter in Richtung Kreuzgebirge. Im Gebirge trifft man seltener auf Soldaten.«

Das stimmte. Große Truppenbewegungen ließen sich in den Ebenen leichter bewerkstelligen. Doch das Kreuzgebirge war nicht so hoch und undurchlässig wie die Loryr-Berge, in denen sie sich befanden. Dort verliefen uralte Handelsstraßen durch breite Täler und Pässe, von Farrowul nach Gendern im Südosten und nach Passagur im Nordosten, und von dort aus weiter zu den nördlichen vier Reichen über die Währzungen, schmale, lange Landbrücken im Ozean, die die südlichen vier Reiche mit den vier nördlichen verbanden. Dort lag Malenis langfristiges Ziel. Erst nach Pyrn, dann weitersehen. Nun sah es so aus, als hätten die Schmiede das gleiche Ziel – zumindest bis Pyrn.

Maleni seufzte stumm. Sie musste die Männer irgendwie loswerden, möglichst bevor sie die Stadt erreichten. Die beiden mit zur Herberge der Xyi zu nehmen, war gänzlich ausgeschlossen – auch wenn diese Herberge freilich allen Reisenden offenstand, um keinen Verdacht zu erwecken. Doch ebenso wie der Bruder, den sie so unerwartet an jener Quelle getroffen hatte, würden auch ihre Geschwister dort ihr dazu raten, die beiden Reisegefährten auf endgültige Weise zu entfernen, damit, was immer sie an Wissen über Maleni gesammelt hatten, ein für alle Mal mit ihnen verschwand.

Maleni hatte den Schmieden nichts von ihrer unerwarteten Begegnung mit ihrem Bruder erzählt und auch nichts von dem erneuten Auftauchen des geheimnisvollen Recken. Letzteren hatte sie kaum genau genug gesehen, aber sie war sich ihrer Sache dennoch sicher. Es war nur ein Gefühl, doch das Gefühl ging ihr bis in die Zehen. Er war es. Ihr Kämpfer. Eine seltsame Zugehörigkeit flammte in ihr auf, fast wie ein Sehnen nach dem Wissen, wer er war und warum er tat, was er tat. Und vielleicht sogar nach ihm.

Sie wischte den Gedanken beiseite, mochte sich nicht damit auseinandersetzen. Fremde Männer waren Ziele. Oder Geschwister. Oder Tarnung.

Oder Ärger.

In jedem Fall aber war der Gedanke an sie in dieser Form nicht vorgesehen.

»Gibt es viel Arbeit für Schmiede in Pyrn?«, fragte sie.

»Es gibt überall viel Arbeit für Schmiede.« Elgor hatte ein so nettes Lächeln, sehr jungenhaft. Dabei war er kein kleiner Junge mehr; jeden Tag begriff sie ihn mehr als Mann. Doch auch das war etwas, mit dem sie sich nicht befassen wollte.

Die Reise durch enge Schluchten und über hohe und steile Pässe war mühsam, anstrengend, unbequem und auch kalt, wenn man allzu hoch geriet – aber nicht gefährlich in dem Sinne, wie Maleni Gefahr verstand: als Gefahr durch andere Menschen, durch Entdeckung, durch Verrat. Aber langsam fragte Maleni sich, ob nicht am Ende sie selbst es war, von der eine Gefahr ausging. Sie selbst, und ihre unbotmäßigen Gedanken.

Abgründe oder wilde Tiere hingegen beunruhigten sie weit weniger. Ein Fehler in den Augen der Schmiede, denn Abgründe und wilde Tiere gab es hier reichlich, manchmal hörte man Fauchen oder Jaulen in der Nacht, und bisweilen klang es erschreckend nah. In Momenten wie diesen war Maleni froh, dass auch die Schmiede wussten, wie man mit Pfeil und Bogen umging.

Die weitaus größte Gefahr aber waren weitere Verfolger, die vielleicht schon ganz nah waren. Gendrische Soldaten, die die Mörderin von inzwischen über zehn Menschen suchten.

Vor ihnen hätte Maleni ihre Reisebegleiter warnen müssen. Denn freilich würden sie, so ein Trupp Gendrischer sie tatsächlich einholte, nur schwerlich beweisen können, dass sie mit den Morden und den toten Verfolgern nichts zu tun hatten.

Aber sie tat es nicht, denn das hätte sie verraten, und sie wollte die Gefahr, die von ihren Mitreisenden ausging, nicht vergrößern. Und so blickte sie nur manchmal verstohlen hinter sich oder zurück ins Tal, wann immer sie einen erhöhten Aussichtspunkt erreichten. Doch das Gebirge war zerklüftet, und ob die Vögel, die hin und wieder hinter oder vor ihnen aufstoben, wirklich von potenziellen Verfolgern kündeten, ließ sich nicht näher verifizieren.

Maleni hatte nun schon gut ein Dutzend Nächte in der Gegenwart der Schmiede verbracht, und keiner der beiden hatte sie bislang angegriffen oder auch nur berührt. Sie schlief leicht, mehr als eine Waffe griffbereit, achtete darauf, was sie aß und trank, ließ ihre Nahrung nicht aus den Augen und war stets auf einen Angriff gefasst.

Doch der erfolgte nicht. Sie musste an sich halten, um nicht nachlässig zu werden. Und sie musste achtgeben, nicht allzu viel von sich preiszugeben. Manchmal sagte sie mehr, als sie wollte, und wenngleich auch niemand ihre ungewöhnliche Lebensgeschichte aus dem zusammenstellen mochte, was ihr im Laufe eines Gespräches bisweilen an Bruchstücken ihrer Vergangenheit entglitt, so war es beunruhigend, dass dies überhaupt geschah. Sie konnte Taryahs zornig brennenden Tadel in sich spüren, wann immer ihr etwas entschlüpfte, und sei es nur ein überflüssiges Lachen.

Überhaupt, wann hatte sie das letzte Mal so viel gelacht? Umberts strohtrockene Art war voller Humor und Elgors Grinsen so ansteckend wie Fleckenfieber.

Die Zäune, die sie um sich selbst errichtet hatte, schienen zu bröckeln. Das durfte sie keinesfalls zulassen. Selbst wenn ihre Reisegefährten vielleicht tatsächlich nicht gefährlich waren – und allein der Gedanke ließ sie erschauern –, durfte doch niemand mehr über sie erfahren – weder über Maleni, noch über Taryah, die als stete Mahnung im Hintergrund wachte und sehr schnell aktiv werden würde, wenn sie eine Gefahr witterte. Die Schmiede schienen ihr zu vertrauen. Sie zu vergiften, würde nicht schwer sein.

Es widerstrebte Maleni, auch nur daran zu denken. Sie hatte mit diesen Menschen gegessen, geredet und gelacht. Sie war ihnen seltsam nah – was nicht zuletzt der Enge der Canyons geschuldet war. Sie wollte, dass sie lebten.

»Morgen brauchen wir nicht mehr unsere Bäuche und Köpfe einzuziehen. Wir werden aus den engen Canyons rauskommen«, sagte Elgor unvermutet und grinste. Vielleicht täuschte sich Maleni, doch es war ihr, als erstarrte Umbert für den Bruchteil einer Sekunde. Erwartete er Unbill?

Sie lächelte. »Mein Bauch und Kopf sind gleichermaßen dankbar«, sagte sie. »Auf freier Ebene kommen sie – und ich – und ihr – gewiss schneller voran. Ich möchte die Straße nach Pyrn erreichen.«

»Die ist dann noch ein gutes Stück weiter westlich«, antwortete Elgor, blickte in die genannte Richtung und somit auf die nächste Felsenwand, um die sich der schmale, graue Canyon bog. »Aber man macht keinen Umweg, wenn man sich direkt am Fuße des Loryr-Gebirges einfach nordwärts hält.«

»Du kannst die Straße jedoch leicht erreichen«, fiel Umbert ein. »Geh einfach nach Westen. Eine gute, alte Reichsstraße – nicht zu verfehlen.«

Wieder trafen sich die Blicke der beiden Männer, und einmal mehr gelang es Maleni nicht, zu ergründen, was sie einander ohne Worte mitteilen mochten. Sie schienen nicht gleicher Meinung zu sein, hatten jedoch gar keine Meinung kundgetan.

Das änderte sich nun, als Elgor wieder sprach. »Maleni, du solltest die Straße meiden. Wenn Gendern seinen Feldzug gegen Virniu bereits begonnen hat, wirst du dort sicher irgendwann auf Truppen stoßen – nicht nur südlich des Gebirges.«

»In dem Fall müssten sie von Norden her kommen. Und so schnell können die noch nicht den Umweg über das Kreuzgebirge genommen haben«, meinte Umbert beruhigend. »Der Weg außen rum ist viel weiter. Und zudem müssten sie dann durch farrowulsches Gebiet. Ich glaube nicht, dass sie das wagen.«

»Aber wenn die Gendrischen doch auch von Norden her kommen, läuft man ihnen auf der Großen Straße direkt in die Arme.«

»Es ist nicht gesagt, dass sie die Straße nehmen.«

Endlich meinte Maleni zu verstehen. Der alte Schmied wollte vielleicht, dass sich ihre Wege trennten. Der junge wollte sie bei sich behalten. Und beschützen. Oder hatte er etwas anderes vor? Er lächelte schon wieder. Er ahnte sicher nicht, wie fürchterlich verunsichernd sie das fand. »Wenn die Gendrischen tatsächlich von Norden her kämen, wäre auch Pyrn nicht mehr sicher«, sagte sie nachdenklich.

»Wo ist es schon sicher?«, gab Umbert leichthin zurück. »Es ist überall Krieg. Jede Ecke und Nische der Acht Reiche wäre voller Truppen, wenn es noch genug Menschen gäbe, um allen Fyrsthen ihre Kontingente aufzufüllen. Und es stirbt sich in belagerten Städten gerade so gut wie auf dem Land bei den Bauern. Manchmal frage ich mich, was uns auf dieser Welt zuerst gelingt: Rotten wir uns aus oder verhungern wir vorher, wenn niemand mehr Getreide und Gemüse anbaut oder Viehwirtschaft betreibt? Als Menschheit sind wir ziemliche Versager.«

Maleni nickte. Das waren keine Hirngespinste, sondern in der Tat realistische Zukunftsprognosen. Die Xyi griffen als Einzige ordnend ein. Dennoch zog sich der Krieg immer weiter. Nicht pausenlos natürlich und nicht überall mit gleicher Intensität. Mal war ein Winter zu hart für einen Feldzug, und ein anderes Mal schlummerte das eine oder andere Reich jahrelang, bis ein Nachbar meinte, dieser trügerische Friede sei ein Zeichen von Schwäche und müsse mit einem Eroberungsfeldzug beantwortet werden.

Maleni war stolz, zu jenen zu gehören, die den Fyrsthen ihre Aufgabe erschwerten und so manche Aktion im Keim erstickten. Sicher hatte sie dem gendrischen Fyrsth Meredor den Erfolg durch ihre Tat schwieriger gemacht.

Sie fühlte den prüfenden Blick Umberts auf sich. Was dachte er von ihr? Immer, wenn er sie so musterte, beschlich sie das Gefühl, er wüsste zu viel, obgleich er nie besonders genau nach ihrem Hintergrund oder ihren Meinungen fragte. Vielmehr interessierte ihn, wann Pause zu machen war, wer welche Wache übernahm und woher die nächste Mahlzeit kommen würde. Und doch schien es ihr bisweilen, als erstreckten sich die unausgesprochenen Gedanken dieses großen, breiten Mannes durch Raum und Zeit und überspannten dabei Wissenslücken, die sonst alle – oder doch immerhin das gemeine Volk – hatten. Das war freilich unmöglich, denn nur die Xyi hatten noch den Überblick darüber, was geschah. Und Umbert hatte gelegentlich durchaus verschrobene Ansichten.

Elgors Grinsen lenkte sie von ihren nutzlosen Grübeleien ab. Es berührte sie, und beinahe meinte sie, es wären zwei verschiedene, manchmal ein sehr junges, rührend unschuldiges, das alle ihre Instinkte auf Misstrauen schaltete, und manchmal ein geduldiges, etwas bitteres, für das er im Grunde zu jung war. Doch niemand blieb im Krieg lange jung.

»Wir sterben aus«, setzte Umbert nun seinen Überlegungen fort. »Hätten wir als Menschen einen gemeinsamen Feind, der uns bis zum Nichts hin dezimieren wollte, er hätte es nicht besser einfädeln können. Wir helfen ihm, wo wir können, emsige Dummköpfe, die wir sind.«

»Aber die Fyrstheneien sind sich nur gegenseitig feind. Niemand lenkt sie und überredet sie, übereinander herzufallen«, wandte Maleni ein. »Wir leben in einer Welt der Acht Reiche. Vielleicht gibt es am anderen Ende der Welt noch mehr Reiche – wer weiß das schon? Doch auch dort sitzt kein Feind, der alles lenkt, um uns auszurotten.«

»Bist du dir da wirklich sicher?«, fragte Umbert. Er klang ganz ernst dabei, und seine grauen Augen fixierten sie. »Niemand weiß, was jenseits der Meere ist.«

»Die Piraten auf den Inseln um die Acht Reiche würden kaum die Küsten überfallen, wenn sie auf der anderen Seite des Ozeans reichere Beute hätten.«

»Die Piraten sind Räuber in kleinen Schiffchen. Wer baut schon heute noch große Schiffe? Mit dem Krieg gehen nach und nach auch alle unsere Kenntnisse verloren. Wir verkommen zu mordenden Barbaren.«

»Und du glaubst, irgendein geheimnisvolles Überwesen ist daran schuld? Ein Gott?«, fragte Maleni.

Umberts Blick wurde stechend. Kurz hob er den Kopf und blickte weit und hoch über den Rand der Schlucht hinaus, als sähe er dort etwas kommen. Doch da war nichts. Kein Gott und kein mythisches Ungeheuer. »Die Menschheit hatte einst Feinde, die ihren Fortschritt und ihre Freiheit zu beschränken wussten«, sagte er schließlich leichthin, als werfe er ein Stöckchen ins Feuer.

»Oh nein! Nicht die Urgorrn schon wieder! – Die es nie gab. Und wenn es sie gegeben hätte, wären sie jetzt ausgestorben.«

»Der Kronrat von Predorenn war sich nie sicher, ob sie alle tot waren.«

»Heißt es nicht in der Legende, der Kronrat von Predorenn hätte die Macht an sich gerissen, *nachdem* der letzte Urgorrn tot war?«, fragte Maleni. »Falls es diesen Rat je gegeben hat.«

Umbert verzog das Gesicht zu einer zynischen Miene und senkte den Blick. »Oh, den Kronrat hat es gegeben. Sie sind verraten und umgebracht worden. Und seither herrscht Krieg. – Oder hat man dir das anders beigebracht?«

Maleni zuckte mit den Schultern. »Doch, so oder ähnlich habe auch ich es gehört. Aber was weiß man schon, was früher war? Die wenigen Priester und Gelehrten, die es noch gibt, erzählen alle etwas anderes. Ich habe mich immer nur gefragt, warum man ein solch goldenes Zeitalter so brutal beendet hat. Vielleicht war es bei Licht betrachtet nie so golden?«

»Das Warum ist eine gute Frage!«, meinte Elgor und reichte Maleni ein etwas zu knuspriges Stück Vogelfleisch. Er blickte sie nachdenklich und – wie Maleni fand – mit einer gewissen Anerkennung an. Maleni wehrte sich gegen die stets wiederkehrende Erkenntnis, dass dieser Mann sie mochte – und vermutlich nicht nur wegen ihrer guten Fragen.

Er zwinkerte ihr aufmunternd zu.

»Das Wer ist eine bessere Frage!«, brummte Umbert. Er schien heute weitaus weniger fröhlich gestimmt als sein Gefährte, blickte von ihr zu seinem Gesellen, und Maleni war sich sicher, dass ihm etwas nicht behagte. Sie ignorierte es geflissentlich, befasste sich nur mit seiner Aussage. »Und wer?«, fragte sie, biss vorsichtig von dem Vogelschenkel ab, zuckte kurz ob der Hitze des Schenkels zusammen und atmete dann hechelnd durch den Mund ein, um das Stück zu kühlen. Elgor lachte. Wenn er lachte, funkelten seine Haselnussaugen, als wolle etwas aus ihnen herausstrahlen.

Maleni lachte zurück.

Sie konnte nicht anders.

Umbert hob eine Augenbraue. »Das … weiß niemand«, sagte er, der sich immer noch am gleichen Thema festgebissen und sich dabei genauso den Mund verbrannt hatte, wie Maleni an dem Bratvogel.

»Die Urgorrn?«, fragte Maleni ein kleines bisschen amüsiert. Dann trank sie einen Schluck Quellwasser aus ihrer Flasche.

»Sie hätten es gekonnt.« Umbert nahm nun auch ein Stück Fleisch und biss hinein. Ihm schien es nicht zu heiß.

»In den Legenden … hätten sie es gekonnt!«, gab Maleni zurück, obgleich sie wusste, dass sie Umbert nicht überzeugen konnte. Und warum sollte sie das auch wollen? An die Allgegenwart mythischer Urgorrn zu glauben, die an allem schuld waren, war sicher leichter, als an die grenzenlose Dummheit und Gier der eigenen menschlichen Rasse. »Die Tatsache, dass ich mir eben den Mund verbrannt habe, deutet freilich darauf hin, dass das hier die wirkliche Welt ist, Meister Umbert.« Sie grinste ihn an. »Und in der wirklichen Welt ist der Mensch selbst seines Unglückes – Schmied. Oder wäre es dir lieber, ich würde ein anderes Handwerk bemühen? Schneider? Metzger?«

Elgor unterdrückte ein glucksendes Lachen, behielt seine Gedanken jedoch für sich. Maleni zwinkerte ihm zu. Auch das war unnütz, bereitete ihr jedoch Freude. Unvorhergesehene Freude.

Maleni schob den Gedanken fort und wieder dem eigentlichen Thema zu. Auch über die Xyi gab es Legenden, nach denen die Schemenjäger unverwundbar waren, fliegen und sich unsichtbar machen konnten. Maleni wusste, was sie von Legenden zu halten hatte. Man benutzte sie. Doch man glaubte sie nicht.

Die Urgorrn. Was für ein Unsinn!

Und dennoch lief ihr ganz plötzlich ein kalter Schauer über den Rücken, und in ihren Gedanken griff ein kriechendes Ungeheuer nach ihr und umfasste sie, senkte gelbes Gift in ihr Herz, während sie stumm und hilflos schrie. Ein Wachtraum, wie sie ihn sonst nie hatte. Oder die Erinnerung an einen Alptraum, den sie früher allzu oft geträumt hatte? Auf jeden Fall war es Unsinn.

Stumm schalt sie sich selbst eine Närrin. Hier saß sie nun und fabulierte über mythische Wesen, während das eigentliche Problem sich an ganz anderer Stelle zum Sprung bereit machte. Sie musste dringend die beiden Männer loswerden. Deren Aberglaube tat ihr nicht gut.

Und dabei war es einerlei, wie nett Elgor war.

KASSIBER 4

Botenbuzzardnachricht an die Geschwisterschaft
in Farrowul und Passagur

Schwester im »Stillen Pfad« getroffen. Nicht autorisierte Begleiter schienen ihrer Disziplin abträglich. Es ist zu eruieren, ob sie bei der endgültigen Lösung dieses Problems Hilfe benötigen wird. Eine Verschiebung der Loyalitäten wäre nicht wünschenswert.
Weiterhin zu eruieren: Verbleib von zwölf gendrischen Verfolgern.

23

Kardred von Harknis zweifelte nicht daran, dass seine Nachfolge auf dem Rang des Feldherrn von Gendern würdig und recht war. Er hatte Zandru von Lorennen lange – zu lange – treu gedient und viel gelernt. Vielleicht war er sogar schon besser als jener, der stets so sehr mit sich selbst beschäftigt gewesen war und mit dem Bild von sich, das ihm in den Augen anderer so eminent wichtig erschien.

Kardred von Harknis war bereit. Er war gefeit. Er war gescheit. Und er würde diesen Krieg gewinnen. Für Meredor, den Fyrsthen von Gendern.

Verwandtschaftlich stand er dem Fyrsthen näher, als Zandru von Lorennen es getan hatte. Und vielleicht mochte seine Erlaucht ja auch schöne Tänzerinnen?

Er versagte sich ein Feixen. Es war fehl am Platze.

Kardred von Harknis' Denken war zu jeder Zeit zielgerichtet und strategisch. Deshalb kümmerte ihn der Fyrsth derzeit nicht. Vielmehr war er gezwungen, sich mit etwas zu beschäftigen, das ihm partout nicht einleuchten wollte. Denn in seinem Heerlager westlich der Berenborg, kurz bevor die Straße nach Westen auf den Abzweig Richtung Norden traf, standen zwei altgediente Soldaten.

»Es war Magie!«, beteuerte der eine erneut, wie er da stand, breitbeinig, vierschrötig und doch unsicher. Ein wenig wie ein begossener Pudel in Uniform.

Der frischgebackene Heerführer winkte ärgerlich ab. Die beiden Haudegen hatten ihre Einheit zurückgebracht. Tot. Dass Soldaten starben, war nicht weiter ungewöhnlich. Dass sie – wie die beiden Kerle behaupteten – steifgefroren waren, als sie sie fanden, war schon weitaus weniger plausibel. Selbst auf den höchsten Gipfeln der Loryr-Berge dürfte es mitten im Sommer kaum noch Schnee geben. Auf keinen Fall aber konnte es dort eisig genug werden, um zwölf Männer so schnell gefrieren zu lassen, dass sie nicht fliehen konnten – und das erst recht, während es ihren Pferden offenbar nicht zu kalt war.

»Magie!«, insistierte der Soldat noch einmal. Er hatte sichtlich Angst, für ein diffuses Fehlverhalten zur Rechenschaft gezogen zu werden, das irgendwo zwischen Trägheit und Überlebenskunst lag. »Es kann nur Magie gewesen sein.«

Sein Kamerad hingegen schwieg und blickte nur stur in Habtachtpose geradeaus. Jahre des militärischen Dienstes hatten ihn gelehrt, dass man damit zumindest nicht allzu viel falsch machen konnte.

Der frischgebackene Heerführer blickte bewusst finster vom einen zum anderen und versuchte zu ergründen, an welcher Stelle der Aussage die Lüge untergebracht war. Magie!

Es hatte Magie gegeben, so hieß es. Früher. Als die Acht Reiche noch Predorenn hießen. Doch nur eine winzige Gruppe Menschen hatte diese Kunst beherrscht, und es war nichts, das man erlernen konnte. Man musste mit der Prädisposition geboren werden. Und woher diese kam? Das wusste niemand.

Der Kronrat von Predorenn hatte aus magiebegabten Frauen und Männern bestanden, und aus ihrer Mitte war der König gekürt worden. Ein Wahlkönigtum und doch innerhalb einer festgelegten Elite. Genaues wusste man nicht. Es konnten genauso gut Legenden sein, die sich um den Untergang eines Staatsapparates und eines Herrschaftssystems rankten, denen manche in verklärender Weise hinterhertrauerten, ohne irgendetwas darüber zu wissen. Frieden hatte es dort gegeben. Aber sonst? Was wusste man schon noch von jenen Tagen? Tatsachen hätte man nur in den Archiven der alten Hauptstadt Cahersyg finden können. Doch die war dahin, und niemand konnte sagen, wo die Ruinen dieser Stadt zu finden waren. Es schien, als hätte es sie nie gegeben.

»Warum wart ihr nicht bei eurer Einheit?«, fragte der Heerführer. Eine klare Frage im Kontext eines nachvollziehbaren Ordnungssystems.

»Es war uns doch befohlen worden, ein Gehöft auszukundschaften!«

Die Entrüstung des Mannes war übertrieben und zeugte von seiner Schuld. Kardred von Harknis wusste, was er davon zu halten hatte. Er hätte die Soldaten hinrichten lassen können für ihre Feigheit oder auch nur für ihre Säumigkeit. Doch immerhin waren sie zurückgekommen und hatten Kunde gebracht. Und er brauchte jeden Mann für den Feldzug gegen Virniu. Nur dieser Feldzug war wichtig, denn er würde über von Harknis' Karriere und Aufstieg entscheiden. Er war aufgerückt, weil der Tod des Blutdenkers mitten in einer Kampagne einen plötzlichen Aufstieg ermöglicht hatte, war somit nicht an diese Position berufen worden. Er musste sich also beweisen.

Doch der Feldzug lief zufriedenstellend, die Berenborg war gesichert, und er selbst war mit seiner Armee auf dem

Weg gen Westen, wohin sich Virniu wie eine sehr breite Landzunge zwischen der Südlichen See und der Krikton-Bucht erstreckte. Seine Truppen würde er noch einmal teilen müssen, um Wasserstatt, die Hauptstadt Virnius, zu erreichen. Der Regierungssitz der Fyrsthin Vissera von Virniu lag nördlich jenseits der flachen, westlichen Ausläufer des Loryr-Gebirges. Einen Teil der Truppe würde er durchs Gebirge führen, ein weiteres Truppenkontingent würde die Küste entlang erst gen Westen ziehen und nach der Einnahme der Städte Verendig und Teberts um das Gebirge herummarschieren, um Wasserstatt simultan von Westen her anzugreifen. So hätten sie es bald in der Zange.

»Wegtreten!«, befahl er deshalb nur ärgerlich. Von den beiden war nicht mehr zu erfahren, und lösen ließ sich das Enigma derzeit auch nicht. Der Feldherr hatte andere Prioritäten. Dennoch nagte die Sache weiter an ihm. In der Truppe würden nun die seltsamsten Gerüchte umgehen. Dummheit und Aberglaube blühten in engen Verbänden. Auch hatte er den Geschehnissen keine Erklärung entgegenzusetzen. Wie überall, so war auch in Gendern das Schulwesen schon lange dem Krieg zum Opfer gefallen. Nur noch entsprechend hochgestellte Kinder bekamen so etwas wie Bildung vermittelt, die über grundsätzliche Überlebensstrategien und handwerkliche oder kriegstaugliche Fertigkeiten hinausgingen. Im Gegensatz zu seinen Soldaten hatte er, Kardred eine solche Bildung erhalten und in der Lage sein müssen, dieses Rätsel zu lösen und allen klarzumachen, dass hier keine mythischen Kräfte am Werk waren, die etwa gar von drohendem Unheil kündeten. Aber das konnte er nicht. Er blickte den beiden Soldaten hinterdrein, wie diese rasch und zielstrebig aus seiner erschreckenden Nähe marschierten. Wieder einmal hatten sie überlebt. Eine weitere Kerbe auf dem Schlagstock ihrer Erfahrungen.

»Glaubt Ihr ihnen?«, fragte sein Adjutant, ein fleißiger, junger Mann, der von Harknis an sein eigenes, um viele Jahre jüngeres Selbst erinnerte. Er würde wissen, wie er sich vor ihm in Acht nahm. »Das mit der Magie?«

»Vollkommener Unsinn«, gab der Feldherr zurück. »Doch was immer auch geschehen sein mag, sie tragen keine Schuld daran und waren loyal genug, die Toten mitsamt der Kunde zurückzubringen.«

»Und wie …«

»Vermutlich war die Mörderin, die von dem Trupp verfolgt wurde, nicht allein. Eine Gruppe Meuchelmörder, die im gebirgigen Gelände aus dem Hinterhalt angreift, mag auch erfahrenen Kämpfern zum Verhängnis werden.«

»Aber gefroren …«

»Das ist eine Erfindung der beiden Männer. Die Leichen waren kalt und matschig, als sie hier ankamen. Genauso wie Leichen es eben sind. Es gibt keine Magie. Vermutlich hat es nie welche gegeben. Alles Märchen«, tönte er und lächelte ein klein wenig unbekümmerter, als er sich fühlte. Dann schob er den Gedanken beiseite und wandte sich wieder den wichtigen Dingen des Lebens zu. Wenn er erst einmal Virniu erobert hatte, würden die beiden vereinigten Fyrstheneien zusammen stark genug sein, um sich die weiter nördlich gelegeneren Gebiete Farrowul oder Passagur vorzunehmen. Zwischen diesen beiden schwelte auch ein Konflikt, der nur darauf wartete, neu auszubrechen. Freilich hatte man nicht darauf hoffen können, die beiden Fyrstheneien würden genug miteinander zu tun haben und nicht merken, wie eine große gendrische Armee sich durch das Kreuzgebirge schob, um vom Norden her ebenfalls gegen Virniu vorzustoßen – durch farrowulsches Gebiet. Also hatte es da Geheimverhandlungen gegeben. Die Fyrsthin von Farrowul hatte sich als zugänglich erwiesen. Was sie damit wohl bezweckte?

»Gibt es Nachricht von unserer Nordarmee?«

Frieder von Kemp, der Adjutant, nickte eifrig. »Die Späher berichten, dass alles planmäßig verläuft. Die Streitmacht hat den südlichen Weg durch das Kreuzgebirge gewählt und den Osten Farrowuls erreicht. Bald geht es südwärts über Pyrn.«

»Ich hoffe, sie sind schön auffällig.«

»Wie von Zandru von Lorennen geplant. Mit etwas Glück, wird Ost-Virniu ihnen seine Truppen nordwärts nach Farrowul entgegenschicken.«

»Und hat dann hier keine mehr.«

Von Harknis grinste zufrieden und korrigierte flugs das Grinsen zu einem überlegenen und wissenden Lächeln. Dabei fiel ihm auf, dass er seinen Vorgänger kopierte. Er machte sich zu viele Gedanken um seine Wirkung. Etwas unwirsch stand er von seinem Reiseklappstuhl auf. »Wir werden siegen«, sagte er knapp.

Sein Adjutant nickte – schon wieder eifrig. Dieser dauernde Eifer hatte sicher etwas zu bedeuten. »Ich habe Kunde geschickt, dass wir die Mörderin des Feldherrn«, er schluckte und korrigierte sich, »… des verblichenen Zandru von Lorennen – westlich des Loryr-Gebirges erwarten. Wenn sie dort auftaucht, kann die Armee sie gleich fangen und hinrichten.«

Der neue Feldherr nickte, hob jedoch gleichzeitig die Hand. »Nur fangen. Ich möchte sie sehen, bevor sie stirbt. Vielleicht tanzt sie mir ja auch etwas vor? Im Feuer. Oder auf Messern. Es wird uns etwas Passendes einfallen für die Schöne. Etwas … Schönes.«

24

Die junge Frau war bei ihnen geblieben, als sie aus den engen Schluchten des Loryr-Gebirges hinaus in das sanft abfallende Vorgebirgsland gekommen waren. Eine Weile hatten sie nur dagestanden, mit den Mulis und dem Pferd. Ganz still.

Umbert verließ nicht zum ersten Mal die hohen Felsen und die schmalen Canyons des Geheimen Pfades, und er kannte bereits das seltsame Gefühl, das einen beschlich, wenn man ganz unvermittelt um den letzten der Abertausenden von steilen Felsen bog. Man trat aus dem Schatten der grauen Steinpfeiler hervor wie aus einem starren Felsgefängnis, welches die Kräfte der Natur höchstselbst geschaffen hatten, als hätten sie den Gebirgszug einfach von unten hochgedrückt, steil und plötzlich. Es war überwältigend, immer wieder aufs Neue.

Und unterschwellig absolut beängstigend.

Nur, warum? Tagelang hatte man nur Felsen neben sich gesehen und über sich und vor sich und hinter sich – jene säulenförmigen hohen Felsen, die wie zu einem überdimensionierten Steinzaun zusammengewachsen waren und gemeinsam in den Himmel ragten. Hinter jeder Biegung konnte ein Feind lauern, hinter jedem Stein eine Gefahr – vor einem oder hinter einem. Der Himmel über einem war stets nur ein schmales Band, die Sonne eine kurze Erscheinung am Mittag, und ansonsten gab es nur Fels und Schatten.

Und unerwartete Reisende, die man besser ignorierte.

Dann sah man auf einmal hinab in eine weit nach unten schwingende, grüne Ebene und konnte ganz in der Ferne das Meer erahnen, das in der breiten Krikton-Bucht gegen die Gestade Virnius schlug – und im Norden auch gegen die Farrowuls, je nachdem, wie die unstete Grenze dem derzeitigen Kriegsglück gemäß gerade verlief. Einzelheiten änderten sich zu rasch, als dass es sich lohnte, den jeweils letzten Stand im Gedächtnis zu behalten. Wichtig war nur zu wissen, dass dies hier Grenzgebiet war.

Grenzgebiet war zu jeder Zeit gefährlich.

Sie hatte versonnen gelächelt, die junge Reiterin auf ihrem Pferd, das das Berenborg-Wappen trug, während ihr Kuriermantel sie als aus Gendern stammend definierte. Sie hatte das Kleidungsstück zwar in ihrem Gepäck verborgen, aber Umbert hatte es freilich dennoch gesehen. Er glaubte nicht, dass sie tatsächlich ein gendrischer oder virniutischer Kurier war. Nein. Das Pferd stand ihr sicherlich ebenso wenig zu wie der Mantel.

Umbert blickte skeptisch auf den Rücken der Frau, die ausnahmsweise vor ihm ritt. Für einen Menschen, der Schwierigkeiten damit hatte, anderen den Rücken zuzukehren, war das eine unglaubliche Leistung von ihr. Sie war zutraulich geworden, die Kleine.

Gut.

Genau das hatten sie bezweckt.

Und doch: zu zutraulich vielleicht. Noch war er sich keinesfalls sicher, ob es eine gute Idee gewesen war, sie mitzunehmen. Er wusste, welche Gefahr sie darstellte. Auch Elgor wusste es. Doch Elgor hatte Ideen und Pläne, und in ihm keimte ein Flämmchen der Hoffnung, das er sich nicht nehmen lassen wollte.

Hoffnung, das wusste Umbert nur allzu gut, war etwas, das man stets brauchte, weil es ohne sie schon längst keinen Sinn mehr ergeben hätte, weiter und weiter zu ziehen, von einer Fyrsthenei in die nächste, mal über dieses, mal über jenes Gebirge – immer auf der Suche.

Jeder brauchte Hoffnung – auch Umbert und Elgor, die Schmiede brauchten sie.

Er lächelte müde. Das war er jetzt schon lange: Umbert, der Schmied. Bisweilen konnte man fast vergessen, dass es da noch etwas anderes gab als das Handwerk, das Feuer und das Eisen. Wieder blickte Umbert von seinem Muli hoch auf den Rücken der hübschen Frau, die so sehr – und so überraschend erfolgreich – darum bemüht war, ihre unglaubliche Schönheit zu verbergen und so unauffällig zu wirken wie eine Magd.

Er starrte sie an. Sie – die sie war, wer sie war. Es war einen Versuch wert. Vielleicht endete es in Blut und Tod. Vielleicht aber auch nicht. Und falls doch, stand dennoch offen, in wessen Blut und Tod es enden würde. Natürlich, trauen konnte man dem Mädchen nicht. Es war gut möglich, dass man sie verfolgte, doch das Mädchen hatte sie mit keinem Wort gewarnt. Ihr eigenes Geheimnis war ihr wichtiger als ihr eigenes Überleben – oder das ihrer Begleiter.

Diesmal schien sie seinen Blick zu spüren, denn sie drehte sich hastig im Sattel um. Ihrer beider Blicke trafen sich, und Umbert nickte der jungen Frau ernst zu. Das Lächeln anderer verunsicherte sie. Er hatte das verstanden und akzeptiert, und Elgor hatte es verstanden und ignorierte es geflissentlich.

Kurz verlor Umbert sich in Gedanken, Plänen und Ideen. Viele hielten die Xyi für eine Mär; er jedoch hatte Grund zu wissen, dass sie mehr waren als das. Ihre legendäre Skrupellosigkeit hatte ihn stets fasziniert, auch ihre beinahe übermenschliche Perfektion. Freilich, skrupellos waren auch die Soldaten, Söldner und Marodeure auf dieser Welt. Doch sie waren viel einfacher zu verstehen. Dumpfe Gewalt war etwas, das dem menschlichen Wesen stets nahe war. Schmerz und Angst gebaren sie aus Überlebenswillen und dem Wunsch, irgendjemanden dafür zu strafen, dass die Welt so war, wie sie war. Vielleicht auch aus der Notwendigkeit heraus, irgendetwas zu beherrschen, wenn man schon auf den Lauf des eigenen Schicksals so verflucht wenig Einfluss hatte. Denn obgleich Herrschen das ultimative Ziel aller Acht Reiche und deren Fyrsthen darstellte, war der Einzelne in dieser chaotischen Gewaltkette stets nur ein herumgestoßenes Etwas. Vielleicht, so dachte Umbert, fühlte man sich dann besser, wenn man ebenjene, die man noch schwächer wähnte als sich selbst, ebenfalls herumstieß.

Doch so krudes Benehmen erwartete er nicht von ihr. Einen Mordversuch vielleicht, aber keine Stillosigkeit. Wenn sie Elgor und ihn vergiftete, würde sie dabei höflich lächeln und die Umgangsformen wahren.

Maleni hatte ihnen erzählt, wie ihre Eltern umgekommen waren, und er hatte ihre Geschichte nicht bezweifelt. Viele Bauern ereilte das gleiche Schicksal. Dass sie überlebt hatte, mochte ein Wunder sein. Genaueres hatte das Mädchen nicht dazu erklärt. Nur, dass sie danach von einem anderen Zweig ihrer Familie aufgenommen worden war.

Es hatte nicht geklungen, als ob sie log. Doch es war auch nicht die ganze Wahrheit. Umbert wusste, wann jemand log oder auch nur in Nuancen von der Wahrheit abwich. Die Fähigkeit, Unwahrheiten zu erspüren, hatte ihm und seinem Gesellen oft genug die Haut gerettet. Es war ein gutes, ein altes Talent.

Auf jeden Fall meinte Umbert um die Familie zu wissen, die das kleine Mädchen aufgenommen und ihr eine so detaillierte und doch so durchaus einseitige Erziehung hatte angedeihen lassen, auch wenn er nicht wusste, wo oder wie dies geschehen war. Er wusste nur eines: Kinder konnte man prägen. Dankbare Kinder, die man vor dem Hungertod rettete, waren umso leichter zu beeinflussen. Umbert fragte sich, wie genau das geschah. Vermutlich war es ebendieser »Familien«-Gedanke, der hier griff und die kleinen, verlorenen Seelen auf neue Pfade setzte, ihnen einen Zweck gab, vielleicht sogar einen Glauben – den an sich selbst und ihre Familie.

Er wollte mehr darüber wissen. Schon sehr lange hatte er gehofft, mehr zu erfahren. Seine weiten Reisen und die seines jeweiligen Gesellen hatten ihm einen gründlichen Überblick über die Verhältnisse der Acht Reiche beschert, den nicht viele hatten. Wer in einem der Heere oder einer der Schicksalsgemeinschaften rund um einen Fyrsthen gefangen war, sah immer nur höchstens ein Achtel der Gesamtsituation. Umbert jedoch war es gelungen, nie dazuzugehören. Er gehörte eher zur Vergangenheit, hatte eine Außensicht auf die Dinge. Und auch Elgor sah die Welt mit anderen Augen als jene eifrig Strebenden, die ihre Gier zu stets neuen Versuchen trieb, eine Vorherrschaft zu erlangen, die in einem Feld letztlich gar nicht dauerhaft zu erlangen war, in dem auf einen Aggressor stets bis zu sieben Feinde kamen.

Wieder blickte sich Maleni um. Diesmal hatte Umbert ihr keinen Anlass dazu gegeben.

»Hier ist ein guter Platz zum Rasten«, meinte sie und hatte beinahe recht. Hier gab es eine Quelle, die aus den Felsen rechts von ihnen hervorbrach und von dort hurtig talwärts sprudelte. Die Stelle war auch einigermaßen eben, nicht so abschüssig, wie die Landschaft hier in weiten Teilen war. Selbst Gebüsch gab es, das helfen mochte, Tiere und Menschen zumindest notdürftig zu verbergen. Denn der Pfad, der nordwärts an den Ausläufern des Gebirges entlanglief, hatte einen Nachteil: Er lag erhöht und ungeschützt und war von Westen her weithin einsehbar. Schon von Ferne würde man sie erkennen können, wie sie da in ihrer winzigen Karawane entlangzogen.

Sie sattelten ab. Die Reittiere waren merkwürdig unruhig, und alle drei Reisenden sahen sich um. Niemand schien in der Nähe zu sein. Die Felsen ragten rechts von ihnen steil und hoch in den Himmel, und kein Durchgang schien breit genug zu sein, um Feinde verbergen zu können. Umbert blickte nach oben. Ein Überfall aus dieser Richtung würde das Abseilen der Angreifer voraussetzen, und die meisten anderen Richtungen waren gut einsehbar.

Hier war niemand.

Dennoch nagte etwas an ihm. Eine alte Erinnerung, die sich nicht in ihm lösen wollte. Es war, als hielte etwas seine Gedanken in Schach, als gelänge es ihm nicht, einen Eindruck über eine unsichtbare Hürde in seinem Inneren zu wuchten. Er war schon hier gewesen. Mehr als einmal. Und dennoch wollte sich keine Erkenntnis einstellen.

»Hier?«, fragte Elgor denn auch skeptisch. Ihn schien der Platz mit ähnlichem Unbehagen zu erfüllen. Er versuchte, die unruhigen Tiere zu bändigen. Was hatten sie nur? Hier war nichts.

Erneut blickte Umbert um sich, warf seinen scharfen Blick aus wie ein Netz, das Informationen sammeln sollte. Steine und Gebüsch. Felsen zur Rechten. Die schmalen Spalten zwischen den aufwärtsstrebenden Felsnadeln hätten nicht einmal Kinder hindurchgelassen.

Und doch rührte sich etwas. Sein Kopf zuckte herum, sein Blick suchte nach der Gefahr, die er nun immer deutlicher verspürte. Waren das alte Knochen dort im Gebüsch? Fast sah es so aus, als hätte die Natur jene überwuchert, die nie weiter als bis hierher gekommen waren. »Wir sollten nicht hier bleiben«, warnte er.

Maleni war bereits abgestiegen und sah ihn verständnislos an.

»Hier ist etwas …«, fuhr er fort. Er erinnerte sich in dem Moment an das Unheil, als es zuschlug.

25

DAMALS

Niccela war ohne langen Abschied ihres Weges gezogen. Vom Wirt hatte sie ein schönes Pferd erhalten, dessen Brandzeichen kurzfristig geändert worden war. Die Wirtschafts-Station besaß einen weiteren Stall, ein gutes Stück abseits von umfriedetem Tavernenhof und Straße, und verfügte nun über sehr viele Pferde.

»Gehören die jetzt alle euch?«, hatte Maleni gefragt, als sie mit Heora hinter Niccela auf deren neuem Pferd herblickte. So viele Tiere!

»Kriegsglück«, meinte Heora und lächelte. »Fromme Menschen glauben, die Götter sorgen für einen. Doch man muss es stets selbst tun.« Sie wandte sich Maleni zu, bückte sich zu ihr hinunter und nahm ihr Gesicht in die Hände. »Das musst du dir merken, kleine Maleni. Du hast die Verantwortung für dein Überleben. Niemand sonst. Schreib es dir hinter die Ohren, und denke immer daran.«

»Aber ich soll doch eine neue Familie bekommen«, widersprach Maleni, die das mit der Verantwortung ziemlich schwierig fand, etwas furchtsam. Für ihr Leben war immer ihre Familie zuständig gewesen.

»Die hast du schon. Wir alle sind deine Familie.«

»Dann bleibe ich hier?«

»Nein. Wir reisen morgen ab.«

»Wohin?«

»Zu deinem neuen Zuhause. Da bringt man dir dann ganz viel bei. Du wirst klug, und du wirst selbständig. Und du musst vor niemandem mehr Angst haben. – Im Gegenteil. Die Bösen müssen dich fürchten.«

Maleni dachte eine Weile schweigend darüber nach und wusste nicht, ob sie das begeistern oder ängstigen sollte. Doch da sie ohnehin keine Alternative sah und Heora wirklich nett war, beruhigte sie sich schnell. Vielleicht war es ja gut, weiterzureisen, denn hier konnten immer siebenundzwanzig Söldner über einen herfallen.

Oder mehr.

Sie waren alle tot gewesen. Maleni hatte in so kurzer Zeit so viel gesehen, dass ihr Einzelheiten bisweilen erst jetzt einfielen, als machte ihr Kopf nach und nach Kästchen auf, die er vorher noch geschlossen gehalten hatte. Niemand auf der Seite der Tavernen-Mannschaft war besonders jung gewesen. Nicht einmal Niccela, doch die anderen waren vermutlich noch älter. Dennoch hatten sie sich bewegt, wie junge Jäger auf der Hatz. Oder wie Gürtelschlangen in Malenis Heimat, die sich so hurtig davonschlängeln konnten, dass sie schon verschwunden waren, ehe der Gebissene begriff, was ihm geschehen war.

Die Angreifer hatten mit ihren schweren Waffen einfach nicht richtig treffen können.

Es war viel an Gerätschaften zu Bruch gegangen. Gewiss waren die teuer gewesen. Doch von den Wirtsleuten hatte keiner ernsthafte Blessuren davongetragen. Und das, obgleich sie zum Teil mit sehr spontanen Waffen gekämpft hatten: Küchenmesser, Pfannen, heißes Fett, Feuerscheite. Ketten, an denen Utensilien von der Decke hingen. Glühende Herdringe. Einer der Söldner hatte einen halbgebratenen Drorhahn übergestülpt bekommen. Das waren richtig große Vögel! Und dieses fettige, noch nicht ganz krosse Tier rollte schließlich schwer und voll auf dem Boden herum, während

Maleni sich noch fragte, wo der Kopf des Angreifers denn stecken mochte, denn auf dessen Schultern saß er nicht mehr. Erst im Nachhinein begriff Maleni, dass jeder Gegenstand auf der ganzen weiten Welt eine Waffe sein konnte. Mit einem Hackmesser musste man nicht notwendigerweise Gemüse schneiden.

»Ganz viel wirst du lernen«, bekräftigte Heora. »Und du wirst sehen, wie wunderbar es ist, immer besser zu werden.«

Die Toten hatte man etwa eine halbe Meile entfernt vom Haus vergraben und ihnen zuvor all ihre Besitztümer abgenommen. Kyrros ließ einem nichts, das wusste Maleni, doch es widerstrebte ihr ein wenig, dem Gott nicht die Hände an die Wegkreuzung zu legen.

»Das tut man nur, um an die Toten zu denken«, erklärte Heora. »Und an diese hier denkt keiner mehr.«

Maleni hatte nicht mit graben müssen. Sie hatte hinterher Blumen und Kräuter ausgesät und angepflanzt, damit die Erde nicht so roh und frisch aussah. Es gab einige Blumenfelder im Wald, hatte Maleni festgestellt. Und die Kräuter würden der Tavernenküche auch nicht ausgehen.

»Überfallen euch oft Gäste?«, hatte sie gefragt.

»Nicht, wenn sie klug sind«, hatte Heora lächelnd entgegnet. »Aber die Welt ist voller Dummköpfe.«

Maleni nickte. Die Welt *war* voller Dummköpfe, aber sie würde jetzt klug werden.

Am nächsten Tag machten sich Maleni und Heora auf die Reise. Sie ritten Mulis, was Maleni schwierig fand, denn ihre Beine waren zu kurz, um gut um die trommelartigen Tierbäuche zu reichen. Aber das Reisen ging schneller so.

Heora verließ schnell die große Hauptstraße und nahm eine Abzweigung, die sie weiter in den Wald führte. »Es ist besser, man sieht uns nicht so«, sagte sie.

»Niccela hat auch immer ein Versteck gesucht, wenn Leute kamen«, gab Maleni zur Antwort.

»Niccela ist eine kluge Kämpferin. Ein Juwel unter den Schwestern, denn sie teilt die Welt mit ihrer Gabe in jene, die leben, und jene, die nicht mehr leben sollen. Ja. Maleni, es ist ungefährlicher, nicht gesehen zu werden.«

Das leuchtete Maleni ein. Sie lebte nur deshalb noch; weil niemand sie gesehen hatte.

»Es wäre schön, sich einfach unsichtbar machen zu können«, seufzte Maleni.

»Du wirst etwas lernen, das beinahe so gut ist wie unsichtbar machen.«

»Gibt es da einen Zauberspruch?«, fragte Maleni neugierig.

»Mit Zauber hat es nichts zu tun. Nur mit Geschicklichkeit, Umsicht, guter Planung und Geschwistern, die einem helfen.«

Sie ritten eine Weile, und die hoppelnde Bewegung des Mulis ließ Maleni im Sattel unsicher hopsen. Es dauerte eine lange Weile, bis sie sich nicht mehr unablässig ängstigte, im nächsten Moment zu fallen.

Sie schliefen in einer heruntergekommenen Kate im Wald, in der es erstaunlicherweise eine unter Erde und Reisig versteckte Bodenklappe mit einem Notvorrat an nützlichen Dingen und Getreide gab. Heora kochte Brei.

Angst hatte Maleni noch immer; sie war ihr seit dem Tod ihrer Familie zur ständigen Begleiterin geworden. Aber die Geräusche der Wildnis waren ihr inzwischen nicht mehr fremd, bei Heora fühlte sie sich sicher, und so schlief sie in dieser Nacht beinahe ohne Alpträume durch.

Am Morgen ritten sie weiter. Wie groß die Welt wohl war, dass man so undenkbar lange unterwegs sein konnte? Sie fragte Heora, die viel geduldiger als Niccela war. Sie war freilich auch älter. Ihr

Haar war richtig grau, ihre Haut faltig, und im Oberkiefer fehlten ihr ein paar Zähne. Dennoch bewegte sie sich anmutig wie ein junges Mädchen. Anmutiger vielleicht, wenn Maleni an ihre Schwestern dachte, die irgendwie trampeliger gewesen waren. Schnell wischte sie die Erinnerung aus ihrem Kopf. Nur nicht zurückdenken. Das tat weh. Wütend blinzelte sie ihre Tränen fort und konzentrierte sich stattdessen auf Heoras Antwort: »Manche sagen, die Welt ist eine Scheibe. Andere glauben, sie sei ein Ball, aber früher haben das mehr Menschen geglaubt als heute. Das Land wird vom Ozean umgeben. Alle Acht Reiche sind auf einer riesigen Landmasse. Darum herum sind sehr viele kleine Inseln. Meistens hausen dort Piraten und überfallen die Küstenschiffe. Doch es gibt auch Leute, die glauben, es gäbe große Landgebiete wie die Acht Reiche auch jenseits des Meeres.« Heora zuckte mit den Schultern. »Gesehen hat sie noch keiner. Aber ich glaube daran, dass es sie gibt.«

Maleni versuchte, das zu verdauen. Ihre Welt war das Haus ihrer Eltern gewesen, ihr Tal, dann ihr Fluchtweg, jetzt auf einmal Acht Reiche. Und vielleicht war die Welt noch größer?

»Und sind dann da auch Menschen?«, fragte sie.

Heora zuckte mit den Schultern »Vielleicht gibt es da gar keine Menschen, sondern nur wilde und gefährliche Kreaturen. Wer weiß!«

»Menschen sind … wilde und gefährliche Kreaturen«, murmelte Maleni leise. »Es wäre doch schön, wenn andere Welten keine hätten.«

Heora warf ihr einen langen Blick zu. Dann nickte sie. »Menschen können sehr brutal sein. Ordnend einzugreifen, ist die Aufgabe unserer … Familie.« Sie straffte sich. »Du wirst mehr darüber lernen, wenn du erst angekommen bist.«

»Ist es noch weit?«, fragte Maleni, und hätte sich dann am liebsten dafür getreten. Doch Heora lachte nur. »Ja. Weit und gut versteckt. Niemand außer den Geschwistern findet den Weg. So manch einer wüsste gerne, wo die Geschwisterschaft ihren Stammsitz hat, und hat versucht, sich uns zu nähern oder unser Vertrauen zu gewinnen. Deshalb darf man nie einem Fremden trauen. Das weißt du doch, nicht wahr, Maleni? Denk an die Fremden auf dem Hof deiner Eltern oder in unserer Taverne. Fremde sind Feinde.« Heora lächelte wissend. »Ab der nächsten Taverne der Geschwisterschaft wird dich eine andere Schwester oder ein anderer Bruder weiterbringen. Ich muss dann zurück zu unserer Station. Ich bin zwar nicht mehr im aktiven Dienst, aber wir, die wir in Ehren ergraut sind in der Pflichterfüllung für die Brüder und Schwestern, für den Schemenrat und für unseren Vater, den Großmeister, erfüllen noch unsere Aufgaben im Netzwerk. Der Wirt braucht mich – falls wieder Söldner und Marodeure kommen.«

»Du bringst mich nicht bis ... hin?« Maleni klang kläglich, denn sie mochte Heora und fragte sich, wie der oder die nächste Verwandte sein würde. Genauso nett?

»Keine Angst, Maleni. Ich erzähle allen, wie tapfer du bist. Und wie begabt. Du hast mir das Leben gerettet und gehörst zu uns – du, dein Mut und deine Entschlossenheit.«

Ein Funken Stolz flammte in Maleni auf und gesellte sich zu ihrer Angst. Sie wusste, dass ihr Leben nie mehr so friedlich sein würde wie daheim.

»Lerne ich, zu töten?«, fragte sie kleinlaut und wünschte sich so sehr, ihre Zukunft würde anderes für sie bereithalten. Säen, ernten, Äpfel einkochen im Herbst.

Heora nickte. »Mit jeder Waffe und jedem Gegenstand, der sich dazu anbietet. Es ist nicht leicht. Aber du wirst lernen, es elegant und unerwartet zu tun, mit Talent und Feinheit und ohne ertappt zu werden. Töten kann jeder Narr. Die Kunst – die wahre Kunst – ist, unerkannt zu überleben.«

Maleni nickte. Das hatte sie schon zweimal geschafft. Vielleicht war sie ja tatsächlich begabt?

Drei Tage später verabschiedete sich Heora. Ein Mann namens Dernal übernahm Maleni. Er hatte Narben im Gesicht, und er hinkte. Wenn er lächelte, lief Maleni ein kalter Schauer über den Rücken. Aber auch er hatte überlebt. Und außerdem gehörte er zu ihrer Familie.

KASSIBER 5

Botenbuzzardnachricht an die Geschwisterschaft in Farrowul und Virniu

Kardred von Harknis Nachfolger von Zandru von Lorennen. Unterwegs, um Virniu einzunehmen. Ein Teil der gendrischen Armee umrundet die Küste nach Westen, Norden und Osten. Ein Teil der Armee durchquert die westlichen Ausläufer der Loryr-Berge in Richtung Norden. Ein weiterer Teil wird über das Kreuzgebirge von Norden her durch Farrowul zu ihnen stoßen. Mit größeren Truppenbewegungen ist zu rechnen.
Frettchen

26

Die Biester waren überall und ungeheuer schnell. »Ungeheuer« beschrieb sie auch sonst adäquat. Gelbe Streifen blitzten in der steingrauen Schuppenhaut; aufgestellte Hautkragen, beinahe durchscheinend, umgaben dreieckige Schlangenköpfe wie zirkuläre Fledermausflügel. Gespaltene Zungen züngelten, und lange Zähne, so gelb wie die Hautstreifen, klappten vom Kiefer her aus, wie Krummdolche. Maleni wusste nicht, wie man die Tiere nannte, und obgleich sie dunkel glaubte, um ihre Existenz wissen zu müssen oder sie sogar schon einmal gesehen zu haben, war ihr Kopf seltsam leer, als hätten ihre Gedanken eine Mauer erreicht, an der es nicht weiterging. Es stellte sich keinerlei Erkennen ein.

Dafür stellte sich Taryah ein. Sie übernahm, hatte bereits Messer in beiden Händen, die sie aus Malenis bescheidenem Reisegewand hervorgezaubert hatte, und hackte nach den Biestern, die so plötzlich und unerwartet aus einer Felsspalte hervorgeschossen waren. Manche krochen. Manche flogen – vielleicht nicht wie Vögel, aber doch weit und zielgerichtet. Ihre segmentierten Wurmschwänze schlugen durch die Luft, steuerten ihr Fortkommen; tödliche Giftzähne befanden sich auf Fußhöhe und Kopfhöhe der Menschen und auch dazwischen. Es war kaum möglich, sich gleichzeitig auf alle zu konzentrieren.

Taryah wirbelte herum, hüpfte und sprang und wäre am liebsten mit den Füßen in der Luft geblieben, doch sie konnte nicht fliegen, auch wenn man dies den Xyi nachsagte. Freilich, die Schlangenwürmer sollten es auch nicht können. Warum sie es dennoch vermochten, war jetzt nicht die richtige Frage. Nur, wie man sich gegen sie wehren konnte.

Kreisförmig zog Taryah ihre Klingen durch gelbliches Fleisch, bewegte sich, so schnell sie nur konnte, tanzte über die wimmelnde Brut am Boden und hoffte, ihre Stiefel würden dick genug sein, um den nadelscharfen Zähnen standzuhalten. Ihre Fußbekleidung bedeckte ihre Unterschenkel nicht annähernd weit genug, um das Fleisch ihrer Beine zu schützen, und Taryah wusste das.

Aus den Augenwinkeln sah sie, wie sich die widerlichen Kreaturen um die Beine der Reittiere wanden. Die Mulis schrien, das Pferd schlug aus und vollführte panische Bocksprünge. Wo war Elgor? Er war ganz am Ende der kleinen Drei-Mann-Karawane gewesen, sie konnte ihn in dem Durcheinander nicht sehen und hatte keine Zeit, ihren Blick weiter schweifen zu lassen als direkt um sich herum. Sie hackte nach den glitschigen Angreifern. Hieb um Hieb. Lautlos, so, wie sie es gelernt hatte. Ökonomisch und zielstrebig.

Umbert verblüffte sie. Woher er so schnell zwei Kurzschwerter gezogen hatte, wusste sie nicht, aber vielleicht sollte es sie nicht erstaunen, dass Schmiede Schwerter besaßen; schließlich produzierten sie Eisenwaffen. Doch die Art und Weise, wie er die Waffen führte, zeigte, dass es sich um seine eigenen Schwerter handelte; um Werkzeuge, mit denen er ausnehmend gut umzugehen verstand.

Taryah hatte keine Zeit, länger darüber nachzudenken, registrierte es jedoch und vermerkte es als potenzielle Gefahr. Der reisende Handwerker war mehr als er vorgab zu sein.

Auch sie war mehr, und das machte sie ebenso gefährlich für die beiden Schmiede. Wenn sie diesen Angriff nicht überlebten, würde das Taryah Arbeit abnehmen.

Sofern sie selbst überlebte.

Sie schnellte herum, tanzte auf Zehenspitzen über den wimmelnden Boden, der glitschig geworden war von all dem schleimigen Blut der Bestien. Sie hatte schon viele getroffen, aufgeschlitzt, zerteilt. Sie war schnell, sie war gut, und ihre Klingen schnitten durch Fleisch wie durch Papier. Wenn zwei Hälften der Biester zu Boden fielen, wanden sie sich noch kurz, und die Mäuler schnappten ziellos, jedoch nicht minder gefährlich, zu. Sie konnte nicht mehr zählen, wie viele Tiere sie schon besiegt hatte, aber das war auch nicht wichtig. Einerlei, wie viele es waren, nur ein einziges musste zubeißen. Eines war genug.

Beinahe kam sie in den Bereich von Umberts Schwertern, duckte sich im letzten Moment unter einem kreisförmigen Schwung hinweg, katapultierte sich aus seiner Reichweite, schlug ein Salto, trat auf etwas Lebendes, das sich unter ihrem Fuß wand, sprang, flog beinahe. Nicht beißen lassen, dachte sie, denn obgleich ihr diese Biester völlig fremd waren, so wusste sie doch auf einer verschütteten Ebene ihres Verständnisses, dass ihr Biss tödlich war. Immerhin: Die Anzahl der gelbgestreiften Angreifer war endlich, und Taryah und die Schmiede kämpften verbissen und geschickt. Sie hatten eine Chance.

Elgor musste auf der anderen Seite der Reittiere sein. Sie konnte ihn nicht sehen, nahm nur seine Bewegung wahr wie ferne Musik. Hatte er auch Schwerter? Der Gedanke beunruhigte Taryah erneut, nagte an ihr, lenkte sie ab – wenn auch nur den Bruchteil einer Sekunde, doch das war genug. Sie spürte den Biss in ihrem Oberschenkel, tief und eisig. Schon in der nächsten Sekunde fühlte sie den Schenkel nicht mehr, knickte ein. Ein hinteres Schlangenwurm-Ende fiel zu Boden, geteilt von ihrem Messer. Ein Kopf steckte fest an ihrem Bein, hing an gebogenen Zähnen wie an Haken. Sie zerrte panisch daran, riss sich durchs eigene Fleisch. Schließlich fiel auch dieser Teil der Schlange zu Boden.

Schrecken durchfuhr sie. Eisige, grausame Furcht. Todesangst. Eine alte Bekannte. Etwas, mit dem sie fertig werden musste. Sie war zu jung zum Sterben!

Niemand war zu jung zum Sterben. Und Sterben war nicht Taryahs Aufgabe.

Maleni kniete. Ihre neue Position inmitten des toten Gewürms überraschte sie, denn sie hatte kaum begriffen, was geschehen war. Ihre Gedanken peitschten durch ihren Kopf wie Sturmwind.

Tot.

Sie würde jetzt verlöschen.

Nutzlos von widerlichen Kreaturen umgebracht.

So sollte eine Schemenjägerin der Xyi nicht gehen. In der Pflichterfüllung – ja. Aber nicht in einem wibbelnden Glibber von Bestienleibern.

Rauch stieg auf; längliche Körper brannten. Wer hatte sie angesteckt, wer die Zeit gehabt, Feuer zu entfachen und Flammen wie Schwerter zu führen? Niemand vermutlich. Vermutlich war das Feuer nur in ihr, denn was sie sah, konnte nicht wirklich sein.

Feuerstrahlen.

Warum war der Himmel violett?

»Niccela!«, schrie Maleni, ein Name, den sie seit Jahren nicht ausgesprochen hatte. Niccela, ihre Patin, die da gewesen war an jenem wichtigsten Tag ihres Lebens, der noch wichtiger war als der Tag, an dem Malenis Familie starb.

Ihr Geist war auf einer Reise, flog durch die Vergangenheit und zeigte ihr in wilden, schiefen Bildern, was sie erlebt hatte und zu dem hatte werden lassen, was sie heute war. Und mehr noch. Hatte sie das wirklich erlebt? Waren es nur Hirngespinste? Wo war Taryah? Wo Maleni?

Die Welt war ungeheuer hell, strahlte wie Tausende von Alchemie-Lichtern, sprühte vor Lumineszenz, blendete Maleni und Taryah gleichermaßen, als wären sie identisch und eine Person. Doch seit damals waren sie das nicht mehr. Damals. Wann war damals? Was war damals? Was war dort geschehen?

»Sie ist gebissen worden!«, rief Umbert. Seine Stimme klang tiefer als sonst, abgrundtief. Es gab eine Wirklichkeit unter dieser Welt. Wie hatte sie das vergessen können? Sie war doch dort gewesen!

So langsam. Alles war so langsam, und Worte waren nur Menschengeplänkel. Wirkliche Macht brauchte keine Worte.

»Wir haben sie alle erwischt!«, erklang von noch weiter entfernt eine Stimme, die Maleni nicht mehr zuordnen konnte. Die Welt war in Unordnung, und nichts ergab einen Sinn. Oder doch? Kurz streifte sie das Gefühl, etwas Bekanntes zu sehen, das man dennoch nicht verstand, weil es keiner greifbaren Erinnerung entsprach. Verborgen und verdrängt.

»Sie sind alle tot!« Die Stimme schien nun über Maleni zu schwingen, und nach und nach bemerkte sie, dass sie nicht mehr kniete, sondern lag. Inmitten des Gewühls an toten und rauchenden Wurmleibern sah sie sich selbst wie von ferne liegen. Das blassgelbe Blut troff unendlich langsam aus den toten Reptilienkörpern und klirrte kristallen, wenn es in Malenis Kopf auf dem steinernen Boden auftraf. Ein weites Höhlenecho hallte von schwarzer Wand zu schwarzer Wand; rote Lichter glühten daran wie ein senkrechter Sternenhimmel. Einen Augenblick lang wusste sie, wo sie war, erinnerte sich. Der wichtigste Augenblick in ihrem Leben. Der schönste, der, der die Erfüllung ihrer Seele bringen sollte und sie zum Meisterwerk machte.

Doch dann war alles anders gewesen. Rauch. Feuer. Flammen. Lodern. Alptraum. Nichts war real, nicht einmal dieser Gedanke selbst. Was für eine seltsame Art zu sterben! Sie hatte Schmerzen erwartet – und die gab es auch: sie brannten und züngelten durch Malenis Körper, zogen Feuerspuren durch ihre Adern. Doch die Flut von Bildern war zu intensiv, drängte sich vor den Schmerz.

Stahlblaue Augen blickten auf sie herab. Da war er wieder, ihr Kämpfer.

»Dich gibt es nicht!«, flüsterte sie. Konnte sie noch sprechen, oder hatte sie die Worte nur gedacht? Maleni wusste es nicht.

Er blickte kritisch, lächelte nicht. Er war älter als sie, zeitlos in seiner Stärke, ungeheuer in seiner Präsenz. Sein dunkles Haar fiel ihm in die Stirn, verging im flirrenden Dunkel der Höhlenwände, die sie eben noch wahrzunehmen geglaubt hatte. Jetzt waren sie fort.

Blaue Augen. So groß.

»Mich gibt es nicht«, antwortete er ganz ernsthaft.

Eine Hand legte sich auf ihre Stirn. Maleni war dankbar, obgleich sie die Berührung von Sekunde zu Sekunde weniger spürte.

»Wird sie sterben?«

»Gift tötet«, knurrte Umbert. Doch vielleicht träumte sie das auch nur. Und vielleicht war sie auch schon tot.

27

Es bestätigt meine Theorie«, sagte Umbert tief und eisig. »Wir sind nicht zum ersten Mal hier gewesen. Und auch die Traumschlangen haben uns nicht zum ersten Mal so herzlich empfangen.« Der alte Schmied stocherte in einem Feuer, das sie nicht unweit des unappetitlichen Schlachtfeldes entfacht hatten. Kreisförmig umschloss es das enge Lager der Menschen. Malenis Pferd und die überlebenden Mulis hatten außerhalb des flackernden Zirkels Platz finden müssen. Die Tiere hätten sich vor den Flammen mehr gefürchtet als vor der Gefahr eines weiteren Angriffs. In der hereinbrechenden Dunkelheit waren ihre nervösen Geräusche zu hören.

Die beiden Männer konnten den süßlich verbrannten Geruch der toten Wurmleiber selbst durch den Rauchring riechen. Er vermischte sich mit einem Odeur, das an beißende Medizin erinnerte. Der Duft von Gift.

»Du hättest … wir hätten uns vorher erinnern müssen«, sagte Elgor nach einer langen Pause. Eine steile Falte furchte seine Stirn. Es war ein harter Kampf gewesen. »Aber man erinnert sich immer nur hinterher.«

»Sie können einen vergessen machen«, behauptete Umbert. »Eine andere Erklärung habe ich nicht. Ein Kampf wie dieser sollte einem sonst nicht so gänzlich entfallen. Jetzt – erst jetzt ist eine Erinnerung greifbar.«

Elgor zuckte mit den Augenbrauen und schob seine Unterlippe vor. »Wir haben jedes Mal überlebt«, sagte er. »Bislang.« Auf den fragenden Blick des Meisterschmiedes fügte er hinzu: »Sonst wären wir nicht hier.«

Sie schwiegen und blickten zu den Sternen, als könnten diese ihre verschütteten Erinnerungen schneller auffrischen. Dann blickten sie wieder zu den allzu nahen Biestern und unterdrückten ein Schauern.

»Es waren noch nie so viele.«

»Vielleicht werden es mehr?«

»Jedes Mal werden es mehr.« Umbert klang mehr als besorgt. »Wer sollte ihre Zahl schon klein halten? Und es gibt sie nicht nur hier.«

»Und doch sind sie selten. Ein lokales Phänomen.« Elgor beugte sich über die am Boden liegende junge Frau, deren Atem laut und langsam ging. Sie röchelte schwer bei jedem Atemzug, als quälte sich die Luft nur mühsam durch ihr geschwollenes Fleisch. Ihre Augen standen weit offen, doch sie war nicht wach, träumte vielleicht nur, oder tat auch das nicht mehr. Er schloss ihr die schönen, grünen Augen, damit sie nicht verletzt würden. Als erwiese er einer Toten einen letzten Dienst.

»Wird sie sterben?«, fragte Elgor besorgt und tupfte mit einem feuchten Tuch die schweißnasse Stirn des Mädchens ab. Vorsichtig. Ganz vorsichtig.

»Soweit ich mich … erinnere, müsste sie längst tot sein. Es heißt, Traumschlangengift ist absolut tödlich.«

Wieder blickten beide zu den sterblichen Überresten der Schlangen.

»Heißt es das?«, fragte Elgor. »Wie kann es das heißen, wenn keiner, der ihren Angriff überlebt, sich daran erinnert?«

»Sie gelten als Legende. Jeder wird dir sagen, dass es sie nicht gibt. Wie die Urgorrn. Wie die Schemenjäger der Xyi. Nichts als ein Märchen. Und doch gibt es Beschreibungen ihrer Art und ihrer Wirkung. Märchen halten sich lange. Sie werden von Generation zu Generation weitergegeben. Märchen über Kreaturen, die es nicht gibt.« Umbert blickte in die Richtung, aus der der unangenehme Geruch kam. »Aber das weißt du doch. Warum also fragst du?«

Elgor warf ihm ein schiefes Grinsen zu. »Ich weiß vieles«, sagte er. »Und mir fällt immer mehr von dem ein, das ich einst gewusst habe.«

»Das ist gut«, sagte Umbert mit einem halbseitigen Lächeln. »Ich habe gut gewählt – mein Schmiedegeselle weiß Dinge.«

»Jeden Tag mehr unter dem Himmel Predorenns.«

Eine Weile schwiegen sie, bis ein schweres Stöhnen der jungen Frau sie aus ihren Gedanken riss. Vorsichtig hob Elgor ihren Kopf an und drückte ihr eine Feldflasche an die Lippen.

»Sei vorsichtig, sie mag daran ersticken«, warnte Umbert. Wasser lief Maleni aus dem Mund, seitlich an der Wange entlang und tropfte zu Boden. Doch manch ein Tropfen fand auch seinen Weg, und das Röcheln wurde zum Husten.

»Sie sollte nicht verdursten. Ihr Körper brennt«, meinte Elgor und tupfte ihr Gesicht erneut mit dem Tuch ab.

»Er kämpft«, nickte Umbert. »Möglicherweise einen vergeblichen Kampf.«

»Es ist ein so schöner Körper«, sagte Elgor nachdenklich. Mit einem Finger fuhr er sanft die Konturen ihrer Wange, ihres Halses und ihrer Schultern nach und hielt dann inne, um dem liebreizenden Wesen nicht zu nahe zu treten. Er würde sich ihr nicht aufzwingen, nicht einmal für eine scheue Liebkosung, die sie nicht bemerkte. »Sie ist so perfekt. So schön, dass man sie lieben, ihr trauen möchte.«

Umbert hob warnend die Augenbrauen, und Elgor lächelte ihn beruhigend an: »Ich weiß. Das wäre ein Fehler.«

»Vielleicht ist alles ein Fehler. Doch wir warten schon sehr lange auf eine solche Möglichkeit.«

Elgor nickte. »Du sehr lange, ich nicht so lange. Du sehr geduldig, ich nicht so geduldig.« Er griff nach einer Decke und breitete sie über die Frau, umwickelte den zarten Körper, um ihn warm zu halten. »Maleni«, sagte er. »Maleni! Kämpfe und siege. Wir haben noch etwas mit dir vor.«

»Ob das ihr richtiger Name ist?«, grübelte Umbert und musterte sie skeptisch. »Hast du sie kämpfen sehen?«

Elgor nickte. »Sie focht im Glanz einer Streiterseele. Ich wünschte, ich hätte die Muße gehabt, sie genauer zu beobachten.« Dann grinste er verschämt. »Leider war ich just in dem Augenblick selbst ausnehmend intensiv beschäftigt. – Verdammte Biester. Ich dachte wirklich, sie würden uns kriegen. Diesmal.«

Umbert spuckte in die Flammen. »Ja. Es war durchaus knapp.«

Elgor grinste. »Dabei wäre es so schade um uns! Die Welt würde gar nicht wissen, was sie an uns verliert.«

Umbert runzelte kritisch die Stirn. »Kann sie uns hören?«, fragte er.

»Ich denke nein.«

»Sie träumt. Aber vielleicht träumt sie das, was wir sagen?«

»Erzählen die Legenden auch, was man träumt, wenn einen eine Traumschlange beißt?«

»Es heißt …« Umbert hielt kurz inne, »doch niemand weiß es wirklich …«

»Was denn?«

»Es heißt, der Traumschlangenbiss würde Licht in die Falten der Erinnerung bringen. Es heißt, Kyrrospriester hätten das Gift früher – vor langer Zeit – in verdünnter Form zu sich genommen, um Vergangenheit, Zukunft, Leben und Tod klarsichtig entgegenzusehen.«

»Verdünntes Gift? Aber dann hätten sie sich solche Biester halten und sie …«, Elgor schluckte angewidert, »… melken müssen.«

»Märchen«, sagte Umbert. »Doch ich erinnere mich …«

»Ich auch eben«, flüsterte Elgor. »Es mag seinen Sinn gehabt haben.«

Maleni stieß einen leisen Schrei aus, und Umbert verstummte.

»Sie weint«, sagte Elgor und wischte dem Mädchen sanft die Tränen fort. »Nicht weinen, meine Kleine«, flüsterte er rauh und tief, »Nicht weinen!«

»Sie hat Grund zu weinen. – Die ganze Welt hat Grund zu weinen. Und sie ist weder dein noch klein.«

Es war inzwischen ganz dunkel geworden. Der alte Schmied nährte das Feuer, das sie umgürtete, und dessen Flammen schlugen hoch, ohne dass er weiteres Holz auflegte.

»Wenn noch so eine Gruppe von oben kommt, nützt das nichts«, sinnierte Elgor, doch Umbert schnaubte nur: »Wenn noch so eine Gruppe von oben kommt, werden wir Schlangenfutter sein. Wir hätten gleich weiterreiten sollen.«

»Dann wäre sie gestorben. Wir hätten sie zurücklassen müssen.«

»Wer weiß, ob sie uns unsere Fürsorglichkeit danken wird.«

Elgor grinste. »*Meine* Fürsorglichkeit. Ich bin fürsorglich. Du bist misstrauisch.«

»Die Arbeitsteilung hat sich bewährt – Geselle.«

Elgor verneigte sich im Sitzen mit einem breiten Grinsen. »Meister!« Kurz spähte er argwöhnisch in das Dunkel über ihnen, sah jedoch nichts. Doch was bedeutete das schon? »Du hast von einer Theorie gesprochen«, nahm Elgor den Gesprächsfaden wieder auf, als der Meisterschmied sich eben anschickte, sich in seine Decke zu rollen, um vor seiner nächsten Wache ein wenig Schlaf zu finden. »Oder meintest du nur, dass wir blödköpfig und ohne Erinnerung in diese Gefahr gestolpert sind?«

Umbert grunzte und legte den Kopf in die gefalteten Hände. »Das ist keine Theorie. Wir haben uns nicht erinnert. Und jetzt erinnern wir uns, denn noch können wir die toten Körper der Biester sehen und riechen. Die Frage ist, ob diese Erinnerung bleibt, wenn wir weitergezogen sind und diesen Ort mitsamt seinen Ungeheuern hinter uns gelassen haben.«

Elgor blickte ihn nachdenklich an. »Du solltest unseren Kampf aufschreiben. Heute noch. Vielleicht wissen wir morgen nicht mehr, was heute geschah?«

Umbert seufzte, setzte sich noch einmal auf und fischte etwas aus seiner Gürteltasche, das wie ein winziges Buch aussah. »Vermutlich hast du recht.«

Ein schmaler Stift verschwand beinahe zwischen seinen großen Fingern. Er blätterte in dem Büchlein, dann lachte er trocken auf. »Der letzte Kampf steht auch drin.« Er schüttelte ungläubig den Kopf. »Er ist über zehn Jahre her, hör zu:

Achtung: Kampf mit Traumschlangen am Ausgang des Geheimen Pfades durch die Loryr-Berge. Theorie: Abstammung von Urgorrn. Hybridwesen. Magisches Potenzial. Vier Fragezeichen. Mit denen bin ich sonst nicht so großzügig.«

Der junge Schmiedegeselle nickte. »Und davor?«, fragte er.

Umbert blätterte in dem Buch nach vorne. »Hier noch einmal. Und hier. Warum habe ich das nie gesehen?«

Elgor lächelte sein jungenhaftes Lächeln. »Wann liest du schon nach, was du geschrieben hast?«

Umbert grunzte. »Heute zum Beispiel.«

»Du wirst Wochen brauchen. Monate? Das Buch ist voll. Die Schrift winzig und gekürzt. Und du reist schon sehr lange durch Predorenn.«

»Wir«, korrigierte Umbert. »Wir reisen durch Predorenn.«

»Und wir werden uns ein Erinnerungszeichen ausdenken, das wir nicht so leicht vergessen.« Der junge Mann lächelte. Es schien ein uraltes Lächeln zu sein, das nur Sekundenbruchteile über sein Gesicht glitt und sofort in seinem jugendlichen Grinsen verschwand. »Du meinst also, wir haben gerade die entfernten Nachkommen der Urgorrn besiegt?«

Umbert kritzelte etwas in sein Büchlein. Es war nicht mehr als eine hauchdünne Zeile in einer seltsam platzsparenden Schrift, die außer ihm und seinem Gesellen vermutlich niemand mehr beherrschte. Dann ließ er das Bändchen wieder in die Tasche und sich selbst zurück auf sein Lager gleiten. »Die Urgorrn gab es nie. Sie sind ein Märchen! Alle wissen das«, sagte er zufrieden und nur ein wenig zynisch. »Sie haben sich nie mit anderen Wesen vermischt und deren Fähigkeiten geändert. Weil es sie nie gab.« Beim Grinsen bleckte er seine Zähne.

Der Schmiedegeselle hob erneut den Körper des Mädchens an und flößte ihr wieder etwas Wasser ein. »Die Welt ist voller Dinge, die es nicht gibt«, sagte er.

»Und nie gab«, ergänzte Umbert. »Dass ich immer noch lebe – nichts als ein Zufall. Dass du bist, wer du bist – nichts als Einbildung.«

»Wenn diese widerlichen Biester gewonnen hätten, gäbe es uns auch nicht mehr.«

»Uns …«, der alte Schmied machte eine bedeutungsvolle Pause. »Uns gibt es schon lange nicht mehr.«

28

Die Bilder hingen in ihrem Geist fest wie Melasse und waren doch nicht greifbar. Maleni starrte auf sie wie durch unbezwingbaren Nebel. Die Schwaden waren stärker als ihre Fähigkeit, sie zu durchblicken.

Es schien ihr, als schwebte sie. Eine gleichförmige Bewegung trug sie; sie spürte ein Fortkommen, doch wusste nichts um das Wie und Wo. Vorsichtig versuchte sie, ihre eigene Hand zu fühlen und zu verstehen, dass Kyrros diese ergriffen hatte und sie nun in sein Reich zog. Kyrros kam und geleitete einen vom Leben fort. Was danach geschah, unterschied sich in der Auffassung der Menschen. Manche glaubten an eine friedliche Welt ohne Not oder Gewalt, andere hofften auf Siege oder Rache – irgendeine Gegenleistung für das Leben, wie es war.

Seltsam, dass sie so klar denken konnte und doch so wenig sah. Sie schwamm in ihrem eigenen Inneren, verschwamm mit sich selbst, und ihre Gedanken liefen um einen winzigen Mittelpunkt herum wie ein Hund an der Kette. Ihre Augenlider waren wie Blei, ließen sich nicht öffnen. Ihr Wille reichte ebenso wenig dazu aus wie ihre Körperkraft. Sie war in sich selbst gefangen, blickte sich ins eigene Antlitz und erkannte sich – im eigenen dicken Nebel verloren.

Eis lief ihr durch die Adern. Sie würde sterben. Sie, die sie Maleni und Taryah war, seit damals, als sie schon einmal dachte, vor Gift und Entsetzen zu sterben. Wann war das gewesen? Und was war damals gewesen? Hatte sie sich das nicht schon einmal gefragt?

Mehr Nebel wirbelte ihr durchs Gemüt und verschleierte jeden Gedanken, der eben noch halbwegs klar gewesen war. Gelbgestreifte Schlangenwürmer wanden sich durch ihr Gehirn. Sie waren riesig, hatten intelligente Augen, doch einen eisigen, zynischen Blick. Ihr zirkulärer Haut- und Knochenkamm erinnerte an eine Art Krone, die statt auf dem Kopf getragen zu werden diesen einfasste wie ein Rahmen. Wo die Kreaturen zubissen, teilte sie sich in zwei, spaltete sich auf und raffte einen Teil ihres Selbst in eine Ecke.

Manchmal hörte sie Stimmen. Sie war sich sicher, diese gehörten nicht Kyrros. Kyrros war der Eine, nicht der Gespaltene. Auch ein Spalter war er nicht, das war schon eher … wer noch …?

Nebel. Immer mehr Nebel. Er umhüllte sie mit neuer Macht, und doch spürte sie nun deutlicher ihren Körper. Ihre beiden Seelen schwebten in ihm, einzeln, unfähig, darin wieder so heimisch zu werden, wie sie es einst gewesen waren.

Sie lehnte gegen etwas. Es war warm. Eine gleichförmige Bewegung machte sich in ihren Sinnen bemerkbar. Ihre Beine waren eingeschlafen. Ihre Füße kribbelten. Etwas war um sie geschlungen. Ein Arm.

Plötzliche Panik schnitt durch den Nebel. Gliedmaßen gehörten Feinden! Maleni und Taryah fuhren auseinander wie zwei verschreckte, zischende Kampflurche.

So war es richtig.

Die Bewegung änderte sich. Wenn sie nur ihre Augen öffnen könnte! Doch das schien entsetzlich schwer. Fast gelang es ihr. Sie meinte, Licht sehen zu können, doch schon war wieder alles weiß.

»Armes Mädchen!«, sagte eine Stimme von sehr weit her. Und dann fiel sie – oder hatte zumindest den Eindruck zu stürzen. Es ging abwärts. Sie würde aufschlagen! Irgendwo tief, tief unter allem, was die Welt bevölkerte, würde sie auf den Grund klatschen, den Grund für alles, das die Welt so machte, wie sie war. Der Gedanke bohrte sich seltsam klar in ihren Kopf. Gefahr war immer deutlich. Sie versuchte sich zu bewegen, wusste nicht, ob ihr das gelang.

»Ganz ruhig!«

Zwei Arme. Es waren zwei Arme, und sie hielten sie, trugen sie. In der Nähe hörte sie das Schnauben eines Pferdes. Auf dem war sie gewesen, doch jetzt hatte man sie von dort heruntergezogen. Nach und nach fielen entfernte Eindrücke in ein Muster zusammen: Jemand trug sie. Sie sollte sich wehren. Doch dann saß sie schon auf dem Boden. Etwas drückte sanft gegen ihre Stirn. Sie versuchte zu erfassen, was es war. Ein Kuss! Jemand hatte sie geküsst! Ein Hauch von Lippen. Zärtlich. Ihre Reaktion schnellte in verschiedene Richtungen gleichzeitig und behinderte sich selbst. Doch nun hatte sie die Augen geöffnet, einen Spalt weit nur. Sie fühlten sich geschwollen an. Die Welt war unscharf. Immer noch schien der Nebel sie daran zu hindern, klar zu sehen.

Jemand stützte ihren Rücken. Etwas berührte ihre Lippen. Sie brauchte einen Moment, um zu begreifen, dass dies kein erneuter Kuss war. Es war eine Flaschenöffnung. Wasser rann ihr in den Mund. Sie war dankbar. Erst jetzt bemerkte sie, wie ungeheuer durstig sie war. Mühevoll versuchte sie sich daran zu erinnern, wie man schluckte. Ihr Schlund schien verklebt und viel zu eng. Sie hustete.

Die Flasche wurde abgesetzt. Jemand klopfte ihr auf den Rücken, hielt sie noch immer fest. Sie spürte den Boden unter sich, wie er sich gegen ihre Sitzfläche und ihre Beine drückte. Und dann öffnete sie die Augen vollständig.

Er war ganz nah, hielt sie im Arm. Elgor? Einen Augenblick lang fühlte sie eine seltsame Enttäuschung, als hätte sie jemand anderen erwartet. Doch das war Unsinn. Sie hatte überhaupt niemanden erwartet.

Er hatte sie auf die Stirn geküsst.

»Schau mich an!«, sagte er.

Sie versuchte, ihren Blick klarer zu bekommen, blinzelte, spürte Tränen auf den Wangen. Eine große Hand wischte ihr sanft über das Gesicht; die andere hielt sie fest. »Alles wird gut«, versicherte er ihr. »Du hast überlebt. Das ist weit mehr, als man erwarten konnte. Du lebst, Maleni. Du lebst.«

Von etwas weiter weg hörte sie ein seltsames Schnauben. Sie erkannte den Meisterschmied. Er schien beunruhigt. Weshalb? Weil sie noch lebte? Mühsam sammelte sie in ihrem Sinn Worte zusammen. Es war, als hätten diese sich im Nebel verloren. »Wo …«, murmelte sie und war sich nicht sicher, dass ihre Lippen die Laute verständlich formen konnten. Sie fühlten sich dick und geschwollen an.

»Wo?«, wiederholte Elgor. »Wir sind etwas weiter fort von den Bergen. Um nicht noch einmal auf Traumschlangen zu stoßen.«

Traumschlangen. Sie verstand sofort, dass das giftige Gewürm damit gemeint war. Es war ein viel zu schöner Name für die widerlichen Biester.

»Wir sind noch etwa ein, zwei Tagesreisen von Pyrn entfernt. Wir haben dich mitgenommen. Du warst ziemlich krank.«

Sie versuchte zu begreifen. Die beiden Männer hatten sie gerettet. Warum nur hatten sie das getan? Sie kannten sie doch im Grunde gar nicht, und es war nicht leicht, einen Kranken und Hilflosen mitzuschleppen und am Leben zu erhalten. Warum tat man so etwas?

»Trink noch was! Du musst das ganze Gift aus dir herausspülen.« Er half ihr, wieder ein paar Schlucke hinunterzuzwingen.

»Wo …?«, fragte sie erneut. Er verstand, was sie meinte: »Die Schlangen? Wir haben sie besiegt. Wir hatten Glück.«

»Glü…?«

»Ja. Glück. Hätten sie uns mitten in der Nacht angegriffen – oder wären es nur ein paar mehr gewesen –, dann wären wir jetzt alle tot.«

Sie versuchte ihren Kopf zu bewegen, er fiel nach vorn, als wäre er zu schwer für ihren Hals. Ihre Stirn ruhte an Elgors Schulter. Es war eine gute Schulter, muskulös und stark. Das hatte sie gewusst aber nicht geahnt, wie gut es tat, sich dagegen zu lehnen. Er fühlte sich so sicher an. Sie suchte nach einem Wort, das ihr nicht in den Sinn kommen wollte, weil sie es fast noch nie gebraucht hatte.

Geborgenheit.

Es war eine Falle.

Was für eine Falle?, schalt sie sich bereits im nächsten Atemzug selbst. Wenn die beiden Männer sie hätten töten wollen, wäre sie jetzt tot. Sie hätten nicht einmal Hand an sie legen müssen. Nur zurücklassen hätten sie sie müssen. Einfach liegenlassen zwischen den Kadavern der Giftbestien, und schon wäre sie gestorben. Sie wusste es ganz sicher. Jeder andere wäre gestorben – jeder andere, der nicht so resistent gegen Gifte war wie die Brüder und Schwestern der

Xyi. Ob die Männer das wussten? Maleni schauderte, und der Griff, der eine Umarmung war, wurde fester. Wenn sie es wussten, forderte es der Codex der Xyi, sie zu töten. Niemand durfte Wissen über die Xyi haben.

»Keine Angst!«, sagte Elgor. »Wir passen auf dich auf. Wir haben die ganze Zeit auf dich aufgepasst.«

Es war nicht einfach, den Kopf zu heben. Maleni quälte sich dabei. Jede Bewegung kostete sie Kraft, die sie nicht hatte. »Warum?«, fragte sie beinahe verzweifelt. Es war wichtig, es zu wissen. Ein guter Grund mochte alles ändern.

»Weil …«, begann Elgor, doch Umbert unterbrach ihn rasch: »Weil wir Reisegefährten sind. Du weißt doch: Menschen in einem Treck oder einer Karawane sind eine Schicksalsgemeinschaft. Sie stehen für einander ein. Selbst im Krieg, gegen Feinde, gegen Ungeheuer.«

Eine Schicksalsgemeinschaft also, dachte Maleni.

Das reichte nicht.

Sie hatte sich mehr erhofft, einen Moment lang nur, aber sie wusste nicht einmal, was. Nur wonach sehnte sie sich, von dem sie nicht einmal etwas wusste? Sie hatte eine Familie, war etwas Besonderes. Ihre Chancen, in dieser Welt zu überleben, waren größer als die der meisten anderen. Zumindest solange sie nichts falsch machte, wie auf der Berenborg. Solange sie sich an die Regeln der Geschwisterschaft hielt und alle Hindernisse und Gefahren aus dem Weg schaffte, die sie und ihre Familie bedrohten.

Eine Reisegruppe war nie mehr als eine Tarnung, eine temporäre Zweckgemeinschaft. Und wenn sie gefährlich wurde, musste sie sterben.

Maleni merkte selbst, wie ihr die kaum erst gewonnene

Kraft aus den Knochen wich, während sie in dem Arm des Mannes ruhte, dessen Tod sie vorbereitete.

»Was ist?«, fragte Elgor besorgt. Er war so nett. Vermutlich lächelte er. Er lächelte oft.

Hinter jedem Lächeln lauerte eine Gefahr.

»Bette sie nieder und gib Acht, dass ihr nicht kalt wird. Sie hat Fieber.« Das war Umbert, dessen Stimme sich immer weiter zu entfernen schien, als flöge er von ihr fort ans andere Ende der Zeit. »Ich mache Feuer.«

Er machte immer Feuer. Das fiel ihm leicht, als wäre das Feuer ein Teil von ihm. Maleni versuchte diesem Gedanken zu folgen, doch er zerstob in sprühenden Funken in ihrem Gehirn. Die Welt war voller Geheimnisse.

»Sie wird doch nicht jetzt noch sterben?«, fragte Elgor und klang beinahe ungehalten. Auch seine Stimme änderte sich in Malenis Wahrnehmung, wurde tiefer und tiefer. »Sie muss leben! Ich will, dass sie lebt. Wozu sonst hätte ich …«

»Ich weiß.« Umbert stand auf einer Wolke weißen Nebels im Nirgendwo und schwebte weißbärtig, glitzernd und ätherisch an ihr vorüber. Da war er wieder, dieser Nebel, und verbarg alles Denken und jede Vernunft. Auch Elgors Augen veränderten sich. Wie konnten Augen die Farbe wechseln? Wie sollte das gehen? Und welche Farbe hatten sie jetzt – Rot? Oder Blau? Oder doch Grün?

Sie wollte ihn fragen. »Far… rot … schw…«, stammelte sie, und jemand bettete sie sanft auf den Boden zurück.

»Sie halluziniert.«

Das war beruhigend, dachte Maleni. Solange sie halluzinierte, musste sie sich nicht mit den Bildern in ihrem Kopf auseinandersetzen. Sie bedeuteten nichts.

KASSIBER 6

Botenbuzzardnachricht
an die Geschwisterschaft im Berg

Die Verfolger der Heilerin wurden gefunden. Es heißt, sie wären zur Gänze gefroren gewesen. Solch Bericht erreichte den letzten Einsatzort. Ein weithin streuender Ausbruch von Aberglauben hat die Führerlosen allenthalben erfasst. Eine unterstützenswerte Entwicklung, erleichtert sie doch das Vorgehen.
Die Heilerin sollte dennoch zu der Angelegenheit befragt werden. Das Lancieren dieser Art psychologischer Kriegführung war nicht vorgesehen, scheint aber opportun.
Steinbock

29

Das Meer war von hier aus längst nicht mehr zu sehen. Westlich erstreckte sich Farrowul in seiner ganzen Weite, Felder und Wälder im sommerlichen Grün. Östlich, gleich hinter der Stadt ansteigend, wuchs das Gebirge in die Höhe.

Hier hieß es nicht mehr Loryr-Berge und war auch nicht mehr grau, nicht mehr so steil, und undurchdringlich. Die Felsen waren rötlich gelb. Hier gab es Eisen, und so war es nicht verwunderlich, dass das Gebirge Eisenberge hieß. Pyrn war einst reich geworden durch das Eisen. Jeder brauchte es. Jeder wollte es.

Die Männer waren nicht zum ersten Mal in Pyrn. Erst auf der letzten Meile nahmen sie die Hauptstraße von Süden, denn Reisende, die nicht von der Hauptstraße kamen, mochten verdächtig sein.

Elgor ritt weiterhin Malenis Pferd und hielt die junge Frau vor sich fest. Manchmal wachte sie auf, trank etwas, aß etwas und fiel dann erneut in tiefen Schlaf. Was sie träumte, konnte nicht nett sein, denn immer wieder zuckte sie und wehrte sich. Manchmal schrie sie auf. Sinn ließ sich aus ihren Wortfetzen nicht ableiten.

Die Abstände zwischen ihren Wachphasen wurden kürzer. Gleichzeitig wurden die Wachphasen länger. Elgor glaubte nicht, dass sie jetzt noch sterben würde, und auch Umbert hielt es für unwahrscheinlich. Offenbar besaß Maleni eine Art Resistenz gegen das Gift.

»Wie kann das sein?«, fragte Elgor. »Entsteht eine Giftresistenz nicht so, dass man durch die Einnahme kleiner Mengen eines Giftes eine Widerstandskraft dagegen aufbaut? Woher hätte sie kleine Mengen von Traumschlangengift bekommen sollen?«

Umbert zuckte mit den Achseln. »Es heißt, die Schemenjäger der Xyi kann man nicht vergiften.«

»Es heißt, es heißt, es heißt. Ich wünschte, man wüsste es genauer.«

»Vielleicht finden wir es heraus? Dinge herauszufinden war unser Ziel. Und weitere Ziele werden möglich, wenn wir mehr wissen.«

Elgor blickte auf Maleni hinunter, die in seinem Arm lehnte, als gehöre sie dorthin. Sie war in den letzten Tagen dünn und irgendwie durchscheinend und zerbrechlich geworden. Die Wachphasen hatten kaum ausgereicht, ihr Nahrung zu verabreichen, und die, die sie ihr gereicht hatten, hatte sie kaum schlucken können. Wenigstens trinken konnte sie.

Eine so kranke Frau zu transportieren beschränkte sich nicht nur darauf, sie im Arm zu halten. Auch bei anderen Dingen musste man ihr helfen. Elgor fühlte sich ihr dadurch seltsam nahe. Eine Art von Vertrautheit verband sie. Er verstand freilich, dass dieses Gefühl einseitig war. Wenn sie erst begriff, dass seine Fürsorge sich nicht nur darauf beschränkt hatte, sie auf dem Pferd vor sich zu balancieren, würde die ihr eigene Reserviertheit sie noch weiter von ihm entfernen. »Ich mag sie«, murmelte er leise und blickte auf sie hinab, um sicherzugehen, dass sie nicht bei Bewusstsein war.

»Das macht die Sache nur bedingt einfacher«, knurrte Umbert, der wie immer recht hatte. »Ich glaube nicht, dass sie an eine Freundschaft glaubt, die ohne Hintergedanken ist.«

»Die haben wir ja auch nicht zu bieten.«

Eine Weile schwiegen die beiden Männer.

»Du weißt, warum wir es tun! Du wolltest es so«, sagte Umbert schließlich.

Elgor nickte. »Ich zweifle nicht an der Richtigkeit unseres Versuchs.«

»Wir suchen schon sehr lange.«

»Ich weiß. Ich weiß. Ich erinnere mich. Und – ja, ich wollte es so.«

Wieder schwiegen sie, dann ergriff Umbert das Wort: »Da ist Pyrn. Es ist eine Weile her, dass ich das letzte Mal hier war.« Er klang nachdenklich. »Ich mag die Stadt nicht besonders, aber sie hatten eine sehr schöne Schmiede – mehr als eine. Es ist eine große Stadt. Eine Eisenstadt. Mit Posten am Tor.«

»Immerhin haben sie ein Tor«, meinte Elgor und grinste. »Die letzte Eroberung muss also eine Weile her sein.«

»Die Stadtmauer scheint ziemlich neu zu sein.«

»Stadtmauern sind immer das Erste, das bei einer Belagerung kaputtgeht.«

Umbert schnaubte. »Menschen sind immer das Erste.«

Sie ritten auf das weite Tor zu, dessen verstärkte Holzflügel offen standen.

»Ich kann Stadtwachen nicht leiden!«, flüsterte Umbert tonlos.

»Werden sie sich an dich erinnern?«

»Wohl kaum. Es ist zu lange her.« Der alte Schmied zwang seine Physiognomie in ein ungeübtes Lächeln. Elgor hatte weit weniger Probleme damit.

»Halt!«, rief auch schon eine der Stadtwachen, deren bunte, weite Beinkleider in roten Stulpenstrümpfen auf der halben Wade endeten und deren Oberkörper durch Lederharnische geschützt waren. Auf den Köpfen trugen sie Morionhelme mit einem längs verlaufenden Metallkamm. Ihre Hellebarden neigten sie den Ankommenden drohend entgegen. Die kleine Karawane mit den beiden Männern, der bewusstlosen Frau, dem Pferd und ein paar Mulis hielt an.

Umbert ging langsam auf die Wache zu, zeigte seine leeren Hände. »Wir sind zwei wandernde Schmiede und bieten unsere Handwerksdienste – dieser Stadt wie vielen Städten.«

»Woher seid ihr?«

»Von überall. Wir reisen.«

»Welche Fyrsthenei ist eure Heimat?«

»Keine und alle. Wir sind Handwerker, keine Söldner. Wir gehören keiner Seite an.«

Die Wache schnaubte verächtlich. »Vagabunden!«, konstatierte sie.

»Handwerker!«, widersprach Umbert mit einem freundlichen Nicken. »Meisterschmied und Geselle. Die meisten Ansiedlungen können unsere Kunst gut gebrauchen. Es gibt nicht mehr viele von uns.«

»Und die Frau? Ist sie krank?«, fragte nun ein zweiter Wachposten. »Es ist verboten, Seuchen einzuschleppen.«

»Sehr vernünftig«, lobte Umbert. »Doch das Mädchen ist nur von einer Schlange gebissen worden. Ein bisschen Ruhe, und sie ist bald wieder wie neu.«

Die beiden Wachen starrten sie an. »Deine Tochter?«, fragte dann der eine.

»Nein«, antwortete Umbert. »Nur eine Verwandte.«

»Was ist nun?«, fragte Elgor mit einem so unschuldigen Blick, als habe er die Komplikationen nicht einmal verstanden. »Könnt ihr uns eine Herberge sagen, wo wir unterkommen können?«

Die beiden Wachen unterhielten sich leise. Schließlich stellten sie ihre Hellebarden wieder senkrecht und gaben den Weg frei. »Der Wanderbarde – das ist ein wohlfeiles Haus für Leute wie euch«, sagte einer herablassend. »Geradeaus zum Marktplatz und dann in der Färbergasse dahinter.« Er grinste. »Fragt im Bewehrungshaus nach dem Weg. Die helfen euch gewiss.«

Umbert verneigte sich und dankte, wohlwissend, dass er um ein Rekrutierungsbüro, einerlei wie man es hier nannte, einen weiten Bogen machen würde. Sie zogen an den Wachen vorbei in die Stadt.

Wie alle Städte bestand auch diese aus nur noch wenigen schönen, alten Häusern, deren Verzierungen heruntergekommen und ungepflegt waren – und aus vielen neuen Gebäuden, die jene Lücken ausfüllten, die der Krieg wieder und wieder geschlagen hatte. Sie hatten keinen erkennbaren Stil, wirkten provisorisch. Schon lange hatte sich die Baukunst nicht mehr weiterentwickelt und beschränkte sich auf praktische und einfache Räumlichkeiten, die sich nach einem Gefecht leicht wieder neu errichten ließen – auf den Ruinen zerstörter Gebäude.

»Es gab eine Zeit, da war Predorenn schön«, murmelte Umbert, als sie die Hauptstraße in der Stadt erreicht hatten. »Seine Städte waren die Zierde seiner Künstler und Handwerker, und die Fyrstheneien eiferten lediglich um die Vorherrschaft in der Entfaltung von Schönheit und Funktion. In Pyrn gab es die besten Schmiede der Acht Reiche.«

»Vielleicht wird es wieder so werden?«, hoffte Elgor, doch Umbert knurrte nur. Dann blieb er plötzlich stehen und blickte misstrauisch auf einen jungen Mann, der auf ihn zutrat. Dieser war einfach, doch anständig gekleidet und schien kein Bettler zu sein. Auch trug er keine Uniform, nicht einmal ein fyrsthliches Wappen, das seine Zugehörigkeit zu Farrowul verdeutlichte. Ungewöhnlich für einen jungen und scheinbar gesunden Mann. Offenbar war er den Rekrutierern, die in allen Acht Reichen tätig waren, noch nicht ins Netz gegangen. Elgor schätzte ihn auf kaum jünger als sich selbst, siebzehn oder achtzehn vielleicht.

»Meisterschmied«, sagte der Mann, »ich konnte hören, was man euch empfahl. Doch ›Der Wanderbarde‹ ist keine gute Unterkunft. Lumpengesindel geht dort ein und aus, und mit einer kranken Frau seid ihr dort nicht gut untergebracht.«

Umberts Augenbraue zuckte. »Und was empfiehlst du mir?«, fragte er.

»Das *Zum Tanzenden Gott* hat eine gute Küche. Und Gastzimmer – nicht nur einen Gemeinschaftsraum. Dort steigen oft fahrende Heiler ab. Die könnten sich um die Frau kümmern.«

Umbert blickte ihn nachdenklich an.

»Ich denke, nicht«, sagte Elgor. »Aber hab Dank. Eine einfache Herberge passt gewiss besser zu uns. – Wir sind einfache Leute.«

»Vielleicht doch«, widersprach Umbert. »Nach einem Gemeinschaftsraum steht mir für die Nacht nicht der Sinn. Und sie«, er deutete mit dem Kopf auf Maleni, »wird sich über ein eigenes Bett freuen.«

»Man wird sich dort gut um euch kümmern!«, versicherte der Fremde mit einem freundlichen Lächeln.

»Danke!«, antworte Umbert treuherzig.

30

Diesmal war das Aufwachen anders. Der Nebel hob sich schneller, und der Grund unter ihr fühlte sich anders an.

Stoff.

Noch bevor Maleni die Augen öffnete, glitten ihre Hände über Leinen. So schön hatte sich das noch nie angefühlt. Ihr Rücken spürte etwas unter sich, das weicher war als steiniger Grund.

Sie öffnete die Augen, und ihr Blick wurde schnell klar. Über ihr erblickte sie die Fachwerkbalken einer Zimmerdecke. Sie sah sich um. Ein Herbergsraum, klein, sauber, ordentlich und mit Waschgeschirr ausgestattet. Ein seltsames Glücksgefühl überkam sie. Sie lag in einem Bett. Sie konnte sehen. Sie konnte fühlen. Und dies war kein Traum. Oder doch?

Zumindest war es kein Alptraum.

Mühsam kämpfte sie sich hoch, schob ihre Unterschenkel vom Bett, berührte mit ihren nackten Füßen den Holzboden. Er war von erfrischender Wirklichkeit, geschrubbt, solide. Keine Schlangen wanden sich darauf; keine Ecke war uneinsehbar, in keinem Schatten lauerten Ungeheuer. Ein tiefes Gefühl von Dankbarkeit durchdrang sie, und sie lächelte. Warm. Es fühlte sich innerlich warm an.

Vorsichtig blickte sie sich um. Der Raum war klein. Das Bett, auf dem sie gelegen hatte, war schmal, aber sauber. Eine Strauchwollmatratze hatte ihr als weiche Unterlage gedient. Durch ein sehr schmales Fenster fiel Tageslicht in das Zimmer, und ihr Gepäck stand fein säuberlich aufgereiht neben ihrem Bett. Sie konnte es mit der Hand erreichen, strich darüber hinweg.

Ihre Hand zitterte. Eine Flut von Gedanken überspülte sie. Das Gepäck schien unversehrt. Ungeöffnet. Sie war in einem Haus, das sie nicht kannte. Wo mochte sie sein? Sie fühlte sich ein wenig schwach; ihre Füße waren kalt. Und dennoch konnte sie in diesem Augenblick nicht die Freude unterdrücken, die sie wie ein innerer Siegestaumel durchdrang. Sie hatte überlebt. Ihr Grauen war vorbei.

Aber war es das wirklich? Misstrauen schlich sich in ihr Gemüt, wie stets, wenn sich etwas zu gut anfühlte. »Vorsicht!«, wisperte es in ihr. Wer hatte sie hierhergebracht? Die Schmiede? In ihren kurzen Wachphasen waren sie stets da gewesen, hatten sich um sie gekümmert. Sie entsann sich der geduldigen Fürsorglichkeit des jungen Mannes, an seine besorgten Augen, seine starken und doch so sanften Hände.

Sie erinnerte sich auch daran, dass er ihr als Heiler und Pfleger zur Seite gestanden hatte. Ein heißes Gefühl der Peinlichkeit durchdrang sie, als die Erinnerung der Emotion in Erkenntnis umschlug. Wie sollte sie jetzt mit ihm umgehen? Er gehörte nicht zur Familie. Dort hatte man sie auch gepflegt, wenn sie krank gewesen war, und sie hatte damals keinen Gedanken daran verschwendet, dass diese Pflege zu nah oder zu intim gewesen sein könnte. Man hinterfragte seine Familie nicht, sondern nahm sie an, so wie man selbst angenommen wurde.

Sie schauderte, merkte erneut, wie kalt ihr war. Umständlich zog sie die Decke zu sich und hüllte sich darin ein. Dann versuchte sie, ihre Gedanken zu ordnen. Sie hatten nach

Pyrn gewollt. Hatten sie es geschafft, oder unterwegs in einem Dorf oder einer Wegstation haltgemacht? Nein, von draußen drangen Stimmen und die Geräusche geschäftigen Treibens. So klangen Städte, keine Dörfer. Aufstehen, zum Fenster gehen, nachschauen. Es waren nur wenige Schritte, doch sie traute ihren zitternden Beinen nicht.

»*Zum tanzenden Gott*«, murmelte sie und erinnerte sich an die Herberge, die der Bruder im Gebirge ihr genannt hatte. Dort musste sie hin. Dort würde sie sich ausruhen können, bis sie sich erholt hatte. Man würde ihr Fragen stellen, herausfinden, mit wem sie unterwegs gewesen war. Man würde diejenigen, die zu viel wussten, eliminieren wollen.

»Das ist gut so«, flüsterte Taryah in ihr. »Besser, die Geschwister tun es, als ich.«

»Nein«, flüsterte Maleni zurück. »Nein. Die beiden haben mich gerettet.«

»Du schuldest ihnen nichts.«

»Ich schulde ihnen mein Leben.«

»Der Geschwisterschaft schuldest du es auch. Unsere Brüder und Schwestern haben die älteren Rechte. Wir haben Pflichten.«

Ganz plötzlich erinnerte Maleni sich, wie allein sie in ihrem Giftfieberwahn gewesen war. Eine Person, nicht nur ein Körper. Im Nebel ihrer Erinnerung war sie keine zwei Hälften gewesen und hatte sich nicht widersprochen. Bei aller Todesangst und Agonie, die sie allein hatte tragen müssen, war das ein wunderbares Gefühl gewesen. Deshalb drängte sie Taryah jetzt mit Macht zurück. Dies war kein Einsatz. Sie hatte hier jetzt nichts zu suchen.

Sie merkte erst einige Sekunden später, dass sie vom Bett auf die Holzdielen des Bodens gerutscht war. Dort kniete sie, zitterte – und verachtete sich dafür. Eben war sie noch so glücklich gewesen, und nun schien ihre Freude wie zerfasert. Es war so schwer, immer zweierlei Meinung zu sein, stets uneins mit sich selbst.

»Uneins«, murmelte sie.

»Mit wem?«, fragte eine Männerstimme.

Sie schreckte hoch. Sie hatte niemanden eintreten hören, war zu beschäftigt mit sich und ihrem Dilemma gewesen. Dilemma!, schnaubte sie stumm. Sie hatte kein Dilemma! Sie war besonders, und das war gut so.

Elgor kniete vor ihr, schloss sie in seine Arme, und sie erkannte deren schützende Fürsorge wieder. Wie lange hatte er sie gehalten? Instinktiv lehnte sie ihre Stirn an seine Schulter, wo sie sich seltsam zu Hause fühlte, bebte ob der Nähe, die letztlich nur gefährlich war. So mochte sich ein Zirkusartist fühlen, der einem schwarzgestreiften Pantheiger, den Kopf ins Maul steckte.

Elgor strich ihr sanft über das Haar. »Wie geht es dir?«, fragte er. »Wir hatten Angst um dich.«

Mühsam versuchte sie ihre Atemzüge in den Griff zu bekommen. Furcht und Unruhe ließ sich über Atmung regulieren. Sie wusste, wie man das anstellte, doch es war schwierig, sich gleichzeitig zu unterhalten. »Ich glaube, es geht mir gut«, sagte sie, ohne hochzusehen. »Ein bisschen wackelig.«

»Das geht vorbei. Es ist ein außerordentliches Wunder, dass du überhaupt überlebt hast. Wenn du an eine Gottheit glaubst, so solltest du ihr danken. Lobgesänge oder so.«

»Kyrros«, sagte sie. Die Existenz des Todes ließ sich nicht leugnen, und ob er ein Gott war oder nicht, war ihr dabei einerlei.

»Ausgerechnet Kyrros!« Elgor lachte leise, als amüsierte er sich über einen Witz, den nur er verstand. Sie spürte, wie sein muskulöser Brustkorb dabei bebte. »Nun. Der Gott wollte dich noch nicht.« Mit einer Hand drehte er ihren Kopf von seiner Schulter fort, beugte sich hinunter und gab ihr einen winzigen Kuss auf die Stirn.

Maleni durchfuhr es heiß. Das war das zweite Mal – soweit sie sich daran erinnerte –, und doch war nichts Anstößiges an dieser Liebkosung. Ein Bruder oder Onkel mochte einen so küssen. Es war die Art Kuss, die man einem Kind schenkte. Liebevoll, harmlos – so viel mehr, als Maleni gewöhnt war, und so viel weniger, als Taryah kannte oder ernst nahm.

Maleni spürte Skepsis in sich aufsteigen. Sie blickte dem jungen Mann in die braunen Augen. Es war ein langer Blick, den er ohne zu zucken erwiderte.

»Du hast mich« – gepflegt, gehalten, gewaschen, gefüttert, getragen – »… gerettet«, sagte sie und merkte, wie sie ob all der unausgesprochenen Details rot wurde. »Warum? Ich dachte, ich müsste sterben, als die Schlange mich biss.«

Er zuckte mit den Schultern. »Es geziemt sich nicht, Verletzte oder Kranke zurückzulassen. Selbst die Heere der Fyrstheneien kümmern sich um die ihren. Außerdem«, er machte eine kleine Pause und grinste sie treuherzig an, »mag ich dich. Ich wollte nicht, dass du stirbst. Einfach so in der Wildnis, wegen ein paar widerlichen Kriechtieren. Und schließlich war es wundersam genug, dass du den Biss überhaupt überlebt hast. Wenn Kyrros dich nicht wollte, hat das Schicksal noch etwas mit dir vor.« Er klang, als wüsste er, was. Dann stand er auf und zog sie mit sich. Einen Moment hielt er sie noch fest – schließlich trat er einen kleinen Schritt zurück und ließ sie los, blickte sie prüfend an, bereit, sie gleich wieder zu ergreifen, falls sie zu fallen drohte.

Sie fiel nicht.

Eine Weile schwiegen sie, während Maleni versuchte, den Eindruck von Wärme und Geborgenheit aus ihrem Sinn zu verbannen, den Elgor ihr vermittelt hatte. Alles Trug, wisperte Taryah.

»Danke«, sagte sie schließlich etwas lahm. »Für alles.«

Er grinste und nickte ihr zu.

»Wo sind wir?«, fragte sie dann.

»In Pyrn. Wir sind gestern angekommen. Wir hätten deine Familie informiert, wenn wir gewusst hätten, wo sie zu finden ist.«

Maleni schluckte. Jetzt würden ihre Lügen auffliegen. Sie musste sich neue einfallen lassen, die Geschwisterschaft zu kontaktieren. Der erste Dominostein würde fallen und mit ihm alle anderen. Etwas abrupt setzte sie sich wieder aufs Bett, und erst jetzt fiel ihr auf, dass sie außer ihrem Hemdchen nichts trug. Unwillkürlich fasste sie mit den Armen um sich, als müsse sie sich vor dem fremden Blick schützen.

»Wenn du dich erst ankleiden möchtest, gehe ich solange raus. Oder ich helfe dir«, sagte Elgor und ließ unerwähnt, dass er vermutlich schon alles gesehen hatte, was zu sehen war. Schließlich hatte er sie gepflegt.

»Waren wir lange unterwegs?«

»Einige Tage.«

»Und jetzt sind wir – wo?«

»In einer Herberge in Pyrn. Wie gesagt, wir hätten dich zu deiner Familie gebracht, doch du hast uns nie erzählt, wo diese zu finden ist.«

»Welche Herberge?« Ein seltsames Gefühl beschlich Maleni. War sie etwa schon an ihrem Ziel angelangt? Auch wenn sie im Moment dort gar nicht sein wollte. Denn dann waren ihre Gefährten bereits in Gefahr. Maleni konnte nicht davon ausgehen, dass ihre Geschwister sie nicht als eine der ihren erkannt hatten. Sollten sie in einer Taverne der Xyi abgestiegen sein, hätte längst jemand ihr Gepäck unauffällig und gründlich durchsucht und gewusst, was ihre Medizinfläschchen und ihre durchaus abwechslungsreiche Garderobe in den Geheimfächern zu bedeuten hatte. Vielleicht kannte man sie auch. Oder irgendeine Botschaft war ihr zuvorgekommen.

»Das Haus heißt *Zum Zauberrad*. Hier steigen fahrende Handwerker und andere Handelstreibende ab. Man hatte uns erst den Wanderbarden empfohlen, doch der war uns zu … ungemütlich. Mehr etwas für Barden, Gaukler und andere arme Teufel, deren Kunst im Krieg nichts mehr gilt. Dann kam ein sehr beflissener Mann und empfahl uns *Zum Tanzenden Gott*. Doch diese Herberge schien uns zu … auserlesen. Umbert entsann sich schließlich dieser Herberge hier, und wir waren froh, dass es sie noch gab.«

Langsam atmete Maleni aus und merkte erst jetzt, dass sie den Atem angehalten hatte. »*Zum Zauberrad*«, wiederholte sie nachdenklich.

»Ja. Umbert sagt, er ist hier schon mal abgestiegen.«

»War Umbert schon oft in Pyrn?«

»Umbert war schon überall – mehr als einmal. Er kennt Predorenn wie seine Satteltasche.«

»So alt sieht er noch gar nicht aus.«

»Er ist älter, als er scheint.«

»Und warum hat er dann nichts von den Traumschlangen gewusst?«, fragte Maleni aufgebracht.

Elgor reichte ihr ihre Kleidung und wandte sich ein wenig ab – weit genug, um ihr den Eindruck zu vermitteln, er beobachte sie nicht beim Ankleiden. Ihr fiel auf, dass er ihr nicht den Rücken zuwandte. Hatte er das je getan?

»Die Traumschlangen können einen vergessen machen«, sagte Elgor sachlich.

Maleni starrte ihn an, während sie gleichzeitig versuchte, ihre Strümpfe hochzuziehen. »Vergessen machen? Wie denn? Indem keiner sie überlebt?«

Er lachte. »Das wäre eine Variante. Doch man kann einen solchen Angriff durchaus überleben – sonst wären wir nicht hier.«

»Ihr habt sie nicht vergessen!«

»Du warst uns Warnung und Erinnerung – in Fleisch und Blut. Außerdem«, er zog seinen Ärmel hoch, »haben wir uns die Erinnerung – sozusagen – eingeprägt.«

Maleni starrte entsetzt auf die frische, blutrote Brandnarbe, die Elgor am Arm trug. Eine Schlange.

»Eingebrannt?«, fragte sie beinahe ehrfürchtig. Ihre Haare im Nacken stellten sich auf, langsam, beinahe einzeln.

»Wir sind Schmiede. Brandzeichen sind Teil unseres Handwerks. Ich denke nicht, dass wir die Begegnung jetzt so schnell wieder vergessen.« Er klang grimmig.

»Aber wie können Tiere einen etwas vergessen machen?«

»Magie.«

»Es gibt keine …«

Er fuhr herum und blickte sie nun doch geradeheraus an, obgleich sie noch nicht fertig angezogen war. »Du weißt, dass das nicht so ist. Es gab Magie – früher. Warum sollte sie so gänzlich spurlos verschwunden sein?«

»Du sprichst wie Umbert!«

»Umbert weiß viele Dinge.«

»Umbert ist abergläubisch.«

»Auch du weißt viele Dinge, Maleni. Dinge, die andere nicht wissen. Wir werden darüber reden müssen.«

Sie blickten einander an wie zwei konkurrierende Traumschlangen, starr und giftig. Dann lächelte er. »Aber erst mal kleide dich fertig an. Ich warte draußen.«

Damit ging er.

Was hatte er gemeint? Wie konnte sie ihre Leute erreichen? Wie konnte sie ihren Leuten entgehen? Maleni seufzte, denn die Antwort war einfach: Gar nicht. Wenn man sie in den Tanzenden Gott hatte lotsen wollen, dann sicher deshalb, weil man schon auf sie gewartet hatte. Und auf ihre Begleiter.

31

Kardred von Harknis sah von einer Depesche auf, die ihm ein Bote soeben gebracht hatte. Sein Gesicht wirkte wie versteinert. Es war nicht lange her, seit er die Führung des Heeres übernommen hatte, ihm jedoch erschien der Zeitraum als eine halbe Ewigkeit. Dass Verantwortung so schwer wog, hatte er nicht geahnt. Er hatte sich nach ihr gesehnt, doch zusehends wurde ihm bewusst, dass es nicht die Verantwortung gewesen war, die ihm so nachhaltig gefehlt hatte, sondern die Macht. Die beiden waren so leicht zu verwechseln und doch so ungleich.

Allerdings war es bei Licht betrachtet nicht primär die Verantwortung, die ihm in der kurzen Zeit Falten in seine Stirn gemeißelt hatte. Es war die Dummheit anderer Menschen. Niemand dachte wie er. Niemand konnte denken wie er. Alle waren sie verdammt noch mal beschränkt. Vielleicht hatte er das schon immer gewusst, doch es wurde einem nie so deutlich wie zu dem Zeitpunkt, in dem einem niemand mehr widersprach.

Erneut blickte er auf das Schreiben mit dem grünen Siegel des Fyrsthen von Gendern und dann wieder auf den erschöpften Boten, der es pflichtbewusst und geschwind überbracht hatte. Der Feldherr versuchte seinen Gesichtsausdruck neutral zu halten, doch weitaus lieber hätte er die Zähne gefletscht und geknurrt.

»Weiß Er, was da drin steht?«, fragte der Heerführer.

Der Bote blickte ihn irritiert an. Welcher Bote kannte schon die Korrespondenz zwischen Fyrsth und Heerführer? Das Siegel war intakt gewesen. Doch vielleicht hatte man den Mann instruiert?

Es war Nacht. Wie viele Menschen mochten den erschöpften Reiter im Kuriermantel gesehen haben? Zu viele, dachte er. Das Lager war gut bewacht. Er konnte nicht hier hereingekommen sein, ohne seine Legitimation vorzuzeigen. Ihn einfach verschwinden zu lassen, war somit ein Risiko. Kaum möglich. Oder doch?

Wieder versenkte er sich in die Buchstaben des Schreibens, das er so viel lieber niemals bekommen hätte. Den Feldzug gegen Virniu abbrechen? Wo sie so kurz vor einem Sieg standen? Wo es unendlich viel Verhandlungsgeschicks bedurft hatte – hauptsächlich das seines Vorgängers, doch auch das seinige –, um mit Farrowul ein geheimes Stillhalteabkommen auszuarbeiten? Dies verschaffte dem anderen Teil der gendrischen Armee eine freie Passage durch jene Fyrsthenei.

Die ganze Strategie war auf diesem Klammergriff aufgebaut! Und er, Kardred von Harknis – und natürlich der verblichene Blutdenker – hatten es ermöglicht. Da sollten sie abbrechen? Wie ein jaulender Köter den Schwanz einziehen und zurück in die Winterquartiere wandern – vermutlich mit den virniutischen Truppen auf den Fersen? Eine Armee auf dem Rückzug war schwächer als eine auf dem Vormarsch, denn sie war eine verlorene Armee, der die Hunde des Krieges beim Weglaufen in die Waden bissen.

Methodisch und langsam griff der Feldherr nach dem Becher neben sich. Virniutischer Wein. Vom Feinsten. Allein dafür schon lohnte sich die Eroberung. Freilich auch für die Häfen – Verendig, Wasserstatt und Levsvil –, die allesamt besser von der Natur begünstigt und von längst verblichenen Baumeistern perfekter ausgestattet waren als die Häfen Genderns. Und nicht zuletzt für die Kontakte zu den Pirateninseln nördlich von Virniu in der Krikton-Bucht. Südlich von Gendern gab es auch Pirateninseln, doch deren Bukanier waren zu keiner Zusammenarbeit mit der Fyrsthenei zu bewegen. Vielmehr überfielen sie die gesamte gendrische Küstenlinie wie lästige Schmeißfliegen. Vermutlich taten sie es auf virniutisches Geheiß. Beweisen ließ sich das freilich nicht.

Kardred von Harknis schob das Kinn vor; dann fällte er einen Entschluss. Er würde nicht abbrechen. Schon gar nicht aus einem derart hanebüchenen Grund: Ein Seher hatte von Unheil geträumt. Ein *Seher!*, Scharlatane und Betrüger; ein dümmliches Relikt aus einer Zeit, in welcher der einstige Kronrat von Predorenn seine elitäre Vormachtstellung auf seine angebliche Magiebegabung gestützt hatte.

Nichts als Aberglaube. Der ganze Rat mitsamt König war vor Jahrhunderten hinweggefegt worden – von Menschen, die zu absolut keiner Magie fähig gewesen waren. Die lediglich zu planen und zu handeln wussten – so wie auch er selbst. So konnte man es nachlesen, und anders war es mit Sicherheit nicht gewesen. Die sogenannten Magier waren gefallen. Magie jedoch – hätte es sie gegeben – hätte siegen müssen, anstatt zu verschwinden. Menschen, das wusste der Feldherr nur allzu gut, wünschten sich Führung. Vermutlich hinterfragten sie die Ansprüche von irgendwelchen Zauberern weniger als die von Menschen, die so waren wie sie selbst. Magie war nichts als ein Schachzug der Machtpolitik und Propaganda – und war nie etwas anderes gewesen. Vielleicht sollte er selbst auch plötzliche seherische Begabungen entwickeln, wenn man damit so rasch so erfolgreich sein konnte. Nein, dachte er: Gendern würde siegen. Und Virniu würde zu Gendern gehören.

Unbewusst fuhr er sich mit den Fingern durch die Haare, als wollte er sie sich raufen. Er brach die Bewegung ab, mochte sich nicht so simpel verraten. Wo, so fragte er sich, war nur so plötzlich dieser Seher hergekommen? Wie schaffte es ein Fremder, aus dem Nichts zu erscheinen und sofort den Fyrsthen selbst zu beeinflussen? Dass Fyrsth Meredor von Gendern einem solchen dahergelaufenen Schwindler Glauben schenkte, war – so man sich das Urteilsvermögen des Fyrsthen vor Augen führte – möglicherweise nicht allzu überraschend. Aber so ungeheuer schnell? Und genau in diesem Augenblick? Das roch weitaus mehr nach einem Trick, einem Winkelzug virniutischer Herkunft. Während die gendrischen Truppen sich langsam, wie große Heere einmal waren, gen Westen bewegten, musste ein Agent – möglicherweise über die Berge – gen Osten gezogen sein. Schnell und schlau und skrupellos.

Und doch bedurfte es mehr als nur des Willens, den Eroberungsfeldzug Genderns zu verhindern, um so viel Einfluss zu erringen. Es musste am Fyrsthenhof jemanden geben, vielleicht ein ganzes Netz an Spionen, das ihm Zugang ermöglicht, ihm den Weg geebnet, ihn mit einer Glaubwürdigkeit versehen hatte, über die kein Fremder so einfach verfügte. Fyrsth Meredors Geistesgaben mochten wenig beeindrucken, doch er hatte sich stets gut zu schützen gewusst.

Der Seher hatte den Untergang Genderns vorausgesagt, so dieser Feldzug weitergeführt würde. Er hatte von der

Vorsehung gesprochen, die Zandru von Lorennen so früh aus dem Leben gestoßen hatte. Ein Zeichen hatte er es genannt. Ein Zeichen, dass dieser Plan zum Scheitern verurteilt war.

Kardred von Harknis schnaubte stumm: Ein Zeichen? Von wem denn? Er selbst glaubte an keine der Gottheiten, deren irdische Stellvertreter den Menschen vorgaukelten, sie lenkten nicht selbst ihre Geschicke und wären auch nicht dazu in der Lage. Zauberkunst und Götzendienst waren etwas fürs Küchenpersonal; und der gesamte restliche Aberglaube – seien es gefrorene Leichen, mythische Monster in den Bergen oder die sogenannten Urgorrn, die es auch nie gegeben hatte – konnten ihm gestohlen bleiben. Es gab Können. Es gab Willen. Es gab Planung und Verstand. Es gab Krieg. Darüber hinaus gab es nichts.

»Wie geht es seiner Durchlaucht?«, fragte er nun vorsichtig den Boten und lächelte dünn.

Der Mann verneigte sich nervös. »Es heißt, er sucht Erleuchtung bei einem Seher, dessen überragendes Wissen um alle Dinge des Himmels ihn unter den Menschen hervortut.«

Er wusste es. Der Kerl wusste es! Was wusste er noch?

»Des … Himmels?«, fragte von Harknis bissig.

Der Mann zuckte mit den Achseln. »Und der … Erde?« Der Bote schien sich selbst nicht sicher.

Der Feldherr starrte ihn schweigend an.

»Der Vergangenheit und Zukunft?«, fragte der Mann nun. Es klang beinahe schüchtern.

»Überragendes Wissen um alle Dinge des Himmels, der Erde, der Vergangenheit und Zukunft? Was soll das sein?«, zischte von Harknis.

»Es heißt, er wäre von den Bergen gekommen, wo er in Demut und innerem Frieden tiefe Erkenntnisse errang, die er nun zum Segen aller an seine Durchlaucht weiterreicht.«

Der Feldherr spuckte beinahe den Wein aus, an dem er eben noch genippt hatte. »Über die Berge von Westen her?«, fragte er süßlich.

Der Bote zuckte mit den Schultern.

»Hat er ihn gesehen?«, fragte von Harknis, und wieder war sich der Dummkopf von Bote nicht sicher, ob tatsächlich er gemeint war. Doch da sich außer ihm niemand beim Feldherrn befand, rang der Bote sich schließlich doch zu einer Antwort durch: »Schon. Einmal.«

»Wie sieht er aus?«

Einen Augenblick lang starrte der Bote ihn irritiert an, blickte dann an sich herunter und verstand schließlich, dass diesmal nicht er selbst gemeint war.

»So mittelalt – schwer einzuschätzen. Er trägt einen langen, grauen Zopf, den ganzen Rücken hinunter. Groß ist er und dünn, aber irgendwie nicht schwach. Er ist …« Der Mann hielt einen Augenblick inne. »… schon etwas sonderbar. Anders. Kein Soldat, kein Adliger, und doch … machtvoll und …« Er suchte nach Worten. »Irgendwie besonders.«

Ein Agent, dachte von Harknis. Ein göttervergorrnter Spion und Verräter, der ihm den schon fast sicheren Sieg stehlen wollte. Es sah der Vissera von Virniu ähnlich, einem Krieg, den zu führen sie nicht willens war, auf derart hinterhältige Weise entgehen zu wollen. Von Harknis nickte grimmig; jetzt war er sich sicher: Jemand wollte, dass dieser Krieg endete, noch ehe er so richtig begonnen hatte. Dahinter konnte nur die Vissera stecken.

KASSIBER 7

Botenbuzzardnachricht
an die Geschwisterschaft im Berg

Die Musik spielt auf dem Instrument des Aberglaubens. Der Südosten tanzt dazu. Er war zugänglich. Der Feldzug ist, wie gewünscht, abgesagt – oder doch zumindest verschoben. Virniu erhält Gelegenheit, Gegenmaßnahmen einzuleiten, um das Gleichgewicht der Kräfte zu wahren. Farrowul wird ins Bild gesetzt, dass das gendrische Geheimabkommen nur ein Gaukelspiel war, um eine entsprechend große Streitmacht in die Fyrsthenei schaffen zu können.
Die Geschwisterschaft in Pyrn wird informiert.
Frettchen

32

DAMALS

Dernal war schweigsam gewesen. Vier Tage lang waren sie gereist, hatten an heimlichen Orten übernachtet, die er zielstrebig zu finden wusste. Die Reiseetappen waren länger gewesen als die mit Heora, und meist fiel Maleni in tiefen Schlaf, sobald sie irgendwo ankamen und sie sich endlich in eine Decke hüllen und ausstrecken konnte.

Manchmal hatte sie Angst gehabt. Es war ein schleichendes Gefühl, das einem kalt über die Seele kroch. Dann war ihr nach Weinen zumute und danach, von ihrer Mutter oder ihrer ältesten Schwester in den Arm genommen zu werden. Aber das würde nie mehr geschehen, und so hoffte Maleni, während sie verbissen ihre Tränen hinunterschluckte, auf jene neue Familie, die man ihr versprochen hatte – hoffte, dass die Kinder, die dort sein sollten, auch nett waren und die Erwachsenen eher Heora ähnelten als Dernal. Und sie hoffte, dass sie wieder Liebe und Spaß und Lachen und Freude würde empfinden können und nicht nur Angst und jene seltsame Leere, die von ihrer konstanten Ungewissheit zusammengehalten wurde.

Sie reisten auf Mulis. Manchmal schlief sie schon auf dem Reittier ein; einmal war sie heruntergefallen. Dernal hatte nicht geschimpft, aber Maleni hatte gefühlt, dass er ungehalten war. Dernal reiste mit ihr, weil es seine Pflicht war – nicht, weil er gern mit einem Kind reiste. Pflicht schien wichtig zu sein in dieser Familie.

Einmal trafen sie andere Reisende. Die verlangten nach Geld, waren bewaffnet, rochen nicht gut, und ihre ausgeblichenen Gewänder waren einst bunt gewesen.

Dernal hatte sie hinter die Büsche geschleppt und mit Zweigen bedeckt. »Die Tiere werden sich um sie kümmern«, hatte er gesagt und unzufrieden gezischt, weil er sich umkleiden musste. Er war über und über mit Blut verschmiert.

»Nicht mein eigenes«, hatte er ihr im Angesicht ihres panischen Blickes beruhigend erklärt. Maleni selbst hatte diesmal niemanden getötet, hatte sich nur hingekauert und bebend dem seltsamen Tanz zugesehen, der sich zwischen ihrem Begleiter und den vier Feinden entsponnen hatte. Es hatte ausgesehen, als könne Dernal fliegen. Er wirbelte durch die Luft, hieb dabei mit den Beinen zu, stieß sich von den Weichteilen seiner Feinde ab, ließ Knochen knacken. Wo immer die Waffen der Angreifer waren, war Dernal bereits nicht mehr. Und am Ende des Tanzes war jeder einzelne von ihnen durch seine eigene Waffe gestorben. Dernal hatte die seinige noch gar nicht gezogen gehabt.

»Nicht mehr – so jung – wie früher«, hatte er schließlich gekeucht, dann jedoch gelächelt, als er die Leichname außer Sichtweite schaffte.

Nach dem Aufräumen waren sie weitergeritten. Maleni hätte gerne gefragt, wie man so kämpfen konnte, mit lauter Sprüngen, mit Tritten und Schlägen, die so schnell geschahen, dass man sie kaum sah.

Eigentlich hatte man während des Kampfes nur das Knacken von Knochen und das Schreien der Männer gehört. Leidgetan hatten sie Maleni nicht; sie hatte selbst Angst gehabt – und war sich zugleich zunehmend sicher, dass diese Familie genau das war, was sie wollte. Menschen, die sie beschützen konnten und die ihr beibrachten, wie man sich selbst beschützte.

Noch dreimal wechselte Malenis Reisebegleitung. Die letzte Frau hieß Tryga. Sie war sehr nett. Es schien, als habe sie öfter mit Kindern zu tun. Maleni fragte sie danach, und Tryga gab ihr recht. »Wir sind so nahe am Berg, dass Neuzugänge oft von mir geleitet werden.«

»Gibt es viele Kinder bei euch?«

»Einige. Manche Schwestern und Brüder vereinigen sich, um der Geschwisterschaft Nachwuchs zu schenken, und es gibt auch immer wieder Waisen, die wir aufnehmen, weil sie in irgendeiner Hinsicht begabt erscheinen. Natürlich können wir nicht alle nehmen. Es gibt viel zu viele Waisen auf dieser Welt, doch der Berg nimmt nur die Begnadeten auf, die Mutigen, die Besten. Dieser Ehre musst du dir stets bewusst sein: Du bist etwas Besonderes, Maleni. Man hat dich auserwählt.«

»Müssen wir auf einen Berg?«, fragte Maleni, die inzwischen festgestellt hatte, dass Berge ziemlich lästig waren. Man keuchte und schnaufte, wenn man sie erklomm, und man keuchte und schnaufte, wenn man sie wieder hinunterlief. Dass ihr als Kind im Vergleich zu den Erwachsenen weniger Kraft zur Verfügung stand, fiel da besonders auf.

Tryga schenkte ihr ein Lächeln. »Nein, wir müssen nicht auf, sondern *in* einen Berg. Mitten hinein.«

»Ich wusste nicht, dass man in Berge hineinkann«, hatte Maleni gesagt und sich nach einer Tür in der Landschaft umgesehen.

Tryga verstand den Blick und lachte: »Du wirst die Tür nicht sehen.«

Maleni sah sie tatsächlich nicht, aber vielleicht lag das auch nur daran, dass sie stattdessen etwas anderes entdeckte – das Meer. Das hatte sie noch nie gesehen. Tryga erlaubte ihr nicht, bis zum Strand zu gehen, denn der lag nicht auf der Strecke, aber während ihres Aufstiegs bestaunte sie es voll kindlicher Begeisterung: »Das

Meer sieht aus wie ein Stück Stoff«, meinte sie. »Aber es glitzert. Und es ist so schön blau.«

»Manchmal ist es auch grau. Und stürmisch. Die Bukanier haben Schiffe und fahren darauf herum. Sie laufen die verschiedenen Hafenstädte an und verkaufen das, was sie anderswo geraubt haben. Damit sind sie recht erfolgreich. Außerdem nehmen sie manchmal Passagiere mit, denn mit dem Schiff an der Küste entlang zu reisen geht bisweilen schneller als zu Fuß über Land. Allerdings birgt eine Reise mit ihnen immer ein gewisses Risiko. Wer nicht aufpasst, kann sich schneller an einen der Fyrsthen verkauft wiederfinden, als er denken kann.«

Maleni nickte verständig. Es wunderte sie nicht, dass man Menschen verkaufen konnte. Der Gedanke bereitete ihr Unbehagen, doch sie würde ja jetzt lernen, wie man sich davor schützte. Die Geschwisterschaft würde ihr alles beibringen.

Sie würde sich nicht verkaufen lassen.

Inzwischen waren sie schon recht weit oben angelangt, und das Meer war nur noch ein fernes Glitzertuch links und rechts des Berges. Und dann sah man es gar nicht mehr, als der Weg in die Wolken führte, die alles einhüllten. Jetzt erblickte Maleni nur noch das Stück schmalen Weges, auf dem sie unermüdlich bergan stiegen. Weiter und weiter. Selbst die Zeit schien nicht mehr fühlbar, schien innezuhalten und eins zu werden mit dem allgegenwärtigen Weiß. Und dann verschluckte sie auch Tryga.

Maleni stieß einen kleinen Schrei aus.

Eine Hand fasste nach ihrer, und Maleni krallte sich daran fest.

»Was ist das?«, rief sie ängstlich, denn plötzlich kam ihr Trygas Hand viel zu groß vor. Die Frau war zierlich. Ganz sicher hatte sie keine so großen Hände.

Nun wollte Maleni sich losreißen, doch die riesige Pranke hielt sie eisern fest.

»Tryga!«, schrie Maleni.

»Leb wohl, Kind. Du bist zu Hause!«, sagte Tryga, und es schien, als wäre sie schon ganz weit weg.

»Tryga!«

Diesmal gab es keine Antwort mehr. Nur den beinahe schmerzhaften Griff an ihrer Hand und eine Welt aus Mehlsuppe. Nicht einmal ihre eigenen Füße konnte Maleni noch erkennen. Ihr eigener Arm verschwand im Nebel, als gehöre er nicht mehr ihr, sondern jener anderen Hand. Vielleicht war das ja ein Bruder? Doch warum sagte er nichts?

Und da begann Maleni sich zu wehren. Sie trat nach dem, der da im Nebel war. »Lass mich los!«, rief sie. »Lass mich sofort los!« Leise fügte sie dann hinzu: »Bitte!«

»Warum?«, fragte eine Stimme, die tiefer war als alles, was Maleni je gehört hatte. »Weil du Angst hast?« Er zog das Wort ›Angst‹ in die Länge und das ›s‹ zischte wie Wassertropfen auf der Herdplatte.

Ja, wollte Maleni sagen. Weil sie Angst hatte. Weil das unheimlich war. Und weil die Welt voller Blut und Tod war und selbst die netten Menschen darin immer nur bedingt nett. Stattdessen sagte sie trotzig: »Habe ich gar nicht.« Wenn die Reise mit den Geschwistern sie etwas gelehrt hatte, dann, dass Jammern nicht half.

Und tatsächlich schien es ihr in diesem Moment, als lichtete sich der Nebel um ihre Füße. Vielleicht bildete sie es sich auch nur ein, doch in diesem kurzen Augenblick standen ihre Füße auf einem Felsvorsprung, und darunter ging es steil ins Nichts. Tiefe, weiße wabernde Tiefe. Grauer Fels schien mal hier, mal da durch die wolkigen Schwaden, und etwas rührte sich wie große, gelbe Würmer, die aus dem Nebel hervorglitten und wieder darin verschwanden. Und verstreut dazwischen auf diesen Felsen hängend blitzte es weißlich, wie von vielen kleinen Knochen. Vielleicht war das ein Schrein für Kyrros gewesen, aber vielleicht auch nur ein Nebelspuk, gar nicht da, nur eine Vorstellung, die ihr ihr ängstlicher Sinn vorgegaukelt hatte.

Die Hand zog sie nun in die andere Richtung. Langsam lichtete sich der Nebel, und der Klang ihrer Schritte hallte von Wänden wider, die eben noch nicht da gewesen waren. Rohe, dunkle Felswände mit vielen brennenden Kerzen, deren Flammen sich wie ein flackerndes Punktemuster durch die Welt zog.

Die Hand, die sie immer noch hielt, gehörte tatsächlich einem Mann. Er war schon alt, und sein Gesicht war von so ungeheuer vielen Narben entstellt, dass seine Züge kaum mehr zu erkennen waren. »Willkommen im Berg der Weisheit!«, begrüßte er sie, und sie fragte sich, ob es Freundlichkeit oder Skepsis war, die sie in seinem Blick zu lesen vermochte.

»Da draußen«, fragte sie, »sind die alle tot?«

»Überleben lernen wir hier drinnen«, lautete die Antwort.

Sie musterte ihn eingehend. »Wieso klingst du jetzt anders als vorher?«, fragte sie, denn nun hatte der Mann eine ganz normale Stimme. Alt vielleicht, aber nicht besonders tief und sonor.

»Das hast du gemerkt?«

Maleni blickte ihn unverwandt an; dann zuckte sie mit den Schultern. »Schon.«

Er nickte. »Gut. Du passt auf. Das ist sehr gut.«

Das beantwortete ihre Frage nicht. Also stellte sie eine neue: »Bin ich jetzt hier zu Hause?«

Sie bogen um eine Ecke. Die Höhle wurde weiter, und durch Ritzen fiel Licht von draußen wie Schwertschneiden von Helligkeit. Maleni erblickte eine große Gruppe Kinder und Jugendlicher, die barfuß auf dicken Teppichen herumwirbelten. Erst dachte sie, sie würden tanzen, doch es gab keine Musik – ganz still war es, nur ab und zu hörte man, wie jemand fiel und einen unterdrückten Schmerzenslaut.

Einige ältere Leute überwachten den seltsamen Reigen, griffen ein, korrigierten, tadelten manchmal.

»Weißt du, was sie da tun?«, fragte der Mann.

»Sie lernen den Totentanz«, sagte Maleni. »Ich habe ihn schon gesehen.«

»Totentanz?«, fragte der Mann amüsiert.

»Man tanzt ihn mit den Füßen und Händen, und dann sind alle Feinde tot.«

»Und das gefällt dir?«

Maleni nickte. »Ja. Wenn böse Menschen tot sind, gefällt mir das. Wenn böse Menschen nicht tot sind, bringen sie einen um.«

Der Mann musterte sie erneut. »Das hast du schön gesagt, Maleni«, sagte er, und sie fragte sich, woher er ihren Namen kannte.

»Ich bin der Ehrenwerte Meister Greedo, Mitglied des Schemenrats. So wirst du mich anreden: Ehrenwerter Meister Greedo. Und du wirst gehorchen.«

Maleni nickte. Der Ehrenwerte Meister sah nicht aus, als sähe er es gerne, wenn man nicht gehorchte. Sein narbiges Gesicht kränzte eine Flut weißen Haares, und seine weite, helle Kleidung war mit roten Stickereien verziert, die anzufertigen gewiss sehr viel Zeit gekostet hatte. Oder viel Geld. Eine Kapuze, mit der er wohl sonst seinen Kopf bedeckte, hing seinen Rücken hinab.

»Immer«, sagte sie und blickte ihn ernsthaft an.

Er sah von ihr fort zu den Kämpfenden. »Krurro!«, rief er, und ein halbwüchsiger Junge verneigte sich vor einem der Lehrer und lief dann eilig zu Greedo. Dort verneigte er sich noch tiefer, wobei er seitwärts schielte, um den Ehrenwerten Meister keinen Moment aus den Augen zu lassen, als erwarte er, alsbald getreten oder geschlagen zu werden.

»Dies ist Maleni. Sie ist nun unsere Schwester. Sei ihr Bruder und Vorbild, und unterweise sie in den Regeln des Berges, bis sie sich zurechtfindet.«

Falls der große Junge mit der Aufgabe nicht einverstanden war, ließ er es sich nicht anmerken. Stattdessen verneigte er sich erneut, wandte sich dann Maleni zu und lächelte. »Du musst mir jetzt gehorchen!«, befahl er. »Hier gehorchen wir alle.«

Maleni starrte ihn an. Sie hätte etwas darum gegeben zu wissen, warum sie sein Lächeln so gar nicht mochte. Aber sie hatte nichts zu geben. Nichts außer Gehorsam.

Der Tritt traf sie unvermittelt, und sie stürzte. »Pass besser auf!«, schalt Krurro. »Du musst immer aufpassen. Wer nicht aufpasst, stirbt.«

Als Maleni ihn gegen das Schienbein zu treten versuchte, wich er behende aus.

Sie trat ins Leere.

33

Durch das Kammerfenster konnte man nicht aus dem Herbergszimmer entkommen, denn es war mit einem Gitter gesichert – um Diebe fernzuhalten, aber auch, um es Zechprellern schwerzumachen, einfach zu verschwinden.

Es hatte Maleni eine unverhältnismäßig lange Zeit gekostet, darüber nachzugrübeln, was die richtige Vorgehensweise war. Sie konnte sich nicht erinnern, dass es ihr früher so schwergefallen war, Entscheidungen zu treffen. Etwas selbstironisch überlegte sie, dass Gehorsam, wie die Geschwisterschaft ihn einforderte, vermutlich genau dazu gut war. Was zu tun war, stand immer schon vorher fest. Alternativen gab es nicht.

Doch seit der Berenborg hatte sich etwas verändert. Maleni hatte getötet und Regeln gebrochen. Maleni hatte überlebt und schuldete den Schmieden eben dieses Leben. Sie mochte die beiden. Elgor war leicht zu mögen – tatsächlich war es schon eher schwer, ihn nicht zu mögen. Doch auch Umbert hatte etwas an sich, das sie in den Bann seiner Worte und Meinungen zog – auch wenn alles, was sie gelernt hatte, ihr sagte, er müsste unrecht haben.

Sie hatte bei der Geschwisterschaft viel gelernt, und dieses Wissen hatte ihre Weltsicht so nachhaltig geprägt, dass ihr Leben sich ihr wie ein gerader Pfad darstellte. Nun war sie von diesem Pfad abgekommen und hatte etwas Seltsames entdeckt – ein Gewissen außerhalb dessen, was die Geschwisterschaft der Xyi vorschrieb. Sie verfügte sozusagen über zwei Gewissen; eines, das sie tadelte, weil sie sich nicht den Regeln konform benahm, und eines, das ihr auf subversive Art einzuflüstern versuchte, es gäbe noch mehr als die Regeln der Xyi.

Als wäre sie nicht schon zwiegespalten genug.

Wenn sie sachlich darüber nachdachte, wusste sie natürlich, dass sie eine wirkliche Wahl nicht hatte. Die Xyi zu verraten war keine Option. Zu keiner Zeit. Und in ihrem Handwerk war ein zusätzliches Gewissen nicht förderlich. Und so hatte sie ihre Habseligkeiten zusammengepackt und sich in ihre unauffällige Reisekleidung gewandet. Sie musste zum *Tanzenden Gott*; einen Abschied von den Schmieden durfte es nicht geben. Sie musste diesen Teil ihrer Vergangenheit einfach ablegen. Wie man das tat, hatte sie schließlich gelernt.

Wenn sie erst einmal wieder im Berg war, würde es ohnehin kein Problem sein, denn dort gab es das Ritual des Vergessens, das einem half, wenn einem unnütze Erinnerungen zu schaffen machten, die man nicht mehr abstreifen konnte. Wenn man wieder herauskam, waren diese Erinnerungen ordentlich aufgeräumt und weggepackt. Sie waren nicht fort, spielten im Denken jedoch keine große Rolle mehr. Die Kammer des Vergessens war eine gute Sache, auch wenn niemand sagen konnte, warum oder wie sie tat, was sie tat. Sie war ein Segen, und manches lernte man nicht zu hinterfragen.

Maleni hatte noch nie etwas vergessen wollen, doch jetzt wollte sie es, denn der Abschied von den beiden Reisegefährten fiel ihr schwer. Immer wieder tauchte das freundliche Gesicht Elgors ungefragt vor ihrem geistigen Auge auf, als hätte sich sein Grinsen in einem Teil ihres Seins breitgemacht, der vorher unbenutzt und leer gewesen war. Sie wollte nicht darüber nachdenken, was das bedeutete. Ja. Sie mochte ihn. Es gab auch bei den Geschwistern Menschen, die sie mochte. Vielleicht war die Art des Mögens anders. Seine Familie musste man mögen. Auf seine Reisegefährten hingegen sollte man keine Gefühle verschwenden. Ihre Hand zuckte, als sehnte sie sich danach, dem blonden Hünen durch die meist wirren und zu langen Haare zu fahren. Dabei hatte sie das nie getan. Sie hatte Abstand gehalten. So, wie sich das geziemte, denn nur Taryah kam Männern wirklich nahe. Körperlich – und keinen Schritt weiter.

Ungehalten schob Maleni den Gedanken fort.

Sie lugte vorsichtig aus der Kammertür und sah im Halbdunkel des grauenden Tages den langen Korridor mit den abgenutzten Dielen vor sich. Zwei Reihen niedriger Türen führten vermutlich zu weiteren Zimmern. Eines davon würden ihre Reisegefährten bewohnen. Sie versuchte nicht, daran zu denken, was deren Schicksal nun sein mochte. Sie wusste nur, sie selbst wollte sie nicht töten. Das hatte sie sich geschworen, gegen jedes vernünftige Argument in ihrem Inneren, das die Schale um ihren glatten, perfekten Kern zum Vibrieren brachte.

Am einen Ende des Ganges führte eine Treppe nach unten, und darüber war eine Klappe in der niedrigen Decke, die auf den Speicher führen musste. Dorthin schlich sie, erreichte mit Hilfe eines ihrer Dolche den Griff und zog daran. Die Klappe öffnete sich mit leisem Quietschen, eine provisorische Leiter fuhr herab, und sie stieg sie empor.

Durch eine Dachluke drang gerade genug Licht in den niedrigen Speicher, dass sie die Leiter wieder hochziehen und die Klappe schließen konnte. Lautlos schlich sie zur Luke. Sie war verschlossen, doch das konnte eine Schemenjägerin nicht aufhalten. Trotz der Düsternis ertastete Maleni das Schloss, öffnete es und schwang sich hinaus in die Morgendämmerung. Die ersten Geräusche der erwachenden Stadt drangen an ihr Ohr; die Luft war grau und körnig und die Sonne nur eine Idee jenseits des Horizonts. Ein Mordmond, halb lichtgebend, halb verschwunden, stand noch blass am Himmel. Maleni seufzte still und gönnte sich einen letzten Gedanken der Schwäche: Die Schmiede schliefen sicher noch.

Dann richtete sie sich auf dem Dach auf und hängte sich ihre Sachen um. Das machte das Balancieren schwieriger. Normalerweise tanzte sie auch über die steilsten Dächer, als wären sie flach und sicher, doch jetzt musste sie etwas besser aufpassen. Vielleicht, so dachte sie, hätte sie ihre Taschen zurücklassen sollen. Ihre Geschwister im Tanzenden Gott hatten gewiss die Möglichkeit, ihr Gepäck nachträglich zu holen. Doch sie wollte dort weder inkomplett erscheinen noch einen der Ihren dazu bringen, ins Zauberrad zu gehen und den Schmieden ihr Gepäck abzunehmen. Nein, es sollte, wenn möglich, keine Verbindung geben. So war es am sichersten.

Aufmerksam sah sie sich um. Man hatte einen guten Blick vom Dach auf die Gasse. Die Gebäude der Stadt waren eng aneinandergebaut, als hielten sie sich aneinander fest oder suchten zumindest eine freundliche Nähe. Dies hier war eine Nebenstraße, und falls das Stadtzentrum mit dem Markt in der Nähe war, konnte man es noch nicht sehen. Die Straßen selbst wirkten sauber, manche Häuser neu, andere zerstört. Mit kurzen Schritten huschte Maleni an den Rand des Daches. Das nächste Haus stand nah genug, um ohne Probleme auf das benachbarte Dach zu springen – zumindest, wenn man ein Schattenjäger war. Sie würde über einige Dächer gehen, ehe sie sich auf die Straße hinabließ.

Sie sprang, verschätzte sich fast wegen des Gepäcks, und landete dennoch sicher. Einen Augenblick lang verharrte sie reglos, dann hörte sie die Stimme hinter sich: »Du gehst?«

Der Klang drang bis in ihr Innerstes, breitete sich kalt und heiß darin aus. Viel zu hastig wandte sie sich um, strauchelte beinahe auf dem schrägen, glatten Untergrund, suchte nach neuem Halt und starrte zurück auf das Dach der Herberge.

Dort stand er.

Dass er sehr groß war, hatte sie gewusst. Sein dunkles Haar wehte lang und frei in der morgendlichen Brise, nur teilweise am Hinterkopf zusammengenommen, damit es ihm nicht die Sicht nahm. Selbst auf die Entfernung und in der grauen Dämmerung fielen seine hellen Augen auf, die ohne zu blinzeln zu ihr hinüberblickten.

Maleni verharrte wie erstarrt. Es war das erste Mal, dass sie ihn so deutlich sah. Sie versuchte sich Einzelheiten einzuprägen, doch es schien ihr, als glitte ihr Blick immer wieder von ihm ab wie von einem Trugbild.

Sie sollte nicht mit ihm sprechen, schalt sie sich. Er war zu unheimlich.

Aber sie wollte mit ihm sprechen. Er schien die Antwort auf so viele Fragen zu sein. Erst recht jetzt, da das, was sie wollte oder nicht wollte, ihr zusehends in Unordnung geriet. »Es ist besser so«, sagte sie schließlich.

Er musterte sie kritisch, als schenke er ihren Worten keinen Glauben. »Nein!«, widersprach er. »Du hast eine Schuld zu begleichen.«

»Ich schulde vielen vieles.«

»Was wirst du tun?«

Sie schüttelte den Kopf, als müsse sie ihn von einem bösen Traum lösen. Da war jemand, der möglicherweise sogar Schemenjäger an Kampfkraft, Geschicklichkeit und der Fähigkeit, komplett zu verschwinden, übertraf. Und sie stand mit all ihren Besitztümern auf einem Dach. Sie musste hier weg. Die ersten Menschen kamen bereits aus ihren Häusern, und es würde nicht lange dauern, bis einer von ihnen sie entdecken würde. Besorgt sah sie nach unten die Gasse entlang und ging in die Hocke, als wäre sie kleiner weniger gut sichtbar. Dann wandte sie sich wieder dem Fremden zu. »Wer bist du?«, fragte sie zurück.

Doch da war er schon verschwunden.

Sie starrte auf den Kamin, der dort aus dem Dach ragte. Er hatte ihn verdeckt. Dann blickte sie zu der Dachluke, durch die sie gekrochen war. Die stand noch offen.

Was wirst du tun, hatte er sie gefragt. »Nichts«, murmelte. »Nichts tun ist manchmal am besten.«

Kurz schien es ihr, als könne sie seine sonore Stimme antworten hören: »Und manchmal zu wenig.«

34

Sie ist weg«, sagte Elgor leichthin. Sein Lächeln zeigte zu viele Zähne. »Sie hat Münzen auf ihrem Bett hinterlassen und ist gegangen.«

Umbert zog die Augenbrauen hoch. Sein Mundwinkel zuckte. »Immerhin ist sie keine Zechprellerin«, antwortete er sarkastisch. »Eine Meuchlerin, aber durch und durch ehrlich und ehrenwert. Wir müssen fort.«

»Wir brauchen sie«, zischte Elgor frustriert, während er seine Sachen zusammensuchte.

Umbert seufzte. »Nicht notwendigerweise sie.«

»Doch, sie. Genau sie.« Elgor klang beinahe trotzig.

»Sei nicht starrsinnig. Möglichkeiten werden sich immer wieder auftun. Sie ist nicht die Einzige. Nicht die Erste. Und wohl auch nicht die Letzte. Hab Geduld.«

»Geduld?«, schnaubte Elgor. »Wie lange denn noch?«

Umbert sah ihn nur an, hob die Hand und ließ eine winzige Flamme darauf tanzen, als wäre das eine Antwort. »Wir sind Schmiede«, sagte er. »Schlag um Schlag formen wir hartes Eisen mit der ewigen Kraft des Feuers. Gestern nur Erz in einem Berg, heute Eisen in der Esse und morgen vielleicht ein Schwert.«

Die Aussage schien keinen Sinn zu ergeben, doch Elgor nickte nur. Er wusste, wer der Meisterschmied war und wer nur sein Geselle. Er konnte kein Feuer formen. Doch jeden Tag lernte er dazu. »Nun denn«, seufzte er. »Ich gehe hinunter und sattele die Mulis. Obgleich ich glaube, dass die Xyi uns auch außerhalb der Stadt auf irgendeiner Straße zu fassen bekämen, wenn sie es darauf anlegten.« Elgor sah zu seinem Meister und stand auf.

Umbert griff seine Sachen. »Vielleicht sind wir ihnen den Aufwand nicht wert, wenn wir hier nicht wie die unbeweglichen Ziele verharren.« Er stieß ein Knurren aus, das wie ein Fluch klang.

»Vielleicht wird sie ihnen nichts über uns sagen.«

»Sie wissen Bescheid.« Umbert klang erstaunlich ruhig. »Sie hatten uns doch schon erwartet.«

»Aber sie wissen nichts über … uns.«

»Sie wissen genug, um uns töten zu können. Die Frage ist lediglich, ob sie es als opportun und notwendig erachten. Sie töten oft, aber nicht ohne Anlass. Vermutlich denken sie sich meistens irgendetwas dabei. Sie haben – irgendeinen – Plan. Und das Problem ist nicht, dass sie etwas über uns wissen, sondern dass sie glauben könnten, wir wüssten zu viel über sie.« Er trat ans Fenster und blickte misstrauisch hinunter auf die Gasse. Sie war leer, aber das hatte nichts zu bedeuten. Schließlich hieß es, die Schemenjäger der Xyi könnten sich unsichtbar machen. Ob das nun stimmte oder nicht war unerheblich, denn ganz sicher beherrschten sie die Kunst, sich ihren Zielen ungesehen zu nähern. Vielleicht also waren sie schon da. Vor dem Haus, im Haus, vor der Kammertür, oder in der Küche neben dem Krug Wein, den man ihnen kredenzen würde.

»Wir haben noch Schmiedeaufträge für mindestens eine Woche hier«, brummte Elgor ärgerlich, dem es Freude bereitet hatte, nach der langen Reise wieder einmal sein Handwerk ausüben zu können. Das Eisen der Welt zu formen war vielleicht nicht viel, doch es hatte seinen eigenen Zauber.

Und es lenkte ab, hielt einen in einer realen Gegenwart, in der Träume und Pläne in den Hintergrund rückten. Gerade jetzt erschien es ihm beinahe besinnlich.

»Wenn es darum ginge, dass wir noch nicht fertig sind, könnten wir uns in Pyrn fest ansiedeln«, erwiderte Umbert. »Es gäbe immer etwas zu tun. In einer Welt der Waffen sind die Meister des Eisens stets willkommen. Und Pyrn war einmal die Eisenstadt.«

Elgor hob ärgerlich sein Gepäck auf die breiten Schultern. Es schien kaum Gewicht zu haben. »Ich hatte mir wirklich Hoffnungen gemacht. Sie wirkte so … zugänglich.«

»Niedlich. Ansehnlich. Aber keinesfalls aufgeschlossen.«

»Na, dann eben zugeschlossen. Aber so – verlässlich. Unbeirrt.« Beides waren nicht genau die Worte, die er sagen wollte, doch die richtigen fielen ihm nicht ein. Ehrlich – sicher nicht. Aufrichtig – vermutlich nur ihrer Familie gegenüber. Liebenswert – bis zum nächsten Tod, den sie schenkte.

»Du magst sie.« Umbert lächelte gutmütig.

»Du meinst, das ist falsch?«

»Ich meine, es spielt keine Rolle. Vermutlich mag sie uns auch. Auf ihre übervorsichtige Weise.«

»Ich hatte gehofft, sie könnte lernen, uns zu vertrauen.«

»Die Zeit war zu kurz. – Und warum sollte sie?«

Sie nahmen ihre Sachen, verließen ihre Kammer und strebten auf die Treppe zu.

»Wir haben im Voraus bezahlt. Wir können gehen.«

»Das Werkzeug ist noch in der Schmiede.«

»Wir holen es auf dem Weg zum Stadttor.«

Sie gingen an der Küche vorbei zur Hoftür. Der Wirt, ein düster dreinblickender Mann um die Fünfzig, dessen ausgeprägtes Hinken ihn für den Militärdienst untauglich machte, blickte sie an. »Früh auf«, konstatierte er und bemerkte dann ihr Gepäck. »Ihr reist ab?«

»Ja«, antwortete Umbert kurz.

»Ein bisschen plötzlich?«, fragte der Wirt misstrauisch.

Die Schmiede ließen die Frage unkommentiert, doch Umbert blieb immerhin stehen und wandte sich dem Gastgeber zu. »Falls jemand nach uns fragt …«

»Dann sage ich, ihr seid nie da gewesen?«

»Dann sagst du, wir sind fort. Du weißt nicht, wohin.«

»Also die Wahrheit.« Fast schien der Mann enttäuscht.

Umbert lächelte. »Wer immer kommt, wird die Wahrheit hören wollen. Und manche Menschen sollte man nicht enttäuschen.«

»Was ist mit der Frau?«, fragte der Wirt.

»Fort. Niemand wird nach ihr fragen.«

Der Wirt hob erneut die Augenbrauen, aber Umbert glaubte nicht, dass er dachte, seine Gäste hätten etwas Schreckliches mit dem kranken Mädchen gemacht. Er hatte gesehen, dass sie sich gut um Maleni gekümmert hatten. Das hatte der Wirt auch dem jungen Mann gesagt, der nach ihr gefragt hatte. Der Besucher war nicht wiedergekommen und hatte sie auch nicht besuchen und nicht mal einen Gruß schicken wollen. Aber der Besucher hatte einige gute Münzen dagelassen, die dafür sorgen sollten, dass der Wirt nichts über ihn verlauten ließ. Umbert wusste es dennoch und konnte nicht sagen, dass ihn das Gebahren von Malenis »Familie« übermäßig erstaunte.

Der Wirt war Dienstleister. Er tat, wofür man ihn entlohnte. Wundern würde er sich vielleicht privat. Alles andere war Geschäft.

»Proviant«, sagte Umbert. »Was kannst du uns so schnell anbieten?«

Der Wirt suchte geschwind ein paar Dinge zusammen und stopfte sie in einen Sack. Münzen wechselten den Besitzer. Vielleicht zu viele, aber wer es eilig hatte, konnte nicht lange verhandeln. Das wusste auch der Wirt.

Elgor war schon vorgegangen und sattelte die Mulis. Umbert kam ihm nach und half ihm schweigend.

»Vielleicht …«, Elgor hielt einen Augenblick inne. »Vielleicht wäre es angebrachter, hierzubleiben. Eine Flucht vermittelt den Eindruck, man hätte einen Grund zu fliehen. Malenis … Familie mag daraus schließen, wir wüssten mehr als sie gern hätten.«

»Möchtest du hier sitzen und dich bei jedem Löffel Suppe fragen, ob ihn jemand vergiftet hat? Oder jeden Moment mit einem fliegenden Dolch rechnen, der sich aus einer dunklen Ecke auf den Weg in deinen Rücken macht?«

Elgor zuckte mit den Schultern. »Das kann uns überall geschehen. Wie viele haben schon versucht, uns den Garaus zu machen!«

»Aber wir leben noch. Und ich fände es ausnehmend angenehm, wenn das so bliebe.«

»Nun, du hast damit weniger Probleme als ich.«

»Man bekommt Übung.«

Sie führten die Lasttiere auf die Straße und in Richtung der verwaisten Schmiede, in der sie vorübergehend ihre Kunst ausgeübt hatten. Es hatte viel zu reparieren gegeben. Es gab stets viel zu reparieren. Das Reich war zerbrochen und mit ihm immer mehr Dinge des täglichen Lebens.

»Hätten wir ihr Pferd mitnehmen sollen? Sie ließ es zurück«, fragte Elgor.

»Es ist ihr Pferd, nicht unseres.«

»Sie hat es vermutlich nur zurückgelassen, weil sie über die Dächer entkommen ist.«

»So viel Umstand. Das hätte sie sich wahrlich sparen können.«

Es war hell geworden, und die Gassen füllten sich. Die Schmiede würden sich beeilen müssen. Inzwischen war die junge Frau sicher längst bei den Ihren angelangt, und genauso lange mochte es bereits Menschenjäger geben, die ihnen auf den Fersen waren.

Die Schmiede, aus der sie ihre Sachen holen wollten, war sehr alt und vermittelte den Eindruck, sie hätte sie gern beherbergt. Orte, die lange eine bestimmte Intensität in sich aufgenommen hatten, strahlten diese auch ab. Umbert konnte sie fühlen, auch wenn er das Gefühl keinem der Pyrner hätte erklären können.

Auch hier dauerte das Packen nicht lange; trotzdem warfen sie immer wieder misstrauische Blicke auf die Straße. Dort war ein neuer, geschäftiger Morgen angebrochen. Nur die Sonne verbarg sich noch jenseits einer diffusen Wolkenfront. Später mochte es Regen geben, und dann wäre ein Dach über dem Kopf netter als durch schlechtes Wetter zu reiten. Doch die Männer waren es gewöhnt. Wetter war wenigstens nicht gefährlich.

Das neue Muli, das sie gekauft hatten, um den Verlust durch die Traumschlangen auszugleichen, erwies sich als störrischer als die anderen, die ihre Besitzer und Aufgaben gewohnt waren. Es zu beladen, bedurfte einiger Geduld, und beide Schmiede benötigten ihre volle Konzentration, um das Tier so lange still zu halten, dass sie es beladen und so in den Mulizug einbetten konnten, dass es sich den Bewegungen der anderen Tiere anschließen würde, ohne nach ihnen zu schlagen.

Volle Konzentration bedeutete: die beiden Männer waren abgelenkt.

35

Maleni zitterte. Es war ein kühler Morgen, und ihr Gepäck war schwer gewesen; die Flucht über die Dächer und entlang der noch dunklen Gassen hatte sie angestrengt. Sie war vor einigen Tagen fast gestorben. Also war es ganz normal, dass sie sich schwach fühlte, beschwor sie sich. Jawohl, es war ganz normal und hatte nichts damit zu tun, dass sie schon wieder diesem Mann begegnet und er schon wieder fast vor ihren Augen verschwunden war. Und es hatte sogar ganz gewiss nichts damit zu tun, dass sie Umbert und Elgor verlassen hatte und nicht wusste, was nun mit den Menschen geschehen würde, die ihr das Leben gerettet hatten. Mit Schuld hatte es außerdem ohnedies nicht das Geringste zu tun. Schuldgefühle waren nicht nur hier, sondern immer und überall überflüssig. Auch das war eine Weisheit, die Taryah gut kannte, und die Maleni sich wie ein Mantra aufzusagen versuchte.

Die Herberge *Zum Tanzenden Gott* zu finden, war nicht schwierig gewesen. Sie lag nicht einmal besonders weit entfernt. Ein sehr altes Gebäude, das offenbar so manches überstanden hatte. Die Tür war so früh am Tag noch verschlossen gewesen, Maleni hatte es tunlichst unterlassen, unaufgefordert in das Gebäude einzudringen. Die Geschwister wussten ihre Behausungen zu schützen. So war Maleni zur Hintertür gehuscht, wo ihr nach einigem Klopfen tatsächlich eine drahtige, ältere Frau geöffnet hatte und sie nun neugierig musterte. Sie trug übliche Tavernenkleidung – graubraun, praktisch, unauffällig, lederne Halbschürze. Auf ihrem Kopf prangte eine bestickte Wirtskappe. Maleni tauschte mit ihr das geheime Zeichen aus, und schon wurde sie hereingebeten. Alsbald fand sie sich in der Tavernenküche wieder und fühlte sich unvermittelt in ihre Kindheit zurückversetzt, in der sie mit Niccela unterwegs zu ihrer neuen Familie gewesen war. Eine innerliche Unruhe erfüllte sie, während sie ihr Gepäck auf einer Bank an der Seite der Küche ablegte und sich setzte. Sie blickte auf die Tür jenseits des Raumes und überlegte, was hinter dieser lauern mochte. Vermutlich keine marodierenden Söldner – was aber noch lange nicht hieß, dass die Alternative besser wäre.

»Ich bin Maleni«, sagte sie schließlich. »Ich hatte einen Auftrag in Virniu und habe durch ein Missgeschick meine Karawane verpasst. Ich musste einen anderen Weg nehmen.«

Die Frau nickte. Wie viele der schon älteren Geschwister, war sie offenkundig für die Herberge zuständig und somit für die Versorgung und das Informationsnetz der Schemenjäger. Sie war mittelgroß, durchtrainiert, trug praktisch kurzgeschnittenes, graues Haar und blickte Maleni prüfend an. »Verroya«, stellte sie sich vor. »Dein Kommen wurde uns avisiert. Wir haben dich früher erwartet.«

Maleni war ihr keine Rechenschaft schuldig, aber es drängte sie dennoch, eine Erklärung zu liefern – auch wenn ihr Innerstes ihr gleichzeitig davon abriet. »Ich war krank«, sagte sie deshalb und rang ihre eigene Arroganz nieder, die lieber nichts weiter hätte sagen mögen. »Ein Schlangenbiss.«

»Auch davon haben wir gehört. Was in Pyrn passiert, geschieht nicht ohne unser Wissen. Was ist mit deinen Reisebegleitern?«

Maleni zuckte ausnehmend unbeteiligt mit den Schultern. »Meine Ersatzkarawane reist ohne mich weiter. So wie immer.« Sie versuchte, Routine auszustrahlen. Eine Reisebegleitung eben. Nicht von der Geschwisterschaft organisiert, aber das war absolut nicht ungewöhnlich. Ganz unspektakulär also. Und genau das musste sie jetzt und hier weitergeben. Zur Sicherheit steckte sie ihre Hände in ihre Taschen. Besser, man sah ihr die Unruhe nicht an, denn Hände waren verräterischer als Mienen. Mit den Augen zu lügen war etwas, das die Xyi lernten. Sie wusste das, und die Frau ihr gegenüber wusste das auch. Maleni seufzte stumm. Wie ungeheuer schnell die graue Schemenjägerin genau da angekommen war, wo Maleni nicht hinwollte – beim Thema Reisebegleiter.

»Was wissen sie von dir?«

»Nur, dass ich auf der Suche nach meiner Familie bin.«

»Sonst nichts?«

»Sonst nichts.« Es mochte ein kleiner Teil Taryah an dem kühlen Lächeln beteiligt sein, das Maleni der Frau schenkte. »Ich bin kein Plappermaul.«

Verroya blickte sie bohrend an, und Maleni blickte gleichgültig zurück. »Ein Frühstück«, sagte sie, »wäre willkommen, Verroya. Ich habe heute noch nichts gegessen.«

»War der Wirt des Zauberrads säumig?« Verroya zog eine Augenbraue hoch.

Maleni verbarg ihre Irritation hinter ihrer Maske der Gleichmut. Was fragte Verroya hier? Warum Maleni vor dem Frühstück gegangen war, anstatt unauffällig und normal abzureisen? War es ein Fehler gewesen, sich noch vor Sonnenaufgang davonzustehlen?

»Ich ging, als ich mich gut genug fühlte.«

»Und die Schmiede leben noch?«

»Sie leben. Es gibt keinen Grund, sie zu töten. Es gibt ohnehin zu wenig gute Handwerker. Schmiede werden immer gebraucht, und ihr plötzlicher Tod würde nur die Aufmerksamkeit auf mich lenken.«

Zu viel. Sie redete zu viel. So eine Flut an Worten! Unnötig und verdächtig.

»Werden sie es nicht seltsam finden, dass du einfach verschwunden bist?«

»Nein. Ich hatte ihnen gesagt, dass ich auf der Suche nach meiner Familie bin. Und ich bin keinem etwas schuldig geblieben.«

Der Mann auf dem Dach war da anderer Meinung gewesen. Maleni hatte seinen Vorwurf deutlich gehört, und die Erinnerung an die tiefe Stimme schwang noch immer in ihr nach. Sie biss sich auf die Lippen und unterließ es dann. Ihr Grübeln sollte nicht sichtbar sein. Stattdessen lenkte sie ab: »Hast du schon von Traumschlangen gehört?«, fragte sie Verroya. »Gelbe Schlangenwürmer, deren Gift …« tödlich ist; hätte sie sagen wollen. Doch sie lebte, also stimmte das nicht. »Sie greifen in Gruppen an. Sie sind …« Wieder fiel ihr nicht der richtige Ausdruck ein. Erschreckend, beängstigend, grauenvoll, abscheulich?

Verroya musterte sie einen Augenblick. »Du erinnerst dich nicht?«, fragte sie vorsichtig und fügte dann selbst hinzu: »Vielleicht bist du noch nicht alt genug. Wie lange bist du schon im aktiven Dienst?«

»Drei Jahre.«

Sie nickte. »Noch zu jung. Man vergisst sie. Erst wenn man älter ist – und länger dabei – erinnert man sich an sie.«

»Ich habe den Biss überlebt.«

»Es war nicht dein erster.«

Maleni starrte ihre Gastgeberin fassungslos an. In ihrem Nacken hoben sich die Härchen – gleichzeitig, wie abgesprochen. »Aber ich erinnere mich nicht …!«

»Irgendwann wirst du dich erinnern. Und wenn du dich erinnerst, ist die Zeit für diese Erinnerung genau die richtige.«

Maleni blickte fragend auf Verroya, doch die hatte bereits mit dem Thema abgeschlossen. Auch sie war kein Plappermaul. Plappermäuler gab es nicht in der Geschwisterschaft. »Ich zeige dir dein Zimmer«, sagte sie nur. »Und dann werden wir alle gemeinsam darüber nachdenken, was zu tun ist. Ob etwas zu tun ist.« Sie sprach nicht mehr über die Schlangen. Sie sprach über die Schmiede.

Schon wieder!

Maleni fuhr auf. »Ich habe nicht ohne Grund entschieden, dass nichts zu tun ist!«, sagte sie bestimmt. »Ich bin eine Schemenjägerin der Xyi. Ich weiß, was ich tue. Und warum.«

»Du bist Schemenjägerin der Xyi. Wie wir alle wirst du tun, was die Xyi für angemessen befinden. Jetzt bring erst einmal deine Sachen hoch. Danach gibt es Frühstück. Beim Frühstück reden wir. Ich bin hier nicht allein. Es gibt noch weitere Brüder und Schwestern. Wir sind doch eine Familie.«

»Ich weiß. Aber …«

Die Frau schritt zur Tür, die in den Korridor führte. »Nun komm schon«, sagte sie. Ihr Ton war nicht unfreundlich. Fast etwas mütterlich, auf eine harsche, trockene Art. Maleni unterdrückte ein Zähneknirschen. Es gab Zeiten, da hatte sie so etwas wie Mütterlichkeit wirklich vermisst. Die Geschwisterschaft war Familie, doch sie war nicht übermäßig familiär in ihrer Art. Zugehörigkeit und Gehorsam ersetzten die Nestwärme, an die sich Maleni aus ihrer frühen Kindheit erinnerte. Doch man kam auch ohne aus. Es gab Freundschaften. Und Vertrauen. Das einzige Vertrauen, das sie zulassen konnte: das zu anderen Xyi. Wenn die Schmiede überlebten, war, was immer sie ihnen schuldete, ein für alle Mal abgegolten.

Aber was war mit dem anderen Mann? Konnte sie nun fragen, ob er zur Geschwisterschaft gehörte? Besser nicht. Hier ging es nur um die Schmiede und wie mit ihnen zu verfahren sei.

Es gab Gift, das sie ohne Leiden einschlafen lassen würde. Und Wurfsterne. Auch sie töteten schnell. Man musste den Zielen dabei nicht ins Gesicht sehen. Sie wollte nicht Elgors Miene sehen, wenn sie ihn tötete. Aber wenn es getan werden musste, wäre es vielleicht doch besser, es selbst zu tun und es nicht den Geschwistern zu überlassen. Ehre und Verantwortung verlangten danach; Neigung und Skrupel würden sich der Angelegenheit lieber entziehen. Zu einer genaueren Definition fühlte Maleni sich im Moment nicht fähig. Die Welt war seltsam unstet in ihrem Anspruch an Ehre. Oder vielleicht war es auch die Ehre, die seltsam unstet in ihrem Anspruch an die Menschen war.

Sie folgte der Wirtin. Die Taverne wirkte schöner als das Zauberrad. Die Wände waren sauber und weiß, der Steinboden in der Küche glänzte. Im Korridor hatte man gewebte Flickenteppiche ausgelegt, die den Schall der Tritte dämpften, und die Treppe nach oben war erstaunlich breit und hatte sogar ein Geländer.

Malenis Zimmer war das dritte im ersten Stock. Es war größer und schöner als die kleine Kammer, in der sie genesen war. Das Bett war breit und gemütlich, die Decke mit Daunen gefüllt. Die Geschwister wussten, es sich zwischen Aufträgen angenehm zu machen.

»Ich werde ein paar Tage hierbleiben, bevor ich nach Passagur weiterreise«, sagte sie. »Vielleicht gibt es eine Karawane.«

»Was willst du in Passagur?«, fragte Verroya.

»Dort sollte ich mich nach meinem Auftrag in Virniu einfinden. Ich denke, es geht um das nächste Ziel.«

»Du bist hier. Kunde kann dich auch hier erreichen. Es ist bekannt, dass du hier bist. Du wurdest uns angekündigt.«

»Von wem denn?«, fragte Maleni nun doch neugierig.

»Die Botschaft kam per Botenbuzzard.«

Maleni nickte. Der Bruder, der sie im Gebirge getroffen hatte, musste die Geschwisterschaft informiert haben. Wenn er ein Buzzardmeister war, beherrschte er die Kunst der Nachrichtenübermittlung. Auch Maleni hätte das gerne gelernt, doch bislang waren die seltsam nackten Vögel ihr nur – Vögel. Keine Vertrauten, die man abrichten und zu definierten Zielen schicken konnte. Sie wusste, dass es möglich war, sie zu solchen zu machen. Sie wusste nur nicht, wie. Ihr gehorchten keine Tiere – Reittiere ausgenommen, aber das war eine ganz normale Fertigkeit und bedurfte keiner Sonderausbildung durch die Meister der Xyi.

Was, so fragte sie sich, mochte der Buzzardmeister berichtet haben? Was geraten? Xyi wie er konnten die Absichten von Menschen so klar durchschauen, wie ihre Vögel Beute aus Hunderten Fuß Entfernung wahrnahmen. Und wie die Buzzarde vermochten auch sie pfeilschnell auf diese Beute herabstoßen. Dennoch war ihre primäre Aufgabe, das Informationsnetzwerk zu halten oder Informationen selbst zu formen – was nicht hieß, dass sie nicht töten konnten. Maleni hatte den Bruder in den Bergen für seine kalte Perfektion bewundert, und mit ebendieser Perfektion würde er auch über sie geurteilt und berichtet – und jeden ihrer Fehler gesehen haben. Sie sollte in keinem Fall weitere machen.

Ein kalter Schauer lief ihr über den Rücken. Wenn die Schmiede sterben mussten, um den Xyi ihre unverminderte Loyalität zu beweisen, war es eben so. Die Geschwisterschaft musste immer bereit sein, für die Gemeinschaft Opfer zu bringen. Und zwei tote Schmiede sollten nicht einmal ein Opfer bedeuten, flüsterte Taryah in Malenis Innerem. Sie gehörten nicht zur Familie.

Die Haare in Malenis Nacken stellten sich erneut auf, während sie innerlich nach dem letzten Gedanken wie nach einer lästigen Fliege schlug. Ihr war kalt, sie spürte Gefahr und war sich zugleich nicht mehr sicher, wer für wen eine Gefahr darstellte. Wenn sie ihre Sicherheit verloren hatte, musste sie sie wieder herstellen. Koste es, was es wolle.

Was soll es schon kosten?, fragte Taryah und lachte.

Sie mögen es sicher, wenn man für sie tanzt.

36

DAMALS

Maleni inspizierte stolz die Verwundungen, die sie davongetragen hatte. Sie hatte gesiegt. Es war nur ein weiterer Übungskampf gewesen, doch sie hatte gesiegt.

Es war das erste Mal gewesen. Seit drei Jahren war sie nun schon bei ihrer neuen Familie, und sie hatte ungeheuer viel gelernt. Tatsächlich tat man hier selten etwas anderes als Lernen, von allgemeinen Pflichten einmal abgesehen. Hier waren die Kinder besonders gefordert. Und natürlich die Diener, die sogenannten Sarven.

Es hatte eine Weile gedauert, bis Maleni sich in ihrem neuen Heim zurechtgefunden hatte. Der Berg war riesig, ein gigantischer Kegel. Fast schien er unendlich, wie eine eigene, verwirrende Welt. Und er war teilweise hohl oder immerhin löchrig und voller Gänge wie ein Ameisenhügel.

Ziemlich weit oben gab es einen weiten, offenen Schlot. Auf dessen Boden befanden sich ein Garten, dessen Pflanzen man nicht essen durfte, und ein Weiher, dessen Wasser kochend heiß war und der jede Sekunde Wasserdampf als Nebel entstehen ließ. Dieser Nebel verdeckte den Himmel und strömte irgendwo über einen unsichtbaren Rand, um sich jenseits des Kraterrandes wie eine pilzförmige Sichtblende über den Berg zu legen.

Ein seltsamer Geruch lag in der Luft, ein wenig wie faule Eier, doch Maleni hatte sich so daran gewöhnt, dass sie ihn kaum noch wahrnahm. Auch an das gelegentliche Rumpeln und leichte Vibrieren des Felsens hatte sie sich gewöhnt. Es hatte nichts zu bedeuten, hatte man ihr gesagt, und sie hatte keinen Grund, daran zu zweifeln. Die Geschwisterschaft lebte hier seit Hunderten von Jahren. Das Rumpeln und Wackeln hatte noch nie etwas bedeutet.

Der Berg selbst war wie ein Schwamm, dessen Hohlräume zu einer filigranen Architektur ausgearbeitet waren. Die jungen Familienmitglieder wohnten ziemlich weit oben, doch es gab auch Gänge, die tief hinunter in die Eingeweide des Berges führten. Dort lebten die älteren, in Ehren ergrauten Geschwister, die ihren aktiven Dienst hinter sich gebracht hatten und sich nun als Meister der Ausbildung des Nachwuchses und der strategischen Planung widmeten. Noch weiter unten war das Reich des Schemenrats. Dort kamen nur jene hin, die dorthin gerufen wurden. Wo das Gesinde lebte, wusste niemand.

Die jungen Xyi-Anwärter wurden mit Strenge und Stringenz erzogen, aber, so fand Maleni: Es war dennoch kein schlechtes Leben. Man musste weder frieren noch hungern, und auch wilde Horden überfielen und töteten einen hier nicht. Man war sicher – so sicher man überhaupt nur sein konnte. Und man gehörte zu einer Gemeinschaft, die gut war und stark.

Die Blessuren, die man regelmäßig bei den Kampfübungen davontrug, wurden exzellent versorgt. Meistens waren es nur blaue Flecke, denn die Übungswaffen waren nicht scharf. Schnittwunden waren selten. Manchmal brach sich jemand einen Knochen, wenn er unachtsam war, doch Maleni hatte bislang Glück gehabt. Krurro hatte ihr so manches beigebracht – und sei es nur, dass man immer auf der Hut sein musste, weil manche Menschen Freude daran hatten, Kleinere und Schwächere zu drangsalieren.

Maleni lernte schnell, umso schneller in der Hoffnung, Krurro bald loszuwerden. Sie stürzte sich regelrecht in ihr Lernpensum, um ihr »Vorbild« bald nicht mehr zu brauchen. Manchmal argwöhnte sie, Meister Greedo hätte ihn genau deshalb ausgesucht, denn hier im Berg geschah nie etwas zufällig. Alles war stets ganz genau geplant.

Wenn man krank war, kümmerte sich jemand um einen und sorgte dafür, dass man bald wieder gesund wurde. Außer natürlich man war zu krank. Dann durfte man in die Tiefe des Berges. Eine Weile hatte Maleni geglaubt, solche Kinder würden wieder nach Hause geschickt, doch dann war ihr klargeworden, dass niemand hier ein anderes Zuhause hatte als diesen Berg. Vielleicht, so dachte sie, wurden die jungen Nachwuchs-Xyi, die den Strapazen und Anforderungen des steten Kampfes und unablässigen Lernens nicht gewachsen waren, zu jenen dienstfertigen Helfern, die man manchmal sah. Sie taten ihre Pflicht, und sie redeten nicht, aber es ging ihnen gewiss nicht schlecht. Niemandem hier ging es schlecht.

Dennoch hatte Maleni sich entschieden, lieber eine Schemenjägerin zu werden als eine Sarvin. Nur manchmal, wenn irgendetwas nach einem Kampf besonders weh tat, dachte sie darüber nach, ob es anders vielleicht bequemer gewesen wäre. Bisweilen hatte sie versucht, den einen oder anderen Bergdiener danach zu fragen, doch die blickten einen immer nur verträumt an, lächelten, taten ihren Dienst und antworteten nicht. Und eine Antwort hätte Maleni schon gerne gehabt.

Sie fragte Druya, ihre Freundin. Die war etwas älter und schon länger im Berg, zuckte jedoch nur mit den Schultern. »Schemenjägerin zu sein ist etwas Besonderes«, sagte sie. »Sarvin zu sein nicht.«

Druya stammte aus Wynnosiol und war an der Nordküste geboren. An sehr viel mehr erinnerte sie sich nicht; nur an wilde Bukanier und eine Schiffsfahrt.

Der Winter, sagte sie, dauere bei ihr zu Hause fast ein dreiviertel Jahr, und es gäbe immer ganz viel Schnee. Sie sah ganz anders aus als Maleni, hatte dicke schwarze Zöpfe und riesige, eisblaue Augen, die schräg in ihrem Gesicht standen und deren Wimpern so lang und dunkel waren, dass es aussah, als wären die hellen Augen ummalt. Maleni fand sie wunderschön, und Druya wiederum bewunderte Malenis zarte Blässe, ihre wilden, roten Locken und ihre grünen Augen. Manchmal beneideten sie einander gegenseitig um ihr Aussehen.

Ihre Lehrer brachten ihnen den gemeinsamen Tanz bei, die Verlockung zu zweit, wie sie es nannten. Druya und Maleni, so hieß es, würden dereinst gemeinsam ihre Aufgaben erfüllen, als ein Doppelbild von Schönheit, als ästhetische Gegensätze, die zu gefallen wussten.

Maleni freute sich darauf zu gefallen. Sie gefiel gerne und mochte es, gelobt zu werden, denn das war fast so gut, wie geliebt zu werden, auch wenn es möglicherweise nicht ganz genau dasselbe war.

»Ich jedenfalls«, fuhr Druya fort und wirbelte auf den Zehen herum, »will etwas Besonderes sein! Wer will schon Sarve sein? Ich will hier nicht still und schweigend alle bedienen. Ich will rausgehen und Dinge erleben und die Bösen bekämpfen. Und das tun wir dann zusammen!«

Maleni nickte. Das wollten sie alle: rausgehen und die Bösen bekämpfen. Es gab so viele davon. In dem Fach, das sich Weltkunde nannte, lernten sie alles über die Fyrstheneien und die kriegslüsternen Fyrsthen, die immer nur Streit wollten und furchtbare Dinge tun würden, so die Geschwisterschaft sie nicht aufhielt.

Aber selbst wenn sie nicht die Bösen bekämpften, wäre Rausgehen und etwas anderes sehen als den Berg manchmal schön gewesen. Allerdings durfte man den Berg allein nicht verlassen, und zudem hielt sich eisern die Mär, das nördliche Nebeltor würde von Ungeheuern und bösen Schlangen bewacht. Die Lehrer lächelten nur dazu. Vermutlich war es also Kinderkram.

»Ich will auch rausgehen und Dinge erleben und die Bösen bekämpfen!«, beeilte sich Maleni zu sagen. Heute wollte sie es sogar mehr als sonst, denn heute hatte sie gesiegt – gegen einen größeren Jungen. Sie war *gelobt* worden. Das hatte so gut getan. Wie warme Honigmilch waren ihr die rühmenden Worte durch die Seele geglitten, und sie hatte sich angenommen und geliebt gefühlt. Freilich wurde man auch gelobt, wenn man einfach nur gut gekämpft hatte und nicht gewonnen. Wenn man einfach nur sein Bestes tat, waren die Lehrer auch schon ziemlich zufrieden mit einem. Schließlich konnte in einem Zweikampf immer nur einer siegen. Dennoch wurde einem stets eingedrillt, dass ein verlorener Kampf draußen in der Welt immer ein letzter Kampf war. Man verlor, man war tot.

»Du bist tot«, sagten die Lehrer denn auch stets, wenn man verlor, und trösteten einen nicht. Warum sollten sie auch? Man war ja schließlich tot.

Maleni wollte nicht tot sein. Und wenn sie es sich recht überlegte, wollte sie im Grunde ihres Herzens auch keine stumme Sarvin sein – auch wenn diese nicht in den Kampf zogen, sondern im Berg sicher waren.

»Ich habe gesiegt!«, flüsterte sie erneut und grinste, obgleich es unüblich war, sich mit Triumph aufzuhalten. Triumph war der Konzentration abträglich. Triumph mochte einem Feind den letzten Vorteil verschaffen, auf den er nicht mehr zu hoffen gewagt hatte. Und wer beim Übungskampf triumphierte, endete bisweilen unversehens bäuchlings mit einem Holzschwert im Rücken, das ein Meister oder eine Meisterin blitzschnell und unerwartet aus dem Nichts hervorzauberte.

»Du bist tot«, hieß es dann, wieder einmal. Disziplin war Präzision – nicht Triumph. Stärke lag in Bescheidenheit, nicht im Protzen.

Der nächste Tag brachte keinen Sieg. Auch der übernächste nicht. Maleni sehnte sich gänzlich unbescheiden nach dem Triumph des Sieges, nach dem Gefühl der Überlegenheit. Es war ein gutes Gefühl, besser als essen, wenn man hungrig war. Beinahe besser noch als Lob, das man bekam, wenn man die Dialekte gut nachmachen konnte oder die Machenschaften der Fyrsthen verstand oder alle Kräuter auf einen Blick erkannte und ihre Eigenschaften nennen konnte.

Triumph mochte unpräzise sein, doch er war auch ungeheuer befriedigend. Maleni strengte sich noch mehr an als sonst.

»Sei nicht übermütig!«, mahnten die Lehrer. »Übermut tut niemals gut.«

Es mochte ein ganzer Monat vergangen sein, als Maleni wieder siegte. Druya lag am Boden. Druya stand nicht mehr auf. Tränen liefen ihr über die Wangen, und sie atmete ganz seltsam, ruckweise und keuchend.

»Was ist mit ihr?«, fragte Maleni entsetzt, ließ ihre Waffe fallen und kniete sich panisch neben ihre Freundin. »Was hat sie?«

Ein Schlag sandte Maleni auf dem Boden. »Du hast die Waffe fallen lassen!«, tadelte die Meisterin. »Du warst abgelenkt! – Du bist tot!«

Doch Maleni interessierte sich nicht dafür, ob sie tot war. Sie wollte wissen, was mit Druya war. Sie hatte ihr doch nicht weh tun wollen! Jedenfalls nicht richtig. Nur so, wie sie den Kampf verstand: als Sport und Spiel und Übung für ein Später, das irgendwann kommen würde – aber doch nicht jetzt! Anstatt liegen zu bleiben, wie man es tat, wenn man ›tot‹ war, robbte sie wieder zu ihrer Übungskontrahentin. Doch die wirkte so gar nicht, als hätte sie sich schon erholt.

»Druya! Druya?«

Maleni flog beinahe durch den Raum, als ein Meister sie von der Gefallenen wegpflückte und aus dem Weg katapultierte. Maleni hatte ihn nicht einmal kommen sehen. Die Unachtsamkeit würde ihr Strafpunkte und Nachteile für die nächsten Kämpfe einbringen. Und vermutlich extra Dienstpflichten. Doch das war ihr einerlei.

»Druya!«

Eine Trage war immer in den Übungsräumen, und schon ging alles ganz schnell. Die jungen Xyi-Anwärter trugen Druya nach unten. Maleni folgte, wich Griffen aus, die sie halten wollten, landete schmerzhafte Tritte, um sich zu entziehen, gab Acht, dass niemand sie zu fassen bekam. Gerade so wie es sein sollte.

Doch nichts war so, wie es sein sollte. Die Älteren übernahmen die Trage an der unsichtbaren Grenze, über die unerfahrene und unerprobte Xyi noch nicht hinausdurften. Die jungen Brüder und Schwestern gingen zurück nach oben. Nur Maleni versteckte sich in den Schatten, so, wie man es ihr beigebracht hatte. Bislang hatte sie das nie richtig gekonnt, denn es hatte keinen wirklichen Grund dafür gegeben. Diesmal jedoch gelang es ihr. Ihre Übungsgefährten gingen ohne sie, vermissten sie vermutlich nicht einmal, und die Erwachsenen waren mit Druya beschäftigt.

Dann fiel Nebel. Manchmal geschah das in den Gängen. Es war nicht der kühle, feuchte Nebel eines frischen Morgens, sondern der, der sich wie der Atem des Berges weiß und undurchsichtig durch die Ritzen goss und dem Uneingeweihten Grenzen zog. Blind und keuchend zog sich Maleni an der Wand entlang weiter in jenen Teil des Berges, der nicht für sie bestimmt war. In ihrem Kopf schallte das Wort Un-Gehorsam, doch die Sorge um ihre Freundin war stärker. Sie hatte Angst und ein furchtbares Gefühl, dass nichts mehr so sein würde, wie es war. Und dass sie die Schuld daran trug, weil sie übermütig gewesen war.

Tränen liefen ihr über die Wangen, der Nebel biss ihr in den Augen, ihr Gewissen biss in ihr Herz. Und zum ersten Mal meinte sie zu verstehen, dass manche Dinge wichtiger waren als Gehorsam.

Schemenhaft machte sie Menschen aus. Erwachsene. Sie trugen Druya. Lautlos folgte Maleni. Im Leisesein war sie richtig gut. Das wurde immer wieder geübt. Die Anwärter schlichen sich dauernd an und versuchten einander zu erschrecken. Leise sein war wichtig. Noch nie war es so wichtig gewesen wie heute.

Nach einiger Zeit lichtete sich der Nebel, und Maleni fand sich allein in einem Gang wieder. Von ferne hörte sie Stimmen, konnte ihnen jedoch kaum eine Richtung zuweisen. Ihr war kalt, fast so kalt wie in jener Nacht, als sie sich hinter dem Holzstoß versteckt hatte und zusehen musste, wie ihre Familie starb.

Druya war Familie.

Natürlich waren hier alle Familie, aber manche waren es eben mehr, weil man sie besonders lieb hatte; weil sie Teil von einem waren, die andere Hälfte von dem, was man selbst war.

»Kannst du sie heilen?«, fragte eine Frauenstimme.

Dann hörte man eine Weile nichts.

Maleni rührte sich nicht, und ihr Herz schlug so laut wie eine Trommel. Niemand war so gut darin, jemanden in den Schatten zu entdecken, wie die Xyi. Und diese hier waren alle erwachsen, fertig ausgebildet, Meister. Vielleicht sogar Ratsmitglieder? Maleni biss sich auf die Lippen. Nicht rühren, flach atmen, die Augen gesenkt halten.

Sie zitterte.

»... beschädigt. Schade. Ein so vielversprechendes Mädchen.«

Es war Maleni, als bekäme sie überhaupt keine Luft mehr. Am Nebel allerdings konnte es nicht liegen, denn der war wieder verschwunden.

»Dann bringen wir sie zum Rat.« Die Aussage hatte etwas Endgültiges.

Dennoch keimte Hoffnung in Maleni auf. Der Schemenrat der Xyi, das waren die Klügsten und Mächtigsten der Familie. Wenn man lange genug überlebte und ganz besonders ehrenwert war, konnte man irgendwann zu ihm gehören. Erst war man Anwärter, dann Junxer, dann war man Schemenjäger – und irgendwann vielleicht Meisterschemenjäger. Der Rat rekrutierte sich aus den letzteren. Diese Brüder und Schwestern konnten alles, einfach alles, davon war Maleni überzeugt. Und dann gab es ja noch den Großmeister, den sie noch nie gesehen hatte, denn man bekam ihn erst bei der Großen Weihe zu Gesicht. Maleni war noch zu jung dafür, aber sie wusste trotzdem, dass der Großmeister etwas Besonderes war. Zwar wusste Maleni nicht, wie man Großmeister wurde, aber dass der Großmeister auch Druya würde heilen können, dessen war sie sich sicher.

Sie hörte nicht, wie Schritte sich entfernten, doch sie spürte es, als dehne sich das Band, das sie mit Druya verknüpfte. Ohne noch darüber nachzudenken, schlich sie weiter.

Etwas zuckte nach ihr, und sie tat, was man niemals tun durfte. Sie schrie erschrocken auf. Etwas biss sie, und ein scharfer Schmerz durchzuckte ihren Knöchel und breitete sich aus. Eiskalt. Kochend heiß. Etwas wand sich davon. In der nebeligen Düsternis konnte Maleni nicht genau sehen, was es war. Ein Tier? Was für ein Tier? Schlängelte sich da etwas? War es ein Wurm? Hier unten sollte es seltsames Getier geben, hatten die anderen Kinder gesagt. Wesen, die es nur im Berg gab, und die ihn schützten. Sie hatte das nicht immer geglaubt, denn die älteren Anwärter erzählten den Jüngeren schon manchmal erlogene Dinge.

Eine Hand ergriff ihre Schulter und zerrte sie aus ihrer Ecke hervor.

»Was haben wir denn da?«, fragte eine Frauenstimme. »Was tust du hier? Du hast hier nichts zu suchen!«

»Was ist mit Druya?«, fragte Maleni panisch und dachte nicht einmal daran, sich zu entschuldigen.

»Sie blutet«, sagte eine andere Stimme. »Sie ist gebissen worden.«

»Zwei Verluste auf einmal? Das wäre schlecht. Die beiden waren aussichtsreiche Anwärterinnen.«

»Was ist mit Druya?«, fragte Maleni stur. »Was ist mit ihr? Wo ist Druya?«

Es wurde noch dunkler, und sie fragte sich, was die beiden erwachsenen Xyi nun mit ihr machen würden. Doch dann waren auch die verschwunden, und Maleni sah nur noch Schlangen. Unendlich viele Schlangen, große und kleine, dicke und dünne, bunte und schwarze. Eine hob ihr riesiges Haupt aus einer Welt von Gewürm, züngelte nach ihr, und ihre gespaltene Zunge war länger als Maleni selbst. Sie schien gar kein Ende zu haben.

»Druya!«

KASSIBER 8

Botenbuzzardnachricht
an die Geschwisterschaft zu Pyrn

Die Heilerin heilte mehr als ihren Auftrag. Zwei Gäste des Kranken und ein Soldat wurden endgültig geheilt. Die Schwester wich ohne Not vom Plan ab und pflegte ihre Kunst auf eigenen Wegen.
Sie soll sich im Berg einfinden. Eine Unterweisung tut not. Ihr derzeitiger Auftrag ist das Löschen der Erinnerungsträger ihrer Reise.
Berglöwe

37

»Verdammt!«, wisperte Umbert. »Verdammt! Verdammt!«

»Es gibt zwei Stadttore!«, wisperte Elgor zurück. »Nicht nur das Nordtor. Wir könnten es im Süden versuchen.«

»Vermutlich sinnlos.«

Eine seltsame Hektik hatte die Menschen auf den Straßen und Gassen erfasst. Manche jagten mit gerafften Röcken in ihre Häuser, um sich dort zu verbarrikadieren. Kinder wurden an den Händen hinterhergeschleift, Männer hasteten in die Gegenrichtung. Vereinzelt gellten Schreie zwischen den Häusern, und vom Marktplatz her hörte man emsige Geschäftigkeit. Dort sammelten sich kampffähige und -willige Männer und auch Frauen. Manche trugen Waffen, manche nur Küchenmesser oder Hackebeile.

»Wo laufen sie hin?«, fragte Elgor, obgleich er die Antwort selbst wusste. »Zum Bewehrungshaus am Markt? Wozu? Haben ihnen die Erfahrungen der letzten paar hundert Jahre nicht gezeigt, dass eine Stadt mit ein paar ungeübten Kämpfern einer professionellen Armee langfristig nicht standhalten kann?« Seine Stimme klang ein wenig höher als sonst. Er räusperte sich betreten.

»Man kann durchhalten, bis Verstärkung kommt«, gab Umbert zur Antwort. »Plünderungen erfreuen sich keiner allzu großen Beliebtheit.« Er erklärte immer alles. Es war nie ganz klar, was Elgor gerade wusste.

Zwar hatte ihnen niemand gesagt, was geschehen war, doch der Ruf: »Die Gendrischen kommen!« war durch die Gassen gejagt wie ein panisches Tier.

Anstatt sich in das Gewühl auf den Gassen zu stürzen, wichen die beiden Männer zurück in ihre Schmiede und blickten sich verdrossen um.

»Sie kommen von Norden«, konstatierte Elgor.

»Dann sind sie tatsächlich durch das Kreuzgebirge gekommen. Vermutlich, um Virniu von Norden her anzugehen, während die Fyrsthenei sie im Westen bekämpft.«

»Der Klammergriff wäre militärisch aber nur sinnvoll, wenn Gendern sich dann nicht mit zwei neuen Feinden befassen muss.« Elgor hatte seine Stimme wieder im Griff und sammelte die Aspekte seines Selbst als unerschütterlicher und umsichtiger junger Mann um sich wie einen Schild. »Die Streitigkeiten zwischen Gendern und Passagur sind doch noch nicht beigelegt, oder?«

»Nein, auch wenn sich da in letzter Zeit nicht sehr viel bewegt hat.«

»Ich kann mir nicht vorstellen, dass sie auch noch gleichzeitig Krieg mit Farrowul möchten. *Drei* Fronten! Ja, haben die Narren denn keine Landkarte?«

»Vielleicht haben die Gendrischen einen Passierschein durch Farrowul verhandelt.« In Umberts Stimme schwang Hoffnung.

»Dann wären sie möglicherweise – hier – ungefährlich?«

»Keine Armee ist ungefährlich. Die letzten Jahrhunderte haben gezeigt, dass kein Abkommen das Papier wert ist, auf dem es geschrieben steht. Kriege machen sich selbständig.«

Sie schlossen die schweren hölzernen Doppeltüren und verbarrikadierten sie. Dann lugten sie durch Spalten im Holz nach draußen. »Das wird uns kaum helfen, wenn die Armee einfällt«, knurrte Elgor mit einem Blick auf das alte, brüchige Holz und die darin eingesetzte kleine Zusatztür.

»Vielleicht fällt sie ja nicht ein.«

»Haben wir Proviant?«

»Das, was der Wirt uns gegeben hat. Es dürfte eine ganze Weile reichen.« Umbert wandte sich vom Eingang ab und blickte sich in der nun düsteren Schmiede um. Sie war voll mit all den Tieren, die mit ihnen darin standen. Die waren nervöser als die Menschen und schnaubten ärgerlich. Wenn sie erst alle zu schreien begannen, würde es sehr laut werden.

»Abladen?«, fragte Elgor.

»Nein. Eventuell ergibt sich eine Möglichkeit, schnell davonzukommen.«

»Das ist nicht wahrscheinlich.«

»Die Welt wird nicht von Wahrscheinlichkeiten regiert, sonst wäre sie nicht so, wie sie ist.« Umbert verzog den Mund zu einem bitteren Grinsen.

»Die Philosophen würden dir widersprechen.«

»So es noch welche gäbe.«

Es war nicht das erste Mal, dass Umbert sich in einer solchen Situation befand. Bislang war es ihm stets gelungen zu überleben – auf die eine oder andere Weise. Doch die Lotterie kriegerischer Handlungen hatte kein Gedächtnis. Es würfelte stets neu auf Tod oder Leben. Ein mulmiges Gefühl breitete sich in seinem Magen aus. Seine Erfahrung half ihm meist, die gefährlicheren Szenarien einfach zu umgehen. Doch hier saßen sie erst einmal fest. Mitten im Krieg.

Tatsächlich hatte er nicht vorgehabt, so lange in Pyrn zu verweilen. Die Kunst des Überlebens, so hatte er gelernt, beinhaltete neben seiner besonderen Begabung auch so etwas Banales wie schnelles Verschwinden. Er bewegte sich wie ein flacher Stein, der über das Wasser hüpfte. Er berührte die Oberfläche und flog weiter – blieb nirgends lange. An keinem Ort hinterließ er mehr Eindrücke, als man schnell wieder vergessen konnte. Er kam, tat seine Dienste und verschwand, ehe es tiefe Freundschaften oder gefährliche Feindschaften geben konnte. Man erinnerte sich, wenn er wiederkam, doch während seiner Abwesenheit vermisste ihn niemand, und niemand stellte Fragen. Er war wie der Wind; kam und ging, schürte das Feuer an, half und entschwand. Umbert blickte auf die kalte Esse, die aus der hinteren steinernen Wand wuchs. Er kannte diese Schmiede schon lange, war hier nicht zum ersten Mal. »Wir können den Geheimgang nehmen. Aber dann müssten wir eventuell die Tiere und das Gepäck zurücklassen«, brummte er schließlich. »Ich weiß nicht, wie eng er wird.«

»Wenigstens könnten wir uns dort verbergen. Bis alles vorbei ist.«

»Das mag – länger dauern. Ich wünschte, ich hätte den ganzen Gang inspiziert.«

»Hast du ihn noch nie benutzt?«

Umbert lächelte Elgor nur an. Der fuhr sich mit der Hand nachdenklich durch die blonden Haare, hielt sie einen Augenblick vor seine Augen und blickte die Strähnen beinahe amüsiert an.

»Nein«, sagte Umbert. Dann fuhr er mit beiden Händen über die Mauer und drückte an verschiedene Stellen. Ein scharrendes Geräusch ertönte, und etwas in der solide gebauten Wand bewegte sich.

»Quietscht gar nicht«, murmelte Elgor.

»Ich öle die Mechanik immer, wenn ich mal wieder hier bin.« Umbert war stets umsichtig und präzise.

Der Spalt, der sich ins Dunkel öffnete, war breit genug – selbst für ein Muli. Umbert ergriff ein paar Kerzen und Leuchter und stellte sie in der Dunkelheit hinter der Öffnung ab. Dann schaffte er etwas Proviant und Wasser hinein.

»Noch nicht«, sagte er. »Wir warten noch ab.« Er schloss den Spalt wieder, und der verschwand unsichtbar in die Wand. Eine alte Schmiede. Alte Kunst, die heute kaum noch jemand beherrschte.

Elgor nickte und spähte wieder nach draußen. »Vielleicht kommt sie ja zu uns zurück.« Er klang hoffnungsvoll.

Umbert blickte ihn beinahe mitleidig an. »Maleni? Sicher nicht. Sie hat ihre Familie erreicht, und dort wird sie sicherer sein als bei uns. Die Xyi wissen sich zu schützen. Vermutlich haben sie auch Geheimgänge.«

»Aber vielleicht …«

»Elgor. Sie ist gegangen. Sie hat eine Entscheidung getroffen, die für sie logisch war. Wenn sie jetzt wiederkommt, dann vielleicht nur, um uns von dieser Welt ins Jenseits zu schicken. Spuren verwischen. Die gendrische Armee *und* eine Schemenjägerin der Xyi als Feinde? Nicht gemütlich.«

»Wir hatten es schon ungemütlicher.« Elgors Stimme klang fremd, und Umbert nickte, während er seinen jungen Gesellen scharf musterte. »Nimm dich zusammen, Elgor, Schmiedegeselle!«

Elgor lächelte schief. »Ja, Meister.«

Inzwischen war draußen eine gespenstische Ruhe eingekehrt, die noch unheimlicher auf der Stadt lastete, als das Rufen und Schreien es zuvor getan hatten. Dann hörten sie

Pferde. Rufe und Befehle. Ein Trupp Reiter ritt langsam und gemächlich durch die Gasse und sah sich um. Vorsichtig, doch nicht ängstlich.

»Gendrische!«, flüsterte Umbert. »Man hat sie eingelassen.«

»Ohne Kampf«, wisperte Elgor zurück. »Das ist seltsam. Einen Kampf hätten wir doch sicher gehört.«

»Das spricht für die Theorie mit dem Abkommen und dem Passierschein.«

»Ein Passierschein beinhaltet sicher nicht, dass die Armee sich um eine Stadt drapiert und sich die Tore öffnen lässt.«

»Wer die Macht hat, hat das Recht.« Umbert lächelte verächtlich. »Eine höfliche Aufforderung mit einer Armee als Bekräftigung dieser Höflichkeit. Das wird die Pyrner Bürgerschaft überzeugt haben, unwillkommene Gäste seien immer noch besser als Kampfhandlungen.«

»Also haben sie sie einfach so reingelassen?«

»Als Freunde«, gab Umbert zynisch zurück. »Mal sehen, wie lange die Freundschaft währt.«

»Und was machen wir jetzt?«, fragte Elgor. »Verlassen wir uns auf den Frieden und verschwinden ganz fröhlich aus der Stadt?«

Umbert kaute nachdenklich auf seiner Lippe. »Dein Vertrauen ehrt dich, mein Geselle. Doch ich denke, wir warten ab.«

»In der Dunkelheit vielleicht?«

»Noch verdächtiger. Bei so viel Freundschaft ist die Stadt sicher eingekesselt. Die Oberen machen es sich hier bequem und beanspruchen Gastrecht, während die Streitkräfte draußen aufpassen, dass nichts Dummes passiert«, vermutete er.

»Und wir wären das Dumme, das passiert?«

»Ich wette, die Gendrischen hätten gerne ein paar Schmiede in ihrer Truppe. Du weißt doch, wir sind begehrt.«

Wieder schwiegen sie eine Weile, dann brummte Elgor missmutig: »Wenigstens sind wir im Moment vor den Xyi sicher.«

Wie auf Kommando blickten die beiden Männer sich argwöhnisch um und maßen den Raum mit misstrauischen Blicken.

»Du glaubst es ebenso wenig wie ich«, stellte Umbert fest. »In dem Durcheinander ist Morden vermutlich besonders einfach. Irgendwelche Leichen kann man auf die Besatzer schieben.«

Elgor seufzte. »Na, wunderbar.«

38

Verroya, die Wirtin des Tanzenden Gottes, hatte Maleni alleingelassen, als ein leises Klingeln vom Dach her zu hören war. Maleni wusste, was es zu bedeuten hatte: Ein Botenbuzzard war gelandet. Eine Nachricht hatte die Geschwister in Pyrn erreicht. Sie hoffte inständig, die Nachricht würde nicht sie betreffen. Es musste Wichtigeres geben als sie. Aber ein mulmiges Gefühl blieb.

Während sie noch darüber nachdachte, ertönte ein zweites Läuten vom Dach. Zwei Botenbuzzarde? Oder war der eine noch einmal an die Signalvorrichtung gekommen? Maleni, die die Tür hinter sich noch nicht geschlossen hatte, trat auf den Korridor zurück. Sie wollte wissen, was es Neues gab – und war offensichtlich nicht die einzige. Vier weitere Gäste – oder Mitarbeiter – der Taverne, die meisten sehr viel älter als Maleni, bevölkerten jetzt den Flur. Einer war jünger als sie, und sie entsann sich seiner: Im Berg war er wie sie einer der Anwärter gewesen, doch nach ihrer Großen Weihe hatte sie ihn nicht mehr gesehen. Marguryo hieß er. Sie hatte nicht viel mit ihm zu tun gehabt, erinnerte sich aber an sein Talent und seinen flammenden Ehrgeiz. Schwarze Augen musterten sie stechend unter einer hellen Mähne.

Alle musterten sie, die sofort ihr Fingerzeichen machte, um klarzustellen, dass sie dazugehörte. Dazugehören war wichtig.

Die Geschwister antworteten ihr mit derselben Geste, lächelten Maleni an und zeigten ihr, dass sie hier zu Hause war. Irgendetwas schien ihr im Lächeln dieser Geschwister zu fehlen, doch sie wusste nicht, was. Es war ihr, als hätte sie in der letzten Zeit eine neue Qualität von Lächeln kennengelernt – nicht förmlich, sondern fröhlich; keine Floskel, sondern eine Aussage.

»Maleni«, stellte sie sich vor und lächelte zurück, während sie merkte, dass auch ihr Lächeln nicht von der Fröhlichkeit ihrer Reise mit den Schmieden getragen war. Die anderen murmelten ihre Namen, waren aber offenbar auf etwas ganz anderes konzentriert als auf einen neuen Gast. Nur Marguryo blickte sie länger an und fragte schließlich: »Wieder gesund?«

Sie nickte. Es wunderte sie nicht, dass er von ihrer Krankheit wusste. Das wussten hier alle.

»Schlangenbiss«, sagte sie nur. »Widerliche Biester.«

Eine Schwester, die schon recht alt war, verzog wissend die Miene. Maleni nahm sich vor, sie zu fragen, was genau ihren überlegenen Gesichtsausdruck rechtfertigte, doch das hatte zu warten. Im Moment nickte sie ihr nur zu, und die Alte nickte zurück. Ihre weiße Kochmütze wippte. Was immer sie gewesen war, heute war diese ergraute Schemenjägerin Köchin.

»Gardua«, stellte sie sich vor, und der Mann neben ihr, dem an einer Hand etliche Finger fehlten, nickte ebenfalls. Er trug das einfache Gewand eines Hausmeisters oder Faktotums, das weitaus mehr Taschen hatte, als solche Kleidungsstücke sonst gemeinhin aufwiesen. Maleni fragte sich, was er darin wohl alles transportierte, mit dem man nichts reparieren konnte.

»Kargio«, stellte er sich vor.

»Berno«, sagte nun auch der Älteste unter ihnen. Seine Wirtskappe war bunt bestickt. Er hatte etwas liebevoll Freundliches an sich.

Verroya kam zurück. Maleni wusste nicht, ob auch sie eine Buzzardmeisterin war oder die Nachrichten nur in Empfang zu nehmen wusste. Die große Kunst jedenfalls war das zielgerichtete Senden der Vögel.

Die Frau trug zwei kleine Zettelchen und blickte besorgt. »Wir müssen in die Gänge«, sagte sie. »Die Gendrischen werden bald hier sein.«

»In die Gänge?«, fragte Maleni zweifelnd.

»Unter manchen der ältesten Häuser Pyrns sind Geheimgänge, so auch unter diesem. Sie haben vor langer Zeit die wichtigen Gebäude unterirdisch miteinander verbunden und aus der Stadt in die Eisenberge geführt. Durch die wiederholte Zerstörung der Stadt sind viele verschüttet, aber unseren haben wir freigehalten. Manchmal empfiehlt es sich, nicht zu Hause zu sein.«

»Wer übernimmt die Hauswache?«, fragte der Älteste, und alle blickten ihn an. Er seufzte. »Also gut, ich bleibe oben. Eine Taverne ohne Wirt wäre verdächtig.«

»Wo muss ich hin?«, fragte Maleni.

»Du kommst nicht mit nach unten«, gab Verroya zurück und schwenkte einen winzigen aufgerollten Zettel. »Du hast den Befehl, die Erinnerung an deine Reise zu tilgen. All jene Erinnerung, die nicht in dir selbst ist.«

Maleni starrte Verroya erschrocken an. Die Schmiede. Sie sollte die Schmiede eliminieren. Wenn der Befehl per Botenbuzzard gekommen war, war er endgültig. Eine Diskussion erübrigte sich; sie musste gehorchen. Innerlich sträubte sich alles in ihr, und es kostete sie all ihre Kraft, ihr Entsetzen und ihren Widerwillen zurückzuhalten.

»Ich halte das nicht für sinnvoll«, widersprach sie ruhig.

»Einerlei. Es ist ein Befehl. Und danach sollst du dich beim Berg einfinden. Zur Erholung.«

Berno sah sie an. Sein Haar war weiß, seine Gestalt hager und in sein Gesicht hatten sich tiefe Furchen gegraben. Doch auch er strahlte diese unverwüstliche Zähigkeit steten Dienstes aus und bewegte sich mit der Anmut und Grazie eines zwar nicht ganz jungen, aber keineswegs greisen Mannes. Diese Geschwister waren alle älter als sie, und doch würden sie alle immer noch kämpfen können und ihre ›Heilmittel‹ kennen.

»Ich würde auch gerne wieder einmal zum Berg reisen«, meinte Berno sehnsüchtig. »Freu dich!«

Das sollte sie tatsächlich, dachte Maleni, denn der Berg war ihre Heimat. Alles, was sie war, hatte sie von dort, und dennoch lockte der Gedanke sie nicht. Vielleicht war es die seltsame Formulierung des Mordauftrags, der sie störte. Die Sprache der Xyi war stets blumig und vieldeutig, auch um Fremde zu verwirren. Doch »die Erinnerung an eine Reise zu tilgen« erschien ihr allzu belanglos für den dahinter stehenden Inhalt zu sein: zwei Freunde zu töten, die sie gerettet hatten. Es war, als wäre die Sprache zu einer zusätzlichen Waffe geworden.

»Aber die Schmiede wissen doch gar nichts!«, widersprach sie erneut. »Es wird nur auffallen, wenn sie sterben!«

»Befehl ist Befehl«, insistierte Verroya. »Du bist eine Schemenjägerin der Xyi. Wir tun, wie uns geheißen.«

Natürlich. Die Frau hatte recht. Man tat, was einem aufgetragen war. Stets.

Maleni versuchte, sich zu erinnern, ob sie jemanden kannte, der es nicht getan hatte. Die einzige, die ihr einfiel, war sie selbst.

»Und wenn die Gendrischen erst einmal da sind, fallen ein paar tote Handwerker sicherlich nicht auf«, tröstete Marguryo. Dann grinste er unverschämt. »Oder traust du dir die Aufgabe nicht zu?«

Wütend hob Maleni das Kinn. Sie war jung, aber nicht unerfahren. Auf alle Fälle war sie älter und kampferfahrener als er. Eine solche Beleidigung hatte sie nicht verdient. »Danke. Es wird schon gehen«, sagte sie kalt.

Sie ging zurück in ihr Zimmer und öffnete ihr Gepäck. Jetzt galt es, einen Plan zu erstellen. Das hatte sie gelernt, es sollte also einfach sein. Sie hörte die Schritte ihrer Geschwister im Korridor hinter sich, wandte sich jedoch nicht um, aus Angst, sie könnte ihren Gesichtsausdruck nicht im Griff haben. Also packte sie stattdessen, staffierte ihre Kleidung aus und konnte so zumindest glaubhaft vorgeben, sich auf ihre Aufgabe vorzubereiten.

Wurfsterne. Giftpfeile. Messer. Hätte sie schon im Zauberrad gehandelt, hätte sie nur das Essen der beiden vergiften müssen. Sicher wäre das leichter gewesen. Also: Giftfläschchen – dieses. Auch jenes. Und noch eins. Sie konnte sich nicht entscheiden. Das wäre viel zu konkret gewesen. Weiter: Noch ein Messer? Ein paar winzige Klingen, die man zwischen zwei Finger schieben konnte, wie rückwärtige Krallen.

Maleni knurrte stumm in sich hinein. Sie war ausstaffiert wie eine wandelnde Kampfeinheit. Selbst ihre Flöte hatte sie sich umgehängt, und ihr hochgeflochtenes Haar zierten fedrige Verzierungen, deren Spitzen wohlgeschützt waren. Die

Erinnerung an einen auf ihre Stirn gehauchten Kuss löste eine Träne. Nein. Es wäre nicht einfacher gewesen, die beiden zu vergiften. Es war überhaupt nicht einfach.

»Möchtest du, dass ich dir planen helfe?«, fragte eine Stimme von der offenen Tür her. Es war der Alte, der zur Erholung gern wieder in den Berg gereist wäre. Berno.

Sie wandte sich nicht um, damit er ihre Träne nicht sah. Stattdessen schluckte sie nur. »Danke. Es ist ja nicht schwierig«, sagte sie.

Von draußen wurde es laut. Schreie und Angstrufe.

»Die Gendrischen sind da!«, sagte der Alte und klang resigniert, als habe er so gar keine Lust, sich nun auch noch mit den Fährnissen des Krieges zu befassen.

Maleni tat, als müsse sie niesen und wischte sich danach ihr Gesicht ab. Jetzt konnte sie sich umdrehen.

»Sie sind weit gekommen. Unbehelligt. Ist Farrowul so säumig in der Verteidigung seiner Grenzen?«

»Es gab ein Abkommen. Farrowul gewährt den Gendrischen Durchreiserecht.«

Wie immer waren die Geschwister gut informiert.

»Dann haben die Menschen hier gar keinen Grund zu fliehen?«

»Eine anrückende Armee ist immer erschreckend. Und Fyrsthin Narani von Farrowul wird ihr Geheimabkommen sicher nicht weithin publik gemacht haben. Abgesehen davon mag es schon hinfällig sein. Meredor von Gendern hatte den Feldzug bereits wieder abbrechen wollen. Ein Bruder hat ihn von der Fruchtlosigkeit des Unterfangens überzeugen können.«

»Und was tun die Gendrischen dann hier?«, fragte Maleni.

»Das ist eine gute Frage«, meinte der Alte. »Der Feldherr, der den Feldzug im Süden leitet, hat wohl andere Pläne.«

»Aber das war Zandru von Lorennen! Den haben wir … Für den habe ich getanzt!«

Der Alte lächelte. »Ich bin sicher, ihr habt gut getanzt, du und das Juwel in dir. Doch der Blutdenker hat einen Nachfolger. Es gibt stets einen Nachfolger. Du weißt doch: Es ist nie zu Ende. Vielleicht wirst du auch noch für Kardred von Harknis tanzen müssen. Doch nun sind erst einmal die Schmiede dran.«

Maleni zog ihre Augenbrauen hoch. »Schmiede«, sagte sie. »Als ob der Tod von zwei Handwerkern irgendetwas am Schicksal der Welt verändern würde.«

Er zuckte mit den Schultern. »Nun, dann werden sie zumindest niemandem fehlen. Und was ändert sich schon wirklich – langfristig, meine ich?« Der Mann nickte ihr zu, dann wandte er sich ab. »Es ist Zeit«, sagte er. »Der Zugang zu den Gängen ist im Keller, unter den Weinfässern. Es gibt einen Hebel an der Lampe. Nur falls du das Versteck brauchst – nach getaner Pflicht.«

Dann war Maleni allein, stand reglos vor ihren Waffen und hatte immer noch keinen Plan. Nur dass sie keine Wahl hatte, das wusste sie genau.

Sie hörte, wie ihre Zähne knirschten. Und dann dachte sie plötzlich, dass das, was da knirschte, ihre Seele war. Doch das konnte nicht sein.

39

DAMALS

Maleni wusste, sie war in guten Händen. Sie hatte diese Hände während ihres Sturzes gespürt. Man hatte sie gehalten. Ihre Familie kümmerte sich um sie. Und das Drumherum, das bildete sie sich nur ein. Ihr war klar, dass nicht alles wahr war, was man im Fieber sah, und es gab auch ein Wort dafür, das immer wieder durch den Schleier der Unwirklichkeit zu ihr wehte: Halluzinationen. Sie hatte Halluzinationen.

Die schwarzen Schlangen zum Beispiel. Sie war sich ziemlich sicher, sie hatte sich die nur eingebildet. Denn was für einen Sinn sollte es schließlich haben, jemanden, der von einer Schlange gebissen worden war, immer wieder und wieder von einer anderen Schlange beißen zu lassen? Es tat weh! So weh! Das Gift loderte durch ihre Adern, und die Zähne hakten gebogen in ihrem Fleisch. Ihr Ekel ließ sie würgen.

»Sei vorsichtig«, hörte sie irgendwann jemanden sagen. »Sie sollte keine Bissnarben davontragen. Es würde ihre Schönheit beeinträchtigen. Sie ist zur Buhlerin erkoren. Sie sollte makellos sein.«

»Bisswunden heilen«, lautete die Antwort. »Sie ist noch jung.« Und schon wieder spürte sie lange, scharfe Zähne, die ihr ins Fleisch drangen.

»Schwarze Schlangen«, wisperte sie.

»Ganz ruhig«, sagte eine Frauenstimme. »Das ist nur Medizin. Schwarz hilft gegen gelb. Bald hast du es vergessen.«

»Dummes Kind«, tadelte eine andere Stimme. »Das war viel zu früh. Der Schmerz lehrt dich hoffentlich Gehorsam.«

»Wir gehorchen, damit wir überleben!«, sagte die Frauenstimme. »Sie wird es lernen.«

»Für eine Erstentgiftung zu früh. Falls sie überlebt.«

Jemand streichelte ihr über die Stirn. Es war gut, eine Familie zu haben. Doch dann brannte ihre Haut so sehr, dass sie nicht einmal die freundliche Liebkosung aushielt. Sie wollte schreien.

»Nicht schreien. Sei leise. Wir von der Geschwisterschaft sind stets leise. Selbst wenn wir sterben. Sei still und gehorche.«

»Sei still und gehorche!«

»Sei still und gehorche!«

»Sei still und gehorche!«

Die Stimmen wiederholten sich; die Aussage blieb gleich. Es klang nach einem Ritual – und dann wiederum war sie sich nicht sicher, ob es überhaupt geschah.

Gehorsam. Das Wort wiederholte sich ebenfalls. Es schien Maleni, als würde es immer wieder ausgesprochen, ganz nah an ihrem Ohr. Und dann strich ihr wieder jemand sanft über die Haare, tupfte ihr den Schweiß von der Stirn und gab ihr zu trinken.

»Sie müsste älter sein«, dröhnte es wieder. »Für eine Erstentgiftung: … zu jung.« Damit konnte sie gar nichts anfangen. Sie war krank, und es gab Schlangen, und es gab Schmerz und Halluzinationen. War überhaupt irgendetwas real?

»Ich bin real!«, sagte eine unendlich tiefe Stimme. Sie lächelte dem Klang hinterher, bis auch er in dem Nichts verschwunden war, in dem alle Unwirklichkeit verging. In den Abgrund, in dem Alpträume entstanden und versanken, zog es nach und nach die gesamte Welt. Nur nicht hinsehen!

»Ich bin real«, flüsterte Maleni trotzig und erkannte kaum ihre eigene Stimme.

Wie lange ihr Leiden gedauert hatte, wusste sie nicht, aber irgendwann erwachte sie in der Höhlenkammer, in der ihr Schlafplatz war und den sie sich mit drei weiteren Mädchen teilte, mit Kaydra und Immog und mit Druya. Neben ihrer schmalen Bettstatt brannten Kerzen, und es musste Nacht sein, denn durch den Spalt im Fels drang kein Tageslicht.

»Druya«, flüsterte sie und drehte sich mühsam auf ihrem weichen Lager zur Seite. Wie schwierig das war! Jeder Knochen, jeder Muskel flammte und biss in ihr. Hatte sie sich beim Übungskampf verletzt? Ihre Gedanken kreisten langsam um ihre Erinnerungen, ohne sie zur Gänze erreichen zu können. Nebel. Irgendwas mit Nebel.

Im Schein der Kerzen konnte sie die anderen drei Mädchen auf ihren Lagerstätten schlafen sehen. Warum hatte man bei ihr die Kerzen brennen lassen? Sie konnte sich nicht daran erinnern, sie selbst entzündet zu haben. Nachts mussten die Kerzen aus sein. Man musste Kerzen sparen – und sich im Dunkeln zurechtfinden können, denn das war ein Lernziel von besonderer Wichtigkeit. Schemenjäger waren leise. Und unsichtbar. Und gehorsam. Und sie konnten im Dunkeln sehen.

Warum also Licht? Warum nur bei ihr? Und warum hatte Druya es nicht ausgepustet, wenn sie selbst es schon vergessen hatte?

Ein Bild zuckte wie ein Blitz durch ihren Sinn: Druya, wie sie verletzt auf dem Boden lag. Druya, wie sie aus dem Übungssaal getragen wurde. Druya, wie sie hinter dem Nebel verschwand.

»Druya!«

Das war zu laut gewesen. Alle drei Mädchen in den anderen Betten rührten sich. Und Druya drehte sich zu ihr um.

Doch es war nicht Druya. Es war Myra, die kleine, hellblonde Myra, die noch nicht lange bei der Familie war. Sie war etwas jünger als Maleni, hell und süß. Und man lehrte sie tanzen und singen und Harfe spielen.

Alle drei Mädchen blickten sie nun an. Nicht verschlafen, wie man das erwarten mochte, sondern hellwach. Schemenjäger waren nie verschlafen. Wurden sie wach, so mussten sie sofort bereit und klar sein. Feinde ließen einem keine Zeit, sich langsam aus dem Schlaf zu schälen. Ein Geräusch, und der Schlaf starb – oder man selbst.

Maleni starrte die drei an, die blitzschnell aus ihrer liegenden Position hochgeschnellt waren und nun am Rand ihrer Betten saßen, die nackten Füße auf dem Boden, die trainierten Muskeln ihrer jungen Körper angespannt, die Augen weit und suchend. Maleni versuchte sich aufzusetzen. Es fiel ihr schwer und sie keuchte.

»Meister Gredo hat gesagt, du sollst noch liegenbleiben.«, sagte Myra.

»Du warst krank!«, erklärte Kaydra, und Immog fügte hinzu: »Sie haben dich heute Abend erst von den Heilmeistern geholt.«

»Sie sagen, du wärst schon weiter als wir!« Letzteres klang neidisch. »Dabei warst du doch nur krank.«

Maleni fühlte sich auch krank. Oder doch zumindest schwach. Es schien ihr, als durchzöge sie der schlimmste Muskelkater aller Zeiten. Und der machte weder vor ihren Knochen noch vor ihren Gefühlen halt. »Wo ist Druya?«, fragte sie und blickte vorwurfsvoll auf Myra. »Das ist ihr Bett!«

Die drei Mädchen blickten einander besorgt an. Was verheimlichten sie ihr?

»Druya kommt nicht mehr«, sagte Kaydra schließlich. »Du sollst lernen, mit Myra zu tanzen.«

»Ich tanze aber mit Druya!«, rief Maleni und bäumte sich auf, nur um gleich darauf wieder matt zurück auf ihr Lager zu fallen.

Kaydra zuckte mit den Schultern. »Mehr weiß ich nicht. Nur dass du krank warst. Und ungehorsam. Aber die Heilmeister haben dir helfen können.«

»Und Druya? Haben sie Druya nicht geholfen?«

Das Schweigen war beredt. Maleni versuchte den Inhalt der Wortlosigkeit zu erfassen. Sie wollte die anderen Mädchen zwingen, ihr Auskunft zu geben, doch dann verstand sie: Die anderen wussten nicht mehr als sie.

Sie verbarg ihr Gesicht in ihrem Kissen und ihre Tränen vor den Blicken der anderen.

»Wie ist es, wenn man schon weiter ist?«, fragte Kaydra. Maleni antwortete nicht. Niemand antwortete auf eine solche Frage. So etwas war immer geheim. ›Schon weiter‹ – weiter als was? Ganz sicher hatte sie nicht die Große Weihe erfahren, ohne sich zu erinnern. Dafür musste man viel älter sein. Und viel mehr wissen und können. Und vermutlich nicht ungehorsam sein.

»Ich lösche die Kerze«, sagte Myra schließlich ein wenig unsicher. »Du brauchst sie ja jetzt nicht mehr.«

Maleni nickte in ihr Kissen, ohne den Kopf zu heben. Weinen war ungebührlich. Es gehörte sich nicht. Erneut versuchte sie, sich zu erinnern. Druya hatte noch gelebt. Man hatte sie zum Rat bringen wollen. Vielleicht hatten die Ratsmitglieder noch bessere Meisterheiler. Es wurde auch geflüstert, der Großmeister könne Dinge vollbringen, die andere nicht vermochten. Doch niemand wusste es genau, und die Anwärter und Anwärterinnen erzählten viel Unsinn, der aus reiner Unkenntnis geboren war.

Es dauerte noch einige Tage, bis Maleni wieder an den Kampfübungen teilnehmen konnte. Manchmal trafen sie fragende Blicke, denn sie hatte eine Ungeheuerlichkeit begangen und war in Gefilde vorgedrungen, die ihr nicht zustanden. Doch niemand fragte sie mehr danach. Das war gut so, denn jeden Tag erinnerte sich Maleni weniger an das, was geschehen war. Nur der gelbe Nebel, den sie gesehen hatte, blieb ihr im Sinn und breitete sich darin aus. Und bisweilen würmelte es darin.

Halluzinationen. Dieses Wort hatte sie gelernt, auch wenn sie nicht mehr sagen konnte, wann und wie. Nichts war wirklich gewesen, und Druya war fort. Maleni weinte noch viele Nächte heimlich in ihr Kissen, in der Hoffnung, niemand würde es bemerken.

Wochen später brachte eine Sarvin den Übenden zu trinken. Sie sah fast aus wie Druya, doch ihr Blick war leer und ihr Lächeln so weich wie ungesponnene Wolle.

»Druya?«, fragte Maleni, während eine eisige Kälte ihr den Rücken hinunterfuhr bis in die Zehen.

Die Sarvin stellte die Becher ab und verneigte sich, so wie die Sarven es taten. Sie lächelte wie die Sarven es taten. Ohne einen einzigen Anwesenden mit dem Blick zu erfassen, wandte sie sich ab, wie die Sarven es taten.

»Druya!«

Sie ging, als hätte sie den Namen nicht gehört. Es war nicht ihr Name. Sarven hatten keine Namen.

»Maleni, gib auf den Kampf acht!«, schalt eine Meisterin.

»Aber das ist Druya!«, begehrte Maleni auf.

»Nein. Das ist nicht Druya. Druya kommt nicht wieder.«

Maleni sah der kleinen Dienerin hinterher und ging zu Boden, als ein Schlag mit dem Holzschwert, den sie nicht pariert hatte, sie traf. Sie atmete scharf ein, schrie jedoch nicht. Es ziemte sich nicht zu schreien. Still und gehorsam musste man sein, und der Schmerz hatte zudem etwas Erleichterndes. Es war gut, dass es weh tat. Es musste einfach weh tun.

Sie sah nur der kleinen, stummen Dienerin hinterher, die blass, hohl und lächelnd um die Ecke verschwand. Nein, das war nicht Druya. Druya würde nicht wiederkommen.

40

Die gendrische Nordarmee, die in der und um die Stadt herum lagerte, war von beeindruckender Größe. Der Unterfeldherr Merren Gyrdon, der diesen Teil der Truppen führte, hatte sich mit seinem Stab im Ratsgebäude der Stadt einquartiert. Der Pyrner Stadtrat war unschlüssig, wie er darauf reagieren sollte. Widerstand erschien ob der Übermacht zwecklos, und zudem hatten die ungebetenen Gäste ein Schreiben der Fyrsthin vorgelegt, das ihnen ein Durchreiserecht durch die Fyrsthenei zubilligte. Dass sie aus diesem die Forderung eines Gastrechtes ableiteten war unverschämt, ob der bewaffneten Überzahl jedoch kaum zu verhindern. Man hatte Boten in die Hauptstadt entsandt, doch es war fraglich, ob diese ihr Ziel erreichen würden und ob dann überhaupt etwas geschehen würde. Und so machte die Stadt Pyrn gute Miene zum bösen Spiel. So manches Lächeln glich einem Zähnefletschen, doch solange man die Zerstörung der Stadt abwenden konnte, mochte man darauf hoffen, die Streitmacht würde alsbald Richtung Süden weitermarschieren, um sich einen anderen Feind zu suchen, einen, den man selbst auch nicht schätzte.

Gemeinsame Feinde machten einen freilich noch nicht zu Freunden.

Marejal Merren Gyrdon war ein erfahrener Mann um die Vierzig und für einen Nicht-Adligen auf der Rangleiter weit gestiegen. Er wusste gemeinhin, was er tat, und der Weg durchs Kreuzgebirge war für ihn beinahe ohne Zwischenfälle und angenehm schnell verlaufen. Was jedoch jetzt zu tun war, erwies sich für ihn als weitaus schwieriger. Der Nachfolger des Blutdenkers hatte ihm die Botschaft zukommen lassen, er würde eine gefälschte Order des Fyrsthen erhalten, die ihm den Rückzug befehlen würde. Diese Order war in der Tat gekommen, und sie hatte unerfreulich echt ausgesehen. Allerdings erschien sie ihm unwahrscheinlich und schon gar nicht strategisch plausibel. Schließlich war dieser Feldzug minutiös geplant, und der Fyrsth hatte ihn bislang nicht nur gutgeheißen, sondern selbst mit angeregt. Dennoch war es dem Marejal nicht leichtgefallen, sich über den vermeintlichen fyrsthlichen Befehl hinwegzusetzen. So oder so mochte ihn seine Entscheidung den Kopf kosten. Oder die Karriere.

Zwei enge Berater hatte er, einen strategisch klugen, alten Obristen und eine Kyrrospriesterin, die er in letzter Zeit auf den Feldzügen stets mit sich führte. Die Soldaten mochten das. Viele beteten zu Kyrros, um ihn um Aufschub zu bitten.

Merren Gyrdon selbst war nicht religiös, doch die hagere Frau im knochenweißen Kyrroshabit verfügte über einen ausnehmend scharfen Verstand, der unbelastet von den Kabalen innerhalb des gendrischen Adels oder des gendrischen Offizierskorps war. Sie betrachtete die Welt aus einer gänzlich anderen Sicht, und das schätzte Gyrdon an ihr. Zudem war sie auf seltsame Weise stets bemerkenswert gut informiert. Vielleicht war an den göttlichen Eingebungen, die sie laut eigener Aussage erhielt, tatsächlich etwas dran. Oder sie war einfach nur ausnehmend schlau.

Diesmal war er ihren Ratschlägen allerdings nicht gefolgt, und ein wenig bereitete ihm das Sorge. Die Gesamtheeresleitung oblag dem Feldherrn, Zandru von Lorennen, und vermutlich jetzt dessen Nachfolger. Aber was, wenn Kardred von Harknis nur ein hochpokernder Spieler war, der sich die Führung der gendrischen Armee widerrechtlich angeeignet hatte? In der Depesche des Fyrsthen hatte es keine Information über von Harknis' Ernennung gegeben – was andererseits logisch war, wenn es sich bei der Depesche tatsächlich um eine Fälschung handelte. Mehr noch: War von Harknis' Ernennung rechtmäßig, bewies das Fehlen der Information in der fyrsthlichen Depesche sogar deren Fälschung.

Wissen konnte man das freilich nicht.

Es war eine vertrackte Situation. Was immer er entschied, mochte falsch sein. Doch die andere Hälfte der Armee war bereits in Virniu und offenbar nicht auf dem Rückzug. Sie jetzt der Unterstützung der nördlichen Streitmacht zu berauben, konnte fatal für den gesamten Krieg sein und Gendern sogar so weit schwächen, dass der geplante Eroberungsfeldzug gegen Virniu zum Fall von Gendern führen mochte.

»Macht den Soldaten noch einmal klar, dass wir hier ›Gast‹ sind. Keine Plünderungen, keine Übergriffe. Wir wollen die farrowulsche Armee nicht auf einmal in unserem Rücken haben«, befahl er seinem Stab nachdrücklich. Die versammelten ranghöchsten Offiziere nickten. »Wir werden hier nur sehr kurz verweilen, uns von den Pyrnern ›freiwillig‹ versorgen und verpflegen lassen, und dann ziehen wir weiter südwärts. Und auch, wenn wir nur Gast sind, sollte den Gastgebern klar sein, wer hier im Moment das Sagen hat.« Er lächelte süffisant.

Hinter Gyrdons kunstvoll geschnitztem Stuhl, der sonst dem Hinterteil des obersten Stadtrates eine kissenverzierte Ablage bot, stand die Kyrrospriesterin. Gyrdon meinte, sie leise schnauben zu hören. Die fromme Frau war es nicht gewöhnt, dass man ihrem Rat nicht folgte. Und Gerdon kämpfte gegen sein eigenes schlechtes Gewissen an. Beging er gerade einen Fehler und möglicherweise Verrat an seinem Fyrsthen? Auf der anderen Seite war er, Gyrdon, schließlich der Feldherr – und nicht die Priesterin. Wahrscheinlich hörte er viel zu oft auf die geheimnisvolle, drahtige Frau mit dem federnden Schritt.

»Was ist mit dieser Tänzerin?«, fragte einer der Untergebenen. »Stand nicht in der Nachricht des Feldherrn, die Mörderin von Zandru von Lorennen wäre vielleicht hierher unterwegs, und wir sollten sie dingfest machen?«

»Haben wir eine Beschreibung?«

»Unendlich schön. Rothaarig. Möglicherweise eine Agentin Virnius.«

»Was sollte sie hier, wenn sie eine Agentin Virnius ist?«

»Vielleicht ist sie ja auch etwas anderes.«

Jeder dachte an die andere, etwas märchenhafte Möglichkeit. Niemand sprach sie aus, wollte der Erste sein, der die legendären Xyi ins Gespräch brachte. Denn jeder wusste, dass es die Xyi nicht gab. Darin zumindest war man sich einig – oder doch zumindest darüber, dass man dieser Meinung zu sein hatte, wenn man nicht für einen abergläubischen Narren gehalten werden wollte.

»Die Beschreibung trifft gewiss auf viele jungen Frauen zu«, murmelte die Kyrrospriesterin verächtlich. »Hier nach ihr zu suchen, wo wir nicht einmal wissen, ob sie überhaupt in der Gegend ist, scheint mir verlorene Zeit zu sein.«

»Sie soll mit üblen Kräften im Bunde stehen«, murmelte beinahe schüchtern einer von Gyrdons Untergebenen. »Ganz allein hat sie Dutzende Soldaten niedergemäht und ist dann unsichtbar verschwunden. So heißt es.«

»Vermutlich war sie schon vorher unsichtbar, denn wie sonst hätte sie Dutzende von Soldaten umbringen können, ganz allein?«, meinte ein anderer schon etwas forscher.

»Zu Stein sind sie geworden, habe ich gehört.«

»Nein, zu Eis gefroren.«

Der Damm war gebrochen, der Unsinn sprudelte. Gyrdon seufzte ärgerlich. »Das ist alles Mumpitz«, rief er scharf über den Ratstisch hinweg.

Die Kyrrospriesterin im knochenweißen Gewand nickte. »Es scheint mir, als wolle man uns mit solcher Mär von unserem Ziel ablenken«, gab sie zu bedenken. »Unsichtbare Tänzerinnen und versteinerte Soldaten. Freunde und Gläubige Kyrros'! Das kann man doch nicht glauben!«

»Aber die Xyi …«

Da. Jemand hatte es gesagt.

»Die Xyi gibt es nicht«, unterbrach die Priesterin harsch. »Es hat sie nie gegeben. Eine Legende, mehr nicht.«

»Aber …«

Die Gruppe sprach durcheinander. Gyrdon knallte mit der flachen Hand auf die Tischplatte. Das scharfe Geräusch ließ die aufgeregte Debatte verstummen.

»Wir werden unsere Gastgeber bitten, alle rothaarigen Schönheiten zu uns zu bringen, heute Abend noch.« Er grinste. »Vielleicht ist sie dabei. Und wenn nicht …«

»… haben wir immer noch ein paar rothaarige Schönheiten«, lachte der Obrist. »Die untersuchen wir dann, denn eine von ihnen könnte es ja gewesen sein.«

»Keine Angst vor Vereisung?«, frotzelte einer.

»Sollten irgendwelche Körperteile steif werden, dann eventuell nicht aufgrund der Temperatur.«

Alle lachten.

Alle außer einer. Die Kyrrospriesterin blickte ungehalten in die Runde. Dann wandte die Würdige sich ab und verließ die Versammlung.

Gyrdon blickte ihr nach. Priester – welcher Götter auch immer – waren heilige Menschen. Vermutlich war ihr diese Art von Humor zu derb. Doch im Grunde hatte seine Beraterin bislang noch nie besonders viele Skrupel, ganz gleich welcher Art, gezeigt. Vielleicht war es ja ganz gut, die Frau spüren zu lassen, dass ihr Rat geschätzt, ihr Einfluss jedoch nicht unendlich war. Gyrdon lächelte. Er mochte rothaarige Mädchen.

41

Es war Maleni und nicht Taryah, die die Gassen entlanghuschte. In einer Stadt, in die die Furcht Einzug gehalten hatte, schienen selbst leise Schritte weit zu hallen, und sie fühlte sich ungewohnt sichtbar, obgleich sie unauffällige Kleidung gewählt und ihre Haare unter eine pludrige Haube geschoben hatte.

Brav und bescheiden.

Was immer hinter Mauern Zuflucht nehmen konnte, hatte dies getan, doch Maleni hörte keinen Kampfeslärm. Ein bedrücktes Schweigen lastete auf der Stadt, nur manchmal durchbrochen von harschem Männerlachen. Gendrische, vermutlich. Wenn sie es hörte, verschwand sie im Schatten einer Seitengasse oder eines Türrahmens.

Sie würden bald wieder fort sein, die Gendrischen. Ganz sicher hatten sie nicht vor, sich hier länger aufzuhalten. Sie wollten nach Virniu. Maleni hielt es für denkbar, dass sie danach auch noch Farrowul angreifen würden, aber zunächst würden sie Virniu einnehmen. Erst wenn ihre Macht dort gefestigt war, würden sie sich gegen Farrowul wenden.

Warum die Fyrsthin von Farrowul ihnen diesen Durchgangskorridor genehmigt hatte, konnte Maleni nicht begreifen. Vielleicht versprach sich Farrowul ja einen Vorteil davon. Einer halben Armee im eigenen Reich in den Rücken zu fallen, hätte den Vorteil, dass man mit etwas Kriegsglück vielleicht sowohl Gendern als auch das bereits gebeutelte Virniu besiegen konnte. Das musste doch auch den Gendrischen klar sein!

Das Ergründen der möglichen Strategie Genderns oder Farrowuls war freilich derzeit nicht Malenis Hauptanliegen. Sie musste die beiden Schmiede finden.

In der Herberge waren sie nicht. Nur ihr eigenes Pferd stand noch dort. Sie erschreckte den Wirt fast zu Tode, als sie mit einem Mal aus den Schatten des Stalles auftauchte und vor ihm stehen blieb.

»Das ist mein Pferd«, sagte sie. »Jemand von meiner Familie wird es später abholen.«

Der Mann blickte sie mürrisch an und schwieg zunächst, überlegte es sich dann aber anders: »Ich dachte, du seist abgereist.«

»Ich habe nur meine Familie gesucht.«

»Und gefunden?«

»Ja.« Einzelheiten brauchte er nicht zu wissen.

Jetzt könnte sie nach ihren Reisegefährten fragen, doch allzu deutliche Spuren wollte sie nicht legen. Aber der Wirt sprach von allein weiter. »Deine Freunde sind auch abgereist«, sagte er.

Einen Augenblick erschien Maleni die Nachricht wie ein Lichtblick. Vielleicht würde sie die beiden nicht mehr einholen.

Doch das musste sie. Auftrag war Auftrag, einerlei wie weit sie sich schon entfernt hatten. Also nickte sie nur.

Einen Moment lang fragte sie sich, ob die Aussage, sie wären abgereist, vielleicht nur eine Finte war, um sie in die Irre zu führen. Doch sie konnte das Zauberrad immer noch kontrollieren, und es ungesehen nachts zu tun, war in jedem Fall vorzuziehen. Viel wahrscheinlicher war, dass sich die Männer in ihrer Schmiede aufhielten – oder bereits die Stadt verlassen hatten. Vielleicht war es ihnen ja gelungen, noch vor der Ankunft der Armee davonzukommen. Dann müssten sie es freilich sehr eilig gehabt haben.

Ob sie wussten, dass Taryah sie töten würde? ›Du weißt viele Dinge, Maleni‹, hatte Elgor gesagt. ›Dinge, die andere nicht wissen. Wir werden darüber reden müssen.‹ Aber er wusste auch viele Dinge. Zu viele Dinge.

Die Geschwister hatten recht.

Sie sog ihren Atem durch die Zähne ein und versuchte an nichts zu denken als an den Auftrag in seiner von persönlichen Gefühlen befreiten Gestalt. Sachlich. Kompetent. So wie sie es gelernt hatte.

Schon lief sie wieder die Gasse entlang, auch wenn sie nur eine ungefähre Vorstellung davon hatte, wo sich das Haus mit der Schmiede befand. Elgor und Umbert hatten ihr den Weg nicht beschrieben, doch an den Häusern von Handwerkern und Händlern hing immer ein Schild oder Zeichen, das die dargebotene Tätigkeit verdeutlichte. Wie viele Schmiedewerkstätten konnte es schon geben?

Sie hätte ihre Geschwister in der Herberge fragen sollen. Gewiss wussten sie, wo diese Schmiede war. Doch sie hatte um ihren Ruf gefürchtet und daher nichts fragen mögen. Zur Erholung zurück in den Berg beordert zu werden, war im Grunde nichts Abwertendes, aber Maleni hatte nicht damit gerechnet. Seit sie im aktiven Dienst war, war sie nur einmal zum Berg zurückgereist, und der Ort war ihr bei ihrer Rückkehr viel kleiner erschienen als früher. Und doch war er Heimat, der einzige Ort auf der Welt, an dem man vor Feinden keine Angst haben musste.

Auf der anderen Seite, so dachte Maleni jetzt, war es auch ungewöhnlich, dass ihre Geschwister ihr nicht ungefragt Auskunft gegeben hatten. Normalerweise übernahmen die älteren, erfahrenen Planer die minutiöse Ausarbeitung eines Planes, und aktive Schemenjäger führten sie aus. Dabei mussten sie sich lediglich an die von den Planern erteilten Anordnungen halten.

Freilich hatte sie genau das nicht getan. Das wussten die Geschwister vielleicht. Der Bruder, der ihr in jener Nacht den Weg nach draußen erleichtert hatte, hatte gewiss berichtet, dass sie von der geplanten Strategie abgewichen war. Deshalb war sie jetzt allein und musste auf sich gestellt etwas tun, das sie nicht tun wollte. Sie begriff, dass dies eine Prüfung war.

Ein kalter Schauer lief ihr über den Rücken, und das Gefühl schrecklichen Alleinseins durchschlug sie wie eine Woge aus Eis, zusammen mit der Erkenntnis, dass sie noch nie darüber nachgegrübelt hatte, wie es sein mochte, nicht zur Geschwisterschaft zu gehören. Die Vorstellung allein war so erschreckend wie die Furcht vor der Perfektion der anderen – und vor deren Pflichtbewusstsein. Was, wenn die Xyi von ihrer Familie zu ihren Feinden würden? Allein, die Möglichkeit, dies könnte ihr geschehen, hatte sie noch nie bedacht. Sie war Teil dieser Familie und jeden Tag, jede Minute ihres Lebens stolz darauf. Es definierte sie. Etwas anderes zu sein, hatte sie seit ihrer Ankunft im Berg nie gewollt.

Sicher waren ebensolche Gedanken just das, was man ihr mit dieser Aktion nahebringen wollte. Wenn das so war, so gelang es den Geschwistern ausnehmend gut. Im Bewusstsein von Verlassenheit und Angst gegenüber einer Übermacht an Brüdern und Schwestern, die mindestens so gut agieren konnten wie man selbst, ließ man das Grübeln sehr schnell und erkannte seine Prioritäten. Sie wollte nicht ängstlich sein. Und auch nicht allein.

Mit einem Mal war sie sich nicht mehr sicher, ob sie wirklich so allein war, wie sie sich fühlte. Sie sah keinen Verfolger, spürte jedoch eine Präsenz, fühlte sich getrieben. Ob es der Alte war? Berno? War er noch flink genug, mit ihr mithalten zu können? Oder der junge Bruder, der ihr so süffisant Hilfe angeboten hatte; Marguryo? Er tat hier Dienst als Junxer; seine Seele war bereits geteilt, doch seine Ausbildung noch nicht abgeschlossen. Junxer wurde man nach der Großen Weihe-Zeremonie, die einen zu dem – oder zu denen – machte, die man war. Ungefähr zwei Jahre oder auch drei blieb man Junxer, dann wurde man nach einer weiteren, diesmal praktischen Prüfung vollwertiger Schemenjäger mit eigenen Aufträgen. War sie seine Prüfung? Das war denkbar. Wenn es so war, würde er sie im Blick behalten und vielleicht nur über sie Bericht erstatten – wenn sie ihre Pflicht tat. War sie dazu nicht fähig oder kam ihr nicht rasch genug nach, würde er eingreifen.

Maleni verstand. Sie musste aufhören, ihren Gedanken freien Lauf zu lassen. Gedanken waren nicht frei. Niemand hatte ihr je vorgelogen, sie wären es.

Sie mussten sterben, die Schmiede. Es gab keine Alternative.

42

Es war gefährlich, aber Elgor wollte nicht länger in der Düsternis der Schmiede sitzen. Er wollte wissen, was geschah. Nichts zu wissen, brannte in ihm und höhlte ihn aus.

»Ich gehe«, sagte er schließlich, ungeduldig und entschlossen.

»Nicht jetzt«, meinte Umbert. »Warte, bis es dunkel ist.«

»Ich will wissen, ob ein Tor offen ist. Ob man die Stadt verlassen kann.« Und was mit Maleni war. Das wollte er nicht sagen und würde es sicherlich auch nicht herausfinden. Seine beißende Unruhe war sinnlos.

Umbert war entsprechend ungehalten. »Wenn sie dich umbringen, bin ich gezwungen, deinen Leichnam zu suchen. Das könntest du mir netterweise ersparen.« Die Worte klangen zynisch, der Ton freilich strafte die harte Einschätzung Lügen.

Elgor nickte. Er verstand, was sein Meister wirklich sagen wollte. »Ich werde schon wissen, wie ich mich ungesehen mache.«

»Du übertreibst es. Du bist noch nicht so weit. Du stehst erst am Anfang – und du weißt das.«

Elgor zog einen ärmlichen Umhang aus dem Gepäck, der ihn grau und unauffällig einhüllte, seine schiere Größe und Breite aber auch nicht verbergen konnten. ›Unauffällig‹ war etwas, das in Elgors Fähigkeitenkatalog sehr weit unten angesiedelt war. »Es wird schon alles gutgehen«, versuchte er seinen Meister zu beruhigen.

»Es ist schon öfter nicht gutgegangen«, gab der zurück.

»Dann brauchst du einen neuen Lehrling.«

»Ich würde gerne den Gesellen behalten, den ich habe. Es hat schließlich eine ganze Weile gedauert, bis du …«, er holte tief Luft, als gäbe es Worte, die er nicht zu sagen wagte, »… bis du so weit warst.«

Die großen, breiten Männer blickten einander einen Moment wissend in die Augen und reichten sich dann die Hand zu einem Händedruck, der jedem anderen die Knochen gebrochen hätte. Schließlich drehte Elgor sich um, ging zur Tür, spähte kurz hinaus, öffnete sie schnell und zog sie, kaum dass er hindurch geschlüpft war, hinter sich zu.

Die Schmiede lag in einer Seitengasse, verfügte jedoch über einen geräumigen Vorplatz zum Unterbringen von Pferden. Elgor blickte sich um, huschte in die Schatten zwischen Schmiede und nächstem Haus. Die Gasse war menschenleer. Von dort ging es durch die Hinterhöfe – über Dutzende niedrige Zäune und Mäuerchen, die seine langen Beine mühelos überwanden. Wann immer sich ein schmaler Durchgang zwischen den Häuserseiten auftat, quetschte er sich hindurch, schlich vorsichtig zur Straße und orientierte sich. Langsam kam er dem Marktplatz näher, und noch immer sah er kaum eine Menschseele auf der Straße. Vermutlich hatten die Bewohner sich verschanzt und hofften, so in Ruhe gelassen zu werden. Als könnte man sich vor dem Krieg verbergen!

Elgor lächelte bitter. So eine Tür war schnell eingetreten, und Soldaten, einerlei welches Fyrsthen, waren nicht dafür bekannt, in dieser Hinsicht Skrupel zu zeigen.

Eine sonderbare Ruhe lag über der gesamten Stadt, und zugleich war die Spannung beinahe mit Händen greifbar. Beklemmend war es, wie Elgor fand, als braue sich in der Stille etwas zusammen. Seine Sinne wurden immer feiner, und seine Fähigkeiten wuchsen. Das taten sie schon seit einiger Zeit. Umbert freute sich darüber, und Elgor fand es ungemein spannend.

Vielleicht hatte er das indirekt auch Maleni zu verdanken. Sie hatte ihm ein neues Ziel gegeben – oder vielleicht hatte sie nur ein altes Ziel konkretisiert und in greifbarere Nähe gerückt. In gewisser Weise hatte ihr Auftauchen einen Fortschritt in ihm bewirkt, dessen Entwicklung noch nicht abgeschlossen war. Die Plötzlichkeit, mit der dies geschehen war, hatte Elgor erschreckt, obgleich Umbert ihn nie im Unklaren darüber gelassen hatte, dass er sich weiterentwickeln und verändern würde. Umbert war ihm der Vater geworden, den er mit gerade einmal acht Jahren verloren hatte. Geboren im Tross der kahsellschen Armee, hatte er bis dahin nie etwas anderes als das Militär gekannt. Sein Vater war Söldner gewesen, seine Mutter hatte für die Truppe gewaschen. Keine Armee konnte ohne einen Tross aus Hilfskräften – Wäscherinnen, Näherinnen, Schmieden, Sattlern und anderen Handwerkern bis hin zum ältesten Handwerk von allen – bestehen. Man vergaß sie oft, denn sie traten erst in Erscheinung, wenn die Kämpfe vorüber waren, und es galt, die Toten zu begraben, die Verletzten zu pflegen und die Beute einzusammeln. Meist waren sie nicht wählerisch, welcher Truppe sie folgten. Eine war gerade so gut – oder schlecht – wie die nächste.

An seine Mutter konnte Elgor sich nicht erinnern. Sie starb bei der Geburt seiner Schwester, die den Tag auch nicht überlebte. Elgor war sich nicht einmal sicher, ob es nicht sein Vater selbst gewesen war, der das Leben des kleinen Säuglings beendet hatte, weil dieser ohne Mutter im Tross eines Heeres keine Überlebenschance gehabt hätte. Elgor selbst jedoch hatte überlebt. Sogar den Vater hatte er überlebt, der bei einem der vielen gänzlich nebensächlichen Scharmützel gefallen war. Elgor erinnerte sich, wie er neben dem langgestreckten Massengrab gestanden hatte, das Soldaten unterhalb des Offiziersrangs zur letzten Bettstatt wurde. Männer und Frauen hatten Erde auf die vielen Toten geschüttet, die dort nicht allzu tief im Boden verstreut lagen wie große, schlaffe Stoffpuppen. Es war eine Ehre, begraben zu werden statt einfach auf dem Feld zu verrotten. Ein bisschen fühlte Elgor sich geehrt, doch dann auch wieder nicht.

»Das gehört meinem Papa!«, hatte er sich beschwert, als er einen anderen Soldaten mit den Besitztümern des Vaters hatte abziehen sehen. Sich das von den Toten zu nehmen, was noch brauchbar war, erfreute sich einer langen Tradition und war keineswegs ungewöhnlich. Elgor war die Sitte vertraut, und doch störte es ihn, als es nun seinen eigenen Vater betraf. Er fand, die Sachen stünden ihm zu, nicht einem Fremden.

Der Soldat sah das anders, schlug ihn nieder und trat nach ihm. Elgor erinnerte sich weder, ob es einer der eigenen oder der feindlichen Truppen war, noch, wer den Kampf gewonnen hatte. Es war auch nicht von Bedeutung. Wichtig war nur, dass die Überlebenden weiterzogen, während er neben dem langen Grab mit den vielen Toten liegen blieb. Vielleicht hätte er hinterherlaufen können. Vielleicht hätte die Armee – einerlei welche – ihn aufgenommen, wenn er sich anstellig gezeigt und wichtigen Männern gefallen hätte. Er war gerade gewachsen, hübsch und blond, und er wusste, auch das hatte irgendwie einen Wert. Doch er war benommen liegen geblieben, und hatte selbst, als die Wucht des Schlages längst nicht mehr sein Denken vernebelte, keinerlei Wunsch verspürt, sich von der Stelle zu bewegen. Nicht nur sein Vater war tot. Auch so viele andere, die er kannte, lagen in diesem Grab.

Möglicherweise hätte der Hunger ihn irgendwann doch dazu gebracht, den abziehenden Truppen hinterherzulaufen, doch so weit kam es nicht. Da stand auf einmal dieser hünenhafte, graue Mann mit den breiten Schultern und nichts als ein paar Lasttieren zum Gefolge. Elgor hatte noch nie einen Menschen gesehen, der allein unterwegs war und dem daher niemand sagen würde, wohin er gehen sollte und wen er töten musste.

»Wie heißt du?«, hatte der Mann gefragt.

»Elgor.«

»Was tust du hier?«

»Ich passe auf meinen Vater auf«, hatte er geantwortet und auf die frisch aufgeschüttete Erde gedeutet.

Der Mann musterte erst das Grab und dann wieder ihn. »Dein Vater kann auf sich selbst aufpassen«, sagte er. »Willst du mein Lehrjunge sein und Schmied werden?«

Elgor wusste, was ein Schmied war. »Werde ich dann so groß und breit wie du?«

»Ja.«

»Und ich bekomme zu essen?«

»Ja.«

»Und ich muss dir gehorchen?«

»Stets.«

»Und du wirst diese komischen Sachen mit mir machen?«

Der Mann stutzte. »Ich werde komische Sachen mit dir machen, aber nicht die, an die du denkst, Elgor. In dieser Welt ist niemand sicher, aber vor mir bist du in dieser einen Sache sicher.«

Elgor musterte ihn kritisch. »Und was willst du mit mir machen?«

»Ich werde dich zum Träger eines Wissens machen, das es sonst nirgends mehr gibt.«

Elgor hatte sich auf die Lippen gebissen und dann genickt.

»Ich bin Umbert«, hatte der Mann sich vorgestellt. »Meisterschmied.«

Und seither waren sie zusammen gereist. Tatsächlich hatte Elgor viel gelernt, und Pferde zu beschlagen oder Schwerter zu schmieden – und zu führen – war nur ein verschwindend kleiner Teil dessen gewesen.

Während er nun wieder auf eine der Pyrner Gassen blickte und seinen inzwischen dreizehn Jahre älteren und wie versprochen großen, breiten und ausreichend genährten Körper in den Schatten zu verbergen suchte, dachte er bei sich, dass Malenis und sein Lebensweg – oder zumindest den Teil, den er von diesem kannte – sich vielleicht gar nicht so sehr voneinander unterschieden. Auch sie hatte der Krieg in jungen Jahren zur Waise gemacht und ihr eine Ersatzfamilie gegeben, die sie geprägt hatte. Und auch sie hatte nun besondere Fähigkeiten – geradeso wie er. Er hatte sie kämpfen sehen, schön und fremd und todbringend. Er hatte sie tödliches Gift überleben sehen. Was konnte sie sonst noch? Er ahnte, es würde noch sehr viel mehr sein – und nichts davon nett.

Möglicherweise ahnte sie hingegen nicht, was er alles konnte. Zumindest sollte sie das nicht.

Der junge Mann erschien vor ihm, wie aus dem Nichts. Er musste lautlos vom Dach gekommen sein, anders war sein plötzliches Auftauchen nicht zu erklären. In dem engen Zwischenraum zwischen zwei Häusern standen die beiden jungen Männer einander seitlich versetzt gegenüber. Zu nah, fand Elgor, dem der Schreck wie Eis durch die Glieder gefahren war. Er war gut drei Schritte vom Ende der Gebäude entfernt und der andere noch einen oder zwei Schritte weiter hinten. Damit konnte dieser ihn klar gegen die hellere Gasse abgezeichnet sehen, während Elgor den Ankömmling in den Schatten zwischen den Häusern lediglich als weiteren dunklen Schatten ausmachen konnte. Beinahe schemenhaft.

Aber die Umrisse reichten; er erinnerte sich an den Mann. Er hatte ihnen die andere Herberge empfohlen, die Umbert und er dann nicht genommen hatten. Er war schmal und drahtig und bewegte sich mit der Eleganz eines Artisten.

Elgor war klar, was er war. Der junge Schmied stand reglos da, wusste nicht, wie er reagieren sollte. Oder besser – wie er agieren sollte. Denn so der andere, der gut einen Kopf kleiner und erheblich schmaler war als er selbst, ihn töten wollte, würde er das sicher schneller können, als Elgor zu reagieren imstande war.

Doch die dunklen Augen des anderen, die langsam im Zwielicht erkennbar wurden, starrten ihn nur an, ungehalten, als hätte Elgor ihm etwas getan oder ihm etwas genommen, was er gerne für sich beansprucht hätte. Elgor verstand den Ausdruck nicht, doch die Spannung in seinem Magen und Nacken waren ihm Zeichen genug. Er stand dem Tod gegenüber. Und der Tod wirkte gekränkt.

Es gab eine Möglichkeit, ihn zu besiegen, aber Elgor wusste nicht, ob ihm genug Zeit bleiben würde. Und der schmale

Durchgang, kaum breiter als eine Gasse, ließ wenig Raum für einen Kampf. Der Geruch nach menschlichem Unrat stieg aus dem Kehricht auf, der zwischen den Häusern hinausfloss, und schwebte als einziges zwischen ihm und dem anderen.

Sie standen immer noch bewegungslos, und schließlich zwang Elgor sich zu einem Lächeln, das er dem anderen schenkte, ohne ihn aus den Augen zu lassen. Eine weitere Bewegung als die seiner Mundwinkel schien undenkbar.

»Sei gegrüßt!«, sagte Elgor, um das bleierne Schweigen zu brechen. Es war schwierig, die Worte zwischen den zum Lächeln gefletschten Zähnen hervorzupressen. »Warst du es nicht, der uns den Tanzenden Gott empfohlen hat? Vor ein paar Tagen?«

Der junge Mann starrte ihn unverwandt an. Der nickte nicht, blieb so reglos wie ein gespannter Bogen vor dem Schuss.

»Wir haben uns dann doch für eine preiswertere Unterkunft entschieden«, fügte Elgor hinzu, und ließ den nächsten Satz unausgesprochen. Was der andere hier machte, hatte er fragen wollen, eine wahrheitsgemäße Antwort jedoch sicherlich nicht erhalten.

Dafür stellte der andere sie. »Was tust du hier?«, fragte der junge Mann. Es schien, als bewegten sich nicht einmal seine Lippen.

»Ich wollte sehen, was in der Stadt los ist. Die Gendrischen sind hier.«

Eine Augenbraue zuckte im Gesicht des anderen. »Wenn sie dich erwischen, werden sie dich rekrutieren!«, flüsterte er und klang schadenfroh. »Großer, breiter Kerl, der du bist. Solche suchen sie.«

Elgor musterte den schmalen Mann. »Oh, sie würden dich sicher auch nehmen. Niemand ist zu klein oder zu schmal, um in der Armee zu dienen. Egal welcher.« Er fügte nicht hinzu, dass ihm klar war, dass sein Gegenüber vermutlich eine ganze Reihe Soldaten niedermachen konnte, ehe diese merkten, wen sie sich zum Gefolgsmann auserkoren hatten. Stattdessen versuchte Elgor harmlos dreinzuschauen. Immerhin wusste er, dass er das ausnehmend gut beherrschte. Blond, großäugig, mit einem ehrlichen Gesicht, dem er einen treuherzigen Ausdruck angedeihen ließ. Eines seiner besten angeborenen Talente, wie Umbert es nannte. Umbert … Wie sehr Elgor wünschte, der alte Schmied wäre jetzt bei ihm! Vielleicht hätte er auf ihn hören sollen. Umbert hatte die unheimliche Gabe, meistens recht zu behalten.

»Wo ist eure Reisebegleiterin, Schmiedemeister?«, fragte der andere.

»Bei ihrer Familie, nehme ich an. Sie hat hier Verwandtschaft, hat sie gesagt. Sie ist ja nur ein paar Tage mit uns gereist. – Und ich bin nur Geselle, nicht Schmiedemeister.«

Im Gesicht des anderen zuckte es erneut, und ein zynischer Zug glitt über sein Antlitz. »Und warum schleichst du hinter ihr her?«, fragte er.

Beinahe hätte Elgor von seinem Gegenüber fort und hinaus in die Gasse geblickt. War Maleni dort? Im letzten Moment hielt er sich davon ab, den Jüngling aus den Augen zu lassen. Nicht wegsehen. Nur nicht wegsehen.

»Ist sie denn in der Nähe?«, fragte er stattdessen ehrlich erstaunt.

»Sieh in die Gasse!«, forderte der junge Mann ihn auf.

»Zeig sie mir«, antwortete Elgor, ohne den Blick von ihm zu nehmen. Wenn er jetzt fort sah, mochte er im nächsten

Augenblick tot sein. Er versuchte eine Waffe in dem losen, dunklen Gewand seines Gegenübers auszumachen, erkannte jedoch nichts. Vermutlich würden dem anderen bereits ein winziges Messerchen oder eine Nadel mit vergifteter Spitze ausreichen. Elgor war nicht so immun gegen Gift, wie Maleni es gewesen war.

Die Augenbraue des anderen zuckte, und seine Augen verloren eine Sekunde lang ihre seltsame Starrheit. Dann bewegte er sich auf das Ende der Häuser zu, der Gasse entgegen. Wollte er Elgor wirklich Maleni auf jener Gasse zeigen? Dazu musste er an Elgor vorbei. Der Gang, in dem sie standen, war eng. Sie würden einander berühren, Tuchfühlung aufnehmen, sich bedrängen.

Ein einziger Schritt hatte den anderen nahegebracht. Er lächelte. Es war ein freundliches Lächeln, höflich und zuverlässig. Geschult, dachte Elgor noch. Er spürte, wie dessen Hände sich bewegten, so fließend wie Wasser. Er versuchte das Handgelenk des Mannes zu fassen, wusste nicht welches, grabschte nach beiden, rutschte an glatter Kleidung ab.

Dunkle Augen blickten direkt in seine hellbraunen. Das Lächeln des Feindes erlosch.

»Man wird mir verzeihen«, sagte er.

43

Etwas zu finden, wenn man niemanden danach fragen konnte, war nicht einfach. Unschlüssig und missmutig glitt Maleni die kleinen Sträßchen entlang und versuchte, sich dabei im Schatten der Häuser zu halten. Es war die denkbar ungünstigste Zeit, durch die Stadt zu streichen, wenn man an jeder Ecke feindliche Soldaten treffen mochte, denen man ihren Feldherrn genommen hatte. Zwar glaubte Maleni nicht, dass in diesem Heer irgendjemand war, der sie in der Berenborg gesehen hatte, doch wissen konnte sie es nicht. Dies hier war gefährlich. Sie hätte es allemal vorgezogen, sich mit dem Rest der Familie in die Versenkung zu begeben und dort auszuharren, bis die Truppen wieder abgezogen waren.

Stattdessen suchte sie nach einer Schmiede, die sie gar nicht finden wollte, hatte eine wirre Sammlung an Waffen und Gift an sich verborgen, doch sie besaß bislang keinen klaren Plan, was sie tun würde – oder wie. Nur dass sie es tun musste, wusste sie.

Ihren Verfolger spürte sie noch immer. Der Junxer war gut, aber nicht gut genug. Er schlich über die Dächer wie eine Katze, verschwand in Schatten, war nie zu sehen, wenn sie bisweilen verstohlen über die Schulter linste. Und doch wusste sie beinahe zu jeder Sekunde, wo er sich aufhielt. Er mochte sich für sehr gewieft halten, doch sie war besser. Sie war Schemenjägerin, er nur Junxer. Und weil auch sie einst wie er gewesen war, ahnte sie, mit welcher Hingabe und ungeheurem Willen zum Erfolg er seine Pflichten wahrnahm. Man suchte sich Tag um Tag zu beweisen, sehnte sich mit nach dem ersten Blut, das man für die Geschwisterschaft vergießen durfte, als färbte es einem die frisch gekürte Seele und machte einen zu einem vollwertigen Menschen. Die Inbrunst, mit der man seiner eigenen Aussicht auf Bewährung entgegenfieberte, ließ einen gefährlich sein wie unerprobtes Gift. Gewiss ging er voll in seiner Aufgabe auf – die sie, Maleni, leider nicht genau kannte. In jedem Fall aber wollte sie ihn nicht in ihrem Rücken haben. Vermutlich, so dachte sie, rechnete er nicht nur mit ihrem Versagen, sondern baute auch darauf. Denn dann würden die Schmiede vielleicht zu seiner Prüfung und seinem ersten Ziel.

Als seine Präsenz in ihrem Rücken verschwand, ahnte sie, dass etwas nicht stimmte. Ihr Instinkt war so fein, dass sie einen Hauch von Nichts interpretierte. Stimmen. Waren da irgendwo leise Stimmen gewesen?

Weitergehen. Weitergehen und so tun, als hätte sie nichts bemerkt – vorher nicht und jetzt nicht. Nicht umdrehen lautete die Devise, wenn man verfolgt wurde. Ruhig einherschreiten und plötzlich verschwinden – so hatte man zu reagieren. Sich umzudrehen und nachzusehen empfahl sich nur selten. Wenn man genauer wissen wollte, was hinter einem stattfand, schlug man einen Haken und fiel einem Verfolger in den Rücken. Sich umdrehen aber, das tat man nie.

Maleni setzte einen Schritt, noch einen, hielt inne und tat das Undenkbare: Sie wandte sich um. Ihr Blick schweifte den Weg entlang, den sie genommen hatte. Die Gasse war leer.

Sie war die ganze Zeit leer gewesen. Ein Junxer der Xyi hatte andere Möglichkeiten.

Ein dunkler Spalt zwischen zwei Häusern ein gutes Stück hinter ihr zog ihre Aufmerksamkeit auf sich. Da war etwas – und es ging sie nichts an. Sie sollte es ignorieren und ihrer Wege gehen. Das war noch nicht einmal eine Frage des Gehorsams, lediglich der Vernunft. Und doch blieb sie stehen, während ein Kribbeln sie erfasste und sich von ihrem Rückgrat bis in die Fingerspitzen ausbreitete. Sie hatte wahrlich keine Angst vor dem Junxer; der war ein Bruder, auch wenn ihr Herz eine andere Meinung dazu hatte als ihr Kopf. Man hatte ihr allerdings beigebracht, mit dem Kopf zu denken. Das Herz war ein Betrüger.

Unwillkürlich lenkte sie ihre Schritte zurück zu jenem Spalt zwischen den Häusern, deren Türen und hölzerne Klappfensterläden geschlossen waren, als versuchten die Häuser, die ganze Welt auszusperren. Alle Gebäude der Gasse schienen in gleicher Art abweisend. Vermutlich folgten ihr hinter den Lamellen neugierige Augen; doch die Menschen würden nicht herauskommen, um sie zu fragen, was sie hier tat. Dabei boten verschlossene Läden in einer besetzten Stadt nur eine trügerische Sicherheit, doch selbst um diese zu verlassen, brauchte es Mut. Mut war ein schwindendes Gut in dieser blutigen Welt.

Kurz meinte sie, Umberts Stimme in sich zu hören, der diese Worte hätte sagen können. Sie lächelte. Dachte sie nun schon seine Gedanken? Im nächsten Augenblick verdrängte sie erschrocken die Erinnerung an die ruhige, bisweilen sarkastische Stimme des alten Schmiedes – und an Elgors Lächeln.

Ziele. Umbert und Elgor waren Ziele. Mehr nicht.

Das kleinteilige Rundsteinpflaster, das zu den Gebäuden hin spärlicher wurde, schimmerte dunkel und feucht zwischen den beiden Häusern. Dorthin schüttete man Abwasser und Unrat, doch die Farbe war anders. Sie kannte den Geruch. Es war der Geruch des Todes. Blut.

Ihr Herz schlug, und sie versuchte sein Hämmern mit den mentalen Übungen der Xyi zu beruhigen, während sie auf den schmalen Durchgang zuhielt. Jemand war hier gestorben. Sie war sich sicher. Hatte der Junxer die Geduld verloren? Oder war er bei seiner Observierung auf einen unerwarteten Feind gestoßen?

Unbehagen und Argwohn wuchsen, doch sie drängte beides zurück. Noch gab es nichts, das Misstrauen und Beklommenheit rechtfertigte. Die Farbe des nassen Bodens reichte bestenfalls für eine Sammlung von Spekulationen mit vielen möglichen Variablen. Nur Gewissheit würde helfen.

Sie zog ihre graue Haube tiefer ins Gesicht, als könnten deren Ränder den Ausdruck auf ihrem Antlitz verbergen. Es war schwierig geworden, die porzellanene Miene der xyischen Undurchdringlichkeit wie eine Schutzmaske aufrechtzuhalten. Es schien ihr, als brächen Teile von diesem Schutz ab, zerbröselten einfach.

Nun hatte sie den Durchgang erreicht und blickte in den schattigen Korridor zwischen den Häusern. Am anderen Ende erkannte sie einen schmalen Ausschnitt an Hinterhof und Garten zu erkennen. Die überhängenden Dächer tauchten die schmale Gasse in Dunkelheit, doch Maleni sah dennoch genug: Ja. Das war Blut. Viel Blut. Hier war jemand entweder schwer verletzt oder gar getötet worden. Einen Leichnam aber sah sie nicht. Es gab keinen. Nur Blut.

Sie atmete tief ein, als könnte sie damit ihren Magen beruhigen. Sie ängstigte sich nicht wegen einer Leiche. Doch was bedeutete das? War der Sumpf an Möglichkeiten, genau das Falsche zu tun und daran zugrunde zu gehen, eben noch tiefer und gefährlicher geworden? Nein, dachte sie und kämpfte ihre Bedenken nieder. Sachlich bleiben. Hier gab es nichts. Nicht einmal eine Leiche.

Sie blickte auf den schmalen Spalt Hinterhof. Letztlich ging es sie nichts an, wessen Blut hier vergossen worden war. Sie sollte einfach ihre Neugier zügeln und weiter ihr Ziel verfolgen. Ihre Ziele. Es waren zwei.

Sie hätte die Männer kommen hören müssen. Sie waren nicht leise. Doch sie war zu sehr abgelenkt gewesen. Ein Fehler, der nicht einmal einem Junxer passieren durfte. Was war nur los mit ihr?

Soldaten. Immer schlecht. Sie kamen aus beiden Richtungen, und sie hatten sie bereits gesehen. Zu spät, um in der blutigen Dunkelheit jenes Zwischenganges zu verschwinden.

Gendrische. Freilich hatten sie kein Recht, ihr etwas anzutun. Doch wer die Macht hatte, hatte das Recht. Zehn Soldaten zählte sie, und die würde sie am helllichten Tag mitten auf der Straße ohne Überraschungsmoment kaum besiegen können. Und was, wenn hinter den Läden Menschen auf sie blickten, die lieber nicht sehen sollten, wie eine Schemenjägerin der Xyi kämpfen konnte?

Auf der anderen Seite: Vielleicht würden die Soldaten sie ja in Ruhe lassen? Sie hatte ihnen nichts getan, und es fanden bislang offenbar keine Kämpfe auf den Straßen statt. Alles war ruhig. Totenstill.

»Da!«, rief einer nun und deutete auf sie, als müsse er die anderen, die sie gleichermaßen wahrgenommen hatten, auf sie aufmerksam machen. Oder er steckte nur eine Art Besitzrecht ab.

Er war hässlich. Sie waren alle hässlich. Maleni hasste sie.

Taryah – verharrte ruhig. Sie wartete auf eine bessere Möglichkeit. Manche der Hässlichen konnte man vielleicht betören. Manche übertölpeln. Alle vergiften?

Beide Gruppen liefen nun zielstrebig auf sie zu. Sie hatte versteckte Waffen, um genügend Menschen hinterrücks zu ermorden. Aber so direkt?

»Nimm die Haube ab!«, brüllte einer sie an, während der nächste ihr die Kopfbedeckung von den Haaren zerrte. Ihr dicker Zopf fiel ihr über die Schulter.

»Rothaarig!«, jubelte einer.

Sie suchten Rothaarige? Wozu?

»Das gibt eine Prämie!«, frohlockte ein anderer.

»Was wollt ihr von mir?«, fragte sie die Kerle so ruhig wie möglich.

Mehrere Hände ergriffen sie. Zu viele, um sich vernünftig wehren zu können. Erst einmal abwarten. Vielleicht ließ sich das ja später lösen; im Moment standen sie zu eng um sie herum. Auch schienen sie ein eingespieltes Team zu sein, Haudegen, die schon lange gemeinsam kämpften. Sie würden als Gruppe kämpfen und nicht einzeln.

»Du kommst mit!«, brüllte einer sie an. »Der Marejal hat Appetit auf Rothaarige.«

Jemand kniff ihr in die Brust. Ob sie diesen Marejal unbeschadet erreichen würde? Sie musste sich so verhalten, dass sie dort kampftauglich ankam. Einen einzelnen Heerführer konnte sie besiegen. Auch zwei oder drei. Doch warum wollte er Rothaarige? Hatte er so genaue Vorlieben?

»Das ist die siebte!«, freute sich einer der Männer. »Sicher gibt es noch mehr. Wir sollten die Häuser durchsuchen.«

»Wir sollen nicht plündern!«, mahnte ein anderer.

»Wir plündern nicht. Wir sammeln Rothaarige ein. Wer sie freiwillig herausgibt, dem geschieht gar nichts.«

»Seit wann bevorzugt er Rothaarige?«

»Seit er die Mörderin von Zandru von Lorennen fangen will.«

Die Männer setzten sich in Bewegung und zerrten sie einfach mit. Sie hatten gefunden, was sie suchten, und wenn sie sie durchsuchten, würden sie vielleicht ihre verborgenen Waffen finden. Wo war der Junxer, wenn man ihn brauchte?

Etwas bewegte sich am Ende der Straße. War er das? Würde er berichten? Kam Hilfe?

Eine Hand schlug sie und zwang sie, in die andere Richtung zu blicken.

44

Kyrros-Priesterin zu sein stellte keine besondere Anforderung an dogmatische oder religionsphilosophische Kenntnisse. Den Tod kannte jeder, und jeder war bereit, demjenigen zu folgen, dessen Wissen die Begegnung mit Kyrros hinausschieben mochte.

Die Frau ordnete akribisch ihr Gewand, zupfte mit akkuraten Bewegungen die weiten, knochenweißen Leinenhosen gerade und zog die ebenso helle, knielange Tunika darüber zurecht, auf der in zarten Beigetönen vorne und hinten ein Skeletttorso aufgestickt war. Ihre Priesterkollegen zogen zumeist einen knöchellangen Kaftan vor, doch die Priesterin des Marejals legte Wert auf größtmögliche Bewegungsfreiheit; selbst in einem klerikalen Gewand. Die Priesterschaft schützte einen nicht notwendigerweise vor Angriffen. Wenn es zu solchen kam, sollte man sich wehren können. Deshalb trug sie ihre Tunika seitlich geschlitzt und verbarg unter dem weiten Kleidungsstück ein Hemd aus Karruhaut, deren Zähheit Stichwaffen zumindest kurzfristig ablenkte. Ihr kurzes, weitgehend ergrautes Haar hatte sie unter das weiße, knochengesäumte Birett geschoben, das einige Überraschungen beinhaltete, von denen niemand hier etwas ahnte.

Es war nicht ungefährlich, mit einer Armee zu ziehen, doch das Arrangement hatte sich bewährt. Der Marejal hörte ihr stets zu und hielt sich oft genug an ihr Urteil. Er sah sie als Institution und nicht als Frau, und das war gut so. Frau sein hatte ihr nie besonders gelegen. Mann sein freilich erst recht nicht. Sie hatte sich stets nur über ihre Bestimmung und ihre Aufgabe definiert.

Es gab nicht allzu viele Frauen bei der kämpfenden Truppe. Im Tross schon, doch zu dem gehörte sie nicht. Sie gehörte in gewisser Weise dem Offizierskorps an, obgleich sie nie Soldat in einer Armee gewesen war und nicht einmal aus Gendern stammte. Doch das war einerlei, denn ihre Zugehörigkeit war nicht geographisch geprägt.

Es hatte sie einiges an Übung gekostet, mit Worten so zielgerichtet agieren zu können wie mit Messern oder Gift. Als der Berg ihr diese Aufgabe angetragen hatte, war sie sich zunächst nicht sicher gewesen, ob sie ebenso gut überzeugen wie töten konnte. Töten – das war stets einfach gewesen. Sie hatte darin brilliert und mit zunehmendem Alter hatten die Skrupel abgenommen, die sie bisweilen als junge Schemenjägerin noch nutzlos gequält hatten. Sie wusste nun, dass sie keine zu haben brauchte, denn alles hatte seinen Sinn. Sie führte diesen Sinn aus, war Teil eines feingesponnenen Maschennetzes, das die Welt durchwirkte und hielt. Die Logik der Ereignisse hatte sie eins werden lassen mit sich selbst.

Sie war nie besonders zart besaitet gewesen, doch die Arbeit hatte das Ihrige getan, sie zu dem zu formen, was sie heute war. Ihren Außennamen hatte sie schon länger nicht mehr verwendet; er war so verblasst wie ihre ehemalige Seelenschicht. Heute nannte sie sich nur noch nach dem Namen ihrer inneren Kämpferseele – auch wenn ihre Kämpfe nicht mehr oft mit Messer oder Gift auszuführen waren. Nehra nannte sie sich, und als Priesterin stand ihr zudem der Titel »Würdige« zu. Das war sie heute, die Würdige Nehra.

Sie lächelte und wusste doch selbst, dass ein anderer ihr Lächeln als Zähnefletschen deuten würde. Schön war sie nie gewesen. Ihre Lippen hatten stets die Tendenz gezeigt, beinahe zynisch seitlich herabzudeuten. Aus der überlegenen Situation einer Schemenjägerin heraus hatte sie sich diesen Zynismus allerdings gerne zugestanden. Sie hatte ihre Aufträge stets zur Zufriedenheit erfüllt, und je leichter es gewesen war, desto tiefer hatte sie die Mundwinkel herabgezogen. Triumph war unangemessen, doch ihr Zitronenlächeln mochte etwas Ähnliches sein.

Hier interpretierte man ihre Mimik nicht als Zynismus, sondern als Abgeklärtheit. Eine gewisse Härte erwartete man von einem Mitglied der Kyrros-Priesterschaft ohnehin. Wer mit dem Tod kommunizierte, konnte weder allzu ängstlich noch allzu sanft sein.

Es war ihr nicht gelungen, sich in das Umfeld des Zandru von Lorennen einzuschleichen. Der Blutdenker hatte eine viel zu hohe Meinung von seiner eigenen Verklärtheit gehabt, um auf die Einflüsterungen eines Mitglieds des Klerus zu hören. Doch Merren Gyrdon hatte sie gerne in den innersten Kreis seiner Berater aufgenommen, hielt sich für agnostisch, und war zu sehr in den Traditionen seiner Militärkaste verhaftet. Und da glaubte man an Kyrros, auch wenn man es nicht zugab.

Gyrdon zu leiten und zu drehen, war zu einem Schachspiel besonderer Güte geworden. Eine Herausforderung, die gerade so groß war wie die, eine Truppe Marodeure ganz allein auszulöschen, bevor sie ihr Ziel erreichen konnten.

Sie war gut darin geworden, Merren Gyrdon denken zu lassen, ihre Einflüsterungen wären seine eigenen Ideen. Umso mehr ärgerte es die Würdige Nehra, dass er diesmal nicht ihrem Rat gefolgt war.

Es klopfte rhythmisch an ihrer Tür. Sie war mit dem Offiziersstab im Rathaus Pyrns untergebracht und hatte dort einen kleinen Aktenraum nur für sich allein. Die Würdige Nehra musste selten ein Nachtlager teilen. In der Dunkelheit so nah bei Kyrros zu sein, das wollte niemand.

Wie stets stellte sie sich so an die Tür, dass sie dem Ankömmling nicht ihre ganze Front bot und gegebenenfalls schnell beiseitespringen konnte. Dann öffnete sie.

Der Mann war älter als sie und von der elastischen Drahtigkeit, die man von einem Mitglied der Geschwisterschaft auch im Alter erwartete. Noch ehe sie das geheime Zeichen austauschten, wusste sie, dass er ein Bruder war.

»Bringst du Kunde?«, fragte sie und hoffte, er würde endlich Ordnung in das Durcheinander bringen. Es war zunehmend schwieriger geworden, zu wissen, in welche Richtung sie den Marejal lenken sollte. Sollte er einfach sterben – so wie der Blutdenker? Oder versprach man sich von ihm eine erfolgreiche, wenngleich von ihm unbemerkte Kooperation mit dem Berg – durch sie?

Der Mann nickte und sah sich um, als wäre er sich nicht sicher, ob sie allein wären. Sie winkte ihn in ihre umfunktionierte Amtsstube und schloss hinter ihm die Tür.

»Ich komme vom Tanzenden Gott«, sagte er. Sie kannte die Pyrner Herberge. »Wir haben die Schwester zu Gast, die für den Blutdenker tanzte.«

Nehras Augenbrauen zuckten. Das war interessant, aber im Grunde nebensächlich.

»Sie ist also tatsächlich hier? Ihr solltet sie gut verstecken.«

»Wir haben sie in die Stadt geschickt, um ihre letzten Reisegefährten auf die lange Fahrt zu schicken. Sie ist noch nicht zurückgekehrt. Der Junxer, der sie beobachten sollte, freilich auch noch nicht.«

»Die Armee sucht nach rothaarigen Frauen, um die Mörderin zu fassen.«

»Das ist schlecht.« Vielleicht war ein Hauch Kritik in den Worten des Mannes.

Nehras Miene versteinerte. Sie hatte die Suche nicht verhindern können, doch als Versagen wollte sie sich das nicht zurechnen lassen. In dieser Situation eine einzelne Kämpferin auf die Straßen zu schicken, um ein paar unbedeutende Karawanenmitglieder zu töten, war auch keine geistige Heldentat. »Warum muss sie überhaupt ihre Reisegefährten angehen?«, fragte sie etwas unwirsch.

»Es wurde berichtet, sie wäre ihnen zu sehr Freund geworden.«

»Sicherlich nur Tarnung. Dazu sind Reisegefährten da.«

»Möglich.« Der Mann klang nicht überzeugt.

»Ein denkbar ungünstiger Augenblick, um eine Tänzerin auf eine Suche zu schicken.« Nun war es die Würdige Nehra, die Kritik übte.

Die Mundwinkel des Alten zuckten. »Sollten die Gendrischen sie fangen«, sagte er, ohne auf den Tadel einzugehen, »erwarten wir Nachricht. Vielleicht kannst du etwas für sie tun.«

»Ich werde nichts tun, was meine Aufgabe gefährdet«, antwortete sie. »Gar nichts. Ihr habt sie ausgeschickt. Ihr müsst ihr helfen. Warum nur habt ihr …«

»Die Anweisung kam per Botenbuzzard. Vom Berg.«

Nehras Augenbrauen zuckten. »Ungewöhnlich. Selten mischt sich der Schemenrat so detailliert in die Exekutive.«

»Vielleicht erkennt der Rat ein Muster.«

»Erkennst du eines?«

»Sie war über ihren neuen Auftrag nicht glücklich.« Die Miene des Mannes verriet nicht, was er davon hielt.

»Es ist ihr Recht, anderer Meinung zu sein.«

»Solange sie dennoch gehorcht.«

»Hast du da Zweifel?«

Der Mann blickte sie an. Er zuckte nicht mit den Schultern, da er sich nutzlose Gesten schon lange abgewöhnt hatte, doch sein Blick sagte das Gleiche aus.

»Wenn sie gut genug war, für ihr Ziel zu tanzen, wird sie gut genug sein, den Gendrischen zu entgehen«, meinte Nehra.

»Das wäre wünschenswert.«

Nehra drehte sich ihrem Bruder direkt zu. »Welches Muster?«, fragte sie nun. Sie wusste, was er meinte. Bisweilen verdichteten sich gänzlich harmlose Dinge mosaikgleich zu etwas, das mit einem Mal ein Widernis darstellte. War man gewieft genug, konnte man eine solche Konstellation schon während des Entstehens wahrnehmen – wie Kaleidoskopsteine, die schließlich ein ganzes Bild formten. Doch meist entpuppte sich so ein angehendes Muster als Zufall, und es galt, den eigenen Verfolgungswahn zu zügeln. »Was für ein Muster?«, wiederholte sie, obgleich sie das Schicksal irgendwelcher Reisegefährten anderer Schemenjägerinnen nicht im Geringsten interessierte. Doch wenn es ein Muster gab, betraf es vielleicht auch sie.

Der alte Schemenjäger sah sie an. »Ich wüsste keines.«

»Wer sind diese Reisegefährten?«

»Zwei Schmiede. Ein alter und ein junger.«

»Nur zwei Schmiede? Der Berg gibt sich mit zwei Schmieden ab? – Während ich auf Instruktionen warte und keine erhalte?«

Der Alte kaute auf seiner Unterlippe und stellte die nutzlose Bewegung dann ein. Er schwieg einen Augenblick, streckte das Schweigen wie Baumgummi. »Manchmal«, flüsterte er schließlich und blickte Nehra in die Augen, um den Blick gleich darauf ins Leere über irgendwelche Akten schweifen zu lassen. »Manchmal denke ich, der Rat … rät.«

Nehra sah ihn kritisch an. »Der Schemenrat«, widersprach sie, »weiß, was er tut.«

»Der Rat entscheidet mitunter auf der Grundlage von sehr wenig Information«, meinte der Tavernen-Bruder.

»Das wissen wir nicht. Der Rat mag Informationen haben, die uns fehlen.« Nehra hatte noch nie die überlegene Weisheit des Rates angezweifelt. Sie mochte nicht an Kyrros' Göttlichkeit glauben, doch an der Unfehlbarkeit des Rates hegte sie keine Zweifel. Alles, was sie tat und in ihrem Leben getan hatte, basierte darauf, dass es diese erhabene Instanz gab, die wusste, was zu tun war. Was für einen Sinn hätte sonst alles?

Der Alte gab seine Hände zu einer nutzlosen Geste frei. »Zwei Schmiede. Was soll daran besonders sein?«, fragte er und brachte seine Hände sofort wieder zur Ruhe.

»Werden sie schon länger gesucht?«, fragte Nehra.

»Nicht, dass ich wüsste. Handwerker. Einfach nur reisende Handwerker.«

»So ist ihre Reise mit der Tänzerin der einzige Grund für die Planung ihres Endes? Das ist viel Mühe für so wenig … Substanz.« Wieder schwiegen sie einen Moment, ehe sie fortfuhr: »Einerlei. Der Schemenrat wird seine Gründe haben. Der Rat sieht das Gesamtbild.«

»Oder der Großmeister.«

Sie blickte ihm einen Moment lang schockiert in die Augen. Man sprach nicht über den Großmeister! Es schickte sich nicht, wenngleich es auch nicht verboten war. Doch der Großmeister war – der Großmeister. Zum Ratsmitglied musste man aufsteigen, um das Recht zu erhalten, ihm nahe zu sein.

Noch war sie kein Ratsmitglied.

Der Mann vor ihr aber auch nicht.

»Es wäre wichtiger zu wissen«, insistierte sie, »wie *ich* weiterhin vorgehen soll. Die Tänzerin wurde eingesetzt, um den Vormarsch der Gendrischen zu durchkreuzen. Der Seher versucht dazu das Seine. Und ich? Ich laufe mit der Armee, ohne ihr Fortkommen zu behindern. Ich warte auf Anweisungen.«

»Es gibt nichts Neues.«

»Welchen Sinn ergibt das?«

Der Bruder verzog den Mund zu einem süßlichen Lächeln. »Der Schemenrat wird seine Gründe haben. Der Rat sieht das Gesamtbild«, zitierte er sie. »Die neueste Nachricht betrifft die Tänzerin und die Schmiede, nicht deine Aufgabe bei der Streitmacht. Mach weiter wie bisher.«

Nehra schnaubte frustriert. »Ich danke dir für die Kunde«, sagte sie schließlich, ohne sich zu irgendeiner Aktion zu verpflichten.

Der Alte neigte sein Haupt höflich, doch keinesfalls unterwürfig. »Wir tun stets, was zu tun ist«, sagte er formell.

»Du musst jetzt gehen. Ich will nicht, dass dich jemand sieht.«

Er mochte nicht mehr jung sein, doch gewiss konnte er ungesehen kommen und gehen. Also war der Satz eine Beleidigung. Es war auch eine Darstellung der Rangordnung.

Nehra fand es wichtig, dass er wusste, welche Bedeutung sie und ihre Arbeit hier hatten. Sie war im aktiven Dienst, er hingegen ein alter Mann, der für Geschwister kochte und ihnen die Betten machte. Und Nachricht brachte, die keine war.

»Hier!«, sagte sie und kritzelte etwas auf einen winzigen Zettel. »Schickt das weiter.«

Kurz musterten sie einander lauernd, dann verzog Nehra ihren Mund zu ihrem üblichen sauren Lächeln, während der Bruder die Sicht auf eine Zahnreihe freigab, die schon so manche Lücke zierte.

Sie hatten einander verstanden.

Und sie würden nicht über den Großmeister reden.

KASSIBER 9

Botenbuzzardnachricht
an den Weisen von Gendern

Die Streitmacht hat Pyrn erreicht. Ein Umkehren ist nicht in Sicht. Fyrsthliche Depesche an Merren Gyrdon wurde von diesem als Fälschung klassifiziert.
Wie soll weiter vorgegangen werden?
Katze

45

DAMALS

Bisweilen sah Maleni Druya – oder die Sarvin, die Druya so ähnlich sah. Zu Anfang hatte sie versucht, mit ihr zu reden. Doch die Sarven kommunizierten nicht. Ob sie es mit den erlauchten Schemenjägern oder den Mitgliedern des Rates taten, die in den Tiefen des Berges wohnten, wusste Maleni nicht. Sie fragte eine Meisterin, erhielt jedoch keine Antwort. Zumindest keine, die ihr irgendetwas sagte: »Die Sarven dienen. Das ist ihre Bestimmung.«

Irgendwann fand Maleni es leichter, die Sarvin nicht mehr als Druya zu sehen. Die Ähnlichkeit schien zu verblassen, und Maleni legte ihre Trauer ab wie einen Kokon, dem man entschlüpft, weil er steif und eng geworden ist. An dem Tag nahm sie ihre alten Besitztümer aus ihrem Schränkchen. Es war nicht viel geblieben von dem, was sie als Kind aus ihrem zerstörten Heim mitgenommen hatte. Als ihre Kleider ihr zu klein geworden waren, gingen sie in den Fundus. Nur das Häkelmäntelchen hatte sie noch, auch wenn es nur mehr lediglich als kurze Pelerine taugte. Und sie hatte noch den Zopf ihres Vaters.

Sie nahm ihn in die Hand, als sie allein im Schlafraum war, und zitierte die Namen ihrer Familie. Als letzten Namen nannte sie Druya. Dann verbrannte sie Mäntelchen und Zopf, trank einen winzigen Becher Laeth, den sie sich dazu erbeten hatte, und räumte ihre Seele auf, so wie man es ihr beigebracht hatte. Eine mentale Übung, die einem Trauer und Zweifel aufhob und irgendwo verstaute.

Es war das Zelebrieren eines Neuanfangs. Eine wilde Freude durchdrang Maleni, ein Feuer, das sie und die Geschwisterschaft neu zusammenschmiedete. Sie war daheim, sie war am Leben, und sie betrachtete ihre Geschwister mit einem frischen Gefühl an Vertrauen und Verbundenheit. Es war, als wäre sie ein zweites Mal angekommen. Bei ihrer Familie.

Sie war glücklich; die Welt um sie strahlte.

Die neue Maleni wollte besser werden als sie je gewesen war. Schöner, erfolgreicher, zielgerichteter.

Sie konzentrierte sich auf ihr Training. Lernte, die Welt um sich herum in mentale Planquadrate einzuteilen, in denen sich Bewegung besser koordinieren ließ – erst ebenerdig und später dreidimensional an Wänden, Seilen, auf Simsen und Absätzen und allem, auf dem man herumturnen konnte, von dem oder auf das man springen mochte. Sie ging mit großer Freude an die Aufgabe, perfekt zu werden. Perfektion beinhaltete freilich nicht nur, Feinde zu töten, sondern auch ihre eigene Effektivität so genau zu dosieren, dass sie niemandem schadete, dem sie nicht schaden wollte. Sie hatte gedacht, sie würde nun weniger häufig siegen, doch tatsächlich war es umgekehrt. Je umsichtiger sie kämpfte, desto erfolgreicher wurde sie. Selbst Krurro, den Jungen, den man ihr zugeteilt hatte, als sie als Kind in den Berg gekommen war, konnte sie mit ihrer ruhigen Zielsicherheit besiegen. Nur einmal. Doch einmal reichte ihr. Auch diesen Sieg legte sie tief in sich ab und versagte sich einen offenen Triumph.

»Du wirst immer besser«, lobte eine Meisterin und schenkte ihr ein Lächeln, das so strahlte wie die Morgensonne. Da war Maleni vierzehn.

»Wir sind alle gut!«, antwortete sie, weil es die richtige Antwort war. Und weil es auch stimmte. Sie waren alle gut. Auch Krurro, der das nächste Mal wieder siegte und dessen kaum verhohlener Triumph seinen Sieg schmälerte.

Sie tanzte mit Myra, doch sie erreichten nie den Gleichklang der Seelen und Körper, den sie mit Druya geteilt hatte. Irgendwann entschieden sich die Meisterinnen, sie beide besser allein tanzen zu lassen. Für Maleni war es wie das Abwerfen von Fesseln, die sie bislang gar nicht gefühlt hatte. Danach schien es ihr bisweilen, als flöge sie durch das Leben auf all dem, was sie lernte und jeden Tag besser konnte. Kämpfen, tanzen, heilen und endheilen, wie der akribische Umgang mit Gift bisweilen genannt wurde. Sie brillierte in allen Fächern, ihre Meister und Meisterinnen waren zufrieden, und das machte Maleni glücklich.

»Du wirst eine gute Tänzerin sein!«, sagte man ihr.

»Es macht Spaß!« Ihre Begeisterung trug sie.

»Es wird nicht immer Spaß machen«, erklärte man ihr. »Die Kunst fängt an, wenn man Freude vermitteln kann, auch wenn es gerade keinen Spaß macht. Stets. Bei gleichbleibender Perfektion.«

Zum Tanzen gehörte mehr als das Bewegen ihres Körpers zu Musik. Sie lernte zu betören, zu locken, zu bestricken. Ihr Publikum waren junge Anwärter, die, während sie tanzte, Gleichgewichts- und Konzentrationsübungen machen mussten. Versagten sie, hatte Maleni gesiegt.

Sie versagten immer öfter. Maleni las in ihren Reaktionen, in jeder versteckten Geste, in jeder entgleisten Miene, auch wenn der Blick weniger als eine Sekunde andauerte. Und sie erfreute sich daran. Sie studierte die männliche Physis und deren Empfänglichkeit für Zuwendungen und war erstaunt, wie schnell und nachhaltig sie die Körperreaktionen der jungen Männer beeinflussen konnte. Es wurde zum Spiel. Ein Wettstreit der eigenen Art.

Manchmal tanzte sie nur für sich – aus purer innerer Freude. Niemand verbot es ihr, doch das ultimative Ziel war stets die Manipulation des Publikums für eine spätere Aktion. »Es ist leicht«, sagte sie irgendwann ihrer Meisterin, die in ihrer Jugend eine wunderschöne Frau gewesen sein musste. Selbst in ihrem Alter – und sie war gewiss über fünfzig – war sie von einer ebenmäßigen Perfektion, die um sie erstrahlte wie eine Aureole. Sie bewegte sich mit der Anmut eines Märchengeistes, und fast erwartete man, sie würde in Schönheit vergehen wie Nebel, um nichts zurückzulassen als ewiges Sehnen.

Die Meisterin lächelte: »Es ist leicht, einen Mann dazu zu bringen, seinen Schwanz in dich stecken zu wollen, das stimmt«, sagte sie. »Darauf kommen sie auch noch ohne deine Hilfe. Die Hälfte ihres Gehirns beschäftigt sich ohnehin beständig damit. Schwieriger ist es, ihn hinzuhalten. Ihn so zu umgarnen, dass er freiwillig wartet, bis du ihm dein Geschenk gewährst. Ihn so zu vernebeln, dass er an nichts anderes mehr denken kann als an dich und deinen Körper, das Lächeln deines Gesichtes und das Lächeln deines Schoßes; dass er alle Vorsicht fahren lässt; jedes Misstrauen; jeden vernünftigen Gedanken. Und die Gefahr, um die er wohl weiß, vergisst, als gäbe es sie nicht. Das ist die Kunst – nicht einen Mann dazu zu veranlassen, einen Steifen zu haben. Für Männer – besonders solche im Krieg – ist der erregte Zustand lediglich eine andere Form der Machtausübung. Sie kämpfen, und sie vögeln. Daraus besteht ihr Leben. Die Kunst ist also nicht, sie geil zu machen, sondern ihnen die Macht zu nehmen. Die hohe Kunst ist, dass sie dir ihre Macht – die Macht über sich – freiwillig geben. Und die Perfektion besteht darin, dass sie es noch nicht einmal merken. Bis es zu spät ist.«

»Das klingt schwer«, meinte Maleni und runzelte die Stirn. »Hast du nie Angst gehabt?«

»Eine Schemenjägerin der Xyi erlaubt sich keine Angst. Angst ist der größte Feind in einer Welt aus Feinden.«

Maleni blickte nachdenklich vor sich hin. Den Satz hatte sie schon oft gehört. »Und Liebe?«, fragte sie. Es war ein Wort, an das sie sich erinnerte. Ein Konzept, das rar geworden war in ihrem Leben, auch wenn es im Berg viele Menschen gab, die sie wertschätzte oder gar bewunderte.

»Liebe hat nichts damit zu tun.«

»Wäre es nicht leichter mit Liebe?«

Die Meisterin lachte. »Deinen Zielen kannst du deine Liebe nicht geben. Sie dürfen nichts erhalten, das dich verletzlich macht. Und die Mächtigen, um die du buhlen wirst, wissen meist nicht einmal, was Liebe ist. Wenn du je lieben willst, muss das hier im Berg geschehen. Alles andere ist stets nur ein Machtspiel um Leben und Tod. Wenn du leben willst, musst du siegen – nicht lieben.«

Maleni war sich sicher, dass das richtig so war. Ihre Meisterin war erfolgreich gewesen und hatte überlebt. Ihre Meisterschaft basierte auf dem, was sie erlebt, und auf den Regeln, die sie eingehalten hatte.

»Deine Große Weihe naht. Deine Seele wird perfektioniert. Dann wirst du in der Lage sein, deiner eigenen Perfektion von außen und von innen zuzusehen. Deine Fähigkeiten werden geschliffen und dort abgelegt, wo sie am nützlichsten sind.«

Maleni strahlte. Sie freute sich auf den Tag, fieberte ihm regelrecht entgegnen. Ein bisschen fürchtete sie sich auch davor, denn niemand hatte ihr sagen wollen, was dort geschah. Tatsächlich hatte sie den Eindruck gewonnen, dass niemand es wusste. Doch das konnte nicht sein, denn jeder erwachsene Schemenjäger hatte diese Initiation durchlaufen. Man bekam seinen zweiten Namen, den Jägernamen, und wurde vollständig. Denn bislang, so sagten die Meister und Meisterinnen den Anwärtern immer wieder, war man nur ein Teil eines späteren Ganzen. Vollkommenheit war erst nach der Großen Weihe möglich, wenn man ergänzt wurde durch das, was einem fehlte. All das, was man gelernt hatte, teilte man dann mit dem zweiten Ich, das das Erlernte zur Vollendung führte.

»Wirst du meine Patin sein?«, fragte Maleni, die die schöne Meisterin so sehr bewunderte, dass sie manchmal nicht wusste, ob das nicht vielleicht schon jenes warme, gefährliche Gefühl war, das sie stets vermeiden musste, nämlich Liebe. Aber schließlich war Liebe ja innerhalb der Geschwisterschaft nicht verboten.

Die Meisterin schenkte ihr ein wunderschönes Lächeln und schüttelte den Kopf. Ihre Augen sprühten, doch während dieser Blick Maleni sagte, dass gerade sie unter allen Anwärtern und Anwärterinnen besonders begabt, ganz besonders schön und ganz besonders dem Herzen der Meisterin verbunden war, vermittelten deren Worte Maleni die Wahrheit: »Nein. Ich müsste sonst so vielen Patin sein.« Maleni verstand. Sie war eine von vielen älteren und jüngeren Anwärterinnen und fertigen Schemenjägern, die bereits im Einsatz waren.

Sie blickte die Meisterin einen Moment lang enttäuscht an und bewunderte dann erneut deren Perfektion. »Natürlich«, sagte sie und versuchte ihrer Meisterin das gleiche Lächeln zurückzuschenken, ergänzt durch liebevolles Verständnis, das sie in ihren Augen darzustellen versuchte.

Ihre Meisterin lachte. »Gut gemacht!«, lobte sie, und Maleni freute sich.

»Deine Patin steht bereits fest«, sagte die Meisterin. »Niccela wird es sein. Sie kommt zurück zum Berg und wird erneut eine Weile bei uns lernen, um irgendwann neue Aufgaben übernehmen zu können. Sie wird für deine Initiation verantwortlich sein.«

»Oh«, sagte Maleni, ohne ihr Lächeln zu unterbrechen, doch die Augenbraue ihrer Meisterin zuckte: »Niccela ist eine unserer Besten. Und sie hat Verantwortung übernommen, als sie dich brachte. Als sie – ganz richtig – entschied, dass du zur Familie gehören solltest. Sie hat es gesehen, und du hast es bestätigt. Also übernimmt sie die Verantwortung, dich dem Schemenrat und dem Großmeister zuzuführen. Sie war für dein Überleben verantwortlich, und solltest du die Geschwisterschaft je verraten, wird sie für deinen Tod verantwortlich sein.«

Einen winzigen Augenblick lang war Maleni erschrocken. Sie erinnerte sich an Niccela als ein Instrument des Todes, das mit Präzision durch die Leben so vieler Menschen gleichzeitig schnitt, dass nur ein Feld umgemähter Leichen übrig blieb.

Maleni schluckte. Dann lächelte sie. »Aber ich werde die Geschwisterschaft nie verraten«, sagte sie stolz.

»Gut«. Die Meisterin lächelte.

Maleni blickte sie an und runzelte die Stirn. »Gibt es Geschwister, die das tun?«, fragte sie. »Die Geschwisterschaft verraten?«

»Selten«, beruhigte die Meisterin. »Doch es kommt vor. Manche verlieren den Mut oder wissen plötzlich nicht mehr, warum sie tun, was sie tun. Sie verlieren ihren Gehorsam oder finden einen Menschen, von dem sie meinen, er wäre wichtiger als die Familie. Sie suchen nach einem anderen Leben, einem ohne Tod.«

»Es gibt kein Leben ohne Tod.«

»Richtig.« Die Tanzmeisterin nickte ernst. »Es ist gut, dass du das weißt. Und der Tod, den Verräter erleiden, ist kein leichter.«

»Wie ist er?«, fragte Maleni neugierig.

Das Lächeln ihrer Meisterin wurde dünn. »Wer weiß das schon?«, sagte sie knapp, doch dann strahlte ihr Gesicht wieder. »Aber du wirst so nicht enden, nicht wahr?«

46

Manche der jungen Frauen weinten. Die jüngste war kaum dreizehn Jahre alt und hübsch; andere waren älter, schön oder hässlich, dick oder dünn; aber alle waren sie rothaarig.

Der Kellerraum unter dem Ratsgebäude war geräumig. Er hatte einen abgeteilten Bereich, der mit Eisenstäben eine Sammelzelle einschloss, in der sie alle gefangen waren. Sonst saßen dort vermutlich Diebe und Mörder ein.

Das Schloss war gut. Wäre Maleni allein gewesen, sie hätte es gewiss knacken können. Doch in der jetzigen Situation würde ebendiese Fähigkeit sie in der Gruppe verraten. Es war schlimm genug, dass sie hier niemanden kannte. Fremde zu sein war stets gefährlich. Hier jedoch konnte sie sich bestenfalls in der Menge verstecken, und so war es, als stünde sie bereits am Pranger. Langfristig jedoch würde der Pranger nicht ihre Strafe sein. Das wusste sie. Ihr Tod würde gewaltsam und gemein sein.

Sie hoffte auf den Junxer. Der musste von ihrer Gefangennahme berichten, und die Geschwister würden etwas unternehmen. Es gab doch immer etwas, was man tun konnte. Das gab es doch? Vielleicht hatte sie falsch reagiert. Vielleicht hätte sie sich auf einen Kampf auf der Straße einlassen sollen. Sie hatte gefühlt, wie Taryah darauf gewartet hatte, an ihrer Vorsicht vorbei nach vorn zu preschen. Doch sie hatte es nicht getan, hatte die Lage letztlich ebenso eingeschätzt wie Maleni. Erst einmal abwarten, bis sich eine bessere Gelegenheit bot.

Nur bot sich keine.

»Wir sind eins«, sagte sich Maleni lautlos in ihrem Inneren.

»Närrin!«, flüsterte dieses Innere zurück. »Du wirst uns noch beide umbringen. Wir hätten die Schmiede längst aufräumen sollen, dann wären wir jetzt nicht hier.«

»Wann hätten wir das tun sollen? Sie kannten den Weg durch die Berge. Danach wären wir ohne sie gestorben.«

»Und wenn wir jetzt sterben – und sie leben?«

Eine der jungen Frauen trat auf sie zu und musterte sie argwöhnisch. »Betest du?«, fragte sie. »Du bist fremd hier.«

Das klang wie ein Vorwurf.

»Ich bin die Nichte der Wirtin des *Tanzenden Gottes* und noch nicht lange in der Stadt. Ein paar Wochen nur.« Wenn sie schon ein paar Wochen da gewesen wäre, hätte sie in Virniu niemanden umbringen können.

»Es hat dich hier noch nie jemand gesehen.«

»Ich war krank.«

Die Mitgefangene starrte sie an, und Maleni antwortete mit einem unsicheren Lächeln. »Ich heiße Maleni«, sagte sie. Namen schafften Vertrautheit. »Und du?«

Doch sie erhielt keine Antwort. Auf der anderen Seite der Gitter wurde es laut, und von einem Korridor drang Lichtschein herein. Schon kamen Soldaten mit gezogenen Waffen. Ihre Entschlossenheit spiegelte sich in ihren wilden Mienen wider, vermischt mit Verachtung und Vorfreude – eine ungute Mischung.

Die Frauen wichen jammernd in der Zelle zurück, und Maleni tat es ihnen gleich.

»So«, sagte einer, der besonders bunt und prächtig gekleidet war. »Jetzt führen wir euch denen da oben vor. Die werden ganz schnell herausfinden, wer von euch die Mörderin ist. Die haben ihre Mittel und Wege.« In seiner Stimme lag Genugtuung. Vielleicht hoffte er auf »Reste«, mit denen er sich vergnügen konnte.

Eine Schemenjägerin der Xyi erlaubte sich keine Angst, und Maleni bewegte sich auf dem schmalen Grad, ihre Bedenken zu unterdrücken und gleichzeitig ängstlich zu wirken, um nicht durch allzu tapferes Verhalten aufzufallen. Um sie herum war das Gemurmel und Geweine groß, und die Frauen versicherten panisch, hier gäbe es keine Mörderinnen. Maleni stimmte in das Gegreine ein und drängte Taryah zurück. Irgendwann würde sich ihr die Gelegenheit zur Flucht bieten. Sie musste nur einen klaren Kopf behalten und dabei nicht aus der Masse herausstechen. Noch gab es keinen Kampf, und ihr anderes Ich war zu auffällig und zu schön, um nicht wahrgenommen zu werden.

Früher hatte Maleni oft darüber nachgedacht, wie es sein konnte, dass sie so durchschnittlich wirkte, während Taryah mit demselben Leib und demselben Antlitz von so unglaublicher Schönheit war. Irgendwann hatte sie das Grübeln darüber als nutzlos beiseitegeschoben. Es war, wie es war.

»Sie war es«, sagte nun das Mädchen, das mit ihr gesprochen hatte, und deutete auf Maleni. »Die da war's. Die kennt hier niemand. Die gehört nicht hierher.«

»Das stimmt überhaupt nicht!«, fuhr Maleni auf und versuchte erbost und ängstlich zugleich zu klingen. »Und überhaupt: Was sollen wir denn getan haben?«

Der farbenprächtige Soldat musterte sie eingehend. »Unseren Feldherrn hat eine von euch umgebracht.«

»Ich nicht!« Beinahe einstimmig klang die Antwort der Frauen.

»Die war's«, wiederholte die Frau von eben und deutete erneut auf Maleni. »Die war's ganz bestimmt!«

Der Kerl ließ seinen Blick über die versammelten Frauen gleiten, als bestünde dieser aus Fingern. Dann blieb er wieder bei Maleni hängen, von der sich die anderen Frauen immer weiter fortdrängten, als wäre sie ansteckend.

»Die kennen wir nicht«, bekräftigte nun eine andere. »Die war's.«

Wieder andere nickten. Sie schienen ineinander zu verfließen wie eine homogene Masse. Ein Teig aus Frauen, der eine der Ihren ausstieß wie einen Fremdkörper.

Angst war der größte Feind in einer Welt aus Feinden, dachte Maleni und zählte die Männer, die viel zu zahlreich herumstanden.

»Du also«, murmelte der Anführer. »Wir werden sehen. Doch ich entscheide das nicht. Der Stab entscheidet es. Sie wollen euch tanzen sehen. Sie wollen euch lügen hören. Und sie werden Mittel finden, um Lüge von Wahrheit zu trennen.«

Männer. Es waren nur Männer, flüsterte Taryah. Männer dachten mit ihrem Gemächt – das hatte Malenis Tanzmeisterin immer gesagt. Bei so vielen Frauen würden die Kerle vielleicht abgelenkt genug sein, dass sich etwas machen ließ.

Zudem war sie nicht allein. Ihre Geschwister wussten inzwischen sicher, wo sie war. Sie würden etwas tun.

Sie würden nichts tun, dämmerte es Maleni, nichts, was ihre eigene Tarnung gefährdete. Und selbst wenn plötzlich eine rüstige Kneipenbelegschaft käme, um sie freizukämpfen, würde auch die gegen die Gesamtheit der Streitmacht nicht viel ausrichten können. Wo war nur dieser verfluchte Junxer abgeblieben?

Ein Schlüssel quietschte in einem Schloss; ein schwerer Riegel wurde beiseitegeschoben; die Gittertür öffnete sich.

»Raus da!«, befahl der Mann.

»Kommt – kommt – kommt«, lockte ein weiterer, als würde er Kühe nach Hause treiben.

»Schöne Mädchen!«, grinste ein dritter. »Erst geht ihr zum Befehlshaber, und danach kommt ihr zu uns. Wir machen es euch so richtig – gemütlich.«

War vorher schon ein konstantes Klagen von den Frauen ertönt, so gab ihr Entsetzen ihnen nun Anlass, ihr Geschrei zu verstärken. Maleni schrie mit.

Die Frauen kamen nicht freiwillig aus der Zelle, sondern drängten sich an die hinterste Mauer, und die Befehle der Soldaten erschallten nun laut und ärgerlich: »Kommt raus da!« – »Sofort raus!« – »Los jetzt!« – »Puuutputputputput!«

Doch je geräuschvoller die Schergen wurden, desto weniger bewegten sich die Gefangenen in Richtung Kerkerausgang. Es war kein durchdachter Protest, sondern rohe Angst, weil niemand ernsthaft annehmen konnte, man würde sie in Ruhe lassen. Das taten die Männer auch nicht. Schon marschierten die ersten durch die Gittertür auf sie zu.

Maleni versuchte sich ebenfalls in die Gruppe zu drängen, um wenigstens so zu tun, als gehöre sie zu dieser wabernden Menge weiblicher Furcht. Doch die Frauen hatten genaue Vorstellungen davon, wer zu ihnen gehörte und wer nicht. Kleine, energische Hände hinter Malenis Rücken packten sie und schubsten sie nach vorn, den ankommenden Soldaten entgegen. Jemand stellte ihr dabei sogar ein Bein, und obgleich sie ihre plötzliche Vorwärtsbewegung ohne Probleme mit ihrer überlegenen Balance hätte abfangen können, ließ Maleni sich zu Boden fallen und suchte verzweifelt nach Tränen, um ihre Unschuld zu belegen. Das war nicht leicht. Weinen hatte man ihr so nachhaltig ausgetrieben, dass sich ein Strom edler Zähren nicht so einfach einstellen wollte.

»Das ist alles gar nicht wahr!«, wehrte sie sich mit weinerlicher Stimme. »Die sind nur neidisch auf mich!« Männer glaubten immer gerne, dass Frauen aufeinander neidisch waren.

»Wir werden ja sehen«, sagte der Farbenprächtige und zerrte sie auf die Füße. Sie könnte ihm jetzt die Hand brechen oder ihm mit einem Schlag die Gurgel eindrücken. Oder sein Schienbein zertrümmern und gleichzeitig über ihn hinwegspringen. Sie könnte ein Nädelchen aus ihrer Tasche nehmen und ihn ritzen, und er würde nach Luft ringen und verscheiden. Stattdessen sah sie ihn nur an – hilflos, wie sie hoffte. Noch war sie im Kerker, wenn draußen jemand die Tür zuwarf, saß sie in der Falle, und ihre Feinde waren wirklich deutlich in der Überzahl. Fast mochte sie sich geschmeichelt fühlen, dass man es für notwendig befunden hatte, nicht nur bis an die Zähne bewaffnet, sondern auch in solchen Massen aufzutreten. Ihr Ruf als Mörderin musste ihr sehr weit vorausgeeilt sein. Vermutlich glaubten die Männer, die Vollstreckerin des Blutdenkers hätte die zwölf Verfolger ganz allein umgebracht.

Doch das hatte sie nicht.

Maleni seufzte stumm. Wo war nur ein Held, wenn man ihn brauchte? Sie sah sich verzweifelt um, aber die Welt um sie her bestand nur aus Feinden. So hatte sie es gelernt, und so bewahrheitete sich das Erlernte. Aber warum wussten diese Menschen, dass sie hier war? Hatte sie jemand verraten, oder war es reine Spekulation? Dass die Geschwisterschaft sie verraten hatte, war so undenkbar wie die Vorstellung, das Universum würde einen Menschen ausspucken.

Jetzt tatschte und riss man an ihr und zog sie aus dem Kerker. Letzteres versuchte sie positiv zu sehen und wehrte sich nicht. Sie konnte jetzt und hier nicht alle töten, würde es vermutlich nicht lebend aus dem Ratsgebäude heraus schaffen – und als Flüchtende in einer Stadt, die von Feinden nur so wimmelte, waren ihre Chancen auf ein Entkommen auch überschaubar. Bald waren keine Gitter mehr zwischen ihr und der Freiheit, und ihre Möglichkeiten vervielfältigten sich; dann könnte sie handeln. Und musste dabei auch die Taverne des Tanzenden Gottes schützen. Es stand ihr nicht zu, ihre Geschwister in Gefahr zu bringen. Sie hätte die Taverne nicht erwähnen sollen. Das war ein Fehler gewesen. Jetzt hatte sie diese ganzen Frauen darauf aufmerksam gemacht, und auch sie konnte sie nicht beseitigen – und wollte es auch nicht. Vielleicht würden das die Soldaten für sie erledigen, flüsterte Taryah. Maleni schauderte.

»Loslassen!«, jammerte sie, während sie vom einen zum nächsten gestoßen wurde. Grobe Hände packten sie, kniffen sie, schoben und zerrten. Dann folgte der erste Schlag.

Sie schrie auf. Ihre Angst brauchte sie kaum mehr zu spielen, und auch Tränen waren nicht mehr so fern, denn die brutale Behandlung schmerzte. Sie musste sich wehren, bevor man sie zu schlimm verletzte. Gleichzeitig wusste sie, dass sie inmitten all dieser aufgeheizten Männer nicht strategisch kämpfen konnte. Die Kerle hätten ihr die Knochen gebrochen, bevor sie auch nur zwei oder drei von ihnen zu Kyrros schicken konnte.

»Lasst mich los! Bitte!«, jammerte sie und war erschrocken, wie echt ihre Furcht klang. Sie wusste, dass längst nicht alle Schemenjäger alt genug wurden, um Meister im Berg oder Tavernenbesatzung im Netzwerk zu werden. Manche starben schon sehr viel früher. Sie starben, ohne die Geschwisterschaft zu verraten.

Oder sie starben, weil sie die Geschwisterschaft verrieten.

47

Marejal Merren Gyrdon hätte gewiss auch ohne die Einflüsterungen seines Sartschanten gewusst, auf welche der rothaarigen Frauen er besonders achten musste. Und so war er fast ein wenig traurig, dass ihm das spannende Ratespiel und der Triumph der Erkenntnis entgangen waren. Er konnte nicht sagen, was an diesem einen Mädchen anders schien, das mit den anderen unsicher und so gar nicht hold und schön in der Mitte des Ratssaals stand, die Fußspitzen leicht gegeneinander gekehrt, die Knie irgendwie krumm unter dem weit faltigen Rock, die Schultern hoch bis an die Ohren gezogen. Ihr Blick schweifte unsicher von einem seiner Männer zum nächsten und versuchte gleichzeitig Augenkontakt zu vermeiden. Ihre Kleidung hob sich nicht ab von der der anderen Mädchen. Frauen. Mädchen und Frauen, verbesserte er sich. Es war tatsächlich für jeden etwas dabei. Zugegeben, nicht alle waren hübsch. Nicht alle waren zart. Nicht alle anmutig. Aber alle waren sie weibliche Wesen und verfügten über das Wesentliche, das man von weiblichen Wesen haben wollte. Und er war nicht so wählerisch, wie der Blutdenker es gewesen war, dem das Exquisite stets zur Bestätigung der eigenen Besonderheit hatte gereichen müssen.

»Das sind also die Verdächtigen«, konstatierte er und ließ seinen Blick erneut über die Gruppe schweifen, die in angstverhutzelter Haltung vor ihm stand. Ganz sicher würden sie keine von ihnen gehen lassen, bevor sie nicht zu einem Urteil gekommen waren.

Wieder blieb sein Blick an der einen hängen. Ja, etwas an ihr war anders. Vielleicht nicht einmal an ihr, sondern an der Art, wie die anderen Frauen sie anstarrten. Eine Lilie, die versuchte, ein Gänseblümchen zu sein, sich in Bescheidenheit hüllte.

Es war freilich auch möglich, dass die anderen Frauen sie nur deshalb anstarrten, weil sie schöner war als der ganze Rest. Frauen waren ja immer neidisch. Auf der anderen Seite waren sie Einheimische und wussten vermutlich, wer hier dazugehörte und wer nicht – was allein freilich noch kein Beweis von Schuld war. Aber ein Indiz. Eine Schuldzuweisung von Gleichgestellten. Früher sollten Urteile so gefällt worden sein, durch eine Verhandlung vor einem Schiedsgericht von Ebenbürtigen. Sie fällten ein Urteil aus der Kenntnis ihrer Situation.

Früher war alles anders und seltsam gewesen.

Aber wenn er sich jetzt tatsächlich auf dieses Urteil verließe, hatte er keinen wirklichen Grund mehr, auch alle anderen dazubehalten. Wenn er eine aussuchte, musste er die anderen logischerweise gehen lassen.

Musste er nicht, korrigierte er sich. Die Stadt war sein. Er konnte abends oder morgens Gericht halten; sich Rothaarige, Blonde oder Brünette in ungezählten Mengen kommen und sie alle tanzen lassen, wenn er wollte. Der Stadtrat von Pyrn würde ihn sicher gerne entsprechend versorgen, wenn es ihn glücklich genug machte, den Rest der Stadt ungeschoren davonkommen zu lassen. Frauen zu opfern fiel Männern stets leicht. Gyrdon wusste das, und es störte ihn nicht. Er mochte berechenbare Größen, und das war eine davon. Auf der anderen Seite war er hier Gast, wollte den windigen Vertrag nicht brechen und zog zudem willige Frauen den panischen vor.

Doch seine Offiziere hatten da bisweilen andere Vorlieben, und so brauchte er einen Grund, um die Gefangenen hierzubehalten. Alle. Deshalb sollte er jetzt mit der Beweisaufnahme anfangen.

»Tanzt!«, befahl er. Die Mörderin war Tänzerin gewesen. Also war der Tanz ein Teil der Indizienkette. Das war logisch. Irgendwie.

Sein Obrist hatte daran gedacht, Musiker einzubestellen. Ein Mann mit einem Sinn fürs Detail. Es waren Pyrner Musiker, und sie wirkten ebenso deplaziert wie die Frauen in der Mitte des Saales.

Die Gesichter der Musiker waren verschlossen, spiegelten Misstrauen oder Zorn, und ihr Spiel klang uneinheitlich und stockend.

»Tanzt! Macht schon!«, brüllte einer seiner Offiziere und schlug mit der flachen Hand vor sich auf den Tisch. Mehrfach, als gäbe er den Rhythmus vor. Die Frauen zuckten zusammen, aber manche verlagerten nun immerhin ihr Gewicht von einem Fuß auf den anderen, ganz vorsichtig nur, als wollten sie die Verbindung zum Boden nicht aufgeben, als wäre dieser ihr einziger verlässlicher Halt und Verbündeter.

Merren Gyrdon bemerkte eine feine Bewegung neben sich; dann stand die Kyrrospriesterin an seiner rechten Schulter wie ein übellauniger Schatten. Er hatte gehofft, sie würde der Sache fernbleiben. Das hier war keine Angelegenheit für die Priesterschaft, und außerdem war sie immerhin eine Frau – auch wenn er sich in Ermangelung ihrer inneren und äußeren weiblichen Attribute nur selten daran erinnerte. Sehnig, drahtig und flach wie ein Brett war sie, und ihre kurzen Haare betonten ihre Männlichkeit. Tatsächlich hatte er Soldaten – und nicht wenige – die ihr Haar weitaus länger trugen und bessere Rundungen hatten.

»Und diesen ganzen Pulk von Rotschöpfen wollt ihr jetzt schänden«, bemerkte sie trocken. Es war keine Frage, und sie klang nicht einmal besonders entsetzt. Vielmehr las er Verachtung in ihrer Stimme.

Er fletschte die Zähne. »Wir müssen herausfinden, ob die Mörderin unter ihnen ist.«

»Und dazu sollen alle Rothaarigen der Stadt für euch tanzen? Einen seltsamen Leumund baut Ihr Euch da auf, Feldherr. Seid Ihr bereit, Euch für den Rest des Lebens mit dem Beinamen ›der die Rotschöpfe hüpfen ließ‹ abzufinden?«

Er blickte sie finster an. Moralische Skrupel hätte er leicht abtun können – er war kein Priester. Bitten verweigern – das hätte seine Machtposition eher noch bestärkt. Doch das hier war beleidigend. Hier ging es nicht um die Mädchen, sondern um ihn.

Er lenkte seinen Blick von der Würdigen Nehra fort, bis er sie nur noch aus dem Augenwinkel sah, antwortete ihr mit nicht mehr als einem leichten Grunzen. Auch die Priesterin ließ ihren Blick über die versammelten Frauen gleiten. Einen Augenblick lang glaubte er, auch ihre Augen auf der gleichen jungen Frau verharren zu sehen, doch sicherlich hatte er sich nur geirrt. Ihr Blick war schon wieder weitergewandert. »So«, sagte sie nur trocken. »Und jetzt sagt Ihr ihnen, dass sie sich ausziehen sollen, und wenn Eure Männer dann eine erkleckliche Anzahl gendrischer – und vermutlich rothaariger – Bastarde gezeugt haben, richtet Ihr irgendeine von ihnen wegen Mordes hin?«

»Eine von ihnen kann es sein!«

»Ihr wisst nichts über diese Mörderin. Sie ist vermutlich längst wieder in Virniu bei Fyrsthin Vissera und freut sich darüber, wie wir uns zum Narren machen.«

Merren Gyrdon knurrte. »Ich habe eine gute Vorstellung, wer es sein könnte«, sagte er frostig. »Und die seltsamen Fähigkeiten, die jene Meuchlerin an den Tag legte, deuten nicht darauf hin, dass es sich hier um eine einzelne virniutische Agentin handelte. Da steckte etwas anderes dahinter.«

Er sagte absichtlich nicht, was. Die so extrem sachlich veranlagte Priesterin würde ihn nur auslachen, wenn er ihr von mythischen Geheimbünden mit unsichtbaren Assassinen erzählte. Im Grunde glaubte er ja selbst nicht daran, und täte er es, würde er solche Mörderinnen nicht unter der rothaarigen Weiblichkeit Pyrns suchen. Magische, unsichtbare Meuchlerinnen wären nicht so einfach einzusammeln.

Genau das sagte die Würdige Nehra ihm denn auch: »Solltet Ihr mir wirklich sagen wollen, dass Ihr mit einem Male an mystische Waberwesen mit Giftstachel glaubt, dann müsstet Ihr Euch sehr verändert haben, Marejal Gyrdon. Ihr seid weit gekommen, Feldherr. Euer wacher Verstand hat Euch so weit gebracht, nicht Euer Aberglaube.«

Immer noch sahen sich der Befehlshaber und seine Beraterin nicht an, sondern blickten geradeaus auf das Geschehen. Die Musik war nicht schöner, sondern nur lauter geworden, klang gehetzt und katzenjaulig. Ein paar der Frauen versuchten so etwas Ähnliches wie zu tanzen. Sie drehten sich zaghaft, hielten dabei die Arme an den Körper gepresst und hatten offensichtlich wenig Spaß dabei. Andere hielten sich aneinander fest und rührten sich nicht.

Die ersten Männer sprangen in den inneren Kreis des Ratssaales, machten linkische Tanzbewegungen und gaben sich wenig Mühe, der Sache durch die musikalische Untermalung den Anstrich zu geben, es handele sich nicht um die Präliminarien einer Massenvergewaltigung.

Er hätte es wissen müssen.

»Lasst es, Freund!«, mahnte die Priesterin nun eindringlich und noch leiser als zuvor. »Sammelt die Aussagen der Frauen und lasst sie gehen! Noch könnt Ihr das hier aufhalten.«

Gyrdon blickte starr auf das Geschehen, das ihm zusehends wirr und unrund erschien. Er würde es nicht aufhalten. Dazu war es zu spät. Jetzt Einhalt zu gebieten, würde ihn zu viel an Gesicht kosten, auch wenn ihm die Sicherheit, dieses Unterfangen wäre eine gute Idee, abhandengekommen war. Starr blickte er auf das wachsende Durcheinander und erhaschte einen Blick seiner Verdächtigen, großäugig und beunruhigt sah sie ihn an. Nein – nicht ihn. Die Priesterin neben ihm. Eine seltsame Bitte schien in ihrem Blick zu liegen. Ob sie an Kyrros glaubte oder sich Hilfe von der Würdigen erhoffte? Falls ja, standen ihre Chancen schlecht, denn die Priesterin sah steinern geradeaus.

Er wünschte sich, sie wäre nicht gekommen. Mit ein paar Worten hatte sie ihn verunsichert. Er hasste das, wusste, dass es ihn von den großen Feldherren unterschied, dass bloße Worte seine Überzeugung wenden konnten. Vielleicht sollte er sie fortschicken. Nicht nur von dieser Gerichtsverhandlung, die nun zu einer Belustigung für seine Männer verkam, sondern ganz und für immer.

»Ich bin auf Eurer Seite, Marejal«, sagte sie da, als hätte sie seine Gedanken gespürt. Nun, dazu war sie Priesterin. »Das wisst Ihr. Ich werde Euch helfen, Euch aus dem Rufmord – oder Rufselbstmord – zu befreien, den Ihr gerade begeht.«

Das erste Mädchen tanzte nicht mehr. Einer der Offiziere hatte es zu sich gezogen, es auf seinem Knie plaziert wie eine Liebste bei einem harmlosen Schäferstündchen, ihr den Arm um die Schulter gelegt und den anderen auf den Schenkel. Widerwillig und eckig lag sie da, während er an ihrem Rock zupfte und schob, der mehr und mehr von ihrem Bein freigab. So schäkerte man mit freizügigen Schankmädchen, die sich zu wehren wussten und einem frechen Zecher eins auf die Finger oder auf die Nase geben würden, um sich dann der ungewollten Liebkosung zu entziehen. Aber Gyrdon wusste, wo es enden würde, denn die schiere Angst lähmte die junge Frau, anstatt ihr zusätzliche Kräfte zu verleihen. Bald würde sie mit dem Rücken auf dem polierten Ratstisch liegen, die Beine über den Schultern eines Offiziers, und er würde hektisch pumpend in sie dringen wie ein grunzender Eber. Das Bild entstand vor den Augen des Feldherrn und zerfiel. Er wusste, wie die Welt war, und konnte berechnen, was geschehen würde. Er war Feldherr, weil er das konnte.

Hatte er das so gewollt? Doch. Tanzende Frauen hatte er sich lustig vorgestellt. Ihre Angst und ihr Widerwillen waren freilich wenig lächerlich.

Zu spät. Es war zu spät.

»Frauen von Pyrn!«, hob die Würdige jetzt ihre Stimme, die erstaunlich scharf durch das Gejammer und Gekreische drang. »Lasst es geschehen. Euch wird wenig passieren, wenn ihr euch nicht wehrt. Gebt den Männern, was sie wollen. Feiert mit ihnen. Tanzt mit ihnen. Und danach geht heim.«

»Wir sind keine Mörderinnen!«, rief eine von ihnen empört.

»Und dies ist keine Verhandlung!«, schrie eine andere furchtsam und doch wütend und schlug mit kleinen Händen nach großen Pranken, die ihr am Ausschnitt zerrten.

Die Priesterin stand reglos wie eine Salzsäule. »Aber dies ist Krieg. Ihr kennt Krieg. Krieg kann schlimmer sein als ein Abend mit ein paar lüsternen Offizieren.«

»Ich dachte, hier ginge es darum, eine Mörderin zu finden!«, zischte eine, während sie sich noch dagegen wehrte, von einem von Gyrdons besten Offizieren in eine Ecke gezogen zu werden.

Die Priesterin wandte sich dem Marejal zu. »Geht es darum, Feldherr?«, fragte sie etwas süßlich. »Nur darum? Wann wollt Ihr mit der Befragung beginnen? Jetzt?«

Der Heerführer schwieg. Er war wütend. Wie war ihm die Sache entglitten? Nun beobachtete er einen der Offiziere, der sich seiner Verdächtigen näherte. Sie wich behende aus, schob sich zwischen andere Frauen, schaffte es, einer grabschenden Hand zu entgehen.

»Lasst es geschehen, Frauen von Pyrn, und geht dann – heim! Niemand wird euch hier helfen«, bekräftigte die Priesterin noch einmal ihren Rat. Er klang wie ein Befehl.

»Nicht die!«, hörte sich da der Feldherr rufen. »Die will ich – befragen!«

Die Priesterin wandte sich ihm zu und hob die Augenbraue.

»Sie scheint mir verdächtig«, zischte er seine Ratgeberin an.

»Sie ist auf alle Fälle die Schönste unter ihnen«, gab die Würdige Nehra zurück, ein wenig zu freundlich. »Gut gewählt – mit welchen Sinnen auch immer.« Sie klang ironisch. Er merkte, wie er wütend wurde.

»Hierher!«, brüllte er die schöne junge Frau an. Sie blickte zu ihm, von ihm zur Priesterin. Und dann schritt sie tatsächlich in seine Richtung. Was, wenn sie wirklich die Mörderin war, die schon einen Feldherrn umgebracht hatte? Was, wenn sie lautlos morden und unsichtbar verschwinden konnte? Ihm wurde unvermittelt kalt – und dann wieder heiß beim Anblick ihrer Gestalt. Gefahr war – bis zu einem gewissen Punkt – auch ein Aphrodisiakum.

Dies war eine Verhandlung, sagte er sich. Er hatte sie begonnen und musste sie beenden. Ein letztes Mal sah er sich nach der Würdigen um, doch sie war verschwunden. Lautlos und unsichtbar.

Stattdessen stand die Schöne vor ihm. Wenn man genau hinsah, war sie noch schöner als zuvor; als hätte sie sich auf dem Weg zu ihm geöffnet wie eine Blüte. Einen Augenblick lang schien sie mit sich zu ringen und einen inneren Kampf auszufechten, den er nicht einordnen konnte. Ihr Blick, der auf ihm lag, flackerte.

»Was wollt Ihr von uns, Feldherr?«, fragte sie nun leise.

»Die Wahrheit!«, antwortete er.

Ihre großen, grünen Augen blickten ihn an. Eine seltsame Geradlinigkeit lag darin, und fast meinte er, sie fragen zu hören, ob denn die Wahrheit zwischen den Schenkeln rothaariger Frauen läge. Aber vielleicht war das auch nur seine eigene, spöttische innere Stimme gewesen.

»Bitte! Bitte nicht!«, sagte sie stattdessen und senkte kurz ihre wimpernumkränzten Augenlider, um dann erneut zu ihm zu blicken. Treuherzig. Ehrlich. Verlässlich. Und durch und durch harmlos.

Um ihn herum war es mittlerweile laut geworden. Die Musik spielte apokryphe Klänge zu Bitten und Weinen, und er selbst war der Konzertmeister dieses grausamen Balletts. Er stand auf und blickte sich um. Manche seiner Offiziere waren fort – ein stummer Protest und Zeichen dessen, dass sie mit dem Vorgehen nicht einverstanden waren. Auch Gyrdon gefiel nicht, was er sah. Aber es zeigte ihm umso deutlicher den Unterschied zwischen der Schönen vor sich und den Bedrängten, denen sich seine Leute näherten. Wo jene panisch und ängstlich waren, flehten und weinten, stand sie nur da und sah unschuldig aus. Absolut und vollkommen unschuldig und rein.

»Du warst es!«, sagte er zu ihr. »Du warst es. Ich weiß es.«

Sie hielt seinen Blick fest. »Nein«, wisperte sie, »ich war es nicht. Ich bin nur Eure Entschuldigung für all das hier.«

Und du bist nur ein geiler, alter Kerl, der eine Ausrede braucht, um sich an Frauen zu vergreifen, ergänzte er stumm ihre Worte. Unter dem offenen Blick ihrer grünen Augen kam ihm in den Sinn, dass sie recht hatte, selbst mit dem, was sie gar nicht gesagt hatte.

Er schlug zu.

48

Nichts war so schwer, wie reglos und erwartungsvoll stehen zu bleiben, anstatt dem Schlag auszuweichen. Dabei wäre auszuweichen ihr ebenso ein Leichtes gewesen, wie dem Mann mit der Handkante die Rippen aus dem Brustbein zu schlagen oder die Nackenwirbel zu brechen.

Dummlüsterne Narren.

Lass es geschehen, und dann geh – heim! Das hatte Niccela gesagt. Sie hatte es zu Taryah gesagt. Vielleicht auch zu Maleni. Es war eine Anweisung gewesen, die Taryah verstanden und Maleni gefürchtet hatte.

Sie hatte Niccela gleich erkannt, und ihr war auch wieder eingefallen, wie ihr Kämpfername lautete. Nehra. Ob sie sich jetzt die Würdige Nehra nannte? Kyrrospriesterin – welch passende Beschäftigung für jemanden, der den Tod stets so großzügig verteilt hatte. Und ein umsichtiger Schachzug, eine so erfahrene Schemenjägerin als priesterliche Beraterin einzusetzen. Fast hätte Taryah gelächelt.

Doch die Situation gereichte niemandem zum Lächeln. Taryah fiel seitwärts, als der Schlag des Marejals sie traf. Es bedurfte ihrer gesamten Kraft, nicht sofort den Kampf aufzunehmen, sich nicht abzurollen, um auf die Füße und zum Sprung zu kommen. Reflexe waren schwer zu unterdrücken. Und diese Reflexe hatte man ihr so eingedrillt, dass sie ihr unter der Haut glühten. Jeder einzelne Nerv zuckte danach.

Einfach fallen lassen.

Das hatte sie gelernt. Als sie kurz darauf auf dem Boden aufschlug, wimmerte sie. Schmerzen fühlte sie keine, denn es war ihr gelungen, sich gut abzufedern, aber Männer wie diese liebten nun einmal wimmernde Frauen. Tumbe Toren!

Niccelas Taktik widerstrebte Taryah, auch wenn sie sie begriff. Die Schwester hatte ihr alle Hilfe gegeben, die sie ihr geben konnte, hatte ihr gesagt, was sie tun sollte, und zudem den Mann vor ihr kräftig verunsichert. Aber sie würde nicht eingreifen und so ihre Tarnung gefährden. Das war selbstverständlich richtig so.

Immerhin würden die Pyrner Xyi so bald wissen, wo Maleni war, was vielleicht langfristig Hilfe versprach. Allerdings war ›langfristig‹ jetzt und hier kaum geeignet, um das Unausweichliche abzuwenden.

Ohne sich zu erheben kroch sie nun über den Boden, langsam genug, dass der Mann sie einholen konnte. Dabei streckte sie ihm ihre Sitzfläche entgegen, um das Unausweichliche zu beschleunigen. In dem Maße, in dem er seine Beherrschung verlor, konnte sie ihn vielleicht besiegen oder betören. Oder ihn von ihrer … Unschuld überzeugen. Im Geiste hörte sie schon beinahe das Reißen von Stoff, spürte seine Hände an ihren Hüften. Doch wo die Tücher, die sie sonst beim Tanzen trug, zum Zerreißen einluden, war der Baumfaserstoff ihres Rockes robust gewebt. Für das, was sie heute trug, brauchte man ein Messer. Sie bereitete sich darauf vor, dass er eines haben würde. Komm, dachte Taryah. Komm endlich. Lass es uns hinter uns bringen. Schieb ihn rein, und sei zufrieden.

Einen Augenblick lang überlegte sie, ob sie nicht sogar die Führung – in diesem Fall die *Ver*führung übernehmen sollte.

Sicher konnte es ihr gelingen, den Feldherrn so abzulenken, dass sich etwas unternehmen ließ. Doch dann wurde Taryah klar, dass der Geschlechtsverkehr nur Beiwerk war. Sie durfte nicht erfahren sein, wenn sie zugleich ihre Unschuld darstellen wollte. Sie musste Angst haben, linkisch sein, hilflos und schwach. Unschuld. Sie brauchte dringend Unschuld.

Un-Schuld. Taryah schnaubte stumm. Dafür war sie nicht zuständig.

Maleni hörte auf zu kriechen und wandte sich entsetzt um. Sie hatte den Rückzug ihres anderen Ichs physisch gespürt und zynisch empfunden und fühlte sich nun einen Augenblick lang völlig verlassen und verraten. Über die Schulter blickte sie ihren Verfolger erschrocken an. Er war schon ganz dicht hinter ihr.

Irgendetwas in ihren Augen ließ ihn kurz verharren, und ihre Blicke trafen sich. Maleni merkte, wie ihr eine Träne über die Wange lief. Wo war die hergekommen? Vor kurzem erst war es noch schwergefallen, das Wasser in ihren Augen zum Laufen zu motivieren. Jetzt aber hatte Taryah sie inmitten der Gefahr allein gelassen und sich weit, weit zurückgezogen. Es war ihre Aufgabe, solche Situationen zu meistern – oder auch nur durchzustehen. Taryah würde der Missbrauch ihres Körpers nicht allzu viel ausmachen. Sie war darauf geschult und konnte alle schmerzhaften physischen Folgen ohnehin Maleni überlassen, während ihr Teil der Seele sich wie eine Muschel gegen Übergriffe verschloss.

Doch Taryah hatte sich jetzt und hier nicht zuständig gefühlt, und nun war sie fort.

Maleni kroch rückwärts wie ein Käfer, der zu dumm war, wieder auf die Beine zu kommen. Ihre Gedanken rasten in alle Richtungen davon. Sie wollte hier nicht sterben und mochte niemandem ihren Schoß für seine machtgeilen Exzesse bieten. Das war nicht ihre Aufgabe.

Heute schon.

Sie versuchte, sich die Kraft ihrer zweiten Seele zurückzuholen und brachte ihre Füße unter sich, doch Taryah blieb seltsam fern. Noch während Maleni aufstand, griff der Mann nach ihr. Sie erwartete seine Hände an ihren Brüsten, doch er griff ihr ins Haar und zog sie daran hoch. Jetzt stand er ganz dicht bei ihr, und sie konnte seinen Atem riechen. Er hatte Fisch gegessen. Wein getrunken. Die Wärme seines Körpers drang in ihren Raum.

Sie maß ihn mit den Augen, während sie panisch versuchte das Richtige zu tun. Was war hier richtig? Nachgeben? Wehren? Weinen? Entrüstung? Warum wusste sie das nicht? Sie musste das doch wissen! Die anderen Frauen dachten sicher nicht lange darüber nach.

Er war nicht mehr jung, doch auch nicht alt. Die tiefen Linien in seinem Gesicht zeugten von Sorge und Verantwortung. Wettergegerbt wirkte er, keinesfalls so glatt und geölt ästhetisch wie der Blutdenker. Dies hier war ein Mann der Tat. Ein Durchführer – vielleicht sogar ehrlich auf seine Weise.

Sein Ärger war spürbar. Auf sie. Auf seine Männer. Und auf sich selbst. Letzteres galt es auszunutzen, bevor er diesen Ärger auch noch ihr anlastete, so wie Männer das taten. »Seht Euch um, Feldherr von Gendern!«, flüsterte sie. »Seid Ihr wirklich so wie diese Männer dort?«

Malenis Herz schlug laut wie eine Trommel, doch sie ignorierte es. Alles konnte man ignorieren. Den Schmerz, die Trauer und die Erniedrigung. Das ging. Alles zusammen war nur Erfahrung. Und Erfahrung machte einen stärker. So hatte man es ihr beigebracht, und sie wollte es nicht in Frage stellen. Dies war der gänzlich falsche Moment für Zweifel an sich selbst und den eigenen Grundsätzen.

»Ich werde das hier beenden, wenn du gestehst!«, sagte er barsch. »Die anderen Frauen wären gerettet. Dir verspreche ich einen schnellen Tod.«

Sie verstand, dass dies das gesamte Ausmaß seiner Güte war. Vielleicht hätte sie das Angebot für ihre Familie angenommen, doch gewiss nicht für die fremden Frauen, die sie verraten hatten. Sie wollte nicht sterben. Niemand wollte sterben.

»Ich habe nichts getan!«, flüsterte sie und versuchte die Klänge des Unheils aus ihrem Bewusstsein zu bannen – die schreckliche Musik, die Klagen der Frauen und die übermütigen, brünstigen Laute der Männer. »Nichts, dessen ich mich zu schämen hätte. – Und Ihr, Feldherr Genderns?«

Mit bloßen Händen stand er ihr gegenüber, und wieder holte er aus. Diesmal konnte sie es nicht verhindern; sie duckte sich weg und stand einen Moment später hinter ihm. Er wirbelte herum. Schon drehte sie sich erneut fort.

Sie spürte das gesamte Ausmaß seines heißen Zornes. Wo war die Tür? Wie viele Männer waren zwischen ihr und dem Ausgang dieses Saales – wie viele zwischen ihr und dem Tor zur Straße? Und dem Stadttor? Nun fühlte sie auch Taryah wieder, die sich aufgebracht zurückmeldete. »Nicht!«, flüsterte sie in Malenis Kopf und brachte sie fast zum Stolpern. »Du verrätst uns!«

Zu spät. Hatte der Mann eben vielleicht noch Zweifel gehegt, so waren sie jetzt verschwunden. Er hielt einen Dolch, sah sich nach einer besseren Waffe um. An seinem Stuhl baumelte das Schwertgehänge mit seinem Degen. Zu weit entfernt.

Er hätte nicht wegsehen sollen.

Malenis Faust traf seine Schläfe so schnell, dass er sie nicht kommen sah. Er fiel, und nun merkten auch die anderen Männer, dass etwas im Gange war. Doch ihre Aufmerksamkeit war zweigeteilt, ihre körperliche Verfügbarkeit ebenso. Manche sahen sich um. Einer warf eine Frau von sich wie einen alten Lappen, während eine der Frauen nach einem Weinkrug griff und ihn einem der Männer voller Verzweiflung und Hass gegen den Kopf schlug. Lass es geschehen und geh dann heim, hatte die Würdige Nehra gesagt. Doch die Priesterin war nicht da, und was nun geschah, ließ sich auch nicht mehr aufhalten.

Aus dem Sumpf der untersten und niedersten Emotionen stieg eine Wut, die alle im Raum gleichermaßen befiel. Die Männer rasten vor Frustration, und mit einem Mal schien es, als habe nicht ein Einziger von ihnen daran geglaubt, die Mörderin des Blutdenkers tatsächlich unter ihnen zu finden. Ihren Spaß hatten sie gewollt, und der wurde ihnen nun entrissen. Denn auch die Frauen verspürten Zorn, und wo einige unter ihnen nur schockstarr verharrten, sahen solche, die sich von Anfang an gewehrt hatten, ihre Chance. Nur, dass ihr Hass sich nicht allein gegen die Männer richtete, die sie bedrängten, sondern auch gegen Maleni – die Fremde, die an allem Schuld trug, was hier geschah. Maleni spürte die Welle der Feindseligkeit und wusste, sie konnte nicht auf die Hilfe der anderen Frauen bauen. Sie hassten sie nicht weniger, als sie die Männer hassten, die sie bedrängten.

Ganz selbstverständlich teilte Malenis Bewusstsein den Raum in Planquadrate, sagte ihr, wie viele Menschen sie in jedem einzelnen würde töten müssen und in welcher Reihenfolge. Während sie noch versuchte, wenigstens einen

Tisch zwischen sich und das Gros der Feinde zu bringen, analysierte sie bereits die Bewegungen der auf sie zuströmenden vielleibigen Tötungsmaschine. Sollten diese Menschen nicht etwas mehr Respekt vor ihr haben?

Doch das mussten sie nicht. Dass sie Schemenjägerin war, wussten sie nicht. An die Xyi glaubten sie vermutlich nicht. Und die schiere Übermacht würde Maleni schließlich erdrücken, einerlei, wie gut sie sich zu wehren wusste.

»Komm schon!«, zischte sie und meinte Taryah.

»Du wirst es noch erwarten können!«, brüllte einer der Kerle. Messer, Dolche, Schlingen und riesige Fäuste sah sie. Keine Fernwaffen. Niemand kam zu einer Orgie mit einer Armbrust. Das war gut, denn so würde sie viele mit zu Kyrros nehmen können, bevor sie fiel.

Dann endlich übernahm Taryah. Ihre Wut war kalt und richtete sich weniger gegen die Angreifer als gegen Malenis Dummheit.

49

Manchmal hing das Leben an einem seidenen Faden. Diesmal war es ein Seil. Es entrollte sich beinahe lautlos, gab nur einen winzigen Knall von sich, als das andere Ende peitschengleich das Ziel erreichte. Von oben kam es; eine senkrechte Himmelsleiter aus dem Nichts, leise schwingend, mit Knoten in regelmäßigen Abständen. Taryahs Blick flog vom einen Ende des Seiles zum anderen. Sie hatte keine Zeit gehabt, sich die architektonischen Einzelheiten des Pyrner Ratssaales allzu genau anzusehen. Die Menschen und ihre Positionen zu erfassen war wichtiger gewesen. Kein Sinn für die Fresken und Säulen oder das alte Schnitzwerk. Zwei Ausgänge hatte sie konstatiert – beide verstopft von Feinden. Unerreichbar. Vier lange Seitenfenster mit Butzenscheiben. Sie sahen stabil aus. Nichts, durch das man sich einfach davonstürzen konnte; sie würde an den Bleirändern hängen bleiben wie in einem Spinnennetz. Die Scheiben waren dick und blasig. Sie ließen tagsüber Licht in den Raum, doch die Sicht nach draußen war getrübt. Es war dunkel geworden. Viel zu lange hatten sie in diesem Kerker ausharren müssen. Viel zu lange hatte Maleni sich zuvor Zeit genommen, sinnlos und planlos die Stadt zu durchstreifen, ohne ihrem Ziel näherzukommen.

Immerhin wusste Taryah, dass sie sich im zweiten Stock befand. Unter einem kunstvoll verzierten Satteldach. Dieses

Dach hatte eine Luke. Durch diese Luke war das Seil getaumelt gekommen und schaukelte nun einladend inmitten des Chaos und Zorns hin und her. Ein kurzer Weg nur – wenn niemand einen aufhielt. Doch Taryah war nicht die Einzige, die das Seil sah. Sie war nur die Einzige, die sofort verstand, was es bedeutete: Rettung. Ihre Familie kam, um sie zu retten. Es wurde vergorrnt noch mal Zeit!

Schlangengleich stürzte sie auf das Seil zu, schoss ihm entgehen. Wie weit doch ein paar Schritte sein konnten! Sie erreichte es, jedoch nicht allein. Schon griffen andere Hände zu – nach dem Seil und nach ihr. Männerhände, Frauenhände.

Blutende Hände, geschnitten mit einer winzigen Klinge, die sie aus dem Ärmel zwischen ihre Finger hatte rutschen lassen. Schnell und effektiv. Nicht tödlich. Nur zur Abschreckung gedacht, solange man sie nicht wie vorgesehen an der Halsschlagader ansetzte. Die Hände zuckten zurück.

Auch Taryahs Tritte kamen schnell und zielgerichtet. Die Übermacht war zu groß, das Überraschungsmoment durch den Angriff mit dem Messerchen nicht lang genug. Eine Sekunde Vorsprung. Das konnte nicht reichen.

Es musste reichen.

Die kleinen Klingen klirrten zu Boden, als Taryah katzengleich an das Seil sprang, sich ein halbe Armeslänge hochzog und nachgriff. Ihre Füße baumelten noch in Griffweite der Soldaten und Frauen, und schon hielt einer ihren Knöchel. Sie trat nach ihm, doch frei hängend fehlten ihr Gegengewicht und Hebelwirkung, aus denen sie die Kraft für einen tödlichen oder auch nur gefährlichen Tritt hätte ziehen können. Stattdessen brachte die Wucht sie zum Schwingen, und sie geriet ins Trudeln.

Man wollte sie nicht fortlassen, und Maleni verstand, warum. Die Frauen und Männer unter ihr hatten ihre Feindschaft untereinander vergessen, denn jetzt gab es endlich einen wirklichen, einen gemeinsamen Feind – sie, Maleni, selbst.

Sie versuchte sich weiter nach oben zu ziehen. Hier stand ihre Kraft gegen die eigene Schwerkraft und gegen alle, die sie am Boden behalten wollten. Wie viele ihrer Geschwister würden sie auf dem Dach erwarten, und wann würden sie den Rückzug antreten, um sich selbst und die Geschwisterschaft nicht in Gefahr zu bringen? Taryah haderte mit sich. Sie haderte noch mehr mit ihrer anderen Hälfte, die einen Befehl ignoriert hatte und nun deutlich sichtbar anders war als alle andern. Ihre Dummheit kam einem Verrat gleich.

Zornig stieß Taryah sich mit den Füßen von einem Feind ab, kreiselte wie ein wildgewordenes Pendel, trat grabschende Hände fort. Offenbar war keiner der Feinde athletisch genug, um ihr zu folgen; das war gut. Doch kaum dass es ihr gelungen war, sich wieder ein Stück höher zu ziehen, hatte sie bereits ein anderer Mann bei den Füßen gepackt. Mit ihren Wurfsternen würde sie ihn töten können, aber dazu hätte sie eine Hand vom Seil nehmen müssen. Die andere würde nicht reichen, um dem Zerren der Feinde am Boden gewachsen zu sein. Schon krallten sich neue Finger in ihren Rocksaum, und sie erkannte, dass sie es nicht schaffen würde. Zu viele. Ihre Rettung war in greifbarer Nähe, doch die Hände, die an ihr zerrten glichen einem Sumpf, der sie letztlich verschlingen würde. Sie konnte die schiere Übermacht nicht besiegen.

Sie hätte auf Niccela hören sollen. Doch offenbar hatten auch ihre Geschwister vom Tanzenden Gott nicht auf die

Würdige gehört, denn sonst wären sie nicht hier. Der Junxer musste sie alarmiert haben. Lang genug hatte er gebraucht. Und doch war es umsonst gewesen. Die wütende Meute würde sie zerreißen, wenn sie erst einmal am Boden lag. Bald würde Maleni den traurigen Teil des Sterbens übernehmen müssen, den sie verschuldet hatte. Doch noch war Taryah am Zug und riss Malenis Hände blutig, während sie sich mit aller Kraft und steten Rückschlägen über das schartige Seil weiterzog.

Das Licht schlug auf dem Boden auf wie eine kleine Sonne. Es schien zu platzen, und Taryah brauchte einen Augenblick, um zu begreifen, dass es Feuer war. Flammen wie Gewittertropfen. Eine Lampe? Der Holzboden zischte und stank, und das Geschrei der Menschen wurde lauter, während sie auseinanderstoben.

Jetzt.

Taryahs Arme brannten vor Anstrengung. Sie hatte all ihre Kraft gebraucht, um sich nicht nach unten ziehen zu lassen. Nun hatte sie fast keine mehr, sich noch nach oben zu ziehen. Ihre verschwitzten Hände rutschten über die Hanffasern, und ihr Schrei gellte wie verzweifeltes Kriegsgeheul durch den Raum.

Hoch jetzt! Hand um Hand zog sie sich, schlang das untere Seil um ihre Füße, stützte sich ab. Das musste doch schneller zu bewerkstelligen sein! Wozu hatte sie das schließlich jahrelang geübt? Wozu hatte sie jeden einzelnen Muskel gestählt, wenn diese jetzt schon so schmerzten, dass sie um jede Handbreit Fortkommen kämpfen musste?

Aus dem Augenwinkel sah sie, dass die Tür des Ratssaales offen stand. Jemand alarmierte die Wachen. Wie lange würde es dauern, bis ihre Geschwister auf dem Dach würden kämpfen müssen? Oder würden sie sie doch zurücklassen? Wann würde das Seil mit ihr zu Boden stürzen und sie und ihre einzige Hoffnung auf Flucht unter der Flut ihrer Feinde begraben?

In ihren Ohren rauschte es. Schneller. Höher. Rasch!

Nun bewegte sich das Seil. Ein tiefer Schrecken durchfuhr Taryah. War es jetzt so weit? Sie war noch zu jung. Es wäre eine Verschwendung, sie sterben zu lassen! All die Mühe …

Das Seil bewegte sich nach oben. Sie stürzte nicht ab, sie wurde gezogen. Statt zu jubeln, blickte sie hinunter in den Ring von Menschen, deren Gesichter zu ihr hinaufsahen. Der scharfe Geruch von Rauch stach ihr in die Nase, aber sie sah auch, dass der Feuerangriff mehr als nur wohldosiert gewesen – geradezu spärlich. Offenbar wollte die Geschwisterschaft den Anwesenden nicht wirklich schaden. Wieso eigentlich nicht? Würde eine Vernichtung der Offiziere der Nordarmee nicht Genderns Vormarsch stoppen? War das nicht der Grund, warum sie überhaupt zum Blutdenker geschickt worden war? Um die Annexion Virnius zu verhindern?

Einerlei, hier und jetzt war eindeutig der falsche Zeitpunkt, um darüber nachzudenken. Irgendeinen Grund würde es geben. Das Vorgehen der Geschwisterschaft hatte stets einen Grund.

Wie langsam das ging! Sie warf einen Blick zurück auf die Feinde unter ihr, die sie nun nicht mehr erreichen konnten. Es sei denn … Taryah riss die Augen auf, als sie die Gara in den Händen des Mannes sah. Verdammt, wer brachte schon so etwas zu einem … Tanz?

Schon zog der Mann die Schleuder durch, und die lange Lederpeitsche pfiff durch die Luft. Viel zu schnell! Taryahs

Gedanken rasten, Konnte sie schnell an dem Seil emporklettern, ohne demjenigen, der am anderen Ende zog, das Seil aus den Händen reißen? Unwahrscheinlich. Aber reagieren musste sie, und zwar jetzt. In einer fließenden Bewegung schwang sie ihre Beine hoch und schraubte ihre Sitzfläche nach oben; dann hing sie verkehrt herum am Seil, die Hände unten um den Hanf gekrampft, die Füße über ihr um das Seil geschlungen.

Keinen Augenblick zu früh. Die Gara knallte direkt unter ihren Händen an das Seil und wickelte sich darum. Nun ging es nicht mehr weiter. Der schwere Garakämpfer hing mit seinem Gewicht am Seil und zog es nach unten. Wer auch immer oben auf dem Dach war – und das sicher nicht mehr lange – hatte offenbar Schwierigkeiten, ihr Gewicht und das des Mannes zu ziehen.

In den Gesichtern rund um den Kerl las sie, dass auch die anderen dies verstanden. Bald würden sie ihm helfen und sie herunterziehen.

Mit einer Hand ließ sie los, hing nun hauptsächlich an ihren Füßen, und hatte schon einen Wurfstern in der ungeschützten Hand. Keine Zeit für Handschuhe. Wenn sie sich jetzt schnitt, war es einerlei, dass sie das Gift überleben würde, wenn sie durch die Feinde starb.

Der Wurfpfeil traf den Gara-Kämpfer mitten ins Auge. Ein Aufschrei ging durch die Gruppe, die auseinanderspritzte, wie eine Pfütze, in die man einen Stein warf. Der Mann ließ los. Und fiel.

Dann ging es wieder aufwärts, und schließlich griff erneut jemand nach ihr. Sie brauchte ihre ganze Konzentration, um nicht nach demjenigen zu treten. Blut rauschte ihr in den Ohren. Denken war schwierig, wenn man auf Aktionen in

Sekundenbruchteilen reagieren musste und doch nicht seinen Reflexen freien Lauf lassen durfte. Doch sie verstand, dass man sie hochzog, nicht mehr hinunter.

Sie wurde kopfüber durch die Luke im Dach gezerrt. Eine Hand griff nach ihrer Kleidung, und als sie den Rand der Luke passierte, drückte sie sich in eine Art Handstand, bis sie schließlich keuchend auf dem Dach zu liegen kam. Dann drehte sie sich auf den Rücken, um ihren Geschwistern zu danken.

Doch die waren nicht da.

50

Der Kämpfer mit den langen, dunklen Haaren lag keuchend neben ihr auf der steilen Dachschräge. Noch nie hatte er so menschlich, so real gewirkt. Noch nie hatte sie ihn von so nah gesehen. Sein Haar klebte ihm am verschwitzten Gesicht. Es war ein markantes Gesicht, ein bisschen eckig und kantig. Es gab wenig Auskunft über sein Alter. Kein Jüngling mehr, doch auch nicht alt. Sein Mund stand offen, er rang nach Atem. Seine Zähne waren gleichmäßig und sehr hell in der Düsternis, und die blauen Augen schienen fast aus den Höhlen zu treten. Er zitterte vor Anstrengung. Selbst hünenhafte Helden hatten ihre Grenzen.

Überlastung. Er hatte sie aus einem Malstrom gezogen, nicht nur ihr Gewicht gehoben, sondern auch allem getrotzt, das sie hatte zurückziehen wollten. Ganz allein hatte er das getan. Warum ganz allein?

Taryah sah sich nach allen Richtungen um. Tatsächlich. Nur er. Sonst niemand. Eine Flut von Emotionen drängte sich in ihre pragmatische Sachlichkeit. Nicht jetzt. Warum er? Wo war Niccela? Wo Verruya, der Junxer, wo waren die anderen? Auch bei genauerem Hinsehen waren sie und der Fremde allein.

Der Augenblick, in dem sie nebeneinander liegend nach Luft schnappten, ging vorüber. Sie kamen auf die Knie, beide in derselben lautlos fließenden Bewegung, starrten einander an wie misstrauisch buhlende Katzen. Ihre Blicke schienen sich trotz der Dunkelheit ineinander zu verhaken. Maleni roch Schweiß. Und Leder. Und eine seltsame Würzmischung aus Eisen und Rauch. Sie wollte ihn berühren – nur um zu sehen, ob er wirklich war. Natürlich war er das, schalt sie Taryah und rang darum, die Oberhand zu behalten. Der Fremde hatte sie gerettet, aber der Kampf war noch nicht vorbei.

Der Mann keuchte wie ein Sendbote nach einer Schlacht. Sein großer Brustkorb hob und senkte sich unter dem Leder, das ihn einhüllte. Sein Atem faszinierte sie, machte seine Anwesenheit sehr körperlich. Sie konnte seine Wärme spüre, fast spürte sie seine Anwesenheit auf ihrer Haut. Das hieß, er war zu nah.

»Wa…?«, setzte Taryah an. Was sollte sie mit ihm tun?

Maleni versuchte sich erneut nach vorn zu drängen, und Taryah wusste, was ihre Außenseele mit diesem Mann tun wollte. Nicht berechenbar in den Auswirkungen. Inopportun zum gegenwärtigen Zeitpunkt. Wer war er?

Sie gab das geheime Zeichen.

»Keine Zeit!«, unterbrach sie die dunkle Bassstimme. »Auf der anderen Seite des Marktplatzes die linke Gasse. Dritte Abzweigung rechts. Ein großes Tor mit Vorplatz. Ein Hufeisen über dem Eingang. Dort warten sie auf dich.«

»Wer? Und wo ist …?«

Er war blitzschnell auf die Füße gekommen und glitt die Schräge hinunter zum Rand des Daches. Dann sprang er, einfach so – und war schon wieder fort, wurde eins mit der Dunkelheit. Mit ihm verschwanden seine Ausstrahlung, sein männlicher Duft, seine Wärme. War er nun ein Schemenjäger – oder doch nicht?

Taryah fokussierte sich. Was auch immer er war, er hatte recht. Sie hatte keine Zeit zum Grübeln, hörte Menschen kommen, musste hier weg.

Sie blickte ins Dunkel, in das ihr Retter verschwunden war, und wandte sich dann einer anderen Dachkante zu, die nah an das nächste, tiefer liegende Dach heranragte. Sie sprang, sauste lautlos die glitschige, schiefe Ebene entlang, auf der sie gelandet war, fing sich mit jedem Schritt, erreichte das Ende dieses Daches, flog auf das nächste zu. Reetdach. Noch rutschiger. Und steil.

Flucht war Malenis Aufgabe. Sie hastete gebückt und konzentriert, versuchte, die Geräusche hinter sich auszumachen. Ihre andere Hälfte irritierte sie mit dem Sarkasmus, der ihr von innen durch die eigene Seele troff wie Säure. »Dem hättest du schon deine Beine geöffnet, was?«

Hätte sie?

Sie antwortete sich nicht. Keine Zeit. Das hatte er gesagt. Und es konnte sich auf beinahe alles beziehen.

»Er ist gut gebaut, nicht wahr?« Das war nun gänzlich nebensächlich. Obgleich es natürlich stimmte. Er war gut gebaut. Sehr gut gebaut. Und sein Wesen verschlug Maleni fast den Atem. Doch sie wusste immer noch nicht, wer er war, auch wenn seine Zielstrebigkeit und seine ungeheure Behendigkeit dafür sprachen, dass er ein Bruder sein musste. Wer sonst in den Acht Reichen konnte sich so bewegen? Und so im Nichts verschwinden?

Einerlei.

Das nächste Dach lag höher, doch Maleni setzte hinüber, rutschte hinunter, hangelte sich hoch. Fiel beinahe. Glitt, rollte. Hielt sich. Hinter einem Schornstein ging sie in die Hocke und verharrte reglos; verschmolz mit den Schatten, als sie vorsichtig zurückblickte. Auf dem Ratsgebäude standen nun mehrere Menschen, die wackelig auf der Dachschräge balancierten und sich wütende Dinge zuriefen. Sie suchten nach ihr. Und nach ihrem Retter.

Maleni rang nach Atem, so lautlos wie möglich. Das war nicht einfach. Sie war gerade erst genesen und noch nicht wieder so gut in Form wie sonst. Ihr Herz schlug ihr in den Ohren, fast wurde ihr schwarz vor Augen, und sie krallte sich am Schornstein fest. Sie war an ihre Grenze gekommen und vielleicht sogar darüber hinaus. Das war knapp gewesen, und es war noch nicht vorbei. Man suchte sie immer noch, und schon bald würde eine ganze Stadt sie suchen. Unzählige Soldaten. Stadtwachen vielleicht auch, oder würden die es ablehnen, etwas für die »Gäste« zu tun? Dieser neue Feldherr hatte ihr auf den Kopf zugesagt, er wisse, was sie getan hatte. Hatte er es wirklich gewusst? Oder war es ein Zufallstreffer gewesen, nichts als ein vorgeschobener Grund, um sich die Hübscheste unter den anwesenden Frauen zu sichern? Was für eine hanebüchene Idee, alle Rothaarigen einsammeln zu lassen, um eine Mörderin zu finden, die auch an jedem anderen Ort der Acht Reiche hätte sein können.

Sofern sie nicht jemand verraten hatte. Aber wer?

Sie hätte den Feldherrn töten sollen. Mächtige Männer mochten es nicht, von jungen Frauen besiegt zu werden. Aber nein, korrigierte sie sich: Sie hätte gar nicht erst zuschlagen dürfen. Lass es geschehen, und geh dann – heim! Warum hatte sie das nicht gekonnt? Warum war diese dumme Situation eskaliert? An welcher Stelle hatte sie einmal mehr alles falsch gemacht? Denn dass sie alles falsch gemacht hatte, stand außer Frage. Eine große Gruppe Menschen hatten eine Schemenjägerin der Xyi in Aktion gesehen. Wenn sich das herumsprach, hätte die Geschwisterschaft ihren größten Vorteil eingebüßt: den, dass sie gar nicht existierte. Maleni würde Rechenschaft ablegen müssen für so viel Torheit.

Es würde viel zu erklären geben, und sie fühlte, dass sie vor der Erklärung ebenso viel Angst hatte, wie vor ihren Verfolgern. Vielleicht sogar mehr.

Geh dann heim. Das hieß, in den Tanzenden Gott. Nicht in ein fremdes Gebäude mit Hufeisen, wie ihr Retter es gesagt hatte. Oder warteten die Geschwister dort auf sie? Vielleicht hatten sie den Tanzenden Gott als unsicher aufgegeben? Oder führten ihre unterirdischen Gänge zu jenem fremden Gebäude mit Hufeisen?

Wer sonst würde dort auf sie warten? Dieser Mann?

Es schien ihr, als wollte ihr Herz noch schneller rasen, und sie versuchte sich an Atemübungen. Einatmen. Ausatmen. Die Kehle weit machen. Den Atem lautlos einströmen lassen. Der Mann war nicht wichtig.

Am liebsten hätte sich Maleni getreten. Nicht wichtig? Natürlich war er wichtig! Er hatte sie schon zweimal aus einer ausweglosen Situation gerettet. Falls er kein Bruder war, war er gefährlich.

Sie erinnerte sich an den Kopf, der ihr beim ersten Treffen entgegengefallen war, abgetrennt und blutig. Und daran, wie der Blauäugige neben ihr gekniet hatte, seine große, schwielige Hand auf ihrer Stirn.

Reglos beobachtete sie ihre Verfolger, die das Dach des Ratsgebäudes absuchten, um dann auf der Straße weiter nach ihr zu forschen. Fackeln waren ausgegeben worden und wurden im Laufschritt durch die Gassen getragen, flackerten länglich in den Händen der Schergen und machten die Stadt zu einem zuckenden Scherenschnittmuster in Hell und Dunkel.

Nicht bewegen.

Direkt unter ihr leuchteten Männer in jede Gasse, öffneten fremde Türen, stürmten in Häuser hinein und wieder hinaus. Sie hörte Schreie; Funken stoben. Wie leuchtende Perlen breitete sich der Fackelschein durch die Straßen aus.

Maleni war mit dem Schatten des Schornsteins eins geworden. Solange es dunkel war, mochte dies kein gutes, aber immerhin ein besseres Versteck sein, als auf der Gasse herumzulaufen.

Der Blauäugige war dort noch unterwegs. Vielleicht würden sie ihn fangen?

Doch sie hatten ihn nicht gesehen. Niemand hatte ihn je gesehen außer Maleni.

Wo waren damals ihre gendrischen Verfolger abgeblieben? Hatte er sie verschwinden lassen? Und wenn ja: Wie?

Einerlei, sie brauchte ihre Konzentration im Hier und Jetzt. Ewig würde sie hier nicht bleiben können. Wohin also sollte sie fliehen? *Zum Tanzenden Gott*? Oder zum Gebäude mit dem Hufeisen?

Maleni hielt inne, als sie mit einem Mal verstand, dass diese Entscheidung alles andere als trivial war. Doch was sie bedeutete, konnte sie nicht fassen.

Sie sehnte sich nach Niccela; der Würdigen Nehra. Die konnte ihr doch gewiss sagen, wohin der Weg zu führen hatte. Ja, dachte sie dann, natürlich konnte sie das. Und hatte es bereits getan. Nur dass Maleni nicht gehorcht sondern versagt hatte. Sie unterdrückte ein frustriertes Ächzen. Still musste sie sein. Lautlos. Reglos. Unsichtbar. Ein vergorrnter Schornstein.

Und sie durfte keine Angst haben. Angst war der größte Feind in einer Welt aus Feinden.

51

DAMALS

Niccela war da. Sie kam nicht oft zum Berg, war meistens unterwegs, wie die große Mehrzahl der Geschwister. Eine der Besten, hatte man Maleni gesagt. Präzise wie eine Damastklinge. Sie würde irgendwann Mitglied des Rates sein.

Maleni wusste, wie effizient Niccela war. Sie hatte es nie vergessen. Zwar verband sie mit ihrer ersten Retterin kein besonders inniges Band, zumindest kein sehr herzliches, aber Niccela war ihr dennoch über alle Maßen wichtig. Sie war ihre erste Schwester gewesen, nachdem ihre alte Familie vergangen war, und Maleni bewunderte sie mit jeder Faser ihres Seins. Am liebsten wäre sie ihr hinterhergelaufen wie ein Hündchen und hätte sie mit großen Augen angeblickt. Sie träumte davon, wieder mit ihr zu reisen, auch wenn es vermutlich nicht gemütlicher werden würde als damals. Aber diesmal würde Maleni kein störendes Balg sein, sondern alles lernen, was ihr Vorbild ihr an Praxis beibringen konnte. Maleni wollte so schnell sein wie sie. So effizient. So kühl. So unnahbar gerecht. Und sie wollte, dass ihre Retterin sah, dass ihr Einsatz damals nicht umsonst gewesen war. Sie hatte das Richtige getan, als sie das kleine Bauernmädchen Maleni mit sich genommen hatte. Sie tat vermutlich immer das Richtige, und Maleni hoffte, dereinst genauso zielsicher und erfolgreich in ihren Entscheidungen zu sein.

Gerne hätte sie ihr großes Vorbild gleich bei deren Ankunft begrüßt, doch sie lag darnieder, einen Eimer neben dem Bett, eine kalte Kompresse auf ihrer brennenden Stirn. Sie würgte, spuckte, zitterte kalt und heiß auf den verschwitzten Laken und versuchte nicht zu weinen. Sie stöhnte und jammerte, wenn sie allein war und niemand sie hörte. Die Schmerzen waren lähmend, das Dunkel, das sie immer wieder umfing, beängstigend.

Sie wusste, dies alles hatte seinen Sinn. Wer mit Giften hantieren würde, musste gegen sie so unempfindlich wie möglich sein. Die Heiler in jenem unteren Teil des Berges hatten Maleni in letzter Zeit immer wieder zu sich geholt – zu etwas, das sie Entgiftung nannten. Das Wort erschien Maleni nicht passend, denn tatsächlich wurde sie nicht ent-, sondern vergiftet. Ein bisschen immer nur. Nicht mehr, als der Körper gerade noch aushielt. Mal war es ein Trank, der sie tagelang krank auf ihrer Bettstatt liegen ließ, mal ein Nebel, den sie einatmete, bis ihr die Sinne schwanden. Dann wieder brachten die Meister Gift in kleinen Flakons, auf deren oberen Enden dicke, hohle Nadeln angebracht waren. Die stießen sie Maleni ins Fleisch. Maleni sah dann Schlangen vor ihrem geistigen Auge. Warum, das wusste sie nicht so genau. Sie hasste Schlangen.

»Ist da schon einmal einer dran gestorben?«, fragte Maleni und versuchte ihre Besorgnis zu verbergen. Körper waren unterschiedlich, und Menschen hielten verschieden viel aus. Was den einen stärker machte, mochte den anderen umbringen.

»Nur die Schwachen sterben«, hatte sie zur Antwort erhalten. »Die Geschwisterschaft braucht die Starken. Du bist stark. Also sei stark!«

Also war sie stark, wurde wieder mit dem Gift bedacht und musste zurück zu ihrer Höhle und sich darauf konzentrieren, möglichst schnell wieder gesund zu werden und weiter zu trainieren und zu lernen. Immer weiter. Irgendwann verschwanden die Schmerzen aus den Knochen, und man konnte wieder essen, ohne die Nahrung auf falschem Wege wieder zu verlieren. Der Durchfall hörte ebenso auf wie das Zittern, der brennende Hals und die eingeschränkten Sinne.

Das erste Training nach einer Entgiftung war immer besonders furchtbar, denn mit dem geschwächten Körper steckte man noch zusätzlich Prügel ein, bis man seine Reflexe zurückerlangt hatte und genug Kraft, sich zu wehren – oder auch nur bei den Balanceübungen auf Seilen oder Holzgestellen nicht abzustürzen.

Und schon wurde man zur nächsten Entgiftung zitiert, trank etwas Übles, das einem die Kehle hinunterbrannte wie bitteres Feuer, oder bekam einen neuen Nadelbiss. Sich zu beschweren war sinnlos. Auch ehrlos. Dies war Teil der Ausbildung. Jedem ging es irgendwann so. Jeder kotzte und heulte, bekam seine Krämpfe und verlor seine Kämpfe. Und der Stolz, der einen erfüllte, wenn man einmal mehr – beinahe – klaglos überlebt hatte, war eine Belohnung für die Seele. Balsam, der einen durchdrang und neu definierte. Mit jeder überstandenen Giftzufuhr wurde man ein bisschen mehr das, was man sein sollte.

»Der Schmerz verbindet uns«, sagte eine der Heilerinnen aufmunternd. Maleni kannte sie inzwischen alle und war erstaunt, wie wenige es waren. Gerade mal eine Handvoll. »Wir sind nicht zuletzt Brüder und Schwestern in ihm, weil wir ihn alle kennen. Alle. Ausnahmslos.« Und ein anderer sagte: »Ich weiß, wie schlimm es ist. Doch es geht vorüber. Wir werden besser dadurch. Stetig besser werden ist unsere Pflicht. Es freut den Rat, und auch den Großmeister.«

Manchmal konnte Maleni nicht mehr allein zurück zu ihrem Bett. Mehr als einmal war sie gestürzt, wenn ihre Muskeln sich plötzlich zusammenzogen und nicht mehr reagierten, als wäre die Verbindung von ihrem Denken zur Ausführung mit einem Mal gekappt. Oder wenn ihre Lunge sich anfühlte, als sammele sich dort eine giftig wabernde Brühe, die ihr den Atem rauben und sie ersticken würde.

Bisweilen schwanden ihr die Sinne, und Alpträume gossen sich brennend durch ihre Adern, um sich ihr wie Würmer immer weiter ins Denken zu bohren. Wenn sie bewusstlos war, wusste sie hinterher nicht, wie sie in ihr Bett gekommen war, und sie war zu stolz, um ihre Schlafgenossinnen danach zu fragen.

Man sprach nicht über Entgiftung. Sie war einfach Teil der Ausbildung, unabänderlicher Bestandteil des Erwachsenwerdens. Rüstzeug für später, doch auch eine erste Initiation. Die Starken überlebten. Was mit den Schwachen geschah, wusste Maleni nicht. Auch darüber wurde nicht gesprochen. Nicht, dass es verboten war. Es gehörte sich einfach nicht. Eine wahre Schemenjägerin ertrug das Notwendige stoisch. So wie Niccela, die tat, was getan werden musste, ohne Schnörkel und Fransen. Wie ein Schwert schnitt sie durch die Welt, die nur ihr Resultat sah, nie aber sie selbst.

Durch Fieber, Zagen und Beben sah Maleni ihr großes Vorbild nun neben sich. Wie ein Schemen stand die schmale Frau an ihrem Bett und sah sie an. Das sollte sie nicht. Sie sollte sie so nicht sehen. Vielleicht war sie aber auch gar nicht da. Malenis Sicht verschwamm, und ihre Wahrnehmung war ohnehin seltsam geteilt zwischen dem Schmerz, der tatsächlich existierte, und seltsamen Bildern, die – wie man ihr erklärt hatte – wieder einmal nur Halluzinationen waren, hervorgerufen von den Giften in ihren Adern und ihrem Sinn. Fast konnte sie die zähe Tunke, die ihr Blut geworden war, surrend durch ihren Körper schleimen hören.

»Wenn ich wiederkomme, wirst du bereit sein«, sagte Niccela in ihrer kratzig flachen Stimme. Niccela war keine Buhlerin. Sicher hatte sie nie vor einem Ziel getanzt.

»Kannst du tanzen?«, fragte Maleni sie und wusste dann nicht mehr, warum sie gefragt hatte und ob die Worte überhaupt über ihre rissigen Lippen gekommen waren. Die Welt wirbelte, und die Bilder, die Maleni sah, wären interessant und inspirierend gewesen, wenn sie nicht mit so viel Schmerz erkauft worden wären. Konzentrische Regenbögen drifteten nach außen und verloren sich in tiefer

Schwärze. Riesige, sonderbare Wesen rekelten sich auf Felsen und in flüssigem Feuer. Unglückliche, federlose Vögel blickten wissend von einem Firmament herab, das gerade nicht weit genug war, um sie vor dem Grauen zu schützen. Geflügelte Würmer, so lang wie ein Dorf, schlängelten sich zwischen ihnen durch die Luft. »Schauermärchen«, stöhnte Maleni.

»Alles wird gut«, sagte irgendwer, und Maleni war sich nicht sicher, ob sie es nicht selbst gewesen war. Dann fächerten die Stimmen sich auf, wurden mehr und drifteten gleichzeitig davon wie die flatternden Bewohner des Himmels.

»Sie wird doch überleben?«

»Sie ist stark.«

»Aber wir mussten die Reihenfolge ändern. Weil sie schon früher einmal gebissen worden ist. Zur Unzeit.«

»Wie konnte das passieren?«

»Sie war ungehorsam.«

»Aber sie hat überlebt.«

»Hat sie daraus gelernt?«

»Das wird sich zeigen.«

»Der Großmeister wird sie prüfen. Veredeln oder verwerfen.«

Maleni zwang sich, ihre Augen zu öffnen. Sie wollte die nebelhaften Stimmen zuordnen, und ihr Blick fokussierte langsam.

Sie war ganz allein. Und eben wurde ihr auch schon wieder schlecht.

Gehorsam. Ab jetzt würde sie stets gehorsam sein.

Sie würgte grünen Schleim aus ihrem Inneren, hielt dann keuchend inne und versuchte sich an die Worte zu erinnern, die sie eben zu hören geglaubt hatte, doch da war nichts mehr. Nicht einmal ein Nachhall in ihrem Gedächtnis.

Einfach nichts.

Vielleicht war es besser so.

KASSIBER 10

Nachricht an Katze vom hiesigen Heim

Der Junxer ist ausgeblieben. Eine Nachricht erhielt die Familie nicht. Seine Aufgabe war die stille Begleitung der Heilerin, die ihren Reisegefährten Vergessen schenken sollte.
Haben die Gläubigen des Kyrros Kunde über seinen Verbleib? Oder muss in Betracht gezogen werden, die Heilerin hätte ihren Bruder selbst behandelt?

52

Durch die Straßen liefen immer noch suchende Soldaten, also setzte Maleni ihren Weg in weitem Bogen über die Dächer fort. Ihre Knie zitterten, und sie bewegte sich nicht so souverän, wie sie es sonst tat. Sie hasste ihre Schwäche und fühlte sich an die Zeit der Entgiftung erinnert, jenes harte halbe Jahr, in dem sie Schmerz, Krankheit und auch Zweifel hatte bekämpfen müssen, um zu überleben.

Stark sein, sagte sie sich. Die Geschwisterschaft braucht die Starken. Also würde sie stark sein – selbst wenn ihre Gelenke sich inzwischen wie Pudding anfühlten und damit dem Zustand ihres Denkens unerfreulich nahe kamen.

Sie versuchte das Hadern einzustellen. Alles, was ihr geschehen war, hatte seinen Anfang in jener einen Entscheidung, nicht dem vorgezeichneten Fluchtweg zu folgen, sondern etwas auf eigene Faust zu unternehmen. Wie ein Dominospiel hatte sich die rigide, lineare Ordnung zum Chaos gewandelt und immer neue Schicksalssteine umgestoßen.

Und es war noch nicht vorbei.

Sie kam voran. Freilich war es kein wirkliches Vorankommen, wenn man gar nicht wusste, wohin man wollte. Und sie wusste es nicht. »*Zum Tanzenden Gott!*«, soufflierte Taryah. Doch irgendetwas in Maleni ließ sie zweifeln, dass dies die Lösung war. Und Taryah störte. Freilich störte Taryah öfter, doch so uneins waren sie sich noch nie gewesen. Bei aller unterschiedlichen Ausrichtung sollten sie doch eine Person sein. Das schien manchmal nicht mehr ganz so.

»Ich werde gesucht«, flüsterte Maleni lautlos. »Ich darf die Verfolger nicht direkt zur Geschwisterschaft führen. Das wäre unklug.«

Da. Sie hatte einen guten Grund, nicht dorthin zu gehen. Mit einer gewissen Befriedigung stellte sie fest, dass der Grund ihr half, das zu tun, was sie ohnehin lieber getan hätte, auch wenn sie es eben noch nicht hätte sagen können. Sie wollte ihren Retter wiedersehen. Und den fände sie vermutlich nicht im Tanzenden Gott. Oder doch? Immer mehr sprach dafür, dass er ein Bruder war. Sie hätte das viel früher verstehen müssen. Das seltsame Band, das sie fühlte, konnte doch nur die gemeinsame Zugehörigkeit zu den Xyi sein. Was sonst? Alles andere ergab überhaupt keinen Sinn.

Und wenn er doch einer der Ihren war, war es gut, dass sie ihn – sie suchte nach einem passenden Wort – beeindruckend fand. Bewunderte. Ihre Zuneigung war legitim. Kein Ungehorsam. Kein Abweichen von den Regeln der Xyi.

Sie verharrte reglos, blickte hinab auf die dunklen Gassen unter sich. Noch war es nicht ratsam, diese mit den Soldaten zu teilen. Sie war vermutlich die einzige Frau, die sich um diese Zeit dort aufhalten würde, und ihre Unsichtbarkeit war in einer Stadt, die sie nicht kannte, nicht zu gewährleisten. Doch irgendwann würde sie die eine oder andere Straße überqueren müssen, denn der Weg über die Dächer ging immer nur in zwei Richtungen, nicht in vier, und von diesen zweien lief eine zurück zum Ratsgebäude. Da wollte Maleni nicht hin.

Dabei wäre das Dach dieses Gebäudes vermutlich der sicherste Ort in Pyrn, denn dort würde sie jetzt niemand mehr vermuten. Sie hielt inne und überlegte. Was, wenn sie wirklich zum Rathaus zurückkehrte, Niccela suchte, ihr alles erklärte, ihren Rat einholte. Doch um Niccela zu finden, würde sie in das Gebäude eindringen müssen. Das war voller Soldaten, von denen manche sie in Aktion gesehen und andere sicherlich ihre Beschreibung kannten. Maleni wusste nicht, wo sie Niccela suchen musste. Und eine planlose Durchsuchung des Gebäudes nach einer Person, die sich vielleicht gar nicht mehr darin befand, war unter den gegebenen Umständen unmöglich. Ja, die Xyi konnten sich unsichtbar machen – aber nur, wenn sie Winkel fanden, in denen keiner nachschaute. Sie mochten an der Decke hängen, über einem Türsturz balancieren, oder mitten in einer Menschenmenge abtauchen, von der sie sich mit einem Mal nicht mehr abhoben. Wussten die Feinde jedoch einmal, wen sie suchten und wie derjenige aussah, wurde es mit der vermeintlichen Unsichtbarkeit sehr viel schwieriger. Und was, wenn sie mit ihrer Suche Niccelas Tarnung beschädigte? Nach all den Fehlern, die Maleni bislang begangen hatte, wäre dieser eine neue Krönung ihrer Versagensliste.

Sie blickte auf die Häuserreihe jenseits der Straße. Dort wollte sie hin. Wie ein Wasserspeier hockte sie am Rand des Daches, machte sich klein, rührte sich nicht. Derzeit schienen keine Soldaten in der Nähe zu sein, aber sie mochte sich täuschen. Das Netz enger Gassen war zu unübersichtlich, um genau zu wissen, aus welcher dunklen Ecke plötzlich ein Feind hervorbrechen würde.

Sie lauschte. Gelegentlich schallten Rufe und manchmal auch Schreie durch die düsteren Gassen, schienen jedoch aus größerer Entfernung zu kommen. Das bewies freilich gar nichts.

Maleni wagte es dennoch. Wie ein Schlangenschatten glitt sie vom Dach, hielt sich mit den Händen am Rand fest, sah sich um und landete dann lautlos auf den Füßen. Sofort bückte sie sich in die Schatten. Es war eine klare Nacht. Die Sternenbänder, die sich wie faserige Wolle über den Himmel zogen, spendeten ihr Silberlicht. Der Mordmond ging gerade auf.

Sie überquerte die Straße ganz ruhig, hastete nicht geduckt von einem Schatten zum nächsten. Nichts war so auffällig, wie ungeschickt unauffällig zu sein. Schon bog sie in einen der engen Häuserzwischenräume. Vom Hinterhof her war es leichter, das Dach zu ersteigen, und kurz darauf war sie bereits wieder oben, lief auf der straßenabgewandten Seite auf der rutschigen Schräge entlang und konzentrierte sich darauf, ihre Füße richtig zu setzen. Einen Sturz konnte sie sich nicht erlauben.

Sie brauchte ihre ganze Konzentration, denn es fiel ihr schwer, sich auf ihr lautloses Fortkommen zu konzentrieren. Zu viele Dinge gingen ihr durch den Kopf. Was würde sie ihren Geschwistern sagen? Wie das alles erklären? Und was würde mit ihr selbst geschehen? Maleni hatte nie hinterfragt, was mit jenen Schemenjägern geschah, die versagten. Sie hatte nicht vorgehabt zu versagen, und als Verräterin sah sie sich auch nicht. Sie hatte niemanden verraten – außer vielleicht sich selbst.

Sie versuchte die Gedanken von sich zu schieben. Die Xyi waren vernünftig. Vernunft war eine Maxime. Das hieß, man würde angemessen, doch ohne Rachsucht reagieren. Hieß ohne Rachsucht auch ohne Mitgefühl? Ohne Verständnis für die Fehlbarkeit des Einzelnen in widrigen Umständen? Die Xyi lehrten Perfektion. Sie erwarteten auch nicht weniger.

Wieder versuchte sie ihre Gedanken zu sammeln. Ausgerechnet hier und jetzt in ängstliches Grübeln zu verfallen, war nicht hilfreich.

Zudem konnte sie alles erklären. Fast alles.

Die Meister und der Rat würden sich freilich ihre eigene Meinung bilden. Und jeder Schemenjäger, den sie auf dieser Reise getroffen hatte, würde über sie berichten, angefangen mit dem Bruder, der ihr in der Berenborg den Weg draußen gewiesen hatte, über den Junxer, der sie eine Weile verfolgt hatte, bis hin zu Niccela und – vielleicht – dem blauäugigen Kämpfer.

Sie sprang auf das nächste Dach. Es war moosbewachsen und in schlechtem Zustand. Vermutlich war das Haus unbewohnt. In allen Städten der Acht Reiche gab es unbewohnte Häuser. Die Bevölkerung schrumpfte. Der ewige Krieg dünnte die Städte und die Dörfer aus. Dieses Dach jedoch war glitschiger als die anderen. Das Moos war klebrig und schwammig, und sie berührte es mit den Händen, um besseren Halt zu finden. Dann roch sie es.

Blut.

Nicht frisch.

Sie erstarrte und blickte um sich. In den Straßen mochte man Blut erwarten, doch auf einem Dach? Es musste viel sein, denn der Geruch war deutlich.

Der Schornstein setzte sich gegen den Sternenhimmel ab. Er hatte die falsche Form, war dick und breit und unförmig am unteren Ende. Vorsichtig kletterte Maleni auf dem glitschigen Moos empor. Um den Schornstein war ein Leib drapiert. Es bedurfte keiner Heilkenntnisse, um zu wissen, dass es der Leib eines Toten war. Eine Leiche hing am Kamin. Ganz verdreht hatte man den Toten so um den Schornstein geschlungen, dass er von der Straße aus nicht sichtbar war und zugleich nicht in die Hinterhöfe stürzen konnte. Ein seltsames Ziehen ergriff Malenis Magen. Sie hatte keine Angst vor dem Tod. Auch nicht vor Toten. Sie hatte mehr als einen Menschen selbst über die endgültige Grenze des Lebens gestoßen. Aber an einem Dach hatte sie noch keinen aufgehängt. Das war gruselig. Wozu tat man das? Die Antwort drängte sich auf. Weil man ein Opfer schnell verstecken musste und keine Muße hatte, es an einen geheimeren Ort zu schleppen. Hier würde er zwar gefunden werden, doch eventuell erst mit Verspätung, wenn das Haus wirklich unbewohnt war. Vielleicht wäre es eine bessere Idee gewesen, den Leichnam durch den Kamin ins Haus zu schieben.

Sie betrachtete den Schornstein. Nein. Zu klein und zu schmal für den Körper. Sie stellte sich vor, wie der Mörder den gleichen Gedanken gehabt hatte und dann feststellen musste, dass es so nicht ging. Also hatte er – und vermutlich war es ein Er gewesen, denn so ein Leichentransport über die Dächer setzte Körperkräfte voraus, die öfter beim männlichen Geschlecht zu finden waren – seine tote Last einfach hierhin drapiert.

Sie sollte weiterklettern, sich um ihre eigenen Belange kümmern, denn von diesen gab es schließlich mehr als genug. Doch die Neugier siegte. Vorsichtig schob sich Maleni weiter, krallte sich an dem blutklebrigen Dach fest und hob den baumelnden Kopf mit den hellen Haaren an. Sie erstarrte, und Eiseskälte gefror ihr beinahe das Blut in ihren Adern.

Sie kannte das Opfer.

53

Umbert sah wütend aus. In der Schmiede war es eng, düster und roch nach Mulis und deren Hinterlassenschaften. Stallgeruch. Und Stallkoller. Eine einzige Kerze erhellte spärlich den Raum. Umbert hatte eine Blende davorgestellt und das einzige, kleine Fenster von innen mit Säcken abgehängt, damit man das Licht nicht sah. Er wollte nicht auf sich aufmerksam machen.

Das hätte nicht passieren dürfen. Er hatte Elgor gewarnt. Er hatte ihn gewiss mehr als einmal gewarnt.

»Das war dumm!«, flüsterte er seinem ältesten Muli zu. Auch die Tiere waren missmutig. Sie mochten es nicht in diesem seltsamen Stall, in dem es nicht einmal genug Heu gab. Wasser hatten sie bekommen und ein paar Karotten und etwas Getreide – und natürlich an diesem endlosen Tag wieder von sich gegeben. Es war Umbert, als hätte er sich die langen Stunden nur um Mulis gekümmert, sie mit dem gefüttert, was er hatte, und ihren Dreck zusammengekehrt. Dabei hatte er gegrübelt. Allzu viele schreckliche Szenarien waren ihm durch den Kopf geschossen. Er brauchte keine Phantasie, sich auszumalen, was einem in den Gassen einer besetzten Stadt alles passieren konnte. Er war schon in belagerten Städten gewesen. Es war besser für die Gesundheit, sich nicht einfach mal zum Nachschauen unters Volk zu mischen. Er war umsichtig gewesen.

Elgor hätte das auch sein sollen. Vergorrnt noch mal, er hatte ihn gewarnt.

Umbert fuhr dem Muli durch die kurze Stachelmähne. Das Tier schnaubte.

»Keine gute Idee!«, tadelte er erneut.

»Ich weiß«, erklang es matt hinter ihm. Umbert drehte sich langsam um.

Elgor saß auf dem Boden, den Rücken an die Wand gelehnt. Seine Augen waren blutunterlaufen, und er zitterte leicht, hatte seine Finger verschränkt, um das Beben seiner Hände zu verbergen. Es nützte nichts.

»Der junge Meuchler hätte dich umbringen können«, schimpfte Umbert.

»Er hat wirklich sein Bestes gegeben, und es ist ihm fast gelungen.«

Umbert tat einen Schritt auf seinen Gesellen zu und musterte ihn. Zorn und Sorge huschten in beredtem Wechselspiel über sein wettergegerbtes Gesicht. »Ach ja? Und dann? Dann müsste ich jetzt irgendwo in dieser Stadt deinen Leichnam suchen! Und hoffen, dass du nicht schon von der Wache fortgeräumt und verscharrt worden bist. Elgor, du weißt doch …«

Elgor hob müde die Hand. »Umbert! Meister – ich lebe. *Ich* – lebe.«

Umbert schlug seine rechte Faust in die linke Hand. »Ja. Und wir beide wissen, warum.«

»Der Kämpfer ist tot. Er hat sein eigenes vergiftetes Messer in den Hals bekommen. Ich habe es nicht gern getan, aber er ließ mir keine Wahl.«

»Und jetzt hängt er zum Räuchern an einem Kamin! Elgor! Das war nicht wohlgetan.« Umbert schnaubte. Er hatte die ganze Geschichte schon gehört. Er mochte sie nicht. Sie roch nach Ärger und noch mehr Ärger. Und er musste mehr wissen als die paar mageren Worte, mit denen sein Geselle seine Erlebnisse zusammengefasst hatte, als er erschöpft und taumelnd in die Schmiede zurückgekommen war. Mitten in der Nacht.

»Ich gebe zu, es war vergorrnt knapp.«

»Aber musstest du unbedingt …«

»Ich konnte ihn nicht da unten liegen lassen. Und ich wollte mich auch nicht mit dem Leichnam erwischen lassen – von einer seiner Schwestern. Oder Brüder.«

»Danach hättest du zurückkommen müssen. Gleich.«

»Danach ist es erst interessant geworden.«

Umbert atmete frustriert durch die Zähne aus. »Ach?«, fragte er etwas giftig. »War meinem Schmiedegesellen ein Kampf auf Leben und Tod mit einem ausgebildeten Assassinen nicht spannend genug?«

Elgor zuckte müde die Schultern, senkte den Kopf, und sein Blondhaar fiel ihm über die Stirn nach vorne. Er griff eine Strähne und zwirbelte sie nachdenklich, als müsse er neu darüber befinden, ob es wirklich sein Haar war. Er wirkte abgelenkt und zerstreut.

»Willst du mir nicht antworten?«, fragte Umbert ein wenig erbost.

»Es war wahrscheinlich ohnehin umsonst.«

Eine Weile schwiegen sie einander an. Schließlich stellte sich Umbert vor seinen Gesellen und blickte auf ihn herab. »Immerhin. Du lebst«, brummte er. »Das hat seine Vorteile.«

Elgor schenkte ihm ein feines Lächeln. »Ich bin auch froh, dass du die Hinterhöfe und Massengräber nicht nach mir durchsuchen musstest. Es ist gerade wenig gemütlich dort draußen in den Straßen.«

»Weswegen du auch stundenlang fort warst, anstatt dich hier nützlich zu machen!«

»Es hat sich so ergeben. Er hat sie vermutlich verfolgt. Ich wüsste wirklich gerne, warum.«

»Weißt du es jetzt?«

»Ich kann nur raten. Nein, nicht einmal das. Es ist ein verfluchtes Durcheinander.«

»Dann sind wir so weit wie vorher. Mit dem Unterschied, dass du vollkommen erschöpft bist. Kannst du aufstehen? Laufen?«

Elgor zuckte mit den Schultern. »Wird schon gehen.«

»Du hast dich übernommen, mein Freund. Und du weißt das auch. Es ist zu früh. Du hättest nie …«

»Alles wäre gut gewesen, wenn sie mich nicht fast erwischt hätten – da war ich schon auf dem Weg hierher. Sie haben ihre ausgebüxte Mörderin gesucht. Und plötzlich war ich dann auf der Gasse mitten in der Nacht. Sehr verdächtig. Sie haben mich durch die ganze vergorrnte Stadt gejagt.«

»Und gefangen. Und fast umgebracht.«

Elgor winkte ab. »Nur weil ich plötzlich so entsetzlich müde war. Ich brauchte einen Moment, um zu mir zu kommen. Einen Moment, den ich – wie sich herausstellte – dummerweise nicht hatte. Ich bin ihnen jedoch ganz schnell wieder entwischt.«

»Und jetzt suchen sie dich auch noch. Das ist ganz wunderbar. Ich hoffe, du hast sie nicht auf direktem Weg hierher geführt.«

Elgor sah seinem Meister in die zornigen Augen und lächelte. »Dann wären sie schon längst hier und weidlich damit beschäftigt, uns den Garaus zu machen.«

»Vielen Dank auch!«

Sie schwiegen eine kurze Weile, dann sah Elgor zu seinem Lehrmeister auf. »Was tun wir jetzt?«, fragte er und klang auf einmal sehr jung und ratlos.

Umbert betrachtete ihn beinahe fürsorglich und kratzte sich hinter dem Ohr. »Wir gehen durch die Gänge. Im Gegensatz zu dir war ich hier nicht untätig und habe mir die Sache genauer angesehen. Der Geheimgang ist breit genug für uns und die Mulis – nacheinander, wenn sie überhaupt gewillt sind, dort hineinzugehen. Ich habe uns etliche Fackeln gemacht und all unsere Wasserschläuche gefüllt. Ein Glück, dass wir die Pumpe in der Schmiede haben. Die alten Gänge führen gen Nordost, unter der Stadtmauer hindurch – wenn sie nicht verschüttet sind. Aber selbst wenn sie es sind, können wir dort ausharren, bis sich die Lage entspannt. Die Gendrischen haben einen Krieg zu führen, sie bleiben nicht ewig. Vielleicht müssen wir uns auch keine gar so großen Sorgen mehr um Malenis … illustre Familie machen – wenn wir einfach fort sind.«

Er klang zuversichtlich, wenngleich ein wenig gezwungen. Optimismus war Umberts Art von Trost.

Elgor nickte ergeben. »Wann?«, fragte er nur.

»So bald als möglich. Gleich.«

»Ich möchte aber noch warten …«

»Du hast einen Assassinen der Xyi erstochen, ihn um einen Schornstein drapiert und wirst von gendrischen Soldaten gejagt. Worauf genau willst du noch warten?«

»Ich …«

»Ich werde jetzt erst mal deine Wunden versorgen.«

»Alles nicht so schlimm.«

»Zieh dein Hemd aus.«

»Sind nur blaue Flecke.«

»Jetzt zier dich nicht, Junge!«

Etwas mühsam entledigte sich Elgor erst seines dunklen Wamses und zog dann sein Hemd über den Kopf.

Umbert stieß einen Pfiff aus. »Die haben dich ganz schön vermöbelt. Meine Güte.«

»Du solltest erst die anderen sehen.« Elgor grinste, auch wenn ihm das Gesicht weh tat, denn auch dieses hatte Schläge eingesteckt.

»Dabei hast du vermutlich noch verdammtes Glück gehabt, dass sie dich nicht einfach abgestochen haben«, brummte Umbert.

»Ich fühle mich wirklich sehr … vom Glück verwöhnt. Aua! Das tut weh!«

Umbert ging nicht darauf ein. »Ich glaube, es ist nichts gebrochen. Solltest du innere Blutungen haben, wäre das allerdings weniger erfreulich.«

»Ich bin kein Hänfling.«

»Auch Nicht-Hänflinge sind sterblich, wenn sich ihr Bauch mit Blut füllt und ihre Adern sich leeren. Und was um der gesammelten Götterschaft willen hast du mit deinen Händen gemacht?«

»Ich habe mich verteidigt.«

»Und wieso sind die Kratzer …«

Die Kerze flackerte, als die Tür aufgestoßen wurde. Umbert fluchte und fuhr herum. Sie hätten längst weg sein sollen. Diskussionen hätte man auch in einem Geheimgang führen können. Er hätte Elgor bei seiner fahrigen Ankunft einfach packen und ihn in den Gang verfrachten sollen. Alles andere hätte man später regeln können. Zeit gelassen hatte er sich. Zu viel Zeit. Dabei hatten sie keine. Und das hatte er gewusst.

Jetzt war es zu spät.

54

Vielleicht war es eher der Zufall denn akribisches Planen gewesen, der Maleni vor das Gebäude gebracht hatte, das ihr Retter beschrieben hatte. Eine Weile stand sie unschlüssig gegenüber in den Schatten und beobachtete das Tor mit dem Hufeisen, als erwarte sie, es würde sich öffnen und ihr eine neue Feindesschar entgegensenden. Doch das Gebäude lag im Dunkeln, und niemand regte sich. Die Geschwisterschaft war schon immer gut darin gewesen, nicht aufzufallen.

Die Meute der Verfolger war jedoch nicht weit, und von der nächsten Gasse her näherten sich Stimmen. Sie musste sich jetzt entscheiden. Sie öffnete die im Tor eingebaute kleine Tür und schlüpfte hindurch.

Als sie das Bild, das sich ihr hinter dieser bot, zu begreifen begann, setzte ihr Verstand einen Augenblick lang aus. Die Schmiede! Umbert stand über Elgor gebeugt; dieser hatte sein Hemd ausgezogen, und sein wirklich beeindruckender Oberkörper zeigte eine farbenfrohe Palette blutunterlaufener Haut. Maleni wusste, wie man nach schweren Kämpfen aussah. Sie wusste auch, wie es sich anfühlte.

Immerhin, er hatte überlebt.

Bis jetzt. Denn sie war losgezogen, um ihn zu töten. Ihn und Umbert. Da waren sie also. Alle beide. Jetzt konnte sie, musste sie es tun. Aber weshalb, so fragte sie sich im gleichen Atemzug, war ihre Familie nicht hier? Hatte der Blauäugige nicht gesagt, man würde hier auf sie warten? Schon, dachte sie. Aber er hatte nie gesagt, wer hier wartete, sondern sie einfach nur hierher geführt. Warum? Damit sie ihre Pflicht erfüllte? War er vielleicht eine Art Wächter der Xyi?

Das Für und Wider blockierte Malenis Verstand. Sie wusste weder, was sie denken, noch was sie fühlen, und schon gar nicht, wie sie reagieren sollte. Die Sekunden verstrichen, ihre Füße schienen am Boden festgeklebt zu sein, und der Augenblick für ein schnelles Töten war längst verstrichen.

»Jetzt«, flüsterte Taryah noch immer in ihrem Kopf. »Jetzt, los!«

»Maleni«, sagte Elgor und klang erleichtert. Umbert hingegen hob nur eine Augenbraue und blickte sie kritisch an. Er verlagerte sein Gewicht und stand nun gerade da, als warte er. Seine Arme waren angewinkelt, und die Hände bebten leicht, als hielte er die ganze Welt darin gebündelt. Ohne sich zu rühren, vermittelte er den Anschein versammelter Energie.

»Geht es dir gut?«, fragte Elgor und schien, als verkniffe er sich, mehr zu fragen.

Nicht einmal auf diese eine Frage hatte Maleni eine passende Antwort. Was hätte sie schon sagen sollen? Sie hatte überlebt. War über die Dächer geflohen wie eine gejagte Katze. Hatte still in den Schatten verharrt, wenn unter ihr auf der Straße die lärmende Soldatenhorde wieder jemanden gefunden hatte, an dem sie ihren Ärger darüber ausließ, die Gesuchten noch immer nicht gefunden zu haben. Weder die Frau noch ihre unbekannten Helfer. Und während sie mehr planlos als zielgerichtet zwischen Flüchten und Stillhalten durch die Stadt geirrt war, hatten ihre Gedanken um die immer gleichen Fragen gekreist, ohne Antworten zu finden: Wer hatte den Junxer umgebracht? Wer war ihr Retter? Was taten ihre Geschwister? Hatten sie den Retter geschickt? Oder würden sie sie nach ihrer neuerlichen Eskapade gänzlich abschreiben? Und: Würde sich die junge Frau im Kerker an die Nennung der Taverne *Zum Tanzenden Gott* erinnern?

Wenn ja – was dann? Machte das allein Maleni schon zur Verräterin?

»Bitte versteh meine Frage nicht falsch«, richtete Umbert nun mit beinahe sanfter Stimme das Wort an sie. »Aber was möchtest du hier?«

Sie starrte ihn an. Lächeln. Lächeln wäre jetzt wichtig. Ihn in Sicherheit wiegen. Und dann zuschlagen. Sie versuchte es, verzog ihren Mund und war sich gleichzeitig sicher, dass ihre Lippen nicht transportierten, was sie sollten. Vermutlich geriet ihr das jahrelang einstudierte Mienenspiel gerade zur Fratze.

Zudem schienen ihr alle Worte aus dem Kopf gefallen zu sein. Geblieben war ein Sturmwind an Erinnerungen, Pflicht und Verwirrung, der die Wüstenei ihrer Gedanken zu welligen, leeren Dünen formte. Taryah würde über diese Gedankenlandschaft segeln und tun, was zu tun war. Doch Maleni verwehrte ihr den Zugang mit einiger Gewalt gegen sich selbst. Erst wollte sie verstehen. Es zerriss sie fast. Es war nicht vorgesehen, dass sie ihre zweite Seele derart blockierte.

Das Schweigen zog sich, und Elgor rappelte sich mühsam hoch. In seinem gegenwärtigen Zustand wäre er ein leichtes Opfer.

Es hatte nicht geregnet, und sie merkte doch, dass ihre Wangen nass waren. Energisch wischte sie sich die Tropfen aus dem Gesicht und wollte nicht wahrhaben, dass es sich um Tränen handeln könnte. Vielleicht war es Schweiß.

»Ich …«, begann sie. »Ich bin …«

»Ich weiß«, sagte Elgor ruhig. »Ich weiß, was du bist.«

Sie starrte ihn an. »Das wollte ich gar nicht sagen!«, entfuhr es ihr, und sie blickte in seine Augen wie ein Kaninchen, das einer Schlange begegnet. Sie war kein Kaninchen. Wenn sie etwas war, dann eher die Schlange. Ihr »Biss« war tödlich. Das machte *ihn* zum Kaninchen.

Doch so wirkte er nicht. Zerschlagen und matt, ja, aber nicht panisch und ängstlich. Und schon gar nicht klein, sondern … souverän. Das verstand sie nicht.

»Was meinst du damit?«, fragte sie vorsichtig. Es wurde still in der Schmiede. Nur die Mulis scharrten mit den Hufen. Vielleicht spürten sie mit ihrem gut ausgeprägten Instinkt, dass hier etwas nicht in Ordnung war. Die Luft schien zu vibrieren, war stickig und schwül, als wolle ein Blitz einschlagen, jetzt und hier. Sie roch Feuer, aber da war kein Rauch. Und die einzelne Kerzenflamme konnte nicht dafür verantwortlich sein.

Umbert rührte sich immer noch nicht, doch sie las deutlich in seinem Minenspiel, dass er mit dem Vorgehen seines Gesellen nicht einverstanden war. Und Elgor? Der sah sie nur an, als warte er, dass sie von selbst begreifen würde, was er meinte. Aber das konnte vieles sein.

Nun atmete Umbert langsam aus. »Es gibt Zeiten im Leben«, sagte er, »da muss man sich entscheiden. Es spricht viel dafür, dass du hierhergekommen bist, um uns zu töten. Es spricht viel dafür, dass du es könntest. Die Frage ist: Willst du es wirklich? Ist es das, was du mit ganzer Seele willst? Denn wenn es das nicht ist, solltest du es auch nicht tun.«

»Ihr versteht nicht …« Das hatte sie auch nicht sagen wollen. Unschuldiges Erstaunen wäre angemessen gewesen. Empörung vielleicht. Doch das mit der Unschuld hatte sie schon im Ratssaal überfordert.

»Doch. Wir verstehen. Deine … Familie hat dich großgezogen und ausgebildet. Sie verlangt Gehorsam und reagiert nicht besonders verständnisvoll auf eigenmächtige Entscheidungen, die dem Kanon der Regeln nicht entsprechen.«

Maleni starrte ihn entsetzt an. Wie viel wusste er?

Zu viel. Hatte sie bislang noch keinen sachlichen Grund für seinen Tod gesehen, so war dieser eben augenscheinlich geworden. Jetzt hatte sie keine Wahl mehr.

»Du hast die Wahl«, sagte da Elgor. »Man hat immer eine Wahl.«

»Jede Wahl hat Konsequenzen«, murmelte Maleni, die gar nichts hatte sagen wollen, aber so überrascht davon war, dass er ihren Gedanken eine Antwort gegeben hatte. War sie so leicht zu durchschauen?

Bring sie um, drängte Taryah, verzweifelt bemüht, sich in den Vordergrund zu drängen. Malenis Hände zuckten, als forschten sie bereits nach der besten Waffe. Doch noch behielt sie die Oberhand. Es war ihr, als balanciere sie auf einem trudelnden Baumstamm mitten in stürmischer See.

»Das ist wohl wahr«, bestätigte Umbert, ohne sie nur einen Augenblick aus den Augen zu lassen. »Nichts ist ohne Konsequenzen. Doch du solltest wissen, warum du tust, was du tust. Tumber Gehorsam reicht nicht als Begründung für ein Dasein der Zerstörung. Du bist jung. Wie viele Jahre willst du noch eine blutig rote Spur durch die Acht Reiche ziehen? Und wenn du dereinst zurückblickst auf dein Leben – immer vorausgesetzt, weder andere noch deine eigenen Leute bringen dich vorher Kyrros näher – was siehst du dann – außer Leichen?«

Sie hatte noch nie mit einem Außenstehenden über die Geschwisterschaft gesprochen. Tatsächlich hatte sie noch nicht einmal mit ihren Brüdern und Schwestern über ihren Daseinszweck diskutiert. Sie hatte ihn nie bezweifelt.

»Wir …« Sie schluckte, konnte nicht für alle reden. Sollte gar nicht sprechen. Sollte nur handeln. »Ich bringe Ordnung in das Chaos.«

»Wo ist die Ordnung, die du und deinesgleichen seit Jahrhunderten bringt?«, gab Umbert zurück. »Wenn ihr so effektiv seid – warum herrscht Krieg?«

»Das weiß ich nicht. Niemand weiß das. Weißt du es?«

»Ich würde es gern herausfinden. Du nicht auch?«

Sie antwortete nicht, und er fuhr fort: »Das ist es, was ich mit ganzer Seele will: Verstehen. Krieg ist Barbarei. Im sinnlosen Tod verschwindet das Wissen der Welt – und mit ihm jeder Grund, das zu tun, was einmal als richtig galt. Oder als gerecht. Nach und nach bringen sich die Menschen der Acht Reiche um, bis nichts mehr übrig ist, das sie ausmacht. Bis sie nur noch Affen in Höhlen sind – ohne Vergangenheit und Zukunft. Mit nichts als ihrer tumben Angriffswut, die sie von Tag zu Tag überleben lässt oder eben nicht.«

Nobel und dumm, klang es aus Malenis wütendem Inneren. Sie versuchte immer noch, Taryah zurückzuhalten. Schweiß lief ihr über die Stirn. Einen direkten Zweikampf mit ihrer eigenen Meuchelseele hatte sie noch nie geführt. Genug Geplänkel und Streitigkeiten über Vorgehensweisen. Aber kein gewaltsames Zurückdrängen ihrer anderen Seite. Sie wusste nicht einmal, ob sie diesen Kampf gewinnen könnte. Und zum ersten Mal in ihrem Leben wurde ihr bewusst, dass so eine Möglichkeit mit dem steten Anwachsen ihres inneren Ichs bald gar nicht mehr bestehen würde. Dann würde sie hinter Taryah verschwinden wie ein Schatten ohne Sonne.

Pflicht. Sie hatte eine Pflicht. Das Wort hämmerte von innen gegen Malenis Stirn wie ein Hammer auf einen Amboss. Sie hörte die Stimmen der Männer, doch was sie sagten, war kaum noch von Bedeutung. Waren es Theorien über Gerechtigkeit? Darüber, dass früher alles besser war?

Hör nicht zu – bring sie um!

Bring sie um.

Bring sie um.

Da ist das Messer.

Im Haar die Giftpfeile.

Im Ärmel die kleinen Klingen.

In den Rockfalten die Giftfläschchen.

Ihre Hände zuckten.

Sie verlor den Kampf.

»Maleni? Maleni! Hör mir zu! Sag mir, was du willst! Was willst du mit ganzer Seele?«, rief Elgor.

»Ich habe keine«, würgte Maleni hervor. »Ich habe doch keine ganze Seele!«

Es fühlte sich an, als stülpte sich ihr Körper von innen nach außen. Hatte Taryah gesiegt? Maleni war es, als würde sie verschwinden, verblassen in einer Nacht, die sie umfing wie eine Decke.

Sie wusste nicht einmal mehr, welche Waffen sie gezogen hatte.

55

Marejal Merren Gyrdon hielt sich einen nassen Lappen an den Kopf. Es war ihm anzusehen, dass sein Schädel brummte. Seine Lider zuckten schmerzhaft, während er etwas matt in seinem Ratssessel lehnte. Ihm musste schwindlig sein, denn mit einer Hand klammerte er sich an die Seitenlehne des Möbelstücks.

»Trinkt das!«, sagte die Würdige Nehra und reichte ihm fürsorglich einen Becher mit einer Flüssigkeit, die abscheulich gesund roch.

Er blickte auf das Gebräu, dann hoch zu ihr und von dort über den ganzen Saal. Seine Offiziere waren fort, der Leichnam mit dem Wurfstern im Auge ebenso, und die Frauen waren auch gegangen.

»Was ist das?«

»Medizin. Ihr solltet Euch außerdem Schlaf gönnen.«

»Schlaf?« Er fuhr auf und zuckte sofort erneut schmerzhaft zusammen. An Schlaf war nicht zu denken. »Nach diesem göttervergorrnten Debakel?«

Sie sagte es nicht, aber ihr Blick war beredt genug: Sie hatte ihn ja gewarnt. Er hatte nicht auf sie hören wollen.

In Wirklichkeit hatte sie unrecht, denn er hatte seine gesuchte Mörderin tatsächlich gefunden. Doch im Moment dachte er nur an sein Versagen, und sie gab sich alle Mühe, dass das so blieb.

»Jedenfalls wissen wir jetzt, dass wir recht hatten. Sie war wirklich die Meuchelmörderin«, begehrte er auf.

»Wissen wir das?«, fragte die Würdige Nehra gleichgültig.

»Sie konnte kämpfen!«

»Das können Eure Soldatinnen auch, Marejal!« Die wenigen vierschrötigen Frauen, die nicht im Tross, sondern bei der kämpfenden Truppe waren, hätten ihn vielleicht auch niederschlagen können – vermutlich hätten sie dazu allerdings eine Waffe benötigt.

»Sie hat mich mit bloßen Händen bewusstlos geschlagen! Dieses ekelhafte, kleine Ding!« Er war außer sich.

Die Priesterin blickte ernst drein, obgleich sich ihre Lippen nach unten verzogen. Fast hätte das auch als Lächeln gedeutet werden können. »In einer lebensbedrohlichen Situation gibt uns Kyrros die Kräfte, die wir brauchen – wenn unsere Zeit noch nicht gekommen ist«, erklärte sie sanft und geduldig. »Sie stand unter dem Schutz des Gottes. Ihr auch, Merren Gyrdon, sonst wärt Ihr jetzt tot! Kyrros hat euch beide beschützt. Seid dankbar!«

Sie hatte das Priestervokabular wirklich gut verinnerlicht und war immer wieder erstaunt, wie hervorragend es sich anwenden ließ, um zu manipulieren oder Gedanken in eine andere Richtung zu lenken.

»Dankbar?«, schnaubte der Feldherr und hielt sich erneut den Kopf. »Wenn ich dieses Weib erwische …«

»Wolltet Ihr nicht morgen weiter gen Virniu ziehen?« Das zumindest war der Plan gewesen, doch jetzt jagte die halbe Armee durch die Straßen, und die Disziplin war einer spontanen Rachsucht gewichen. Friedliche Gäste des Landes verhielten sich anders.

»Ich will diese Frau!«

Die Würdige Nehra nickte beiläufig.

»Und«, fuhr er fort. »Ich will die, die sie befreit haben! Die ganze verfluchte Blase!«

»Wir wissen nicht, wer ihr das Seil zugeworfen hat«, stellte Nehra freundlich fest. Ganz ruhig wirkte sie, und doch kostete es sie viel Kraft, ihren Ärger zurückzudrängen. Sie wusste tatsächlich nicht, wer das Seil geworfen hatte, und das beunruhigte sie. Eine Befreiungsaktion hätte man ihr ankündigen, oder sie zumindest hinterher informieren müssen. Doch das war nicht geschehen, und sie hatte nun schon fast die ganze Nacht auf eine Nachricht gewartet. Sie selbst würde eine solche erst senden, sobald sie von den rückkehrenden Suchtrupps erfahren hätte, ob Maleni gefunden wurde oder nicht. Ob sie lebte oder tot war. Dann würde sich jemand finden, dem sie einen Kassiber anvertrauen konnte, denn sie selbst würde die Taverne jetzt keinesfalls aufsuchen. Der Zeitpunkt war ungünstig, und es war unter ihrer Würde. Schließlich war sie – die Würdige Nehra.

Sie hatte die seltsame Gerichtsverhandlung durch den Türspalt beobachtet. Einzugreifen war ihr nicht möglich gewesen. Nicht, ohne ihre eigene Tarnung zu gefährden. Doch Maleni hätte einfach nur das Dummchen spielen müssen, anstatt sich zu wehren. Ein bisschen Lust und Gier hätte den Feldherrn vermutlich milde gestimmt. Aber dann hatte sich die junge Schwester plötzlich nicht mehr gefügig gezeigt.

»Nicht!«, hatte Nehra lautlos von ihrer Position aus gezischt. »Du verrätst uns!«

Wie hatte ihr Patenkind so dumm sein können? Sie musste doch wissen, dass die Familie ihr helfen würde, sobald es möglich war. Bis dahin – nur bis dahin hätte sie durchhalten müssen. Aber dann war sie gekommen, die Rettung, viel schneller noch und ganz anders, als Nehra es erwartet hatte. Damit war ihre Gedankenspirale wieder am Ausgangspunkt angelangt: Warum hatte man sie nicht informiert? Und wenn am Ende doch niemand aus ihren Reihen das Seil geworfen hatte? Aber wer außer den Geschwistern sollte einen Grund für eine solche Aktion haben? Die Antwort lag auf der Hand: Niemand. Die Xyi hatten nur einander und niemanden sonst, der ihnen half. So war es richtig. So war es stets.

Ein so entsetzliches Durcheinander. Wie ein wimmelndes Schlangennest. Sie schauderte.

Wenigstens würden die anderen Frauen kaum eine Gelegenheit haben, über das Erlebte zu berichten. Die Priesterin hatte sich nach dem jähen Auseinanderbrechen der lustvollen Feier um sie bemüht, soweit ihr das zeitlich möglich gewesen war. Sie hatte sie beruhigt, sie gefragt, was sie über die Geflohene wussten. Eine von ihnen wusste, dass Maleni zum *Tanzenden Gott* gehörte. Und schon wussten es alle.

»Was für eine dreiste Lüge von der Meuchlerin!«, kommentierte Nehra.

»Lüge?«, fragte die Frau, die gemeint hatte, etwas Sinnvolles zur Aufklärung des Falles beitragen zu können.

»Nun«, erklärte Nehra sanft. »Wenn sie eine gewohnheitsmäßige Mörderin ist, wird sie dir sicher nicht ihr Versteck verraten haben. Welchen Sinn sollte das haben?« Das hielt Nehra tatsächlich für eine sehr gute Frage.

Ihr Lächeln zog sich wie gewohnt bodenwärts, als sie die Frauen barmherzig mit Getränken versorgen und dann mit einer Eskorte nach Hause schicken ließ, die sehr klare Anweisungen hatte, für ihre Sicherheit zu sorgen und sonst nichts. Die Güte der Würdigen Nehra würde sicher positiv vermerkt werden.

Die Frauen würden nicht gleich krank werden, aber doch hoffentlich schnell genug, um jedes dumme Gerede über die Taverne im Kern zu ersticken. Freilich, nicht alle würden an der »Krankheit« sterben, die sie sich bei der fremden Armee zugezogen hatten. Gift wirkte bei dem einen mehr und bei dem anderen weniger. Eine genaue Dosierung war aufgrund der gebotenen Eile und der großen Gruppe nicht möglich gewesen. Es würde dennoch seinen Zweck erfüllen, denn dieses besondere Gift war dem Vergessen förderlich. Laeth hieß es, half in kleinen Dosen, unnützes Grübeln abzustellen, in größeren, Vergessen wie hungrige Motten durchs Gehirn kriechen zu lassen, und eine Überdosis ließ einen vergessen zu essen, zu trinken und schließlich zu atmen.

Der plötzliche Tod der Rotschöpfe würde auf die gendrische Armee zurückfallen, doch vielleicht hatte auch das sein Gutes. Die Wertschätzung des feindlichen Heeres würde noch weiter sinken, war aber ohnedies schon zuvor nicht existent gewesen. Aber vielleicht würde es die Achtung der Pyrner für ihre eigene Fyrsthin, die dies zugelassen hatte, senken.

Was sich daraus machen ließe, würde sich zeigen. Doch Nehra plante nicht voraus. Zum einen hatte sie immer noch keine Anweisungen, in welche Richtung sie weiter vorgehen sollte, und zum anderen hatte sie erst einmal Schadensbegrenzung betrieben. Das hatte nichts gut-, aber einiges zumindest besser gemacht und genügte für den Moment. Dennoch war es dringend erforderlich, mit ihren Geschwistern zu konferieren. Die Tavernenbesatzung musste wissen, was Maleni getan hatte. Auch der Berg musste es erfahren.

Oder nicht? Nehra hatte Verantwortung für das Mädchen übernommen – als sie sie rekrutiert hatte und später, als sie bei der Großen Weihe ihre Patin geworden war – in jener Initiationszeremonie, an die sie sich nicht erinnerte. Sie dachte an das Laeth, das sie den Rothaarigen gegeben hatte. Vergessen. Die schlussendlichen Geheimnisse des Berges waren nur für wenige bestimmt. Wer sie nicht wissen musste, vergaß. Irgendwann, so grübelte Nehra, würde sie auch Mitglied des Rates sein. Gewiss würde sie das, sie hatte stets treu und sehr effektiv gedient. – Welche Geheimnisse konnte es dann noch geben?

In jedem Fall sollte sie auch jetzt keinen Fehler machen, und die Angelegenheit vielleicht höchst persönlich aus der Welt schaffen. Schadensbegrenzung der ultimativen Art. Was also hatte es mit jenen Schmieden auf sich, um die Maleni sich hätte kümmern sollen? Lebten die noch? Spielten sie irgendeine Rolle?

»Ihr hört mir nicht zu, Würdige Nehra«, tadelte der Feldherr. Er klang ungehalten, und er hatte recht. Sie hatte seinen Worten nicht gelauscht.

»Verzeiht, Feldherr!« Sie verneigte sich respektvoll. »Es war eine schlimme Nacht für eine einfache Priesterin. Und es wird noch viel zu tun sein für jene, die ebendiese Nacht zu Kyrros schickt.«

Er blickte sie kritisch an, dann nickte er. »Tut, was Ihr müsst!«

Sie nickte dankbar. »Brechen wir nun am Morgen auf?«, fragte sie dann. Sie musste wissen, wie viel Zeit ihr für ihre eigenen Pläne blieb.

Er starrte sie strafend an. Vermutlich hatte er sich noch nicht entschieden und wollte seine Unentschlossenheit nicht preisgeben. »Ich gebe Euch einige Stunden. Kommt Euren Gottespflichten nach! Viel Zeit haben wir nicht. Wir müssen uns an den Plan halten.«

Der Plan, der sie vom Norden her in Virniu einfallen lassen würde, um dort mit der Südarmee die virniutischen Kräfte in die Zange zu nehmen. Es war noch nicht einmal ein völlig schlechter Plan, wenn alles reibungslos und ohne Unterbrechungen laufen sollte. Nur – wann tat es das schon? Irgendetwas geschah immer, und der Berg hatte meist seine Hände im Spiel.

»Virniu ist nicht mehr weit«, sagte die Würdige neutral.

Er grunzte übellaunig, als wäre ihm der Spaß – falls er je so etwas empfunden hatte – an dem Feldzug vergangen. Und jetzt hatte er auch noch die Fyrsthenei gegen sich aufgebracht, durch die er auf Basis von nichts außer gutem Willen und einem Stück Papier marschierte.

Guter Wille hielt nie lange an in den Acht Reichen, und Papier war geduldig. Die Geschehnisse der Nacht würden nicht unkommentiert bleiben. Wenn die Fyrsthin meinte, der Vertrag wäre durch Gendern gebrochen worden, würde sie reagieren – und dann hätte die Nordarmee einen Feind im Rücken. Und einen vor sich. War es das, worum es ging? Nehra wusste es nicht. Es war auch nicht wichtig. Sie würde bald eine andere Aufgabe haben.

Ihrem Patenkind aber fühlte sie sich auf seltsame Weise verbunden. Verantwortung übernahm man für das Leben und für den Tod.

56

Maleni kam langsam zu sich.

Sie öffnete die Augen und konnte doch nichts sehen. Etwas war um ihren Kopf gebunden. War es ein Tuch? Wieso?

Sie wollte es von ihrem Gesicht ziehen, doch da bemerkte sie, dass sie ihre Hände nicht bewegen konnte. Ihre Arme waren an ihrem Körper festgebunden. Alles war ganz furchtbar unbequem. Mehr noch. Schmerzhaft.

Sie sammelte ihre Sinne und versuchte sich zu erinnern. Was war geschehen?

Taryah. Taryah hatte sich nach vorne gedrängt. Und Malenis Bewusstsein war vollständig fort gewesen. Das war noch nie geschehen. Das war beängstigend. Furchtbar. Die Schwärze hatte etwas von Tod.

Taryah und Maleni teilten ein Leben – gemeinsam, miteinander, sich selbst und einander bewusst. Taryah wusste, was Maleni tat, und Maleni wusste, was Taryah tat. Sie waren doch eins und nicht zwei!

Doch Maleni hatte Taryah daran gehindert, tätig zu werden, als das vonnöten gewesen war. Sie hatte sie blockiert. Hatte ihre Innenseele sie im Gegenzug ganz übernommen? Und: Wo war sie dann jetzt?

Sie rief sich selbst einen Hilferuf zu, der in ihrem Sinn verhallte. Sie spürte nur eine gekränkte Gegenwart, als fühle sie Groll gegen ihr eigenes Innerstes. Nun, das hatte sie oft genug. Zumindest in letzter Zeit.

Wenn sie nur zum Berg und vergessen könnte! Dann würde alles gut werden. Sie musste wieder eins mit sich werden. So war das gedacht. Dann würde sie gewiss auch keine Fehler mehr begehen.

Das Bewusstsein ihrer Verfehlungen machte den Wunsch nach Heimkehr einen Augenblick später zunichte, und mit der Erkenntnis kam auch ein weiterer Teil ihrer Sinne zu ihr zurück. Jetzt spürte sie die Bewegung. Sie lag bäuchlings auf irgendetwas festgebunden, das sich bewegte. Fallen konnte sie so nicht. Sich rühren freilich auch nicht. Sie war gefangen. Hatten die gendrischen Soldaten sie erwischt? Die Bewegung unter ihr fühlte sich an wie ein Reittier. Hatte man sie auf ein Pferd geschnallt?

Muli. Die Erkenntnis kam ganz plötzlich. Die Schmiede hatten sie eingepackt, eingesackt und mitgenommen. Und sie hatten sie verschnürt, damit sie sie nicht angreifen konnte. Sie hätten sie vermutlich einfach töten können. Das wäre viel leichter gewesen, als sie gefangen zu nehmen. Und wozu? Man nahm sich doch eine Schemenjägerin nicht einfach so mit wie ein Souvenir. Irgendwann würden sie sie losbinden müssen, und dann würde Taryah sie umbringen.

Warum Taryah das nicht längst getan hatte, wusste Maleni nicht. Als ihr Bewusstsein hinter dem Taryahs verschwand, hatte sie als letzten Gedanken geglaubt, die Schmiede nur noch als Leichname wiederzusehen. Vielleicht waren sie das ja auch. Tot und fort. Vielleicht wurde sie von ganz anderen Menschen verschleppt – eben jenen gendrischen Soldaten, die sie die ganze Nacht schon suchten. Nein, dachte sie dann; das war abstrus. Eine wie sie entführte man nicht; man richtete sie hin. Dazu musste man sie nirgendwo hinbringen. Die ganze Welt war ein Richtplatz.

Maleni seufzte stumm. Die beiden Schmiede hatten gewusst, wer sie war. Wie hatte das nur geschehen können? Warum passierten ihr all diese Dinge? Sie waren schlimm, beängstigend und darüber hinaus auch noch unendlich peinlich.

Sie versuchte zu hören, was sie umgab. Doch das Tuch, das ihre Augen bedeckte, lief auch über ihre Ohren. Zudem summte und brummte es in ihrem Kopf, und nun erspürte sie auch diesen Grund: Ihr Kopf hing herunter. Sie versuchte ihn anzuheben, aber ihr Nacken wurde bald schon davon müde.

Nach und nach stellte sich aus dem, was sie wahrzunehmen imstande war, dennoch ein Muster zusammen. Sie hörte Hufe. Das Geräusch war nicht neu. Viele Tage lang hatte sie es gehört. Hufe auf Stein, klappernd, scharrend. Die ganze Reise durch die Loryr-Berge war das der Begleitrhythmus ihres Lebens gewesen. Die Mulis der Schmiede. Sie hätte die beiden Kerle längst umbringen sollen. Da. Taryah schien doch nicht ganz verschollen.

Die Luft war feucht und abgestanden, und es roch weder nach einer Stadt noch nach einer der Landschaften außerhalb Pyrns. Dann erinnerte sie sich, was sie im Tanzenden Gott erfahren hatte. Unter manchen der alten Häuser gab es Geheimgänge. Vielleicht ja auch von der Schmiede aus? Und vielleicht hatten die beiden Männer entschieden, hier sicherer zu sein, als draußen oder in ihrer Werkstatt. Wenn dem so war, waren sie also jetzt unterwegs in den Eingeweiden der Stadt. Flohen die Schmiede? Vor wem? Und warum mit ihr?

Nach und nach kehrten auch Malenis restliche Sinne zurück. Sie spürte nun jeden ihrer Knochen, und jeder ihrer Knochen schmerzte. Ihre Muskeln versteiften zusehends, und ein Packsattel drückte ihr in den Magen, doch Maleni rührte sich nicht. Ihre Kopfbewegung war offenbar nicht gesehen worden; und vielleicht verschaffte es ihr einen Vorteil, wenn man sie weiterhin für bewusstlos hielt. Vielleicht würde das Gespräch der beiden irgendetwas erklären.

Aber die Zeit verging, nichts geschah, und schließlich hielt sie es nicht mehr aus. »Lasst mich sofort runter!«, befahl sie und nahm ihre eigene Stimme nur verschwommen wahr.

Etwas brummte eine Antwort, die sie nicht verstehen konnte.

»Lasst mich hier runter! Ich bekomme keine Luft!«

Diesmal gab es keine Antwort. Doch dann, vielleicht einige endlos scheinende Minuten später, hörte die Bewegung auf, und sie spürte Finger. Etwas zerrte an den Stricken, die sie banden; Hände ergriffen sie, zogen sie herunter. Einen Augenblick lang fühlte sie nur diese Hände. Zwei. Stark. Sie hoben sie, trugen sie, als hätte sie kaum Gewicht. Dann setzten sie sie nieder. Maleni konnte den unebenen Steinboden unter sich fühlen. Ebenso uneben war das, was sie im Rücken stützte. Und kalt. Der Sommer hatte hier keine Kraft.

Ihre Hände waren nutzlos, solange sie nicht ihre Arme bewegen konnte. Sie zog an den Fesseln, doch die hielten.

Eine Hand griff nach ihrer Augenbinde und zog sie herunter.

Er war es. Der Blauäugige. Er hockte ihr gegenüber auf seinen Fersen. Zu ihrer Linken standen die Mulis. Zu ihrer Rechten brannte eine Fackel, die ein schattenverziertes Flackerlicht auf die düstere Szenerie warf. Der Gang war grob behauen und nicht sehr hoch. Für einen so großen Mann wie ihn konnte diese Umgebung nicht bequem sein, doch sie selbst hatte es auch nicht eben bequem gehabt, und ihr Mitleid hielt sich in Grenzen.

Er sah müde aus. Erschöpft.

»Erwarte nicht, dass ich mich entschuldige«, begrüßte er sie und blickte sie herausfordernd an. »Dich zu fesseln ist meinem Überlebenswillen geschuldet. Ich sähe dich lieber frei, doch ich traue dir nicht. Dabei habe ich dich befreit. Gerettet. Zwei Mal.«

Daran musste er sie nicht erinnern. Sie wusste das. Doch offenbar hielt er es für nötig, ihr diese seltsame Schuld noch einmal vor Augen zu führen. Sie gab keine Antwort.

Kurz huschte ein kleines Lächeln über seine Lippen, um gleich darauf wieder hinter einer Fassade von dunklem Ernst zu verschwinden. Eine eigentümliche Aura von Unnahbarkeit und Gefährlichkeit umgab ihn wie eine eigene Art von Dunkelheit.

Und Taryah rührte sich in Malenis Innerem.

»Du weißt ebenso gut wie ich, dass du eine gefährliche Frau bist«, sagte er und zog eine seiner schweren, schwarzen Augenbrauen hoch. Er blickte sie an, als hätte er Taryahs Reaktion gespürt. Doch das konnte nicht sein.

Sie zuckte mit den Schultern, hatte nicht vor, an dieser Stelle ihre Unschuld und Harmlosigkeit zu betonen. Er hatte sie in den Loryr-Bergen Menschen töten sehen und ihr Intermezzo mit ihrem Bruder beobachtet. Er wusste genau, wie gefährlich sie war.

Er lächelte ihr zu, und kurz erinnerte sie dieses Lächeln eher an das Fletschen scharfer, weißer Zähne: »Leider hat sich die Sache nicht so entwickelt, wie ich es geplant hatte. Ich wollte dein Vertrauen gewinnen. Aber das habe ich nicht.«

Sie musterte ihn schweigend, versuchte, sein dünnes Lächeln einzuordnen. Es war eigentümlich, alt und jung zugleich, und erinnerte sie an einen nachdenklichen Pantheiger kurz vor dem Sprung. Auf eine Weise war es unendlich tief und abgründig, ließ sie jedoch zugleich an Druya denken, die ebenso schwarze Haare und eisblaue Augen gehabt hatte. Nur seine Haut war sehr viel dunkler, wie Erde nach Regen.

»Du hast gesagt, du hättest keine ganze Seele«, sagte er, als sie nicht antwortete. »Was hast du damit gemeint?«

Sie blickte ihm in die Augen und fand es seltsam, dass selbst hier, wo das Licht so schlecht war, das Blau der Iris sie an Himmel und Meer erinnerte. Dann fiel ihr auf, dass er ihre Aussage zu ihrer Seele gar nicht kennen durfte. Hatten die Schmiede diese weitergegeben?

»Die Fesseln tun weh«, sagte sie schließlich.

Er nickte und hob beinahe entschuldigend eine seiner großen, kräftigen Hände. »Das ist nicht zu verhindern. Du verstehst sicher, dass ich nicht fortwährend darauf lauern möchte, ob du mir in den Rücken fällst.«

»Was willst du von mir?«, fragte sie patzig.

»Information. Wissen. Vertrauen. Ich bin so vermessen, sogar auf Freundschaft zu hoffen.«

Vertrauen? Womit sollte er sich das verdient haben? Doch dann verstand sie: Er hatte es sich zu erkaufen versucht. Mit ihrem Leben.

Sie war nicht käuflich.

»Bist du ein Bruder?«, fragte sie.

Er blickte sie lange an. »Es heißt, Familie könne man sich nicht aussuchen. Freunde schon«, gab er kryptisch zur Antwort.

Freunde. Er war kein Freund. Und natürlich würde sie ihm in den Rücken fallen, sobald sie die Gelegenheit dazu hatte. Sie würde ihn …

Erschrocken blickte sie an sich hinunter und bemerkte zum ersten Mal, dass die Kleidung, die sie trug, nicht ihre Kleidung war. Sie trug irgendein weites Hemd, das ihr über die Schultern fiel und dessen Ärmel hochgekrempelt waren. Das Gewand ging ihr nicht annähernd bis zu den Knien. Ihre Beine steckten in grob gestrickten Strümpfen, die bis zu den Oberschenkeln hochgezogen waren; Schuhe trug sie keine, und unter dem Hemd – das spürte sie nun zum ersten Mal – war sie nackt. Das weite Hemd bedeckte ihre Blöße, aber sie fühlte sich dennoch hilflos und ausgeliefert. Durchdringend starrte sie ihr Gegenüber an. Er musste sie ausgezogen haben. Komplett ausgezogen. Diese großen Hände waren überall auf ihr gewesen. Sie keuchte vor Fassungslosigkeit. Was hatte er mit ihr gemacht?

Er schien ihren Blick richtig zu deuten. »Ich habe dich entwaffnet«, sagte er streng. »Das war alles. Und es war nötig.«

Sie kommentierte sein Handeln nicht, obgleich es sie trieb, ihn anzuschreien. Er hatte eine Grenze überschritten. Mit Maleni tat man so etwas nicht. Taryah zog sich von allein aus, bot jeden Teil ihrer nackten Haut fremden Händen dar. Doch sie trug wenigstens Gift wie Schmuck und bedeckte ihre Blöße mit Tod.

Wo war ihr Gift? Wo waren ihre Sachen? Sie fühlte sich wie ein Skorpion ohne Stachel.

»Ich will dir nichts tun. Aber ich werde es, wenn du mich dazu zwingst!«, sagte er ruhig.

Sie antwortete mit einer Frage. »Wo sind die Schmiede?« Das waren ihre Mulis. Die Männer mussten irgendwie zusammenhängen. Oder hatte der Kämpfer die beiden Handwerker getötet? Hatte er sie die ganze Zeit verfolgt, um sie dann umzubringen, als Maleni bei dieser Aufgabe versagt hatte?

»In der Nähe«, gab er zur Antwort; so leichthin, dass sie ihm kein Wort glaubte. »Und wo ist deine Familie, Maleni?«

Sie stellte sicher, dass ihr Lächeln ebenso viele Zähne zeigte wie seines. »In der Nähe«, sagte sie. Und das war nicht einmal gelogen. In den Gängen unter Pyrn gab es mehr als nur ein paar Mulis.

KASSIBER 11

Nachricht an Zuflucht

Der Junxer wurde bei der Suche von den Gläubigen des Kyrros gefunden. Sein Befinden lässt auf Expertenbehandlung schließen. Er wird seine Wanderjahre nicht abschließen.

Die Heilerin agierte entgegen den Ratschlägen. Ihr Schweigen war beredt. Die Zuflucht mag nicht mehr sicher sein.

Ist sie inzwischen am Ziel eingetroffen?

Katze

57

Verroya, die Wirtin des Tanzenden Gottes, schlich durch ihre eigene Taverne wie eine Einbrecherin. Sie zündete keine Kerze an, der Morgen graute ohnehin, und hielt das winzige Zettelchen in der Hand, verinnerlichte seinen Inhalt, merkte sich jeden der knappen Buchstaben des Alphabets, das so alt war, dass Außenstehende es nicht zu lesen vermochten. Dann zerriss sie die Botschaft in winzige Fetzen und vermischte sie mit der kalten Herdasche in der Tavernenküche, ehe sie sich noch einmal umsah und seitwärts aus dem Fenster des Gastraumes lugte.

Sie ärgerte sich über die halb offen stehende Eingangstür und die vielen leeren Becher. Hier hatten Fremde gezecht, vermutlich ohne zu bezahlen. Aufgeräumt hatte auch niemand.

Sie schloss die Tür, sah sich um und erblickte den alten Bruder, der erschöpft auf der Bank an der Wand neben dem Kachelofen saß, blass und nahezu reglos.

»Bist du verletzt?«, fragte sie erschrocken.

»Die Nacht war hart.« Seine Stimme klang leise und atemlos. »Es war ein Fehler, die Tänzerin zu den Schmieden zu schicken. Die Gendrischen hatten sie gefangen. Sie ist entkommen, und die ganze vergorrnte Armee hat nach ihr gesucht. Zum Saufen sind sie hierhergekommen, verdrossen und erfolglos. Die Zeche haben sie nicht bezahlt.«

»Aber sie haben auch nicht die Taverne zerlegt. Also wissen sie nichts über uns?«

»Nein. Warum sollten sie etwas über uns wissen?«

Verroya blickte in Richtung der Küche. »Es ist uns mitgeteilt worden, dass unsere Tänzerin möglicherweise zu redselig war.«

Ihr Blick schwenkte zurück zu ihrem Bruder. Es lag etwas in seinen Zügen, das Verroya deuten, jedoch nicht verstehen wollte. Sie kannte den Ausdruck nahen Todes, dieser Hauch von plötzlicher Transparenz in jemandem, der eben noch solide und undurchdringlich gewesen war.

»Was ist mit dir, Berno?«, fragte sie beinahe liebevoll. Sie arbeiteten schon lange hier zusammen. Sie waren Familie.

Er regte sich nicht.

»Brauchst du Medizin? Geht es dir nicht gut?«

Nun schüttelte er den Kopf, ganz sacht, als hätte er Angst, das Haupt könne ihm von den Schultern fallen und über den Boden rollen. Bei dem Gedanken beschlich Verroya ein seltsames Gefühl, und sie griff sich unwillkürlich an den eigenen Hals.

»Sie haben mich gezwungen, Wein mit ihnen zu trinken«, flüsterte Berno leise,

Verroya sagte nichts, sah ihn nur weiter fragend an.

»Ich hatte den Wein mit Laudjaton versetzt – nur um sie etwas ruhiger zu machen. Nicht um sie zu vergiften. Sie waren so tolldreist und wütend, als sie kamen.«

Wieder hielt er inne. Wieder herrschte kurz Schweigen.

»Ich scheine es nicht mehr zu vertragen«, fuhr er sachlich fort.

Verroya setzte sich zu ihm. »In unseren Körpern wohnen so viele Gifte. Manchmal denke ich, sie mögen einander nicht. – Du solltest dich ausschlafen«, riet sie.

Er schwieg eine Weile. »Ich will wach bleiben«, sagte er dann. »Wenn ich die Augen schließe, wer sagt mir, dass ich sie wieder öffnen werde?«

Alle Menschen starben. Auch Schemenjäger der Xyi.

»Du bist nur müde, Berno.« Er war auch alt – aber nie besonders krank gewesen.

»So müde«, seufzte er. »Und die Welt verschwimmt im Nebel des Berges. Irgendwann waren die Gäste fort. Ich habe sie nicht gehen gesehen. Doch es muss sie jemand geholt haben, ein Offizier vielleicht. Sie waren auf einmal nicht mehr da. Alle fort. Leise. Still. Weg. Ohne zu bezahlen. Dafür sah ich …«, er schwieg betreten. »Ich sah die ersten meiner Ziele, wie sie starben. Schon so lange habe ich sie nicht mehr gesehen. Sie sind schon so lange tot. Und das Ritual des Vergessens hatte mich mehr als einmal gereinigt. Nun sind sie wieder da, all jene, die ich vom Leben zum Tod gebracht habe. Alle sind sie zurück. In meinem Kopf. Ich war ein Liebender, weißt du. Ich wusste, die Mächtigen zu lieben, so, wie sie geliebt werden wollten. Ich liebte sie gut. Alle genossen sie die Ekstase der Hingabe und den Höhepunkt des Glücks, bevor sie gingen. Manchmal schenkten sie mir ihr Vertrauen für eine längere Weile. Ob es zählt, dass ich sie glücklich gemacht habe – für eine kurze Zeit?«

»Zählt? Bei was? Für wen?«, fragte Verroya vorsichtig, die für Bernos Erinnerungen weder Zeit noch Interesse aufbringen konnte. Es kam vor, dass sterbende Schemenjäger auf einmal ein Gewissen entwickelten wie plötzliche Altersflecken. Es war, als drückte es sich aus der Versenkung empor, an der inneren Seele, die längst die äußere besiegt hatte, vorbei, hinterrücks gleichermaßen. Dann kamen verschrobene Vorstellungen eines Jenseits zum Vorschein, an das sie so nie geglaubt hatten.

Verroya wartete nicht auf eine Antwort und erhielt auch keine. Stattdessen fuhr er in seinen Spintisierereien fort, während seine Stimme langsam immer müder wurde: »Ich glaube, ich weiß jetzt, was aus uns wird, wenn wir sterben«, sagte er nachdenklich. »Wir werden gewiss zu Schlangen. Schlangen waren immer so wichtig. Wir nehmen so viel von ihnen in uns auf, da wäre es nur recht und billig, dass wir irgendwann werden wie sie, nicht wahr? Wir kriechen auf dem Bauch und vergiften die nächsten, die da kommen mit dem, was wir sind.«

»Das ist Unsinn«, versicherte ihm Verroya und musste daran denken, dass alte Schemenjäger meist im Berg starben. Wenn ihnen die Aufgaben des Netzwerks zu viel wurden und der Tag ihres Abtretens sich näherte, reisten sie nach Hause, wie Lachse zum Laichen. Sie erinnerte sich daran, dass Berno erst gestern gesagt hatte, er würde auch gerne wieder im Berg sein. Hatte er eine Vorahnung gehabt? Oder war es nur eine Sehnsucht nach Ruhe und einem Leben ohne Gefahr vor Entdeckung gewesen?

Fragen wollte sie ihn das nicht.

Stattdessen blickte sie auf den alten Regulator, dessen Pendel in gleichmäßigem Takt verdeutlichte, dass es Zeit war, wieder im Untergrund zu verschwinden. Sie hatte nur kurz nach dem Rechten sehen und das Buzzardhaus auf dem Dach auf Nachrichten kontrollieren wollen. Für alles andere war es der falsche Zeitpunkt.

»Maleni«, sagte er jetzt. »Das ist ihr Name, nicht wahr? So ein schönes Mädchen!«

»Sie macht uns Sorgen«, gab Verroya neutral zurück.

»Tänzerin«, murmelte er. »Heilerin.«

»Wir sind alle der Heilkunst mächtig.« Verroya hatte nie tanzen können. Sie hatte es nicht vermisst.

»Ja. Mächtig. Und kunstvoll. Und wir heilen die Menschen von ihrem Dasein mit unserer Kunst … Sie haben mich geliebt«, wiederholte er verträumt. »Ob sie auch Maleni lieben? Es ist etwas an ihr, das dies einlädt. Die Liebe.«

»Das hat sie gelernt.«

»Man kann nicht alles lernen.« Sein Atem klang, als wäre der alte Schemenjäger gerannt. »Bei allem Gift und allem, was uns an zusätzlicher Seele geschenkt wird – bleibt doch immer die Person, die da einst war. Und die konnte lieben.«

Verroya wurde ungeduldig. Sie war sich sicher, dass sie nicht mehr die Person von einst war, sondern mehr als das – und sie war froh darüber. Liebe war das vorgegebene Gefühl, das man für seine Schwestern und Brüder bereithielt, weil sich das so geziemte. Mehr nicht.

»Hast du sie denn gesehen?«, fragte sie unruhig. »War sie hier?«

»Wer?«

»Maleni! War Maleni hier?«

Er schien nachzudenken, aber vielleicht waren seine Sinne auch meilenweit entfernt und befassten sich mit der Möglichkeit, zur Schlange zu werden. Verroya schüttelte ungehalten den Kopf. »Berno! Hast du sie gesehen?«, insistierte sie.

»Sie stand im Korridor.« Er lächelte ganz leicht. »Aber das war gestern – oder?« Sicher schien er sich nicht zu sein. »Wir sprachen über ihre Aufgabe. Und sie sah aus, als wolle sie nicht wie eine Schlange kriechen.«

Verroya ignorierte den letzten Satz. Er ergab keinerlei Sinn.

»Sie kam nicht zu uns in die Geheimgänge!«, meinte sie. »Ich gehe nachsehen, ob ihre Sachen noch da sind.«

Ein seltsames Gefühl beschlich sie. Das erste graue Licht, das durch die schmalen Fenster der Taverne drang, hatte etwas Unwirkliches. Es hatte Verroya stets mit Stolz erfüllt, zu jeder Zeit sachlich und kein bisschen verträumt zu sein, doch die jetzige Situation stellte ihr die Härchen im Nacken auf. Lag es an der Tageszeit? An der ungewöhnlichen Situation? Oder vielleicht an dem Junxer – Marguryo –, der vor zwei Jahren zu ihnen gekommen war? Seine jugendliche und stürmische Intensität hatte manchmal den ruhigen Ablauf der Taverne gestört. Er war so sehr darauf erpicht gewesen, sich zu beweisen und seine Prüfung abzulegen. Ihn zu zügeln und ihm stattdessen die Feinheiten von Planung und Strategie nahezubringen, war ihre gemeinsame Aufgabe gewesen. Bisweilen hatte es sich als schwierig erwiesen, durch seine Aura an Ungeduld zu dringen. Ungeduld war das, was ihn ausmachte. Zugleich war Ungeduld auch das, was ihn am meisten an seinem Fortkommen gehindert hatte. Man hatte ihm gesagt, er würde seine Prüfung erst dann antreten und bestehen können, wenn er seine Ungeduld gezähmt hätte.

Am oberen Treppenabsatz blieb Verroya gegen ihren Willen stehen. Einen Augenblick lang schien es ihr, als wäre sie in die gleiche Starre verfallen wie Berno. Sie stand einfach da und dachte an den jungen Mann. Sie hatte ihn gemocht, hatte ihn mit unermüdlicher Geduld betreut, auch wenn sein Ungestüm eher gewachsen war statt abzunehmen.

Nun war er tot.

Der Nachricht war nicht zu entnehmen gewesen, wie er gestorben war, doch sein Mörder musste ein Kämpfer von überdurchschnittlichen Fähigkeiten gewesen sein, denn Marguryo war überaus flink und effizient gewesen. Auf dieser Ebene hätte er seine Prüfung längst ablegen können. Jetzt war es zu spät.

Sie zweifelte nicht daran, dass sein Tod mit Maleni zu tun hatte. Die junge Frau schien eine Spur des Ungehorsams und der Verwüstung hinter sich herzuziehen. Hatte sie ihn gar selbst vom Leben zum Tode befördert? War er ihr in seiner überzogenen Intensität zu nahe gekommen? Sie schüttelte den Kopf. Es gab keinen Grund, anzunehmen, dass es so war. Aber auch keinen Grund, es auszuschließen. Oder – doch. Es gab einen. Maleni würde wissen, was ihr blühte, wenn sie einen der Ihren tötete. Es gab nur eine einzige Entschuldigung, die dies zulassen würde: die Vernichtung eines Verräters. Und Marguryo war kein Verräter gewesen. Bei Maleni war sich Verroya da nicht so sicher. Ihre Widerworte, das Verpassen der sorgfältig organisierten Reisemöglichkeit und nun auch noch die Andeutung, die Schemenjägerin hätte möglicherweise die Taverne verraten – all das warf kein gutes Licht auf sie.

Mühsam zwang sich Verroya weiterzugehen, dann öffnete sie die Tür von Malenis Gastzimmer. Das Gepäck war noch da. Also war sie vermutlich nicht hier gewesen. Wieso eigentlich nicht? Wäre es nicht das Naheliegendste auf der Welt, nach Hause zu kommen, wenn man dem Feind entflohen war, um in den Gängen Schutz zu suchen? Bei der Familie – wenn man von dieser Familie nichts zu fürchten hatte?

Wo also war sie? Die Schemenjäger zu Pyrn jedenfalls würden sie derzeit nicht suchen können, auch die Priesterin hatte gewiss keine Muße dazu, und so galt es also, abzuwarten. Kurz entschlossen griff Verroya nach dem Gepäck. Falls das Haus durchsucht würde, brauchte es nicht gefunden zu werden, auch wenn die interessanteren Dinge darin gewiss gut verborgen waren. Und außerdem: Vielleicht würde Maleni ja noch kommen – hinunter in die Gänge. Dann konnte sie ihr Gepäck in Empfang nehmen – und ihr einiges an Fragen beantworten.

Verroya lief die Treppen hinunter und blickte noch einmal in den Schankraum.

»Berno?«

Der Bruder antwortete nicht, starrte nur blicklos vor sich hin. Verroya runzelte die Stirn. Nein, sie konnte ihn nicht tragen. Wenn er sich erholte, würde er nachkommen müssen. Und wenn er sich nicht erholte, würde er noch genauso da sitzen, wenn sie wiederkamen.

»Leb wohl!«, murmelte sie und biss sich ob ihrer Wortwahl auf die Lippen.

Dann glitten ihre Gedanken weiter zu Maleni. Wo mochte sie sein? Und was hatte sie getan?

58

DAMALS

Maleni mochte Pferde. Manchmal wünschte sie sich, sie könnte weiterreiten als immer nur den einen gewundenen Gebirgspfad hinunter und wieder hinauf. Dort lernten sie alle, mit Pferden umzugehen und schneller und sicherer auf ihnen zu sein als die gesammelten berittenen Armeen der Acht Reiche.

Runter und hoch. Über Stock und über Stein, über Hürden und um plötzliche Felsbrocken herum, die beim letzten Ausritt noch nicht da gewesen waren. Sitzend, kniend, balancierend, seitlich am Sattel hängend – selbst stehend ritten sie. Man musste sich konzentrieren, wenn man ritt, denn wenn man stürzte, fiel man hart – und möglicherweise sehr, sehr tief. Der Serpentinenweg vom südöstlichen Bergausgang führte steil die Seite des Berges hinunter, hin und her – und zwischen den Biegungen war nur harter, schartiger Vulkanstein.

Nur selten kamen die Anwärter aus dem Berg, und Maleni war sich sicher, dass der Ausgang, den sie für ihre Reit-, Schwimm- oder Kletterübungen nutzten, nicht jener war, durch den sie einst gekommen war. Irgendetwas fehlte. Sie erinnerte sich nicht genau daran, was sie vermisste; es war ja auch schon lange her. Doch etwas lauerte in ihren Gehirnwindungen, und es war nicht nett. Es summte geradezu hinter ihren Sinnen, als wollte es hervorbrechen und ihr etwas sagen, das sie gar nicht hören wollte.

Maleni hatte ihren Eindruck einem der Meister erzählt.

»Vergiss es!«, hatte dieser ihr geraten. »Der Ausgang nach Südosten ist der einzige, der euch Anwärtern zusteht. Genieße die Freiheit des Himmels und die Weite der See. Nimm sie in dir auf und denke nicht an Dinge, die nicht von Belang sind. Wenn du geprüfte Schemenjägerin bist, wird das Wichtige sich vom Nutzlosen in deinem Wesen trennen wie die Spreu vom Weizen. Jetzt aber: Vergiss.«

Manchmal fragte sich Maleni, wie viel sie schon vergessen hatte. Doch gegenüber all dem, was sie neu gelernt hatte und jeden Tag dazulernte, war es vermutlich wenig. Unerheblich. Und dann dachte sie, dass sich Spreu vom Weizen nicht ohne Dreschen trennte; doch diesen Gedanken behielt sie für sich.

Wenn sie erst die Große Weihe hinter sich gebracht hatte, würde sie den anderen Pfad aus dem Berg nehmen, und dann würde ihr gewiss alles wieder einfallen.

Der Weg hier führte hinunter zum Meer. Sonst führte er nirgendwo hin. Östlich gab es ein Gewirr von Inseln, die, so hieß es, den Bukaniern gehörten.

Immerhin bekam man so einen kleinen Eindruck, wie der gewaltige Berg von außen aussah. Dunkler, blasig rissiger Fels, teilweise rötlich schlierig verfärbt, als hätte ein Skulpteur zusätzliche Farbe mit in den Stein gemischt. Der Gipfel war stets in Nebel gehüllt, und so hatte Maleni kein einziges Mal erkennen können, wie hoch er tatsächlich war. Sie wusste nur, dass der Ausgang zum Meer um einiges tiefer war als die Höhlen und Räumlichkeiten, in denen sich die Anwärter normalerweise aufhielten. Deshalb durfte man auch nicht allein dorthin, sondern wurde stets in Begleitung von Meistern die langen, dunklen Treppen hinabgeführt. Diese Treppen sahen aus, als hätte sie eine Naturgewalt aus dem Fels herausgebissen. Auf einer kleinen Plattform draußen warteten stets die Pferde. Und dann übte man.

Das Meer begeisterte sie, so wie die Schiffe, die bisweilen an einem gemauerten Kai angelegt hatten. Man durfte ihnen allerdings nicht zu nahe kommen. Die Meister verboten es. Nur einmal war es Maleni gelungen, weit genug nach unten zu reiten, um ein genaueres Bild von einem Wassergefährt zu erhaschen. Das war enttäuschend, denn sie hatte vor allem eines empfangen: eine Wolke schlechten Geruchs. Von Nahem war es weit weniger romantisch als aus der Ferne. Vermutlich, so dachte Maleni, war das mit allem so. Und aufrichtige Romantik war etwas für Dummköpfe. Sie und die Ihrigen nutzten sie, um ihre Ziele zu erreichen – hohles Schauspiel; ein Mittel zum Zweck.

Während sie, streng gerufen, wieder zurückritt, überlegte sie, warum dieses Schiff so stank. Nicht nach Meer und nicht nach Fisch, sondern auf ungute Weise nach Mensch und Unrat. Sie sah sich noch einmal um, verglich das Schiff mit den gezeichneten Bildern in ihren Lernunterlagen. Dieses hier hatte viele seitliche Öffnungen – für Ruder. Es war eine Galeere.

Und jetzt verstand sie auch, was da so stank. Es waren die Ruderer.

»Wie wird man Galeerensklave?«, fragte sie unsicher.

»Es sind verkaufte Kriegsgefangene oder erbeutete Seeleute, die von den Bukaniern besiegt wurden.«

»Warum haben sie keine Segelschiffe?«

»Sie haben Segelschiffe. Sie haben auch Galeeren und Galeassen – eine Mischung aus Segelschiff und Galeere. Was immer sie aufbringen, gehört ihnen. Gelegentlich verkaufen sie Prisen an einen der Fyrsthen zurück. Und gelegentlich siegen sie nicht, sondern verlieren.«

»Warum dürfen sie hier bei uns anlanden?«

»Sie bringen uns, was wir zum Leben brauchen. Wir zahlen gut. Die Bukanier machen überall Geschäfte und sind eine Ergänzung unserer Informationsquellen. Selbstverständlich haben wir auch unter ihnen unsere Brüder und Schwestern.«

»Aber wenn die Bukanier wissen, dass die Xyi hier leben …« Maleni hatte immer geglaubt, niemand wüsste das.

»Das wissen sie nicht. Sie wissen nur, dass es oben in den Wolken ein altes Kloster gibt, das sie nie sehen. Dies ist der Berg der Weisheit.«

»Wundert es sie nicht, wie viele Dinge so ein altes Kloster braucht?« Maleni versuchte, die Abläufe zu verstehen. Je älter sie wurde, desto wundersamer erschien es ihr, dass eine so gewaltige Anlage so reibungslos funktionierte. So viele Geheimnisse und viel mehr Menschen als ein Dorf. Wie viele Meister es gab, wusste sie nicht – vielleicht ein Dutzend? Wie groß der Schemenrat war, fragte man nicht einmal. Und immer wieder kamen auch Schemenjäger heim, blieben eine Weile, bevor sie wieder auszogen. Dann waren da noch die Anwärter: Kinder und Jugendliche bis zur Großen Weihe. Und die Sarven. Auch die mussten versorgt werden.

»Eine gute Frage, Maleni. Du denkst mit. Aber Bukanier sind einander feind. Sie tauschen sich nicht aus. Jeder von ihnen denkt, er ist der einzige, der mit den Götterbetern Handel treibt. Zudem sind sie abergläubisch. Seltsamerweise glauben sie, es brächte Unglück, die Götterdiener in den Wolken zu verärgern.« Der Meister lächelte verschmitzt. »Und tatsächlich haben sie ja recht. Man verärgert uns nicht ungestraft.«

Maleni stieg von ihrem Pferd ab, und ein Sarve nahm es still in Empfang und führte es fort.

»Wo wohnen die Pferde?«, wollte Maleni wissen.

»Weiter unten im Berg«, antwortete der Meister.

»Ach, gibt es da auch noch Eingänge?«

Der Mann sah sie streng an. »Irgendwann, wenn du vielleicht selbst Meisterin bist, wirst du alles wissen. Doch das bist du noch nicht. Also bescheide dich mit dem, was du jetzt wissen sollst. Es ist nicht wenig.«

»Und es wird jeden Tag mehr«, antwortete Maleni und nickte. Vor der Großen Weihe gab es keine besondere Prüfung. Stattdessen bestand jeder einzelne Tag in Malenis Leben aus Prüfungen. Manchmal wunderte sie sich, dass bei all den Anwärtern nie einer dabei war, der langfristig faul oder unbegabt war. Alle Xyi waren stets fleißig, strebsam, ehrgeizig und bemüht, ihren Meistern mit ihren Leistungen zu gefallen. Dann aber entsann sie sich, dass es schon bisweilen Kinder gab, die den Anforderungen körperlich oder geistig nicht gewachsen waren. Nur waren diese nie lange genug da, als dass man sich an sie erinnern konnte. Manchmal hätte Maleni gerne gefragt, was aus diesen Kindern wurde. Doch sie verkniff sich die Frage, denn sie wusste aus Erfahrung, die Antwort würde nur wieder lauten, dass sie es irgendwann erfahren würde – nur nicht jetzt.

Neugier, so hieß es, war nur dort förderlich, wo sie das Wissen der Xyi ergänzte und das Überleben eines Bruders oder einer Schwester sicherte. Das Wissen der Xyi war groß. Maleni würde lernen. Eines nach dem anderen. So lernte man. Mit Geduld. Stetig. Sein ganzes Leben lang.

Manchmal zählte sie nachts im Dunkeln all die Fähigkeiten in ihrem Kopf zusammen, die sie inzwischen erworben hatte. Es waren derer so viele. Bei ihrer alten Familie hätte sie nie so viel gelernt. Ihre Kenntnisse wären auf Säen, Ernten, Vorräte für den Winter Einlagern, Kochen, Putzen, Nähen und Tratsch beschränkt gewesen. Irgendeinen Bauerntölpel hätte sie geheiratet und ihm vermutlich mehr Kinder geschenkt, als man durchbringen konnte. Denn das war immer so.

Dann dachte sie, welches Glück es war, hier zu sein und nicht dort. Sie gehörte zu einer kleinen, tödlichen Elite. Niccela hatte sie gerettet – in jeder Hinsicht. Sie würde ihr ewig dankbar sein.

»Niccela ist da«, sagte einer der Meister, als sie die dunklen Treppen erstiegen hatte und im Bereich der Anwärter angekommen war. »Heute ist es so weit.«

59

Diesmal saß Maleni auf dem Muli. Rittlings, wenn auch weit nach vorne über den Hals des Tieres gebeugt, damit sie sich den Kopf nicht anstieß, denn die Gänge waren niedrig. Der blauäugige »Retter« hatte ihr wieder die Sicht genommen. Und gefesselt war sie auch noch. Doch immerhin hing sie nicht mehr seitlich quer über dem Reittier wie ein Sack.

Sie war wütend, denn es war ihr zu keinem Zeitpunkt gelungen, sich zu befreien. Und so hoffte sie auf eine bessere Gelegenheit. Sicherlich konnte sie diesen Mann besiegen, auch wenn es nicht leicht sein würde. Sie hatte ihn schon kämpfen sehen.

Er hatte für sie gekämpft.

Es war etwas an ihm, das sie nicht einfach abtun konnte. Etwas in ihrer zweigeteilten Seele reagierte auf ihn. Sie konnte es nicht benennen – schon gar nicht, während sie wütend auf ihn war. Sie würde diese Wut brauchen. Taryah würde auf dieser Wut segeln. Maleni wollte nicht an Taryah denken. Doch wie ging das, nicht an sich selbst zu denken?

Sie verstand nicht, was der Mann wollte. War er auf ihrer Seite oder nicht? Und was hieß eigentlich ›ihre Seite‹?

Eine Weile hatte sie noch versucht, mit ihm zu reden. Doch bald hatte er nicht mehr geantwortet. Sie hatte erwogen, laut um Hilfe zu schreien, aber natürlich wollte sie nicht, dass jemand sie dabei sah, wie sie Hilfe brauchte. Ihre Situation war zu beschämend. In einem Hemd auf einem Lasttier davongeschleppt zu werden! Zudem wollte sie mehr über den Kerl erfahren, der die Unverschämtheit besaß, sie wie ein Bündel zu verschnüren. Wenn ihre Geschwister ihr tatsächlich zu Hilfe eilten, würde sie nie mehr wissen, wer er war. Tote redeten nicht. Das war – wie man ihr beigebracht hatte – ihre hervorragendste Eigenschaft. Wenn er erst tot war, konnte sie nicht mehr wütend auf ihn sein. Und das wollte sie sich nicht nehmen lassen. Sie wollte ihm ihren Zorn in sein Gesicht sprühen. Ihren Zorn – aber nicht ihr Gift.

Sie wusste nicht, was sie davon halten sollte.

Sie fühlte, wie furchtbar langsam sie vorankamen. Sehen konnte sie es nicht, doch das Muli unter ihr blieb immer wieder stehen. Wahrscheinlich war es schwierig, die Tiere durch die engen Gänge zu ziehen. Sie hatten ihren eigenen Kopf. Dunkel war es außerdem. Und vier Mulis hintereinander mochten einiges an Willen aufbringen, der nicht mit dem des Mulifuhrers übereinstimmte.

Wenn man nichts sah, schien die Zeit nicht zu vergehen. Doch die Geräusche wurden umso eindringlicher, erschufen ein eigenes Klang-Universum, das sie zu deuten versuchte. Sie hörte die Schritte der Tiere, das Echo, das von den Felsen zurückkam. Und schließlich hörte sie Flüstern. Der Mann war nicht mehr allein.

Verstehen konnte Maleni nichts, so sehr sie sich auch anstrengte. Irgendwann standen die Tiere wieder, und jemand hob sie vom Muli und setzte sie auf den Boden wie eine Puppe. Wieder dieses Flüstern.

Angst hatte Maleni nicht. Hätte man sie ermorden wollen, wäre sie längst tot. Also hatte man anderes mit ihr vor. Und genau das war ihre Chance. Sie spürte Taryah, die ungeduldig an ihrem Teil der Seele zerrte. Doch es half nichts – sie musste warten. Warten, was sich ergab. Warten, um mehr zu erfahren.

Sei nicht albern, hörte sie die Kämpferin in sich. Du weißt alles, was du wissen musst. Er ist ein Feind. Sie sind alle Feinde.

Maleni versuchte, die Worte in sich zurückzudrängen, während Taryah sich erneut zu behaupten suchte. Was war in der Schmiede geschehen? Hatte Taryah die Männer getötet, als sie Maleni bis zur vollständigen Nicht-Anwesenheit zurückgedrängt hatte?

Wie denn? – erklang es zornig aus ihrem Inneren.

Sie begann zu begreifen. Sie hatten einander gegenseitig behindert und ausgeschaltet. Vollständig blockiert bis zum Verlieren des Bewusstseins, das sich nicht entscheiden konnte, wem es gehorchen sollte. Das war unerhört. Sie hatte gar nicht gewusst, dass so etwas geschehen konnte. Niemand hatte ihr das je gesagt. Sicher geschah es nur selten.

Dann hörte sie mit einem Mal das Gluckern einer Wasserflasche und das Geräusch sich öffnender Schnallen. Sie erkannte die Geräusche gleich – die Schmiede, die Pause machten. Genau so klang es.

Sie hatte Hunger und schon einen ganzen Tag lang nichts mehr gegessen. Ihr Magen knurrte. Und kurz darauf knurrte Umbert. Sie erkannte seine Stimme. Eine Hand zog ihr die Sichtblende vom Gesicht.

Da waren sie, Umbert und Elgor. Umbert stand über sie gebeugt, Elgor saß auf dem Boden. Das spärliche Fackellicht warf Schatten über sein Gesicht. Er sah erschöpft aus, müder noch als in der Schmiede. Leicht zu besiegen, in diesem Zustand, flüsterte es in ihr.

Der andere Mann war nicht da. Doch er war sicher nicht weit, steckte irgendwo in den Schatten, lauerte dort. Sie konnte seine Präsenz beinahe fühlen.

»Maleni«, sagte Umbert. Er klang müde.

»Ich habe Hunger«, sagte Maleni, mühte sich nicht mit einer Begrüßung ab.

Umbert nickte matt. »Ich weiß«, antwortete er. »Es tut mir leid. Möglicherweise haben wir uns von Anfang an falsch entschieden. Doch jetzt ist es so, wie es ist.«

Das war keine Antwort und doch ein wenig erhellend. Die beiden hatten sich also zu irgendetwas entschieden, das Geschehen in gewisser Weise mitgesteuert. Aber wie? Zu welchem Zweck? Und mit welchem Ziel? Maleni wusste nicht, was sie daraus schließen sollte.

»Ich würde gerne etwas essen. Und trinken. Ich verdurste fast«, sagte sie. Es war eine sachliche Feststellung und außerdem wahr. Ihre Stimme war schon ganz heiser. Das kam von der trockenen Kehle.

Umbert nickte ergeben, nahm eine lederne Wasserflasche und hielt ihr die Öffnung an den Mund. Maleni trank gierig. Sie wusste nicht, wann sie das nächste Mal etwas bekommen würde.

Als er die Flasche absetzte, hielt er ihr ein Stück Dörrfleisch an den Mund. Sie biss zu und kaute hastig.

»Wir haben uns in eine Ecke manövriert«, brummte Umbert schließlich ungehalten und stand immer noch vor ihr.

»Ich war das«, berichtigte Elgor entschuldigend. »Ich dachte, wir könnten es schaffen. Ich dachte, du könntest …«

Er sprach nicht weiter, blickte nur unglücklich auf den Boden. Auf einmal wirkte er sehr jung und verwundbar.

»Aber du bist, was du bist, Maleni«, fuhr Umbert fort. »Und das Leben wäre einfacher, wenn deine Verfolger dich am Eingang der Loryr-Berge umgebracht hätten.«

»Haben sie aber nicht«, entgegnete Maleni. »Ich hatte Hilfe.«

»Ich weiß«, nickte Umbert. »Du hattest Hilfe, die dir – wenn du mir die Bemerkung gestattest – deinen hübschen Arsch gerettet hat.«

»Es wäre schade darum gewesen«, meinte Elgor, sah hoch und grinste vorsichtig – nur gerade so viel, dass man meinen mochte, ein größeres Lächeln würde ihn überfordern.

»Wo ist der andere?«, fragte Maleni. »Der Dunkle. Gehört er irgendwie zu euch?«

»Irgendwie«, antwortete Umbert wenig erhellend. »Du wirst ihn wiedersehen. Irgendwie, irgendwann.«

Eine Weile war es still.

»Und was machen wir jetzt? Oder – was macht ihr jetzt? Mit mir?«, fragte Maleni.

»Das ist eine berechtigte Frage«, antwortete Umbert. »Diese Gänge führen nach Nordosten in die Eisenberge. Dort werden wir hingehen. Es ist ein komplexes Tunnelsystem aus der Zeit, als Pyrn noch eine Bergwerks- und Eisenstadt war. Das ist lange her. Da hat man Eisen von den Bergminen auf diesen Wegen zur Verarbeitung in die Stadt gebracht – auf Loren, die durch die Gänge gezogen wurden. Doch als das Eisen rarer wurde, vergaß man das System. Heute ist es teilweise eingestürzt, und von den neueren Gebäuden der Stadt gibt es keine Zugänge mehr hierher. Wie alles, was es einst in den Acht Reichen gab, ist auch dies dem

Vergessen anheimgefallen. Wir werden sehen, wie weit wir kommen.«

»Das beantwortet meine Frage nicht«, zischte Maleni ungehalten.

Umbert nickte. »Mir ist klar, dass du eine eindeutige Aussage vorziehen würdest. Doch wenn ich dich jetzt fragen würde, was du vorhast – was du tun würdest, wenn wir deine Fesseln lösten: Was würdest du antworten? Wüsstest du es schon? Und würdest du die Wahrheit sagen? Wüsstest du, was die Wahrheit ist?«

Sie starrte ihn wortlos an. Was wusste er schon von ihrem inneren Kampf?

»Verenn hat dich gerettet. Wir haben dich gerettet. Und dennoch müssten wir fürchten, dass du keinen anderen Gedanken in deinem Kopf hast, als uns zu töten. Vielleicht nicht heute. Vielleicht morgen, während du uns noch dein schönes Lächeln schenkst.«

»Verenn?«, fragte Maleni. »Ist das euer geheimnisvoller Freund?«

»Er ist auch dein Freund. Mehr als einmal hat er sein Leben für dich aufs Spiel gesetzt.« In Umberts Stimme schwang ein Tadel mit, und Maleni wusste nicht, wie sie den verdient hatte. Er hatte ihr geholfen. Das stimmte. Aber sie hatte ihn zu keiner Zeit um Hilfe gebeten. Und selbst wenn.

Dennoch: Er war da gewesen. Für sie. Und vielleicht war Ehre doch etwas anderes als Leben und Sterben im Regelkanon einer Gemeinschaft. Vielleicht war Ehre viel persönlicher, und was ehrenvoll war, bestimmte man selbst. Schwierig. Ihr geschulter Verstand legte ihr nahe, dass Selbstbestimmung fehleranfällig war. Wie sollte man ehrenhaftes Handeln definieren, wenn einem statt einem Gewissen nur der Gehorsam gegeben war?

Elgor blickte sie an. Sein Blick schien auf ihr festgefroren zu sein, als wolle er jede Bewegung in sich aufsaugen. Er wollte etwas. Was konnte es sein?

»Du sagtest, du hättest keine ganze Seele. Ich schließe daraus, dass du deinen Körper mit der Kämpferin in dir teilst. Ich habe sie – dich – gesehen, als du mit den Schlangen gekämpft hast. Sie war schön und tödlich. Ungeheuer schnell. Hat sie einen Namen? Ist sie immer da? Seid ihr eins?«

Woher wusste er das alles? Niemand wusste das! Maleni war es, als müsste sie ihre Eingeweide niederzwingen, die sich ihr mitsamt ihrer Kämpferseele durch den Schlund nach oben drängten. Sie keuchte – und bei dieser Antwort blieb es. Taryah wollte nicht antworten, und Maleni wusste nicht, was.

»Es ist eine alte Technik«, fuhr Umbert fort und schob Maleni ungefragt ein weiteres Stück Fleisch zwischen die Lippen. »Das Archivieren von Persönlichkeit und Wissen, das man dann einem Nachfolger weitergeben kann. Heutzutage kann das in den Acht Reichen niemand mehr – außer den Xyi offensichtlich. Ich habe das nicht gewusst. Doch es ergibt einen Sinn. Nicht jeder Mensch ist zum Mörder geboren – aber so kann man ihn dazu machen.«

Maleni kämpfte gegen den Impuls, die Existenz der Xyi höhnisch zu leugnen, so wie sie das sonst stets tat, aber sie würde den alten Schmied nicht überzeugen. Auch sie selbst war sich nicht mehr sicher, ob Taryah wirklich nur ein Teil von ihr war – oder vielleicht mehr. Ein Teil von etwas anderem.

Erneut keuchte sie, als sie die Implikationen begriff. Das konnte nicht sein. Seit ihrer Initiation war ihre Seele gespalten. Diese Seele war Teil von ihr. Ihr höchsteigenes Seelenstück. Doch sie konnte sich an den Vorgang selbst nicht erinnern, zumindest nicht in seiner ganzen Gesamtheit. Ein Stück in ihrem Gedächtnis fehlte. Das wichtigste Stück. Irgendwann würde sie Niccela danach fragen, auch wenn das verpönt war. Wozu hatte man eigentlich eine Patin?

Dann wiederholte die Frage sich in ihren Gedanken: Wozu hatte man eigentlich eine Patin?

Von vorn – dort, wo der Tunnel eine leichte Biegung machte –, hörte sie ein Geräusch. Als wäre ein Steinchen über den Boden gerollt.

Sie wusste nur von einer Fraktion, die noch in den Gängen weilte.

»Mach mich los!«, flüsterte sie Umbert leise zu. Und Taryah jubilierte.

60

Elgors linkes Knie zitterte, als er sich in den Stand zwang. Er hatte ein Geräusch gehört – und gesehen, wie Maleni auf dieses reagiert hatte. Es brauchte nur den Bruchteil einer Sekunde, dann fiel ihm die Taverne ein, in der sie dann stillschweigend doch nicht abgestiegen waren: *Zum Tanzenden Gott*. Ein altes Gebäude. Verwitterter Stein. Dicke Wände. Schwere, alte Türen. Wenn es den Xyi gehörte – und der Zusammenstoß mit dem jungen Mann in jenem Gässchen ließ da keinen Zweifel zu – war anzunehmen, dass auch die Betreiber dieses Gasthauses Zugang zu den Tunneln hatten.

Kurz blickte er zu Umbert und sah in dessen Gesicht dasselbe Begreifen. Elgor fühlte sich schuldig. Umbert hatte ihn gewarnt. Vor so vielen Dingen hatte Umbert ihn gewarnt. Und Umbert hatte nicht zuletzt deshalb so lange überlebt, weil er mit seinen Einschätzungen meist recht behielt. Elgor hingegen hatte sich überschätzt. Er hatte gedacht, schon weit genug zu sein, doch das war ein Irrtum gewesen. Jetzt würde er kämpfen müssen, und dabei war ihm, als könnte er nicht einmal sein Schwert heben.

Dennoch hielt er es bereits in der Hand. Auch diese zitterte leicht, denn er focht gegen Erschöpfung und schlechtes Gewissen an. Wenn er nun schuld war, dass Umbert sein Leben verlor, nachdem der Schmiedemeister so lange überlebt hatte, wäre das schrecklich. Er würde es sein Leben lang bereuen – auch wenn ihm für dieses Bereuen vermutlich nur ein paar Sekunden oder Minuten bleiben würden. Er war ein guter Kämpfer. Nicht so gut wie Verenn, aber sie glichen sich zusehends an. »Verenn«, murmelte Elgor. Doch er konnte dessen Nähe nicht fühlen.

Dann war es auf einmal ganz still. Es schien, als hätte selbst die Luft, die in staubigen Schwaden durch die Tunnel wehte, angehalten und wäre in ängstlicher Erwartung erstarrt. Atmen war plötzlich schwierig.

Ein Blick zu Umbert zeigte, dass dieser sein Schwert nicht gezogen hatte. Er versuchte, anders mit der Gefahr umzugehen, hielt eine Hand nach oben geöffnet wie ein Korb und in der anderen eine der beiden Fackeln, deren Flammen eifrig nach oben züngelten. Nach der alten Kraft suchte er, etwas, das Elgor nicht konnte. Es würde sich zeigen, ob das ein guter Plan war. Aber was war überhaupt noch ein guter Plan, wenn man sich einer nicht zu bestimmenden Anzahl der besten Mörder aller Acht Reiche gegenübersah?

Und Verenn schlief.

Der Angriff erfolgte schnell. Etwas flog aus der Dunkelheit auf Elgor zu, streifte seine Haare, während er sich bückte, und klirrte dann über den Fels. Elgor machte einen Satz hinter eines der Mulis und verfluchte sich dafür, hinter der unschuldigen Kreatur Deckung zu suchen. Doch andere Deckung gab es nicht.

»Wurfsterne!«, zischte er gleichzeitig, um Umbert zu warnen. Doch der rührte sich nicht. War er getroffen? War er erstarrt in jenem Moment des nahenden Todes, wenn man langsam begriff, dass nichts von dem, was man getan hatte, etwas genützt hatte? Dass es nun zu spät war, weil jede Erinnerung sich im Nichts auflöste, als hätte sie nie eine Bedeutung gehabt?

»Bist du getroffen?«, rief Elgor panisch, erhielt jedoch keine Antwort und hatte auch keine Zeit, auf eine solche zu warten. Schon hatte er das Schwert wieder lose weggesteckt, seinen Bogen aus dem Gepäck des Mulis gezogen und ihn besehnt. Eine schnelle Bewegung, die ihm längst in Fleisch und Blut übergegangen war. Das spärliche Licht, das sie mit sich führten, reichte gerade dazu, ihn und Umbert zu guten Zielen zu machen, während ihre Feinde irgendwo ungesehen in den Schatten harrten.

Etwas traf ihn am Schienbein, wo das Lasttier ihm keine Deckung verschaffte. Er wusste um das Gift und wie schnell es wirkte und blickte an sich hinab. Erleichtert stellte er fest, dass der Wurfstern nicht durch seine dicken Stiefel gedrungen war. Zumindest nicht ganz. Oder doch?

Vorsichtig griff er den Stern mit zwei Fingern in der Mitte und zog ihn aus dem Leder. Er war sich nicht sicher, ob er dessen Spitze auf der Haut hatte spüren können. Vielleicht bildete er sich das nur ein. Nun, spätestens wenn er tot umfiele, würde es sich zeigen.

Der Stern klapperte zu Boden, und Elgor wischte sich blitzschnell die Finger an seiner weiten Hose ab. Während er noch überlegte, wann die Effekte einer Vergiftung einsetzen würden, hatte er bereits einen Pfeil aus dem Köcher am Tragsattel gezogen. Er sah nicht, auf was er schoss; der Gang verlor sich in Dunkelheit, und bislang hatte er keinen ihrer Feinde tatsächlich ausmachen können. Die Xyi konnten sich unsichtbar machen, hieß es. Doch in der Dunkelheit nicht gesehen zu werden, war keine große Kunst.

Er ließ die Bogensehne los und vertraute auf das Glück, das ihn bis zu diesem Tag hatte überleben lassen. Der Pfeil schoss knapp an Umbert vorbei, und ein Schrei belohnte Elgor. Ob er sein Opfer verletzt, getötet oder nur erschreckt hatte, wusste er nicht.

Nun hob Umbert die freie Hand, und im nächsten Augenblick wurde es hell. Flammen loderten waagerecht den Gang hinunter und schafften Licht und Hitze.

Jetzt konnte man sie sehen. Drei Personen kauerten an die Steinwände geschmiegt weiter vorne im Tunnel. Sie hoben sich kaum ab von ihrer Umgebung, schienen mit dem Fels verschmolzen.

Doch einer blutete. Immerhin.

Ein weiterer Pfeil flog von Elgors Sehne. Diesmal sah er sein Ziel und verfehlte es dennoch. Die schattenhafte Gestalt warf sich beiseite und vollführte eine rollende Bewegung, die sie wider jede Logik direkt auf die Füße brachte. Ein anderer Schemen hatte klirrend etwas fallen gelassen – eine Waffe vermutlich – und schlug sich mit der flachen Hand auf Arm und Schulter.

Das Licht erlosch. Es hatte seinen Zweck erfüllt.

Ein Keuchen aus den feindlichen Reihen ließ Elgor hoffen, die Fackel hätte nicht nur geleuchtet und sie geblendet, sondern auch gebrannt. Der Schemen hatte sich jedoch die Flammen auf dem Arm gelöscht. Keine Zeit, darüber nachzudenken. Obgleich die zweite Fackel noch glomm, nutzte Elgor die dem grellen Licht folgende Düsternis und sprang zur Seite. Dann lief er so leise wie möglich auf ihre Gegner zu. Vielleicht hatten die hellen Flammen auch sie kurzzeitig geblendet, so wie ihn auch.

In Stiefeln war man freilich nicht besonders leise. Irgendwas bewegte sich in seinem Umfeld, glitt an ihm vorbei, bevor seine Augen sich noch an die Dunkelheit gewöhnt hatten, und er duckte sich unter einer Bewegung hindurch, deren Luftzug er spürte ohne sie zuordnen zu können. Giftpfeile? Wurfsterne? Oder einfach nur ein scharfgeschliffener Dolch?

Nun rollte auch Elgor über den Boden, unendlich laut und ungeschickt, wie es ihm schien. Gleichzeitig versuchte er sich wie ein Igel einzurollen. Leider hatte er keine Stacheln, und sein Rücken bot den Angreifern eine große, breite Fläche, um Klingen welcher Art auch immer hineinzustecken. Er warf sich herum. Nun konnte er auch wieder besser sehen. Umbert hatte die zweite Fackel aufgenommen und stand jetzt seinerseits im Schatten der Mulis. Elgor begriff, dass er selbst völlig falsch reagiert hatte. Anstatt in Deckung zu bleiben, war er nach vorne geprescht und befand sich nun mitten unter den Feinden – und zudem auch noch in der Flammenbahn Umberts, falls dieser sein Kunststück wiederholen wollte.

Noch am Boden liegend, schlug er mit seinem Schwert blind einen Kreis um sich. Seine Blessuren schmerzten, und er traf niemanden. Er warf sich zur Seite, rollte erneut in irgendeine Richtung, stieß an etwas – eine Wand. Er musste weg hier, bevor man ihn einkeilte und seelenruhig vom Leben zum Tode beförderte.

Er durfte nicht sterben. Er trug eine Verantwortung. Doch gegen Schemenjäger zu kämpfen, glich dem Kampf gegen die Schlangen. Sie waren zu schnell, bewegten sich fließend, stachen plötzlich zu, waren giftig, mussten nur einmal treffen.

Die Fackel flammte wieder auf; es wurde heller. Er versuchte auf die Füße zu kommen, und duckte sich gleich darauf wieder, während ein langes Messer direkt über seinem

Kopf die Luft durchschnitt, wo eben noch sein Hals gewesen war. Er rollte über einer Schulter ab, drehte sich auf den Rücken und trat mit dem rechten Fuß nach dem Knie eines Angreifers, während sein linker hinter dessen Bein einhakte und zog. Der Angreifer strauchelte für einen Augenblick, hatte sich aber schon im nächsten wieder in einer anmutigen Drehung gefangen. Sein Gleichgewichtssinn war unglaublich. Und überhaupt war es kein er, sondern eine Frau. Sie war nicht einmal besonders jung.

Elgor fand es peinlich, von einer Frau um die fünfzig besiegt zu werden. Mit den Falten in ihrem Gesicht hätte er sie unter anderen Umständen Mütterchen genannt. Doch es war wenig Mütterliches an der Art, wie sie einen Dolch warf. So schnell. Schneller als er sich hatte ganz fortdrehen können. Die Klinge schnitt ihm durchs Hemd, streifte den Oberarm, biss durch die Haut, blieb nicht stecken.

War die Klinge giftig? Einerlei. Er konnte es jetzt nicht ändern. Alles geschah viel zu schnell. Wieder hatte er keine Zeit aufzustehen, konnte sich nur weiterschieben und -rollen, um dem nächsten Geschoss vielleicht doch zu entgehen.

Drei Feinde. Nur drei. Und doch zu viele. Einer von ihnen würde es schon schaffen, sie zu töten.

Elgor hatte keine Zeit, nachzusehen, was mit Umbert war. Er war vollständig damit beschäftigt, sich selbst zu retten, und verlor von Sekunde zu Sekunde mehr die Zuversicht, dass es ihm irgendwie gelingen würde. Drei Kämpfer, sagte er sich wieder. Die Frau war bei ihm, die beiden anderen weiter weg. Einer mochte sich gerade um Umbert kümmern. Und der dritte?

Der, den sein Pfeil getroffen hatte, stand bei Maleni, hatte sich über sie gebeugt, hielt ein Messer in der Hand. Würde er sie ermorden? Seine eigene Kollegin? Warum sollte er das tun!

Elgor hatte nicht gewusst, dass man auf dem Rücken liegend hüpfen konnte, aber mit dem Aufgespießtwerden als Alternative gelang es ihm. Er schien kurz zu schweben, kam in einer Rückwärtsrolle auf die Füße, tänzelte seitwärts und entkam einem weiteren Wurfdolch. So eine Bewegung hatte er noch nie vollführt; sie gehörte nicht zu seinem Erfahrungsbereich. Immerhin: Sie hatte geholfen.

Nun trat ein Fuß direkt nach seinem Gesicht. Diese verwitterte Frau war gelenkiger als er, aber er sprang doch zurück, und der Frauenfuß traf nur seine Nase. Etwas knackte, und warmes Blut lief ihm über Lippen und Kinn. Er ließ es laufen und widerstand dem Drang, die Augen zu schließen, als es plötzlich wieder gleißend hell wurde. Umberts Kunst hatte erneut gewirkt. Es war ein beeindruckendes Schauspiel, solange man nicht wusste, wie viel Zeit und Konzentration der Schmied zur Vorbereitung brauchte und wie sehr es ihn erschöpfte. Auch dauerte es nur kurz, war in seiner Wirkung schlecht steuerbar – und bald würde es wieder dunkel werden.

Erneut wich Elgor einem Angriff der Frau aus. Ihr Gesicht war wie eine Porzellanmaske, zeigte weder Hass noch Angst, nur geradlinige Zielstrebigkeit. Sie hatte eine Aufgabe. Die Aufgabe war, ihn umzubringen. Er hingegen wehrte sich nur noch, reagierte, anstatt zu agieren, während seine Muskeln brannten und er um Atem rang. Er war jung, er war stark – und er war unterlegen.

Immerhin, Umberts Gegnerin stand nicht mehr. Ihre Schreie gellten durch den Tunnel, laut und heiser. Elgor schauderte. Er hatte die Kämpferin kaum gesehen, doch sie hatte alt gewirkt – älter als seine Gegnerin. Sie rollte sich auf dem Boden hin und her, während Flammen aus ihren Kleidern und Haaren schlugen. Würde sie sie so löschen können? Und was dann?

Elgors Angreiferin sah sich nicht einmal nach der Schreienden um, war vollständig auf ihr Ziel fokussiert. Ihre greise Mitstreiterin schien sie nicht zu interessieren. Halfen sich die Xyi untereinander nicht? Oder taten sie es erst, wenn alles andere erledigt war? Ein kluges, wenngleich kaltblütiges Vorgehen, denn würde die Frau sich abwenden, hätte Elgor einen Vorteil. Er tat es ihr gleich und sah doch aus dem Augenwinkel, wie der verletzte Mann sich nun auch ihm zuwandte. Er hatte den Pfeil, der ihm durch den Arm gedrungen war, abgebrochen und herausgezogen. In der anderen Hand hielt er ein Messer. Zwei Feinde. Und nun bewegte sich hinter ihm noch etwas. Maleni. Sie stand auf. Offenbar hatte ihr »Verwandter« sie nicht getötet, sondern ihre Fesseln gelöst. Das war naheliegend – und furchtbar. Wen würde sie zuerst angreifen, Umbert oder ihn?

Hatte es eben noch eine geringe Chance gegeben, dies zu überleben, war diese nun zu nichts zerstoben.

61

DAMALS

Maleni starrte den Meister an. Sie hatte den Augenblick, der sie zur Junxe machen würde, herbeigesehnt. Ihre Große Weihe.

»Heute?«, fragte sie dennoch erschrocken. Sie hatte mit einer Vorbereitungszeit gerechnet. Einer Ankündigung, die mehr Inhalt hatte als »Heute«.

»Komm!«, sagte er nur.

»So?«

»So, wie du bist.«

Sie kannte den Weg, den sie nahmen. Sie war ihn schon einmal gegangen, damals, als sie Druya gefolgt war. »Ich dachte, man hat Zeit, sich vorzubereiten«, murmelte sie nach einer Weile.

»Und wie wolltest du dich vorbereiten?«, fragte er zurück.

Sie biss sich auf die Lippen. »Ich weiß nicht.«

»Natürlich nicht. Deshalb ist es auch nicht nötig. Du bist vorbereitet. Wärest du nicht bereit, würdest du nicht erwählt.«

Gab es eigentlich Anwärter, die die Initiation nicht überlebten? Geredet wurde nie darüber. Aber worüber wurde schon geredet? Eines war sicher – fragen konnte sie nicht. Sie mochte sich nicht die Blöße geben, auf einmal Angst zu zeigen. Eine Schemenjägerin der Xyi erlaubte sich keine Angst.

Sie gingen gemeinsam los. Der Weg führte immer weiter in die Tiefe; dann fiel Nebel. Sie kannte diesen Nebel, erkannte ihn wieder, als tauche er aus den Tiefen ihres Gedächtnisses auf. Der Atem des Berges.

Diesmal hatte sie ein Recht, hier zu sein. Sie war geschult, trainiert, gebildet und entgiftet. Sie war das Material, aus dem man Schemenjägerinnen machte. Und sie war schön. Das waren nur wenige. Sie würde viele Aufgaben mit Anmut und Können erledigen.

Sie schluckte. Dann schalt sie sich. Vermutlich war es ganz normal, an dieser Stelle eine gewisse Unsicherheit zu verspüren. Wer immer die Große Weihe hinter sich gebracht hatte, machte ein solches Geheimnis daraus, dass man unwillkürlich zwischen Spannung und Nervosität gefangen war.

Ganz normal.

Weitere Meister schlossen sich ihnen an, traten aus Seitengängen und Höhlen. Dann fielen sie zurück und wurden ersetzt durch Ratsmitglieder, von denen Maleni die wenigsten je zuvor gesehen hatte. Manche sahen aus wie verschrumpelte Schildkröten mit ihrer alten, höhlenblassen Haut, den hängenden Wangen und dünnen, weiten Lippen. Tatsächlich fand Maleni, dass besonders die ganz alten einander auf unheimliche und beinahe unmenschliche Art ähnelten. Vielleicht lag es auch an der ähnlichen Kleidung. Sie alle trugen weite weiße Hosen und darüber knielange Tuniken, die, wie bei Kämpfern üblich, seitlich geschlitzt waren. Unterschiedlich farbige Bänder und Stickereien zierten ihre Kleidung, und manche hatten ihre Kapuze hochgeschlagen, so dass ihre Mienen im Schatten lagen. Ihre Blicke fuhren dennoch scharf wie Messer über Malenis Haut.

Nun hatte der kleine Zug einen größeren Raum erreicht. Sie marschierten bis in die Mitte. Dort bedeuteten sie ihr, stehen zu bleiben, während sie wie ein sich ausdehnender Ring von ihr zurückwichen.

»Entblöße dich!«

Maleni wusste nicht, wer die Anweisung ausgesprochen hatte, aber die Stimme hatte alt geklungen. Sie merkte, dass es ihr peinlich war. Das sollte es nicht sein. Die Anwärter und Anwärterinnen wuschen sich voreinander. Die Meister und Meisterinnen kannten jeden Zoll der Körper derjenigen, die sie unterrichteten. Es gab keine Geheimnisse. Und niemand schämte sich des Kunstwerks, das ein Xyi-Körper war oder sein würde. Doch vor diesen alten Männern und Frauen, die sie so faltig und runzlig und doch so zeitlos mächtig umringten, genierte Maleni sich mit einem Mal. Sie sah nun, dass die Räte einen inneren Kreis um sie bildeten, während die Meister sich in einem äußeren Ring aufgestellt hatten. Alle sahen sie an. Ihre Blicke waren wie Pfeile.

Entblößen. Sie sollten ihr nichts zweimal sagen müssen, auch nicht das. Und ihre Scham sollten sie auch nicht sehen. Sie war hier, weil sie sich das verdient hatte. Jahrelang, mit Schmerzen und Verletzungen, mit Tadel und erneutem Elan. Mit Vertrauen in ihre Meister und in sich selbst. Sie hatte ein Recht, hier zu sein.

Sie löste die Riemen ihres Lederwamses und ließ es zu Boden gleiten. Dann knöpfte sie die Stoffbluse auf, die sie unter dem Leder trug, zog sie aus, zerrte danach etwas ungeschickt das Hemdchen von sich, das eng ihre Haut bedeckte. Das musste sie noch üben. Das war nicht elegant gewesen.

Nun löste sie den Schal, der beim Kampf und bei jeglicher Ertüchtigung ihre jungen Brüste hielt. Sie waren um einiges größer geworden in letzter Zeit, und man hatte ihr versichert, der Prozess wäre noch nicht abgeschlossen. Sie hatte Bedenken geäußert, ein allzu großer Busen könnte ihrer Kampftauglichkeit abträglich sein, doch man hatte sie beruhigt. Was sie an Brustumfang zunahm, hatte man ihr gesagt, würde sie als Reaktionszeit geschenkt bekommen, denn Männer ließen sich allzu leicht von samtiger Üppigkeit ablenken.

Ein Windhauch strich ihr über den Körper, schmeichelte ihr, streichelte sie. Eine Liebkosung des Berges. Sie spürte jedes Härchen auf ihrer Haut, fühlte, wie sich alles an ihr dem Augenblick entgegenstreckte. Ein seltsames Gefühl durchdrang sie, eine Mischung aus Aufregung und sehnlicher Erwartung erschütterte ihre Seele ebenso wie ihren Leib, fand sich in Körperteilen wieder, die just zu diesem Zeitpunkt und vor so vielen Menschen nicht das Denken übernehmen sollten.

Ihr Gürtel fiel als Nächstes; dann ihr zweigeteilter Hosenrock, ihr liebstes Kleidungsstück, denn es wirkte weiblich und war doch praktisch und bot jede Bewegungsfreiheit. Ihr unteres Beinkleid war aus Strauchwolle. Doch erst zog sie sich die Stiefel von den Füßen, stellte sie ordentlich neben sich.

Bevor sie sich dem Kleidungsstück widmete, das als Letztes ihre Blöße bedeckte, öffnete sie ihr Haar, zog die Bänder daraus hervor, die es praktisch und nah am Kopf hielten, und schüttelte es aus. Es war lang und lockig, fiel ihr flauschig weich über die Schultern und den Rücken hinunter bis zur Taille. In ihrem Tal bei ihren Eltern hatten rote Haare als Unglückszeichen gegolten. Hier durften sie einfach nur schön sein, denn sie waren es zu einem Zweck.

Dann war sie nackt.

Sie widerstand dem Drang, sich schamhaft mit den Händen zu bedecken. Wenn sie erst Schemenjägerin war, würde sie Buhlerin sein. Da konnte man sich nicht seiner Nacktheit schämen und nicht ob seiner Verwundbarkeit fürchten. Also hob sie die Arme, drehte sich langsam und erlaubte jedem der Anwesenden einen guten Blick auf das, was sie war – denn diese Menschen hatten sie genau zu dem gemacht. Fast erwartete sie Kommentare, Lob oder Kritik – sie wusste nicht, was.

Während sie sich noch drehte, fragte sie sich, ob der Großmeister hier schon in der Gruppe stand und die Einzelheiten ihres Körpers betrachtete. Sie hatte ihn nie zu Gesicht bekommen. Das würde sich heute ändern.

Doch die Räte und Meister bildeten je eine durchaus homogene Menge. Keiner ragte als etwas Besonderes hervor, und Maleni erwartete eine Person, die sich deutlich abhob. Der Großmeister war – der Großmeister. Er konnte nicht einfach einer der Räte sein und nicht auffallen.

Der Kreis teilte sich, und Niccela trat zu ihr in die Mitte.

»Maleni!«, sagte sie, als wäre es ein Gruß.

»Niccela!«, antwortete Maleni und verneigte sich ehrfürchtig. Ihre Patin war da. Sie hatte sie nicht kommen sehen. Es war Niccelas besonderes Talent, dass man sie nie kommen sah.

Nun war es an der erfahrenen Schemenjägerin, sich zu entkleiden. Damit hatte Maleni nicht gerechnet. Sie trat ein wenig zur Seite und beobachtete die Patin neugierig. Wenn sie besondere Eleganz erwartet hatte, so wurde sie enttäuscht. Niccela entledigte sich ihrer Kleidung sachlich und ungeheuer schnell, legte sie ordentlich auf dem Boden zusammen und stellte sich daneben.

Maleni starrte auf den Körper. Er war eher klein und drahtig und nicht mit den sanften Kurven ausgezeichnet, die Malenis Körper zu einem Kunstwerk machten – zumindest hatten die Meister es so genannt. Ein athletischer Körper, fast männlich in der Ausprägung der Muskeln. Niccelas Bewegungen waren schnell und präzise. Doch anmutig wollte Maleni sie nicht nennen. Dennoch war es ein bestaunenswertes Gesamtwerk, gezeichnet von Narben, die ihre eigene Geschichte zu erzählen hatten, Kampfgeschichten von schwer erkauften Siegen. Und von Erfahrung, angehäuft durch Willen und Beharrlichkeit.

»Niccela!«, flüsterte Maleni noch einmal, diesmal als Bekenntnis der Bewunderung.

»Maleni«, antwortete die Frau mit ihrer tiefen, kratzigen Stimme. Dann fuhr sie fort: »Dein innerer Name sei Taryah. Diesen Namen habe ich als deine Patin für dich gewählt. Taryah wird dich begleiten, in dir und an dir wachsen. Ihr werdet einander leiten und beschützen, bis Taryah einst allein weiß, was zu jeder Zeit zu tun ist.«

Und was wird dann aus mir?, wollte Maleni fragen, doch sie tat es nicht, weil sie sich sicher war, dass die Frage in der Zeremonie nicht vorgesehen war.

Und überhaupt, diese Zeremonie. War das schon alles? Ein Name, den man entblößt entgegennahm? Niccela hatte offenbar gewusst, was sie zu sagen hatte. Maleni wusste es nicht.

»Danke«, flüsterte sie etwas betreten. Taryah. Das klang hübsch. Sicher klang es interessanter als Maleni. Dem Namen hing immer etwas Bäuerliches an.

Nun setzten sich die Räte in Bewegung. Gleichzeitig wandten sie sich eine Vierteldrehung nach rechts und begannen im Kreis gegen den Uhrzeigersinn um Maleni und Niccela herumzugehen. Die Meister wichen zurück in die Schatten eines äußeren Kreises. Es war jetzt ganz still, und Maleni überlegte fieberhaft, ob sie noch etwas sagen sollte oder ob sonst etwas von ihr erwartet wurde, auf das sie gerade nicht kam. Sie musste hinterher unbedingt fragen, warum man sie nicht besser auf das Ritual vorbereitet hatte.

Ganz plötzlich öffnete sich der Kreis, wurde zu einem U. Niccela wandte sich der Öffnung zu, und Maleni tat es ihr gleich. Dort stand nun niemand mehr, weder Räte, noch Meister, doch ein Spalt, den Maleni bislang nicht wahrgenommen hatte, klaffte schwarz im Fels. Er war lang und nicht allzu breit, begann auf dem Boden und zog sich bis in die Wand hinein.

Dorthin?

Eine andere Richtung schien nicht vorgesehen. Die Räte und Rätinnen begannen mit einem Singsang, und Maleni wünschte, sie täten es nicht. Ihr Gesang war schaurig – wabernd und ungenau, voll dissonanter Schwebungen. Maleni war musikalisch. Die Räte offenbar nicht.

Sie blickte zu Niccela, die ihr eine Hand entgegenstreckte. Maleni ergriff sie, und es durchfuhr sie wie ein Schlag, als sie merkte, dass die Schemenjägerin zitterte. Niccela, die unverdrossene, unbeeindruckte, unbesiegte Niccela fürchtete sich vor dem, was nun kam.

Maleni versuchte zu erkennen, was in diesem Spalt war, sah jedoch nichts außer Schwärze. Nun standen sie direkt davor. Es war zu dunkel, um zu erkennen, wie tief es hinunterging. Gar nichts konnte man sehen.

»Bei drei springen wir«, sagte Niccela.

Maleni wollte nicht springen. Etwas Schreckliches lauerte da unten, und auch sie bebte nun. Springen? Ins Nichts? So hatte sie sich die Große Weihe nicht vorgestellt. Ganz anders hatte sie sich das vorgestellt. Prüfungen hatte sie erwartet, keine Entblößungszeremonie. Fragen und Probekämpfe hatte sie sich vorgestellt, nicht dieses seltsame Gebaren, diese grausigen Gesänge.

Ein eigentümlicher Geruch drang zu ihr herauf, chemisch und doch auch moschusartig. Wenn sie das länger einatmen musste, würde ihr gewiss schlecht. Doch das war nebensächlich. Ihre Panik lähmte sie. Sie würde versagen. Sie konnte nicht dort hinunterspringen. Niemand sollte dort hinunterspringen, auch wenn sie nicht sagen konnte, warum sie das dachte.

Doch es war zu spät. Und das Grauen vor ihr konnte nicht schlimmer sein als zu versagen. Zumindest redete sie sich das ein. Niemand versagte. Niemand kam wieder und sagte, er hätte versagt.

»Eins –«

Ein heißer Wind wehte aus dem Spalt, brachte immer neue Geruchseindrücke, die Maleni nicht deuten konnte. Nur dass der Tod mit dabei war, mit seinem süßlich-schaurigen Verwesungsgeruch, dessen war sie sich sicher.

»Zwei –«

Hatten das wirklich alle hinter sich gebracht? Alle waren in diesen schwarzen Schlund gesprungen, ohne zu wissen, was es damit auf sich hatte? Vielleicht hätte sie fragen sollen. Vielleicht wäre es ihr als Aufgeschlossenheit und Klugheit angerechnet worden, wenn sie gefragt hätte.

Sie wollte nicht da runter.

Absolut nicht.

»Drei.«

62

Malenis Hände kribbelten und fühlten sich an wie betäubt. Ihre Fingerspitzen schienen keine Verbindung zu ihrem Körper zu haben. Es war, als hätte man sie in einen Sack Wolle gepackt.

Sie hatte den Kampf beobachtet, ohne zu wissen, was sie denken sollte. Sie fand es unendlich peinlich, dass man sie in dieser Situation fand. Ein älterer Bruder musste sie befreien – ein Schemenjäger, der nicht einmal mehr im aktiven Dienst war. Die drei Geschwister kämpften ihren Kampf. Ihr widerstrebte das. Tatsächlich widerstrebte ihr bereits die Anwesenheit der Geschwister, obgleich sie um deren Anwesenheit hier unten gewusst hatte. Taryah flatterte in ihr wie ein Vogel gegen seine Käfigtür, doch Maleni massierte sich erst einmal die kribbelnden Extremitäten und ignorierte ihr inneres Drängen. Im Moment konnte sie nicht einmal eine Waffe vernünftig halten, geschweige denn geschickt und behende in den Kampf einsteigen.

Das war auch nicht notwendig. Umbert lag hinter dem gestürzten Muli, das offenbar schwer verletzt war und panisch zuckte. Das Tier tat Maleni leid. Sie mochte es nicht, wenn man Tieren weh tat. Das erschien ihr mit einem Mal fremd und seltsam, denn mit Menschen hatte sie offenkundig weniger Mitleid.

Nun tu schon was!, drängte Taryah. Doch es war weder an Maleni, zu handeln, noch wollte sie Taryah die Zügel frei geben. Wie schon in der Schmiede, bot sie all ihre Kraft auf und kämpfte gegen sich selbst. Es war ein bitterer Kampf.

Sei nicht dumm, zischte es in ihr. Du weißt, was passiert, wenn du Aufgaben übernimmst, die dir nicht zustehen. Du machst alles falsch!

Der Begriff »falsch« war ungemein schwierig. Maleni beobachtete stumm und tumb den Kampf zwischen ihren Geschwistern und Elgor. Sie hatte gesehen, wie müde er war, wusste, er hatte keine Chance. Immerhin wehrte er sich tapfer und weitaus effektiver, als sie es ihm zugetraut hätte. Aber er würde dennoch verlieren, verlor bereits. Schon gegen Verroya allein hätte er sich auf Dauer nicht behaupten können, auch wenn die Schwester nicht über den Bruchteil seiner Körperkräfte verfügte. Nun half ihr auch noch Kargio. Er hatte geblutet, doch sie hatte in den unsteten Lichtverhältnissen nicht sehen können, ob er schwer verletzt war. Er hatte sie befreit. Also konnte er vermutlich auch kämpfen. Und mit Sicherheit hatte er ihre Fesseln gelöst, damit sie in den Kampf eingriff. Sie, die junge, die aktive Schemenjägerin, die dies hier blitzschnell beenden konnte.

Alle Probleme wären dann gelöst.

Gardua lag auf dem Boden. Vermutlich hatte sie sich Umbert als Gegner ausgesucht, weil sie weder den alten Schmied noch seine Fackel als besonders gefährlich eingeschätzt hatte. Maleni freilich auch nicht. Wie hatte Umbert das gemacht? Trug er irgendwelche Pülverchen bei sich, die das Feuer anfachten? Bisweilen nutzte auch die Geschwisterschaft derlei alchemistische Kenntnisse, doch gemeinhin waren diese zu auffällig.

Es war wohl Taryah zu verdanken, dass Maleni mit einem Mal stand. Sie erinnerte sich nicht daran, sich erhoben zu haben. Ihre Hände zuckten nach ihrer Kleidung, in der sich sonst immer griffbereit ein erkleckliches Maß an Klingen und Gift befand. Doch da war nichts. Sie stand im Hemd da – in viel zu großen Wollstrümpfen, die sicher für einen Mann gestrickt worden waren.

Wut flackerte in ihr auf, weit innen, weit hinten. Doch Wut war wenig erhellend, und es war wieder düster geworden, nachdem der gleißende Feuerbrand erloschen war. Nur eine Klapplaterne spendete ein wenig Licht. Kargio hatte sie neben ihr abgestellt, als er ihre Fesseln gelöst hatte. Nun beschien sie sanft und bescheiden die Szenerie.

Maleni lächelte hart und süß – Tayahs Lächeln.

Umbert. Sie sollte sich um Umbert kümmern, denn noch war nicht klar, was mit ihm geschehen war. Die beiden anderen Geschwister würden allein mit Elgor fertig werden. Er kam nun kaum noch vom Boden hoch, kämpfte verbissen, brüllte frustriert, fuchtelte mit seinem Schwert herum, ohne seine Angreifer zu treffen. Keine Minute mehr würde er leben. Er war ein Schmied, kein Söldner. Vermutlich kämpfte er nicht oft. Dafür war seine Leistung tatsächlich gar nicht schlecht.

Und dann geschah etwas mit ihm. Es sah aus, als zöge sich sein Körper in die Länge und Breite. In der Düsternis um ihn herum schien es noch düsterer zu werden. Sein helles Haar war auf einmal nicht mehr hell. Seine Haut wurde dunkler. Blaue Augen strahlten dort, wo eben noch braune gewesen waren – und doch war er es selbst.

Fassungslos starrte Maleni auf die plötzliche Verwandlung. Einen Augenblick lang wollte sie sich einbilden, Elgor wäre entkommen und Verenn wäre soeben angekommen. Doch so war es nicht. Elgor war Verenn geworden. So wie sie zu Taryah wurde, wenn es zu kämpfen galt.

Der Vorgang sollte sie nicht so erstaunen, doch der äußere Unterschied zwischen den zwei Männern war so groß – viel größer als der zwischen Maleni und Taryah. Ein gänzlich anderer Mann schien da zu stehen.

Tatsächlich, er stand, und er sah nicht weniger matt und abgekämpft aus als sein äußerer Gegenpart. Das wunderte Maleni nicht. Ein Körper, den sich zwei teilten. Beide mussten müde sein. Beide würden jetzt sterben – bevor sie noch das Geheimnis gelöst hatte, das die beiden umgab. Waren es doch ehemalige Geschwister?

Auch Verroya und Kargio hielten einen Augenblick verdutzt inne und starrten ihren neuen Feind an. Doch sie würden sich nicht lange damit aufhalten. Erst beseitigte man Gefahren – dann hinterfragte man Geheimnisse.

Immerhin nutzte der Dunkelhaarige den winzigen Augenblick der Fassungslosigkeit zu einem Ausfall und positionierte sich geringfügig besser. Würde es ihm etwas nützen? Sie wusste, wie gut er kämpfte. Sie wusste auch, wie gut ihre Geschwister stets waren.

»Maleni!«, rief Verroya scharf. »Tu etwas!«

Malenis Blick zuckte von dem Mann mit den blauen Augen, der sie in der letzten Nacht gerettet hatte, zu Bruder und Schwester, ihrer Familie. Dann nahm sie eine Bewegung aus der anderen Richtung wahr. Gardua. Sie war auf die Knie gekommen, stöhnte dabei. Ihr weißes Haar war schwarz versengt. Triefende, rote Stellen hatten ihr verbranntes Gesicht aufgedunsen; die Augenbrauen waren weggesengt. Maleni konnte ihren Schmerz förmlich riechen. Der Anblick war furchtbar.

Doch die alte Schemenjägerin lebte. Sie holte etwas aus ihren Röcken, langsam, mit zitternden Fingern und Händen, die nicht weniger von den Flammen entstellt waren als ihr Gesicht. Diese Alte kannte ihre Pflicht. Und Maleni?

Jetzt!, flüsterte Taryah, und Maleni flog geradezu auf den Schwarzhaarigen zu, drehte sich, wirbelte, hob den linken Arm. Sie spürte den Boden kaum unter ihren Füßen. Endlich. Endlich tat sie etwas, kam aus ihrer Starre.

Das Licht der Klapplaterne war nun hinter ihr, die Bilder verschwammen in der Geschwindigkeit, und doch schien alles gleichzeitig auf grausame Weise langsamer zu werden. Die Schatten, die aus den Bewegungen der Kämpfenden heraus über Wände und Boden glitten, verschmolzen ineinander, flossen zäh über rauhen Fels und lösten sich wieder.

Wo war Umbert? Hätte sie sich nicht um ihn kümmern sollen? Und wo war der Bogen abgeblieben, mit dem Elgor zuvor geschossen hatte? Hielt den jetzt Umbert?

Ein vielstimmiges Schreien und Brüllen gellte in ihren Ohren, prallte von den Tunnelwänden zurück und war doch möglicherweise nur in ihrem Kopf vorhanden. Die Flut an Eindrücken überforderte sie. Das sollte nicht geschehen. Sie war trainiert auf solche Situationen. Sie musste nur …

Blut spritzte, und ein brennender Schmerz fuhr ihr durch den linken Arm. Wer hatte sie verletzt? Sie trat um sich, fiel rückwärts, prallte gegen etwas, das weicher war als Felswände, versuchte zu begreifen, was geschah und warum sie so wirr darauf reagierte. Jahre um Jahre Training hatten ihre Reflexe automatisiert. Sie hatte getanzt. Sie hatte getötet. Sie hatte stets gewusst, was sie tat – jede einzelne Sekunde. Also tat sie jetzt genau das Richtige. Das, was zu tun war. Nur ihr Kopf kam nicht mit dem Denken und Begreifen hinterher, war in der Langsamkeit der Schatten stecken geblieben wie in Melasse.

Sie hielt ein Schwert. Das musste sie dem Feind entrungen haben. Es war dunkel verschmiert.

Etwas rollte über den Boden, wie ein Lederball. Es hatte Haare.

Es hatte ein Gesicht.

Ein Pfeil machte ein pfeifendes Geräusch. Umbert lebte, dachte sie noch. Dann verging die Welt in Schwärze.

63

Es hatte Berno viel Zeit gekostet, sich von seiner Bank zu lösen und einen Atemzug zu kosten, der sich anfühlte, als wäre er der Erste in einem neuen, engeren Abschnitt seines Lebens. Am liebsten hätte er sich wieder hingesetzt und über ebendiesen Eindruck nachsinniert, doch er war schließlich nur schweren Schrittes in den Keller geschlurft, hatte mühsam den Zugang zu den unterirdischen Gängen geöffnet und sich mit einer Laterne versorgt. Danach war er hinabgestiegen in den eisenfelsigen Untergrund Pyrns.

Was hatte er hier gewollt? Seine Familie hatte er gesucht, die einzige, die er hatte. Es drängte ihn, sie zu finden, auch wenn es keine wirklich innige Beziehung zwischen ihm und den anderen der Tavernen-Besatzung gab. Was war schon innig? Die innigen Beziehungen, die er in seinen jungen Jahren gehabt hatte, hatten doch zumeist im Tod des anderen geendet.

Er wollte nicht zurückdenken, doch dieser gefühlt neue Lebensabschnitt regte eben dazu an. Physisch ging es ihm nun ein wenig besser. Vielleicht nicht viel, aber doch so viel, dass er nicht allein auf einer Bank hatte sitzen bleiben wollen. Er hatte sich merkwürdig einsam gefühlt.

Freilich hatte er sich in letzter Zeit oft einsam gefühlt, obgleich er mit seinen Brüdern und Schwestern lebte, seine Aufgaben wahrnahm und daraus jene Zufriedenheit hätte ziehen müssen, die sie alle als Angehörige der Xyi fühlten. Oder fühlen sollten.

In den Kampf hatte er nicht eingegriffen. Es war ihm unnötig erschienen.

Es war ihm immer noch schwindelig, als er eine unmessbare Zeit später den Tanzenden Gott verließ und dem Ratsgebäude entgegenschlurfte. Er entsann sich nicht, wie er aus den Gängen wieder nach oben gekommen war. Nur an die Mühsal erinnerte er sich. Sie umgab ihn wie eine isolierende Schicht. Doch er wusste, was zu tun war: Er musste Niccela Bericht erstatten.

Die Straßen und Gassen waren seltsam leer. Weder Soldaten noch Einwohner waren zu sehen, und er fragte sich, was die ungewohnte Stille zu bedeuten hatte. War es die Ruhe vor oder nach dem Sturm?

Vereinzelt erkannte er Kampfspuren, doch es sah nicht aus, als hätte eine wirkliche Schlacht stattgefunden. Es gab Beschädigungen, doch kein Haus war dem Erdboden gleichgemacht worden, so wie es im Krieg sonst geschah, wenn eine Stadt geschleift wurde. Berno wusste, wie es nach Schlachten aussah. Lange war er als Heiler mit dem einen oder anderen Feldherren mitgezogen und hatte sich um die Gesundheit oder das endgültige Schicksal der Krieg führenden Marejale gekümmert. Mal hatte er hier eingegriffen, mal da, so wie die Geschwisterschaft es vorsah. Der Verlauf der Kriege war somit durch ihn mitbestimmt worden, etwas, worauf er stolz war. Für die Geschwisterschaft hatte er das gemacht. Stets pflichtbewusst.

Erschöpft lehnte er sich an eine Hauswand, rang nach Atem. Sein Herz dröhnte laut durch die Stille des Vormittags. Die Ereignisse der letzten Stunden hatten ihn auf ungewohnte Weise angestrengt und aufgewühlt. Es war, als hätten die Nacht und alles, was danach kam, ihn ausgehöhlt. Wie ein vertrocknetes Schilfrohr fühlte er sich, hohl und brüchig, dem Wind ausgesetzt, der ihn in seiner Vehemenz zu Staub zerreiben würde.

Niccela. Wie hieß sie noch jetzt? Er konnte sich just nicht daran erinnern. Es würde reichen, zu sagen, dass er die Kyrros-Priesterin sprechen wollte. Besser allerdings wäre es, wenn es ihm, wie am Abend zuvor, gelänge, ungesehen zu ihr vorzudringen. Irgendwie erschien ihm die Aufgabe heute weitaus schwieriger als gestern, dabei war die Leere der Stadt einem ungesehenen Vordringen doch eher zuträglich. Auf der anderen Seite: Vermutlich harrten hinter den Fenstern die Bürger, die aus dem Schatten ihrer Heimstatt heraus auf die Straße blickten, um auszuforschen, ob und welche Gefahr noch bestand. Jeder kannte den Krieg. Keiner wollte sich den willkürlichen Aggressionen eines plötzlichen Feindes aussetzen, auch wenn der behauptete, gar kein Feind zu sein. Man wusste es besser. Irgendwann war jeder ein Feind.

Berno war des Kämpfens müde. In der Tat war er noch nie so müde gewesen wie heute. Es war ihm, als entglitte ihm die Sinnhaftigkeit der Welt, als betrachtete er sein und alles Tun aus einer gänzlich neuen Perspektive. Er hätte längst zum Berg zurückreisen sollen. Vielleicht war es jetzt zu spät.

Alte Xyi zog es zum Berg, auch wenn es nur den allerwenigsten gelang, in die illustren Ränge des Rates nachzurücken. Früher hatte er darüber nachgedacht, welche Eigenschaften außer Gehorsam und Pflichterfüllung darüber beschieden, wer aufstieg und wer seine Aufgaben im Netzwerk erfüllte, bis diese irgendwann zu schwer wurden. Heute dachte er nicht mehr darüber nach. Vielleicht würde es sich klären, wenn er es tatsächlich bis nach Hause schaffte. Doch zunächst musste er berichten. Das lag noch an. Und auch danach würde er nicht gleich reisen können. Es gab so viel zu tun. Und er war nun allein.

Er drehte sich zur Seite und erblickte sein Gesicht im Spiegel eines dunklen Fensters. Die Scheibe war klein, ein wenig blasig und zeigte ein Gesicht, das ihm selbst fremd schien. Wie alt er doch geworden war! Ein hagerer, greiser Kerl, dessen Augen tief in den Höhlen saßen und aus ihnen hervorblickten wie aus einer höchsteigenen Dunkelheit. Schnell riss er sich von dem Anblick los. Es war nicht mehr weit bis zum Ratsgebäude. Doch die Strecke erschien ihm länger als sonst. Ihm war, als ginge es bergauf, und er wusste doch, dass es nicht so war.

Unrat lag in den Straßen. Die Nacht musste wilder gewesen sein als sonst. Pyrn hatte einige Jahre Frieden erlebt. Hatte sie das alle unvorsichtig gemacht? Gewöhnte man sich so schnell daran, nicht jeden Tag kämpfen zu müssen?

Er gestand es sich nur ungern ein: Seine Aufgaben im Tanzenden Gott hatte er gerne erfüllt. Freilich hatte er auch seine früheren Aufgaben gern erfüllt, doch einfach nur Menschen – und vor allem Geschwister – zu bewirten, hatte eine Art eigenen Zauber. Niemand starb vor einem – oder doch nur in den seltenen Fällen, in denen dies nötig wurde. Friedlich war es gewesen – soweit irgendetwas friedlich war auf dieser Welt. Die Obskurität seiner dienenden Tätigkeit hatte ihm gepasst wie ein warmer Mantel. Nicht mehr an der Front zu sein, gaukelte einem Sicherheit vor. Vielleicht hatte er irgendwann tatsächlich geglaubt, sicher zu sein.

Vor dem Ratsgebäude erkannte er einige Räte. Sie hatten die Tore weit geöffnet, und es sah nicht so aus, als müssten sie sich vor dem plötzlichen Erscheinen der gendrischen Heeresleitung fürchten. Berno fiel auf, dass er nicht einmal wusste, wie spät es genau war. Die Nacht war im Schleier hereinstürzender Vergänglichkeit zerstoben, die Tunnel waren dunkel gewesen, und er wusste nicht, wie lange er dort gewesen war oder wie viel Zeit er benötigt hatte, um wieder ans Licht zu kommen. Die Erinnerung war verschwommen. Manchmal war er sich nicht einmal sicher, was er hier tat und ob es das war, das er tun sollte.

»Sie sind abgezogen«, sagte eine Frau neben ihm. Er kannte sie: Sie gehörte dem Stadtrat an und war auf dem Weg zu den anderen Ratsmitgliedern. Eine resolute, nette Frau der Honoratiorenschicht, die sich nicht zu schade war, bisweilen auch mit einfachen Bürgern ein Schwätzchen zu halten. So manche Worte hatten sie in den letzten Jahren ausgetauscht, die Rätin und der hilfsbereite, alte Wirt. So sah man ihn wohl, ihn und die Seinen zu Pyrn. Eine Wirtsfamilie.

»Die ganze Armee?«, fragte Berno.

»Sie sind unterwegs nach Süden. Freunde wären sie, hieß es.« Die Frau wirkte, als wollte sie ausspucken und tat es dann doch nicht. »Die ganze Stadt hat gelitten. Menschen sind zu Tode gekommen. Frauen haben sie sich geholt, Rothaarige. Diese Schweineseelen. – Freunde!«

»Freunde sind etwas anderes«, bekräftigte Berno und nickte, dabei hätte er nicht sagen können, was genau Freunde anders sein ließ. »Sie sind also fort? Alle?«

»Weit sind sie noch nicht. Doch ihr Feldzug galt nie uns.«

»Dafür muss man dankbar sein. Kyrros wollte uns noch nicht.«

Die Frau zuckte mit den Schultern. Vermutlich war sie keine Kyrros-Anhängerin. »Vermutlich. Doch wer weiß schon, wann sich das ändert? Vielleicht kommen sie zurück? Und wenn sie Virniu einnehmen, werden sie uns allzu nah sein.«

»Dann wird Gendern sehr mächtig.« Die Geschwisterschaft würde das zu verhindern wissen. Tatsächlich war sie ja schon tätig in diese Richtung, wenngleich auch noch nicht besonders erfolgreich.

Er nickte der Frau respektvoll zu, so wie es ihr als Rätin gebührte. Dann warf er einen letzten Blick auf das Ratsgebäude. Er würde Niccela nicht nachreisen. Es gab andere Möglichkeiten, sie zu informieren. Langsam wandte er sich um und schlurfte müde zurück zum *Tanzenden Gott*. Einmal strauchelte er. Sein Körper schien ihm viel schwerer als sonst. Sein Herz vollführte seltsame Sprünge, und seine Schulter schmerzte ihn bis zum Arm hinunter, obgleich er sich nicht entsinnen konnte, sie besonders überanstrengt zu haben. Er merkte, dass er schwitzte. Sein Nacken war ganz kalt. Er blickte gen Himmel – ein schöner Sommertag. Er spürte ihn nicht. Die Sonne hatte keine Kraft, ihn zu wärmen.

Der Weg zurück zum Gasthaus schien länger geworden zu sein. Aus den Augenwinkeln erblickte er das knochenweiße Gewand eines Kyrrospriesters. War es seine Priesterin, Niccela? Nehra? Oder jemand anderes? Und was bedeutete es? Was bedeutete überhaupt irgendetwas?

Ihm wurde mit einem Mal klar, was es bedeuten würde, wenn er sein Wissen heute nicht mehr weitergeben konnte. Niemand würde je davon hören, was in dieser Nacht geschehen war. Doch noch war er nicht tot.

Er taumelte der Tür entgegen. Eine junge, schöne Frau stand dort, machte verstohlen das Zeichen mit dem Finger, blickte ihn erwartungsvoll an.

»Ich wollte hier ein paar Tage verweilen«, fragte sie. »Ist keiner da?«

»Doch«, flüsterte Berno. »Ich.«

Wie früh es doch dunkel wurde.

64

Maleni kam nur langsam zu sich. Wasser lief ihr über das Kinn. Sie hustete, hatte sich verschluckt. War es nicht schon einmal so gewesen?

Jemand hielt sie, klopfte ihr auf den Rücken, und langsam kehrte ihr Bewusstsein zu ihr zurück. Und doch drängte es sie nicht danach – Bewusstsein hieß, sich zu erinnern, und davor graute ihr. Sie versuchte, sich in der Schwärze des Nichtwissens einzurichten, doch ihr Kopf hatte anderes mit ihr vor.

»Maleni«, sagte eine tiefe Stimme barsch, ganz nah an ihrem Ohr. Er hatte überlebt. Verenn. Sie fühlte seinen Atem in ihrem Haar.

Er hätte längst tot sein sollen.

Sie schmiegte sich an eine muskulöse Schulter, spürte seinen Arm um sich – nur einen Augenblick lang. Dann stieß sie ihn fort und öffnete die Augen.

Die Klapplaterne warf immer noch ihr spärliches Licht auf die Szenerie. Seltsamerweise sah sie das tote Muli als Erstes. Umbert befreite den Kadaver von seinen Lasten und verteilte diese auf die verbleibenden Tiere.

Umbert lebte also.

Und Verenn lebte.

Und Elgor somit auch.

Und sie lebte.

Nun fiel ihr Blick auf die drei Toten. Zwei Schwestern. Ein Bruder. Geschwister. Familie. Überall Blut. Es bildete Pfützen auf dem Boden und lief Rillen im Boden entlang, die wie Wagenspuren im Fels aussahen.

Verroyas Augen starrten sie an. Maleni spürte den Vorwurf in dem toten Blick und wusste doch, dass sie ihn sich nur einbildete. Wie viel Mimik konnte ein Gesicht noch aufweisen, wenn der dazu gehörige Kopf vom Körper getrennt wie eine Büste auf dem Hals stand; zwei Schritt entfernt vom Rest des Körpers?

Der Boden des Tunnels war schmierig und dunkel. Obgleich Maleni wusste, wie viel Blut in einem Menschen war, erstaunte es sie stets von neuem.

Kargio lag gleich daneben. Ein Pfeil hatte seine Brust durchbohrt; die Spitze ragte schräg hinten aus seinem auf der Seite liegenden Körper heraus. Schmiede waren gute Schützen.

Schmiede konnten töten.

Schemenjäger konnten sterben.

Gardua lag vor dem toten Muli. Zu ihren Brandverletzungen war eine Stichverletzung hinzugekommen.

Doch zuvor hatte sie noch Zeit gehabt, ihren Giftstern auf Verenn zu werfen.

Der Stern hatte den Schwarzhaarigen jedoch nie getroffen.

Wie mit Verspätung nahm Maleni den Schmerz in ihrem Arm wahr. Ihr Blick glitt zu der Stelle – ein Kratzer. Der tat weh. Doch das Gift würde sie nicht töten, auch wenn die Verletzung unangenehm und schmerzhaft war.

Sie hatte den Giftpfeil abgelenkt. Sie hatte sich vor Verenn geworfen. Warum nur?

Sie hatte Verroya enthauptet.

Vielleicht hatte sie sogar Gardua getötet, auch wenn sie sich nicht erinnern konnte. Doch ihre Hand zuckte, fühlte ein Messer in ihren Fingern, als hätten diese ein eigenes Gedächtnis. Ihre Geschwister waren tot. Alle drei.

Die Fakten ließen sich nicht leugnen, und Maleni begann zu beben. Sie war schnell gewesen, gründlich. Das hatte man ihr so beigebracht.

Ganz klein rollte sie sich zusammen, lag seitlich, hielt die Knie vor der Brust umschlungen. Wie kalt es war! Sie wollte nichts mehr hören und nichts mehr sehen, wollte die Zeit zurückdrehen und anders entscheiden. Nicht nur heute, sondern von Anfang an.

Drei Tote.

Nur Malenis Ziele lebten noch.

Sie hatte Verrat begangen. Sie hatte gemordet. Das war nicht Taryah gewesen, obgleich diese wohl kurzzeitig anwesend gewesen war und etwas gänzlich anderes hatte tun wollen. Doch Maleni hatte erneut die Führung erzwungen und die Hand geführt. Sie spürte ihre innere Seele in sich wie einen zusammengerollten Igel. Die Stacheln drangen in ihr Sein und durchstießen ihr Herz von innen nach außen. Sie merkte, dass sie angefangen hatte, keuchend vor sich hin zu stöhnen. Kein Zurück. Es gab kein Zurück. Sie konnte dies nicht ungeschehen machen. Sie war so gut wie tot. Die Geschwisterschaft würde sie jagen. Man entging einem Schemenjäger nicht. Und allen Schemenjägern, die es gab, schon gar nicht. Vielleicht konnte man sich eine Weile verstecken, durch die Maschen des Netzwerks tauchen. Doch wo? Es war nirgends sicher. Malenis Sicherheit war ihre Familie gewesen. Sie kannte keine andere.

Eine warme Hand legte sich auf ihre Schulter.

»Du hast mir das Leben gerettet«, sagte Verenn, und es klang etwas unwirsch. Auch war es keine Aussage, es war eine Frage. In ihr schwang das Warum mit, doch Maleni kannte die Antwort nicht, wandte sich nur weiter ab und verbarg ihr Gesicht in den Händen, als könne sie aus der sichtbaren Welt davonschimmern, wenn sie selbst das Grauen nicht sah. Man hatte sie geschult, schlimme Dinge zu sehen, ohne dass sie sie berührten. Doch nun war ein Damm in ihr gebrochen, durch den schieres Entsetzen ihren Körper flutete, als hätte es sich von jahrelanger Unterdrückung befreit. Sie konnte nicht aufhören zu zittern.

»Wir müssen hier weg«, hörte sie Umberts eindringliche Stimme. »Wir können die Leichen nicht verstecken. Mitnehmen können wir sie auch nicht.«

»Man wird sie finden«, sagte Elgor keuchend. Maleni sah nicht auf, wollte nicht einmal wissen, wieso Elgor da war. Und Verenn?

»Wie viele von euch waren im Tanzenden Gott?«, fragte Umbert.

Von euch, sagte er. Doch es gab kein »Euch« mehr, genauso wenig wie ein »Uns«. Maleni war nun ganz allein auf einer Welt. Jeden einzelnen Augenblick ihres restlichen Lebens würde sie auf den Hinterhalt warten, der ihr Ende bedeutete.

»Maleni«, wiederholte er drängend, als sie nicht antwortete. »Wir haben nicht viel Zeit – oder doch? Nur du weißt es. Wie viele von euch waren da?«

Maleni sah nicht auf. »Fünf«, murmelte sie hinter ihren Händen hervor. »Es waren fünf. Verroya, Gardua und Kargio – sind hier. Marguryo – habe ich tot auf einem Dach gefunden. Das war ich nicht. Ehrlich nicht!« Sie atmete tief durch. »Und dann war da noch Berno. Er fehlt. Er wollte in der Schänke bleiben.«

»Vier tot, einer lebt.«

»Er wird sie suchen, wenn sie nicht zurückkommen. Er wird berichten«, flüsterte Maleni tonlos. »Wir können die Toten nicht verstecken«, wiederholte sie Umberts Einschätzung. »Man wird sie finden. – Und das Muli. Oder könnt ihr es wegzaubern?«

»Nein«, antwortete Umbert. »Ich kann nichts wegzaubern. Ich kann nur Feuer machen. Und ein paar Tricks.«

Feuer machen? Der kurze Flammensturm hatte nach mehr ausgesehen.

»Wir werden die Leichen zurücklassen«, fuhr er fort. »Es bleibt uns nichts anderes übrig.«

»Ich weiß nicht, wer Marguryo getötet hat«, flüsterte Maleni rauh. »Ich war es nicht. Aber sie werden vielleicht denken, dass ich es war.«

»Warum sollten sie?«

»Es gibt nicht viele, die uns besiegen könnten. Wir sind nicht leicht zu töten.«

»Das ist nicht unbemerkt geblieben«, murmelte Elgor. »Wenn du mir nicht beigestanden hättest, wäre ich jetzt tot. Einer von euch ist ja schon ein formidabler Feind – aber gleich drei! Dabei waren sie nicht einmal mehr besonders jung!«

Ganz langsam drehte sich Maleni auf dem Boden um, zwang sich auf die Knie. Sie wollte keinen der beiden Schmiede anblicken, und so starrte sie nur auf den Boden. Ein Gedanke flog sie an, den sie eben noch nicht gehabt hatte.

»Du warst es!« zischte sie und blickte nun doch in das jungenhafte Antlitz des Schmiedegesellen. »Du hast Marguryo umgebracht! Warum?«

»Notwehr!« Er zuckte mit den Schultern. »Er hat mich angegriffen.«

»Dann sollte er dich besiegt haben. Er war jung. Aber er war gut.«

»Verenn hat übernommen.«

Das musste man Maleni nicht erklären. Sie wusste, wie es war, wenn die andere Seite der Seele übernahm. Zum ersten Mal seit ihrer Initiation wollte sie diese andere Seite nicht haben. Sie wollte sie abstoßen, wie eine Schlange ihre Haut, und als etwas Neues hervorkriechen. Doch sie waren eins, nicht zwei. Und irgendwann – bald – würde Maleni Taryah nicht mehr zurückhalten können.

»Warst du einmal einer von uns?«, fragte sie nun Elgor. »Ist Verenn der Teil von dir, der deine Kämpferseele ist?«

»Verenn …« Elgor suchte nach Worten und verstummte. Schließlich sagte er: »Ich – wir – haben nie zu euch gehört.« Er wollte ihr nicht mehr sagen.

»Eine Seele in einem anderen Behältnis zu erhalten, ist eine alte Kunst. Sie hat einmal nicht nur den Xyi gehört«, erklärte Umbert.

»Aber wer hat …«

»Wir werden später darüber sprechen. Ich will hier weg – auch wenn es in Pyrn nur noch einen Schemenjäger gibt.«

»Zwei«, verbesserte Maleni unwillkürlich. »Mindestens. Zwei, von denen ich weiß.«

»Aber du hast doch gesagt …«

»Fünf Geschwister betrieben die Taverne. Eine Schwester reiste mit den Gendrischen. Sie hat sicher meine Flucht aus dem Ratssaal gesehen und wird wissen – oder herausfinden –, dass diese nicht von unseren Geschwistern organisiert wurde.«

»Wird sie etwas unternehmen?«

Maleni zuckte mit den Achseln. »Wir tun, was man uns aufträgt. Wir … die Xyi räumen immer auf. Lose Enden sind gefährlich. Wir berichten, wir folgen den Anweisungen.«

»Du hast nicht getan, was man dir aufgetragen hat.«

Maleni versuchte aufzustehen. Ihre Knie zitterten. Elgor ergriff ihren Arm und zog sie hoch, breitete dann beide Arme um sie.

Jetzt!, flüsterte es in Maleni. Jetzt hast du eine Chance! Du kommst an sein Messer!

Ihr Zittern wurde stärker, und er hielt sie umso fester. Er war so groß, dass sein Kinn über ihrem Kopf schwebte.

»Man hatte dir aufgetragen, uns zu töten?«, fragte Umbert jetzt.

»Das ist mein Auftrag.«

»Und? Wirst du es tun?«

Er fragte nicht, ob sie es könnte. Und sie wusste nicht, was sie antworten sollte.

»Wer ist das in dir, die für dich kämpft und tötet?«, fragte Umbert, als sie nicht antwortete.

»Taryah«, flüsterte sie und sprach den Namen zum ersten Mal gegenüber Fremden aus. »Sie ist ein Teil von mir.«

»Nicht nur von dir«, antwortete Umbert. »Gewiss nicht nur von dir.«

Ein grausiges Gefühl beschlich Maleni. Es war ihr plötzlich, als wäre ein Fremdkörper in ihr. Die Stacheln von Taryahs Seele bohrten sich gleichsam von innen in ihr Fleisch, als wollten sie es so lange durchlöchern, bis Maleni um sie herum dünn und durchscheinend würde und verschwand. Mit aller Kraft drückte Maleni mit ihren Sinnen dagegen. Sie wusste, mit zunehmenden Jahren übernahmen die Kämpferseelen immer mehr die Vorherrschaft in den Xyi. Die Ratsmitglieder waren alle geeint. Die Menschen, die sie in ihrer Jugend gewesen waren, waren vor der Erfahrung gewichen, die Jahr um Jahr, Tat um Tat wuchs. Maleni war noch jung. Doch in ihr hatte ein Kampf begonnen, der nicht sein durfte. Konnte sie diesen überhaupt gewinnen? Sie blickte Umbert verzweifelt an. Er nickte, als würde er verstehen. Wie konnte er das?

»Vor Taryah müssen wir uns also in Acht nehmen?«

»Taryah wird …« Maleni sprach nicht weiter.

»Natürlich«, nickte Umbert. »Doch wie steht es mit – Maleni? Was wirst du tun? Kommst du mit uns?«

»Wohin?«

»Das ist eine gute Frage«, gab Umbert zurück und lächelte. »Wir sind unterwegs, um die Geheimnisse der Welt zu ergründen. Unser Ziel ist der Frieden.«

»Das ist auch das Ziel der Xyi«, zischte Maleni.

»Nein. Das Ziel der Xyi ist ein anderes. Und das ist eines der Geheimnisse.«

Sie schwiegen eine Weile, während Umbert und Elgor sich fertig machten.

»Hilf uns, herauszufinden, was hinter dem Geheimnis steckt«, bat Elgor unvermittelt. »Wir hatten immer gehofft, wir könnten dich überzeugen, mit uns zu gehen, anstatt weiter zu töten. Wir haben auf deine Unterstützung gehofft, auf dein Wissen und deine Kenntnisse.« Er hielt kurz inne. »Zumindest ich hatte darauf gehofft.«

»Du – oder Verenn?«

»Ich und Verenn. Und vielleicht sogar Umbert, ein wenig zumindest.«

»Ich soll mit euch kommen?«, fragte Maleni erstaunt. Wer lud schon freiwillig eine Mörderin ein?

»Zu dritt haben wir eine Chance.«

»Ich bin … gefährlich.« Sie wollte es wenigstens erwähnt haben.

»Wissen wir.«

»Und die Geschwister werden uns jagen. Jeden von uns.«

»So können wir einander gegenseitig helfen.«

»Wir können uns auch gegenseitig umbringen.«

Sie wandte sich Umbert zu. »Du sagst gar nichts.«

»Ich will nicht lügen«, gab er zurück und blickte sie kritisch an. Dann zog er am Zügel des ersten Mulis. Die Tiere setzen sich wiederwillig in Bewegung.

»Und du würdest lügen, wenn du vorgäbst, mir zu vertrauen?« Maleni ging langsam neben ihm her. Sie würde sich etwas anderes anziehen müssen als das Hemd, das sie trug. Doch erst einmal wollte auch sie fort von hier. Fort von all dem Blut und der Schuld. Ihre bestrumpften Füße spürten den schartigen Untergrund allzu deutlich.

Umbert lächelte leicht ironisch. »Du bist eine kluge Frau.«

»Danke. Ist dir das nicht recht?« Ihre Antwort klang trocken.

»Doch. Wir werden deine Klugheit brauchen. Aber – nur um deine Gedankengänge vorwegzunehmen: Ich weiß ebenso wie du, dass unser Tod für dich – oder zumindest für Taryah – eine Lösung bedeutet. Du könntest dann alles auf uns schieben, hättest deine Aufgabe erfüllt, könntest zurück zu deinen Geschwistern und hättest nichts verloren als lediglich ein wenig von deinem – mörderisch guten Ruf.«

Elgor war schon vorausgeeilt und lugte um die Ecke des Querganges, aus dem die Geschwister gekommen waren. Er hob etwas auf und wandte sich um. »Vielleicht auch nicht«, sagte er. »Hier hat jemand gestanden. Vielleicht hat er alles mit angesehen. – Aber das hier kann natürlich auch schon länger hier liegen.«

»Eine Wirtskappe«, stellte Umbert fest. »Sehr bunt. Könnte dieser … Frau gehört haben.«

»Sie hieß Verroya«, ergänzte Maleni tonlos. »Und die Kappe könnte auch Berno gehört haben. Sie trugen beide so etwas.«

»Berno? Der, der in der Wirtsstube geblieben ist?«

»Berno. Der vielleicht mehr gesehen hat, als er sollte. Wie lange war ich bewusstlos?« Die Frage schien keinen Zusammenhang mit Berno zu haben, doch beide Schmiede verstanden.

»Es ist zu spät, ihm nachzugehen. Du warst recht lange ohnmächtig«, sagte Elgor.

»Ohnmächtig?« Am liebsten hätte sie ausgespuckt. War es denkbar, dass der Giftstern sie das Bewusstsein hatte verlieren lassen? »Das ist mir früher nie passiert.«

Umbert blickte sie an. »Der Kampf gegen dich selbst kostet dich viel Kraft. Er hat dir jetzt schon zweimal das Bewusstsein geraubt. Aber besser so, als … anders.«

Maleni nickte. Offenbar zog sich ihr Geist zurück, wenn er allzu widersprüchliche Anweisungen bekam. Das war früher nicht geschehen, weil sie und Taryah Hand in Hand und in einigermaßen friedevoller Einigkeit gearbeitet hatten. Nun war sie sich selbst zum Feind geworden. Das konnte nicht gutgehen.

»Ich bin auch immer erschöpft, wenn Verenn …«, murmelte Elgor.

»Das ist nicht zu vergleichen«, unterbrach Umbert. »Absolut nicht!«

»Was ist anders?«, fragte Maleni.

»Taryah will uns alle töten. Und ich meine uns alle: Elgor, Verenn, mich – und dich, Maleni. Die Person, die sich vor Freunde wirft, damit ihnen nichts geschieht.«

65

Damals

Maleni war stolz, als sie ihre Sachen packte. Sie hatte die Große Weihe hinter sich gebracht und überstanden. Danach hatte sie mehr als drei Tage geschlafen – nicht in dem Raum, den sie mit Myra, Kaydr und Immog teilte, sondern in einer für frischgebackene Junxer reservierten Kammer, die luxuriöser war, als jene, die sie kannte. Das Bett war weich und breit, die Decken seidig. Auf einem Schemel neben dem Bett hatten Wasser und süße Früchte gestanden.

Als sie aufgewacht war, hatte man ihr gratuliert. Ernst und selbstbewusst war Maleni die Reihe abgeschritten, und jedes Ratsmitglied hatte ihr die Hand aufgelegt und das geheime Zeichen vor ihren Augen gemacht. Jeder hatte ihr etwas zugeflüstert, ganz leise, so dass nur sie es hören konnte.

»Sei einig mit dir selbst!«

»Berate dich mit der Seele in dir!«

»Sei dir der Rolle, die jede von dir spielt, bewusst!«

»Sei tödlich und hurtig!«

»Sei gehorsam. Hör auf die Familie und aufeinander!«

So und ähnlich flüsterte es in ihr Ohr, und sie fühlte ihre eigene Freude doppelt, denn sie war nicht mehr allein. In ihr strahlte ihr zweites Ich, und Maleni strahlte mit ihm, denn sie waren eins. Nie mehr allein! Das hatte sie so herbeigesehnt!

Sie musste sich freilich daran gewöhnen. Es war, als blicke sie in einen Spiegel, in dem ein anderes Licht leuchtete. Das Spiegelbild war heller oder dunkler, sie wusste nicht einmal, was zutraf. Anders eben. Schöner. Berückender. Sie betrachtete sich fasziniert und erfasste die neuen Möglichkeiten, die sich ihr boten. Sie drehte sich um sich selbst, als müsse sie sich neu in der Welt ausrichten. Und dann war da Taryah, die plötzlich nach vorne quoll wie flüssiges Blei. Sie tanzte, und Maleni jauchzte. Sie war stets eine gute Tänzerin gewesen, doch so wie jetzt hatte sie noch nie getanzt. Vielleicht war sie auch noch nie so ungeheuer schön gewesen. Und falls doch, hatte sie möglicherweise etwas von dieser Schönheit eingebüßt.

Sie strauchelte.

»Du störst!«, sagte Taryah. »Ich tanze. Ich töte. Du machst alles andere.«

Es war keine wirkliche Stimme, die Maleni hörte. Keine, die von den Wänden hallte, oder die ein anderer hören könnte. Nur sie selbst hörte sich und staunte ob des scharfgeschliffenen Seins, das ihre zweite Hälfte war.

Die Arbeitsteilung war vorgegeben, doch sie behagte Maleni nicht auf Anhieb. Man sagte ihr, die Seelenhälften würden mitsamt ihrer jeweiligen Ausrichtung zusammenfinden. Noch war das Gefühl neu, doch bald schon würde es ... ganz normal sein, in einem Menschen zwei Persönlichkeiten zu vereinen, die zusammen eine Gemeinschaft an Perfektion ergaben. Maleni nickte, auch wenn sich nichts so richtig normal anfühlte. Doch das würde bald Alltag sein. Sie waren zusammen ein Mensch. Das war gut so. Praktisch. Und erprobt. Jahrhundertelang. Es war bei allen erwachsenen Xyi so. Und sehr wahrscheinlich hatten sich alle erst einmal ein wenig desorientiert gefühlt, nicht ganz wie sie selbst. Doch auch das war ein Abenteuer. Sie musste sich nur darauf einlassen. Schemenjägerinnen ließen sich auf alles ein. Was zu tun war, wurde getan. Was zu lernen war, gelernt. Und jener Rest sperriger Unlogik, ob derer man den Vorgang hinterfragen wollte, verschwand hinter vertrauensvollem Pflichtbewusstsein und frischem Enthusiasmus.

Man hatte ihr Satteltaschen gegeben, in die sie ihre Sachen packte. Viel hatte Maleni noch nie besessen. Kleidung wurde immer frisch ausgegeben – der Größe nach und nicht, weil ein bestimmtes Kleidungsstück einem bestimmten Anwärter gehörte. Jetzt besaß sie all diese Dinge. Auch die wunderschönen Tanzgewänder und die Seidenschleier. Und die Heilertasche mit den vielen Fläschchen, Salben und Pulvern. Wenn sie mehr brauchte, würde sie es bekommen. Der Berg würde sie versorgen – oder jede Station der Xyi, wo immer sie war.

Die kleine Myra trat ein und sah ihr zu, wie sie die Riemen festzurrte. »Du gehst jetzt fort?«, fragte sie, obgleich sie die Antwort wusste.

»Ich reise nach Passnath. Dort werde ich lernen.«

»Draußen in der Welt«, meinte Myra ein wenig neidisch.

Maleni lächelte. »Draußen in der Welt«, wiederholte sie.

Eine Weile schwiegen beide. Dann wandte sich Myra um, als wollte sie sichergehen, dass niemand ihnen zuhörte. »Wie war es?«, fragte sie leise. »Mir kannst du es doch sagen! Ich verrate es keinem!«

Maleni blickte sie kritisch an. Ihr hatte auch niemand vorher gesagt, wie die Große Weihe sein würde.

»Was passiert da?«, drängelte Myra weiter.

Maleni blickte sie nachdenklich an. »Du weißt doch, dass ich es dir nicht sagen darf. Niemand darf es wissen, bevor es nicht so weit ist.«

Myra nickte enttäuscht. Vielleicht hatte sie sich mehr Vertrauen und Zuneigung erhofft, doch das Mädchen hatte die leere Stelle in Malenis Herzen, die einst durch Druya besetzt gewesen war, nicht einzunehmen vermocht. Sie war nett. Und natürlich begabt und hübsch. Und das war es dann auch schon.

»Ich dachte nur«, bohrte Myra nach, »weil wir doch zusammen getanzt haben. Wir waren eine Gemeinschaft. Und ich sage auch nichts weiter.«

Maleni lächelte. Sie hatte nicht vor, etwas zu verraten. Sie hätte nicht einmal etwas verraten, wenn sie dazu imstande gewesen wäre. Doch das war sie nicht. Sie erinnerte sich an ihre Nacktheit vor all den Räten und Rätinnen. Sie wusste noch, dass Niccela da gewesen war. Und sie entsann sich, wie sie in die Schwärze eines Abgrundes eingetaucht war.

Mehr gab es da nicht.

Sie war in ihrem besonderen Raum aufgewacht, hungrig, durstig und zerschlagen. Beinahe hatte sie sich gefühlt wie bei der Entgiftung. Immer wieder war sie eingeschlafen, weggedämmert, als könne sie das Wachsein in einem Meer von Nebelträumen nicht mehr finden. Und als sie es schließlich gefunden hatte, war sie hervorgetreten wie ein Schmetterling aus einem Kokon. Neu. Entzweit, geeint und perfektioniert. Vorbereitet und bereit.

»Man bekommt sehr viele gute Ratschläge!«, flüsterte sie, um irgendwas zu sagen. Das war sicher kein Geheimnis, das man nicht preisgeben durfte. Außerdem bekam man immer und überall gute Ratschläge, nicht nur bei der Großen Weihe. Das ganze Leben bestand aus guten Ratschlägen und Anweisungen.

»Und …«, Myra blickte sich erneut verstohlen um und trat noch einen Schritt näher, »der Großmeister«? Sie hauchte den Titel nur.

Maleni lächelte wissend und legte den Finger an ihre Lippen, ganz geheimnisvoll. Sie würde nichts über den Großmeister verraten. Was auch? Sie entsann sich seiner nicht. Nur die Nebel in ihrem geteilten Sinn wirbelten grau und dunkel, wenn sie versuchte, sein Bild in ihren Geist zu zwingen. Der Hauch jenes Spaltes im Fels umwehte ihre Erinnerung. Sie wusste nun, warum keiner der Junxer oder der Meister je über das sprach, was in der Großen Weihe geschah: Keiner wusste, was dort passierte.

Sie fragte sich, ob es für Paten anders war. Patin wurde man nur, wenn man langjährige Verdienste angehäuft hatte. Vielleicht wusste Niccela mehr. Doch sie zu fragen, wäre sinnlos. Auch sie würde nur wissend und geheimnisvoll lächeln, den Finger an die Lippen legen und schweigen. Und auch das konnte bedeuten, dass sie verschwiegen war – oder dass auch sie nichts wusste. Wusste überhaupt irgendjemand etwas? Wie stand es mit den Meistern? Was wussten die Räte?

Sie stellte keine der Fragen; stattdessen lächelte sie Myra an: »Leb wohl. Wir sehen uns wieder, wenn wir an Erfahrung gereift sind.« Es war der Gruß, den man ihr beigebracht hatte. Alle Junxer, die den Berg verließen, um die Welt zu sehen und zu bedienen, nahmen so Abschied.

Sie umarmte Myra. Die Liebkosung fiel etwas steif und ungelenk aus, denn zwischen dem Mädchen und ihr klaffte nun ein Abstand wie ein Abgrund.

Dann ging sie in Richtung jenes Ausganges, durch den sie einst gekommen war. Meister Greedo wartete auf sie und geleitete sie dorthin. »Geh und mache den Geschwistern Ehre!«, sagte er, als sie draußen standen. Wie damals war es neblig, aber den Pfad konnte sie dennoch sehen. Und den Abgrund. Maleni blickte hinunter. Tatsächlich. Sie hatte es sich damals nicht eingebildet. Dort lagen Knochen, weiß gegen das Dunkel des blasigen Felsens. Vermutlich zur Abschreckung für Reisende, die sich hierher verirren mochten. Wessen Knochen?

Einerlei, flüsterte es in ihr.

»Meine neugeborene Seele trägt die Ehre der Xyi mit sich in die Welt«, antwortete Maleni, wie man es ihr beigebracht hatte. Dann stieg sie auf ein Pferd, das dort wartete. Sie wusste, wohin es ging, kannte jedes Detail des Weges auswendig, auch wenn sie an keinem Ort der Reise je gewesen war. Nun würde sich zeigen, wie gut sie darin war, das Gelernte in der Realität anzuwenden.

Sie sah sich um, doch Meister Greedo war bereits verschwunden, und der Berg zeigte keine Öffnung, wenn man nicht wusste, wo man suchen musste.

»Na denn.« Das Pferd setzte sich in Bewegung.

Freiheit!, dachte Maleni.

Pflicht!, dachte Taryah, und Maleni schämte sich, dass sie das Falsche gedacht hatte. Taryah freute sich auf die Pflicht.

66

Sie hatten den Quergang, aus dem die Tavernen-Besatzung gekommen war, nur ein paar Schritte weit untersucht. Es drängte keinen von ihnen, sich im Keller der Taverne wiederzufinden, ohne zu wissen, was oder wer sie dort erwartete. Der Kampf war bitter und blutig gewesen, und sie wollten fort. Weit fort.

Immerhin hatten sie Malenis Gepäck gefunden, das im Gang stand, als hätte es auf sie gewartet. »Sie müssen es mit nach unten genommen haben«, meinte Maleni. »Oder sie haben gedacht, ich folge ihnen, wenn ich fertig bin.«

»Fertig mit uns?«, fragte Elgor, der sich beim Gehen so unauffällig wie möglich bei einem Muli abstützte. Er klagte nicht, doch Maleni rechnete zusammen: Er hatte gegen Marguryo gekämpft und gesiegt, sie aus dem Amtsgebäude befreit, war dann Soldaten in die Finger geraten und schließlich ihren Geschwistern in die Hände gefallen. Dabei hatte er zwischen seinen zwei Seelen hin- und hergewechselt. Es war kein Wunder, dass er erschöpft war. Sie schenkte ihm ein liebenswertes Lächeln.

Er zuckte.

»Fertig – mit euch!«

Die beiden Männer blickten sie nur an. Sie sagte ihnen schließlich nichts Neues, und das Einzige, das sie daran noch erstaunen konnte, war möglicherweise ihre resignierte Ehrlichkeit.

Die Toten waren längst in der Dunkelheit verschwunden, doch der Blutgeruch hing Maleni noch in der Nase, wie eine böse Erinnerung. Sie hatte ihre Sachen auf eines der Lasttiere geladen, doch zum Umziehen war ihr keine Zeit geblieben.

»Ich denke, wir sollten erst einmal ein Stück weitergehen, bevor wir erneut stehen bleiben«, hatte Umbert gebrummt, und Elgor hatte tief eingeatmet, sich jedoch nicht beschwert. Offenbar war er der gleichen Meinung. Maleni hatte keine Lust, halbnackt, wie sie war, weiterzulaufen, doch auch sie verstand die Notwendigkeit, Abstand zu den Leichen zu gewinnen. Dennoch fühlte sie sich unwohl in dem Hemd, ohne Unterwäsche und in Strümpfen, die sich voll Blut gesogen hatten. Aber vielleicht war es auch das seltsame Gefühl einer Pause vom eigenen Ich, das sie die notdürftige Kleidung weiter tragen ließ. Mit ihrer alten Kleidung hätte sie auch ihre Waffen wieder am Körper getragen. In dem seltsamen Stadium, in dem sie noch nicht wusste, wie es weitergehen sollte mit ihr – und den Schmieden –, war es vielleicht besser, wenn sie zumindest nicht über all ihre Möglichkeiten verfügte, schnell und rücksichtslos zu töten.

Taryah freilich war anderer Meinung, doch Maleni versuchte weiter, nicht auf die innere Stimme zu hören. Das würde ihr allerdings nicht dauerhaft gelingen. Taryah war ausnehmend insistent, und dass die Außenperson langfristig stärker sein könnte als die innere Kämpferseele, war schlichtweg nicht vorgesehen. Sie schob den Gedanken fort. »Wohin laufen wir?«, fragte sie stattdessen.

»Nach Osten in die Eisenberge – sofern die Tunnel nicht vollends eingestürzt sind. Dort sollte es auch Ausgänge aus den Erzminen geben, die uns wieder ins Freie führen. Auf diese Weise bleiben wir eine Weile ungesehen. Da wir nicht wissen, wer hinter uns her ist, scheint mir das eine gute Sache zu sein«, meinte Umbert.

»Und dann?«

»Werden wir uns irgendwann mit dir und der Seele in dir befassen müssen. Diese Ungewissheit ist kein Zustand.«

Ein heißer Schrecken durchfuhr Maleni, als hätte sie sich die Seele verbrüht.

Nichts anmerken lassen.

»Wie wollt ihr das tun?« Sie fragte das so gelassen wie möglich.

Beide Männer schwiegen. Eine Weile liefen sie einfach weiter, und Maleni spürte den unebenen Boden, der ihr durch die Strümpfe drückte. Sie hatten die Klapplaterne mitgenommen; zusätzlich brannte eine Fackel, die Umbert trug. Viel Licht war das nicht. Man konnte nicht weit nach vorne sehen – auch nicht weit zurück. Im Grunde sah man nur die kleine Gruppe um sich herum, die in einem flackernden Lichtkreis voranstrebte.

Nach einer Weile beantwortete Umbert ihre Frage mit einer Gegenfrage: »Wie ist es dazu gekommen, dass du nun zwei Seelen beherbergst, die unterschiedliche Dinge können – und wollen?«

»Vermutlich nicht anders als bei Elgor und Verenn«, gab sie etwas patzig zurück, plötzlich unwillig, darüber zu reden.

»Das denke ich schon, dass das anders war«, meinte Umbert. »Ich weiß, wie es bei Elgor war – doch wie bist du zu Taryah gekommen?«

Geheimnisse ausplaudern war ebenso tödlich wie alles andere. Doch vielleicht mochte es auch helfen, wenn Umbert Bescheid wusste. Maleni betrachtete das Dilemma mit einer seltsamen kalten Sachlichkeit, die sonst eher Taryah innewohnte: Sie war bereits eine Verräterin. Jetzt Weiteres zu verraten, machte keinen Unterschied mehr. Falls Taryah die Schmiede eliminieren würde, waren die Geheimnisse wieder gewahrt. Falls die Schmiede ihr helfen konnten …

Da! Sie hatte ihn gedacht, den unentschuldbaren Gedanken.

Sie strauchelte und stieß sich die Schulter an der Felswand. Sofort richtete sie sich wieder auf und erntete die misstrauischen Blicke ihrer Reisegefährten, die sie offenbar schärfer beobachteten, als sie gedacht hatte. Maleni schauderte. Wann hatte sie angefangen zu denken, dass Taryah störte? Sie waren doch eins!

Zwei. Sie waren zwei. Sie musste es endlich einsehen. Bislang hatte sie diese Zweisamkeit auch nicht gestört. Es war eben so, wenn man zu den Xyi gehörte.

Sie versuchte zu ergründen, was nun anders war. Es war doch noch nicht so lange her, da war sie mit dem Status Quo nicht nur zufrieden, sondern in der Tat glücklich gewesen. Oder zumindest stolz auf ihn.

Ihr Blick fiel auf Elgor. Er war schuld. Er hatte alles in ihr durcheinandergebracht, er und Verenn. Aber das würde sie für sich behalten. In keinem Fall würde sie es ihm sagen. Es war ihr peinlich.

»Nun?«, fragte Umbert sanft, und ihr fiel auf, dass sie zu lange geschwiegen hatte. Was hatte er noch wissen wollen – wie sie zu Taryah gekommen war?

»Es ist eine Zeremonie«, erklärte sie zögerlich. »Die Große Weihe. Das Wichtigste in unserem Leben. Wenn unsere Erstausbildung abgeschlossen ist – so mit ungefähr fünfzehn, sechzehn Jahren –, dann holt uns der Schemenrat und unterzieht uns …« Sie stockte.

»Einer Prüfung?«

»Ich weiß es nicht. Man geht zusammen mit seinem Paten oder seiner Patin zum …« Wieder blieb sie hängen. Wie schwer es doch war, über den Großmeister zu sprechen!

»Zu wem?«

»Zum Großmeister.« Maleni flüsterte es nur und hatte dennoch das Gefühl, als trüge ihre Stimme durch die Acht Reiche und dränge an das Ohr dessen, über den man so wenig wusste.

»Und dieser Großmeister setzt euch dann die zusätzliche Seele ein?«

Maleni dachte darüber nach. »Es heißt, er teilt die Seele und räumt sie auf nach den Fähigkeiten, die jede Hälfte braucht.«

»Hat dieser Großmeister es nicht erklärt?«

Sie zuckte mit den Schultern. »Als ich wieder aufwachte, war es getan. Wie – daran habe ich keine Erinnerung. Aber ab da waren Taryah und ich eins.«

»Und die Patin?«

»Ich hatte sie lange nicht mehr gesehen. Erst hier in Pyrn wieder. Sie reist mit den Gendrischen.«

»Und wieso hat sie dich dann nicht befreit?«, fragte Elgor erbost. »Da hätte ich mich gar nicht anstrengen müssen!«

»Sie konnte ihre Tarnung nicht …«

»Sie hätte dich also einfach den Kerlen überlassen?«

»Wir haben unsere Anweisungen. Geheimhaltung geht stets vor.«

»Das ist …«, schimpfte Elgor, doch Umbert unterbrach ihn: »Aber jetzt sprichst du mit uns. Warum?«

Wieder zuckte sie mit den Schultern. Eher hätte sie sich die Zunge abgebissen als zu sagen, dass die blauen Augen Verenns und das Lächeln Elgors irgendetwas in ihr ausgelöst hatten, das sie noch nicht restlos analysieren konnte. Stattdessen fuhr sie fort: »Jedenfalls war Niccela meine Patin. Irgendwann wollte ich sie fragen, wie das war bei der Großen Weihe. Doch es hat sich nie ergeben.«

»Wissen die anderen Xyi auch nicht, wie sie zu ihrer Zweitseele gekommen sind?«

Sie biss sich auf die Lippen. »Es ist verboten, darüber zu reden. Ich dachte früher, die Anwärter sollten vorab nichts wissen. Heute denke ich, dass auch die Junxer nichts wissen. Und die fertigen Schemenjäger auch nicht.« Sie dachte kurz nach. »Der Schemenrat vielleicht schon. Wie sollte er nicht! Und vielleicht muss man als Patin auch wissen, was geschieht.«

Umbert blickte sie nachdenklich an. »Es ist also ein großes Geheimnis?«

Maleni nickte.

»Und ihr macht ein Mysterium daraus, weil ihr einfach nichts wisst«, fuhr Umbert fort. Er klang spöttisch. »Das ist schon fast religiös zu nennen.«

Wieder nickte Maleni und kam sich dumm vor.

»Wer ist dieser Großmeister?«, fragte Umbert jetzt.

Sie biss sich auf die Lippen. »Über den wird nicht gesprochen.«

»Weil niemand etwas weiß?«

»Weil niemand etwas weiß. Außer natürlich dem Rat. Die wissen schon etwas.«

»Sagen sie.«

Es war Maleni nie in den Sinn gekommen, dass der Schemenrat vielleicht auch nichts wissen könnte. »Aber sie müssen es doch wissen. Woher sollte der Großmeister denn kommen, wenn nicht aus dem Rat?«, fragte sie und merkte, dass sie ärgerlich war. Sie mochte es nicht, wenn ihre Welt auseinandergenommen wurde und dann nicht mehr richtig zusammenpasste. Sicher hatte sie sich solche Fragen auch bisweilen selbst gestellt. Doch Umbert war ein Fremder. Ihm standen die Fragen ebenso wenig zu wie die Antworten.

Sie schluckte. Ärger war gefährlich. Es war, als fütterte er jene andere Hälfte in ihr. Vielleicht merkte Umbert das, denn er bohrte nicht weiter.

Eine ganze Weile liefen sie schweigend nacheinander den langen Gang entlang, der an dieser Stelle kaum noch Abzweigungen hatte. Es würde leicht sein, sie zu verfolgen, nicht zuletzt, weil die Maultiere für Spuren sorgten, denen man von einer Hinterlassenschaft zur nächsten gut würde folgen können. Maleni atmete tief. Konzentrations- und Atemübungen zu machen, während man durch ein schwieriges und stetig ansteigendes Terrain ging, war nicht einfach. Je mehr sie nach Ruhe und Gelassenheit suchte, desto nervöser wurde sie. Schließlich brach es aus ihr hervor: »Wer ist Verenn?«

Die beiden Männer hielten kurz inne und blickten einander an.

»Wer ist Verenn?«, wiederholte sie. »Ich habe ein Recht, das zu erfahren!«

Elgor sah zu ihr hinüber und lächelte ein unendlich altes Lächeln. »Ich denke«, sagte er, »Verenn hat ein größeres Recht zu erfahren, wer du bist. Er hat es sich erkämpft.«

»Ihr wisst doch, wer ich bin.«

»Nur zum Teil.«

»Den anderen Teil werdet ihr nicht kennenlernen, wenn …« Sie beendete den Satz nicht.

»… wenn wir Glück haben? Wie viel Glück brauchen wir?«

Maleni sog zischend die abgestandene Höhlenluft ein. »Sehr viel Glück.«

67

Sie machten Pause, da waren sie schon entschieden zu lange unterwegs gewesen. Elgor war sich nicht sicher, wie viel Zeit vergangen war. Endlos viel, befanden seine geschundenen Knochen und Muskeln. Mitunter war er die letzten Stunden mit geschlossenen Augen gelaufen, und manchmal hatte er dabei fast geschlafen, während wirre und fremde Traumfetzen ihn anfielen, ohne sich darum zu kümmern, dass er auf den Beinen war und somit eigentlich wach sein musste. Müsste. Sollte.

Verenn hatte sich nahezu vollständig zurückgezogen. Elgor spürte kaum noch dessen Anwesenheit. Er wusste, ihn hatte die Verbindung zwischen ihm und Verenn überfordert. Das hätte er nie tun dürfen. Umbert hatte ihn davor gewarnt, mehr als einmal. Er trug die Seele des anderen noch nicht besonders lange, und Umbert hatte ihm gesagt, es würde eine gute Weile brauchen, bis sie lernten, miteinander umzugehen, sich in bestimmten Situation abzuwechseln, wenn die Lage es erforderte, und schließlich gar zu einer Einheit zusammenzuwachsen, die mehr war als nur die Summe aus zwei Einzelwesen. Jahre mochte es dauern.

Das Geschenk einer zweiten Seele hatte Elgor dankbar und neugierig angenommen. Er war älter gewesen als Maleni. Er hatte sich freiwillig dazu entschieden, und er hatte zu jeder Sekunde gewusst, was da geschah. – Jedenfalls soweit man es überhaupt vorher wissen konnte, denn auch Umbert wusste bei weitem nicht alles.

Umbert hatte Verenn mit sich getragen. Ruhend hatte die Essenz des Kempen in einem nicht ganz faustgroßen Rotschneckenhäuschen geschlummert. Die blutrot schimmernden Gebilde waren die beinahe unzerbrechlichen Schneckenhäuser einer Riesenrotschnecke, die manche Götter-Gläubigen mit sich führten, weil sie glaubten, die harten, hohlen Schalen würden ihnen helfen, ihr Seelenheil zu bewahren. Vermutlich war dieser Irrglaube darauf zurückzuführen, dass zu Zeiten des Alten Reiches die Wissenden die Kunst verstanden, ihre Persönlichkeit und ihr Können in solche Behältnisse fließen zu lassen. Sie taten das, wenn ihr physisches Lebensende nahe war und sie ihren Geist und ihre Erfahrung der Nachwelt hinterlassen wollten, anstatt sie mit der körperlichen Hülle sterben zu lassen. Dann ließen sie ihren Körper zurück, bis auf die Idee, die diesen ausmachte, und nahmen alles mit, was sie definierte – ihre Einsichten, ihre Erinnerung, ihre Kenntnisse und Fähigkeiten.

Offiziell waren sie dann tot. Sie harrten im vollständigen Vergessen darauf, einen neuen Körper zu erhalten, wenn ihr Eingreifen je für nötig befunden würde. Tatsächlich war das während der Königsherrschaft nie geschehen, und das Archiv hatte sich über die Jahrhunderte des Wahlkönigtums angefüllt mit Rotschneckenhäuschen ehemaliger Königsräte und Könige – Frauen und Männern. Wiedergeholt hatte man bis zum Untergang des Reiches keinen von ihnen. Danach war es zu spät gewesen.

Elgor wusste, dass er nicht der erste Lehrling oder Geselle war, dem die Ehre zuteil geworden war, diesen Mächtigen aus der Zeit vor dem Krieg in sich zu beherbergen. Er war lediglich der Erste, der noch lebte. Umbert hatte bei dem Versuch, das Wesen Verenns wiederzuerwecken, auf keinerlei erprobte Kenntnisse zurückgreifen können. Und manche seiner Begleiter waren schlichtweg nicht in der Lage gewesen, den plötzlichen Zuwachs an Sein in sich zu verkraften. Sie waren auf die eine oder andere Weise unberechenbar und wahnhaft geworden oder in Schockstarre verfallen, um alsbald ihr Leben auszuhauchen. Dass Verenn überhaupt noch existierte, hatte er seiner Befähigung zuzuschreiben, sich auch in Toten eine Weile halten zu können, bis Umbert ihn wieder befreite und in das Rotschneckenhäuschen zurückfließen ließ. Manchmal fühlte Elgor Verenns besonderes Verständnis für das Totsein. Eine grausame Erinnerung, die Verenn ihm so weit wie möglich vorenthielt.

Elgor war gewarnt gewesen. Er hatte es dennoch gewagt – zum einen, weil Umbert es so sehr wollte, und zum anderen, weil Elgor sich wünschte, just er, Elgor selbst, sei es, dem die Ehre zuteil werden würde, die alte Seele in sich aufzunehmen, um ihr Raum für das Wissen der alten Zeit zu bieten. Wissen, das er nach und nach teilen würde. Schließlich wollten sie etwas bewegen, die beiden Schmiede, auch wenn ihre Beharrlichkeit – oder doch zumindest die von Umbert – stets auf langfristige Planung ausgerichtet war und nicht auf schnelles und risikoreiches Handeln. Elgor war da viel ungeduldiger. Er hatte freilich auch weitaus weniger Zeit.

Elgor zitterten die Hände, als er half, die Mulis zu entladen. Freilich wäre es vernünftiger gewesen, die Tiere beladen zu lassen, damit sie, falls das nötig würde, schnell flüchten könnten. Doch Elgor spürte die eigene Erschöpfung und wollte die Tiere nicht in ähnlicher Weise quälen.

»Schlaf erst einmal!«, sagte Umbert und blickte ihn besorgt an. »Ich halte Wache.«

»Und ich ziehe mich um!«, verkündete Maleni mit so fester Stimme, dass Diskussionen sich erübrigten.

Vom Nacken bis zum Hinterkopf kribbelte es Elgor zwischen den Haaren. Er wünschte, er könnte sie einschätzen. Doch das konnte er nicht. Sie und ihre Kämpferseele waren einander weitaus mehr uneins als er und Verenn. Er und Umbert reisten mit einem Wesen, das zu jedem Zeitpunkt plötzlich alles, was es zu sein schien, verlieren mochte, um nur noch eines zu wollen: die Spuren beseitigen und wieder eine gute Schemenjägerin sein. Und da sollte er schlafen?

Doch ihm blieb gar nichts anderes übrig, und so nahm er eine Decke und rollte sich damit auf dem felsigen Boden ein. Schon fielen ihm schon die Augen zu, aber er öffnete sie krampfhaft wieder.

Sie blickte zu ihm hinunter und lächelte. Dann zog sie sich einen Strumpf aus. Es war erstaunlich, wie lange man für so einen einzigen Wollstrumpf brauchen konnte. Es schien, als würde ihr Bein immer länger, während Zoll um Zoll mehr makellose Haut freigelegt wurde. Anmutig entblößte sie erst ein Bein, dann das andere. Das weite Hemd, das eigentlich ihm gehörte, schien keine ausreichende Sichtbarriere zu sein, schon gar nicht aus seiner Perspektive. Es war zu kurz. Es war zu weit. Es fiel ihr über die Schulter. Eine schöne Schulter, makellos und zart.

Es kostete sie sichtlich keine Mühe, ihren Körper auf reizendste Weise zu entblößen. Sie bewegte sich wie in einem Tanz. Wäre er nicht so müde, er hätte längst reagiert. Tatsächlich regte sich in seinem Körper ein sanftes Verlangen, das jedoch den Kampf gegen seine Erschöpfung nicht bestand.

»Umbert!«, flüsterte er, als sie ihm ein Lächeln schenkte, das zu perfekt war, um wahr zu sein. Es wäre so leicht, diese Frau zu lieben. Sie war eine lebende Einladung an das Herz.

»Umbert!«

Wie war sie ihm nur so nahe gekommen? Er blickte in ihre schönen, grünen Augen. Sie zeigten weder den Zweifel noch die Verzweiflung, die so deutlich in Malenis Blick gelegen hatten. Vielmehr zeigten sie einen Willen, von dem man annehmen konnte, er gelte einem auf besondere, innige Weise. Sie wollte ihn.

Maleni, das hatte er verstanden, war eine Frau, die Abstand brauchte. Sie war klug und selbständig. Sie war nicht dieses buhlende Wesen.

»Maleni!«, rief er in der Hoffnung, die Reisegefährtin zu erreichen, die hinter der erotischen Fassade lag. »Maleni! Komm zu dir!«

Hatte er ›komm zu mir‹ gesagt?

Nun fiel das Hemd. Ihre zarten Glieder schienen so gar nicht gefährlich. Ihre Brüste waren … ihm fiel kein Wort dazu ein. Und ihre vollständige Blöße zog seinen Blick unwillkürlich da hin, wohin alle Männer strebten.

Es brannte. Feuer legte sich um den makellosen Körper, und Maleni schrie. Oder war es Taryah? Feuer war Umberts Waffe.

»Tu ihr nicht weh!«, rief Elgor, aber da brannten sie bereits alle, standen lichterloh in Flammen, die sich weit durch den Tunnel fortsetzten, durch sämtliche Höhlen rasten, durch einen fremden Berg ins Freie schlugen und dort alles entzündeten, was auf der Welt brennen konnte.

Sie zerfielen, als gleißende Gliedmaßen von ihnen abbrachen und flackernd zu Boden stürzten wie verbrannte Kohle.

Er schreckte hoch. Keuchte. Da stand sie. Maleni oder Taryah. Sie hatte sich angezogen. Ihre Kleidung war wie immer brav und unauffällig, ihr wunderschönes Haar nicht verbrannt, sondern zu ordentlichen Zöpfen geflochten.

»Du lebst!«; flüsterte Elgor und versuchte, die Nebel der Vision zu vertreiben.

Sie sah ihn verständnislos an. »Was hast du erwartet?«, fragte sie verwirrt.

»Ich sah dich eben sterben. Ich sah uns alle sterben.«

Ihre Augenbraue zuckte, und Umberts Blick wurde hart und weit. Hatte er Angst, auch Elgor könnte nun Wahnvorstellungen bekommen?

»Ich lebe«, gab sie schlicht zurück. »Und ich bin sehr müde.« Dann wandte sie sich Umbert zu: »Es ist wohl besser, du sorgst dafür, dass ich euch nicht nächtens an den Kragen gehe.« Sie klang mürrisch und trocken und streckte dem Schmiedemeister trotzig ihre Hände entgegen.

Der band sie, antwortete nicht, half ihr dann, sich zu setzen, und band auch ihre Fußknöchel zusammen. Ihr Mundwinkel zuckte. Der lange Weg nur in Socken musste ihre Füße belastet haben. Zarte Füße.

Elgor verbiss sich einen Kommentar. Er hatte Taryah tanzen gesehen. Auch wenn es nur ein Traum gewesen war, geboren aus seiner physischen und psychischen Erschöpfung, so wusste er doch, dass sie da war, ganz nah. Er war sich nicht sicher, ob Fesseln sie von irgendetwas abhalten konnten.

Vermutlich nicht.

»Schlaf gut«, murmelte er und wünschte sich, er könnte sie in den Arm nehmen. Solange er noch einen hatte.

68

Trotz ihrer Fesseln hatte Maleni fest geschlafen. Es schien ihr, als hätte sie das seit Wochen nicht mehr getan.

Es wäre ihr ein Leichtes gewesen, sich zu befreien. Sie kam an genug Klingen in ihrer Kleidung, um den Strick, mit dem Umbert sie gebunden hatte, zu zerschneiden, doch sie tat es nicht. Für sie selbst war es der Beweis, dass sie noch die Oberhoheit über ihren Willen hatte. Für die Männer war es die Hoffnung, sie könnten für eine kurze Zeit nicht in Gefahr sein. Eine trügerische Hoffnung.

Sie war zu müde gewesen, um vor dem Einschlafen noch weiter darüber nachzugrübeln, warum sie tat, was sie tat, und ob es das Richtige war. Und als sie erwachte, hatten sie andere Dinge beschäftigt. In der Nacht mussten sie und Elgor sich aufeinander zu bewegt haben. Sie wurde wach, da hielt er sie im Arm. Sein Körper war warm, und sie spürte seinen Atem in ihrem Haar. Ihre erste Reaktion war, sich aus so viel Nähe davonzustehlen. Dann erst wurde sie gewahr, dass seine Umarmung nichts Erotisches hatte, eher beschützend war.

Langsam entzog sie sich ihm. Er erwachte. Sie drehte sich, blickte ihm in die Augen. Hellbraun. Elgor. Nicht Verenn.

»Entschuldigung«, sagte er und wurde doch tatsächlich rot.

»Schon gut!«, murmelte sie betreten und wollte sich hochrappeln, doch die Fesseln störten. Er war sofort zur Stelle und bemühte sich, die Knoten zu lösen.

Sie aßen etwas. Sie tranken etwas.

Dann liefen sie weiter.

Bisweilen kamen sie an Stellen, an denen Teile des Ganges eingebrochen waren. Doch sie hatten Glück: Nirgends war der Tunnel vollends zugeschüttet. Er war zu einer Zeit gebaut worden, als Dinge noch hielten. Dennoch erwies sich das Fortkommen an diesen Stellen als kompliziert, nicht zuletzt wegen der Mulis. Ein- oder zweimal mussten sie die Tiere entladen, durch die engen Spalte führen und das Gepäck nachholen.

Maleni hatte keinerlei Vorstellung, wie lange sie schon unterwegs waren, als sie die nächste Pause machten. In der einförmigen Umgebung – vor ihnen Dunkelheit, hinter ihnen Dunkelheit – versagte jedes Zeitgefühl. Auch eine Richtung konnte sie nicht ausmachen. Die Logik sagte, es ginge nach Osten oder Nordosten in die Eisenberge. Doch ohne Sonne oder Sterne ließ sich das nicht nachprüfen. Nur dass es stetig bergauf ging, machte sich bemerkbar. Das Fortkommen war anstrengend, dennoch hielten sie ihre Pausen kurz.

Maleni beantwortete Fragen nur einsilbig, und die Schmiede waren auch nicht bereit, weitere Geheimnisse preiszugeben. So belauerten sie sich, behielten ihre Gedanken und Gefühle für sich und trabten weiter.

Ob es Nacht war, als sie das nächste Mal schliefen, wusste Maleni auch nicht zu sagen. Erneut ließ sie sich willig fesseln. Diesmal wachte Elgor, und Umbert schlief. Dann ging es weiter durch die Dunkelheit. Schlaf- und Wachphasen wechselten sich ab. Maleni war die einzige, die genug Schlaf bekam, denn es wurde nicht einmal diskutiert, ob sie eine Wache übernehmen sollte. Das Vertrauen der Schmiede in sie reichte dafür nicht aus. Offenbar fürchteten sie, nicht mehr zu erwachen.

Es war eine berechtigte Angst. Doch Taryah hielt sich im Hintergrund. Die Beschwerlichkeit der Reise überließ sie gerne derjenigen, die für solche Einsätze geschaffen war. Maleni wusste freilich, dass diese Ruhe nicht ewig dauern würde.

Weiter ging es. Und weiter. Die Füße schmerzten, die Augen brannten, die Fackeln und Kerzen für die Laternen wurden knapp. Sie gingen sparsam damit um, doch es graute Maleni vor dem Augenblick, in dem sie endgültig von Dunkelheit umgeben sein würden.

Sie mussten schon Tage unterwegs sein, als sie eine größere Höhle erreichten. Alte, verrostete Eisenkarren standen hier, und Maleni verstand, dass diese Gefährte früher das Eisenerz durch die Tunnel zur Stadt befördert hatten. Die eisernen Räder würden von der Spurweite genau in die staubigen Rillen passen, die sich am Boden der Gänge entlangzogen.

Von irgendwo brachen schmale Lichtstrahlen in die Dunkelheit. Aus der Höhle gab es mehrere Ausgänge. Unsicher blickten sie vom einen zum anderen.

»Pause!«, befand Elgor, und Umbert nickte. »Was sagst du, Maleni«, fragte er freundlich. »Wollen wir uns jetzt einmal um Taryah bemühen?«

Maleni wurde heiß und kalt. Was meinte Umbert damit? Sie wusste es nicht, doch in ihr regte sich ein wildes Misstrauen, welches bezeugte, dass Taryah keinesfalls verschwunden war.

»Was willst du tun?«, fragte sie und kämpfte den Drang nieder, dem Mann noch vor der Antwort das Gesicht einzutreten. Ganz einfach wäre das, eine leichte Seitwärtsdrehung und ein plötzlicher Tritt nach oben. Ein blitzschneller Aufprall, ein Knochen, der brach. In ihrem Inneren brodelte es.

»Erst einmal essen wir etwas«, meinte Elgor und trat an das Muli heran, das die stetig schwindenden Vorräte trug. Sorgfältig entlud er die Tiere, so wie sie das bei jedem Halt getan hatten, als hätte es Umberts Frage nicht gegeben.

Dieser holte nun einen konisch gedrehten Gegenstand aus der Tiefe einer der Taschen. Die organische Form und das spiegelnde Material ließen Maleni erkennen, dass dies nichts war, was ein Künstler geschaffen hatte. Rotschnecke. Sie wusste nicht, wo sie so etwas schon gesehen hatte, aber sie erkannte es dennoch. Die Tiere waren selten und ihr Gehäuse von unermesslich hohem Wert.

»Schön, nicht?«, fragte Umbert und streckte ihr das Gehäuse entgegen. Maleni starrte es fasziniert an. Das blutrote Schimmern hatte fast etwas Hypnotisches. Es ließ das spärliche Licht über die Oberfläche wandern wie Sterne über das Firmament, und sie meinte, eine verschlungene Öffnung wahrzunehmen – was nur logisch war, denn irgendwie musste diese Schnecke ja gelebt haben. Nur, was hatte es mit diesen Schneckenhäuschen auf sich?

»Sieh es dir genau an!«, sagte Umbert leise. »Ist es nicht schön?«

Maleni fiel, als ihr von hinten die Füße weggestoßen wurden. Zwei Arme packten sie. Taryah wand sich und versuchte die Kraft, die sie hielt, dazu zu verwenden, sich abzustoßen und in einer Art hängendem Rückwärtssalto mit den Füßen den Kopf des Angreifers hinter ihr zu erreichen. Doch da hatte dieser schon losgelassen, und sie stürzte hart auf ihren Rücken, schaffte es nicht einmal mehr, abzurollen und die Energie des Aufschlages für ein neues Manöver zu nutzen.

Der harte Boden trieb ihr den Atem aus den Lungen. Taryah mühte sich sofort um Kontrolle, ließ ihre Beine mit Gewalt und Schnelligkeit durch die Luft wirbeln, während ihre Schultern mit ungeheurer Kraft gegen den Boden gedrückt wurden.

Einen Augenblick lang sah sie stahlblaue Augen. Da war er wieder. Diesmal kämpfte er nicht für sie, sondern gegen sie. Es würde nicht einfach werden, ihn zu besiegen. Doch was immer er sonst war, er bestand aus Fleisch und Blut, und Letzteres würde sie vergießen.

Wie hatte es der alte Schmied geschafft, nun rittlings auf ihr zu sitzen? Sein erhebliches Gewicht drückte ihr Becken gegen den Boden, und was immer sie mit den Beinen anstellte, erreichte ihn nicht.

Starke Hände hatten ihre Handgelenke gefangen und hielten sie mit großer Kraft fest. Verenn kniete hinter ihr. Ihr Kopf lag zwischen seinen Schenkeln, seine Knie drückten ihre Schultern zu Boden.

Maleni hatte sich überrumpeln lassen. Taryah musste es ausbaden. Sie kochte vor Wut. Die beiden Männer waren ungeheuer stark. Lag man erst einmal auf dem Rücken und wurde von einem Gewicht heruntergedrückt, das weit über dem eigenen lag, wurde Manövrieren schwierig. Taryahs Kampfkunst beruhte auf Geschwindigkeit, Geschicklichkeit, plötzlichen Ausfällen und tödlicher Eleganz. Und auf Überraschung, doch die war diesmal nicht auf ihrer Seite gewesen. Sie lag auf dem Rücken wie ein Käfer. Wenn sie nur an ihre Waffen herankäme!

»Sei gegrüßt, Taryah«, sagte der alte Schmied nun. »Es ist an der Zeit, dass wir einander kennenlernen.«

Sie zischte vor Wut. Am liebsten hätte sie ihm entgegengebrüllt, dass sie ihn und den anderen umbringen würde. Doch es widersprach ihrer Ehre und Disziplin, sich derart gehenzulassen. Die beiden wussten ohnehin, dass sie genau dies vorhatte. Sie hätte es längst tun sollen. Noch lieber hätte sie Maleni mit in die Liste der zu Eliminierenden aufgenommen. Doch ihren Körper brauchte sie, und Malenis Persönlichkeit war noch zu stark, um sich den Anforderungen Taryahs vollständig zu fügen und im Hintergrund zu verschwinden. Erst wenn Maleni nichts mehr wäre als eine Bibliothek praktischen Wissens ohne Willen, auf die man bei Bedarf zugriff, würde Taryah vollständig sein, was sie sein sollte: die perfekte Schemenjägerin.

Sie fixierte den alten Schmied mit den Augen. Er war schwer. Sie spürte seine Aura, ein Feld aschegrauer, ungeheurer Stärke. Er schien zu summen, und doch hörte Taryah keine Stimme. Sie sah das rote Schneckenhäuschen vor sich, den Feind dahinter wie eine graue Wand. War er größer geworden? Und was war mit seinen Augen? Woher kamen die Flammen? Die ganze Welt züngelte rot. Die Höhlenwände waren nicht mehr auszumachen. Verschwunden waren sie hinter etwas, das sich vor sie geschoben hatte wie heißer Nebel. Atmen wurde schwierig, biss in ihre Kehle.

Sie versuchte den Kopf nach hinten zu schieben, um Verenn zu sehen. Aus dieser Position schien sein Kinn riesengroß zu sein, und sein Gesicht verschob sich in der ungünstigen Perspektive. Seine blauen Augen leuchteten wie – sie wusste nicht wie, fühlte nur das Böse darin. Ihr Feind. Sie hasste ihn. Und es war ihr einerlei, ob er meinte, sie schulde ihm etwas oder nicht. Sie schuldete niemandem etwas – außer ihren Geschwistern Loyalität und dem Schemenrat Gehorsam.

»Komm!«, lockte Umbert. »Komm zu mir. Hier kannst du deine Freiheit finden. Keine Maleni, die dich in Schach hält. Komm hierher, hier – her. Komm zu mir! Das willst du doch! Sieh mich an: Du willst doch überleben! Sieh mich an: Das willst du doch! Sieh mich an: Du willst es!«

Hatte er das wirklich dreimal gesagt? Oder hallte es nur von den Feuerwänden wider? Sie sah einen Flammenbogen, der sich über sie spannte. Feuer war Umberts Waffe, und vielleicht verstand auch Verenn damit umzugehen? Warum hatte sie das nicht gefragt? Dumm und vertrauensselig war sie gewesen! Ach was, nicht sie – ihre verräterische Hülle! Nun war es zu spät. Die beiden Männer würden sie verbrennen.

Schon spürte sie die Flammen auf der Haut, schrie, als sie das Feuer wie Gegenwind auf sich spürte. Sie versuchte, mit dem Kopf nach hinten zu schlagen. Er befand sich in der Nähe von Verenns Genitalien, doch sie konnte nicht genug Abstand und nicht genug Schwung aufbringen, um ihm wirklich mit einem rückwärtigen Kopfstoß weh zu tun. Mit seinen Schenkeln neben ihren Ohren konnte sie die Einzelheiten seiner Physis an ihrem Hinterkopf spüren, doch mit heruntergedrückten Schultern war ihr Bewegungsrahmen zu stark eingeschränkt.

Er hielt nun ihre Handgelenke mit einer Hand. Die zweite umspannte ihre Kehle und machte das Atmen schwierig. Auch er war schwer. Sein Gewicht drückte auf ihre Schlüsselbeine, drohte sie zu zerbrechen wie Glas. Sie konnte sich nicht befreien, und das Feuer kam immer näher, brannte um sie herum und alsbald in sie hinein. Verbrennungen waren nicht nur schmerzhaft, sie hinterließen einen entstellt. Sie würde nie mehr für ihre Liebhaber tanzen können. Niemand würde sie jemals mehr betrachten wollen. Den Schmerz konnte sie Maleni überlassen. Selbst das Sterben konnte sie Maleni überlassen. Doch was blieb dann von ihr?

Nichts. Vergessen. Vergehen.

Taryah wollte nicht sterben. Taryah wollte siegen. Es war ihre Aufgabe, ihre Existenzberechtigung. Sie schrie, fühlte, wie das Feuer die Härchen auf ihren Armen verbrannte. Ihre Kleidung rauchte. Gleich würde sie Feuer fangen. Und dann würde sie darin verkohlen, bewegungsunfähig eingekeilt zwischen zwei Feinden, deren Waffen zerstörerischer waren als Klingen oder Gift.

Immer noch versuchte sie, sich aus dem Griff zu befreien, doch ihre ganze Kunst half nicht gegen die Kraft der Männer, die sie festhielten – und auch nicht gegen Hitze und Agonie des Feuertodes, dem sie mit jeder noch so kleinen Bewegung näher kam.

Sterben stand nicht zur Debatte. Sterben, das konnte Maleni, die sich so entsetzlich dumm verhalten hatte. Sie hatte doch gewusst, dass man niemandem trauen konnte, der nicht zu den Geschwistern gehörte! Niemandem. Schon gar keinem netten Lächeln und keinen blauen Augen.

Sie musste hier weg. Sie musste hier weg.

»Komm zu mir! Das willst du doch! Sieh mich an: Du willst es! Hier ist deine Zuflucht.«

Schmerz riss durch sie, als hätte man sie an vier Pferde gebunden, die jedes in eine andere Richtung galoppierten. Das Fleisch löste sich von ihren Knochen. Die Haut sprang auf. Knorpel und Gelenke explodierten. Ihr Brustkorb barst Rippe für Rippe.

Sie schrie.

69

Myra hatte den alten Bruder bis in die Küche begleitet. Dort war er keuchend auf eine Bank niedergesunken, starrte sie an, öffnete den Mund und kaute an Worten herum, die er doch nicht über die Lippen brachte. Ganz aufgeregt schien er und doch irgendwie zerbrechlich und langsam. Sie versuchte, in seinen Worten einen Sinn zu finden, doch das Gestammel blieb zunächst unverständlich.

»Ist da jemand?«, rief Myra und machte sich auf die Suche nach den anderen Betreibern der Herberge. Sie fand niemanden, nicht in den Zimmern, nicht unter dem Dach, nicht im Keller. Das war nicht gut. Es deutete darauf hin, dass die Gendrischen, denen Myra von Norden her in sicherem Abstand gefolgt war, irgendetwas Furchtbares mit der Mannschaft gemacht hatten. Kaum war die Armee abgezogen, war Myra in die Stadt geschlüpft, um sich weitere Anweisungen zu holen. Doch hier schien niemand zu sein außer dem Alten.

Irgendetwas musste geschehen sein, und doch gab es keine Spuren von Gewalt. Nicht ein einziger Blutspritzer verunzierte die sauberen Wände und Böden.

Etwas widerwillig kümmerte sie sich um den alten Bruder, fütterte ihn mit ein paar Bissen, gab ihm zu trinken und hüllte ihn in eine Decke. Dann suchte sie weiter. Doch sie fand nichts außer einer ordentlichen Taverne, den Vorräten in der Speisekammer, dem Wein und dem Bier im Keller und einer kleinen ins Dach eingelassenen Plattform, auf dem sich ein Verschlag für Botenbuzzarde befand. Eines der federlosen, grauen Tiere mit den langen, spitzen Schnäbeln saß dort und blickte sie vorwurfsvoll an. Sie gab ihm vorsichtig einige Fleischstreifen, die das Tier verschlang, während es sie missmutig mit seinen weißlichen, vertikal geschlitzten Augen anstarrte. Ob der Alte ein Buzzardmeister war? Sie selbst hatte die Grundlagen gelernt, mit den bissigen, hässlichen Vögeln umzugehen, doch es war ihre erste Reise, seit sie keine Junxe mehr war, und die wirklich guten Buzzardmeister waren alle nicht mehr besonders jung. Mit den Tieren zu kommunizieren lernte man erst mit zunehmendem Alter.

Eine Botschaft entgegennehmen konnte sie. Ob sie zielgerichtet eine versenden konnte, würde sich zeigen. Sie hatte nicht damit gerechnet, hier niemanden vorzufinden, der sie bei der Nachrichtenübermittlung unterstützen würde.

Gegen Abend lief sie durch die Straßen und versuchte ein Gefühl für das zu bekommen, was hier geschehen war. Die Armee, der sie folgte, war nur kurz hier gewesen und hatte dennoch Spuren hinterlassen. Wirren Klatsch über Rothaarige hörte sie. Und die Nachricht, dass eine echte Assassinin der Xyi gefasst worden war. Da waren sich freilich nicht alle einig, denn schließlich gab es die Xyi nicht, die Gendrischen freilich sehr wohl – und denen konnte man nicht trauen.

Schon verblasste die Kunde hinter wüsten Spekulationen. Niemand war sich sicher, ob die Gendrischen die Meuchelmörderin, falls sie denn existierte, gefunden hatten, nachdem sie ihnen entwischt war, oder ob sie immer noch frei in der Stadt umherlief und vielleicht dem Rest der Bevölkerung gefährlich werden könnte. Oder ob alles nur eine gendrische Lüge war, um sich an den Frauen der Stadt zu vergreifen und ungehemmt durch die Straßen wüten zu können. Letzteres erschien den Vernünftigen wahrscheinlich.

Myra hielt sich aus den Diskussionen heraus, lauschte nur, wo sie konnte, und versuchte sich ein Bild zu machen. Sie horchte in sich hinein, führte stille Zwiegespräche mit Karmyn, ihrer inneren Kämpferin, und entschied sich dann, wenigstens einen Tag abzuwarten. Vielleicht würde sie noch mehr herausfinden.

Fast erwartete sie, dass der alte Bruder bei ihrer Rückkehr gestorben war, doch er saß immer noch genau da, wo sie ihn zurückgelassen hatte. Diesmal schien er sie jedoch klarer wahrzunehmen. Seine tiefliegenden Augen betrachteten sie und schienen das, was sie war, auf irgendeiner Ebene zu begreifen.

Myra schloss die Tavernentür ab und hängte ein Schild ins Fenster, dass die Herberge derzeit geschlossen sei. Sie wollte sich nicht um plötzliche Gäste kümmern müssen. Dafür machte sie sich und dem Alten etwas zu essen, und gab ihm süßen Wein mit ein paar Tropfen Krerwurz, das gegen Gemütsverstimmungen helfen sollte und generell dazu gut war, Menschen fröhlich und redselig zu machen.

»Wo sind alle?«, fragte sie ihn.

»Gänge«, sagte er nur, doch damit konnte sie nichts anfangen.

»Wer ging?«, fragte sie. »Und wohin?«

»Gänge«, wiederholte er und flüsterte dann: »Tot.«

Sie versuchte einen anderen Ansatz. »Es heißt, die Gendrischen hätten eine von uns gefangen genommen. Man weiß nicht, ob die Schwester ihnen wieder entkommen konnte oder nicht. Weißt du etwas darüber?«

Er blinzelte, als müsse er seinen Blick auf etwas in weiter Ferne fokussieren.

»Und woher wussten sie überhaupt, dass es sich um eine Schwester handelte? Wer hat es ihnen gesagt? Wer war das überhaupt?«

»Maleni«, flüsterte er. Und dann erneut »Maleni.«

Myra horchte auf. Sie erinnerte sich deutlich an die Schwester, der sie immer so gerne in Freundschaft verbunden gewesen wäre und die stets so wenig Interesse an ihr, der Jüngeren, gezeigt hatte. Der Plan, sie gemeinsam tanzen zu lassen, war fallengelassen worden, und Myra hatte geweint. Maleni nicht. Sie war nach ihrer Großen Weihe verschwunden und hatte sich nie mehr bei Myra gemeldet.

Hatte man Maleni gefasst? Oder war sie entkommen? Und falls sie entkommen war – wo war sie dann?

»Alle tot«, flüsterte Berno. »Alle tot. Maleni.«

Myras Mund zuckte. Maleni war tot? Oder war die Tavernenbesatzung den Gendrischen zum Opfer gefallen? Wer war tot?

Berno schloss die Augen und lehnte sich an die Wand. Ein leises Schnarchen und Röcheln drang über seine Lippen. Er schlief. Myra weckte ihn nicht. Vielleicht würde er morgen mehr erzählen können, falls er überlebte.

Es wäre gut, mehr zu wissen, dachte sie, während sie sich an möglichen Deutungen der wenigen Worte versuchte, die sie gehört hatte: Maleni war da. Sie mochte Gefangene der Gendrischen sein oder noch irgendwo verborgen – immer vorausgesetzt, die Schemenjägerin, die die Armee gefangen und dann wieder verloren hatte, war Maleni. Rothaarig war sie freilich gewesen. Also hatten die Gendrischen Maleni vielleicht gefasst. Oder war sie tot? Waren es die anderen, die tot waren? Denn wo waren sie? Und wer hatte sie getötet?

Gänge. So viel konnte das nicht bedeuten. Manch eine Xyi-Taverne verfügte über versteckte Möglichkeiten, aus dem Gebäude zu entkommen. Wo würde man solche heimlichen Wege finden? Der Hinterausgang konnte nicht gemeint sein. Er war kaum geheimer als der Vordereingang. Sie nahm sich vor, erneut im Keller zu suchen. Gänge. Das klang nach etwas Unterirdischem.

Myra seufzte. Sie hatte Anweisungen erwartet. Die mochten noch kommen. Sie brannte darauf, nützlich zu sein. Aber ob es wirklich nützlich war, einem alten Schemenjäger zu helfen und in dieser Taverne zu verweilen, in einer Stadt, die eine Schemenjägerin suchte, erschien ihr zweifelhaft. Woher hatten diese Menschen hier überhaupt von einer Schemenjägerin gewusst?

Sie hatte das den Alten gefragt, doch seine Antwort war »Maleni« gewesen. Das konnte nichts Gutes bedeuten. Oder doch? Maleni war schon früher ungehorsam gewesen; Myra erinnerte sich daran. Für ihre verunglückte Freundin hatte sie eherne Gesetze gebrochen. Das war schon Jahre her, doch wer außer ihr hatte das je getan?

Fast erfüllte der Gedanke Myra mit ein wenig Genugtuung. Die so gute, begabte, als stetes Vorbild dienende Maleni. War sie zur Verräterin geworden? Aus den Worten des Alten war das kaum zu entnehmen. Er mochte etwas ganz anderes gemeint haben. Und Maleni mochte jeden Augenblick hier auftauchen. Dann würde Myra sie fragen, ganz sanft fragen, ob sie sich hatte fangen lassen. Ob sie Geheimnisse verraten hatte. Ob sie ungehorsam gewesen war. Es waren gute Fragen – nicht, weil es wahrscheinlich schien, dass so etwas geschehen war, sondern weil Myra die Überlegenheit der älteren Schwester satthatte. Myras kindliche Bewunderung war schon lange in etwas anderes umgeschlagen, das sie nicht benennen mochte.

Sie lächelte, und an dem Lächeln war nichts Kindliches mehr. Sie würde die Gänge suchen, den Alten nochmals befragen, und ihre Vermutungen dem Buzzard übergeben. Irgendeinen anderen Standpunkt der Xyi würde er ansteuern, auch wenn Myra ihm nicht vermitteln konnte, wo genau er hinsollte. Und vielleicht würde ja auch eine Botschaft für sie ankommen, die ihr sagte, wie sie selbst weiter zu verfahren hatte. Sollte sie den Gendrischen folgen, um irgendwann der Würdigen Nehra zu helfen – oder sie bei der Betreuung des Marejals abzulösen, so jener nicht genug von schönen Tänzerinnen hatte? Oder sollte sie Kunde zur Armee Farrowuls bringen, die besagte, die Gendrischen benutzten den freien Weg nach Süden, um Farrowul und nicht Virniu zu erobern? Beide Möglichkeiten hatten zur Debatte gestanden, und just hier hätte sie erfahren sollen, welche ihre große erste Aufgabe werden sollte.

Doch hier war niemand.

Sie rüttelte an der Schulter des Alten. Noch lebte er. Da konnte er sich auch zusammenreißen und ihr etwas sagen. Und vielleicht sollte sie ihre Freundin und Konkurrentin aus Anwärtertagen nicht verurteilen, bevor sie mehr wusste.

»Was ist mit Maleni?«, fragte sie ihn erneut, als er die Augen einen winzigen Spalt öffnete und durch sie hindurch sah wie durch Luft.

»Maleni«, seufzte der Alte. »Maleni. So schön. So schön.«

Auf der anderen Seite mochte Maleni alles verdient haben, was ihr geschah und geschehen würde.

»So schön«, wiederholte der Alte.

»Schon gut!«, zischte Myra. »Andere Frauen sind auch schön.«

70

Nachthimmel war das Erste, was Maleni sah. Sie fand ihn überwältigend. Weiter sagte er ihr nichts. Sie sah ihn an, und ihr Blick verlor sich in den Sternen. Nichts ging ihr durch den Kopf. Auch das war schön, wie eine Befreiung.

»Sie ist wach«, sagte eine Stimme ganz nah, und Maleni wünschte sich, sie hätte sie nicht gehört. Ein Arm schob sich unter ihre Schultern und hob sie an.

»Trink!«, sagte eine andere Stimme. Etwas wurde ihr an die Lippen gehalten. Wasser. Sie schluckte gierig.

Wie Sternschnuppen drifteten nun die Erinnerungen vom Himmel in ihren Sinn. Dann stellte sich ein seltsames Gefühl von Déjà-vu ein. War es nicht schon einmal so gewesen? Und das Erwachen hatte schon damals nichts als Unheil gebracht.

Elgor hielt sie im Arm. Sein Gesicht war direkt über dem ihren. »Maleni?«, fragte er vorsichtig, als wüsste er nicht, wer sie sei. Warum?

Dann schrie sie. Sie hatte die helfenden Hände abgeschüttelt und sich nach vorne geworfen, kniete zusammengeklappt auf dem waldigen Boden, die Arme um ihren eigenen Körper geschlungen, als müsse sie ihn festhalten, bevor man weitere Teile aus ihm herausschnitt. Schmerz durchschoss sie wie eine Flammensäule. Sie wand sich schreiend, sah noch die Flammen vor ihr, die sie zuletzt gequält hatten.

Doch die Flammen waren nicht mehr da. Sie drohten nicht von außen. Sie zerrissen sie von innen.

War dies ein Angriff?

Unwillkürlich versuchte sie, die Verantwortung für die Abwehr und den Kampf an Taryah zu geben. Doch Taryah antwortete nicht. Sie rührte sich nicht, war nicht mehr zu spüren, nicht einmal als schattige Präsenz im Hintergrund.

Oder doch?

Maleni sank zusammen, spürte eine Hand auf ihrer Schulter. Schon war sie wieder wie eine Sprungfeder aufgesprungen, hatte die Hand fortgeschlagen. Ihre unsicheren Füße stolperten rückwärts, während sie versuchte, ihre Lage zu erfassen. Sie musste kämpfen. Sie musste sich wehren. Ihre Hände fuhren in ihre Kleidung. Die kleinen Dolche waren fort. Die winzigen Klingen im Saum des Hosenrockes würde sie erreichen können, doch vielleicht nicht gleich. Ihre Hände zitterten und waren fahrig. Das waren sie sonst nie. Sie fühlte sich krank.

Sie griff sich ins Haar. Jemand hatte die Zierfedern mit den Giftspitzen daraus entfernt. Und ohnehin wusste sie nicht, wo ihr Blasrohr war. Wo war nur alles, das ihr das Überleben sichern sollte? Wo war Taryah?

Als ihr Sinn ihr schließlich nicht nur ihre Erinnerung wiedergab, sondern auch deren Deutung, setzte sie sich abrupt auf den Boden. Geraubt. Man hatte Taryah geraubt, hatte sie Maleni aus der Seele gerissen.

Wieder krümmte sie sich zusammen, als hätte man ihr die Innereien mit einem Haken aus dem Bauch gezogen.

»Maleni!«, raunzte eine dunkle Stimme über ihr. Das war Verenn. Er war das gewesen, zusammen mit Umbert. Hinterhältig und brutal waren sie über sie hergefallen und hatten sie zerfetzt und ausgeweidet.

Sie sah Umbert hinter einem kleinen Feuer. Eben hatte er noch da gesessen und in die Flammen gestarrt. Nun stand er.

Maleni hatte Angst. Sie fürchtete sich vor den beiden riesigen Kerlen. Sie hatten ihr die Seele gestohlen. Die halbe Seele. Wie konnte das geschehen? Wo war Taryah? War sie tot? War Maleni nun zur Hälfte tot? Und warum hatte sie Angst? Angst war sinnlos! Erneut versuchte sie, aufzustehen und zu fliehen, doch ihre Beine gehorchten ihr nicht.

»Ruh dich aus!«, sagte Verenn. »Du hast allzu lange nur vor dich hingedämmert.«

»Ihr habt mich getötet!«, stieß sie atemlos hervor und wusste doch, dass dies den Sachverhalt nicht richtig wiedergab. Doch anders konnte sie es nicht ausdrücken, und deshalb wiederholte sie es noch einmal lauter: »Ihr habt mich getötet!«

»Du lebst!«, sagte Verenn dicht über ihr. Er klang streng. »Du bist ein bisschen schwach. Aber du bist – du. Körperlich fehlt dir nichts.«

»Taryah!«, schrie sie ihm entgegen.

Er hob eine Augenbraue und nickte skeptisch. »Taryah fehlt dir. Das ist richtig. Doch du warst schon ein ganzer Mensch, als du Taryah noch nicht hattest. So wie Elgor ein ganzer Mensch war, bevor er mir seinen Körper als Heimstatt bot. Ich könnte seinen Körper wieder verlassen. Dann wäre er Elgor. Nur Elgor.«

Sie blickte ihn entsetzt an. »Will er das sein? Nur Elgor?«

»Nein. Wir haben uns gut zusammengefunden und werden jeden Tag mehr zu einer Einheit. Dennoch …«

»Ihr habt mir die halbe Seele gestohlen!« Maleni fühlte die Leere in sich wie ätzendes Gift.

»Ich glaube nicht«, brummte Umbert nun vom Feuer her, »dass sehr viel von dir in der Person Taryahs war. Wir wissen nicht, wer sie war. Doch …«

»War?«, unterbrach Maleni. »War? Ist sie tot? Habt ihr sie ermordet, als ihr sie mir aus dem Körper gerissen habt?«

Die beiden Männer blickten einander an und schwiegen einen Augenblick.

»Ich weiß, dass du uns nicht dankbar bist. Nicht im Moment. Aber versuche dich zu erinnern, wer du warst, bevor man dir eine perfekte Mörderin einpflanzte.«

»Ich war Maleni, die Anwärterin. Ich war die, die auf ihre Vervollkommnung wartete. Ich war nur ich und wurde zu mehr als nur mir!« Sie schrie immer noch. »Macht es rückgängig! Ihr hattet kein Recht, mir die Seele zu stehlen! Ihr habt kein Recht, mich zu etwas zu machen, das ich nicht bin!«

»Deine eigenen Leute haben dich doch zu etwas gemacht, was du nie warst!«

Planlos sprang sie auf und prügelte mit bloßen Fäusten auf Verenn ein.

Der ließ sie gewähren. Lose schlang er einen Arm um sie, und sie fuhr ihm mit den Fingernägeln durchs Gesicht und bedauerte einen Moment lang, kein Gift an den Krallen zu haben.

Er zischte nur, fing ihre Handgelenke nun doch. Sie hatte gewusst, wie ungeheuer stark er war. Ihr Angriff verlief im Nichts. Sie musste doch etwas tun können! Sie war eine gute Kämpferin. Das war sie schon gewesen, bevor Taryah sich von ihrer Seele abgespalten hatte. Sie spürte sein Blut auf ihren Nägeln. Die stahlblauen Augen blickten zu ihr hinunter. Die sollte sie ihm auskratzen!

Doch er hielt immer noch ihre Hände. »Setz dich!«, sagte er unbewegt und drückte sie mit einiger Gewalt auf einen umgefallenen Baumstamm. Er hielt sie nun an den Oberarmen fest, blickte zu ihr hinunter, kniete sich dann auf einem Bein vor sie. Sie spürte seine Finger hart an ihren Armen.

»Atme tief durch«, befahl er ihr. »Sei einfach eine Weile still und denk nach. Hast du nicht die ganze Zeit gegen deine eigene Zwiespältigkeit gekämpft? Der Kampf hat dich so mitgenommen, dass du zweimal deswegen das Bewusstsein verloren hast. Hast du nicht gefürchtet, das, was in dir war, würde bald stärker sein als du? Das musst du nun nicht mehr fürchten! Lausche in dich hinein, ob das Schicksal, das dich ereilt hat, wirklich so schrecklich ist.«

»In mich hineinlauschen?«, zischte sie und versuchte vergeblich, den Griff abzuschütteln. »Wenn ich in mich hineinlausche, ist da nichts mehr, was ich hören könnte!«

Sie trat nach ihm, doch er kam auf die Füße und wich dem Tritt behende aus. Sie war es nicht mehr gewohnt, selbst zu kämpfen. Das hatte sie doch so gut gekonnt! Das Schienbein hätte sie ihm mit diesem Tritt zersplittern sollen! Wie konnte er nur so schnell sein?

»Tu – einfach – mal – nichts!«, forderte er nun ungeduldig. »Wir müssen reden. Du, Maleni, – und ich – Verenn und Elgor – und Umbert.«

»Und Taryah bekommt keine Stimme?«

»Das Einzige, das Taryah will, ist töten. Oder willst du mir sagen, es wäre nicht so?«

Erst jetzt ebbte langsam der Schmerz in ihr ab. Das Gefühl, als wäre in ihrem Körper das Fleisch zerrissen und ausgehöhlt. Von diesem Schmerz wussten die Männer nichts. Er war nicht real. Sie würde ihnen nichts weiter vorjammern.

Sie waren nicht der Meinung, etwas Furchtbares getan zu haben. Sie glaubten tatsächlich, sie hätten ihr geholfen.

Aber hatten sie das denn?

Sie atmete tief ein, kämpfte gegen Gedanken und Gefühle, die sich nicht zuordnen ließen. Wortfetzen dessen, was sie fast ein ganzes Leben gelernt hatte, hallten ihr durch den Kopf. Stimmen, die ihr Halt und Ziel gewesen waren. Lachen von zwei Menschen, die ihr nichts hätten sein sollen als zeitweise Begleitung. Emotionen schlugen von der einen Seite zur anderen, verfingen sich in dem, was sie als Vernunft sehen wollte, und was so glatt und abschüssig war, dass ihr Innerstes trudelte. Ihr Verständnis dessen, was war, drehte sich wie eine Kugel auf dem Wasser. Unwillkürlich griff sie neben sich und hielt sich fest. Ganz fest.

Sie würde noch lange brauchen, um darüber nachzudenken, wie sie selbst dazu stand. Wo war das Rotschneckenhäuschen? Was hatte es mit der ganzen Sache zu tun? Das musste sie herausfinden. Doch sie würde es nur herausfinden, wenn sie lebte und das Vertrauen der Männer gewann. Das hatte sie nie gehabt. Zu keiner Zeit. Ob sie es jetzt erlangen konnte, blieb abzuwarten.

Und was Vertrauen anging – die Männer hatten ihres missbraucht. Auch das schmerzte, denn obgleich man ihr stets eingetrichtert hatte, man dürfe Nicht-Geschwistern nicht trauen, hatte sie doch so viel Vertrauen gehabt, dass sie diesen Angriff nicht erwartet hatte.

Sie atmete tief ein. Und aus. Und wieder ein. Ihr Atem zwängte sich durch eine Barriere von Verlust.

Verenn ließ sich wieder auf einem Knie vor ihr nieder.

Umbert hatte sich zurück ans Feuer gesetzt. Die Flammen züngelten blau und erinnerten sie daran, wie sie scheinbar bei lebendigem Leibe verbrannt war. Das hatten diese beiden ihr angetan.

Sie sah an sich hinunter. Ein paar verheilte Blasen waren noch auf ihren Armen zu sehen. Harmlos sahen sie aus, würden narbenlos verschwinden und zeugten nicht von dem Inferno, an das sie sich erinnerte und das Taryah zum Anlass genommen hatte zu verschwinden.

Ein Teil ihres Schmerzes war in dieser Erkenntnis begründet.

Sie begriff, dass Taryah sie alleine hatte sterben lassen wollen, als sie einen vermeintlichen Weg zur Flucht gesehen hatte. Die Männer waren nicht ausschließlich an Malenis halbbeseelten Zustand schuld. Sie hatten die Falle gestellt – und Taryah war hineingetappt und hatte sie verlassen. Möglicherweise sogar freiwillig. Maleni würde mehr darüber erfahren. Doch vermutlich nicht gleich. Es galt, geduldig zu sein.

»Wo sind wir?«, fragte sie schließlich. Sie wusste, dass sie hier nicht eingeschlafen war, denn dort hatte es keine Sterne gegeben. Sie blickte zu Boden, und ihr Haar fiel ihr vor das Gesicht. Eine große, warme Hand strich es zur Seite, verweilte einen Augenblick in dem grobgeflochtenen Durcheinander.

»Wir haben die Eisenberge hinter uns gelassen und sind auf der Straße, die das Kreuzgebirge nach Nordosten hin durchschneidet. Passagur ist unser Ziel«, sagte Umbert vom Feuer her.

Passagur. Hatte sie da nicht ursprünglich einmal hingewollt? Die Geschwister-Taverne in Dersteyn war ihr Ziel gewesen. Dort kannte sie sich aus. Aber dann war so viel geschehen. Und jetzt war sie ein halber Mensch.

Sie schüttelte sich, und das Schütteln ging in eine Art massiven Schüttelfrost über. Anstatt sich dem eisigen Fieber zu beugen, das sie durchfuhr, sprang sie auf und hüpfte auf den Zehen auf und ab.

»Vorsichtig!«, mahnte Verenn und stand mit ihr auf. »Du warst ziemlich lange nicht richtig bei Bewusstsein.«

»Wie lange?«

»Einige Tage.«

»Ihr bekommt langsam Übung darin, mich besinnungslos von einem Ort zum nächsten zu schleppen!«, spottete sie bitter und verstand doch zugleich, dass sie überlebt hatte, weil ihr Überleben den Männern wichtig war. Aus welchem seltsamen Grund auch immer.

Von der anderen Seite des Feuers her blickte Umbert sie unverwandt an. Ganz harmlos und ruhig saß er da, doch sie erinnerte sich an den plötzlichen Angriff der Männer. An ihre ungeheure Stärke. Ihre unerwartete Arglist. Maleni schauderte.

»Wir kennen unsere Verantwortung. Wir werden dich nicht allein lassen.«

Maleni wusste nicht, ob das beruhigend war. Erneut blickte sie sich um. Der Lagerplatz war von Bäumen umgeben. Eine Straße sah sie nicht.

Als könnte Verenn ihren Blick deuten, sagte er: »Wir lagern nie direkt an der Straße. Man weiß ja nicht, wer kommt.«

»Was wollen wir in Passagur?«, fragte sie vorsichtig. »Wohin da?« Wenn sie nach Dersteyn reisten, würde dort die gleiche Zwiespältigkeit herrschen wie in Pyrn. Eine Taverne mit Geschwistern, die eventuell schon wussten, was geschehen war. Oder denen sie glaubhaft versichern konnte, dass sie keine Schuld an den Geschehnissen hatte? Die Leute kannten sie immerhin.

Nein. Das war unmöglich. Taryah hätte es vielleicht geschafft, ihre Unschuld zu beweisen, denn sie hatte tatsächlich nichts von alledem hier zu verantworten. Maleni würde es nicht können.

»Also wohin?«, wiederholte sie.

»Wir gehen zu einem Ort, den du möglicherweise betreten kannst, wir aber nicht.«

»Was für ein Ort?«

Umbert und Verenn wechselten einen Blick. »Wir sagen dir später mehr«, meinte Umbert dann.

»Ihr traut mir also immer noch nicht?«

Verenn blickte ihr gerade ins Gesicht. »Glaube mir, Mädchen, ich möchte nichts so sehr, wie dir trauen zu können.«

»Warum?«

»Weil du diejenige bist, die uns gefehlt hat. Jemanden wie dich hat Umbert schon lange gesucht. Du hast Elgor gefehlt, obgleich er noch so jung ist. Und mir – jahrhundertelang.«

Sie starrte ihn an, wandte ihren Blick nicht ab, als er sich zu verändern begann. Die Augen wurden zu wirbelnden Kaleidoskopen, während sie sich von Hellblau zu Hellbraun färbten. Das Feuer schimmerte auf dunklem Haar, dann auf hellem. Sein Antlitz wurde blass, doch es war nur die Veränderung seiner Hautfarbe. Sein Blick wandelte sich von streng und zeitlos zu jung und treuherzig.

»Ich …«, begann Elgor und fand dann doch nicht die richtigen Worte. Wenn er ihr jetzt seine Liebe gestand, würde sie ihn umbringen, auch wenn sie nicht Taryah war. Sie würde es tun, weil sie es nicht ertragen konnte, sich mit dem zu befassen, das irgendwann durch ihren eigenen Kopf gewandert war, um dann nach ihrer Seele zu treten. Einer Seele, von der sie nun nur noch die Hälfte besaß.

Doch er schwieg.

Jenen anderen Teil ihrer Seele hätte er ohnehin nicht lieben können. Und der niemals ihn. Sie entsann sich des Gelernten: Ihren Zielen konnte sie ihre Liebe nicht geben. Die Todgeweihten durften nichts erhalten, das Maleni verletzlich machte. Wenn sie je lieben wollte, musste das im Berg geschehen. Alles andere war stets ein Machtspiel. Eines um Leben und Tod. So sie leben wollte, musste sie siegen – nicht lieben.

Vielleicht war das so falsch wie alles auf dieser Welt?

Sie zuckte zusammen bei diesem Gedanken, doch kein Tadel drang aus ihrem Inneren. Nichts mahnte sie, nicht zu denken, was man nicht denken durfte, und nicht zu fühlen, was des Fühlens nicht würdig war.

Ein seltsames Gefühl von Freiheit kroch ihr durchs Gemüt. Sie wandte ihren Blick ab von den besorgten Augen des Mannes. Er sollte nicht wissen, was sie dachte. Sie wusste es ja selbst nicht. Und doch merkte sie, wie sie lächelte.

»Schlaf, Kind!«, mahnte Umbert. »Morgen früh reisen wir weiter.«

71

DAMALS

Nordwestlich war Maleni geritten, die Berge hinunter, die sie vor so vielen, langen Jahren hochgestiegen war. Sie erinnerte sich daran, das Meer von Ferne gesehen zu haben. Heute wusste sie, dass der Berg der Weisheit am südlichen Ende einer langen Halbinsel aus dem langgestreckten Gebirgszug der Glutberge emporragte. Östlich davon gab es nur noch Inseln und dann nichts mehr, lediglich endlosen Ozean.

Im Westen grenzte ein riesiger, langer Meeresarm die Halbinsel der Glutberge von jenem Teil der Acht Reiche ab, die die südlichen vier Fyrstheneien mit den nördlichen verband: schmale, lange Landzungen, die sich wie verhungerte, dünne Arme vom Norden zum Süden der Acht Reiche streckten, als krallten sie sie mit einer gewissen Verzweiflung zusammen. Die drei Währzungen hießen sie, einsame und nur dünn besiedelte Landwege wie von der Natur aufgeschüttete Molen, die sich gegen das sie beidseitig angreifende Wasser wehrten. Doch nur die zwei westlicheren boten tatsächliche Verbindungen zwischen Nord- und Südhälfte des Reiches. Die östlichste Zunge war durch die äußerst schmale Meerenge von Köngstott unterbrochen. Und noch weiter östlich befand sich die Halbinsel, auf der Maleni die letzten Jahre zugebracht hatte.

Alle geographischen Daten waren in ihrem Kopf, und so fand sie den verborgenen Westhafen, ohne dass sie eine Karte bemühen musste. Dort wartete ein Schiff auf sie – klein, aus geschwärztem Holz und mit einem Mast mit roten Segeln. Die Männer und Frauen an Bord musterten Malenis ledernen Passierschein mit einem gewissen Widerwillen. Das kleine, runde Ding war aus dickem Älk-Leder, in das ein fliegendes Schiff geprägt war. Es garantierte ihr die sichere Überfahrt und – sofern sich die Besatzung daran hielt – körperliche Unversehrtheit.

Maleni ging mit ihrem Pferd an Bord und war froh, dass es keine lange Reise werden würde. Die Gesellschaft an Bord behagte ihr nicht, denn sie wusste, dass man den Seefahrern nur bedingt trauen konnte. Wenn ihre Gier ihre Bedenken überstieg, mochten sie Maleni angreifen.

»Sollen sie doch kommen«, meinte Taryah, die darauf brannte, ihre Fähigkeiten einzusetzen.

»Zu viele«, murmelte Maleni in sich hinein, die mit einem Mal merkte, wie sehr sie ihre körperliche Unversehrtheit schätzte. Sie wusste, wie es war, wenn man im Übungskampf verlor. Aber ab jetzt würden die Folgen weitaus drastischer und vermutlich unerfreulich endgültig ausfallen. Sie versuchte die Mannschaft zu zählen, doch es war schwierig. Sie schienen nie alle gleichzeitig an Deck zu sein. Und sie sahen sich alle recht ähnlich mit ihren zum Teerzopf gebundenen Haaren, den verwitterten Hosen und Jacken und den Narben, die sie alle trugen – Zeichen von Kämpfen und gefährlichem Leben.

Doch es war nicht ihre Aufgabe, die Besatzung eines Schiffes zu eliminieren. Es war ihre Aufgabe, zu ihrem Junxen-Einsatzort zu kommen und dort unter Anleitung die ersten praktischen Erfahrungen zu sammeln.

Nun ging es westwärts. Das Meer war ruhig, und es war schwierig, eine Geschwindigkeit einzuschätzen. Doch vermutlich ging es langsam voran, denn das Boot war alles andere als schnittig. Taryah bebte in Maleni vor Erwartung. Und Maleni staunte, wie seltsam geduldig sie geworden war. Der allzu forsche Wunsch, vorwärts zu kommen, brannte weitaus heftiger in Taryah als in ihr selbst, doch auch Maleni sah dem neuen Lebensabschnitt mit neugieriger Vorfreude entgegen.

»Geduld!«, murmelte sie.

»Geduld ist immer gut«, antwortete ihr eine der verlebten Seefahrerinnen zynisch, die plötzlich neben ihr aufgetaucht war. »Schönes Mädchen. Du gefällst den Männern. Mir gefällst du auch.«

Maleni nickte nur. Sie wusste, dass sie gefiel. Man hatte sie genauestens darauf vorbereitet. Sie würde vielen gefallen, bevor diese fielen.

»Ich bin nicht hier, um euch zu gefallen«, murmelte sie desinteressiert.

Die sehnige Seefahrerin blickte sie lange an. »Vermutlich nicht«, kommentierte sie trocken. »Und vermutlich ist es keine gute Idee, wissen zu wollen, wozu du hier bist.«

»Ich bin hier, um mit euch nach Buccafjord zu segeln. Durch die Meerenge von Köngstott. Und dann quer über die Venom-See.«

Die Seefahrerin grinste. Und damit war das Gespräch beendet.

»Wenn die Frau etwas weiß, muss sie sterben«, flüsterte es in Maleni.

»Wir können sie nicht gut auf ihrem Schiff umbringen und die anderen leben lassen. Wir müssen nach Passnath«, dachte Maleni zurück. Bisweilen fand sie den Eifer ihrer eigenen inneren Seele unverständlich. Aber sie würden bald besser harmonieren. Schließlich waren sie eins.

Zunächst jedoch mussten sie die Meerenge erreichen. So langsam, wie dieses Schiff sich durch die Wellen quälte, würde das eine Weile dauern. Immerhin, es war eine neue Erfahrung, so viel Tageslicht zu sehen, auch wenn der Himmel zumeist bedeckt war. Die wenigen Sterne, die Maleni nachts sehen konnte, begrüßte sie wie wiedergefundene Freunde, und jeder Sonnenaufgang und Sonnenuntergang war neu und beeindruckend. So groß und mächtig der Berg auch gewesen war, so hatte die Unendlichkeit des Firmaments etwas, das Maleni ein Gefühl der Freiheit vermittelte. Freiheit war etwas Wunderbares. Taryah sehnte sich nur nach dem Ziel, doch für Maleni war der Weg schon ein Teil davon. Es war einerlei, ob es nur einen oder viele Tage dauern würde. Sie würde jede einzelne Stunde als frisch und wunderbar annehmen.

Die Meerenge von Köngstott musste ihr niemand benennen, als sie schließlich darauf zuhielten. Sie konnte sie sehen: Nebelverhangenes Land, mit einem winzigen Durchgang durch einen Hügelkamm, der wirkte, als hätte ein gigantischer Daumen daraus einfach ein Stück herausgebrochen. Wie riesige Felsentore ragten graue Klippen links und rechts des schmalen Wasserweges mit senkrechten Klüften jäh in die Höhe, um sich alsbald im suppigen Dunst zu verlieren, ohne dass man ahnen konnte, wie hoch, wie steil, wie absolut tödlich sie waren. Das Wasser dazwischen brodelte, schlug brachial und donnernd gegen die steilen Felsen auf beiden Seiten und mischte sich mit undurchsichtigen Wolkenschwaden. Wo die Wolke aufhörte, war das Land dschungelgrün.

»Geh besser unter Deck«, riet die Seefahrerin, die die einzige geblieben war, die das Wort an Maleni richtete. »Das hier ist immer gefährlich.«

Maleni ignorierte die Warnung, doch sie trat von der Reling zurück und band sich mit einem Seil fest. Es würde schaukeln. Sie wollte nicht über Bord gehen.

Schaukeln war keineswegs das passende Wort. Das Meer schäumte. In Strudeln zog und drückte es Wasser in beide Richtungen, aus der Venom-See jenseits der Enge hinaus und in sie hinein. Diese unterschiedlichen Strömungen ließen das Meer zwischen den engen Felsen wie Wasserberge aufwallen, um dann wieder in wirbelnden Trichtern in sich zusammenzubrechen. Die Wasseroberfläche hob und senkte sich wie in einer Schüssel, in der ein übellauniger Gott Suppe rührte. Die Gischt blies weit und hoch, und als die Sonne gegen die zerstörerische Szenerie schien, erblickte Maleni eine Welt von Regenbögen, die zwischen den Felsnasen schimmerten, um sich dann im wolkigen Brei, der die Festland-Enden vollständig einhüllte, zu verlieren. Der Anblick magischer Ästhetik entschädigte Maleni allerdings nur bedingt dafür, dass das kleine, wuchtige Schiff nun wie eine Nussschale auf den Wellen hinauf und hinunterhüpfte. Es schien unmöglich, das Schiff durch die schmale Enge zu manövrieren. Zum einen mochte es kaum hindurchpassen. Zum anderen ragten spitze Felsen links und rechts aus dem Wasser, das sie manchmal freigab und dann wieder bedeckte und verbarg. Und schließlich war das Boot gegen die Gewalt und Willkür der Strömungen kaum lenkbar. Wie zufällig trudelte es der Zerstörung entgegen, das Holz ächzte, und in den Wanten knarrte es. Das Deck hob und senkte sich, während schäumende Wellen darüber hereinbrachen. Befehle und Rufe verklangen in dröhnendem Lärm. Maleni war sich sicher: Sie würden zerschellen.

Zum ersten Mal waren alle Seeleute gleichzeitig an Deck aktiv. Maleni versuchte, ihren Aktionen zu folgen, doch sie war viel zu sehr damit beschäftigt, sich festzukrallen und nicht über Bord zu gehen. Jetzt zu sterben, bevor sie irgendetwas erreicht hatte, wäre ausgesprochen peinlich. Von all den Todesarten, die sie heimsuchen mochten, war sinnlos im Meer ertrinken nicht Teil ihres Gefahrenregisters gewesen. Noch dazu bei einer so kurzen Reise!

Sie hatte Angst. Fast erwartete sie, dass Taryah nach vorne drängen würde, um die Situation mit ihrer größeren physischen Präsenz zu meistern, doch ihre innere Streiterin fühlte sich nicht dazu berufen, Wellen zu bekämpfen. Sie überließ die Widrigkeiten der Welt Maleni, die verstand, dass das nun immer so sein würde. Sie lächelte, denn sie fühlte sich mit einem Mal sich selbst überlegen. Ungeheuer lebendig fühlte sie sich dabei. Sie war die Meisterin der Wirklichkeit. Leben und überleben war ihre Aufgabe. Taryahs Aufgabengebiet war viel kleiner: töten.

Malenis Euphorie zerstob bereits im nächsten Augenblick. Neben dem Boot ragten nun Felsnadeln wie geborstenes Mauerwerk empor. Keine Handbreit fehlte mehr, dann würde das Schiff auf den Felsen zerschellen.

Doch was war das? Zwischen Felsen und Klippe taumelten und trudelten irgendwelche Dinge im brodelnden Wasser. Was war das nur? Lebte das? Oder waren das die fauligen Überreste zerschellter Boote?

»Nicht hinsehen«, schrie ihr die Seefahrerin zu. »Das bringt Unglück!«

Und was tat man, wenn einem jemand sagte, mal sollte nicht hinsehen?

Man sah hin. Doch außer tanzenden Schatten in gischtiger Brühe erkannte sie nichts. Inzwischen war sie durchnässt bis auf die Haut, ihre Hände hatten sich um ein Holzgeländer verkrampft, und Salzwasser brannte ihr in den Augen. Waren da schmale Höhlen in den Klippen? Oder wieder nur Schatten im Nebel?

Mit einem Mal sackte das Boot ruckartig ab. Maleni schrie. Ihr Schrei erhob sich aus dem Lärm, während dieser abebbte. Schaukelnd dümpelte das Schiff auf den Wellen. Die Klippen lagen hinter ihnen. Die See war mit einem Mal ruhig. Sie hatten es geschafft.

Während Maleni ihre Sinne zusammensammelte, nach ihrem panischen Pferd sah und in trockene Kleider schlüpfte, fragte sie sich, warum es nötig gewesen war, ausgerechnet diese Reiseroute für sie festzulegen. Zugegeben, es war die kürzeste. Doch sicherlich wäre es einfacher gewesen, gen Osten statt gen Westen zu segeln und in der ostpassagurischen Hafenstadt Harkness anzulanden, von wo aus eine der alten Hauptstraßen des Reiches westwärts führte – über Dersteyn nach Passnath. Oder einfach nur von den Glutbergen aus nordwärts zu reisen bis ans Ende der Währzungen, um dann die westlichste zu wählen und wieder nach Süden zu reiten – ganz ohne ein Schiff. Auf der Karte waren beides Umwege, doch Maleni würde jeden Umweg gerne in Kauf nehmen, wenn sie damit eine weitere Durchquerung der Meerenge von Köngstott vermeiden konnte.

Hier wollte sie nie wieder hin.

Die Seefahrer auf dem kleinen Schiff betrachtete sie nun mit neuem Respekt. Die Meerenge zu durchqueren war ihr Geschäft, und vermutlich ging es immer gut – aber irgendwann würde es unausweichlich schiefgehen. Das war immer so. Und dieses eine Mal würde reichen.

72

Straßen waren gefährlich. Im bergigen Buschwerk jenseits der Straße mochten Räuber und Mörder lauern. Maleni blieb wachsam, während sie nordöstlich durch das Kreuzgebirge und dann bergab in Richtung Dersteyn ritten. Es war eine gute, breite Straße. Sie stammte noch aus alter Zeit, als der Handel in den Acht Reichen geblüht hatte.

Auch jetzt gab es noch Karawanen, doch das Reisen mit erstrebenswerten Gütern zog die Aufmerksamkeit gieriger Räuber und marodierender Banden auf sich. So wurden die Karawanen, die es noch gab, stets durch Bewaffnete und Passierscheine des einen oder auch anderen Fyrsthen vor Übergriffen und Requirierungsmaßnahmen der regulären Truppen geschützt. Dennoch war die Verfrachtung von Gütern – und Personen – von einem Teil des Landes zum anderen – schon lange gefährlich, und für Maleni, die unlängst ein Heer formidabler Feinde hinzugewonnen hatte, war es umso gefährlicher.

Aber da das Reisen mit Begleitung sicherer war, hatten die Schmiede dennoch entschieden, sich der Karawane anzuschließen, die plötzlich im Staub der Straße vor ihnen aufgetaucht war wie ein behäbiger Lindwurm. Der Händlertreck war unterwegs nach Dersteyn und von dort weiter nach Passnath. Es war eine ständige Karawane, die auf einem grob kreisförmigen Kurs die Städte Farrowuls mit denen Passagurs verband. Die beiden Fyrstheneien lagen latent im Krieg, doch die Grenzen waren ebenso wenig geschlossen wie genau definiert.

Von Ort zu Ort zog der lange Wagentreck mit seinen bis an die Zähne bewaffneten Begleitreitern. Manche Händler blieben nur einen Streckenabschnitt lang, andere reisten weiter mit oder kreisten ständig auf ihrer Händlerroute, kauften hier und verkauften dort. Wieder andere gesellten sich in der einen oder anderen Siedlung neu dazu.

Die Karawane war lang und umfasste eine große Menge Wagen, Karren und Reiter. Waren, Nahrungsmittel und sogar Rohstoffe wurden transportiert. Sie ratterten über die steinige Straße, bemüht, in keines der Löcher zu manövrieren, das die Zeit in die Konstruktion des Pflasters gefressen hatte. Kaum jemand reparierte noch die alten Straßen. Irgendwann würden sie nur noch schmutzige, bröckelnde Wege sein – und teilweise waren sie es schon jetzt. Dann wirbelte der Dreck unter den Rädern auf, und die ganze Wagenfolge wurde von einer braunen Staubwolke eingehüllt – solange es trocken war. Matsch bei Regen wäre freilich nicht besser, und so war Maleni dankbar für das gute Wetter und den Sonnenschein, der die Welt so trügerisch harmlos wirken ließ.

Der Karawanenführer prüfte sehr genau, wen er mitnahm und wen nicht, doch da der alte Mann Umbert zu kennen schien, nahm er ihn und seine Begleiter auf. Einem Händler konnten sie überdies Reittiere abkaufen, was das Reisen angenehmer machte.

Maleni war zwar bei allen Entscheidungen gefragt worden, hatte sich jedoch herausgehalten. Sie war noch immer mit sich selbst beschäftigt. Ihre Gedanken und Gefühle änderten sich beinahe stündlich und rumorten in ihr wie Sand in einer Windhose. Fast fühlte sie sich zurückversetzt in ihr vierzehntes oder fünfzehntes Lebensjahr, in dem derlei Stimmungsschwankungen sie öfter angefallen hatten. Mit sechzehn dann hatte sie Taryah zu sich bekommen, und danach waren die Uneinheitlichkeiten im Denken und Fühlen den unterschiedlichen Charakteren ihrer Seelen zuzuordnen gewesen. Zumindest hatte sie das gedacht. Aber was wusste sie schon? Nur eines, das ahnte sie zumindest: Es war möglich, dass Geschwister sich auch in der Karawane aufhielten. Sie hatte lange mit sich gerungen, dann aber doch Umbert gewarnt. Mit ihm zu sprechen war, so hatte sie die letzten Tage festgestellt, einfacher als mit Elgor oder Verenn, in dessen wandelbaren Augen sie immer etwas suchte, von dem sie nicht wusste, ob sie es schon gefunden hatte oder ob es gar nicht existierte. Der erneute Verrat an der Familie versetzte ihr einen Stich, doch da die Geschwister sich auch ihr gegenüber feindlich verhalten würden, hatte sie schließlich ihr Schweigen gebrochen. Natürlich, sie hätte auch nichts sagen oder einfach in eine andere Richtung davonreiten und den Schmieden den Rest ihres Lebens aus dem Weg gehen können. Sie hätte ihr Heil auch in der Flucht zum Berg suchen können, aber dann hätte sie den Schmieden die Schuld an allem geben und sie töten müssen, um sich selbst reinzuwaschen. Das hatte sie bislang nicht tun können und wollte es nun auch nicht. Zumindest jetzt nicht.

Und mit nur einer Seele zurück zum Berg zu gehen, erschien ihr auch nur bedingt ratsam, denn seit die bohrende Stimme in ihrem Inneren verstummt war, füllte sich die plötzliche Leere mit den widersprüchlichsten Gefühlen und einer seltsamen Unfähigkeit, weitreichende Entscheidungen zu treffen. Wie sollte sie entscheiden, wo sie hinwollte, wenn sie nicht wusste, wo sie stand? So reiste sie einfach weiter an der Seite der Männer, die sie hätte töten sollen, ohne genau zu wissen, wohin und wozu, und war damit beschäftigt, ihre Sorgen und Prioritäten stündlich neu zu sortieren. Sie lebte von Minute zu Minute. Noch ging das. Bald nicht mehr. Vor der nächsten Begegnung mit einem Bruder oder einer Schwester würde sie sich entscheiden müssen – vielleicht schon bald, inmitten der Karawane.

»Hast du jemanden erkannt?«, fragte Umbert besorgt zurück.

»Nein. Aber ich kenne nicht jedes einzelne meiner Geschwister. Wir sind eine große Familie und weit verstreut.«

Umbert blickte unauffällig um sich – zu den beladenen Wagen und ihren Kutschern und Weggefährten und zu den Bewaffneten, die als Vorhut und Nachhut, aber auch immer wieder an der langen Reihe der Karren entlangritten, um Flankenschutz zu geben.

»Wir sind viel unterwegs. Jedenfalls diejenigen unter uns, die aktiv im Dienst sind. Das Reisen mit Karawanen ist sicherer. Manche Karawanen führen Karren mit, die bei Bedarf mit einem Bruder oder einer Schwester besetzt werden können.«

»Mitverschwörer der Xyi?«, fragte Umbert skeptisch.

»Nein. Sie denken, sie helfen Agenten dieses oder jenes Fyrsthen.« Sie lächelte müde. »Die Xyi gibt es nicht. Das weißt du doch.«

»In der Tat, das war mir kurzfristig entfallen.« Er schmunzelte, wurde aber schnell wieder ernst: »Hast du hier denn schon jemanden gesehen, der ein Bruder oder eine Schwester sein könnte?«

Sie ließ ihren Blick erneut über die Reisenden in ihrem Sichtfeld schweifen: Fit und wohltrainiert waren viele, aber keiner von ihnen hatte das geheime Zeichen gemacht. Vielleicht aber hatte sie es auch einfach nicht gesehen, oder derjenige hatte sie gleichermaßen nicht als Schwester erkannt und sich daher gar nicht erst zu erkennen gegeben. »Ich kann es nicht mit Sicherheit sagen«, gab sie schließlich zurück. »Vielleicht erkenne ich sie, wenn ich sie reiten oder sonst wie in Bewegung sehe.«

Maleni hatte bereits auf ihrer ersten Reise verwundert festgestellt, dass Menschen, die nicht im Berg der Weisheit ausgebildet worden waren, sich oft anders bewegten – weniger elegant und fließend, weniger trittsicher und zielstrebig. Sich anzupassen, um nicht aufzufallen, war ihr schwergefallen, doch sie konnte es. Und jeder andere, der den gleichen Prozess durchlaufen hatte, konnte es vermutlich auch: aussehen wie alle anderen.

Eine Weile ritt sie schweigend und konzentriert weiter, kam jedoch zu keinem Ergebnis. »Wir leben noch«, sagte sie schließlich. »Das spricht dafür, dass hier niemand ist, der uns töten will – oder dafür, dass meine Verfehlungen noch nicht überall bekannt sind.«

»Der Verlust Taryahs ist nicht deine Schuld«, sagte Umbert leise. »Sie hat dich freiwillig im Stich gelassen, als es – brenzlig – wurde.«

»Freiwillig? Ihr habt sie ausgeräuchert wie Belagerer eine Festung.«

Umbert blickte sie an. »Das hast du uns noch nicht vergeben?«

»Vergeben ist nichts, was ich je gelernt hätte.«

Er lächelte. »Schade. Vergeben ist eine gute Sache. Es reinigt den Sinn und schafft Frieden.«

Sie blickte ihn irritiert an. Gelegentlich gingen ihr seine Weisheiten auf die Nerven, und so fuhr sie einfach fort: »Wenn es hier Geschwister gibt, wissen sie vielleicht noch nicht, was geschehen ist. Wir müssen wachsam sein.«

»Wo sollten sie Nachrichten herbekommen?«

»Manche Herbergen gehören uns. Und dann gibt es noch die Buzzarde.« Umbert runzelte die Stirn und nickte. »Unnatürliche Biester. Sie sehen aus, als hätte jemand eine Schlange mit einer zu großen Fledermaus gekreuzt.«

»Sie sind praktisch«, widersprach Maleni.

»Sie sind ekelhaft und ernähren sich von Aas.«

»Aber Aasfresser sind wichtig. Das würde dir jeder Kyrrospriester sagen. Und Buzzarde können begreifen, wo sie hinsollen. Man gibt ihnen eine Nachricht und schickt sie los.«

»Auch keine natürliche Fähigkeit«, brummte Umbert. »Woher rührt sie?«

Maleni rollte mit den Augen. Gleich würde Umbert wieder Magie und die Urgorrn bemühen. »Unterschiedliche Tiere können eben unterschiedliche Dinge. Zugvögel wissen, wohin sie fliegen müssen. Pantheiger können sich lautlos und unsichtbar anschleichen. Und Traumschlangen«, sie machte eine kleine Pause und schluckte, »können ohne Flügel durch die Luft schnellen. Weißhörnchen hingegen können sich alle ihre Verstecke merken und …«

Der Schmied schüttelte bedächtig den Kopf: »Aber keines der Tiere kann eine Aufforderung verstehen: Fliege zur Herberge X in Fyrsthenei Y. Es setzt mehr als eine Befähigung zur menschlichen Kommunikation voraus. Sie müssen auch ein menschliches Bild von der Welt haben.«

Maleni zuckte mit den Schultern. Sie wusste nicht, woher die Buzzarde es konnten. Sie wusste nur, dass nicht alle

Menschen zum Buzzardmeister geeignet waren. Vielleicht lag die Fähigkeit bei den Menschen und nicht bei den Tieren.

Als hätten sie mit ihrem Gespräch einen Ruf ausgesandt, segelte mit einem Mal ein solch knochiges, hässliches Biest von Südwesten her lautlos über ihre Köpfe hinweg. »Da!«, schrie Maleni panisch und war sich mit einem Mal sicher, dass just dieser Vogel die Kunde über ihr Versagen und ihren Seitenwechsel in den Pyrner Gängen überbrachte. Eiskalt durchfuhr es sie. Die Zeit des richtungslosen Grübelns war vorbei. Jetzt wurde ihr eine Entscheidung aufgezwungen.

Hinter sich hörte sie Hufschlag – nicht den langsamen Schritt der Wagenpferde, sondern klappernden Galopp. Panisch wandte sie sich um, und ihre Hand zuckte nach einem Messer. Aber da erkannte sie den Reiter bereits: Es war Elgor, der sein Ross wie ein legendärer Held mit den Schenkeln lenkte, während er seinen Bogen spannte und schoss. Ein fast menschlicher Schrei ertönte vom Himmel. Dann fiel der Vogel, trudelte, kreiselte abwärts und verschwand in den waldigen Ausläufern der Berge rechts der Straße.

»Guter Schuss!«, lobte Umbert.

»Verdammt!«, flüsterte Maleni. »Verdammt. Verdammt. Verdammt.«

»Jedenfalls hat er sein Ziel – was immer es sein mag – nicht erreicht.«

»Wenn er zu uns gehört, trägt er eine Nachricht am Bein. Jemand wird sie sich holen.«

»Ich wünschte, du würdest nicht ›uns‹ sagen! Denn zu *uns* gehört er nicht.«

Sie blickten nach vorn, entdeckten jedoch niemanden, der vom Pferd oder Kutschbock sprang, um sich seitwärts in die Büsche zu schlagen. Allerdings war das Terrain, durch das sie reisten, voller Felsvorsprünge und Gräben, kaum je sah man die gesamte Karawane, und nicht zuletzt kannten Geschwister die Kunst, etwas ungesehen zu erreichen.

»Ich muss das Vieh suchen und finden!«, murmelte Maleni und ließ ihr Pferd antraben. Wo genau war es noch abgestürzt? Irgendwo weiter vorne rechts.

»Ich komme mit dir«, sagte Elgor, und Maleni nickte leicht. Wollte er sie schützen? Oder verhindern, dass sie Kontakt mit einem möglichen Bruder oder einer Schwester aufnahm? Alles war möglich. Für ihn wie für sie.

KASSIBER 12

Zur Weitergabe an wen auch immer es erreicht

Familiensitz vor den Eisenbergen ist verlassen. Wirtsfamilie wird seit dem Einfall der Gendrischen vermisst, bis auf schweigsamen Alten. Lage unklar. Die Tänzerin des Feldherrn ist verschwunden. Loyalität ist zu überprüfen.

Um Weisung wird dringend gebeten! Kein Buzzardmeister anwesend.

Pantheiger

73

Elgor war abgestiegen und hatte die Zügel seines Pferdes an einen Ast gebunden. Hier irgendwo musste der Vogel niedergegangen sein. Oder nicht? Dichtbelaubte Bäume in ihrem sommerlichen Kleid versperrten ihm den Blick, und es war, als suchte man eine Nadel im Heuhaufen, mit dem Unterschied, dass in diesem Heuhaufen Gefahren lauern mochten. Elgor spürte ein ungutes Kribbeln im Nacken. Das war nichts Neues, seit sie sich entschlossen hatten, diesen gefahrvollen Weg zu gehen. Doch dieses Kribbeln erlangte eine neue Intensität. Er ignorierte es, so gut er konnte, und nahm es lediglich zum Anlass, besonders wachsam zu sein.

Maleni war noch ein paar Schritte weiter geritten und stieg nun ebenfalls ab. Ein Wagen überholte sie, und der Fahrer musterte sie argwöhnisch.

»Was gibt es denn?«, fragte er mit bohrendem Blick.

»Nichts.« Maleni schenkte dem Mann eines jener schimmernden Lächeln, die Elgor mit sehr viel Vorsicht zu genießen gelernt hatte. Sie waren schön. Und undurchsichtig wie Obsidian.

Auch Elgor nickte dem Kutscher knapp zu, während er ihn einzuschätzen versuchte. Dass Reisende der Karawane sich hin und wieder – allein oder zu zweit – seitwärts in die Büsche schlugen, war nicht ungewöhnlich, geschah allerdings selten in angespannter Eile. Vielleicht war die Frage des Kutschers nachvollziehbar – Elgor wusste es nicht. Oder es konnte bedeuten, dass just er es war, der auf die Nachricht des Vogels wartete. Er oder einer der Dutzenden anderen. Und schon zog der Wagen vorüber und nahm ihm die Sicht auf den Fahrer.

»Für ein Schäferstündchen ist das der falsche Ort!«, belehrte sie der Nächste und zwinkerte wissend. Viel zu wissend, wie Elgor fand.

Ihn verlangte nicht nach einer neuen Konfrontation mit Malenis Geschwistern. Sein Überleben war entschieden zu knapp gewesen. Ohne Malenis Eingreifen wäre er bereits tot. Und Umbert möglicherweise auch, obgleich das eher unwahrscheinlich war. Überleben war die Kunst, auf die sich Umbert in besonderem Maße verstand.

Die Karren ratterten auf den behauenen Straßensteinen, die irgendwann einmal alle gleich und plan gewesen waren. Da war auch schon der nächste Wagen, und Elgor entzog sich dem erwarteten Kommentar, indem er in das Buschwerk trat, das schnell in dichtes, gemächlich ansteigendes Waldgebiet überging. Er hatte die Karte von Predorenn verinnerlicht, und Verenn kannte sie ebenso, wenngleich seine Erinnerung in manchen Einzelheiten von Elgors Wissen abwich und von der Zeit überholt war.

Die Reisenden hatten das Kreuzgebirge bereits hinter sich gelassen. Es hieß nur dort so, wo sich das Grenzgebirge zwischen Passagur und Gendern vom Südosten mit dem nach Nordost führenden Gebirgskamm kreuzte, der seinen Anfang in Virniu hatte und von dort wie eine Diagonale den unteren Teil der Acht Reiche durchschnitt. Elgor wusste nicht genau, wie die Berge, die sich rechts der Straße in moderate Höhe streckten, hießen. Vielleicht war es schon das

Gornhandgebirge, das sich schließlich in mehrere Finger aufteilen würde. Drei Finger reckten sich, von riesigen, tiefen Fjorden geteilt, ostwärts; einer, abgespreizt wie ein Daumen, deutete nach Nordwesten und endete schließlich an der Meerenge von Köngstott. Wald links, Wald rechts, alles voll verschlungenem, undurchsichtigem Unterholz. Hier einen toten Vogel zu suchen war im Grunde sinnlos. Doch ihn nicht zu suchen bedeutete, stets zu argwöhnen, ein anderer hätte ihn – und die Nachricht, die er vermutlich trug, – gefunden. Buzzarde waren nicht klein; ihre Flügelspannweite war fast so breit wie Elgors Arme, wenn er sie nach beiden Seiten ausgestreckt hielt. Auf dem Boden hockend würden ihm die hässlichen Tiere bis über das Knie reichen. Dennoch würde der Zufall ihnen helfen müssen, das Tier zu finden. Der Zufall, der ihnen schon so manches Mal zu Hilfe gekommen war und den Umbert als eine Art unzuverlässigen Freund betrachtete. Elgor lächelte.

Er konnte Maleni im Gehölz nur noch undeutlich ausmachen. Mit ihren Händen teilte sie Buschwerk und blickte hinter efeuversponnene Sträucher, dann wieder hoch in die Baumkronen. Fast wünschte sich Elgor, er hätte das Tier nicht abgeschossen, doch in diesem Fall hätte es sein Ziel erreicht. Vielleicht hätte es ja bis zum Hauptquartier der Xyi fliegen sollen, von dem Maleni wenig erzählt hatte. Er wusste immer noch nicht, wo es war, und hätte sich über den Vertrauensbeweis der jungen Frau gefreut. Obgleich, so dachte er kritisch, auch dieser Schritt ihn nicht in Sicherheit wiegen würde. Sein Tod würde jeden Verrat, den sie begangen hatte oder noch begehen mochte, langfristig auslöschen. Was sie wirklich hinter ihrem kristallenen Lächeln und der schönen Stirn dachte und plante, wusste er nicht – nur dass

Umberts und seine Pläne nicht ihr Anliegen waren. Das waren sie nie gewesen.

Aber immerhin war sie da, bei ihnen, verletzt und verunsichert. Was zwischen ihr und seinem Tod stand, war nur jenes unerklärliche Gefühl zwischen ihr, ihm und Verenn, das sie alle drei wie eine Kette verband. Diese Verbindung hatte ihm das Leben gerettet. Und ihr auch, denn die Gendrischen hätten sie vermutlich noch vor ihrem Weitermarsch hingerichtet. Etwas hatte sie beide aneinandergefügt, und es war nicht die Vernunft. Und was einen Vertrauensbeweis anging – nun, den waren auch sie ihr schuldig. Sie mussten ihr endlich sagen, was sie vorhatten.

Schließlich entdeckte er den Buzzard. Dieser hatte sich mit dem Pfeil, der ihn aufgespießt hatte, im mistelverwucherten Geäst eines der Bäume verhakt. Und noch etwas sah er: einen schlanken Mann, der sich eben anschickte, behende ebendiesen Baum zu erklettern.

Elgor erstarrte, überlegte sich, ob es sinnvoll wäre, nach Maleni zu rufen, ließ es dann. In diesem Augenblick wandte sich der Mann um. Elgor erkannte ihn als den höflichen Heiler, der ziemlich weit vorne im Treck einen Apothekerkarren mit sich führte. Ein Giftmischer also.

Schon hatte der Mann eine Klinge in der Hand, und Elgor warf sich zu Boden, noch während der Mann sein Messer warf. Es schlug hinter ihm in einen Baum ein. Er hatte den Luftzug über sich spüren können.

Nur einen Augenblick lang hatte Elgor über die Schulter geblickt, um zu sehen, was aus dem Messer geworden war, das ihn so knapp verfehlt hatte, doch auch das war schon ein Fehler gewesen, denn nun befand sich der Mann nicht mehr am Baum, sondern flog auf ihn zu wie ein Pantheiger im Sprung.

Verenn kam mit einem Satz auf die Füße und sprang gleichzeitig zur Seite. Er war ebenso schnell wie sein Gegner, und langsamer hätte er auch nicht sein dürfen. Geführt von kundiger Hand, schnitt eine weitere Klinge durch die Luft, da, wo sich eben noch Verenns Hals befunden hatte. Seine Nackenhaare stellten sich auf, doch er gestattete sich nicht, sich auch nur einen Augenblick lang von dem kalten Schrecken aufhalten zu lassen. Schon hielt er sein Schwert in der Hand und schlug damit einen weiten Bogen um sich, in der Hoffnung, den Kampf kurz zu halten und sich Manövrierraum zu verschaffen.

Dass er den Angreifer beinahe touchierte, war sicher nur auf die Schrecksekunde des Schemenjägers zurückzuführen, die die Veränderung von Elgor zu Verenn mit sich gebracht hatte – auch wenn ausgerechnet die Xyi ein solcher Wandel gewiss weniger beeindruckte als andere. Auch der Gesichtsausdruck seines Gegners hatte sich seit Beginn des Kampfes verändert, hatte an Intensität und Schärfe hinzugewonnen. Der Mann wirkte nun größer, mächtiger, und nichts an ihm erinnerte mehr an den freundlichen Heiler.

Aus dem Augenwinkel sah Verenn eine Bewegung, doch er ließ sich nicht ablenken. Er wirbelte herum, tanzte auf den Füßen seitwärts und dann vor, bückte sich durch einen Angriff, der mit einem weiteren Dolch gegen ihn geführt wurde. Dann erblickte er eine winzige Klinge in den Fingern der linken Hand des anderen – und das grünliche Schillern darauf.

Er wusste, was das bedeutete.

Die Bewegungen des Gegners liefen gegenläufig. Beileibe nicht unkoordiniert, sondern eher dazu angetan, dass man sich auf den einen Angriff konzentrierte, während man den anderen gar nicht kommen sah. Hastig wich Verenn aus und zurück. Dabei stieß er mit dem Rücken gegen einen Baumstamm, stolperte fast über die Baumwurzeln, verlor an Gleichgewicht und Halt. Schon hatte der Gegner den Abstand wieder überbrückt. Wieder führte Verenn sein Schwert, stach, hieb, und trieb den Gegner zurück, der sofort seinen nächsten Angriff vorbereitete. Wie ein Sturmwind zuckte das Eisen in seiner zielsicheren Faust, und mit seiner freien Hand griff Verenn nach dem Gelenk der Hand, die die Giftklinge trug. Doch der Feind war unter seinem längeren Schwert hindurchgetaucht und machte einen weiteren Ausfall mit einem Schwerthieb nach vorne unmöglich. Zurück konnte Elgor nicht. Seitlich ausweichen war auch nicht möglich.

Zu einer anderen Zeit hätte Verenn vielleicht eine gewisse Bewunderung für Geschick und Kühnheit seines Gegenübers verspürt, doch im Moment fühlte er nur die Nähe des Todes. Mit Erstaunen sah er Blut in einem weiten Schwall aus der aufgeschlitzten Brust spritzen. Die Klinge des anderen zuckte.

Nicht!

Nicht sein Blut.

Elgors Verstand brauchte einen Moment, um seine Kampfreflexe einzuholen. Sein Gegner starrte ihn ungläubig an. Die verborgene Klinge, die aus Verenns Schwertgriff nach hinten geschossen war, war schnell genug gewesen. Sie hatte dem Mann den Brustkorb geöffnet, noch ehe Gift oder Dolch Verenn hatten erreichen können.

Der Kämpfer öffnete den Mund, und Elgor verstand: Sein Todesschrei würde die Bewacher der Karawane alarmieren. Ab da würde es schwierig werden.

Verenn dachte nicht nach, reagierte nur. Diesen Fehler hatte er in den Loryrbergen schon einmal begangen und im Nachhinein bereut. Siegestaumel war stets Hybris und seiner nicht würdig. Er wünschte, er könnte seine Fähigkeiten besser koordinieren, doch noch waren ebendiese Fähigkeiten unstet und unzuverlässig. Umbert hatte recht gehabt, als er gemeint hatte, Verenn und Elgor wären noch nicht so weit, sich einer Aufgabe zuzuwenden, die mehr als nur ein sporadisch aufflammendes Machtpotenzial verlangte. Einerlei – jetzt war es getan.

Der Schemenjäger fiel, krachte steif wie eine Statue zu Boden, und nur der weiche Waldboden dämpfte seinen Sturz. Sein Blut kristallisierte zu bräunlichen Flocken, die Augen überzogen sich hell, und Eiskristalle glitzerten in Wimpern, die eben noch schwarz gewesen waren. Rauhreif überzog Haare und Kappe des Mannes. Dort, wo sein Blut seitlich an ihm herunterrinnen mochte, bildeten sich kleine, rötliche Eiszapfen.

Breitbeinig stand Verenn auf dem Waldboden, das Schwert immer noch zum Stoß in der Hand. Seine Schwerthand entlang troff Blut, doch es war nicht seins.

»Was ist mit ihm?«, flüsterte Maleni, die wie aus dem Nichts neben ihrem Bruder aufgetaucht war, einen Dolch in der Hand. Es war eine unnütze Frage. Er blickte sie kritisch an, und sein Schwert zitterte nicht, als er sich eine halbe Sekunde lang überlegte, all die Schwierigkeiten, die sie sich zugezogen hatten, jetzt und hier mit einem einzigen Hieb durch einen zarten Hals zu lösen.

Ihre grünen Augen flogen von seinem Gesicht zu seinem Arm. Ein Augenblick verging quälend langsam. Er senkte seine Waffe. Sie steckte ihre weg.

»Er ist tot«, gab Verenn zur Antwort.

Sie stupste den Leichnam mit den Fingern an und zog diese erschrocken zurück.

»Er ist gefroren!« Nur ihre langjährig geschulte Disziplin verhinderte, dass sie diese Worte nicht schrie, sondern kaum hörbar zischte.

Verenn nickte und blickte sie weiter abwägend an. Eine wirklich schöne Mörderin hatten sie sich da eingefangen. Dann verzog er einen Mundwinkel zu einem bitteren Lächeln. Vertrauen gegen Vertrauen. Oder etwas Ähnliches.

»Umbert beherrscht das Feuer. Ich das Eis.« Er rührte sich wie aus einer Starre und atmete tief durch. »Zumindest gelegentlich«, fügte er bitter hinzu. Es war die Wahrheit. »Kennst du den Mann?«

Maleni starrte den Leichnam unverwandt an. Ihr Antlitz war eine Maske, weder Schmerz, noch Überraschung spiegelten sich darin – und auch nicht die geringste Ankündigung, wie sie jetzt reagieren würde.

»Vielleicht habe ich ihn irgendwann einmal im Berg gesehen«, sagte sie nachdenklich. »Aber ich weiß nicht, wer er ist. Erkannt hatte ich ihn auch nicht. – Was wird mit seinem Wagen, wenn er nicht zurückkommt?«

»Die Frage ist, wer steuert seinen Wagen gerade jetzt, wo er es nicht selbst tut? Noch ein Schemenjäger?«

Beide schwiegen.

»Die Begleitreiter werden ihn suchen, wenn er nicht zurückkommt. Sie werden jeden Angriff auf einen der Karawanen-Angehörigen ahnden. Das ist ihre Aufgabe«, erklärte sie. Karawanen waren Gemeinschaften. Gemeinschaften hatten ihre Regeln.

»Lass uns den Vogel holen!«, sagte er knapp, weniger Vorschlag als Befehl. Verenn war es gewohnt gewesen zu befehlen. Elgor hingegen folgte zumeist den Ratschlüssen Umberts, so wie es sich für einen Ziehsohn geziemte.

Maleni blickte ihn skeptisch an. Der Eindruck ihrer Schönheit verlor sich gegen die Möglichkeit von Verrat. »Ich hole den Vogel. Versteck du den Leichnam!«, sagte sie.

Sie maßen einander mit Blicken, in denen nur Spuren ihrer verborgenen Gedanken zu erkennen waren. Dann zog Verenn einen Mundwinkel nach unten. Es war kein Lächeln, doch es schien ihr zu genügen. Kurzentschlossen wandte sie sich ab und schritt zum Baum.

Er sah ihr hinterher. Nicht nur Elgor mochte diese Frau. Er gab es nur widerwillig zu. Und es war nicht ihre Schönheit allein, die ihn zwang, ihr hinterherzusehen und ihre Gestalt, ihre Anmut zu bewundern. Es war auch jenes Kribbeln von Gefahr, dessen er sich in ihrer Gegenwart stets bewusst war. Die Grenze des Möglichen war stets auch die Grenze zur Dummheit. Er wusste das. Doch Maleni hatte gelernt, ihm den Rücken zuzuwenden. Das war beachtlich.

Er hatte mit nur kurzen Unterbrechungen sehr lange im Nichts verharrt. Die verflossene Zeit hatte er nicht messen können in jenem Zustand der Kaum-Existenz. Das war gut so, denn es wäre eine grausame Wartezeit gewesen, körperlos und ohne Möglichkeit zur Aktion, nur eine Erinnerung und eine Anwartschaft auf Leben. Doch nun lebte er wieder. Und es war nicht zuletzt diese Frau in ihrer ganzen glitzernden Gefährlichkeit, die ihn sich lebendig fühlen ließ.

Er zischte wortlos etwas durch gefletschte Zähne. Wer leben wollte, sollte Gefahren meiden. Doch die Wahl hatte er ohnehin nie gehabt. Bewusst nahm er sich zurück.

Es war Elgor, der den eisigen Klotz zu dichtem Buschwerk zerrte und ihn wie eine starre Puppe in das Versteck von

Blättern und Ranken schob. Es war keine Zeit, ein Grab zu schaufeln. Womit auch? Ein Schwert taugte dazu wenig, und so würde dieses notdürftige Versteck niemanden, der intensiv suchte, lange irreführen. Er verflocht einige Ranken miteinander, stopfte etwas Geäst zu dem Ganzen, streute Blätter und Moos darüber. Dann lehnte er sich gegen einen Baum und atmete tief durch.

Ihm war kalt. Er hatte den vereisten Leichnam angefasst. Und doch war in ihm auch die Hitze des Sommers, die die Welt flirren ließ. Vielleicht nicht nur die Hitze, sondern auch die Erkenntnis, dass seine und Verenns Gefühle zunehmend miteinander verflossen und sich mischten. Zu Anfang hatte er das kaum für möglich gehalten. Umbert war der Meinung gewesen, die besonderen Fähigkeiten Verenns würden sich in Elgor, der die Prädisposition zu magischem Handeln nicht besaß, vermutlich gar nicht manifestieren. Doch sie waren da, wenngleich noch nicht zuverlässig abrufbar. Sich auf sie zu verlassen, wäre ein Fehler.

Dennoch war dieser Tote gefroren, als hätte er seit Jahrhunderten in einem Gletscher gelegen. Und jene Kämpfer, die in den Loryrbergen Maleni verfolgt hatten, waren es auch gewesen. Auch sie hatte Verenn im Siegestaumel mit einem Eisblitz bedacht, bevor er sich darüber im Klaren war, was er da tat.

»Ist alles in Ordnung?«, fragte Maleni direkt hinter ihm. Er fuhr herum. Er hatte sie nicht kommen hören. Natürlich nicht. Schemenjägerinnen hörte man nicht kommen.

Er atmete keuchend aus, merkte, dass er die Hand an seinem Dolch hatte, ließ ihn los. Sie stand so nah, dass sie ihm ihren Dolch zwischen die Rippen hätte stoßen können, ohne auch nur den Arm auszustrecken. Unwillkürlich hob er die

Hände, an denen dunkle Eiskristalle hingen. Seine Bewegung stockte einen Augenblick, dann fasste er das Antlitz des Mädchens links und rechts mit seinen großen Händen, neigte es ein wenig zurück, beugte sich darüber und küsste Maleni auf den Mund. Verenn oder Elgor. Er war sich nicht mehr sicher. Es war einerlei.

Sie wehrte sich nicht. Es war kein langer Kuss. Auch hätte er sie losgelassen, wenn er eine Gegenwehr verspürt hätte. Doch es gab keine. Offenbar fand sie ihn trotz des Zustandes seiner Hände nicht eklig genug, um ihm die Knochen zu brechen. War das positiv zu werten?

Er ließ von ihr ab.

»Entschuldigung.«

»Bitte.«

Beide traten einen Schritt zurück, sie ernst und großäugig, er betreten. Dankbar ließ er Verenn den Vortritt und betrachtete aus dem Hintergrund Malenis zuckende Augenbraue, als sie die Veränderung beobachtete.

»Warum …?«, fragte sie und unterbrach sich dann. »Einerlei. Ich habe die Botschaft.«

»Was steht drin?«

»Dass die Tavernenmannschaft von Pyrn verschwunden ist.«

»Dann hat man sie noch nicht gefunden?«

»Und dass meine Loyalität geprüft werden muss.«

»Dann ist dein … dein Seitenwechsel noch nicht manifest.«

»Dass weitere Berichte folgen werden.«

Verenn nickte nachdenklich. »Es wäre töricht zu glauben, wir könnten sie alle abfangen.«

»Wir wissen nicht einmal, wie viele Botschaften an wie

viele Ziele gingen!« Einen Augenblick lang schwang Verzweiflung in ihrer Stimme, doch ihr Gesichtsausdruck blieb neutral. Ihre Beherrschung war beachtenswert. Verenn stand starr da und versagte sich den Drang, ihr durch die seidigen Haare zu streichen, die aus ihrer Kappe hervorlugten. Er hatte schon zu viel getan.

»Wir müssen zurück zum Treck.«

»Sie werden schon vorbeigezogen sein.«

»Wir können sie einholen.«

Sie bückte sich und beseitigte Spuren mit ein paar zielgerichteten und hurtigen Handbewegungen. »Warum ...«, begann sie wieder, und er überlegte sich bereits eine vernünftige Antwort auf die Frage, warum Elgor sie geküsst hatte. Nicht, dass Vernunft etwas damit zu tun hatte.

»Warum hast du ihn vereist?«

Immer praktisch.

»Um ihn am Schreien zu hindern.«

»Eine Klinge in die Kehle hätte gereicht.«

»Vermutlich.« Verenn lächelte. Es war ihm, als hätte er das schon sehr lange nicht mehr getan.

74

Es war der dritte Kuss gewesen. Maleni stellte es ganz sachlich fest. Und es war der erste, der richtig zählte. Damit war die Sachlichkeit auch schon wieder auf dem absteigenden Ast. Ein wenig benommen stieg sie auf ihr Pferd. Das Ende der Karawane konnte sie nicht mehr sehen, doch der Staub hing noch in der Luft. Sie waren nicht weit, die Händler mit den Wagen, die Begleitreiter mit den Waffen, und wer immer den Mann, den Verenn getötet hatte, als Erster vermissen würde. Wenn jemand kam, um nachzusehen, wo er blieb, würde er ihnen entgegenkommen. Er würde sie sehen und vermuten, dass nur sie etwas mit dem Verschwinden zu tun haben könnten. Sie sollte sich unbedingt eine Lösung überlegen, irgendein plausibles Argument.

Doch sie dachte nur an den Kuss. Er war von einer liebevollen Zärtlichkeit gewesen, die Taryah von ihren todgeweihten Kunden nie erfahren hatte.

Sanft.

Elgor war sanft.

Verenn war das nicht.

Sie blickte auf den Mann, der eher grimmig als romantisch neben ihr her ritt. Dunkle Haare. Braune Haut. Blaue Augen. Wenn die Sonne direkt darauf fiel, meinte sie fast sehen zu können, dass der Eindruck trog, ein falsches Deckmäntelchen über der Wirklichkeit.

»Du musst jetzt Elgor sein!«, mahnte sie ihn. »Die Karawane kennt nur Elgor.«

Dann wandte sie sich ab.

Seine Lippen waren weich gewesen. Seine Wangen unrasiert und kratzig. Sein Haar roch nach Wald und Eisen, und sein großer, muskulöser Körper hatte sich angefühlt wie eine Zuflucht, in die man sich zurückziehen konnte.

Als Taryah das Sagen über körperliche Kontakte zu anderen Menschen gehabt hatte, hatte sie so etwas nie gefühlt. Maleni selbst hatte keine direkte Erfahrung mit dem Körperlichen. Alles, was sie erlebt und gespürt hatte, war stets durch den Filter ihrer anderen Seele zu ihr gedrungen. Ein abgestandenes Produkt an vorhersehbaren Aktivitäten und Reaktionen. Pflichterfüllung mit dem Körper. Perfektion der physischen Abläufe. Kein Kribbeln, kein Sehnen.

Das war gut, denn so hatte es sie nicht übermäßig belastet.

Und das war schlecht, denn nun, da sie allein war, kämpfte sie trotz all ihrer Erfahrung mit der auf nichts fußenden Hoffnung, da wäre vielleicht noch mehr, als man ihr beigebracht hatte.

Dazu kam eine geradezu jungfräuliche Unerfahrenheit. Bei ihrer Ausbildung fand sie das mehr als peinlich. Jede Art von Schamhaftigkeit hatte man ihr ausgetrieben, damals, während ihrer Junxenzeit. Doch das war nur teilweise richtig, denn tatsächlich war Taryah die Nutznießerin dieser besonderen Ausbildung gewesen. Maleni hatte während dieser Zeit gelernt, zu organisieren, unauffällig in Gebäude zu gelangen und von dort wieder zu verschwinden, über Dächer, durch Keller, an betäubten Wachen vorbei. Sie hatte die Codenamen der Brüder und Schwestern gelernt, mit denen sie zu tun hatte, die Wege und Stege in den Acht Reichen und wie man sich in Sicherheit brachte.

Die interessanten Dinge hatte Taryah gelernt, und obgleich sie natürlich beide beides lernten, war doch immer klar gewesen, wem welches Wissen und welche Kenntnisse zustanden. Doch jetzt war Taryah fort. Und Maleni hatte ihren ersten richtigen Kuss bekommen. Der gehörte nur ihr allein. Und sie hatte währenddessen nicht darüber nachgedacht, wie sie ihn am besten nutzen konnte.

Da. Ihre dummen Gedanken kreisten immer noch darum. Sie ertappte sich dabei, wie sie lächelte, und spornte ihr Pferd an, als könne sie die Begegnung, die sie so wenig einordnen konnte, irgendwie hinter sich lassen, wenn sie schneller ritt. Sie spürte Elgors Blick auf sich, sah nicht zu ihm hinüber, ließ ihn grübeln.

Das Ende der Karawane kam in Sicht. Ganz hinten, doch noch kurz vor der bewaffneten Nachhut ritt langsam Umbert und zog die Mulis hinter sich her. Es dauerte nicht lange, da hatten sie ihn eingeholt, nachdem sie mit einem freundlichen Kopfnicken an den Bewaffneten vorübergezogen waren. Elgor ritt auf die rechte Seite Umberts, Maleni hielt sich zu seiner Linken.

»Und?«, fragte der alte Schmied leise. »Ist etwas passiert?«

Elgor blickte schuldbewusst. »Nichts ist passiert!«

»Habt ihr den Vogel nicht gefunden?«

Elgor zuckte, als bemerkte er erst jetzt, dass er die Frage wohl missdeutet hatte.

»Ja, haben wir«, flüsterte Maleni, während Elgor noch an seinen Worten herumbiss. »Sie haben die Leichen in den Tunneln noch nicht gefunden, wissen aber, dass die Geschwister vermisst werden. Über meine Loyalität wird spekuliert.« Sie reichte Umbert den winzigen Zettel in der Erwartung, dass er ihn doch nicht würde lesen können, doch er vertiefte sich darin, und die alte Geheimschrift schien ihm keine Probleme zu bereiten.

»Ungünstig«, sagte er nur, ohne aufzusehen.

»Außerdem war da ein … einer von ihnen«, wisperte Elgor, der sich wieder gefasst hatte. »Ich … wir …Ve… er ist besiegt.« Er sagte nicht, dass es schwer gewesen war und durchaus knapp. »Und vereist«, fügte er etwas verschämt hinzu.

Umbert knurrte ungehalten. »Wie ungemein praktisch. Da hält er sich frisch.«

Eine kurze Weile ritten sie schweigend und blickten um sich. Die Nachhut war immer noch weit genug hinter ihnen, um ihr Gespräch nicht verstehen zu können, und das Klappern der Hufe und Rattern der Räder auf der Straße schufen eine akustische Barriere. Zum letzten Wagen gab es auch einen Abstand. Bald würden die Begleitreiter sie ermahnen aufzuschließen. Lücken in der Karawane machten es Angreifern leicht. Freilich wusste noch niemand, dass so ein Angriff bereits stattgefunden hatte und die Mörder unter ihnen waren. Die Mörder des Mörders.

»Man wird vielleicht nach ihm suchen«, gab Elgor zu bedenken.

»Wird man ihn finden?«, fragte Umbert.

»Wenn man gründlich sucht. Vielleicht wird der Leichnam sich nicht allzu rasch geruchstechnisch bemerkbar machen …«

»… wo er doch so gut frischgehalten wird!« Umbert schien wirklich nicht erbaut von Verenns Vorgehensweise. Elgor blickte etwas betreten drein.

»Wir müssen einen Plan schmieden«, sagte nun Maleni. »Doch ich kann wenig dazu beitragen, solange ich nicht weiß, was ihr vorhabt. Es ist Zeit, dass ihr euch entscheidet, ob ihr mir nun vertraut oder nicht. Tut ihr es nicht, gibt es keinen Grund für mich, bei euch zu bleiben.«

Keinen außer vielleicht jenem Kuss. Doch das würde sie nie aussprechen.

»Erst einmal nach Dersteyn. Und dann weiter.«

»Weiter? Wohin weiter? Habt ihr ein Ziel, oder dreht ihr nur eure Runde durch die Acht Reiche?«

»Wir haben ein Ziel.«

»Und Dersteyn? Warum Dersteyn?«

»Diese Straße führt dort hindurch. Die Landschaft macht es schwierig, Dersteyn zu umgehen. Dort kann man über den Fluss. Später ist der Drimit zu breit, als dass man ihn gut überqueren könnte.«

Sie schwieg eine Weile, dann sagte sie: »In Dersteyn gibt es wieder eine Herberge von uns. Von der Geschwisterschaft. *Der gelbe Prinz.* Ich war dort schon. Sie kennen mich.«

Elgor zischte etwas Unflätiges zwischen den Zähnen hervor, doch Umbert zog nur eine Augenbraue hoch und meinte: »Ungünstig.«

»Wir sollten Dersteyn vermeiden«, fuhr sie fort. »Aber es ist möglicherweise auch nicht gut, noch allzu lange bei der Karawane zu bleiben.«

»Sich jetzt davonzuschleichen ist auch verdächtig«, brummte Elgor.

»Es gibt hier nur die eine gute Straße«, gab Umbert zu bedenken. »Wenn wir die verlassen, müssen wir querfeldein durch den Wald oder das Gebirge.«

»Was mich wieder zu meiner ursprünglichen Frage bringt: Wo wollen wir hin?«

Maleni konnte fühlen, welchen inneren Kampf es Umbert kostete, ihr zu vertrauen. Sie konnte das verstehen. Es ging ihr nicht anders. Wäre Taryah noch in ihr, hätte dies alles längst eine andere Wendung genommen.

Erstaunlicherweise vermisste sie Taryah nicht. Tag für Tag war ihr mehr, als hätte sie einen Teil von sich verloren, der nie so ganz gepasst hatte. Sie fühlte sich nicht halb, sondern so vollständig, wie man nur sein konnte. Sie war Maleni, und sie schien keinen Teil ihres Maleni-Seins eingebüßt zu haben. Nur ihr schlechtes Gewissen hielt sie bisweilen im Griff und warf ihr vor, sie sei eine Verräterin.

Aber Logik wurde überbewertet. Es gab noch mehr auf der Welt als kalte, praktische Berechnung. Jenen Kuss zum Beispiel. Elgors Grinsen. Den kritischen Blick aus Verenns verstörend blauen Augen. Und Umberts brummigen Sarkasmus.

Alles Aspekte des Lebens, die ihr bislang entgangen waren. Sie wollte nicht mehr darauf verzichten – und das war absolut nicht logisch.

Umbert sah sich erneut vorsichtig um. »Köngstott«, wisperte er, ohne auch nur die Lippen zu bewegen.

»Kö…«

»Still!«

»Aber da ist nichts!«

Er lächelte grimmig, sagte nichts.

»Glaube mir«, sagte sie erneut. »Ich bin schon … dort … vorbeigesegelt. Da ist nichts.« Nichts außer Felsen und Nebel und einem kühlen Grab, wenn die Seeleute nicht aufpassten.

»Dennoch müssen wir dorthin.«

»Und was …«

»Wir werden es dir erklären. Ich verspreche es. Aber nicht hier. Es sind zu viele Menschen hier.«

»Was uns zu dem Problem zurückbringt, wie wir reisen wollen«, murmelte Elgor. »Ich denke auch, es wäre vielleicht nicht gut, Dersteyn anzusteuern.«

»Die Straße führt dorthin, und eine andere gibt es hier nicht. Wir könnten höchstens versuchen, am Westufer des Drimit einen Flussschiffer zu finden.«

»Dersteyn und sein Flusshafen liegen am östlichen Ufer in der Stadt.«

»Dann muss einer von uns in die Stadt, um das zu organisieren.«

»Nicht Maleni!«, wisperte Elgor.

»Nein. Nicht Maleni. Aber du oder ich könnten gehen.«

»Du meinst, wir bleiben bis Dersteyn bei der Karawane und setzen uns erst kurz vorher ab? Ist das nicht verdächtig?«

»Alles ist verdächtig.«

Wie zur Bestätigung dieser Aussage kam ein Reiter in entgegengesetzter Karawanen-Richtung auf sie zu. Er blickte sie an, dann an ihnen vorbei ans Ende des Trecks. Schließlich ritt er weiter bis zu der Wächter-Nachhut.

»Der Heiler von Wagen drei ist nicht da!«, rief er. »Er wollte mal kurz in den Wald austreten und ist nicht zurückgekommen!«

»Hier ist er nicht!«, erhielt er als Antwort. »Vielleicht haben die mit den Mulis sie gesehen. Zwei von ihnen waren im Wald.«

Umbert hob die Augenbrauen; Elgor zischte etwas zwischen den Zähnen hervor. Maleni bemühte sich um Harmlosigkeit. Das hatte sie schließlich trainiert.

Da war er auch schon, ritt auf gleicher Höhe neben sie.

»Der Heiler von Wagen drei ist nicht zurückgekommen«, wiederholte der Mann. Maleni lächelte ihn freundlich an, während sie ihn musterte. Er war dicklich und saß auf dem Pferd, als ritte er nicht allzu oft. Seine Fußspitzen zeigten nach unten, die Knie waren zu hoch, eine Hand hielt sich am

Sattel fest, und sein Hintern rutschte auf dem Leder hin und her.

Sie blickte verstohlen auf seine Hände, ob er das Erkennungszeichen ausführte, doch da war nichts. Das hatte freilich nichts zu bedeuten, denn auch sie gab sich nicht zu erkennen. Immerhin, ein besserer Reiter sollte er schon sein, falls er einer der ihrigen wäre.

»Wo ist er denn hingegangen?«, fragte Elgor und wirkte so harmlos und treuherzig wie immer. Malenis Augenbrauen zuckten. Sie hatte diesem Ausdruck anfangs misstraut. Offenbar zu Recht. Sie wartete auf eine innere Mahnung, doch die blieb aus.

»Er hat irgendwas von einem Vogel gesagt und ist seitwärts in die Büsche.«

»Ein Vogel?«, antwortete Umbert und zwinkerte. »Ich habe ›seitwärts in die Büsche‹ ja schon auf mannigfaltige Art umschrieben gehört, aber mit Vögeln hatte es noch nie etwas zu tun.«

Der Mann grinste etwas verschämt. »Ich meine nur, weil ihr doch im Wald … vielleicht habt ihr ihn gesehen?«

»Aber unser … Waldabstecher hatte rein gar nichts mit …« Maleni verstummte und suchte nach Worten.

»… Vögeln zu tun?«, soufflierte Umbert süffisant.

»Wir haben nicht …«, fuhr Elgor auf.

»Wir haben uns nur unterhalten wollen«, erklärte Maleni hastig. »Ungestört.« Sie blickte Umbert strafend an, während sie gleichzeitig fand, dass er das Gespräch sehr klug entschärft hatte.

»Nun, Hauptsache, ihr habt euch gut – unterhalten!«

»Jedenfalls haben wir dabei niemanden gesehen!«, fügte Elgor etwas patzig hinzu.

Der Mann blickte verwirrt von einem zum anderen. »Ich mache mir Sorgen …«, sagte er.

»Ist der Mann ein Freund von dir?«

»Nein. Er hat mich angeheuert, damit ich bisweilen den Wagen fahre oder auf seine Sachen aufpasse, wenn er mal unterwegs ist. Weil er doch ein Wanderheiler ist. Manchmal muss er weg, jemanden heilen.«

»Vielleicht ist er ja auch jetzt unterwegs, jemanden zu heilen?«

»Mitten in der Wildnis? Und ohne sein Pferd?« Der Mann deutete auf das Tier, auf dem er saß.

»Stimmt«, nickte Umbert. »Das ist seltsam. Aber wenn er dich angeheuert hat, seinen Wagen zu fahren, wenn er nicht da ist, dann würde ich das doch machen. Sonst hätte er dich ja nicht anheuern brauchen. Fahr seinen Wagen. Wirst sehen, er taut … taucht schon wieder auf.«

»Trotzdem komisch«, murmelte der Mann.

»Die Welt ist unberechenbar«, meinte Umbert und nickte dem Mann zu. »Brauchte er irgendwelche Vögel für Heilmittel? Vögel fangen geht sicher nicht schnell.«

»Weiß ich nicht.«

Eine Weile ritten sie schweigend nebeneinander her. Dann überredete der Mann das Pferd ungeschickt dazu, schneller zu laufen, und ritt wieder nach vorne zum Wagen. Maleni und die Schmiede sahen ihm nachdenklich hinterher.

»Das war … harmlos«, meinte Elgor.

»Zu harmlos«, sagten Umbert und Maleni gleichzeitig, als hätten sie sich abgesprochen.

Entschieden zu harmlos, dachte Maleni.

75

DAMALS

Die Hände des Mannes waren von hinten in Taryahs Brüste gekrallt, während sein Glied wieder und wieder mit Inbrunst in Taryah stieß. Sie stöhnte wohlig, bat ihn um mehr und um noch mehr und nannte ihn ihren – allergrößten – Helden. Sie gab ihm eine Zuflucht in ihrem Körper, den er bearbeitete wie ein Rammbock ein Stadttor. Gleichzeitig überlegte sie noch, zu welchem Zeitpunkt sie ihm den Schlaftrunk hätte verabreichen sollen, damit dies hier nie so weit gekommen wäre. Sie musste lernen, besser zu planen.

Der Mann sah nicht gut aus, seine Männlichkeit war entschieden zu groß, und er schien unersättlich. Lust und Begeisterung zu heucheln, wurde zusehends schwieriger. Doch so lautete die Aufgabe, und Kandria beobachtete alles aus dem geheimen Versteck heraus, um hinterher mit Taryah Manöverkritik zu halten.

Kandria war die Wirtin im *Krug*, der Xyi-Herberge zu Passnath, in der Taryah ihre praktische Ausbildung absolvierte, Kunde um Kunde, Stoß um Stoß. Kandria war Tänzerin und Buhlerin gewesen, als sie jung war. Sie war stolz auf ihre vielen erfolgreich gelösten Aufgaben, und sie wurde nicht müde, Taryah zu kritisieren und zu ermahnen. Schöner musste sie sein, williger, sich lustvoller bewegen, die Vorzüge ihres Körpers besser und gezielter einsetzen. Und vor allem: immer den Überblick behalten und den Zeitablauf auf die Sekunde genau beherrschen.

Taryah hatte es sich leichter vorgestellt, obgleich sie die Sache mit unermüdlicher Sportlichkeit und mentalem Elan anging. Und mit einer gewissen athletischen Leidensfähigkeit, die auf ihrem unbeugsamen Siegeswillen fußte. Dies waren Schlachten, und sie musste lernen zu siegen.

Maleni versuchte möglichst wenig selbst zu fühlen und überließ ihrer anderen Hälfte immer größere Teile des Seins, nur damit sie selbst sich weit von den Übungen entfernt halten konnte. Ausblenden ließ sich nichts, doch eine gewisse theoretische Distanz ließ sich erlernen. Distanz war gut. Freilich blieben ihr die Blessuren zu tragen, sobald Taryah mit ihrer Aufgabe fertig war und sich zurückzog. Doch das durfte sie erst, wenn der Übungspartner versorgt war – auf die eine oder andere Art.

Passnath war die Grenzstadt zwischen Farrowul und Passagur. Früher hatte der Fyrsth von Passagur hier residiert, doch die Nähe zum Feind hatte ihn seinen Regierungssitz nach Dersteyn verlegen lassen, das im Zentrum der Fyrsthenei lag. Maleni mochte die Pracht der Grenzstadt, auch wenn die Bauten mit ihren spitzspiraligen Türmen, die sie auf alten Zeichnungen gesehen hatte, inzwischen längst nicht mehr so aussahen.

Maleni war nun Teil der Herbergsbesatzung des *Krugs* und als einzige Junxe mit Abstand die jüngste Angehörige des Herbergspersonals. Ihre Aufgabe war es, im Schankraum zu bedienen und sich um die Gäste zu kümmern. Bisweilen erhielt sie die Zusatzaufgabe, einen der durchreisenden Gäste besonders gut zu versorgen, ihn zu umbuhlen und ihn schließlich in die private Umgebung eines eigens dafür ausgestatteten Raumes zu locken. Dort tanzte sie für die Auserwählten und stellte sich ihrer Aufgabe: Sie so zu umgarnen, dass sie sich komplett ihrer Führung ergaben. Und nebenbei musste Taryah ihnen etwas in Speise oder Getränk mischen, ohne dabei ertappt zu werden. Es war kein Gift; niemand sollte im *Krug* sterben. Doch ein starkes Schlafmittel sollte dafür sorgen, dass die Durchführung des Aktes, für den Taryah verantwortlich war, nicht allzu lange währte. Zudem war es eine Übung in Geschicklichkeit.

Taryah war durchaus überrascht gewesen, dass es Männer gab, die ihren wunderschönen Tanz gar nicht erst sehen wollten. Es hatte den ersten Interessenten beinahe das Leben gekostet, als dieser, anstatt sich dem Kunstgenuss zu widmen, einfach über sie hergefallen war. Reflexe einer todbringenden Kämpferin waren schwer zu unterdrücken. Sie hatte sehr an sich halten müssen, ihm nicht den Hals zu brechen oder ihn einfach zu kastrieren. Stattdessen hatte sie Genuss geheuchelt und schließlich doch die Führung übernommen, selbst aus einer Position heraus, die dazu rein gar nicht geschaffen schien. Und so war das erste Mal ohne jegliche falsche Romantik oder Initiationsmystik ausgekommen. Taryah war wütend auf sich selbst gewesen, und Maleni hatte sich später übergeben. Weh getan hatte es außerdem.

Dieser Mann heute hatte ihr immerhin eine Weile zugesehen, wie sie ihren Körper in anmutigen Bewegungen zu der Musik gleiten ließ, die aus dem Schankraum zu ihnen ins erste Stockwerk drang. Doch seine Geduld für die feineren Aspekte des Lebens war begrenzt. Er hatte den Becher, in den sie eben das Pülverchen hatte kippen wollen, mit Schwung in die Ecke gepfeffert. Ihr dünnes Schleierkleidchen war schnell zerrissen, und nun beglückte er sie schon eine erkleckliche Weile mit geradezu unvergleichlicher Ausdauer. Die Stellung hatte immerhin den Vorteil, dass man ihm dabei nicht ins Gesicht blicken musste. Sie konnte sich vorstellen, er wäre jung und schön.

Irgendwann war er fertig, zog sich zurück, klatschte ihr noch einmal anerkennend aufs Hinterteil und warf eine Münze auf den Boden. Dann ordnete er seine Kleider und verließ Taryah ohne ein weiteres Wort.

Etwas mühsam rappelte sie sich hoch.

Die Tür ging auf, und Kandria trat ein. Sie musste inzwischen weit über fünfzig sein, doch man konnte immer noch erkennen, wie wunderschön sie einst gewesen war. Zudem war sie streng. Und ein wenig arrogant. Taryah nahm sich vor, genauso zu werden. Maleni hätte sich über etwas mehr Verständnis und Wärme gefreut.

»Hat es Spaß gemacht?«, fragte die Mentorin zynisch.

»Macht es das je?«, fragte Taryah, die wenig Lust auf Schelte verspürte und ein heißes Bad vorgezogen hätte.

»Durchaus. Du hast einen gesunden Körper. Wenn du ihn genügend beherrschst, kann auch er zu der Musik der Leidenschaft vergehen. Bis dahin muss dein Spaß daraus bestehen, deine Aufgabe perfekt zu erfüllen. Hast du das getan?«

Taryah setzte sich vorsichtig auf die Kante des Bettes, das der Mann so nachhaltig ignoriert hatte.

»Nein. Er wollte nicht trinken.«

»Was er will, ist nicht wichtig. Er muss tun, was – du – willst. Und wenn er deinen Becher nicht will, muss er dir den Trank vom Körper nippen und denken, es wäre seine Idee.«

Eine Weile musste sich Taryah noch die beißende Kritik anhören. Sie nahm sie nicht übel. Sie lernte daraus. Wenn sie sich ärgerte, dann eher über die spöttische Art und Weise, in der sie dargebracht wurde. Dann wieder bewunderte sie die sarkastische Überlegenheit Kandrias. Die ältere Schemenjägerin lebte noch, also hätte sie stets alles richtig gemacht.

»Wenn du dich gewaschen hast, komm in meine Kammer. Heute lernst du, wie man einer Frau zu Gefallen ist. Und vielleicht kann ich dir auch beibringen, wie es ist …«, sie machte eine kleine Pause und lächelte seltsam, »Spaß zu haben. Genuss zu fühlen. Dich in Leidenschaft gehen zu lassen – eine Lektion fürs ganze Leben. Und sei es nur, damit du weißt, was du stets vermeiden musst.«

In dieser Nacht lernte Taryah, dass ihr Körper innerlich singen konnte, als wäre er ein ganzer Chor. Sie erforschte dabei jeden Winkel des Körpers ihrer Lehrerin und diese jeden Winkel des ihrigen.

»Mochtest du den Wein?«, fragte die Frau sie, als Taryah geradezu hilflos in ihrer eigenen Ekstase gefangen war, zuckte und stöhnte. »Du hast ihn vertrauensvoll von mir genommen. Das war wirklich sehr lieb von dir!«

Kandria lachte glockenhell, während ihre kundigen Hände über Taryahs Körper strichen und seine Geheimnisse erforschten.

»Was …?«, fragte Taryah keuchend.

»Drenwurz! Es macht Männer wie Frauen so lustvoll und geil, dass ihre Körper vor Begehren und Verlangen brennen. Ein Orgasmus, meine Liebe, dauert sonst nicht so lange an. Aber ist es nicht schön?«

»Drenwurz ist giftig!«, zischte Taryah. Es würde sie nicht umbringen, doch anderen mochte es durchaus gefährlich sein. Und sie selbst fragte sich, wie sehr sie das Gift im Leib würde büßen müssen. Sie erinnerte sich noch deutlich an die Phase der »Entgiftung«. Sie fragte es sich jedoch nur eine Sekunde lang, denn ihr Geist war zu tiefem Nachdenken nicht fähig, verlor sich hinter dem Vibrieren jeder einzelnen Nervenspitze in ihrer Haut, in jedem erneuten Erblühen ihrer Sinnlichkeit. Ihr Körper hatte nur noch ein Zentrum, und dieses pulsierte heftig in Erfüllung und gleichzeitigem neuen Verlangen. Wie eine geöffnete Blüte war sie, die sich rhythmisch immer weiter öffnete.

Kandria leitete diesen Körper meisterlich weiter und weiter an. Dabei redete sie in ihrer spöttischen Weise auf Taryah ein: »Ja, man kann sich totrammeln. Das geht. Fühle es. Du musst wissen, wie das ist, meine schöne Schemenjägerin. – Ist das schön? Und das? Wie steht es hiermit?« Eine Hand eroberte eine neue Position.

»Ja!«, schrie Taryah. »Ja! Ja. Schön!« Ihr Gehirn war zum schmalen Grat geworden, von dem alles abrutschte, das nicht der Befriedigung diente.

»Drenwurz ist dein letztes Mittel, wenn andere Verführungskünste versagen. Du musst es immer greifbar haben, in einem Ring, einem Medaillon. Und nimm es nie selbst, auch wenn dein Körper sich danach verzehren wird, stets wieder genau diese Ekstase zu spüren. Diese. Und diese?«

Die kundige Frau fand immer neue Stellen an Taryah, die frische Wellen wilden Genusses durch sie regnen ließen. Sie wollte etwas sagen, doch vermochte nicht einmal mehr, Worte zu finden, stöhnte nur und wand sich.

Irgendwann verschwand die Welt hinter einem Vorhang an Farben. Zu diesem Zeitpunkt war sie längst nicht mehr Herrin ihrer selbst, lag nur hilflos stöhnend da und fühlte tausend Hände, die sie liebkosten und erforschten. Sie hörte sanftes Lachen. Es durchdrang sie, schüttelte sie.

Maleni vernahm es noch, als sie wieder erwachte. Sie sah sich um, lag allein und nackt in ihrer eigenen Kammer, die sich wild um sie drehte. Ihr Bett schien losgelöst von der Schwerkraft, tobte in einem eigenen Universum. Kandria war nicht mehr da, zumindest konnte Maleni sie nicht sehen. Doch das Sehen war ohnehin schwierig. Die Wände bogen sich, und die Decke stülpte sich gefährlich nach unten wie eine riesige Blase, die man von oben mit Wasser füllte. Die Stille war voller Rhythmus, und über der Truhe, die Malenis Besitztümer enthielt, ging ganz langsam eine schwarze Sonne unter.

Die Schwärze verwandelte sich und dehnte sich aus. Blasen an den dunklen Wänden platzten und wurden zu Unebenheiten im Fels. Sie fiel und hörte das Lachen des versammelten Schemenrats. »Drei!«, flüsterten sie ihr hinterher, doch es hatte absolut nichts zu bedeuten, war nur ein Konglomerat an Buchstaben, das einen Zufallslaut ergab.

»Kandria!«, rief sie, spürte die Frau neben sich. Doch die Augen waren falsch. Sie waren dunkel und ein wenig stechend. Kandria war nicht da, aber jemand hielt ihre Hand, während ihr Arm immer länger wurde, sich dehnte wie nasse Wolle.

Ein heißer Wind umwehte sie. Er stürmte nach oben, und Maleni fiel immer tiefer. Es roch widerlich nach Moschus. Der Duft war wie ein erneuter Angriff auf die Sinne. Maleni wollte fort, doch die Richtung war vorgegeben. Nach unten. Die Felswände des Berges rasten an ihr vorbei. Einen Augenblick meinte sie sich zu erinnern, dass sie hierher gewollt hatte. Dann wusste sie nicht mehr, warum.

Sie hätte in tausend Stücke zerspringen müssen. Doch sie landete weich, auch wenn der Schwung sie umwarf. Sie rang nach Atem und meinte, jeden Knochen einzeln spüren zu können. Beinahe neidisch beobachtete sie, wie Niccela über den Boden abrollte und ohne Probleme zum Stehen kam. Schnell rappelte sich Maleni hoch, wollte ihrer Patin in nichts nachstehen.

Wo war sie?

Der Raum war rund und riesig. Als hätte man eine längliche Melone aufgeschnitten und auf den Schnitt gestellt, so wölbte sich die ovale Kuppel über ihr. Im Zenit war der Schacht, aus dem sie gefallen waren. Eine Vielzahl von Gängen, manche winzig, manche mehr als mannshoch, führte von diesem Raum fort in die Schwärze und ließ ihn wie ein Spitzengewirk aussehen. Die verbleibenden Wände waren wie Filigranschmuck, und beim näheren Hinsehen entpuppte sich das steinerne Gewebe als Tausende von Nischen. In vielen von ihnen glänzte etwas kleines Rotes. Was es war, konnte Maleni nicht erkennen, obwohl aus vielen Nischen Licht drang, das den Saal erleuchtete wie ein allzu naher Sternenhimmel.

»Was geschieht jetzt?«, fragte sie Niccela leise. Die zuckte mit den Schultern.

»Weiß ich nicht.« Sie klang beunruhigt. Das war eigentümlich, denn Maleni konnte sich eine beunruhigte Niccela schlichtweg nicht vorstellen.

»Warst du noch nie Patin?«

Die Schemenjägerin sah sie kurz an und ließ dann ihren Blick über das Kuppelinnere schweifen, als erwarte sie etwas Schreckliches. »Doch.«

»Und warum weißt du nicht …«

»Man vergisst es.« Sie hielt einen Moment lang inne und wisperte fast unhörbar: »Man vergisst sogar, dass es eine dumme Idee ist, Patin sein zu wollen.«

»Es tut mir leid«, versicherte Maleni, die plötzlich das Gefühl hatte, an allem schuld zu sein.

»Das wird es noch.«

Eben hatte sie noch allein in der Weite des funkelnden Raumes gestanden, doch dann hatte der Raum sich zu füllen begonnen, wie eine Kalebasse mit grauem Wasser. Einen Augenblick lang fürchtete Maleni, sie würde ertrinken. Da hob sich der Schatten, und nun glaubte Maleni, sie würde ersticken. Doch schon zog sich vor ihr etwas aus Schatten zusammen, als hätten diese nur dazu gedient, es zu verbergen, während es längst oder vielleicht schon immer hier gewesen war. Ertrinken und Ersticken mochten angenehme Alternativen sein.

Maleni fand sich auf den Knien wieder und hörte sich schreien.

Ein harter Schlag traf sie seitlich am Gesicht. »Sei still!«, zischte Niccela.

»Was ist das?«, jaulte Maleni entsetzt.

»Nicht *was*. Du musst fragen, *wer* das ist.«

Augen waren auf Maleni gerichtet – wie Eis, so hellblau und kalt. Riesig, quer geschlitzt waren sie, und in den vertikalen Pupillen glühte es dunkelblau. Der Blick drang Maleni direkt in den Körper und fand sein Ziel. Während sie noch versuchte, das Unbegreifliche zu begreifen, schoss etwas auf sie zu, umwand sie wie eine klebrige Gara und zog sie einem Gesicht entgegen, das nur aus Maul und Augen zu bestehen schien. Die Innenseite des Mauls war schwarz und voller spitzer, gigantischer, nach innen gebogener Zähne.

Maleni konnte den Blick nicht davon wenden, war nicht einmal in der Lage, die Gesamtheit dessen, was vor ihr lag und sich über sie türmte, zu erfassen. Nur dieses Maul und diese Augen. Und irgendwo ein würmelnder, dicker Hals mit hochgestellter Halskrause aus gesprenkelter Haut.

Sie rutschte immer näher, begriff, dass es keine Peitsche war, die sie zog. Es war eine graue Zunge, die sich um sie gewickelt hatte und deren gespaltene Spitzen auf ihre Brust deuteten.

Nur Niccelas Aufschrei ließ sie kurzfristig in eine andere Richtung blicken.

Auch ihre Patin war von etwas umfasst und wurde gezogen – ein vielteiliger Schwanz, beweglich wie die Tentakel eines Kraken, der sie über den rauhen Boden zog, bis sie wieder neben Maleni zu stehen kam.

Sie schrien gleichzeitig, in identischer Panik, als sich Zungen- und Schwanzspitzen jeweils in ihren Brustkorb bohrten, wie dicker werdende Nadeln. Das Wesen, dessen Gesamtheit und Aussehen Maleni immer noch nicht in Gänze erfassen konnte, vollführte eine Art pumpender Bewegung. Die ganze Höhle pulsierte in rhythmischem Wabern.

Der Geruch nach fauligen Eiern, Moschus und Tod legte sich in Malenis Mund und Nase. Es hatte ihr die Sprache, ja sogar das Schreien verschlagen. Die Schmerzen, die sie erlitt, waren unbeschreiblich. Etwas wurde in sie hineingespritzt, breitete sich in ihr aus, drängte ihr Fleisch, ihr Wesen und alles, was sie war, nach außen, um in ihr Raum zu schaffen für was immer in ihr eingerichtet wurde. Sie meinte zu spüren, wie ihre Adern drum herum barsten und sich mit dem Gift vermischten, das in sie floss und sich in ihr heimisch machte. Wie Öl, das man ins Wasser goss, wurde es Teil von ihr, ohne sich zu mischen. Dann verstand sie: Es war kein Gift. Es war das, weswegen sie gekommen war. Ihre zweite Seele.

Sie starrte in die blauen Augen. Sie blickten aus dem unglaublichen Schlangengesicht hervor, welches von der Hautkrause umrahmt war. Letztere zitterte, doch nicht aus Schwäche. Vielmehr schien es, als saugten die Spitzen des Knochenfächers etwas aus der Welt in sich hinein. Fast konnte man Blitze fühlen, wie sie unsichtbar kreisförmig aus der Luft schossen.

Sie blickte zu Niccela. Das Gesicht zu einer Fratze der Agonie verzogen, hing die Kämpferin fahl und scheinbar substanzlos in den Tentakeln. Nun erreichte ein weiterer Tentakel sie. Dieser hielt etwas Rotes. Maleni konnte nicht erkennen, was es war, denn eben fiel sie hart auf den Boden. Die Zunge hatte sie achtlos losgelassen.

Niccela drehte sich wie im Tanz, als die sie umschlingenden Schwanzenden sie auswickelten, während die gespaltene Riesenzunge sie neu umfing. Die Patin keuchte vor Schmerz, als die Zungenspitzen sich nun auch in ihre Brust bohrten, während der Tentakel das rote Ding immer fester umschloss.

Maleni begann zu begreifen.

Und fuhr schreiend hoch.

Kandria saß an ihrem Bett und schüttelte sie an den Schultern. »Sag mir, was du geträumt hast!«, befahl sie heiser. »Schnell! Nicht nachdenken! Rede einfach – ehe du vergisst! Rede! Los!«

»Da war …« Malenis Hand flog an ihre Brust, doch da war nichts – keine Blessur, keine Verwundung. Nur das rohe, wunde Gefühl nach entschieden zu viel Liebesspiel.

»Was? Was war da?«, rief Kandria.

»Nichts. Ich hatte einen Alptraum.«

»Was für einen Alptraum?«

Maleni blickte Kandria in die weit aufgerissenen Augen. Taryah in ihr schien sich abgrenzen zu wollen, wie Maleni es im Liebesakt tat. Die plötzliche Distanz schaffte eine Mauer um die Eindrücke, die eben noch greifbar gewesen waren.

»Weiß ich nicht mehr.«

»Verdammt! Ich will es endlich wissen! Gib dir, vergorrnt noch mal, Mühe!«

Sie gab sich Mühe. Doch da war nichts. Gar nichts. Nur wimmelnde, züngelnde Leere.

»Tut mir leid. Wirklich.«

»Ich will es wissen! Ich will es wissen!« Die Wirtin schüttelte sie roh, dann ließ sie schließlich ärgerlich von ihr ab und sprang gerade noch rechtzeitig zur Seite, als Maleni sich übergeben musste. Ein Eimer stand bereit. Kandria dachte immer an alles. Perfekte Kandria.

»Drenwurz!«, murmelte die Ausbilderin kalt. »Wenn man es überlebt, geht es einem schlecht. Doch wer die Entgiftung nicht durchlaufen hat, überlebt es nicht. Die Dosierung ist heikel. Manche sterben, da steht ihr Schwanz noch immer steif da, so dass man ihn Kyrros als Stele opfern könnte.«

Maleni antwortete nicht. Taryah war immer noch weit zurückgezogen und hatte ihr den Umgang mit der Situation, der Übelkeit und dem jähen Vergessen überlassen. Maleni tat der Brustkorb weh, geradeso als hätte man sie erstochen. Eine Erinnerung wollte sich aufdrängen, doch sie verschwand hinter einer unsichtbaren Schale, ehe Maleni sie fassen konnte.

»Drenwurz«, wiederholte Kandria. »Es steigert das Empfinden und bricht durch alle Grenzen. Aber nur für kurze Zeit. – Kannst du dich immer noch nicht erinnern?«

Maleni schüttelte nur den Kopf, während ein neuer Magenkrampf sie beutelte.

Kandria wandte sich der Tür zu. »Ruh dich aus. Heute Abend hast du Schankdienst. Und behalte das hier für dich! Das geht niemanden etwas an.«

Maleni glaubte nicht, dass sie das Bett jemals wieder würde verlassen können, schon gar nicht an diesem Abend. Dennoch hob sie den Kopf. »Was hast du denn wissen wollen?«, fragte sie.

»Nichts!«, sagte Kandria kalt. »Gar nichts.«

Das traf sich gut, dachte Maleni. Schließlich wusste sie ja auch nichts.

76

Myra hatte den Leichnam des Alten abholen lassen. Außerhalb der Stadt war ein Totenacker. An seinen Seiten standen die Sinnbilder der verschiedenen Gottheiten, die in den Acht Reichen verehrt wurden. In friedevoller Einigkeit thronten sie da, friedvoller als die Menschen, die zu ihnen beteten.

Tagelang hatte sie Berno gefüttert und ihm zu Trinken gegeben. Einen Heiler hatte sie nicht geholt. Heilerin war sie selbst. Sie hatte versucht, ihm mehr Information zu entlocken, doch seine Worte waren wirr und boten allzu viel Raum für Interpretation. »Sie ging mit ihnen«, hatte Berno ihr gesagt. Ein Name wäre praktisch gewesen. Wer ging mit wem? »Ob sie ihn liebt?«, hatte er dann spekuliert, und Myra, die eben noch gegrübelt hatte, ob mit »sie« Maleni gemeint war, verwarf den Gedanken. Liebe war zu unwahrscheinlich.

Von den anderen der Herbergsbesatzung war niemand zurückgekehrt. Sie hoffte stets, sie würden kommen, doch noch war sie allein mit sich. An Alleinsein hatte sie sich noch nicht gewöhnt, und außerdem haderte sie wegen der Zeitverschwendung. Doch ohne neue Order mochte sie nichts unternehmen.

Zwischen Berno, dessen Tod, dessen Begräbnis und dem sich Umhören in der Stadt hatte sie mehrfach am Tag den

Buzzard-Schlag überprüft, doch noch war keine Antwort gekommen. Ein weiterer Buzzard hatte eines Morgens dort gesessen, ohne Nachricht. Sie hatte ihn mit der gleichen Nachricht, die sie schon einmal versandt hatte, wieder losgeschickt, ohne zu wissen, wohin er fliegen würde. Mit jedem weiteren, der kam, würde sie ebenso verfahren.

Nachbarn fragten sie misstrauisch, wer sie sei und wo die normale Gasthofbesatzung abgeblieben war. »Sie sind vor den Gendrischen geflohen«, hatte sie erklärt. »Ich passe so lange hier auf.« Ob man ihr geglaubt hatte? Immerhin, niemand machte ihr das Recht streitig, in diesem Haus zu verweilen, und so suchte sie weiter nach irgendeinem Anhaltspunkt.

Und schließlich hatte sie den Zugang zu den Gängen gefunden.

Das komplexe Tunnelsystem hatte sie überrascht. Mit Sicherheit hatten es nicht die Xyi erbaut, denn eine Kneipenbesatzung von durchschnittlich vier bis fünf Leuten wäre zu so etwas nicht fähig gewesen.

Sie entschied sich für eine Richtung und folgte den Gängen eine Weile, ausgerüstet mit einer Laterne und einer Ersatzkerze. Sie mochte die dunkle Stille nicht, die hier herrschte. Höhlen war sie gewöhnt, schließlich war sie in einem Berg aufgewachsen, doch diese Gänge waren nicht so wie der Berg, wo Öffnungen und Ritzen Licht spendeten, überall Geschwister waren und Wärme von unten durch das System zog. Die kaltklamme Leblosigkeit dieses Tunnelsystems erzeugte in ihr nach einiger Zeit eine unerklärliche Unruhe.

Dass sie die Ersatzkerze irgendwo verloren hatte, merkte sie, als die Kerze in der Laterne beinahe heruntergebrannt war. Sie suchte hastig danach, doch der Beutel, in dem sie sie getragen hatte, war leer. Sie musste zurück. Schnell, denn im Dunkeln würde sie den Weg nicht finden. Und wenn die Kerze einmal aus war, würde es vollständig finster werden.

Sie wandte sich um und rannte. Irgendwann teilte sich der Gang. War sie von rechts oder von links gekommen? Sie lief eine Weile, wandte sich dann erneut um und rannte den gleichen Weg zurück. Die Laterne gab nicht genug Licht, um sich gut zu orientieren. Hatte sie den anderen Gang schon wieder verpasst? Sie versuchte eine neue Richtung. Dabei wurde ihr bewusst, wie falsch sie vorgegangen war. Sie hätte eine Drachenschnur mitnehmen können, an der sie ihren Rückweg gefunden hätte.

So konnte sie den Weg zum *Tanzenden Gott* nicht finden.

Das Licht flackerte ein letztes Mal auf, dann stand sie in der Dunkelheit. Sie lauschte in die Stille. Tiefes Entsetzen sank durch ihr Gemüt. »Das war dämlich«, wisperte Karmyn in ihr. »Wie soll ich denn jetzt hier herausfinden?«

Myras Mund öffnete sich zu einem Schrei, der ihr jedoch ungeschrien auf den Lippen erstarrte. Karmyn wollte nicht schreien. Sie musste sich konzentrieren. Ihre Finger glitten seitlich am Fels entlang. »Wenn das ein Tunnelsystem für die ganze Stadt ist, muss es mehr als einen Ausgang geben«, murmelte sie zuversichtlich und stellte die nutzlose Laterne ab. Dann ging sie los, die Hände an der Wand, die Füße in kleinen vorsichtigen Schritten gesetzt.

Sich den Weg einzuprägen, ließ sich im Dunkeln noch schlechter bewerkstelligen als im Hellen. Doch alle ihre Sinne strengten sich an, sich zu orientieren. Sie schmeckte Staub auf ihrer Zunge, hörte ihr eigenes, viel zu lautes Atmen. Einmal glaubte sie, Tod und Verwesung zu riechen, doch vielleicht hatte sie sich auch getäuscht. Wenn sie hier nicht herausfand und niemand sie suchte oder befreien würde, würde sie hier unten umkommen. Der Gedanke, noch vor dem ersten abgeschlossenen Einsatz zu sterben, ließ sie beinahe panisch werden. Sie würde in diesen Gängen vermodern! Sie musste überleben – oder sie würde niemandem mehr berichten können.

Da stieß sie mit dem Fuß an etwas, das leise über den Boden rollte. Sie griff danach. Eine Kerze. Wo war die Laterne?

Sie hatte sie zurückgelassen. Wieder ein Fehler. Wie konnte es sein, dass sie ihre Junxenzeit abgeschlossen hatte und doch nur Fehler machte?

Sie wühlte in ihren Taschen. Da war es, das Feuerzeug aus Zunder, Stahl und Stein. Sie kniete sich auf den Boden, legte die Kerze neben sich, arrangierte die Feuerzeugteile in ihren Händen und schlug mit dem Stein auf den Stahl, den sie nicht einmal sehen konnte. Bei all den Übungen, die man sie in Passnath hatte machen lassen, war, sich in völliger Dunkelheit zurechtzufinden, offenbar nicht oft genug geübt worden.

Ein Funke sprühte auf und verging. Noch einer. Und noch einer. Schließlich glomm der Zunder, sie blies ihn vorsichtig an, und bald darauf die Kerzenflamme in der Zugluft der Gänge. Sie schützte sie mit einer Hand. Nach der absoluten Dunkelheit erschien ihr diese Flamme grandios hell.

Sie blickte um sich. Direkt vor ihr waren Eisensprossen in der Wand und führten zu einer Luke in der Decke. War sie hier hinabgestiegen? Oder sahen alle Zugänge zu den Gängen so aus?

Vorsichtig erklomm sie die Sprossen, hielt sich mit einer Hand, während sie in der anderen die Kerze hielt. Es war nicht ganz einfach, die Klappe über sich zu öffnen, doch es gelang ihr. Sie erkannte den Keller wieder, aus dem sie gekommen war. Dankbar schloss sie den Zugang hinter sich und rannte nach oben ins Tageslicht. Keine zehn Pferde würden sie dort noch einmal hinunterbringen! Zumindest nicht heute. Morgen. Morgen würde sie besser vorbereitet ihre Suche fortsetzen. Sie würde sich nicht verirren. Sie würde herausfinden, was in der Dunkelheit so nach Tod gerochen hatte. Frische Tote rochen noch nicht. Und Leichen, die schon jahrelang dort unten lagen, würden auch nicht mehr stinken. Vielleicht waren es einfach tote Tiere, die sich in den Gängen verirrt hatten?

Sie blickte sehnsüchtig aus dem Fenster. Myra hatte sich auf Eigenständigkeit gefreut. Jetzt hoffte sie nichts so sehr, als dass bald ein erfahrenerer Bruder oder eine Schwester hier ankommen würde, um ihr zu sagen, wie es weiterging.

Es klopfte an der Tür, und Myra blickte auf. Vielleicht war ihr Wunsch bereits in Erfüllung gegangen.

77

Dort, wo die Straße sich auf einmal zur Seite dehnte und der Wald zur Linken und zur Rechten davor zurückwich, hatte die Karawane sich zu einer Wagenburg formiert. Maleni und die Schmiede besaßen keinen Wagen, doch auch sie durften innerhalb des Kreises campieren. Feinden von außen machte man es so schwerer; Feinden von innen hingegen leichter.

Auch private Gespräche waren ob der Enge kaum möglich, und so hatte Elgor Maleni an der Hand gefasst und sie wortlos in die Nacht hinausgezogen, fort von der vermeintlichen Sicherheit der Gruppe. Maleni fragte sich, welchen Ruf ihre zweisamen Ausflüge in den Wald ihr inzwischen eingebracht hatten, doch solange es nicht der einer abtrünnigen Schemenjägerin war, war ihr jeder recht. Immerhin war sie eine Buhlerin, auch wenn sie selbst nie gebuhlt hatte, sondern Taryah.

Das Sternenlicht hatte nicht genug Kraft, das waldige Terrain gut auszuleuchten, und Elgor hielt die Klappe seiner Klapplaterne geschlossen. Er wollte nicht, dass die Wachen den Schein der Lampe durch die Bäume blinken sahen.

So stolperten sie eher zufällig durchs Gestrüpp, fort vom Lager. Manchmal hielten sie inne und lauschten, hörten jedoch nichts außer den Lauten der Nachtvögel und dem vereinzelten Huschen und Rascheln anderer Tiere.

»Wir müssen auf der Hut sein«, flüsterte Elgor. »In dieser Gegend gibt es auch Raubtiere.«

»Ich fürchte eher die auf zwei Beinen.«

Es war ihnen nicht gelungen, herauszufinden, ob weitere Geschwister unter den Reisenden waren. Dass Maleni niemanden erkannt hatte, hieß nicht, dass sie sicher waren. Wenn ihnen ein Xyi auf den Fersen war, würde er leiser sein als eine singende Nachtiglunne oder eine Graselmaus. Er oder sie wäre auf einmal da, hinter ihnen, und würde ihnen das Messer so schnell ins Herz jagen, dass sie kaum mehr Zeit für einen Schrei hätten.

War da etwas? Sie fuhr herum und versuchte die Dunkelheit mit ihrem Blick zu durchdringen. Nichts. Oder immerhin nichts, was sie sehen konnte. Das bedeutete wenig.

Elgor zog sie weiter an der Hand, und sie wunderte sich, dass sie es zuließ. Berührungen waren von einer Nähe, die normalerweise Abwehr und Argwohn in ihr auslösten. Doch mit Taryah schien, zumindest was Elgor betraf, auch diese Grundeinstellung verblasst zu sein. War das gut oder schlecht?

Seine Hand war groß, schwielig und warm. Sie fühlte sie gern in der ihren, und selbst diesen harmlosen Kontakt machte das Treffen von Haut auf Haut in gewisser Weise besonders.

Es ging bergauf. Sie tasteten sich einen Pfad entlang, den es nicht wirklich gab. Vielleicht hatten große Tiere ihn durchs Gestrüpp gebahnt. Gelegentlich ragten hohe, runde Felsblöcke aus dem Boden wie alte Backenzähne. Man konnte nicht sehen, was hinter ihnen lauerte. Was auf ihnen lauern mochte – zum Sprung bereit – verlief sich in der Dunkelheit.

Ein Dolch hatte sich fast von selbst in Malenis andere Hand begeben. Elgor ließ sie los. »Hier!«, sagte die dunkle, rauhe Stimme, die nicht Elgor gehörte. »Hier hören sie uns nicht mehr.«

Durch die Baumkronen über ihnen waren vereinzelt Sterne zu sehen. Ein Blick zu Boden bot nur Schwarz- und Grauschattierungen, die die Sinne nur mit einiger Mühe interpretieren konnten. Sie befanden sich jetzt hinter einem großen Felsen. Lugte man um ihn herum, konnte man unten im Tal, wo die Straße entlanglief, das Lagerfeuer zwischen den Bäumen aufblitzen sehen.

»Setz dich!« Verenns Einladung klang wie ein Befehl. »Und tu das Messer weg!«

»Du hast gesagt, hier gäbe es Raubtiere!«

»Und du hast darauf hingewiesen, sie könnten auch zwei Beine haben.«

Sie verstaute die Waffe, setzte sich auf den weichen Waldboden, und er ließ sich ihr gegenüber nieder – sie spürte es mehr als dass sie es sah. Eine Weile schwiegen sie, dann öffnete er die Laterne einen winzigen Spalt. Nun konnte sie wenigstens ihn ein bisschen besser sehen.

»Du wolltest eine Erklärung«, sagte er schließlich und klang dunkel wie die Nacht. Seine schweren Augenbrauen waren so ernst zusammengezogen, dass sie fast eine einzige Linie bildeten.

»Ich wollte wissen, welchen guten Grund es geben kann, dass ich mit euch weiterreise.« Und euch nicht verrate, fügte sie stumm hinzu, auch wenn es sie retten könnte. »Was plant ihr? Wohin geht es und warum?« Sie sagte nicht, dass sie ein Recht hatte, es zu erfahren. Das hatte sie nicht und wusste es. Wer hatte schon ein Recht auf irgendwas?

Wieder schwieg er eine Weile. »Cahersyg«, murmelte er schließlich, tief und leise. »Der Regierungssitz des Kronrats von Predorenn.«

»Niemand weiß, wo der liegt.«

»Das ist nicht ganz richtig. Fast niemand weiß es.«

»Ihr wisst es?«

»Ja.«

»Woher wisst ihr das?«

»Wir waren dort, als Köngstott noch Cahersyg war.«

Ein Nachtvogel flog auf, und Maleni blickte argwöhnisch um sich und versuchte die Dunkelheit zu durchdringen. Als weiter nichts geschah sah sie wieder zu Verenn, der sich im spärlichen Licht der Laterne als großer, dunkler Schemen vor ihr abzeichnete. Ein seltsames Kribbeln durchlief sie, das sie normalerweise vor Unbill warnte. Erst jetzt wurde ihr vollends bewusst, was er eben behauptet hatte.

»Ihr könnt nicht dort gewesen sein. Es ist viele hundert Jahre her, dass das Königtum unterging.«

»Stimmt«, sagte Verenn. »Es ist lange her. Und ich bin erst kurz wieder in einem Körper. Elgor und ich werden eins.«

»Und Umbert?«

»Umbert ist älter, als er aussieht. Doch das soll er dir selbst erklären.«

»Du bist … du warst ein Rat?«

»Ja. Das war ich.«

Sie dachte eine Weile darüber nach. Es drängte sie, die Behauptung als erlogen und unmöglich abzutun, doch sie hatte zu viel gesehen, um das Unmögliche als Möglichkeit vollständig auszuschließen. »Und Umbert?«, fragte sie.

»Auch er war einer der Räte.«

»Aber wie kann er noch leben?«

»Wie gesagt: Frag ihn das selbst!«

Wieder versandete das Gespräch. Maleni wünschte, Elgor säße ihr gegenüber. Die Kommunikation mit ihm war einfacher. Sein Lächeln hätte ihr Sicherheit gegeben. Aber vielleicht war Skepsis tatsächlich angebrachter.

»Ist Elgor auch ein Ratsherr?«

»Elgor ist ein junger Mann, vor etwas mehr als zwanzig Jahren geboren. Ein Kind der Gegenwart und des Krieges. Kein Rat.«

»Wird er verschwinden?«

»Nein. Elgor und ich werden immer mehr eins werden. Doch ich werde nie ohne die Aspekte sein, die Elgor ausmachen, und er wird nicht ohne das sein, was ich bin. Eine gleichberechtigte Fusion.«

Maleni nickte. So hätte es auch für sie sein sollen. Doch es war nicht so gewesen.

»Warum wollt ihr nach Köngstott?«

»Wir wollen dort etwas holen.«

»Und wozu braucht ihr mich?«

»Wir hoffen, du kannst es betreten. Wir können das nicht.«

»Warum glaubt ihr, dass ich das kann?«

»Du scheinst gegen manche Gifte resistent zu sein. Cahersyg befindet sich seit damals unter einer Giftglocke. Das Gift ist in der Luft.«

Maleni wusste kaum, welche Frage sie als Nächstes stellen sollte. Ihr ganzes Universum schien nur noch aus Fragen zu bestehen. Sie hob die Hände und registrierte ein Zucken ihres Gegenübers. Sie lächelte. Er traute ihr nicht, aber er wollte, dass sie für ihn durch Gift ging. »Ich bin nicht gegen jedes Gift immun.«

»Wir haben nicht vor, dich zu opfern.«

»Wie ausnehmend nett von euch.«

»Maleni!« Er stockte, griff nach ihrer Hand, drückte diese mit schmerzhafter Kraft und ließ sofort wieder los. »Maleni, ich ...« Seine Stimme wurde intensiv, dann brach er wieder ab. Maleni lauschte in die Nacht. Eine Nachtigglunne sang nicht weit entfernt, unbeeindruckt von dem leisen Gespräch der Menschen in ihrem Revier.

»Die Welt ist voller Krieg«, sagte er dann tonlos. »Sie war einmal anders.«

»Das ist eine Legende.«

»Ich – bin eine Legende. Und die Welt – war – anders. Vielleicht kann sie es wieder werden?«

Sie versuchte zu begreifen, was er vorhatte. »Du willst, dass wir Acht Reiche befrieden, die seit so langer Zeit Krieg führen? Wir drei?«

Er lächelte bitter. »Eine große Herausforderung, nicht wahr?« Er fuhr sich durch das dunkle Haar und warf es über die Schulter zurück. »Wir können nur einen Anfang machen. Vielleicht. Nur vielleicht.«

»Wie?«

»Es gilt herauszufinden, was damals geschah.«

»Ich dachte, das ist bekannt? Der Kronrat wurde ausgelöscht!«

»Stimmt. Es gab einen Überfall. Die Kämpfer hatten das Überraschungsmoment auf ihrer Seite und eine Kampfkraft, die man noch nicht gesehen hatte. Doch sie taten mehr als nur morden. Daraus ergibt sich die Frage: Wer hat sie ausgebildet und ausgesandt? Was war das eigentliche Ziel? Als wir dich trafen, hofften wir, du könntest diese Fragen vielleicht beantworten.«

»Ich weiß es nicht. Das alte Reich war nicht Teil meiner Ausbildung. Es war stets irrelevant – denn es war Vergangenheit. Die Xyi kümmern sich um das Hier und Jetzt. Und das Morgen.«

Er nickte. »Das habe ich befürchtet.«

»Hast du mich deshalb gerettet, als die gendrischen Verfolger mich zu töten suchten?«

»Deshalb. Und weil zwölf Männer gegen eine Frau nichts ist, was meine – alte – Ehre zulassen kann. Doch ...« Sie konnte ihn im kargen Schein der Lampe bitter lächeln sehen, »... du hattest schon gut unter ihnen aufgeräumt.«

»Ich wäre trotzdem gestorben.«

Er nickte. »Ja. Das wärst du. Nachdem sie dich der Reihe nach vergewaltigt hätten. Oder hätte das Taryah nichts ausgemacht?«

Sie blickte ihn wütend an. »Taryah hätte sich zurückgezogen und das Leiden mir überlassen. Und ich ...« Sie verstummte.

Er musterte sie kritisch. »Und du?«

»Nichts.«

Einer seiner Mundwinkel zuckte nach oben. »Du selbst warst nie diejenige, die mit Männern schlief?«

Sie schwieg, und der gleiche Mundwinkel zuckte wieder nach unten. »Also – fast – eine Jungfrau«, konstatierte er trocken.

Sie hob ihr Kinn und blickte ihn kalt an. »Ihr wollt, dass ich mich für euch in Gefahr begebe. Nachdem ich mich – weiß Kyrros – für euch schon genug in Gefahr gebracht habe. Die ganze Welt ist zu einer Gefahr geworden, mit der ich leben muss. Ich habe deinen Spott nicht verdient, Ratsherr von Predorenn. Was ich verdient habe und was ich weiter verdiene, ist deinen Respekt. Mit weniger werde ich mich nicht zufriedengeben.«

Sie starrten einander an. Dann stand der Mann auf und war Elgor. »Wir sollten zurückgehen«, sagte er nur.

Sie nickte.

Er klappte die Laterne zu und wandte sich ab, ging vor ihr her. »Ich entschuldige mich«, sagte er nach einer kurzen Weile. »Ich habe Respekt vor dir. Wirklich.«

»Aber du bist nicht Verenn.«

»Doch. Ich bin auch Verenn.« Er drehte sich zu ihr und streckte seine Hand nach ihr aus, und sie fragte sich, ob er sie wieder küssen wollte.

»Nein!«, sagte sie.

Sie standen reglos voreinander. Es war, als vibrierte der Waldboden unter ihren Füßen und die Nachtluft um sie herum. Wie ein gespannter Bogen war das Gefühl, das zwischen ihnen stand und sie doch nicht verbinden konnte.

»Ist gut!«, sagte er. »Ich verstehe.«

»Du verstehst gar nichts«, zischte sie. »Und ich verstehe auch nichts. Nicht dich, nicht mich, nicht Verenn und auch den Rest der Welt nicht. Es ist eine götterverfluchte Welt, und ich begreife sie absolut nicht mehr.«

Etwas mühsam wandte sie sich zum Gehen, als müsse sie sich aus einem Gestrüpp von Schlingpflanzen lösen. »Aber ich werde vergorrnt noch mal für euch nach Cahersyg gehen.« Sofern man sie nicht auf dem Weg dorthin umbrachte. Sie zuckte mit den Schultern. »Vermutlich weil ich mit Taryah meine gesamte Vernunft eingebüßt habe.«

»Danke!« Die Stimme gehörte Verenn. Maleni sah sich nicht zu ihm um. »Wahrscheinlich ist es einerlei, ob meine Geschwister mich irgendwann am Straßenrand umbringen oder ob giftige Luft in einem nicht-existenten Märchenschloss es tut«, fauchte sie.

Sie wählte ihren Weg vorsichtig durch die Dunkelheit. Er ging nun hinter ihr, wie ein Leibwächter, der ihren Rücken schützte.

»Ich will nicht, dass du stirbst«, sagte er leise.

»Danke.«

»Ich will, dass du lebst.« Da war sie wieder, diese seltsame Intensität.

»Fein. In dem Punkt sind wir uns dann immerhin einig.«

78

Die Würdige Nehra war sich nicht sicher, ob sie das zierliche, blonde Mädchen im Berg schon einmal bewusst wahrgenommen hatte. Anwärterinnen in Ausbildung und fertige Schemenjägerinnen hatten wenig Gelegenheit, einander zu treffen. Aber Nehra nahm sich vor, ihr Gedächtnis nicht mit dem Mädchen zu belasten. Eine Schemenjägerin, die beim Anblick nicht mehr ganz frischer Leichen den Inhalt ihres Magens verlor, würde sich nicht lange behaupten. »Nimm dich zusammen!«, zischte sie deshalb nur, als die Kleine sich würgend von den Toten im unterirdischen Gängesystem abwandte.

Nehra besah sich die Leichen. Freilich war es kein schöner Anblick, nicht einmal für eine Kyrros-Priesterin, die dem Tod regelmäßig die Hand gab, wenngleich auch nicht die eigene. Schwere Brandverletzungen und Stichwunden, erstere kaum erklärlich, letztere vermutlich von einem Schwert geführt. Die Stichkanäle waren breit, und zusätzlich konnte man Schwerthiebe von einiger Länge erkennen. Schwerter waren nicht die bevorzugten Waffen von Schemenjägern, auch wenn man allemal lernte, damit umzugehen. Also hatte hier vermutlich ein anderer gekämpft – und gewonnen: Der oder die Besitzer des toten Mulis, das auch noch verrottend dalag. Wie viele mochten es gewesen sein? Die drei toten Geschwister waren nicht mehr jung, doch zu dritt hätten sie mit so mancher Gefahr fertigwerden müssen. Auch mit einer Übermacht.

»Sie sind alle tot!«, klagte Myra.

»Hör auf zu kotzen! Hast du die drei gekannt?«

»Nein.«

»Dann reiß dich zusammen.«

»Aber es sind doch Geschwister!«

»Wir sind sterblich. Kyrros kommt zu uns allen. Oder war dir das neu? Hilf mir lieber herauszufinden, wie diese hier gestorben sind.«

»Das sieht man doch!«, murrte Myra. »Durchbohrt, aufgeschlitzt, geköpft und verbrannt.«

»Ja. Da war jemand gründlich. Wie viele wurden vermisst?«

»Drei.«

»Und drei sind hier. Aber du vergisst jemanden.«

»Maleni.«

Nehra nickte. »Maleni«, wiederholte sie bissig. »Sie liegt nicht hier.«

»Die Gendrischen hatten sie doch gefangen!«

»Sie ist ihnen entwischt. Und sie hatte Hilfe dabei.«

»Dann haben die hier ihr geholfen?«

Nehra betrachtete die schaurige Szenerie nachdenklich. Wenn die Tavernenbesatzung für die Rettung gesorgt hatte, war es seltsam, dass Maleni nicht tot bei ihnen lag. Doch wer sonst hätte ihr helfen sollen? Und wenn es tatsächlich ein Fremder war, wo war dann jetzt Maleni?

»Morgen früh reite ich. Sieh zu, dass du mir ein exzellentes Pferd besorgst!«, befahl die Würdige unwirsch. »Die Herberge hat nichts Brauchbares.«

»Ich?«, fragte Myra und klang ebenso beleidigt wie überfordert.

»Wer denn sonst? Bei Sonnenaufgang will ich los. Also spute dich besser.«

Nehra wandte sich ab und ignorierte das gekränkte Schmollen der jungen Schemenjägerin, die sich ihre erste eigene Aufgabe anders vorgestellt hatte, als eine ältere Schwester zu bedienen.

»Und was machen wir mit den Toten?«, fragte die junge Frau.

»Was willst du denn – gerne – mit ihnen machen?«

»Na, wir können sie doch nicht gut hier liegen lassen!«

»Doch. Können wir. Sie werden sich nicht mehr verirren. Der Berg wird eine neue Besatzung für den Tanzenden Gott abstellen. Die kann sich dann darum kümmern. Oder willst du sie allein hochschleppen und dem örtlichen Totengräber ein interessantes Rätsel aufgeben?«

Myra antwortete nicht, stattdessen schlurfte sie der Älteren unglücklich hinterher, bis sie einander schließlich zu zweit in der Wirtsstube gegenübersaßen.

»Mach mir was zu essen!«, befahl Nehra. Tatsächlich stand es Myra frei, sich zu weigern, den Part der Dienerin zu übernehmen. Doch sie tat es nicht, und Nehra grinste verstohlen, was sie beinahe so jung aussehen ließ, wie zu der Zeit, als sie noch Niccela hieß. Doch von Niccela war nicht viel übrig. Das war gut so.

Nehra war machtvoll in ihrer Art. Gewiss würde ihre nächste Aufgabe sie näher an den Schemenrat bringen, und irgendwann würde sie dazugehören. Es gab Dinge, die sie wissen wollte und die man nur als Rätin erfuhr. Zunächst jedoch musste sie handeln. Sie war nicht hierhergekommen, um sich um dieses seltsame Enigma zu kümmern. Tote Geschwister in geheimen Gängen und eine vermisste Schwester – ihr Patenkind: Es schien ihr ungerecht, sich mit den Niederungen solcher Fragestellungen abmühen zu müssen. Die Xyi – alle Xyi – hatten zu funktionieren und nicht Rätsel aufzugeben.

Nehra blickte verstohlen aus dem Fenster. Sie hatte sich so hingesetzt, dass sie die Straße draußen im Blick behalten konnte, ohne gesehen zu werden. Sie wusste nicht, wer in der Stadt sie vielleicht bei den gendrischen Truppen gesehen hatte. Es war besser, wenn man sie nicht wiedererkannte.

Nehra hatte die Truppe von Marejal Merren Gyrdon rechtzeitig verlassen. Ein Bote aus Gendern hatte auch für sie eine kurze Nachricht gehabt. Zwischen den Kampfhandlungen Gendern gegen Virniu sowie den sich anbahnenden Kämpfen Gendern gegen Farrowul eingekeilt zu sein, erschien nicht nur ihr wenig ratsam, und so war sie hierhergekommen, um ihre nächsten Schritte zu planen. Nachdem Gendern in seinem Dauerstreit mit Passagur nicht weiterkam, hatte es Virniu einnehmen wollen. Das hätte einen Machtblock im Süden geschaffen, der dem weiteren Gleichgewicht der Kräfte nicht förderlich gewesen wäre. Die Eliminierung des Blutdenkers hatte entgegen der Erwartungen ebenso wenig ausgereicht, um diesen Vorstoß im Keim zu ersticken, wie die Einflussnahme auf den gendrischen Fyrsthen. Die Gendrische Südarmee kämpfte weiter gegen Virniu und wartete auf die über Farrowul kommende Verstärkung.

Doch Farrowul war misstrauisch. Vielleicht hatte es auch nur auf eine Möglichkeit gewartet, eine Teilarmee ohne Nachschub auf eigenem Terrain zu haben. Dabei waren Gendern und Farrowul von den geographischen Gegebenheiten her nicht unwillkürlich Feinde. Das Gebirge, das sie trennte, limitierte gemeinsame Grenzgebiete, in denen man gut kämpfen konnte, stark. Ein Krieg Gendern gegen Farrowul war schlichtweg nicht praktisch. Doch wen hatte das je gestört?

Ein wenig gute Beratung der Fyrsthin würde sie begreifen lassen, welche Gelegenheit sich hier bot, den Gendrischen eins auszuwischen.

»Wenn wir gegessen haben, besorgst du mir das Pferd.«

»Wohin wirst du reiten?«

»Nach Norden. Ich denke nicht, dass sie nach Süden unterwegs sind.«

»Wie willst du sie finden?«

»Irgendwo hat irgendwer irgendetwas gesehen. Die nächsten großen Herbergen von uns aus gesehen sind in Dersteyn im Nordosten und in Farrostadt im Westen. Dazwischen trifft man eher auf wandernde Geschwister. Falls die Gänge in die Eisenberge führen, ist es wahrscheinlicher, dass sie sich nach Dersteyn wenden.«

»Wer – sie?«

»Die Mörder unserer Geschwister. Wir können sie nicht entkommen lassen. Mord an uns ist Frevel. Wir sind die Gesandten des Berges. Feinde zu eliminieren ist steter Auftrag.«

»Aber wir wissen doch nicht, wer es war.«

»Es hieß, Maleni wäre mit zwei Schmieden gereist. Sie sollte sie ausschalten. Ich frage mich, ob sie das getan hat.«

»Vielleicht haben die sie verschleppt?«, fragte Myra zweifelnd.

»Unsinn. Eine Schemenjägerin der Xyi lässt sich nicht verschleppen. Sie ist entweder tot oder … so gut wie tot.« Nehra rührte in ihrem Eintopf und haderte damit, dass man der Kleinen nicht einmal anständig kochen beigebracht hatte.

»Warum gehst du nicht durch die Tunnel?«, fragte das Mädchen jetzt.

»Ich bin kein Höhlenwurm.« Nehra schwieg einen Augenblick und wischte sich mit der Hand über das Brustbein, als müsse sie eine Erinnerung vertreiben. Doch da war nichts. »Außerdem werde ich zu Pferd auf einer Straße schneller sein.«

»Aber du weißt nicht, wo sie hin sind!«

»Sie können nicht in den Tunneln bleiben. So alt wie die aussehen, sind sie gewiss irgendwo eingestürzt. Ich habe keine Lust, in einem Labyrinth herumzusuchen, ohne zu wissen, ob ich zuerst auf Feinde treffe oder mir das Licht zur Neige geht. Wasser- und Proviantversorgung dürfte es da auch nicht geben.« Nehra hielt kurz inne, dann fuhr sie fort. »Die Tunnel können nur nach Nordosten führen. Dort sind die Reste großer Eisenminen. Vielleicht hole ich sie da ein.«

Myra blickte sie an. »Und ich?«, fragte sie. »Soll ich dich begleiten? Ich hatte hier auf meinen Einsatzbefehl gewartet, doch er ist nicht gekommen.«

»Dann warte weiter. Das ist gut so. Wir können die Taverne nicht leer stehen lassen. Wenn Buzzarde ankommen, gib ihnen Nachricht mit und schicke sie erneut los.« Es hatte Nehra nicht gewundert, dass das Mädchen wenig mit den Vögeln anzufangen wusste. Auch sie selbst kam den Kreaturen nur langsam näher, als entwickelte sich in ihr mit zunehmender Erfahrung und abnehmender Niccela nach und nach eine größere Nähe zu ihnen.

»Ich soll also nicht mit dir mitkommen?«

Nehra blickte die Kleine verächtlich an. »Gewiss nicht.«

Das Mädchen räumte die Teller fort. »Was machst du mit ihnen, wenn du sie triffst?«, fragte sie, ohne sich nach ihrem Gast umzusehen.

Nehra lachte. »Was denkst du denn, was ich mit ihnen mache?«

»Sie haben drei Schemenjäger besiegt. Du bist allein.«

»Sie werden mich nicht einmal kommen sehen.«

»Maleni schon. Falls sie dabei ist.«

»Maleni auch nicht. Falls sie dabei ist.«

79

Vom Anfang der Karawane wurden Rufe laut, setzten sich nach hinten fort. Angespannt blickte Maleni nach vorne. »Was ist da los?«, fragte sie. Warum hielten sie an? Und was hatte die Unruhe im Wagenzug ausgelöst?

»Möglicherweise nichts weiter«, sagte Elgor nach einer Weile. »Vorne öffnet sich die Straße und führt dann die steile Uferböschung hinunter nach Dersteyn. Karawanen freuen sich immer, wenn sie diesen Punkt erreichen, als wäre ein Überfall nach dieser Stelle nicht mehr möglich – was es zu einer guten Stelle für einen Überfall macht. Ab da vorne gibt es keinen Wald mehr, nur noch die abschüssige Strecke hinunter zum Fluss. Die Fahrer überprüfen ihre Bremsen. Und sie halten Abstand beim Runterfahren.«

Maleni nickte. »Unten am Fluss ist nicht so viel Platz, um auf die Fähre zu warten«, erinnerte sie sich. »Die alte Brücke ist nicht mehr sicher, und die schwereren Fuhrwerke lassen sich lieber übersetzen, statt sich auf ein Bauwerk zu verlassen, das teilweise nur noch von Brettern zusammengehalten wird.«

»Kurz vor der Brücke ist das Flussufer flach«, sagte Elgor. »Da wenden wir uns nach links. Umbert reitet weiter nach Dersteyn und versucht einen Flussschiffer zu dingen, der uns auf dieser Seite abholt.«

Umbert ritt auf gleiche Höhe. An einem Seil zog er die Mulis hinter sich her. »Ich behalte die Mulis bei mir. Ohne

Hafen wird es zu schwierig, sie sonst an Bord zu bringen. Seid vorsichtig.«

Elgor nickte ihm zu. »Du auch. Wir reiten den Fluss abwärts, bis wir eine Stelle finden, wo wir zusteigen können. Dort warten wir auf dich.«

»Ich werde kommen.« Er hob seine Hand zum Gruß. »Wenn ich kann.«

»Wir werden dort sein.« Elgor grinste. »Wenn wir können.«

Umbert ritt an, überholte die Fuhrwerke und verschwand schließlich aus ihrem Sichtfeld. Elgor sah ihm mit gerunzelter Stirn nach.

Sie hatten in den letzten Tagen keine weiteren Vögel gesehen. Malenis Sinne waren stets aufs Äußerste gespannt. Sie erwartete Unheil, seien es Botenbuzzarde oder Geschwister. Doch es war kein neuer Reisender zu ihnen gestoßen, zumindest niemand, den sie wahrgenommen hatte. Da man sie selbst auch nicht wahrnahm, wenn sie das nicht wollte, beruhigte sie das nicht.

Langsam ging es weiter. Alsbald öffnete sich die Landschaft. Der Wald hörte abrupt auf, und die Straße neigte sich in steilen Serpentinen zu einem weiten Flusstal hinunter, das die Welt majestätisch durchschnitt. Steiniger Ufergrund fasste das breite Gewässer ein, diesseits gesäumt von dichtem Gestrüpp. Die steile Kante, die von dort zur höheren Landschaftsebene emporwuchs, erweckte den Eindruck, irgendwann einmal wäre der Fluss viel breiter gewesen und hätte bis zu jenem Rand gereicht, den man gleichermaßen auch ganz in der Ferne auf der anderen Flussseite hinter der Stadt ausmachen konnte.

Dersteyn. Auf der anderen Seite der weiten, glitzernden Fluten ragte die Residenzstadt auf. Weitgehend aus dunkelroten Ziegeln erbaut und mit ebenso roten Schindeln bedeckt, hob sie sich vom Grün und Blau der Landschaft ab wie ein Blutfleck. Vor langer Zeit hatte sie hohe, konische Türme gehabt, doch Krieg und Vernachlässigung hatten diese einstürzen lassen, und heute ragten nurmehr schorfige, abgebrochene Steinkolosse gen Himmel. Ebenso rot spannte sich die weite, von vielen Pfeilern gehaltene Brücke über den Fluss. An manchen Stellen sah sie aus, als hätte ein Riese Stücke aus der Konstruktion gebissen. Doch es war nur die Zeit gewesen.

Maleni hatte den zweiten Teil ihres Junxendaseins in Dersteyn verbracht. Ihren ersten Menschen hatte sie hier getötet. Und den zweiten. Sie war stolz darauf gewesen. Sie und Taryah. Alles war perfekt gelungen. Wie der Wind war sie unsichtbar und schneidend über Leben hinweggefegt und hatte sie genommen. Sie hatte getanzt. Einer der Männer hatte ihr spontan seine Liebe gestanden. Vielleicht war er nicht genauso ansehnlich gewesen wie Elgor, doch er hatte eine ähnliche Ausstrahlung gehabt – aufrichtig und treuherzig ernsthaft. Taryah hatte ihn angelacht, als er lebte, und ausgelacht, als er tot war.

So einfach konnte es sein.

Sie versuchte die Erinnerung abzuschütteln. Es war ihr, als mochte nicht so sehr Elgor als Verenn ihre Reminiszenzen erspüren. Das sollte er nicht. Sie hatten seit jener Nacht nur Alltäglichkeiten ausgetauscht, hatten ihre Gedanken hinter sorgfältig gewählten Worten verschlossen, als müsste ihnen jemand erst eine Brücke bauen, die dann vielleicht so löchrig aussah wie die über den Drimit. Dabei gab es so vieles, das Maleni wissen wollte, und umgekehrt war es gewiss ebenso.

Elgor sah sie aufmerksam an. Hinter den braunen Augen lauerte der stahlblaue Blick des Mannes, der ihr immer noch nicht traute. »Hast du Angst?«, fragte er.

»Angst ist ein Feind, den man erschlägt«, antwortete sie, ohne nachzudenken.

Er grübelte eine Weile über ihre Antwort nach. »Dennoch existieren Feinde«, gab er dann zu bedenken. »Auch wenn du sie erschlägst.«

Sie musterte ihn, wie er da neben ihr ritt, so groß, so breit, so verlässlich. Sein helles Haar wehte im Sommerwind. Seine kräftigen Hände steckten in Halb-Handschuhen, die die Finger freiließen. Er war ein Mann von Eisen und Leder, und etwas in ihr drängte sie, ihn in all seiner soliden Realität zu berühren, als würde das helfen, die Welt aus Bedenken und Grübeleien zu vertreiben. Es juckte ihr in den Fingern. Ihre Lippen zuckten. Ihn berühren, um ihn zu spüren.

Sie nahm sich zusammen.

»Was ist?«, fragte er und grinste sie an. Dieses Grinsen hatte sie zu Anfang ihrer Reise ungeheuer irritiert. Nun war es zu einem Symbol der positiven Dinge dieser Welt geworden, wie Sonnenschein und sanfte Brise. Es definierte so vieles um sie herum und drang ihr viel zu tief ins Gemüt, indem Taryah nicht mehr über Gefahren und Ablenkungen zu Gericht saß. Maleni verstand nicht, wie er ihr hatte so ungeheuer wichtig werden können. Freilich nicht nur er, sondern auch Umbert, der aber nicht das gleiche kribbelnde Sehnen in ihr auslöste. Und Verenn, der unterschwellig immer da war, kritisch und misstrauisch und doch von einer Machtfülle, die Elgor leuchten ließ, wenn man erst begriffen hatte, wer Elgor war. Vielleicht war er es auch, der Malenis Innerstes wie an gespannten Fäden hielt, als wäre ihr Herz das Zentrum eines straff gespannten Netzes, auf dem kräftige Hände Harfe spielen konnten. Wenn sie nur wollten.

Was ist, hatte er sie gefragt.

»Nichts. Ich mache mir eben Gedanken.«

»Verständlich. Wir leben gefährlich.« Wieder dieser sonnige Frohsinn, der die Aussage seiner Worte Lügen strafte.

»Bisweilen«, begann sie, während sie langsam zwischen den Fuhrwerken den Weg hinunter zum Flussufer nahmen, »kommt es mir so vor, als hättet ihr mich allzu sehr verändert. Ich erkenne mich nicht wieder. Die Welt wird einem fremd, wenn man sich selber nicht mehr kennt. Eine fremde Welt ist immer gefährlich.«

Er blickte sie prüfend an, und in seinem Blick konnte sie die Anwesenheit Verenns spüren. Er lächelte nicht. Eine Augenbraue zuckte. »Hast du Taryah gemocht?«

»Die Frage hat sich nicht gestellt. Wir waren eins.«

»Nein. Eins sein ist etwas anderes. Nicht einmal Verenn und ich sind schon eins – und unsere Wünsche und Werte sind nicht so unterschiedlich.«

Sie ließ sich auf keine weitere Debatte ein: »Wenn wir … dort sind …«, begann sie.

»In Dersteyn?«

»Nein, an unserem Ziel. Warum soll ich dort hineingehen?«

Sie sahen sich um, ob jemand sie belauschen mochte, doch alle schienen damit beschäftigt zu sein, sich auf den letzten Streckenabschnitt vorzubereiten oder die schweren Wagen vorsichtig hinunter zur Flussebene zu manövrieren.

»Es gibt in … dort … viele Dinge, die einst halfen, Gefahren gegen das Reich zu bekämpfen. Artefakte. Sie stammen aus der Zeit, als die Urgorrn …« Wieder machte er eine Pause, als suchte er nach unverfänglichen Worten. »Als sie von den Menschen besiegt wurden. Von jenen Menschen, die das Reich gründeten, damit Menschen in Sicherheit leben und sich friedlich entwickeln konnten. Damit es Städte wie diese gab. Und Brücken. Und Straßen. Und Frieden.«

»Und die Urgorrn, vorausgesetzt es hätte sie gegeben, hatten ein anderes Ziel?«

»Die Urgorrn spielten mit den Menschen, so wie man mit Steinen und Brett spielt. Sie hatten Freude daran, sich mit ihrem Spielbrett zu amüsieren.«

»Wenn sie so ungeheuer mächtig waren, warum haben sie die Menschen nicht einfach ausgelöscht?«

»Weil das langweilig wäre. Das Spiel wäre vorbei, und sie wären allein. Vielleicht hätten sie sich dann gegenseitig bekriegen müssen. Mit Menschen zu spielen bereitete ihnen mehr Spaß.«

»… meint Elgor.«

»… weiß Verenn.«

Sie schwieg eine Weile. Es drängte sie, ihm zu erklären, dass die Urgorrn nur eine alte Legende waren. Doch vielleicht war es an der Zeit, alles, was in ihrem Kopf als gegeben festgelegt war, neu zu überprüfen. »Und wozu brauchen wir die Artefakte? Oder habt ihr Angst, einem Urgorrn zu begegnen?« Es gelang ihr nicht, den Spott aus ihrer Stimme zu halten.

So schwieg er denn auch eine Zeitlang.

»So wie das Reich seit Jahrhunderten von Kriegen zerfressen wird und alles, was es an Kultur und Können einmal gab, verloren geht, könnte man schon auf den Gedanken kommen, es wäre eine Macht am Werk, der es Freude bereitet, dass die Menschen sich nach einem ausgeklügelten System gegenseitig umbringen.«

»Selbst, wenn das so wäre – und es erscheint mir sehr viel unwahrscheinlicher als einfach nur menschliche Dummheit – wo wolltet ihr denn suchen?«

»Wo würdest du suchen?«

»Ich? Woher soll ausgerechnet ich das wissen? Ich glaube noch nicht mal an die Existenz der Urgorrn!«

»Du hast nie einen gesehen?«

»Du denn?«

»Nein. Aber ich kann auch die Luft nicht sehen, und dennoch kann ich sie atmen und müsste ersticken, so es sie nicht gäbe.«

Sie sagte nichts dazu. Als Beweis für die Existenz von Märchenungeheuern schien ihr das Beispiel zu weit hergeholt.

»Wenn du dir einen Urgorrn vorstellen müsstest, wie würde er aussehen?«, fragte er nun.

Sie dachte nach. Da war – nichts. Ein seltsames hohles Gefühl bildete sich in ihrem Magen. »Das ist Unsinn!«, rief sie, plötzlich ärgerlich über die Grenze ihrer Vorstellungskraft.

»Versuche es!« Die Stimme klang tief und befehlend. Verenn? Doch nur Elgor war zu sehen.

Eine Weile ritten sie schweigend. Schließlich begann Maleni zu reden und erstaunte sich selbst damit: »Ein bisschen wie die Traumschlangen, nur viel, viel größer. Mit einem Maul, das einen stehend verschlingen könnte. Zähne. Geifer. Und Augen, die einem Löcher in die Seele brennen – stahlblau wie …« Sie hielt inne und wandte ihren Blick entschlossen von Elgor ab. »Und giftig natürlich. Sie haben keine Hände wie wir. Doch ihre Schwanztentakel sind wie

Riesenkraken. Vielleicht können sie fliegen – wie die Buzzarde.«

»Traumschlangen?«, wiederholte Elgor unsicher. »Welche Traumschlangen?«

»Krempel den Ärmel hoch und sieh auf deinen Arm!«

Er starrte irritiert auf die schlangenförmige Brandnarbe, als könne er nicht fassen, was dort in seine Haut gemalt war. Dann atmete er tief durch. »Oh«, sagte er.

»Genau. Oh!«

»Ich hatte es einen Augenblick lang vergessen.«

»Dabei hast du mich wer weiß wie lange halb vergiftet durch die Gegend geschleppt.«

»Stimmt. Daran habe ich mich schon erinnert. Daran, wie du dich in meinen Armen angefühlt hast.«

Er lächelte. Sie lächelte. Dann wurden sie beide ernst.

»Aber an die Schlangen hast du dich nicht erinnert?«

»Sie sind irgendwie diffus.«

»Sie waren absolut nicht diffus, als sie uns angegriffen haben!«

»Nein. Waren sie nicht. – So stellst du dir also die Urgorrn vor?«

»Ähnlich. Und riesig. Und …« Ihr versagte auf einmal die Stimme, und sie wusste nicht, warum. Es war, als könnte sie keine weiteren Worte über ihre Lippen schieben.

»Interessant«, sagte er. »Umbert sagt, sie seien alle unterschiedlich gewesen. Einzelwesen verschiedener Art, geboren aus der Macht der Welten.«

»Hat er selbst welche gesehen?«

»Ich glaube nicht.«

»Ah. Aber ich soll wissen, wie sie aussehen!«

»Deine Beschreibung war doch ziemlich gut.«

»Sie war völlig aus der Luft gegriffen!«

»Dafür war sie erstaunlich detailliert. Vielleicht bräuchtest du auch ein Schlangenbrandzeichen auf dir, das dir sagt, dass es Dinge gibt, die du vergessen hast.«

»Unsinn!«

»Vergessen die Xyi nie etwas?«

Maleni überlegte. »Im Berg«, begann sie dann, »gibt es das Ritual des Vergessens. Es hilft, wenn Erinnerungen einen peinigen. Man geht dorthin, in die Kammer des Vergessens. Ich war nie drin, weiß nicht zu sagen, wie das geht. Aber danach sind die Seelen aufgeräumt. Und wieder funktionstüchtig.«

»Perfekte Spielfiguren?«

»Perfekte Xyi«, zischte sie.

»Ein Ritual des Vergessens – und trotzdem tut ihr so, als gäbe es keine Magie?«

»Ich habe eher gedacht, es sei vielleicht eine Arznei. – So etwas wie Laeth. Ein Gift. Mit Gift kennen wir uns aus.«

Er stutzte und blickte sie besorgt an.

»Keine Angst«, sagte sie und schenkte ihm ein klirrend kristallenes Lächeln. »Hätte ich euch vergiften wollen, wärt ihr längst tot.«

»Schönen Dank auch.«

Sie sagte nichts, lächelte nur mit geschlossenen Lippen.

80

Am Flussufer mündete die Straße in einen weiten Platz. Hier herrschte geschäftiges Treiben. Fuhrwerke wurden auf die Fähre geladen, andere warteten, und kleinere Karren wagten sich auf die notdürftig reparierte Brücke, in großen Abständen, einer nach dem anderen.

Es war verdächtig einfach gewesen, sich in dem Durcheinander zu entfernen. Allmählich hatten Maleni und Elgor ihre Pferde hinter sich hergezogen, immer weiter nach links, als ordneten sie sich in eine chaotische Warteschlange ein, deren Anordnung sich stetig änderte. Die schiere Anzahl von Wagen, Karren, Fuhrwerken, Reitern und Personen, die irgendetwas zogen oder schoben, die fluchten und sich gegenseitig behinderten, gab ihnen Deckung und machte es zugleich unmöglich zu sehen, welche Blicke einem in dem Durcheinander folgten.

Das Ufer war steinig. Die Hufe der Tiere suchten klappernd und rutschend Halt auf rundgewaschenen, faustgroßen Kieseln. Die Pferde waren nicht glücklich auf diesem Grund.

Maleni drehte sich nicht um, als sie Blicke auf sich fühlte, die ihr in den Rücken zu brennen drohten. Vielleicht war es nur Einbildung? Schweigend verschwanden sie hinter Ufergebüsch.

Einige Zeit liefen sie still am Fluss entlang, der majestätisch, breit und verräterisch ruhig neben ihnen floss. Er war tief, wusste Maleni, und voller tückischer Strömungen und Strudel. Auf der anderen Seite konnte man den Flusshafen sehen. Boote und Lastkähne ließen sich auch vom diesseitigen Ufer erkennen, manche von ihnen erstaunlich groß. Auch Lastenflöße waren dort festgemacht.

»Das wird nicht einfach«, murmelte Maleni.

»Bist du noch nicht Schiff gefahren?«

»Einmal. Und nicht wieder. Durch die Enge von Köngstott.«

Er grinste. »Normalerweise nehmen wir auch lieber die Straßen. Es ist ungleich schwieriger, sich auf einem Fluss seitwärts in die Büsche zu schlagen.«

Geschützt von einigem Gebüsch und nur noch vom Fluss aus sichtbar, stiegen sie schließlich auf die Pferde und ritten im Schritttempo, bis es dunkel wurde.

»Wir hätten den Heilergehilfen nicht laufen lassen sollen«, stieß Maleni irgendwann ärgerlich hervor.

Elgor blickte sie erschrocken an. »Wenn auch er noch sang- und klanglos verschwunden wäre, hätte das die Karawane sehr misstrauisch gemacht!«

Maleni nickte nur. Was Elgor sagen wollte, war vermutlich, dass der Mann harmlos war und man ihn daher nicht töten durfte. Nur – harmlos war er lediglich, solange er niemandem Bericht erstattete. Der Gedanke, der Mann könnte Order haben, sich im Notfall an gewisse Herbergen zu wenden, behagte ihr nicht.

Als es für das Reiten auf dem steinigen Untergrund zu düster wurde, stiegen sie ab und schlugen an einer schmalen, mit Flussweiden und anderem dichten Buschwerk gesäumten Uferfläche ihr Lager auf. Bisweilen waren alte Steinquader zu sehen, die den gewaltigen Strom früher befestigt hatten. Das Wasser hatte die alte Ordnung jedoch längst zerstört.

»Wird ein Schiff uns hier aufnehmen können?«, fragte Maleni skeptisch.

Elgor zuckte mit den Achseln. »Wenn nicht, müssen wir doch in die Stadt.«

Maleni blickte unglücklich über den dunklen Fluss, während sie sich um die Tiere kümmerte und Sättel und Taschen auf den Boden räumte. Die Stadt war schon aus dem Blickfeld verschwunden. Vereinzelt lagen Gehöfte am anderen Ufer, die jedoch auf die Entfernung eher unbewohnt aussahen. Ein paar Felder vermittelten immerhin den Eindruck, dass hier noch Nahrung angebaut wurde – wie sonst hätte sich die passagurische Residenzstadt halten können?

Der Mond war aufgegangen und spiegelte sich in seiner ganzen, gigantischen Größe flirrend auf den Wellen. Noch war es zu hell für Sterne. Am westlichen Horizont gab noch ein blassroter Streifen Kunde von der untergegangenen Sonne.

»Es ist schon besser, wenn man sich um die Reiseplanung nicht selbst kümmern muss«, konstatierte Maleni. »Das musste ich nie. Ich hatte eine Mission, aber die sichere An- und Abreise haben andere Geschwister im Hintergrund geplant. Ein Netzwerk, das einen hielt und versorgte.«

»Und warum bist du mit uns durch die Loryr-Berge gereist? War das so geplant?«

»Nein. Ich habe mich nicht an die Vorgaben gehalten und die Karawane verpasst, mit der ich ziehen sollte. In ebenso einem Apothekerkarren, wie es ihn auch in unserer Karawane gab. Es war mein eigener Fehler, der alles ausgelöst hat.«

»Welchen Fehler hast du denn begangen?«

Sie rollte ihren Mantel zusammen und setzte sich darauf. Das grobe Geröll war unbequem. Schlafen würde nicht einfach werden.

»Ich habe ohne Auftrag getötet«, sagte sie tonlos und blickte auf die Steine vor sich, die sich im Mondlicht weiß vom Rest der Landschaft abhoben. »Eigenmächtig.«

»Ist Taryah tollkühn geworden?«, fragte Elgor.

Wieder schwieg sie eine Weile. »Taryah hatte nichts damit zu tun. Taryah – hat immer gehorcht. Ich nicht.«

Sie sah nicht auf, als er sich neben ihr niederließ. Er sagte nichts, doch sein Schweigen war eine Frage.

»Taryah ist nicht die Einzige, die die Kunst des Tötens beherrscht«, fügte sie ihren Ausführungen hinzu.

»Wen hast du getötet?«

Sie erschrak, als sie Verenns Stimme erkannte. Obgleich ihr seine stete Anwesenheit zu jedem Zeitpunkt bewusst sein musste, blendete ihr Sinn dies bisweilen aus. Mit ihm wollte sie nicht darüber reden.

»Das geht dich nichts an.«

Er fasste sie an den Oberarmen und riss sie blitzschnell zu sich herum. Mit letzter Kraft zügelte sie ihre Reaktion, die ihn das Augenlicht gekostet hätte, wenn ihre Finger ihm die Augäpfel durch die Augenhöhlen gedrückt hätten. Sein Kopf zuckte zurück, als er begriff, wie knapp er ihrem Gegenschlag entgangen war. Sie starrten einander an, zornig, weil sie sich nicht im Griff hatten und jeder von ihnen das Töten mit großer Finesse beherrschte.

»Greif – mich – nicht – an – Ratsherr von Predorenn! Tu es nicht!«

»Schnell wie eine Schlange im Gras!«, zischte er, ebenso zornig wie erschrocken.

»Du weißt, was ich bin. Seit ich klein war, hat man meine Reflexe geschult, schneller zu sein als meine Gedanken.«

Er hielt ihre Arme immer noch in seinen sehnigen Händen, drückte sie mit einiger Kraft zusammen.

»Lass – los!«

Seine Finger waren in ihr Fleisch gekrallt, und mit gleicher Intensität bohrte sich der Blick seiner mondlicht-hellen Augen in ihre. Es war ihr, als glitzerten seine Iriden wie die eines blauäugigen Raubtiers. Es gab keine blauäugigen Raubtiere. Oder doch? Sie schauderte.

»Lass los!«, wiederholte sie. »Oder Umbert wird niemanden mehr hier abholen.«

Langsam, Finger für Finger, ließ er sie los. Wie zwei sprungbereite Pantheiger kauerten sie direkt voreinander, die Gesichter so nah, dass Maleni seinen Atem spüren konnte. Leder und Eisen roch sie, und den Gletscherhauch ewigen Eises.

Er hatte die besseren Nerven, hob die Hände und ließ sich im Schneidersitz auf dem Boden nieder. Keine vorteilhafte Kampfposition, doch vermutlich mit Bedacht gewählt. »Wen – hast du getötet, Maleni?«, fragte er nun beinahe sanft. Seine Stimme war unendlich tief.

Sie setzte sich ebenfalls zurück auf ihr Bündel.

»Die jungen Töchter des Graaven von Berenborg.« Es fiel ihr schwer, darüber zu sprechen. Schon gar nicht wollte sie sich dafür entschuldigen.

»Einfach so?« Sie spürte das unterschwellige Gift in der Frage.

»Es war nötig.«

»Fandest du.«

»Taryah war anderer Meinung.«

Er blickte sie überrascht von der Seite an. Sie starrte über den Fluss, folgte den mondbeschienenen Wellen mit dem Blick. Eine Weile schwieg sie, aber er fragte nicht noch einmal, und so sprach sie schließlich weiter: »Die Soldaten hatten die Mädchen über Tage missbraucht und gequält. Sie waren dem Tode nahe, doch nicht nahe genug, als dass Kyrros ihnen bald gnädig die Hand gereicht hätte. Sicher hätten sie noch tagelang gelebt, während eine Hundertschaft Soldaten sie langsam zu Tode ritt.« Sie hielt inne. Es war ihr, als hielte jemand sie im Würgegriff, kaum dass sie atmen und schlucken konnte. Der Geruch jenes Kellers schien ihr in der Nase zu liegen und vermischte sich mit der Erinnerung an jenen Tag, als ihre Familie starb. Sie versuchte, beide Erinnerungen abzulegen und aufzuräumen, wie sie es gelernt hatte. Doch es war, als fände sie die innere Schublade nicht mehr, in die derlei Gedanken weggeschlossen gehörten.

»Ich konnte sie nicht mitnehmen«, stieß sie hervor. »Nicht tragen, nicht schleifen, nicht schleppen, nicht verstecken. Es ging nicht.« Sie presste ihre Handballen auf ihre Augen, als könne das das innere Bild verbergen.

»Da hast du sie zu Kyrros geschickt?« Verenns Stimme klang merkwürdig neutral.

»Das habe ich. Sie und den widerlichen Kerl, der sie gerade besprang. Ich habe das getan. Ich. Maleni. Weil ich«, sie wandte sich ihm zu wie eine steigende Kobra, »eine ganz exzellente Mörderin bin. Wie du sehr wohl weißt.«

Er hielt ihren Blick, als hielte er sie an einem Seil über dem Abgrund.

»Es war der erste Bruch des Gehorsams«, fuhr sie fort. »Ab da zweigte mein Leben vom Pfad ab. Und wurde wirrer und wirrer. Gehorsam hat etwas für sich.«

»Freiheit auch.«

Verenns Gegenwart war fast schmerzhaft intensiv. Vielleicht hätte Elgor nun den Arm um sie gelegt – nicht, weil er ihre Handlungsweise guthieß, sondern weil es etwas war, das zu ihm passte. Verenn aber berührte sie nicht. Sie spürte seine Distanz beinahe physisch. Begriff er nicht, dass es das Einzige gewesen war, was sie hatte tun können?

»Und Taryah war gegen deine Eigenmächtigkeit?«

»Sie hielt es für dumm. Das war es auch.«

»Schlau war es nicht. Auch nicht bequem.«

»Du verurteilst mich für mein Tun?«

Er hielt seine Hände verschränkt. »Wenn wir immer schlau wären, wären wir nicht hier.«

»Sind wir also dumm?«

Ein Lächeln konnte man die schmerzhafte Grimasse, die er machte, nicht nennen. Er öffnete die Hände und faltete sie dann wieder. »Wir warten auf harten Steinen auf ein Schiff, das hier vielleicht gar nicht anlegen kann, um zu einem Ort zu gelangen, der zwei von uns mit Sicherheit umbringen würde. Das alles für nichts als eine vage Hoffnung, die wir noch nicht einmal genau zu definieren vermögen. Schlau – ist das nicht. Schläue beinhaltet immer den eigenen Vorteil. Vielleicht ist es kühn. Vielleicht aber nicht einmal das.«

Sie wandte sich wieder von ihm ab und blickte wie er über das Wasser. Die nächtliche Flussbrise war kühl, die Sonnenwärme des Tages nur noch eine Erinnerung auf der Haut.

Sie fuhren beide herum und auseinander, als ein Zweig im Gesträuch hinter ihnen knackte. Schon standen sie, sahen einen fedrigen Bolzen auf die Steine aufschlagen, wo sie eben noch gesessen hatten. Waffen ziehen und auf den Ausgangspunkt des Angriffs zustürzen wurde eins.

Ein Angreifer. Jedenfalls sahen sie nur einen in den Schatten des Gesträuchs. Maleni warf sich flach auf den Boden, als das Blasrohr in ihre Richtung zeigte und erneut ein tödliches Geschoss ausspuckte. Es ging knapp über sie hinweg.

Die Faust Verenns krachte gegen das Gesicht, das im Dunkel kaum klar zu erkennen war. Er sprang hektisch zurück, als eine Klinge die Luft vor ihm in Bauchhöhe durchschnitt.

Inzwischen war Maleni wieder auf den Füßen und katapultierte sich seitlich neben den Angreifer, um ihm die Beine unter dem Körper fortzuziehen. Doch er hatte das Manöver kommen sehen und wich ihr aus. Sein Blasrohr lag vor seinen Füßen, und er hielt nun in jeder Hand einen Dolch. Maleni war sich sicher, dass die Schneiden vergiftet waren. »Vorsicht!«, rief sie, rollte sich bereits wieder aus der direkten Gefahrenzone und kam auf die Füße. Der Kämpfer war schnell. Schneller als sie, die den Kampf nicht mehr an ihre Kämpferseele delegieren konnte. Dieser Bruchteil einer Sekunde gab den Ausschlag.

Eine neue Klinge sauste horizontal durch die Luft, während Maleni eine bewaffnete Hand an sich vorbeibog und dabei den Schwung ebenjener Hand ausnutzte, die ihr die Kehle aufschlitzen sollte. Ganz weit beugte sie sich rückwärts, versuchte sich noch in der Bewegung zu drehen, um eine bessere Position einnehmen zu können.

Dann spritzte Blut, und etwas flog über den Boden, das Ärmel und eine Hand hatte. Ein Schwert sank senkrecht in eine schmale Brust.

Breitbeinig und mit dem Schwert in der Hand stand Verenn kurz darauf über dem Leichnam und starrte ebenso wie sie missmutig auf den Toten. Dünn war er gewesen. Klein.

Jung. Zu jung. »Verflucht«, murmelte er. »Der kann keine sechzehn gewesen sein.«

»Ein Junxer. Ein Geselle in praktischer Ausbildung.«

»Kennst du ihn?«

Mit dem Fuß drehte sie ihn, so dass das blutige Gesicht zu ihr deutete.

»Sörven. Ich habe ihn bei der Grundausbildung im Berg gesehen. War immer ein bisschen ungeschickt. Aber er war ja noch sehr klein, als ich den Berg verließ. Gerade mal zehn oder elf.«

Sie schwiegen und starrten auf den separaten Arm. Dann kniete Maleni sich hinunter zu dem Leib und pulte eine Waffe nach der anderen aus der Kleidung.

»Kann man vielleicht noch brauchen.«

»Möglicherweise war er nicht allein?«

Sie sah hoch. »Denkbar. Willst du im dunklen Gestrüpp weitere Feinde suchen?«

»Hältst du das für sinnlos?«

»Ich weiß, dass du mich in solch einer Situation nicht finden würdest. Und ich hätte einen Junxer seines Alters nicht allein kämpfen lassen, sondern eingegriffen. Vermutlich sollte er nur ausspionieren. Doch dann haben wir ihn gehört, und er dachte, er müsse handeln. – Dumm.« Sie schwieg ärgerlich. »Sicher ist davon nichts. Oder nur eines.«

»Was?«

»Der Apothekergehilfe hat den Geschwistern im *Gelben Prinzen* berichtet, und die wollten rausfinden, wo und wer wir sind – wir, die wir uns seitwärts in Büsche schlagen, während ein Bruder verlorengeht.«

»Oder deine Geschwister haben vermutet, dass du zu ihnen unterwegs bist.«

Verenn nahm die sterblichen Überreste hoch und warf Leichnam und Arm in den Fluss. Dann schleuderte er den Arm hinterher.

»Das Wasser trägt ihn stromabwärts. Man wird ihn nicht finden«, sagte er.

»Reise in Frieden, Sörven!«, murmelte sie. »Du hast dir die falschen Feinde ausgesucht. Das ist stets ein Fehler. – Wir auch. Vielleicht enden wir bald wie du, ohne Gliedmaßen im Fluss.«

»Sie werden den Jungen vermissen.«

Sie nickte. »Hoffentlich gelingt es Umbert bald, ein Schiff zu organisieren.«

Sie kniete sich ans Wasser und versuchte, sich das Blut von Gesicht und Kleidung zu waschen. Armer, kleiner Sörven. In ihrer Erinnerung war er nichts als ein tapsiges Kind, sie hörte noch sein Lachen. Und sein Weinen. Und wieder fand sie die Stelle in ihrem Gemüt nicht, in die sie das Erlebte hätte ablegen und vergessen können. Ganz weit nach vorne beugte sie sich und spritzte immer mehr Wasser auf ihr Gesicht, viel zu viel. Ihr Gewand war schon ganz nass.

Eine Hand zog sie zurück von den Fluten. »Was ist?«, fragte er.

»Nichts. Wir haben überlebt. Das ist doch gut.«

»Weinst du?«

»Ich bin eine Schemenjägerin der Xyi. Wir weinen nicht, wenn wir töten.«

Sie wollte die Hand abschütteln, doch Verenn ließ es nicht zu. Er zog sie auf die Füße, wischte ihr das nasse Gesicht ab, hielt es zwischen seinen schwieligen Händen. Sie erwartete, dass er irgendetwas Zynisches sagen würde, doch er beugte sich nur zu ihr hinunter. Seine blauen Augen funkelten im

Licht des Mondes, und sein Mund berührte ihren, hart und wenig romantisch. Seine Zunge teilte ihre Lippen, nur einen Augenblick lang – und dann stand er einige Schritte weit entfernt. Sie hatte kaum wahrgenommen, wie er dorthin gelangt war. Zwischen ihnen waren die Steine dunkel von Blut. »Wir sollten von hier fort und weiter«, sagte er. »Der Mond wird uns genug Licht geben.«

Sie versuchte zu nicken, irgendetwas zu sagen. Es gelang ihr nicht. Die Präsenz seines Körpers hatte sich über ihr Bewusstsein gelegt. So fühlte es sich also an, wenn man selbst Empfänger gleißender Zuwendungen war, die einem die Härchen aufstellten und schmerzvolle Sehnsucht weckten. Er war Eis und Glut.

Etwas mühsam nickte sie: »Ich sattle die Pferde.« Kam es ihr nur so vor, oder klang ihre eigene Stimme seltsam?

»Ich sehe mich noch mal um, ob wir noch einen Feind in der Nähe haben.«

»Sei vorsichtig!«

Sie fragte sich, was er fühlte. Vielleicht lag es daran, dass Taryah nicht da war: Sie konnte diesen Mann nicht einschätzen. Und ihn jetzt und hier zu wollen, war einfach nur falsch.

81

Jedes Mal, wenn Umbert die Brücke von Dersteyn wiedersah, war er traurig. Einst war dies eines der großartigsten Bauwerke der Welt gewesen. Aus rotem Stein gebaut schwang sich die Steinbrücke zu je einem Drittel der Flussbreite hoch über den Fluss. In der Mitte hatte sich früher eine Zugbrücke befunden, die man mit Hilfe eines ausgeklügelten Flaschenzugsystems beidseitig hochklappen konnte, um Schiffe mit hohen Masten durchzulassen. Heute fehlte dieser Teil, und das somit entstandene Loch in der Brücke flickten ein wackeliger Zusatzpfeiler und einige Seile und Balken nur notdürftig. Das Wissen um den Bau oder die Reparatur solcher Brücken war verlorengegangen, und die meisten Menschen wussten vermutlich gar nicht, was für eine Bewandtnis es mit dem »Loch« inmitten der Brücke auf sich hatte. Niemand hatte sie je anders gesehen als kaputt. Niemand – außer Umbert.

Sein Pferd hatte er dem letzten Eigentümer zurückverkauft und mit den Mulis die Fähre genommen. Die Brückenwarte ließen Reisende nur einzeln hinüber. Das machte die Überquerung des Flusses gleichermaßen zeitintensiv für Brücken- wie für Fährenbenutzer. Er hatte versucht, jenen Apothekerkarren im Auge zu behalten, doch der Wagenlenker hatte so weit vor ihm über den Fluss gesetzt, dass er längst in der rastlosen Residenzstadt verschwunden war, als

Umbert auf der Stadtseite des Flusses anlandete. Er suchte nicht nach dem Mann. Wenn er zum *Gelben Prinzen* gegangen war, war das Letzte, das Umbert wollte, von ihm dort ausgemacht zu werden. Und wenn nicht, war es einerlei, wo er sich befand.

Umbert hatte überlegt, die Mulis und einen Teil des Gepäcks unterzustellen, aber da er sich sicher war, beides in diesem Fall nie wiederzusehen, zog er die Tiere weiter hinter sich her. Seit sie sich entschieden hatten, das Warten aufzugeben – schlicht, weil sich ihnen die Möglichkeit dazu geboten hatte –, war nichts wirklich planbar. Noch wussten sie nicht, ob es Maleni tatsächlich gelingen würde, ins Innerste von Cahersyg vorzudringen oder ob sie das, was er im Sinn hatte, würde zurückbringen können. Weiteres würde sich erst danach entscheiden.

Kühl durchdachte er die Möglichkeiten: Maleni würde sterben, und er und Elgor würden weiterwandern, auf der Suche, nach neuen Aussichten. Elgor würde alt werden und sterben, und Verenn würde einen neuen Seelenträger brauchen, den Umbert, wie einst Elgor, finden, großziehen und auf die Aufgabe vorbereiten müsste. Das Finden allein mochte schon viele Jahre dauern, und nicht jeder war geeignet, so große Verantwortung zu tragen. Elgor war ein Glücksfall, stark, intelligent und integer.

Eine andere Möglichkeit: Maleni würde nicht sterben. Das wäre ihm lieber, denn er mochte das Mädchen, auch wenn er ihr noch immer nicht vollends vertraute. Junge Menschen konnte man formen wie Eisen in der Esse, und sie war sehr verformt – eine Damastklinge, tausendmal gebogen zum allerschärfsten Dolch. Selbst der Verlust ihrer Kämpferseele hatte diese Verformung nicht aufheben können. Auch ohne

Seelenmagie blieb eine ausgebildete Mörderin eben genau das. Sie mochte nichts sein als schleichendes Gift.

Eine weitere Möglichkeit: Maleni würde es gelingen, nützliche Dinge aus Cahersyg zu holen. Welchen Weg sollte man dann damit einschlagen? Sollte er seinem Verdacht folgen und Malenis Loyalität so weit strapazieren, um mit ihr einen Feind anzugreifen, von dem er nicht einmal wusste, ob es ihn gab? Und wenn es ihn gab, sollte man ihn nicht besser meiden, als sich gegen eine solche ungeheure Übermacht überhaupt nur bemerkbar zu machen? Sie waren alle sterblich – wenngleich auch in unterschiedlichem Maße.

Umbert war alt. Niemand außer ihm, Elgor und natürlich Verenn wusste, wie alt er war. Er alterte kaum. Er heilte schnell. Krankheiten befielen ihn nicht. Und sollte er tatsächlich unter Gewalteinwirkung sterben, so blieb ihm immer noch eine letzte Möglichkeit, sein Wissen und seine Persönlichkeit zu retten – wenn die Umstände günstig waren.

Bislang waren sie es stets gewesen. Doch das musste nicht so bleiben.

Er lief den Flusshafen entlang und besah sich die Schiffe, die dort lagen. Zu groß durften sie nicht sein, sonst würden sie ohne Hafenanlagen nicht nahe genug ans Ufer gelangen. Zu klein durften sie auch nicht sein, schon wegen der Mulis. Er brauchte seine Habe. Sie nicht mehr zu brauchen schien ihm gleichbedeutend mit dem Tod. Und er hatte sich vergorrnt noch mal daran gewöhnt, am Leben zu sein.

Der Hafen wimmelte vor Menschen. Einige Transporte der Karawane hatten sich hier eingefunden, andere waren zum Marktplatz weitergefahren. Und manche sammelten sich am Nordtor der Stadt, um entweder die Route nach

Passnath im Westen oder nach Harkness oder Passafurth im Osten weiterzureisen. Doch auch so war das Gewühl chaotisch: Karren, Kisten, Ballen, Träger, Kaufleute, Matrosen. Alles schwirrte durcheinander.

Die Hafenmauer lief an der ganzen Seite der Stadt entlang und sogar darüber hinaus. Die Schiffe waren höchst unterschiedlich, manche erstaunlich groß. Bei einigen luden die Schiffer bereits Waren ein, auf die sie gewartet hatten, andere verhandelten noch. Diesen wandte sich Umbert zu, sprach mit einigen Schiffsführern und gab Buccafjord als Ziel an. Ein großer Teil der Kähne würde ohnehin dort anlanden, um von dort über Köngstott zum östlichen Ozean weiterzufahren; oder nördlich durch die Venom-See zur kahsellschen Hafenstadt Kthon. Damit hätte man dann die nördlichen vier Fyrstheneien erreicht.

»Die Mulis willst du mitnehmen?«

»Auf alle Fälle. Mein Handwerkszeug ist drauf.«

»Du bist ein Handwerker? Welches Handwerk?«

»Beinahe jedes. Ich kann an Bord helfen.«

»Ja, ja. Und dann wird dir doch nur schlecht.«

»Gewiss nicht. Allerdings …«

»Allerdings kannst du nicht bezahlen?«

»Oh, bezahlen kann ich. Aber ich bin nicht allein. Da sind noch zwei Reisebegleiter.«

»Wann kommen die?«

»Wir müssten sie am anderen Flussufer abholen. Sie sind schon ein wenig flussabwärts gewandert.«

»Dann hoffe ich, sie können gut schwimmen.«

So oder ähnlich verlief jedes der Gespräche. Wenn er ging, folgten ihm seltsame Blicke, denn es war ein eigentümliches Anliegen, das er da hatte – jemanden einfach vom Flussufer aufzunehmen. Wer nichts zu verbergen hatte, wäre direkt an den Hafen gekommen. Es war verdächtig. In dieser Welt war alles verdächtig.

Bisweilen sah sich Umbert um, ob ihm jemand folgte. Keiner fiel ihm als besonders häufig in seiner Nähe auf, doch das besagte nichts. Er mochte den Legenden um die Xyi keinen Glauben schenken, doch er wusste, dass Maleni sich in solch einer Menge ungesehen machen konnte. Jeder ihrer Brüder und Schwestern würde es auch können.

Es war beinahe das letzte Schiff, bei dem er schließlich Glück zu haben schien. Ein breiter, behäbiger Segler mit zusätzlichen Ruderbänken. Er kam hinzu, als ein Mann gerade anheuerte, und hörte, dass das Schiff auf der letzten Reise Besatzungsmitglieder verloren hatte. So bot auch er sich an – und Maleni und Elgor – und zusätzlich noch Reisekosten für die Tiere. Er wurde genommen. Die Wasserfyrsthin – denn so hieß das Schiff – brauchte Leute.

Es dauerte eine Weile, bis er seine Mulis auf dem Schiff verstaut hatte. Der andere Neue kam auf ihn zu und reichte ihm freundlich die Hand. »Auch neu hier?«, fragte er. »Ich bin Ferric.«

»Umbert. Ich bin Schmied.«

»Reisende Schmiede sind selten, oder? Bleibt ihr sonst nicht bei eurem Amboss?«

»Nur der rollende Stein wird nicht verbaut.«

Der Mann grinste ihn an. Das Grinsen war offen und wohlgelaunt. Die dienstälteren Matrosen der Wasserfyrsthin hielten sich da weitaus mehr bedeckt. Für sie war Umbert Passagier mit Fracht, auch wenn er zugesagt hatte mitzuarbeiten. Niemand von ihnen zeigte besondere Begeisterung ob des Neulings an Deck, denn ihnen waren bockende

Mulis als Fracht weitaus weniger lieb als Strauchwollballen oder Pökelfleisch. Letztere produzierten wenigstens keine Hinterlassenschaften an Deck.

»Den Dreck räumst du aber alleine weg!«, fuhr einer der Flussschiffer Umbert denn auch übellaunig an.

»Noch haben sie keinen gemacht.«

»Werden sie noch.«

Ferric lachte. »Spätestens jetzt solltest du dir eine Schaufel schmieden, Freund Umbert.«

Umbert nickte ergeben und packte mit an, jene Waren der nicht Haufen produzierenden Sorte mit an Bord zu hieven und gemäß den Anweisungen der Flussschiffer zu verstauen. Es dauerte erstaunlich lange. Viele Schiffe hatten bereits abgelegt und waren vor der Wasserfyrsthin den breiten Strom flussabwärts geglitten. Offenbar hatte das breite Schiff es nicht so eilig. Die Nacht war längst angebrochen, als das Schiff endlich voll beladen war.

»Müssen wir rudern?« fragte Umbert.

»Nur flussaufwärts. Wir fahren flussabwärts.«

Der Kapitän gab den Leinen-los-Befehl, kaum dass das letzte Paket verstaut war. Dabei blickte er Umbert verdrossen und misstrauisch an. Warum? Er hätte einfach nur nein sagen müssen, dann wären Umbert und seine tierische Entourage jetzt nicht an Bord.

Doch er hatte ja gesagt.

82

Elgor, wach auf. Schiffe kommen.«

Er stand schon im nächsten Augenblick und rollte ordentlich seine Decke zusammen. »Zu früh!«, sagte er verdrossen. »Aber wenn das erste unterwegs ist, werden die anderen auch nicht mehr lange auf sich warten lassen.«

Erst als es gen Morgen ging, hatte Maleni etwas Schlaf bekommen. Da hatten sie erneut an einer Stelle angehalten, die sie für geeignet gehalten hatten, um an Bord eines vorbeifahrenden Schiffes gelangen zu können. Der Fluss war hier breit und ruhig, und zumindest vom Ufer aus ließen sich keine Klippen oder gefährliche Hindernisse ausmachen. Irgendwann musste hier einmal eine Anlegestelle gewesen sein. Reste davon konnte man erkennen.

Auch Elgor hatte dann geschlafen, etwa eine Stunde, während der große, goldene Mond bergbreit hinter dem Horizont verschwand.

Maleni hatte dabei im grauenden Morgen die Gegend erkundet. Als sie zurückgekommen war, hatte sie alle Gepäckstücke ans Wasser getragen.

Wie ein grauer Schatten glitt das erste der Flussschiffe nun an ihnen vorbei.

»Woher sollen wir wissen, ob Umbert da drauf ist?«

»Es ist an ihm, uns das anzuzeigen. Mit einer Laterne oder irgendwie.«

»Es wird schwierig werden, an Bord zu kommen.« Sie war auf einmal ärgerlich, dass sie nicht einfach mit nach Dersteyn geritten war. Unter einer guten Kapuze hätte man sie vielleicht gar nicht erkannt. Sie hatten nur eine Gefahr durch eine andere ausgetauscht. Ihr wurde bewusst, dass sie nun stets eine Gefahr vermeiden würde, um schon der nächsten anheimfallen zu können.

»Wir müssen die Pferde zurücklassen«, seufzte Elgor.

»Ungern. Sie werden jedem Suchenden, der dem Junxer hinterhergeschickt wird, Kunde davon geben, wie wir weitergereist sind.« Sie war ungehalten. »Wir hätten das doch vielleicht anders machen sollen.«

»Wir planen von Tag zu Tag.«

»Da ist die Geschwisterschaft besser. Dort wird langfristig geplant. Alles andere ist …« Sie sprach das Wort nicht aus. Dumm. Das hatte sie sagen wollen.

Er nickte. »Stimmt. Die Xyi sind besser organisiert – und sie sind mehr. Ihr seid überall. Wir sind nur drei Menschen …«

»… und werden dabei draufgehen«, urteilte sie kühl.

»Vielleicht auch nicht. Unsere Planung richtet sich kurzfristig nach den Gegebenheiten aus: wenn dies, dann das – und so weiter. Wenn wir es nach Köngstott schaffen, versuchst du, nach Cahersyg zu gelangen. Wenn du es hinein und wieder hinaus schaffst, sehen wir, was uns das gebracht hat. Wenn es uns einen Vorteil verschafft, gehen wir den nächsten Schritt.«

»Und welcher ist das?«

»Wir … werden sehen.«

»Wenn du mir jetzt noch nicht traust, kannst du es für den Rest deines und meines Lebens auch lassen!« Sie war wütend.

»Maleni! Wir wissen es doch selbst nicht genau!«

»Ihr wollt einen Urgorrn suchen, nicht wahr? Das ist es doch, was ihr wollt!«

»Vielleicht. Wenn wir mehr Anhaltspunkte haben, dass – und wo – sich einer aufhält.«

»Und wo wollt ihr die herbekommen?«

»Von dir, Maleni.«

»Von mir? Ich glaube nicht einmal an deren Existenz! Hast du das vergessen?«

Er deutete nur den Fluss hoch, während ein Schiff, Boot oder Floß nach dem anderen an ihnen vorüberglitt – immer in ausreichendem Abstand. So standen sie da. Minuten vergingen. Dann Stunden. Die Sonne stand bereits hoch, und sie hatten sich auf die Ufersteine gesetzt. Immer wieder warfen sie argwöhnische Blicke um sich, ob noch ein Angreifer hinter ihnen lauerte. Wenn der erste sie eingeholt hatte, konnte das auch der nächste, denn schon den ersten musste jemand ausgeschickt haben.

»Da. Ich habe eine Flamme über dem Wasser flackern sehen. Auf diesem Schiff muss Umbert sein.«

Sie blickte das breite Wassergefährt an, das sich ihnen behäbig und langsam näherte. Durch die einsame Stille war ein Muli-Wiehern zu hören.

Sie nahmen ihr Gepäck auf.

»Und nun?«

Elgor tat einen Schritt ins Wasser, dann noch einen. Er rutschte, fiel beinahe.

»Vielleicht müssen wir schwimmen.«

»Mit Gepäck?«

Aber dann wurde ein Beiboot an einem langen Tau zu Wasser gelassen. Ein Mann saß darin und steuerte es gen

Ufer – nicht Umbert, sondern ein grinsender, narbenverwitterter Kerl. »Steigt ein!«, rief er ihnen feixend zu. »Schnell.«

Es waren nur wenige Sekunden, in denen das Boot nah genug war, dass sie es erreichen konnten. In fliegender Hast warfen sich Maleni und Elgor samt ihrem Gepäck ins Boot, wo sie nass und in einander verkeilt ankamen. Und schon entfernte es sich wieder vom Ufer, wurde am Tau zurück zum Schiff gezogen.

»Umbert ist an Bord geblieben. Er hatte wohl Angst, man würde ihm das Tau kappen und seine Habe behalten. – Ich bin Ferric.«

»Sei gegrüßt, Ferric«, grüßte Elgor höflich. »Vielen Dank.«

Maleni betrachtete den Mann misstrauisch. Sie mochte ihn nicht. Seine Freundlichkeit wirkte wie aufgeklebt. Aber immerhin, er hatte sie geholt.

»Der Kapitän heißt Cabon. Er ist ein rechter Griesgram. Man verärgert ihn besser nicht. Das hier«, er deutete auf das Boot, »findet nur statt, solange es Geld bringt und nicht eine Sekunde Zeit kostet – und weil Cabon mit Arbeitskräften knapp ist.« Der Mann musterte Maleni abschätzig. »Kannst du gut schrubben? So ein Deck muss immer geschrubbt werden, sagt er.«

»Schrubben?«

Das Boot hatte das Heck des Schiffes erreicht. Von der Reling hing geknüpftes Tauwerk als Jakobsleiter herunter. Der Mann vertäute das Beiboot. Ein zweites Tau wurde zum Boot hinuntergeworfen. Maleni band die Satteltaschen und anderen Besitztümer daran, und sie kletterten hoch.

Kaum ein paar Minuten später wurden sie in die Arbeit eingewiesen, die sie an Bord zu erledigen hatten. Dass Maleni müde war, interessierte niemanden.

»Das Schiff fährt nach Buccafjord«, ließ Umbert sie wissen. »Wir werden sehen, wie weit wir mitfahren.

»War – alles in Ordnung in Dersteyn?«, fragte Maleni, während sie mit einer langen Nadel ein Segel flickte, so wie man es ihr gezeigt hatte.

»Nichts Auffälliges.«

Wann genau Elgor die Zeit fand, Umbert über die Geschehnisse der letzten Nacht zu informieren, wusste Maleni nicht. Doch sein Blick verriet seine Besorgnis. Wenn ein Junxer ihnen hinterhergeschickt worden war, hatte vielleicht ein anderer der Geschwisterschaft den Hafen überwacht. Wenn es Verfolger gab, hatten sie sie sicher nicht abgeschüttelt. Im nächsten Schiff hinter ihnen mochten schon die Feinde lauern. Oder ihnen auf Pferden am Flussufer folgen. Manchmal sah man Reiter. Einzelheiten ließen sich allerdings nicht erkennen.

»Schau nicht spazieren, sondern flick das Segel!«, raunzte der Kapitän sie an, und hinter seinem Rücken zwinkerte Ferric ihr leutselig zu. Einer der Seeleute machte eine Bemerkung über ihren Busen, um danach darüber zu spekulieren, wie sehr sie es genießen würde, wenn er und seine Kameraden ihr nacheinander zeigen würden, dass auch Matrosen gut reiten konnten.

Sie blickte ihn an und lächelte.

»Keine Angst«, murmelte Elgor, als er an ihr vorbeikam.

»Oh«, flüsterte sie zurück. »Ich habe keine Angst. Gib mir nur rechtzeitig Bescheid, bevor wir dieses Schiff wieder verlassen.«

Er öffnete den Mund, um etwas zu fragen, tat es dann aber nicht.

83

Auf der rechten Seite des Flusses wuchsen seit einiger Zeit die Gornhandberge empor. Auf dieser Seite würde man nicht mehr allzu leicht zu Fuß oder zu Pferd reisen können, und inzwischen war der Fluss zu breit für Brücken. Wer hier das Gewässer überqueren wollte, brauchte ein Boot.

Das Schiff glitt ein wenig schneller voran als die behäbige Strömung, und der Pulk an Schiffen, die in Dersteyn gestartet waren, hatte sich auseinandergezogen. Weder vor noch hinter sich erkannten sie mehr als ein paar ferne Segel. Nur zweimal waren ihnen Schiffe flussaufwärts entgegengekommen, mühsam und unter Einsatz von Ruderern. Maleni meinte, das Knallen von Peitschen zu hören.

Sonst war der Fluss von einer seltsamen Ruhe. Die Schiffer sprachen wenig, und auch einige Tage Fahrt hatten die arbeitenden Passagiere der Mannschaft nicht nähergebracht. Nur die Blicke, die die Männer Maleni zuwarfen, waren noch immer eindeutig. Elgor versuchte, ihr stets nahe genug zu sein, um notfalls einzugreifen. Maleni fand seine Ritterlichkeit putzig. Mit einer Handvoll Matrosen würde sie fertig werden.

Sie waren schon eine Weile unterwegs, als sie einen von ihnen dabei ertappte, wie er versuchte, ihre Habe zu durchsuchen.

»Was tust du da?«

Der Mann fuhr wütend herum. Er sah weder schuldbewusst aus, noch versuchte er, eine Ausrede für sein Tun zu finden: »Viel Zeug habt ihr dabei. Reiche Passagiere.« Er hielt einen goldenen Armreif. »Gold! Richtiges Gold!«

»Nimm deine diebischen Klauen aus meiner Tasche!«

Er griff nach ihr. Sie wich aus, fasste nach seiner Hand und bog in einer einzigen, blitzschnellen Bewegung die Finger rückwärts. Etwas knackte, und der Mann schrie auf: »Du blöde Schlampe! Du hast mir die Finger gebrochen!«

»Gut. Dann lass sie in Zukunft von unseren Sachen!«

Sie spürte den Luftzug, bevor die Faust sie von hinten treffen konnte. Natürlich. Er hatte nicht spioniert, ohne jemanden als Wache abgestellt zu haben. Der war nur einfach zu spät gekommen – oder vielleicht war es ihm auch einerlei gewesen.

Sie duckte sich unter dem Schlag weg und fuhr ihren Ellbogen nach hinten aus. Gleichzeitig drehte sie sich um ihre Achse und trat dem Dieb mit Macht gegen das Schienbein. Er schrie und fiel – und schon war er nicht mehr allein. Die Schiffer, die sich in ihrer Art bislang als eher mürrisch und langsam ausgezeichnet hatten, waren ausnehmend schnell um sie versammelt, vermutlich in der irrigen Meinung, zu acht könnten sie eine junge Frau schnell überwältigen. Doch sie irrten. Maleni wirbelte herum, tanzte über die Klappe zum vollbeladenen Laderaum, sprang über ein paar aufgewickelte Taue und schlug beinahe beiläufig einem der Männer die Nase zu Brei, als dieser mit einem Eisenhaken nach ihr fasste.

Bislang lebten sie noch alle. Doch die Schlacht war entbrannt, und Maleni war sich nicht sicher, ob der Streit noch so beigelegt werden konnte, dass sich hinterher wieder eine Art Frieden schließen ließ – wenigstens bis zu einer Anlegestelle, an der sie das Schiff wieder unversehrt verlassen konnten.

Dennoch kämpfte sie im Moment defensiv und bewusst unter ihren Fähigkeiten. Noch war keiner der Angreifer tot, und nicht einer von ihnen hatte begriffen, was für ein Glück das war. Maleni wollte den Tod dieser Männer nicht – sie sollten das Schiff steuern und sie in Frieden lassen. Doch den Gefallen taten sie ihr nicht. Es widerstrebte Maleni, gleich eine ganze Besatzung niederzumähen. Zum einen brauchten sie sie. Zum anderen schien es ihr übertrieben.

Da erhob sich Umberts Stimme laut und befehlsgewohnt über den Lärm aus Angriffsbrüllen und Schmerzenslauten: »Was ist hier los? Hört sofort auf damit!«

Zeitgleich versuchte der Kapitän, Maleni aufzuhalten. Er sah dabei nicht freundlich aus. »Kleine Schlampe!«, brüllte er sie an. »Dich will ich lehren, dich an meinen Männern zu vergreifen!«

Vergreifen? Sie hatte sich bislang nur gewehrt!

Sie wich ihm aus, und er stolperte über ihren ausgestreckten Fuß. Schon war der nächste Kerl ihr im Weg, aber da war auch Elgor, der dessen Angriff wie einen Kreisel bediente. Der Mann wirbelte mit seinem eigenen Schwung in die entgegengesetzte Richtung.

»Aufhören!«, brüllte Umbert erneut, doch die Männer dachten nicht daran. Hatten sie sie wirklich nur mit an Bord genommen, um sie dann in aller Seelenruhe ausrauben zu können? Und wie hatten sie mit ihren arbeitenden Gästen verfahren wollen? Warten, bis alle Segel geflickt und alle Ecken geschrubbt waren, und sie dann über Bord entsorgen so, wie sie es mit jedem anderen Unrat taten? Weil der Fluss alles schluckte und irgendwann in die Venom-See spülte?

Maleni wirbelte weiter über das Deck. Für ein Flussschiff war die Wasserfyrsthin groß. Für einen Kampfplatz war sie eher klein. Maleni versuchte möglichst weit in der Mitte zu bleiben, um nicht im Kampf plötzlich über die Reling gehebelt zu werden. Blitzschnell sah sie sich um. Acht Besatzungsmitglieder einschließlich Kapitän. Auf der anderen Seite Umbert, Elgor und sie. Das müsste reichen – wäre es nichts als eine Wirtshausschlägerei. Doch die Schiffer, die so unerhört plötzlich zu Feinden geworden waren, kannten die Wegbarkeiten ihres Gefährtes weitaus besser. Maleni stürzte, als die Klappe, auf der sie stand, mit Schwung nach oben gestoßen wurde. Sie rollte ab und kam auf die Füße, noch bevor der Mann unter ihr an Deck geklettert war.

Inzwischen kämpfte auch Umbert. Man hatte ihm keine Wahl gelassen. Sein Unmut darüber war ihm deutlich ins Gesicht geschrieben und irritierte die beiden Männer, die ihn bedrängten. Angst hätten sie verstanden. Doch Umbert und seine Reisebegleiter zeigten keine Angst. Und sie waren offenbar weitaus schwerer umzubringen als gedacht. Maleni fragte sich, ob der Verlust an Matrosen, der zum Anheuern weiterer Arbeitskräfte geführt hatte, auf einen Kampf mit den letzten arbeitenden Passagieren zurückzuführen gewesen war, die sich vielleicht auch nicht ohne Gegenwehr irgendwelchen Flussgöttern hatten opfern lassen. Deshalb lächelte sie beinahe, als ein Entermesser dort durch die Luft sauste, wo eben noch ihr Hals gewesen war. »Das nehme ich übel!«, rief sie.

Dann stak das Entermesser im Bauch ihres Angreifers, der sie fassungslos anstarrte, während seine blutverschmierten Hände an der Klinge abrutschten. Noch während er fiel, erhaschte Maleni einen Blick von Umbert. Eine gewisse Resignation lag darin. Jetzt war der Lauf der Dinge nicht mehr aufzuhalten.

Ein weiterer Blick zeigte, dass Elgor immer noch als Elgor kämpfte. Offenbar wollte er die Existenz Verenns nicht verraten. Doch Verenn war der bessere Kämpfer.

In einer Kampfpause ließ Maleni ihren Blick den Flusslauf entlanggleiten. Die Schreie und Flüche des Gefechts hallten viel zu weit. Aber das Schiff schien allein auf dem Wasser zu sein, und schon war auch keine Zeit mehr, sich darum Gedanken zu machen. Maleni stürzte sich nach vorn, rollte ab, zog an einem Tau, das am Boden lag, rollte weiter und sah hinter sich jemanden fallen, dessen Fuß sich in dem Tau verwickelt hatte. Ein neuer Schrei gellte aus Elgors Richtung zu ihr herüber. Sie kam auf die Füße, hielt nun Messer in den Händen, musste ihm helfen, wie schon einmal.

Ein lautes Platschen. Etwas war über Bord gefallen oder gestoßen worden. Wer?

Der Kampf war verbissen geworden. Wie hatte es so schnell von einem diebischen Vorstoß zu einer Schlacht auf Leben und Tod kommen können? Wo waren alle Feinde?

Sie hätte nach oben blicken sollen, doch Schiffe waren ihr nicht so vertraut, als dass sie Feinde in der Takellage erwartet hätte.

»Vorsicht!«, schrie Umbert, doch es war schon zu spät.

KASSIBER 13

Wirre Schriften aus Pyrn. Die Würdige wird mit Kyrros für Klarheit sorgen. Die Beratung des Heerführers ist ausgesetzt. Erkundung tut Not.

84

Natürlich mochte ihr Patenkind tot sein. Doch das glaubte die Würdige Nehra nicht. Sie war eine sachliche Frau und mystischen Kinkerlitzchen durchaus abhold. Dennoch schien es ihr, als zöge es sie hinter ihrem Schützling her. Ob sie ein solches Gefühl der Dringlichkeit auch verspüren würde, wenn Maleni tot wäre – ermordet von den gleichen Menschen, die in den Katakomben die Herbergsbesatzung von Pyrn besiegt hatte? Vermutlich war es nur Pflichtbewusstsein, das sie trieb. Sehr viele andere Gefühle besaß sie nicht mehr.

Die Anzahl der Xyi-betriebenen Herbergen hatte sich verringert. Nehra bedauerte das. Früher hatte es an der Wegkreuzung nördlich der Eisenberge eine gegeben, dort, wo die Straßen aus Weroburg, Dersteyn, Farrosstadt und Pyrn sich trafen. Die Ruine stand noch da, überschattet von den Überresten einer geschleiften Festung, die diesen wichtigen Knotenpunkt jahrhundertelang überwacht hatte. Bald würden hier wieder Grenzsoldaten ihren Dienst tun, doch ob es farrowulsche oder passagurische Truppen sein würden, wusste niemand.

Taverne, Burg und umliegende Gehöfte waren schon ein Haufen verkohlter Steine gewesen, als Nehra vor vielen Tagen mit der gendrischen Armee an ebendieser Kreuzung angelangt war, um von dort erst nach Westen und dann südlich nach Farrowul zu gelangen. Als sie den gleichen Ort nun erneut aus der Gegenrichtung erreichte, hielt sie inne. Nach ihr musste aus anderer Richtung eine größere Karawane die Kreuzung erreicht haben. Die Exkremente der Zugtiere hatten ebenso handfeste Spuren hinterlassen wie die Räder auf der bröckeligen Straße.

Nehra selbst hätte sich in einer unsicheren Situation einer Karawane angeschlossen. Wahrscheinlich hatte Maleni das ebenso gehalten. In Ermangelung eines logischeren Anhaltspunktes wählte sie den Weg nach Dersteyn, den die Karawane genommen hatte. Nach Nordosten.

Sie wünschte, sie wäre früher nach Pyrn zurückgekommen. Dem Alten hätte sie sicher noch das eine oder andere Geheimnis entlockt. Seine kryptischen Kommentare ließen zu viel Interpretationsspielraum. Nehra hasste das. Dinge hatten klar zu sein. Schwarz oder weiß. Wir oder die. Lebend oder tot. Zwischentöne lagen ihr nicht.

Sie hatte viel – und durchaus ungehalten – darüber nachgegrübelt, was geschehen sein mochte und welchen verworrenen Plan Maleni, so sie noch lebte, verfolgte. Tatsächlich wies die Richtung ganz grob zum Berg – bis nach Dersteyn und dann immer nach Norden und schließlich übers Meer. Könnte man wie ein Buzzard fliegen, so wäre die Reise gerade und einfach. Doch Nehra konnte ebenso wenig fliegen wie Maleni. Immerhin war es gewissermaßen konsequent, dass eine junge Schemenjägerin nach einer Reihe von Unachtsamkeiten und Fehlern zurück zum Schoß der Familie strebte. Vergessen, neu ausgerichtet werden und mit frischem Mut neue Aufgaben übernehmen – das musste das Ziel sein. Ein anderes gab es nicht. Harsche Kritik würde es dort geben. Strafe, wo sie angemessen war. Doch Maleni war eine Schemenjägerin von Format. Bei aller Ausbildung gab es nicht viele, die so schön waren, so begabt, so intelligent. Und so effektiv. Unter den jagenden Xyi – von denen es weniger gab als alte, verbrauchte oder mäßig begabte, nicht mehr schöne Geschwister, die im Netz dennoch ihre Aufgaben erfüllten – war Maleni mit Anfang zwanzig ein Stern. Nehra mochte nicht glauben, dass sie dieses Potenzial aus einer Laune heraus weggeworfen hatte. Undenkbar. Irgendetwas steckte dahinter. Was hatte die junge Frau getan? Sie hatte ihre Pflicht übererfüllt und gegen Regeln verstoßen. Sie hatte sich schnappen lassen. Dumm, jedoch noch kein Verrat an sich. Sie hatte den Herbergsnamen verlauten lassen. Das war schon mehr als dumm, aber vermutlich nur eine Unachtsamkeit. Sie war verschwunden. Verschwinden war eine Kunst der Xyi. Es musste nichts bedeuten.

Aber was hatte es mit diesen Schmieden auf sich? Sie mochten tot sein. Sie mochten unwichtig sein. Doch Nehra hatte geträumt. Vor einigen Tagen hatte sie geträumt, mitten am Tag, während sie im Sattel ihres kleinen, zähen Gauls saß, den Myra ihr als angemessenes Reittier beschafft hatte. Einen ungeheuren Schmerz hatte sie gefühlt, als hätte ihr jemand lebende Spieße in den Brustkorb gebohrt, die sich darin schlängelten wie Tentakel. Ihr war rot vor den Augen geworden, und sie hatte sich auf dem Boden kniend wiedergefunden, das Pferd neben sich. Eine Beklemmung hielt sie gefangen und löste sich nur langsam.

Seither versuchte sie zu verstehen, was geschehen war. Krankheit schloss sie nach anfänglicher Sorge aus. Eine andere Erklärung schien ihr freilich auch nicht plausibel. Und zu allem Ungemach suchten sie nun noch Bilder heim, Erinnerungsschnipsel, die weit und tief in ihr verborgen gewesen waren: Blaue Augen. Riesig. Würmelnde Angreifer. Unausweichlich. Ein Schmerz, als saugte man ihr das Herz heraus.

Es hatte mit Maleni zu tun. Und es hatte mit jenen Begebenheiten zu tun, als sie dem Großmeister begegnet war. Maleni war nicht das erste Patenkind gewesen. Auch nicht das letzte. Jedes Mal hatte sie von der Zeremonie nur den Eindruck behalten, dass diese groß und mächtig war, und sie selbst – geradeso wie ihren jeweiligen Schützling – stärker und glatter zurück in die Welt der Aufgaben brachte. Doch das Wie war ihr stets ein Rätsel geblieben. Vorsichtiges Fragen hatte nichts gebracht. Niemand sprach über die Große Weihe. Es war ein Mysterium, das einen auf geheimnisvolle Weise unangreifbarer machte. Nicht, dass sie danach keine Angriffe von außen mehr zu fürchten gehabt hätte. Vielmehr war ihr Inneres so erstarkt, hatte eine Unerschütterlichkeit gewonnen wie eine Lackschicht, an der alle unnötigen Empfindungen abglitten. Und mit jeder der Zeremonien war sie mehr zu der Person geworden, die sie jetzt war: Nehra.

Sie hatte längst verstanden, dass die Patenschaft einen Paten mit dem Schützling verband. Sie wusste nicht wie, doch etwas von ihr war in Maleni und prägte die junge Frau, so wie auch Niccela einst von ihrem Paten geprägt worden war. Ein großartiger Schemenjäger war dieser gewesen und hatte seine korrigierende Spur durch die Geschichte der Welt geschrieben. Er lebte noch, gehörte dem Schemenrat an, sprach jedoch mit niemandem mehr. Nehra glaubte nicht, dass dies Dünkel war. Vermutlich war es Abgeklärtheit.

Nach ihrem seltsamen Schwächeanfall war Nehra weitergeritten. Sie hoffte, die Karawane einzuholen, doch es gelang ihr nicht. Als sie die rote Stadt am Drimit erreichte, hatte sich der Zug an Fuhrwerken und Reitern bereits aufgeteilt, um neuaufgestellt in die verschiedenen Richtungen weiterzureisen.

»Sie haben sich getrennt«, erfuhr sie im *Gelben Prinzen*. »Ein Handlanger berichtete uns vom Verschwinden eines Bruders auf der Strecke zwischen den Eisenbergen und hier. Er selbst verdächtigte einen jungen Schmied und seine Buhlerin.«

»Einen Schmied?«, fragte die Würdige Nehra ungehalten.

»Zwei waren es wohl. Ein junger und ein alter. Und ein rothaariges Mädchen.«

Nehra nickte. »Maleni.«

»Wir kennen Maleni«, sagte der Wirt. »Sie war im *Gelben Prinzen* für die zweite Hälfte ihrer Junxenzeit. Wir schätzen sie als die edle Klinge, die sie ist. Wenn sie es wäre, warum sollte sie nicht zu ihrer Familie kommen?«

»Vielleicht sind wir nicht mehr ihre Familie. Wo sind sie jetzt?«

»Sie haben sich getrennt. Der junge Schmied und das Mädchen …«

»Maleni.«

»Möglicherweise. Sie sind auf der Südseite des Flusses weitergereist. Der alte Schmied wurde gesehen, wie er den Fluss überquerte und am Hafen ein Schiff suchte. Wir haben beiden jemanden hinterhergeschickt.«

»Und?«

»Sie sind beide noch nicht zurück. Es gibt noch keine Nachricht.«

»Die Schmiede sind Ziele«, erklärte Nehra. »Seit Pyrn sind sie Ziele.«

»Dann sollten sie längst tot sein«, konstatierte ein alter Bruder, der am Ofen saß.

»Das sollten sie.«

»Aber sie leben.« Der Wirt blickte aus dem engen Fenster nach draußen, als könne die Helligkeit ihm Einsicht bescheren.

»Und auch Maleni lebt«, meinte Nehra.

Der Wirt nickte besorgt. »Was wirst du tun?«, fragte er die Kyrrospriesterin, die er schon gekannt hatte, ehe sie das weiße Gewand der Totenandacht trug.

»Morgen früh werde ich versuchen, ihnen zu folgen.«

»Woher willst du wissen, wo sie hin sind?«

»Sie sind den Fluss hinunter. Ich weiß nicht warum. Vielleicht versucht Maleni, den Berg zu erreichen.«

»Die Schmiede sind zu alt für Anwärter. Außerdem sind es Ziele.«

»Und Maleni ist zu klug, das nicht zu wissen.«

»Also, was hat sie vor?«

Nehra zuckte mit den Achseln. »Ich werde es herausfinden.«

»Und wenn nicht?«

»Dann werde ich die Abtrünnige mitsamt ihren Schmieden heilen, ohne es herausgefunden zu haben.«

85

Der Feind fuhr an einem Tau zu Maleni hinunter, kopfüber, die Unterschenkel um das Seil gewickelt, ein Messer in der Hand. Sie warf sich bäuchlings auf das Deck und rollte im nächsten Moment weiter. Der Angreifer kam mit einer artistischen Drehung, die er in einen Sprung einbaute, direkt über ihr zu stehen, ein Fuß auf dem Holz, einen auf ihrer Schulter. Schon sauste sein langes Messer auf sie zu.

Dann spritzte es rot aus seinem Brustkasten. Ein bluttriefendes Dreieck aus Stahl schob sich aus der Kleidung. Maleni brachte sich mit einem katzenhaften Satz zurück auf die Füße und begriff: Hinter ihrem Feind stand Ferric und behielt gleichermaßen sein Opfer und sie im Auge. Sie hatte ihn nicht kommen sehen.

Der Schiffer blickte eine nicht enden wollende Sekunde auf das Loch in seiner Brust, das Eisen, das daraus hervorragte, das spritzende Blut. Er öffnete den Mund, doch seine Worte waren bereits vor ihm gestorben, und statt Klängen kam ihm nur noch Blut über die Lippen. Er kippte nach vorn, glitschte an der Klinge entlang, die ihn durchbohrt hatte, und fiel mit dem Gesicht nach unten auf die Planken. Das lange Messer lag noch in Ferrics Hand wie ein gut geöltes Werkzeug. »Gern geschehen!«, sagte er, als habe sie sich bedankt.

Sie starrte ihn an. Ob er ihr das Leben gerettet hatte, wollte sie nicht beurteilen. Sicher wäre sie auch allein mit dem letzten Feind fertiggeworden. Die Frage, die sich stellte, war viel mehr – warum?

Aus den Augenwinkeln sah sie, dass Umbert und Elgor noch kämpften. Sie sollte sich umdrehen, um zu sehen, wer hinter ihr stand, doch sie mochte ihren unerwarteten Retter nicht aus den Augen lassen. Sein leutseliges Grinsen schien ihr so gefährlich wie das lange Messer, das er immer noch in der Hand hielt.

»Danke«, sagte sie schließlich.

»Bin doch auf eurer Seite!«, versicherte er ihr eilig.

»Warum eigentlich?«

Er sah sie entrüstet an, als bedürfte es dieser Frage nicht.

Langsam glitt Maleni rückwärts und warf nun doch blitzschnelle Blicke um sich. Blutige Körper lagen auf dem Deck verteilt. Waren die Männer tot? Und wie viele lebten noch?

»Wir haben nicht damit angefangen!«, murmelte sie und griff sich eine neue Waffe.

»Kapitän Cabon hat ein eigenwilliges Konzept, seine Ladung um das Eigentum seiner Passagiere zu bereichern«, antwortete er. »Und auch Passagiere können zum Handelsgut werden.«

»Hast du das gewusst?«

»Wo denkst du hin?« Er klang empört.

Wo dachte sie hin? Das war eine gute Frage. Sie starrte Ferric an. Sie mochte sein Grinsen immer noch nicht, doch eine Bewegung von links versagte ihr jeden weiteren Gedanken. Sie bückte sich unter einem Angriff hindurch, und ihr Messer traf in ein Herz, bevor sie noch begriffen hatte, wer da zu ihr gestoßen war. Wieder spritzte helles Blut weit, und die Planken des Decks waren rutschig von der vielen Flüssigkeit, die sich über sie ergoss. Ein blonder Haarschopf fächerte sich in das rote Nass.

Maleni schrie. Sie war erstarrt, konnte nur auf die Haare vor ihr am Boden blicken. Ihre Knie gaben nach, und sie setzte sich unfreiwillig auf die Ladeluke.

»Was ist?«, fragte Ferric irritiert.

»Alles in Ordnung?«, fragte Elgor, der plötzlich neben ihr aufgetaucht war. Sie stierte ihn an. Etwas Blut sickerte von seiner Schläfe über die Seite seines Gesichts. Sonst schien er unverletzt, wenn man seinen sicheren Bewegungen Glauben schenken durfte. Das Blut auf seiner Kleidung war offenbar nicht seines.

»Ich dachte …« Sie konnte nicht aussprechen, was sie gedacht hatte. Nun war auch Umbert da, das bluttriefende Schwert in der Hand und den Blick seinerseits auf Ferric gerichtet.

»He!«, brüllte dieser. »Ich habe euch geholfen! Ich bin auf eurer Seite!« Er wirkte ebenso entrüstet wie erschrocken.

Maleni nickte. »Hat er«, würgte sie hervor. »Hat mir geholfen.« Dann stürzte sie zur Reling und übergab sich. Sie spürte die ungläubigen Blicke aller drei Männer in ihrem Rücken. Wahrscheinlich dachten sie, die Angst hätte sie übermannt oder der Ekel vor den Leichen. Doch weder das eine noch das andere traf zu.

Diese blonden Haare. Es war ihr gar nicht aufgefallen, dass einer der Schiffer Haare wie Elgor hatte. Meist trugen die Männer Tücher um den Kopf gewunden, damit der Wind ihnen die Haare nicht in die Augen blies. Er musste es im Kampf verloren haben. In dem Moment, in dem Maleni sein Herz durchbohrt hatte, hatte sie geglaubt, es wäre Elgor.

Sie drehte sich um. »Entschuldigung«, murmelte sie.

Umbert nickte nur, doch Elgor blickte sie besorgt an. Und Ferric schien völlig fassungslos. »Wusste gar nicht, dass

Mädchen so kämpfen können«, sagte er schließlich. »Grandios.«

Die Schmiede sahen ihn an. »Grandios?«, wiederholte Umbert. »Nichts an dem, was eben geschehen ist, ist grandios.«

»Wieso? Wir haben doch gesiegt?« Ferric grinste.

»Wir?« Umbert zog das Wort in die Länge. »Und wer sind – wir?«

»Wir sind die, die die Schiffer nicht haben umbringen können. Das sind wir!«, gab Ferric zurück.

»Sie sind verdammt noch mal tot!«, zischte Umbert. »Wir wollten nur friedlich und sicher transportiert werden! Sogar brav gezahlt haben wir dafür! Und geschrubbt und gearbeitet. Wir hatten nie vor, ihnen etwas zu tun!«

»Umgekehrt scheint da nicht dieselbe Zurückhaltung bestanden zu haben«, meinte Ferric zynisch. »Euer Gepäck muss es wirklich in sich haben. Oder sie sind besonders tierlieb und strebten ein Schäferstündchen mit euren Mulis an. Nein. Ich denke, das Gepäck hat es ihnen angetan.«

»Warst du deshalb auf unserer Seite?«

Ferric hob abwehrend die Hände. »Aber nicht doch. Wir haben zusammen hier angefangen! Das verbindet. Und wer mag schon Meuchelmörder?« Er lächelte.

Ein Ruck ging durch das Schiff, ein Geräusch drang kratzend durch das Gebälk, und von Achtern war ängstliches Wiehern zu hören.

»Niemand steuert das Schiff!«, rief Maleni und versuchte gleichzeitig zu den Mulis, den Fluss hinunter und an die Flussufer zu blicken. Rechts war die Flussküste felsig und schroff, doch beide Ufer waren so weit entfernt, dass man ausnehmend lange würde schwimmen müssen, wenn die Wasserfyrsthin hier Schiffbruch erlitt.

»Niemand ist mehr da, es zu steuern«, antwortete Umbert und rannte bereits zum Steuer. »Ferric! Wie viel verstehst du von Navigation?«

»Ich? Nichts.«

»Selbst wenn«, gab Elgor zu bedenken. »Für vier Leute ist das Schiff vermutlich zu groß.«

Ein weiterer Ruck ging durch das Schiff, und es löste sich von was auch immer es kurzfristig aufgehalten hatte. Maleni blickte sich um. Von den Schiffern stand niemand mehr. Sie zählte sie. Einer fehlte. »Wo ist …?«

»Über Bord gegangen.«

»Dann sind nur noch wir übrig?«

»Nur noch wir«, bestätigte Ferric. Elgor blickte ihn nachdenklich an, und nun störte auch Maleni sich an dem Wir. Auf der anderen Seite benutzte auch sie selbst dieses Wort mit unterschiedlicher Bedeutung. »Göttervergorrnter Mist!«, murmelte sie. »Wie kriegen wir das Schiff jetzt nach … Buccafjord?«

»Den Fluss runter fährt es fast von allein«, meinte Elgor beruhigend. »Wenn man von Untiefen absieht, von denen wir nichts wissen!«

»Aber das mit den Segeln …«

»Holt das Segel ein!«, rief Umbert. »Wir sollten nicht zu viel Fahrt machen!«

Maleni und Elgor hatten die letzten Tage immerhin so viel von der Handhabung eines Schiffes gelernt, dass es ihnen gelang, Umberts Anweisungen zu folgen. Der alte Mann stand jetzt am Steuer. »Woher weiß er das alles?«, fragte Maleni.

»Er ist mal zur See gefahren. Ist lange her.«

»Ich dachte, er wäre Schmied?«, fragte Ferric, der an ihnen klebte wie eine Klette.

»Man kann Schmied sein und trotzdem noch andere Dinge können«, erklärte Elgor etwas giftig.

»So wie du? Du bist auch Schmied und kämpfst wie ein Edelmann.«

»Ich bin kein Edelmann.«

»Aber nur Schmied bist du auch nicht, oder? Und du!« Er wandte sich Maleni zu. Seine grauen Augen blitzten sie an. »Du kämpfst wie eine Pantheigerin. Selten jemanden gesehen, der den Dolch so gut zu führen weiß. Wo lernt man so was?«

Maleni versuchte die Frage zu überhören. Sicher erwartete er keine Antwort. »Wir sollten die … die Toten von Bord werfen«, sagte sie nur.

»Klar. Die stören. Und stinken werden sie auch bald.«

Da hatte er recht, denn es war heiß. Mühsam hievten sie die Körper über Bord.

»Hätten wir ihre Hände an die Reling nageln sollen – für Kyrros?«, fragte Ferric und klang nicht so sehr gläubig wie abfällig.

Niemand antwortete ihm. Stattdessen holte Elgor mit einem Eimer am Tau Wasser aus dem Fluss und begann, sich akribisch die Hände zu waschen, als müsste er sie von mehr reinigen als nur von Blut. Sie verstand. Elgor tötete nicht gerne. Verenn mochte weniger Skrupel haben, doch er würde sich in Anwesenheit Ferrics nicht zeigen.

»Hoffentlich gehen sie niemandem ins Netz«, murmelte Maleni, unfähig, irgendwelche frommen Worte zum Abschied zu finden.

»Das wäre schlecht«, grinste Ferric. »Denn tatsächlich würde man uns der Piraterie anklagen. Wir haben eine ganze Mannschaft umgebracht und uns des Schiffes samt Ladung bemächtigt. Man hängt in allen Acht Reichen Leute schon für weniger.«

86

Ferric! Steig ins Beiboot!«, befahl Umbert. Er war in den letzten beiden Tagen als einzig Anwesender mit etwas nautischer Erfahrung schnell und unwidersprochen zum Kapitän der verbleibenden Crew avanciert.

»Wozu?«, fragte Ferric beinahe unschuldig.

»Weil sich hier unsere Wege trennen.«

Wie in einem weiten Dreieck standen Maleni, Umbert und Elgor um den vierten Reisenden herum. Das schien den Mann, der so gut darin war, mit dem Messer von hinten anzugreifen, nicht zu beunruhigen. Zu keinem Zeitpunkt hatte es je den Anschein gegeben, er hätte vor den drei Mitreisenden Angst. Nein, er schien sich absolut sicher in der Gruppe zu fühlen. Und er war ständig bei ihnen, stellte Fragen oder Vermutungen an, was sie denn nun tun würden oder was überhaupt ihr Plan gewesen war. »Ihr werdet verfolgt, nicht wahr?«, hatte er einmal gemutmaßt. »Dieses An-Bord-Gehen von der falschen Seite des Flusses. Das hatte schon was. Da hat die Mannschaft gleich gewusst, dass mit euch was nicht stimmt.«

»Hattest du mit ihnen darüber geredet?«

Er zuckte mit den Achseln. »So wie man das eben tut.«

»Und zu welchem Ergebnis seid ihr gekommen?«

»Sie dachten, ihr hättet vielleicht einen Graaven oder Fyrsthen ausgeraubt und flüchtet mit der Beute.« Er grinste treuherzig. »Habt ihr einen Fyrsthen ausgeraubt?«

»Nein. Und das Gepäck enthält tatsächlich nur Handwerkszeug, auch wenn dich das enttäuscht. – Und jetzt: ins Beiboot.«

Er blickte sie der Reihe nach entrüstet an: »Ihr könnt mich doch nicht mitten auf dem Fluss aussetzen!«

»Du willst doch nicht mit uns als Pirat gehängt werden?«

»Ich denke nicht, dass ihr das vorhabt. – Was habt ihr eigentlich vor?«

Seine Neugier war verständlich, doch auch nervenaufreibend. Er betonte stets, doch zu ihnen zu gehören, aber je länger er es betonte, desto weniger war Maleni willens, ihm auch nur eine halbe Sekunde lang den Rücken zuzudrehen.

Die anderen auch nicht. Nicht einmal absprechen konnten sie sich zu dritt, denn sofort stand er dabei, der Vierte in einem Trio, grinsend und sich anbiedernd. Und schon ließ sich nichts mehr diskutieren. So war Umberts Entscheidung, ihn auszusetzen, verständlich.

»Mit dem Boot kommst du ans Ufer. Der Fluss mündet demnächst in die Venom-See. In Richtung Nordwesten sieht man schon nichts mehr als Wasser am Horizont.«

»Aber ihr …«

»Jetzt, Ferric.«

Der Mann blickte vorwurfsvoll von einem zum anderen, doch niemand lud ihn ein zu bleiben. Und auch wenn ihre Hände leer waren, war doch deutlich, dass Waffen nur einen Griff entfernt waren.

»Wenigstens du …«, wandte er sich jetzt an Maleni. »Ich habe dich gerettet!«

»Und jetzt retten wir dich.«

»Ihr könnt doch unmöglich zu dritt dieses Schiff nach Buccafjord steuern!«

Niemand sagte ihm, dass Buccafjord nicht ihr Ziel war. Hatte er das erwartet?

»Wo der Drimit ins Meer mündet, ist am Westufer eine kleine Ansiedlung«, erklärte Umbert. »Da gibt es sicher Möglichkeiten für dich, weiterzukommen.«

Warum ging er nicht? Warum war er nicht schon längst weg? Malenis Haare standen im Nacken auf.

Der Mann blickte von einem zum anderen. Sein treuherziger Blick brach sich erst, als er Maleni ansah. Sie starrten einander an, ihre Augen wie spiegelndes Glas. Einen Moment lang verstanden sie einander, ohne sich zu mögen. Dann drehte er sich um und nahm sein Bündel auf, dessen pralle Füllung Maleni annehmen ließ, es enthielte auch einiges an Besitztümern der toten Schiffer.

Sie halfen ihm nicht über die Reling.

Umbert stand bereits wieder am Steuer; Elgor überwachte den Abgang mit undurchdringlicher Miene. Als der Mann die Ruder im Beiboot aufgenommen hatte, kappte der junge Schmied das Tau. Maleni sah ihm nach, während sein Boot immer weiter hinter dem Schiff zurückblieb.

»Jetzt haben wir kein Boot mehr, um das Schiff zu verlassen«, murmelte Elgor.

»Wir hätten die Mulis ohnehin nicht in ein Boot bekommen.«

»Sie überhaupt mitzunehmen, war vermutlich ein Fehler.«

»Ferric jetzt nicht mit einem Pfeil zu erledigen, ist vermutlich auch einer«, murmelte Maleni.

»Er hat uns nichts getan. Nur ›geholfen‹.«

»Aber du hast ihm auch nicht genug getraut, um ihn auf dem Schiff zu lassen.«

Elgor schwieg eine Weile. »Er war entschieden zu neugierig. Obwohl – vermutlich war das ganz natürlich unter den Gegebenheiten. Ich wäre auch neugierig. Wir passen in kein Bild.«

»Er ist ein Widerling. Und es ergibt absolut keinen Sinn, dass er uns geholfen hat.«

»Er konnte sich nicht darauf verlassen, dass die Schiffer ihn nicht auch noch umbringen.«

»Das waren Piraten.«

»Richtige Flusspiraten sind selten«, sagte Elgor. »Diese sind vermutlich unter die Kategorie ›so ehrlich wie nötig und so gierig wie möglich‹ gefallen. Sie haben ganz richtig geschlossen, dass uns niemand vermissen würde. Und sie hätten nicht schlecht Beute gemacht. Dabei sind sie als Schiffer, die die südlichen vier Reiche mit den nördlichen vier verbinden, vermutlich sogar recht zuverlässig gewesen. Allerdings möchte ich nicht wissen, warum sie so notwendig Neuzugänge gebraucht haben und wo all diejenigen Männer hin sind, die ihnen auf dem Hinweg stromaufwärts beim Rudern geholfen haben müssen.«

Eine Weile sahen sie nun gemeinsam dem in der Ferne entschwindenden Boot hinterher, als der Mann in dem immer kleiner werdenden Ruderboot plötzlich seine linke Hand hob. Winkte er ihnen? Nein. Er winkte nicht. Maleni erstarrte.

»Erschieß ihn! Erschieß ihn! Wo ist dein Bogen?«, zischte sie.

»Warum? Beim Gepäck.«

»Er ist ein Bruder! Er hat die Fingerbewegung gemacht.«

»Fingerbewegung?«

»Unser Erkennungszeichen!« Unwillkürlich machte Maleni es und dachte nicht einmal mehr daran, dass sie schon wieder den nächsten Verrat beging. »Nun beeil dich schon!«

»Das? Das kannst du auf die Entfernung unmöglich gesehen haben!« Er stand immer noch rum und vergeudete Zeit.

»Ich bin mir ziemlich sicher! Jetzt hol deinen Bogen! Mach schon!«

»Ziemlich sicher?« Er lief nun doch zu seinem Gepäck und zerrte daran herum. »Nur ziemlich? Du kannst dich getäuscht haben. Er hat vielleicht nur gewinkt.«

»Genau konnte man es nicht sehen!«

»Warum hat er dich nicht umgebracht, wenn er …«

»Er wollte erst rausfinden, was ich vorhabe. Und jetzt haben wir ihn hinter uns! Verdammt!«

»Wir sind schneller!«

Tatsächlich hatte er das Boot gewendet und ruderte zügig stromaufwärts von ihnen fort. Mit ihrer eigenen Geschwindigkeit stromabwärts wurde die Entfernung rasch größer.

Elgor spannte die Sehne in den Bogen und legte den Pfeil an. Seine Miene war steinern. Er schoss.

»Hast du ihn getroffen?«

»Nein. Er kauert zu tief im Boot.«

»Verdammt! Ich hätte es wissen müssen! Schieß noch mal!«

Elgor traf das Boot, nicht den Mann. Auch der dritte Versuch ging daneben.

»Er wird berichten!«, flüsterte Maleni bitter.

»Er muss sich entscheiden. Entweder er rudert den ganzen Weg zurück und berichtet, oder er folgt uns.«

»Er muss es nur bis zum nächsten Schiff schaffen. Es sind genug Schiffe auf dem Fluss. Denen kann er eine Nachricht mitgeben.«

»Er weiß doch gar nicht, was wir vorhaben.«

»Er weiß, dass ich mit euch unterwegs bin und auf einen Bruder schießen lasse.«

»Vielleicht wusste er das schon vorher. Vielleicht hat er Umbert im Hafen beobachtet und dafür gesorgt, dass er auf dem gleichen Schiff ist.«

»Dann müssten meine Geschwister in Dersteyn vergorrnt schnell reagiert haben.« Sie atmete tief ein, und ihre Mundwinkel zuckten. »Aber dafür sind wir ja bekannt.« Sie hielt sich die Hände vor die Augen. »Verdammt.«

»Du wiederholst dich.« Er nahm sie am Arm und zog sie vom Heck des Schiffes fort zu Umbert. Das Boot war nur noch ein Punkt hinter ihnen.

»Vielleicht hast du dich auch nur getäuscht.«

Maleni schüttelte den Kopf, dann wechselte sie das Thema: »Was tun wir jetzt?«

»Das, was wir vorhatten«, gab Umbert zur Antwort und blickte über das Steuerrad hinweg in die Weite. »Wenn wir die Venom-See erreicht haben, halten wir uns gen Norden. Die Venom-See erstreckt sich schmal und lang gegen Nordnordwest. Buccafjord liegt am westlichen Ufer. Köngstott und die Meerenge am östlichen. Wenn wir es schaffen, einfach Kurs nach Norden zu nehmen, müssten wir an der östlichen Küste ankommen.«

»Und wie kommen wir von Bord?«, fragte Elgor.

»Wir setzen das Schiff am Strand auf Grund.«

»Ohne Hafenanlagen?«

»Schwierig. Aber machbar. Und dann gehen wir nach Köngstott.«

Maleni schüttelte den Kopf. »Und danach? Ein auf Grund gelaufenes Schiff bekommen wir doch nie wieder flott – zu dritt!«

Umbert zuckte mit den Achseln und blickte Maleni ernst an. »Die Frage ist, wohin müssen wir nach Köngstott?«

»Was fragst du mich das? Bislang habt ihr noch ein ziemliches Geheimnis aus eurem langfristigen Plan gemacht. Falls ihr ausnahmsweise einen habt.«

Eine Weile war es ganz still, doch dann ergriff Umbert das Wort: »Ich möchte deinen Großmeister kennenlernen«, sagte er ohne die Spur eines Lächelns. »Und wenn es nicht allzu viel Umstände macht, möchte ich ihn gerne eliminieren.«

Maleni merkte erst, dass ihr die Knie eingeknickt waren, als ihre Sitzfläche auf die Planken aufschlug. Kein Wort drang über ihre Lippen. Es war, als hätte eine Schlinge ihre Kehle zugedrückt. Sie konnte nicht einmal klar denken, während sie versuchte, eine Erinnerung an den Großmeister zu erzwingen, den sie doch getroffen hatte, auch wenn sie nichts mehr davon wusste.

Doch außer Schrecken war nichts in ihrem Sinn.

87

Das schwere Schiff rollte in der Venom-See weit mehr als auf dem Fluss, und die drei ungeübten Seeleute hatten Schwierigkeiten, es auf grobem Kurs und nahe genug an der Küste, dass man diese, wenn nötig, schwimmend erreichen konnte. An die Worte steuerbord und backbord hatte sich noch keiner gewöhnt, und so hielten sie sich rechts. Die Flussmündung war breit, und wo der Fluss aufhörte und das Meer anfing, ließ sich nicht genau erkennen. Zu ihrer Linken lagen weit entfernt Häuser am Strand, und rechts stieg die Landschaft wild und dunkelgrün aus den Fluten. Gen Nordnordwest zeigte der Horizont nichts als Wasser. Die Sonne brannte erbarmungslos auf eine flirrende Silbersee.

Mühsam zerrten Elgor und Maleni an den Tauen und Segeln. Wenigstens wusste Umbert ungefähr, was zu tun war. Unter nur einem Segel ging es langsam, aber stetig voran, denn mehr zu setzen, war ihnen nicht möglich gewesen.

Maleni war schweigsam gewesen. Doch als das Schiff schließlich widerwillig in die Richtung schaukelte, in die sie in etwa wollten, konnte sie nicht länger schweigen.

»Das ist Wahnsinn. Hätte ich gewusst …«

»Dann hättest du deinen Auftrag ausgeführt, uns umgebracht und wärst triumphierend zu den Deinen zurückgekehrt?«, schlug Verenn süffisant vor, und Maleni sah erstaunt auf. Lange schon hatte er sich nicht mehr gezeigt, und kaum, dass er da war, war er zynisch.

»Vielleicht«, gab sie ehrlich zurück. »In einer großen Gemeinschaft zu glauben, man täte genau das Richtige – zumal, wenn man es gut kann –, ist sehr befriedigend. Man fühlt sich bestätigt in dem, was man als sinnhaft und rechtschaffen gelernt hat – und sei es Mord und nichts als Mord. Ihr hingegen habt mich nicht überzeugt, dass ihr nicht einfach schwachsinnig seid. Und Betrüger. Und Diebe.«

»Und Piraten – seit Neustem.« Ein Anflug eines einseitigen Grinsens schlich sekundenlang über die zeitlosen Gesichtszüge; dann blickten sie beide wieder ernst. »Wo ist ›der Berg‹, den du erwähnt hast?«, fragte Verenn jetzt. Die Frage kam unvermittelt.

»Es ist besser, wenn ihr es nicht wisst.«

»Lass mich raten: Dein Großmeister ist in diesem Berg. Und ihr werdet dort ausgebildet.«

Sie zuckte nur mit den Achseln. Für diese Schlussfolgerung hätte er kaum raten müssen. Er fuhr fort. »Wie lange gibt es die Xyi schon?«

Sie wusste es nicht. Es wurde kein Gründungszeitpunkt unterrichtet, gerade so, als hätte es die Xyi schon immer gegeben.

»Wer hat sie gegründet?«

Sie schwiegen einander eine Weile an.

»Maleni. Du reist mit uns. Du hast dein Schicksal mit unserem verbunden. Wenn dir das nicht ernst war, hättest du gestern mit Ferric in jenes Boot steigen sollen.«

»Zu dumm, dass jetzt keines mehr da ist!«, fuhr sie ihn an. »Und – ja. Irgendwie bin ich zu euch gekommen wie die Jungfrau zum Kind. Aber ich …« sie zuckte erneut mit den Schultern.

»Aber du hast zu keinem Zeitpunkt in deinem Leben entschieden: Ja, als Nächstes will ich die Geschwister verraten und suche mir neue – schwachsinnige – Gefährten mit mangelnden nautischen Fähigkeiten und schlechter Planungskompetenz. Du bist hier, weil du dich von genau diesem Schicksal hast treiben lassen. Warum?«

Sie starrte in die kühlen, blauen Augen, die Teil ihrer unausgesprochenen Begründung waren. »Einerlei«, sagte sie schließlich. »Ich habe gewählt und bin, wer ich bin. Das war ich vorher nicht.«

»Würdest du Taryah zurücknehmen, wenn du könntest?«

Sie dachte keinen Augenblick nach. »Niemals.«

Sie setzten sich auf die Ladeluke. Jeder Weg hatte irgendeine Stelle, von der aus es kein Zurück mehr gab. Vielleicht sollte sie akzeptieren, dass sie auf diesem vergorrnten Schiff nun diese Stelle passiert hatte. Sie hatte Verrat begangen, getötet, Geheimnisse ausgeplaudert. Es war ihr, als erstiege sie einen allzu steilen Hügel, während der Weg hinter ihr Schritt für Schritt bröckelte und ins Nichts stürzte.

»Wo ist der Berg?« Verenns Insistenz bohrte durch etwas, das sich fast wie ein innerer Schutzpanzer anfühlte. Warum verstanden diese Männer nicht, wie unendlich schwer dies war? Was sie zurücklassen musste, war fast ihr ganzes Leben. Alle Menschen, die sie bewundert hatte. Einen Gehorsam, der wie Narbengewebe mit ihr verwachsen schien. Jedes Wissen und jede Selbstverständlichkeit, aus der sie ihre Kenntnisse und Entscheidungen zog. Und die Abwertung ihres erfolgreichen Lebens, das eine Ereigniskette von Tod gewesen war.

Wie schwer es doch war, sich von eingedrillten Überzeugungen zu lösen, selbst wenn der Kopf wusste, dass sie falsch waren! Bäuche dachten einfach zu viel.

Nicht zurücksehen. Tief durchatmen: »Zwischen der Nord- und der Südhälfte des Reiches, ganz im Osten gibt es eine Halbinsel auf Höhe der Währzungen.«

Da. Sie hatte es gesagt.

Verenn nickte und blickte in die Weite, als setze er sich die Welt bildlich zurecht.

»Ein Vulkangebiet östlich von Köngstott. Nohrwähr heißt diese Halbinsel. Ein unwirtliches Gebiet voller Gefahren. Niemand lebt dort«, erklärte er.

»Wir leben dort. Der höchste Berg ganz im Süden ist innen hohl und durchzogen von Höhlen und Gängen. Weit geht es in die Tiefe, doch die Anwärter wohnen im obersten Teil. Es ist nie kalt in den Höhlen, auch wenn der Wind durch die Ritzen im Fels bläst. Die Sonne dringt durch die Felsspalten und spendet Licht, das sich in Spiegeln bis in die tiefsten Tiefen bricht. Es ist ein grandioses Zuhause.« Sie hielt kurz inne. »Es kommen keine Soldaten; niemand führt dort Krieg. Keiner überfällt einen. Man bekommt zu essen, zu trinken, hat ein warmes Bett. Und so etwas wie eine Familie. Das ist mehr, als man zuvor gehabt hat. Wenn man krank ist, gibt es Heiler. Man lernt, stark zu sein. Man bereitet sich nur auf seine Aufgabe vor. Jahrelang. Man tut es für die Geschwister und für die Welt. Man ist wer.«

Er blickte sie von der Seite an, und sie fürchtete, er würde sie fragen ›wer‹ genau man denn sei. Doch er unterließ es.

»Hast du viele gute Freunde da?«, fragte er.

Sie zuckte mit den Schultern. »Es ist eine strenge Schule«, sagte sie. »Und es gibt viel Rivalität. Nur die Besten … Wir sind Kämpfer und keine Seelentröster. Alle sind Brüder und Schwestern. Und doch ist jeder für sich. Richtige Freunde …« Sie hielt inne. »Ich hatte eine richtige Freundin. Ich habe sie …« Wieder stockte sie. »Beim Übungskampf habe ich sie schwer verletzt. Dann verschwand sie.«

Er sagte nichts dazu.

»Ich glaube, sie ist jetzt Sarvin. Das sind die Bediener und Bedienerinnen, die nicht sprechen und nur lächeln und dienen. Eine von ihnen sieht aus wie Druya. Sie sind keine Geschwister. Sie haben keine …« Seele, wollte sie sagen. »Persönlichkeit. Kein anderes Gedächtnis als vom Anfang der Aufgabe bis zu ihrem Ende. Nur Gehorsam und Pflicht.«

Wieder war es ihr, als höre sie in sich seinen unausgesprochenen Kommentar: Gehorsam und Pflicht hatten auch sie bestimmt.

Verenn schwieg noch immer. Er sah sie nur aufmerksam an, als warte er darauf, dass sie von allein auf den naheliegenden Gedanken kam. Sie atmete tief durch und fuhr fort: »Weiter unten im Berg wohnen die Meister und die Heiler, noch weiter unten der Schemenrat. Das sind Männer und Frauen, die ganz besonders gute Schemenjäger und Meister waren. Sie sind das Denken und Planen des Berges. Von ihnen kommen die Aufgaben.«

»Und der Großmeister?«

Maleni schauderte. »Man sieht ihn bei der großen Weihe. Wenn die Grundausbildung abgeschlossen ist und man reif ist, seine Seele zu teilen und seine Kämpferseele abzuspalten. Zusammen mit seinem Paten oder seiner Patin begibt man sich zu ihm. Ich habe Elgor davon berichtet. Mehr weiß ich nicht.«

»Willst du mehr wissen?«

»Einmal habe ich davon geträumt, als eine Meisterin mir im Junxeneinsatz eine Droge verabreichte. Sie wollte unbedingt wissen, was ich geträumt hatte. Doch es verschwand hinter der Seelenwand. – Sie war wütend.«

»Und selbst wollte sie die Droge nicht versuchen?«

»Die Nebenwirkungen sind … interessant. Genussreich, grässlich bis tödlich.«

»Ah. So etwas probiert man dann doch besser an anderen aus.«

Sie schwieg eine Weile. »Ich führe die Droge mit mir. Ich könnte …«

»Wir brauchen dich lebend, Maleni.«

Brauchen. Nicht wollen oder mögen. Ihr Mund zuckte unwillkürlich, doch dann schob sie die Reaktion beiseite. Albern war das, was sie da dachte. »Es ist eine Frage der Dosierung«, sagte sie stattdessen sachlich.

»Krank nützt du uns auch nichts. Und ich möchte dich nicht schon wieder halbtot durch die Gegend schleppen.«

Sie blickte ihn bitter an. »Das täte mir wirklich leid, wenn ich euch nicht ausreichend nützlich sein könnte!«, zischte sie zynisch. »Wo gerade meine Nützlichkeit doch von so wesentlicher Bedeutung ist.«

Sein Blick tadelte sie, und wenngleich er auch nicht sagte, sie solle nicht zickig sein, schien ihr doch, als hinge diese Aussage zwischen ihnen wie eine Barriere. Er verstand nichts. Es war an ihr, die Barriere zu überwinden.

Sie ging zu ihrem Gepäck und suchte im Heiler-Kästchen nach einem Pulver. Dann hielt sie trotzig ein Fläschchen hoch. »Das wäre es«, sagt sie. »Ein viertel Fingerhut voll genügt, und man träumt sinnenfroh hinüber und wacht nicht mehr auf. Es heißt, das Letzte, das aufhört zu leben, sind die Träume, die einem die Droge bringt. Alles andere stirbt schon vorher.« Sie kramte einen Becher hervor.

»Du willst doch nicht …«

»Ich werde eine Prise in einem großen Becher Wasser auflösen. Und dann werde ich nur ein oder zwei Schlucke nehmen. Nicht mehr. Ich habe das Gift schon einmal überlebt. Ich kann das wieder.« Wahrscheinlich.

»Warum?«, fragte er. »Niemand hier verlangt, dass du dich vergiftest!«

Sie lachte freudlos. »Ich soll doch für euch nach Cahersyg, wo selbst die Luft Gift ist! Dieses hier kann ich wenigstens selbst dosieren.«

Verenn blickte sie an, hielt sie jedoch nicht auf. Die blauen Augen hatten etwas Kalkulierendes. »Was muss ich tun, wenn es wirkt?«, fragte er sie nur.

Sie zuckte mit den Schultern. »Gib mir reines Wasser zu trinken und sorge dafür, dass ich nicht ersticke, falls ich mich übergeben muss. Und …« sie hielt inne. Bleib bei mir, wollte sie sagen. Doch sie tat es nicht.

Er nickte nur.

»Oh«, sagte sie dann. »Die Droge hat eine Nebenwirkung. Sie ist ein Aphrodisiakum und macht einen … ganz erheblich … geil.« Sie lächelte spöttisch. »Also bitte missverstehe es nicht, wenn ich dir etwa zu nahe treten sollte. Es ist nur die Droge. Mehr nicht.«

Sie trank einen Schluck, stellte den Becher sorgsam ab und setzte sich neben Verenn. Eine ganze Weile schwieg sie, spürte nur seinen Blick auf ihr wie eine warme Hand. Dieser Blick wanderte, sie konnte ihn fühlen. Er liebkoste sie, strich ihr den Rücken hinauf, fuhr durch ihre Haare, erforschte ihr Gesicht. Dann wurden die Blicke forscher, griffen nach ihrer Kleidung, glitten ihr über die Brüste. Maleni sah auf Verenns Hände. Er hielt sie verschränkt. Er hatte sie nicht angerührt.

Ihr war heiß. Ihre Haut brannte vor Sehnsucht nach seiner Berührung. Sie griff nach ihren Knöpfen, riss sie auf, streifte wahllos und schnell Kleidung von sich. Was immer es war, es störte nur. Dann fasste sie nach seinem Gewand, doch er fing ihre Handgelenke und hielt sie mit eherner Kraft fest. Warum? Verstand er nicht, dass sie ihn brauchte? Ihn liebte? Er musste zu ihr kommen. In sie dringen. Bei ihr bleiben. Stoß um Stoß eins mit ihr werden. Sie spürte es bereits beinahe, dabei tat er nichts, als ihre Handgelenke festzuhalten. »Tu es!«, flüsterte sie. »Tu es. Ich will es.« Ein Blühen baute sich in ihrem Unterleib auf, zog an ihr und pulsierte durch ihr Sein, zerrte an ihrem Wollen, trachtete nach Erfüllung. Es musste beantwortet werden. Warum tat er nichts? Das Sehnen war beinahe unerträglich. Sie kniete sich vor ihm nieder, beugte sich zu seinem Schoß. Er stand hastig auf und zog sie auf die Füße, hielt sie immer noch fest, eisern. Sie konnte den Stahl in ihm spüren. »Bitte! Jetzt! Komm zu mir! Verenn!«

Hatte er ihre Worte verstanden? Sein Blick war abweisend, fast ärgerlich. Diese blauen Augen. Sie versank darin. Die Pupillen schienen größer zu werden. Und größer. Tassengroß. Tellergroß. Von weit oben betrachteten riesige blaue Augen sie, und sie wusste, sie war nichts, nur ein Spielball. Ein amüsantes Experiment. Nützlich bestenfalls.

Die Augen waren auf Maleni gerichtet wie Waffen. Eisklingen gleich waren sie, so hellblau und ungerührt. Und sie schienen riesig, horizontal geschlitzt. Wieso waren die Pupillen dunkelblau? Das war doch alles falsch. Der Blick drang Maleni direkt in den Körper und dort zum Ziel. »Verenn!« Wer war Verenn?

Sie wand sich in dem ehernen Griff. Vergeblich. Ihr Körper war langgezogen zwischen dem Wollen, das sie fast zerriss, und dem Begreifen, das, was immer in sie dringen würde, nicht das wäre, was sie wollte. Gespaltene Zungen. Tentakel. Weißlich, würmelnd und sich windend. Sie würden ihr in die Brust stechen und ihre Seelensaat darin hinterlassen wie ein Ei, das ein Parasit schwer und eisig hinter der Seele des Wirts begrub. »Nicht! Bitte!«

Ihre Bewegungen waren langsam und hilflos. Wie schwach sie war! Eine solche Übermacht! Sie war ihr nicht gewachsen. Sie war ihm nicht gewachsen, dem Ungeheuer, dem Großmeister, dem ultimativ Fremden, das sie in Händen und gefangen hielt. Nicht einmal ihren Kopf konnte sie noch aufrecht halten. Er fiel ihr nach hinten, kugelte scheinbar willenlos auf ihrem Hals. Tanzte sie etwa? Ihre Füße bewegten sich über einen schaukelnden Untergrund, und sie spürte einen anderen Körper, wusste nicht mehr, was sie eben noch damit hatte anfangen wollen. Er schob sie. Er führte. Sie wehrte sich. Eine Rauferei. Ein Nahkampf mit einem Gegner, der mehr als nur Arme hatte, um sie zu umfangen und zu halten.

»Trink!«, befahl eine barsche Stimme, und etwas wurde ihr an die Lippen gedrückt. Mehr Tentakel? Die ganze Welt war in Bewegung und waberte an sie heran und in sie hinein. Eisiges Wasser lief ihr in den Mund und die Kehle hinunter.

Er war stärker als sie. Doch das war er immer gewesen. Sie hatte nie bezweifelt, dass der Großmeister stärker war als sie.

»Sprich, Maleni! Was siehst du!«

Das war ein Befehl. Dem Großmeister hatte man zu gehorchen.

»Du bist es!«, keuchte sie. »Du bist es. Das Monster. Das Grauen. Das riesige Untier. Ich erkenne dich an deinen Augen! Ich erkenne dich. Verschling mich nicht! Bitte, tu mir nichts! Tu mir nichts! Lass mich leben! Bitte!«

»Trink! Trink, Maleni!«

»Tu mir nicht weh!«

Eis. Oder nur Wasser? Sie konnte es gerade noch trinken und spürte doch die Eiskristalle darin.

»Was siehst du, Maleni? Was tut er dir?«

Sie schrie, ohne zu wissen, ob ihr Schreien wirklich die Luft mit Klang erfüllte, oder ob es die Barriere ihres geschundenen Körpers nicht mehr verließ und nur in dem leeren Platz hallte, den er in ihre Seele gegraben hatte. Eine riesige gespaltene Zunge schnellte auf sie zu. Sie fuhr aus dem Alptraum in die Wirklichkeit, wie man in Schuhe fuhr. Keuchte. Rang nach Atem.

»Maleni?«

Ihre Knie gaben nach. Ein Arm stützte sie, als sie sich würgend abwandte. Von dem Monster. Holz zwischen ihr und dem Wasser unter ihr. Sie übergab sich über die Reling, und als nichts mehr aus ihrem Inneren nach draußen wollte, hielt ihr der Mann einen Becher Wasser hin. »Trink!«, sagte er tonlos.

Sie sackte in sich zusammen. Er hockte sich vor sie, hielt ihr immer noch den Becher hin. Sie trank. Dann blickte sie in seine blauen Augen. »Du bist einer von ihnen«, sagte sie.

Seine Mundwinkel gingen nach unten. Es war eine Art Lächeln. Sie wartete, dass er sich verteidigte.

Er tat es nicht.

88

Warum die Würdige Nehra das rechte Ufer des Drimit ausgesucht hatte und nicht das linke, vermochte sie nicht zu sagen. Eines war so wahrscheinlich wie das andere. Eine Weile war sie gut vorangekommen, dann wurde das Terrain schwieriger. Sie wusste, welches Schiff der Schmied mit den Mulis genommen hatte. Ein kleiner Hafenbengel hatte die Kunde davon zur Herberge gebracht, wo der vom *Gelben Prinzen* ausgesandte Verfolger sich eingeschifft hatte, um seinem Ziel nahe zu bleiben. Nehra wusste nicht, ob der Schmied seinen Weg allein fortsetzte oder seine Begleiter wieder zu ihm stoßen würden. Sie hoffte, dass Maleni die Hälfte ihrer Aufgabe schon erfüllt hatte und es nun nur noch dieses eine Ziel gab. Aber sie glaubte es nicht. Warum der Schmied Ziel war, war unerheblich. Vermutlich nur, weil seine Reisebegleiterin ihm zu nahe gekommen war, um verschwinden zu können, ohne eine Erinnerung zu hinterlassen.

Nehra zog es hinter ihrem Patenkind her, obgleich sie keinerlei Lust danach verspürte. Aber der Schmied gab eine Linie vor, und fast war es ihr, als rufe seine Existenz ihr zu, ihm zu folgen. Unsinn, flüsterte sie sich stumm zu. Was konnte er schon an sich haben, das ihm Macht über sie verlieh?

Statt düstere Gedanken zu wälzen, wandte sie sich wieder dem Weg zu. Je felsiger die Küste und je wilder das Land, desto mehr verlor der Verfolgungsritt seine Geradlinigkeit, und so hatte Nehra die Wasserfyrsthin noch nicht eingeholt. Das machte sie nicht glücklich, und sie war sich auch beileibe nicht mehr sicher, ob sie mit dem rechten Ufer die richtige Seite gewählt hatte. Umkehren würde noch mehr Zeit kosten und konnte genauso falsch sein. Nehra haderte mit den Unklarheiten. Sie war klarere Angaben gewöhnt, wenn sie ein Ziel verfolgte.

Längst hatte sie die Kyrros-Priester-Kleidung abgelegt und ritt nun in einem unauffälligen Reisegewand, wie es Karawanenbegleiter trugen; weite Hosen, Wolltunika, schenkelhohe Stiefel. Die Farben waren gedeckt und hoben sich kaum von Wald und Flur ab. Die Kapuze ihrer graugrünen Gugel ließ ihr Gesicht im Schatten; die Tunika war geschlitzt und verbarg ein Hemd aus Karruhaut.

Sie war schon einige Tage unterwegs, am Fluss entlang und in Richtung der Landzunge, die sich wie ein Dreieck nach Nordwesten schob und irgendwann nach der Einmündung des Drimit in die Venom-See an der Meerenge von Köngstott endet. Sie wusste nicht einmal, ob man dort noch reiten konnte. Niemand reiste je dorthin. Dort war nichts.

Nach den ersten Tagen, an denen sie noch an Ansiedlungen und ärmlichen Fischerbehausungen vorbeigekommen war, fand sie nun stetig weniger Zeugnis davon, dass dieser Teil der Welt überhaupt bewohnt war. Ruinen gab es genug. Ruinen gab es überall. Doch die Menschen hatten die Gegend verlassen. Vielleicht hatte der Krieg sie vertrieben, oder gab das wilder werdende Land nicht genug Möglichkeiten, sich zu versorgen.

Es war eher Zufall, dass sie sich just wieder an einem Uferstück befand, an dem man tatsächlich entlangreiten konnte, als sie das Boot sah. Sie blickte hinüber und erkannte den Bruder. Es war eine Weile her, doch sie hatten einander schon getroffen. Beide machten sie das Erkennungszeichen, dann ruderte der Mann auf das Ufer zu. Sie stieg ab und half ihm, das Boot zu vertäuen.

Bruder und Schwester musterten einander, als müssten sie eine Rangfolge festlegen; dann nickten sie sich gleichförmig zu.

»Du kommst von der Wasserfyrsthin?«, fragte Nehra.

»Ja. Sie haben mich …« Er grinste schiefmäulig. »… ausgebootet.«

»Mochte der Kapitän dich nicht?«

»Der war längst Fischfutter. Wenn man sich mit den falschen Leuten anlegt, endet man im Fluss.«

Nehra hob fragend die Augenbrauen.

»Die Mannschaft hatte wohl vor, ihre drei Passagiere – und vielleicht auch mich – um ihre Habe zu erleichtern. Sie konnten es nicht abwarten und haben sich erwischen lassen. Die Schwester kämpfte gut, aber zu emotional. Die Schmiede waren ebenbürtig. Ich habe ihnen geholfen.«

»Warum?«

»Ich hatte den Auftrag, herauszufinden, was die Schwester vorhatte. Das hatte ich noch nicht ermittelt. Also schloss ich mich ihnen an.«

Nehra lächelte spöttisch. »Aber dann haben sie dich ausgesetzt wie die Prinzessin im Weidenkörbchen.«

»Dabei war ich so nett zu ihnen.« Er vollführte eine höfische Verbeugung, die jeden Höfling dazu gebracht hätte, ihn wegen Frechheit zu fordern.

»Weißt du denn jetzt, was die drei vorhaben?«

»Nein. Es ist mir vollkommen schleierhaft. Aber mit dieser Nussschale konnte ich sie auch nicht weiter verfolgen. Also entschloss ich mich zu berichten.«

»Gut. Die weitere Verfolgung übernehme ich. Hast du Zugriff auf Botenbuzzarde?«

»Ich bin kein Buzzardmeister. Doch in Dersteyn ist einer.«

»Dann musst du nach Dersteyn.«

»Und du?« Er blickte sie neugierig an.

»Ich verfolge sie weiter.«

»Für Buccafjord bist du auf der falschen Seite des Flusses. Und flussabwärts habe ich auch keine Fähren mehr gesehen.«

»Wollen sie denn nach Buccafjord?«

»Woher soll ich das wissen? Zu dritt können sie dieses Schiff nur mit sehr viel Glück überhaupt irgendwohin lenken.« Er klang ein wenig gehässig. »Wenn sie mit einem gestohlenen Schiff ohne Mannschaft in einem regulären Hafen anlanden wollten, müssten sie sich wohl einiges an Fragen gefallen lassen.«

»Es gibt kleine Freibeuter-Häfen.«

»Und weißt du, wo?«

Sie wusste es nicht. »Die meisten Bukanier-Verstecke sind auf den vorgelagerten Inseln«, sagte sie, um nicht gänzlich unwissend dazustehen.

»Um die zu erreichen, müssten sie durch die Meerenge von Köngstott. Da würden sie zerschellen. Die Wasserfyrsthin ist breit und wenig wendig, und die Besatzung aus zwei Schmieden und einer Schwester weiß das Schiff nicht zu führen. Es ist wahrscheinlicher, dass sie es schon vorher auf Grund setzen.«

»Dann hoffentlich in erreichbarer Nähe.«

Er vollführte eine sparsame Bewegung, fast wie ein Schulterzucken. »Ich denke, sie wollen nach Kthon«, sagte er. »Die Fyrsthenei Kahsell mag ihnen eine Zuflucht bedeuten, wenn sie sich in Passagur nicht mehr sicher fühlen.«

»Wir sind überall. Maleni weiß das.«

»Wenn sie nach Kthon unterwegs sind, brauchst du hier nicht weiterzureiten. Oder kannst du über die Meerenge fliegen?«

»Wenn ich sie nicht finde, kehre ich zurück. Aber bevor ich nicht weiß, dass sie mir wirklich entkommen sind, gebe ich nicht auf.«

»Du nimmst das sehr persönlich?«

»Maleni ist meine Patentochter. Ich habe sie angeworben und zur Großen Weihe geleitet. Wenn das ein Fehler war, muss ich ihn bereinigen.«

Er blickte sie nachdenklich an. »Ich kenne deinen Ruf, Niccela.«

»Nehra.«

Er winkte desinteressiert ab. »Wenn sie zu finden ist, wirst du sie finden.«

89

Verenn hatte sie in eine Decke gehüllt; darunter war sie nackt. Auch unter der Decke schwitzte sie, doch sie mochte sich ihm nicht wieder unbekleidet zeigen und auch nicht an ihre Kleidung denken, die sie irgendwo an Deck verstreut hatte. Noch immer war etwas des Giftes in ihrem Körper, doch das Sehnen und Träumen war fort. Zurück blieben Schwäche, Übelkeit und bittere Galle. Gelegentlich würgte sie, ohne dass noch etwas aus ihr herauswollte.

Wieder reichte er ihr Wasser, diesmal hatte er etwas Wein hineingeschüttet. Seine andere Hand lag auf ihrer Schulter. Sie mochte sie nicht ansehen, hatte Angst, sie würde sich in Tentakel verwandeln. Dabei konnte sie sich längst nicht an alles erinnern, was sie gesehen hatte. Ihrer unbändigen Lust entsann sie sich, dem Wahn, diesen Mann in sich spüren zu müssen, mit ihm zu kopulieren bis zum letzten Tag der Welt. Ohne Unterlass. An seine eiserne Zurückhaltung erinnerte sie sich auch. Sie war dankbar. Und dann auch wieder nicht.

»Er ist also wirklich ein Urgorrn«, konstatierte Verenn jetzt und nahm ihr den Becher aus den zitternden Händen. »Euer Großmeister.«

»Es ist kein Mensch«, gab sie zur Antwort. »Ein riesiger Wurm. Ähnlich den Traumschlangen, doch abertausendfach größer.«

»Und er pflanzt eure Kämpferseelen in euch ein«, stellte er fest.

»Seine gespaltene Zunge stach mir in die Brust. Seine Schwanztentakel bearbeiteten Niccela. Meine Patin. Dann mich.«

Verenns Hand strich nun über ihren Kopf, ganz sacht, streichelte ihre Haare, schob ihr Strähnen aus dem Gesicht. »Du hast also einen Teil Seele von einer erfahrenen Kämpferin erhalten. Ist sie eine gute Mörderin?«

Maleni schluckte, ignorierte dann die Wortwahl. »Eine der Besten.«

»Und du bist in ihre Fußstapfen getreten.«

»Nichts anderes wollte ich.«

»Natürlich nicht.« Er streichelte sie immer noch ganz nebensächlich, als bemerke er es gar nicht. »Und was«, fuhr er fort, »geschah mit deiner Niccela?«

»Sie erhielt auch etwas. Aus etwas Rotem.«

»Rotschnecke. Etwas von einer gespeicherten Seele.«

»Möglich.«

»Er sammelt die Seelen toter Mörder und gibt sie euch, damit ihr werdet wie sie.«

»Aber nicht nur.« Sie wusste nicht, wie sie es anders sagen sollte.

»Nein. Nicht nur. Vielleicht ist auch etwas von seinem eigenen Wesen mit dabei.«

»Du meinst, ich bin zum Teil so etwas wie ein Urgorrn?«, flüsterte sie angeekelt.

»Nein. Ich denke nicht, dass er euch mehr gibt als eine Ausrichtung. Seelenkitt, der euch das Fremde zum Teil eurer selbst macht; der euer Fühlen portioniert und eure Erinnerung mit Wänden umschließt. Taryah war nie ein Teil von dir, sondern von Niccela. Sicher lebt diese Niccela so gerne wie sie tötet. Ihre Vortrefflichkeit wusste er zu gebrauchen und weiterzugeben. Dennoch bleibt ihr Menschen mit menschlichen Fähigkeiten. Keine Magie. Keine Unsterblichkeit. Alles andere hat sich nicht bewährt.«

Sie drehte sich mühsam ihm zu und zwang sich, in seine urgorrnblauen Augen zu blicken. »Und wie ist es mit dir, Ratsherr von Predorenn?«

Er schwieg einen Augenblick und strich ihr mit einem Finger sanft über die Wange. »Ich habe sehr viel mehr Urgorrn in mir als du. Das hast du richtig erkannt. Ich bin eine jener Spielereien, mit denen sich die Urgorrn vor langer Zeit beschäftigt hatten – vermutlich aus Langeweile. Eine bessere Ausgabe Mensch, überarbeitet und neu gestaltet – für ein interessanteres Schachspiel. Eine ganze Reihe solcher Exemplare haben sie entstehen lassen in ihrem seltsamen, ewigen Spieltrieb. Keiner war wie der nächste. Und ihre Fähigkeiten unterschieden sich alle voneinander. Manche waren nutzlos. Wie viele die Manipulationsversuche gar nicht erst überlebten, wer weiß das schon? Die Urgorrn haben ein anderes Verhältnis zu Zeit als wir kurzlebigen, haarigen Zweifüßler, die wir ihnen als Spielfiguren dienten und immer noch dienen.«

Er stellte den Becher ab, hob ihre Schultern an und zog sie zu sich in den Arm. Sie schauderte, als ihr Kopf an seiner Schulter ruhte.

»Keine Angst«, sagte er. »Ich habe keine Tentakel. Meine Zunge ist nicht gespalten. Und wenn ich dich hätte ausnutzen wollen, so hätte ich es getan, als du mich noch wolltest.« Er schwieg einen Augenblick und kam dann zurück auf sein Thema. »Ich bin stark, ich bin schnell und ich kann die Temperatur beeinflussen und vielleicht noch den einen oder anderen Trick. Ansonsten bin ich ein Mensch. Weitgehend. Auch bin ich kein Exemplar der ersten Generation. Die Urgorrn machten die Eigenschaften erblich. Sie spielten mit den Möglichkeiten, die eine gemischttalentierte Vererbung bot. Sie züchteten sich lustige Spezialisten, so wie die Fyrsthen sich besonders schnelle Rösser züchten, oder besonders bissige Kampfhunde. In ihrer Hybris erschufen sich die Urgorrn die Feinde, die schließlich die Fähigkeiten hatten, sie zu bekämpfen.«

Zum ersten Mal verstand Maleni. »Ihr habt sie besiegt! Weil sie euch unterschätzt haben.«

»Die meisten von uns sind dabei gestorben – lange vor meiner Zeit. Der Rest gründete das Reich. Der Kronrat blieb unter sich, um die speziellen Fähigkeiten weiter zu erhalten.«

»Magie. Ihr wolltet nicht teilen.«

»Das, was du Magie nennst, ja. Es sollte nicht verloren gehen, falls noch einmal eines dieser Wesen erscheinen würde. Wir wollten es nicht verwässern. Im Vergleich zu dem Können unserer Feinde war es wenig genug.«

»Offenbar habt ihr nicht alle Urgorrn ausgelöscht.«

»Offenbar nicht.«

Eine Weile saßen sie schweigend da.

»Haben sie nur Menschen verändert?«

»Nein. Ich denke, die unwahrscheinlicheren Tiere auf der Welt schulden ihnen auch ihre Entstehung.«

»Die Traumschlangen.«

»Vermutlich.«

»Die Botenbuzzarde.«

»Das kann gut sein. Vielleicht waren es einmal Menschen? Vogelmenschen?«

Maleni schluckte. »Und was ist mit Umbert?«

»Umberts Talent ist das Feuer. Und seine Langlebigkeit.«

»Ist er unsterblich?«

»Nicht ganz.«

»Hunderte von Jahren sind vergangen, seit das Reich unterging.«

»Und ich vegetierte ohne Bewusstsein in einem Schneckenhaus. Umbert hingegen …«

»Hat er die ganze Zeit gelebt?«

»Ja.«

Wieder schwiegen sie. »Geht es dir besser‹?«, fragte er schließlich.

»Danke. Ja.« Wieder einmal hatte ihr giftgestählter Körper eine Bedrohung überwunden, die andere umgebracht hätte.

Er half ihr, sich aufzusetzen, und ließ sie dann los, zog seine Hände zurück, setzte sich etwas von ihr fort. Sich über den Abstand zu freuen, gelang ihr nicht.

»Gut«, sagte er neutral, und dann blickte sie Elgor an. Verenn war verschwunden, doch Maleni konnte spüren, dass die beiden immer mehr eins wurden. Tatsächlich schien es ihr immer öfter so, als könnte sie beide sehen. Sicher ging das anderen Menschen nicht so – nur ihr, die sie um die Doppelbelegung dieses einen Menschen wusste. »Übrigens«, sagte sie und versuchte so neutral zu klingen wie er. »Ich entschuldige mich für mein aufdringliches Verhalten.«

Elgor stand auf und begann ihre Kleider zusammenzusuchen. »Du konntest ja nichts dafür«, bemerkte er, ohne sie anzusehen. »Und du bist so schön. Natürlich bist du – immer – schön. Aber so ganz ohne Gewand, in nichts als der

Pracht deiner Haut – es war nicht einfach, dir zu widerstehen.« Er grinste treuherzig.

»Nun. Verenn fand es einfach.«

Elgor lachte. »Nein. Fand er nicht.« Er streckte ihr das Kleiderbündel entgegen und wandte sich dann dezent ab. »Nicht im Geringsten.«

KASSIBER 14

An den Rat

Die Beratung des Hochgestellten zu G. ist beendet. Der Verlauf ließ sich nicht kurzfristig ändern. Gendern gewinnt an Macht im Süden. Die Fyrsthin von Farrowul ist sich jedoch der Gefahr gewahr geworden, die von den Eindringlingen ausgeht. Der Passierschein ist zurückgenommen. Weitere Beratung der Fyrsthin muss gewährleistet werden.

90

Die Reise hörte in dem Moment auf, langweilig zu sein, als der Wind drehte. Es war kein Sturmwind, doch er blies nun gen Osten, sanft und stetig. Eine erfahrenere Crew hätte gewusst, wie man das schwere Schiff gegen den Wind kreuzen lassen konnte. Umbert nicht.

Auf der Steuerbordseite kam die gebirgige Küste immer näher. Das Ufer war felsig und schroff, und es war anzunehmen, dass auch unterhalb der Wasseroberfläche heimtückische Felsen lauerten.

»Sind wir noch weit von Köngstott?«, fragte Maleni.

Umbert wusste es nicht. Es gab keine Orientierungspunkte an Land, keine Siedlungen oder großen Gebäude. Manchmal sah man Ruinen kleiner Dörfer, doch die ähnelten einander zu sehr, als dass man sie hätte unterscheiden können. Ansonsten wirkte der Hügelkamm der Halbinsel dunkelgrün und undurchdringlich, wenngleich nicht besonders hoch.

»Früher haben hier Menschen gewohnt. Fischer. Jäger. Handwerker. Sie alle hatten ihr Auskommen, indem sie Cahersyg mit den notwendigen Dingen versorgten. Der lichte Wald ist zum Urwald gewachsen. Hier lebt niemand mehr.« Umbert hatte die Hand am Steuer, doch das Schiff hielt seinen eigenen Kurs. »Ich wollte so weit wie möglich an die Meerenge heran«, fuhr er fort. »Dort gab es einmal Anlegeplätze. Auch wenn sie längst vermodert sind, hoffe ich, dass einem dort keine unsichtbaren Riffe den Schiffsrumpf aufschneiden. Kannst du schwimmen, Maleni?«

Sie konnte schwimmen. Die Frage war, wie weit. Und was würde mit den Mulis werden – vom Gepäck einmal abgesehen, das weder die Mulis, noch die Menschen schwimmend würden transportieren können. Mit einem Reiseamboss im Meer zu baden, empfahl sich nicht.

»Es wäre schön, wenigstens bis zum Tottstrom zu kommen!«, brummte Umbert.

»Was ist der Tottstrom?«, fragte Maleni, die vergeblich versuchte, ihre Hände vom Teer zu reinigen, der fast allem anhaftete, was man als Matrose berühren musste. Schon allein das war ein Grund, nie wieder zur See zu fahren.

»Vor der Meerenge kommt es zu einem Sog. Dann würde dieses Schiff vom Wasser gezogen werden.«

»Wohin?«

»Nach Köngstott. Da wollen wir doch hin.«

Sie blickte Umbert entsetzt an. »Wir wollen aber nicht durch die Meerenge! Da zerschellt das Schiff! Wir ertrinken!«

Er neigte sein Haupt ergeben und schenkte ihr ein eigentümliches Lächeln: »Die Gefahr besteht.«

»Das würde ich einigermaßen übelnehmen!«

»Ah«, sagte er. »In diesem Fall werde ich mir Mühe geben. Nur um mir dein Wohlwollen zu erhalten. Aber bedenke die Alternative: Es heißt, wer in der Venom-See ertrinkt, wird zur Meerjungfrau. – Wahlweise natürlich zum Meerjungmann.«

Elgor grinste. »Also, ich hoffe, dazu kommt es nicht. Ich fände die Aussicht, von der Taille abwärts mit nichts als einem Fischschwanz ausgestattet zu sein, einigermaßen betrüblich.«

Maleni blickte vom einen zum anderen. »In Anbetracht unserer Lage finde ich euren Humor wenig erklecklich.« Ein Windstoß ließ die Takellage knattern, und Maleni schickte ihren Worten einen Fluch aus tiefstem Herzen hinterher. »Ich hasse Schiffe!«, fauchte sie.

Die nächsten Stunden hinweg driftete das Schiff immer weiter auf die Küste zu. »Wenn Kyrros uns jetzt zu sich holt, bekommt er unsere Hände nicht auf einem Schrein dargeboten«, bemerkte Maleni giftig.

»Allein das sollte ihn abschrecken. Und vielleicht müsste er sich ja mit Tjölp, dem fast vergessenen Meeresgott, um die Zuständigkeit streiten. Grundsätzlicher Anspruch auf Meerjungfrauen und ähnliche Kompetenzrangeleien«, meinte Umbert, der sich ebenso wie Elgor eine bemerkenswerte Ruhe bewahrte, die Maleni fast etwas Neid entlockte. Kurz darauf legte sich ein seltsamer Nebel über die Sicht, dünn und diffus, aber doch so dunstig, dass die Sicht nachhaltig eingeschränkt wurde. »Auch das noch!«, knurrte sie.

Umberts Miene wurde ernst. »Wir nähern uns Köngstott«, kündigte er an, und plötzlich drehte er am Steuerrad. »Jetzt wird es interessant.«

»Zu solchen Gelegenheiten bemerkt man, wie schön ›langweilig‹ ist.« Elgor grinste.

Möwenschreie durchschnitten die Wasserstille schon länger, doch nun wurde ihr Kreischen von einem neuen, schweren Geräusch begleitet. War das Brandung?

Das Schiff machte nun mehr Fahrt als zuvor. Zumindest kam es Maleni so vor. Sie versuchte nicht an die letzte Durchquerung der Meerenge zu denken, als ein weitaus wendigeres Schiff mit einer erfahrenen Crew Mühe gehabt hatte, nicht von der See zermalmt zu werden.

»Was können wir tun?«, fragte Elgor Umbert.

»Wünsch uns Glück!«

»Etwas Konkreteres vielleicht?«

»Nein. Glück wäre schon am wichtigsten. Es mangelt gerade ein wenig an Kronkreterem.«

Der Dunst wurde undurchdringlicher, und die Geräusche drangen wie durch nasse Tücher an ihre Ohren. Die Klänge zu deuten, war unmöglich. Gurgeln, Brausen, Schreien und Brüllen verwoben sich zu einem Klanggebilde.

»Und?«, fragte Elgor Maleni mit einem wenig angebrachten Grinsen. »Bereust du, dass du dich uns angeschlossen hast?«

»Jeden Tag aufs Neue!«, säuselte sie überfreundlich.

Er streckte ihr seine Hände hin, und sie ergriff sie. »Wir sind zusammen«, sagte er treuherzig.

»Ja. Und bald haben wir beide Fischschwänze.«

Er nickte. »Traurige Aussichten. Wo ich doch gehofft hatte, irgendwann mehr als nur einen Kuss von dir geschenkt zu bekommen.«

Sie sah ihn erstaunt an. »Nun«, antwortete sie ebenso tändelnd wie er. »Da hättest du schneller sein müssen.«

»Hätte ich das überlebt?«

»Möglicherweise nicht.«

»Und jetzt ist es zu spät?«

Sie trat ganz dicht an ihn heran und stellte sich auf die Zehenspitzen. »Einen Kuss als Anzahlung, fischschwänziger Meeresjüngling!«, flüsterte sie und begriff, dass sie noch nie so mit einem Mann gesprochen hatte. Im nächsten Augenblick war das einerlei, denn ihre Lippen trafen sich. Elgor war sanft. Verenn war forsch und fordernd. Gemeinsam waren sie beides.

Wieso waren sie beide da?

Der Kuss dauerte eine lange Weile, und Maleni schob alle Gedanken an Fischschwänze und riesige, blauäugige Tentakelwürmer mit gespaltenen Zungen von sich. Das war nur Elgor. Elgor war kein Ungeheuer.

Schließlich standen sie aneinander gelehnt. Er hatte seine Arme um sie geschlungen, hielt sie fest, als spürte er, wie sie innerlich bebte. Arme – nicht Tentakel. Stetig dichter werdender Nebel unterstützte den kurzen Augenblick privater Innigkeit.

»Es gäbe so viel zu sagen«, meinte Elgor nach einer Weile.

»Später«, erwiderte sie und atmete tief ein. »Wenn wir überleben. Und wenn nicht, ist jedes Wort zu viel.«

»Kinder!«, spottete Umbert kaum noch sichtbar vom Steuer her. »Haltet euch fest.«

Und das taten sie – sie hielten sich aneinander fest.

Das hatte er nicht gemeint.

Das Schiff bockte wie ein wilder Gaul; das Geräusch von brechendem Holz kündigte den Untergang an. Wasser gurgelte und zischte, und durch den Nebel war kaum mehr etwas zu erkennen. Das Tosen überlagerte jedes andere Geräusch. Sie fielen, taumelten, rutschten über das Deck nach hinten, wo die panischen Mulis schrien. In ihr Geschrei mischte sich das von Maleni und Elgor. Oder das von Verenn? Schrie auch Umbert? Wo war er? Schon über Bord gegangen? Das Schiff neigte sich zur Seite. Maleni verlor den Halt, den Elgor geboten hatte, hörte ihn rufen, sah ihn nicht mehr. Weiter und weiter kippte das Deck. Alles kam ins Rutschen, Taue, Lasten, Wasserfässer. Auch die Mulis schrien. Und die Möwen. Die Welt schrie, und es war Maleni, als könne sie das Schiff in dem Bewusstsein seines Unterganges selbst kreischen hören. Sie konnte schwimmen, sagte sie sich. Ihr Leben würde sie vielleicht retten können, wenngleich auch sonst nichts.

Sie verfing sich mit dem Fuß in einem Tau. Das musste sie loswerden, sonst würde das Wrack sie mit sich in die Tiefe ziehen. Schon hing sie fest, Fuß oben, Schultern unten. Sich jetzt noch zu befreien war ebenso schwierig wie dringlich.

Sie versuchte sich gegen die Schwerkraft zu wehren. Die Xyi konnten fliegen, hieß es. Diese Fähigkeit käme nun gut zupass. Sie zerrte und zappelte – und dann war es mit einem Mal still. Nur die Balken des gequälten Schiffsrumpfes knarrten und krachten. Ganz langsam hob sich das Wassergefährt und senkte sich wieder, stöhnend, ächzend, drohend.

Man hörte die Hufe der Mulis auf feuchten Holzbohlen. Die Tiere rappelten sich auf.

Das Deck war schräg, senkte sich jedoch nicht weiter. Sie hingen fest.

»Cahersyg. Osthafen!«, rief Umbert zufrieden, als hätte er genau das erreicht, was er zu erreichen suchte. »Wir sind da.«

91

In steilem Zickzack erhoben sich die Felsentreppen hinter den verfallenen Hafenanlagen. In den dreieckigen, dunklen Steinräumen zwischen den Treppen konnte man noch in den Fels gehauene Reliefs ausmachen. Wind und Wetter hatten sie rundgeschliffen, und es war schwierig, darin tatsächlich etwas zu erkennen.

Die Stufen waren zerbrochen wie bröseliges Steingut. Die Wurzeln der riesigen Rahe-Bäume des sich gen Passagur erstreckenden Dschungels hatten sich darin vergraben und den Fels knotig und netzartig umsponnen wie holziges Makramee. Die stacheligen Schuppenbäume besaßen ausladend verschlungenes Wurzelwerk, sprengten Gestein und wuchsen auf Fels und Gebäuden ebenso fest wie in der Erde. Ihre nadelschuppigen Äste und Zweige verhakten sich zu einem wehrhaften Urwald und verwoben sich mit riesigen Farnen. Nur der steinerne Boden des einstigen Hafens war weitgehend frei von Gewächsen, nur staubig von toten Insekten, als wären diese eben aus dem Himmel gefallen. Vergiftet?

Maleni war nass, doch sie lebte. Und nicht nur das: Mit Hilfe von leeren Fässern, Tauen und Balken, die sie aus dem Torso des toten Schiffsleibes requiriert hatten, war es ihnen gelungen, eine Art Fallreep bis an die klüftigen Übrigbleibsel des ehemaligen Binnenhafens zu legen. Der Nebel hatte sich kaum gelüftet, doch man konnte immerhin sehen, dass die

Wasserfyrsthin nicht auf einem der Küste vorgelagerten Riffe aufgesetzt hatte. Vielmehr war sie direkt am zerbrochenen und halbversunkenen Kai angelandet. Besser hätten sie es kaum treffen können.

Da standen sie nun – auf festem Grund, die Schmiede, drei Mulis, Maleni und sogar das Gepäck. Die Situation war seltsam. Maleni wusste nicht, was sie davon halten sollte. Ihr Einsatz stand bevor. Eine schwelende Unruhe machte sich in ihr breit, denn obgleich sie inzwischen schon mehrfach über das gesprochen hatten, was zu tun war, schien es ihr, als wäre sie an gänzlich fremden Gestaden angekommen, fremder als alles, was sie bisher gesehen hatte.

»Da sind wir«, erklärte Umbert schließlich, als stünde eine Weihehandlung in einem Tempel bevor. »Cahersyg. Dies war einst der kleine Hafen für die Binnenwasserverbindung zwischen Nord und Süd, die damals noch keine Meerenge nach draußen aufwies. Die Venom-See war ein kleines Meer oder ein riesiger See und der große Hafen auf der anderen Seite der Bergkuppe – seewärts.«

»Der Nebel ist lästig«, kommentierte Maleni. »Man sieht den Anfang der Treppen – aber nicht, wohin sie führen. Alles verschwindet im Nichts.«

»Der Nebel verhüllt Cahersyg seit der Zeit des Reichsuntergangs. Hier unten ist er noch nicht giftig – hoffe ich. Zumindest konnte man letztes Mal hier noch gefahrlos stehen. Erst weiter oben, am Eingang ins Innere, vermischt sich der Dunst mit Gift und nimmt einem den Atem. Das letzte Mal, als ich versucht habe, Cahersyg zu betreten, musste ich mich die Felsen hinunterstürzen, sonst wäre ich – gestorben. Habe mir fast jeden Knochen gebrochen.«

»Aber du hast überlebt!«

»Überleben ist eine Kunst, auf die ich mich verstehe. Knochen wachsen wieder zusammen, Sehnen heilen. Doch wenn die Lunge sich mit Gift füllt, ist ein Entkommen kaum möglich. Wenn man erst einmal das Bewusstsein verliert, ist es zu spät. Leider sieht man nicht, ab wann der Nebel gefährlich wird. Wenn man es spürt, ist es schon geschehen.«

»Und da soll ich jetzt hinauf«, konstatierte Maleni trocken. »Habe ich euch schon für den lustigen Zeitvertreib gedankt?«

»Du musst nicht gleich los. Wir ruhen erst einmal.«

»Oh, danke. Ausruhen, bevor man sich vergiftet.« Sie blickte Elgor an, der das nasse Gepäck zum Trocknen zurechtlegte und ein kaum einleuchtendes Zutrauen darin zu haben schien, dass sie das hier überleben würden. »Sei zuversichtlich!«, sagte er denn auch und zwinkerte ihr zu.

»Meine Ausbildung beinhaltet, dass ich Dinge sachlich sehe und nicht ›zuversichtlich‹. Aber immerhin müssen wir an diesem Ort nicht das Erscheinen meiner Geschwister fürchten. Hierhin folgt uns gewiss niemand. In den Nebel, ins Gift, während wir auf zerbrochenen Hafenanlagen zwischen Dschungel und den Klippen von Köngstott sitzen und unser Schiff langsam stückweise versinkt. Wir Xyi sind für so etwas schlichtweg nicht dumm genug. Gemeinhin.«

Er lachte. »Aber du wirst für uns nach Cahersyg hineingehen?«

»Dazu brauchtet ihr mich doch.«

»Ja. Aber wir zwingen dich nicht.«

Sie schnaubte verächtlich. »Natürlich«, sagte sie. »Alles freiwillig. Wie immer.«

»Etwa nicht?«

»Wenn als einziger Weg die Falle bleibt, dann geht man eben in die Falle.«

»Es ist nicht der einzige Weg«, mischte sich nun Umbert ein. »Zugegeben, es wäre ärgerlich, es nicht zu versuchen, wo wir schon einmal hier sind. Doch wir können auch die Halbinsel zurück bis zu Zivilisation reisen, immer am Wasser entlang. Oder durch den Rahe-Dschungel über den Hügelkamm der Halbinsel. Den Weg müssen wir ohnehin nehmen, wenn du von deinem Ausflug zurückkommst. Unser Schiff ist leider nicht mehr in allerbestem Zustand.« Kritisch musterte er die wenigen Wrackteile.

»Du bist dir ja sehr sicher, dass ich diese dunklen Treppen erklimme und in diese nebulöse Giftresidenz gehe.« Natürlich würde sie gehen. So weit gekommen zu sein, um dann nicht zu gehen, hätte gegen alles verstoßen, was sie jenseits der Fähigkeit des Mordens noch ausmachte: Tapferkeit und Verlässlichkeit.

»Du bist mutig. Du hast dich bis jetzt allem gestellt, was auf dich zukam.«

Maleni nickte und zog dann einen Mundwinkel sarkastisch hoch. »Und wenn ich dummerweise gegen das Gift nicht immun bin?«

»Wir können dich anseilen. Alle paar Minuten wirst du ziehen und uns mit dem Seil ein Zeichen geben. Wenn wir kein Zucken des Seiles mehr spüren, werden wir es einholen.«

»In dem Fall werde wohl auch ich die Treppen herunterstürzen. Ein ganz wunderbarer Gedanke. Aber wie hast du so schön gesagt: Knochen wachsen wieder zusammen. Sehnen heilen.«

Sie schwiegen einen Augenblick, und Maleni versuchte es sich einigermaßen bequem zu machen, nachdem sie ein Stück Boden mit ihrem Mantel vom Chitinstaub befreit hatte. »Unheimlich«, murmelte sie. »Und eklig.«

»Mitleid mit Insekten?«, fragte Verenn, der plötzlich da war und sich in einigem Abstand von ihr niederhockte.

»Nein. Nur mit mir selbst. Ich hatte so ein einfaches Leben. Tanzen, töten, fertig.«

»Taryah hatte ein einfaches Leben. Du nie. Die Sorge ums Überleben war dein, die Qual war dein, ebenso wie der Tod dein gewesen wäre. Mörderseelen sind nicht selbstlos.«

Die blauen Augen waren von seltsamer Intensität. Maleni zwang sich, seinen Blick zu halten. Seit sie sich erinnert hatte, woher sie diese Augen kannte, wich sie seinem Blick immer wieder aus. Manchmal hoben sich ihre Haare im Nacken, wenn sie an die Nähe dachte, die sie schon mit dem Mann geteilt hatte. Dann konnte sie nicht umhin, daran zu denken, was in ihm steckte.

Immer noch dieser Blick. »Hast du Furcht vor mir, Maleni?«, fragte er.

»Ich fürchte mich nicht!«

»Was ist es dann? Ekel?«

»Nein.« Sie sah auf den Boden.

»Schau mir in die Augen!«

Sie hob den Blick und starrte direkt in das apokalyptische Blau.

»Ja«, sagte er. »Es sind Urgorrn-Augen – der Farbe nach. Aber ich bin ein Mann und kein Wurm.«

»Der Großmeister ist mehr als nur ein Wurm.«

»Und du bist mir mehr als – nur Würmerspielzeug.« Sein harter Mund tat sich mit dem Lächeln schwer.

»Ich werde nicht fragen, was ich dir bin, Verenn. Nicht jetzt. Wenn ich dies hier überlebe. Und was immer danach kommt.«

Er nickte. »Du solltest wissen …«, er machte eine kleine Pause. »Du solltest dir im Klaren sein, dass es in diesem Körper nicht zwei Männer gibt, die Unterschiedliches wollen.«

Sie lächelte und suchte in dem strengen Blick nach der Wärme Elgors. »Erst einmal«, sagte sie, als sie sie nicht fand, »sehen wir, ob ich in einem Stück zurückkomme. Dann sehen wir weiter.«

Sie rutschte näher zu ihm, und er betrachtete sie skeptisch, während sie weitersprach: »Ich würde mir wünschen, es gäbe so etwas wie eine Zukunft. Aber ich denke, als ich vom Pfad der Xyi-Tugend abwich, habe ich diese verwirkt«, murmelte sie, stand auf, hob eine Augenbraue und ließ ihre Unruhe wie einen Stahlmantel um sich herum fallen. Nur kein Gefühl zeigen. »Es wird nicht besser, wenn ich hier herumsitze und mir Gedanken mache. Ich gehe jetzt. Und ich bedaure, dass ihr mich nicht begleiten könnt, denn ich habe mich doch tatsächlich daran gewöhnt, in den grässlichsten Situationen zwei wirklichkeitsfremde Traumtänzer mit wenig langfristigem Planungstalent zur Seite zu haben.«

»Ich wünschte, ich müsste dich nie mehr allein lassen«, sagte Elgor. Ausnahmsweise lächelte er nicht.

Sie sah ihn an. »Willst du eine Frau gewinnen oder einen Urgorrn jagen?«

»Beides vielleicht?«

»Beides wird nicht gehen.«

92

Ein wenig erinnerte sie die Umgebung an den Berg. Das Annähern, das Aufsteigen. Der Nebel. Das unheimliche Nichts, das alles bedeuten mochte. Manchmal wurde der Dunst dick wie Suppe und bedeckte die überwachsenen Stufen. Dann tastete sie eingedenk der Höhe, in der sie sich befand. mit den Füßen nach dem nächsten Halt, um nicht in die Leere unter sich zu fallen. Bisweilen fragte sie sich, ob es richtig gewesen war, das Verbindungsseil abzulehnen. Doch für die weite Strecke, die sie vermutlich zurücklegen musste, wäre es zu schwer gewesen, um es überall hinterherzuziehen. Im Notfall wollte sie schnell sein und nicht angebunden.

»Komm zurück!«, hatte Elgor gesagt.

Das Tor tauchte unvermittelt vor ihr auf. Es war riesig; weit mehr als mannshoch verlor sich der obere Teil im Dunst. Sie berührte die Säulen, die es einfassten. Schwarz und glasglatt. Dennoch wirkten sie wie Stein. An einer Stelle war eine kleine Ecke abgesprungen. Die Scharte war messerscharf. Sie kannte das Material. Vulkanglas. Schärfer als Stahl.

Durch den Nebel konnte man immerhin erkennen, dass das Gebäude, das hier facettenreich aus den Felsen wuchs, aus verschiedensten Steinen errichtet worden war. Blass deutete sich eine Farbenvielfalt an. Sie wünschte, sie könnte mehr sehen, doch es war auch nicht wichtig. Atmen, ohne sich zu vergiften, war wichtig.

Die großen Flügeltüren waren nur teilweise erhalten: In einem filigranen Rahmenwerk aus fein ziseliertem, rostigem Metall hingen Reste verwitterten Holzes, deren Reliefarbeiten schon lange nicht mehr erkennbar waren aber bis zum heutigen Tag von der großen Kunstfertigkeit ihrer Schöpfer kündeten.

Maleni warf einen Blick hinter sich, doch da war nur Nebel. Längst hatte sie sich einen ihrer Seidenschleier um Mund und Nase gebunden, in der Hoffnung, der dichte Stoff würde vielleicht etwas von dem Gift aus der Luft filtern. Sie atmete flach. Doch wenn das Gift wirkte, würde das nichts nützen.

Die Tür stand einen Spalt weit offen, als hätte sie der letzte Besucher nicht geschlossen. Vielleicht war das Umbert gewesen? Vielleicht war er bis hier gekommen, hatte gefühlt, wie sich ihm der Tod in die Lunge bohrte und war gesprungen. Letzteres auf gut Glück, denn tatsächlich konnte man weder die Treppe, noch den Abgrund dahinter genau erkennen. Beides verlor sich schon nach ein paar Schritten im suppigen Nichts.

Entschlossen schlüpfte Maleni durch den Türspalt. Sie hatte Dunkelheit erwartet, doch die riesige Empfangshalle verfügte über eine Vielzahl schmaler, hoher Fenster, die in künstlerischer Zickzack-Anordnung diffuses Licht auf die Szenerie warfen, ohne einen Blick durch die Dunstsuppe draußen zu erlauben. Hier drinnen gab es Farben und Konturen, doch der Ausblick war weiß.

Weitgehend weiß waren auch die Skelette, die auf dem Boden lagen. Einige schienen auf dem Weg nach draußen vom Tod eingeholt worden zu sein, andere lagen so, dass sie, wie Maleni auch, von draußen hereingekommen zu sein schienen – um dann hier zu verenden. Zufällige Abenteurer? Menschen, die vom Gift nichts wussten – oder dachten, sie wären immun? Wie sie selbst?

Das Atmen wurde schwieriger – oder bildete sie sich das ein? Sie zog den Schal höher, so dass er auch ihre Augen mit dem hauchdünnen Material bedeckte. Nun konnte sie zwar nicht mehr ganz so gut sehen, doch wenn ihr Gift durch die Augen einzudringen versuchte, mochte der Schal, der sonst dazu taugte, Taryahs Blöße so gut wie nicht zu bedecken, ihr ein wenig Zeit verschaffen.

Dass sie völlig immun gegen das Gift war, glaubte sie nicht. Gegen die meisten üblichen Gifte war ihre Toleranz weitaus höher als bei Menschen, die nicht die Entgiftung durchlaufen hatten, doch sie taten ihr langfristig auch nicht gut. Und niemand konnte wissen, welches Gift hier in der Luft lag. Ein feiner Duft von Bergveilchen drang ihr in die Nase, sagte ihr jedoch nichts. Ganz sicher war er nicht natürlich hier. Weder Staub noch Skelette konnten so riechen. Gift schon. Süß und harmlos. Geradezu verführerisch, wie eine Einladung, das blumige Aroma tief in sich einzusaugen.

Umbert und Verenn hatten ihr die Anlage genau beschrieben. Diese Halle hier, so beeindruckend sie war, nützte ihr gar nichts. Dies war nur eine Vorhalle, in der man Gäste, die am Westhafen angekommen waren, einst empfangen hatte. Gerne hätte sie sich intensiver mit der Struktur des Raumes befasst: Bodenmosaike, Marmorsäulen, die in mehrfarbigen Bündelpfeilern emporstrebten und in Gewölbe tragenden Spitzbögen endeten, welche sich kreuzweise jeweils am höchsten Punkt trafen. Kunstvolle Wandreliefs, nicht so verwittert, aber vom Staub der Jahrhunderte stumpf und flach gemacht. In ihrem ganzen Leben hatte Maleni so etwas noch nie gesehen – erst recht nicht heil, unzerstört. Hier hatte es Tod gegeben, aber keinen Krieg. Was lebte, war gestorben, doch die Pracht war geblieben, auch wenn sie niemand mehr zu würdigen vermochte. Die Schönheit der Details war dennoch atemberaubend. Oder raubte ihr etwas anderes den Atem?

Sie beschleunigte ihre Schritte. Die Anlage war riesig, und sie musste ihr eigentliches Ziel schnell finden, solange sie noch Kraft genug hatte, den Weg zurück auch noch zu bewältigen. Hin – war nur die Hälfte der Aufgabe.

Eine vielfarbige Prachttreppe führte jenseits des Eingangstores in das nächste Stockwerk, wo sie sich aufspaltete, kehrt machte und links wie rechts weiter hinauf ging. Prachträume, Empfangshallen, Ratsräume, Versammlungsorte, selbst ein Ballsaal – all das hatte ihr Umbert beschrieben. Auch den Thronraum. Einen Thron aus geschliffenem Vulkanglas sollte es dort geben. Unbequem hatte Verenn ihn genannt, und sie hatte versäumt, ihn zu fragen, woher er das wusste. Der Souverän von Predorenn war stets ein Wahlkönig gewesen und rangtechnisch nur wenig höher angesetzt als die Rätinnen und Räte, aus deren Mitte er gekürt wurde. Deshalb stand der Thron auch nicht erhöht, sondern nur betont, gleichsam im Apex eines Ratsovals. Den Raum hätte sie gerne gesehen, doch dazu war keine Zeit. Sie musste in eine andere Richtung.

Sie hastete links an der weiten Treppe vorbei nach hinten, umrundete eine rote Marmorsäule, dann eine blaue, schließlich eine grüne. Sie alle vereinten sich hoch droben in bunten Spitzbögen. Dahinter ein ziselierter Bogen, der wie so viele andere, als Zierde in eine Wand eingelassen war. Staub lagerte in den Ritzen. Ein grauverhülltes Mosaik zeichnete undeutlich ein Bild von einem gewaltigen Schloss, das buntfaserig aus einem Fels dem Firmament entgegenragte – vermutlich ein Bild der Anlage, die im Nebel nicht zu erkennen gewesen war.

Maleni suchte am Boden. Dort sollte sich der Mechanismus befinden, der den Zugang zu weiteren Gefilden freigab. Ob die Maschinerie nach der langen Zeit noch funktionieren würde, hatte Umbert nicht zu sagen gewusst.

Im Staub des Fußbodens nahm Maleni ein besonderes Mosaikmuster wahr, das jedoch nicht wie eine Klinke wirkte. Dennoch trat sie in den rechten Kreis, dann in den linken, und dann mit beiden Füßen in die Mitte.

Ein Schaben und Kreischen in der Wand hub an, und die alte Mechanik ächzte. Ungeölt, ungewartet, verstaubt und verdreckt. Wie hatte Umbert annehmen können, sie würde noch funktionieren? Täte sie es nicht, würde Maleni jedenfalls einen weiten Umweg machen müssen, um zu den Katakomben zu gelangen. Bei einem Unterfangen, bei dem jede Sekunde zählte, eine üble Aussicht.

Staub flog in Wolken von der Wand, und das Mosaik zitterte und teilte sich schließlich, als risse es mittig auseinander. Eben noch ohne einen Anflug von Öffnung, schoben sich nun zwei Hälften jeweils seitwärts in die Wand.

Und blieben knirschend stehen. Der Riss verlief unregelmäßig durch das Bild. Etwas knallte, war geborsten. Maleni sah den Spalt unwirsch an, doch er wurde nicht mehr größer. Sie trat heran, blickte hindurch in die Düsternis, nahm ihre Laterne und entzündete die Kerze darin. Der Docht wollte nicht gleich brennen, das Feuerzeug aus Stahl und Stein schien ein Eigenleben zu entwickeln, das andere Ziele als Maleni verfolgte. Ihre Hände zitterten. Es war nur eine Aufgabe, versuchte sie sich zu beruhigen. Wie immer. Rein. Erledigen. Raus. Mit dem einzigen Unterschied, dass diesmal sie es sein mochte, die tot zurückblieb.

Der Hals wurde ihr rauh, und sie hüstelte. Der Staub? Das Gift? Sollte sie schon zurücklaufen? Nichts hier war vernünftig, doch wenn sie jetzt aufgab, war alles umsonst gewesen. Niemand zwang sie, hier zu sein. Niemand, nicht einmal mehr die Gegenspielerin in der eigenen Seele tadelte sie ob ihrer eklatanten Unvernunft. Maleni war frei. Freiheit hatte stets einen Preis.

Sie nahm den Rückensack ab, den sie ausgeleert hatte, um möglichst viel darin unterzubringen, schob ihn durch den Spalt und versuchte, selbst hinterherzuklettern – vorwärts erst, dann seitwärts. Die Öffnung war schmal. War sie oben breiter? Mit beiden Füßen gegeneinander stemmte sich Maleni an dem Spalt empor, steckte ihren Arm durch die Öffnung, schob eine Schulter nach. Scharfe Mosaiksteinchen kratzten über ihre Haut. Doch nun war der Kopf auf der anderen Seite, verdreht, rückwärts. Sie hatte einen entschieden zu großen Busen. Doch der ließ sich quetschen. Es war nicht angenehm, aber nun hing sie halb in der Lücke, die obere Hälfte in dem Gang dahinter, die Hüfte noch im Saal. Jetzt hängenzubleiben und nicht mehr rauszukommen, wäre fatal. Eine dümmere Art zu sterben konnte es kaum geben.

»Kommt mir nicht hinterher«, hatte sie den beiden Männern gesagt. »Wenn ich nicht zurückkomme, überlebt ihr es schon gar nicht.«

Elgor hatte unglücklich dreingeblickt, hatte aber genickt. Schließlich hatten sie sie auserkoren, um allein zu gehen.

Auserkoren? Gefunden. Und befreit. Und gezähmt. Und ge…mocht.

»Der Zufall ist ein Eichhörnchen«, hatte Umbert einmal gesagt. »Es findet nie alle Nüsse wieder, wenn es sie braucht.« Warum fiel ihr das gerade jetzt ein, wo sie bewegungslos zwischen zwei Türhälften steckte? Das war blamabel. Sie hätte sich den Hosenrock ausziehen sollen. Er trug viel zu sehr auf mit seinen Rockschichten über dem Hosenteil.

»Vergorrntes Eichhörnchen!«, schimpfte sie, während sie gleichzeitig versuchte, die Türhälften mit den Füßen auseinanderzuschieben. Doch die hingen fest.

Sie öffnete die Knöpfe am Rock, krallte sich an eine Ecke der Tür über ihr, versuchte, ihr eigenes Gewicht zu stemmen. Das musste gehen. Wenn sie kletterte, tat sie das auch.

Staub rieselte – oder war es Kalk? War ihr Hintern zu dick? Die Männer, denen sie gefallen hatte, hatten sich nie darüber beschwert. Sie hatten freilich auch nie besonders viel Zeit dazu gehabt. »Männer mögen einen runden Hintern«, hatte ihre Lehrerin in Passnath ihr beigebracht. Dennoch wäre es überaus peinlich, jetzt an einem zu runden Hintern zu sterben.

Sie bewegte die Hüften, ließ sie kreisen, als müsste sie die Architektur betören. Vielleicht hätte das Bauwerk ein Einsehen? Sie wand sich hin und her, verkeilte sich weiter, schob sich dann wieder einen Fingerbreit in die andere Richtung. Gleichzeitig versuchte sie den Stoff ihres Rockes zu zerreißen. Doch der schien unzerstörbar. Guter, fester Stoff – mehrlagig.

Es gelang ihr gerade noch, sich wie eine Katze zu drehen, als ihr Oberkörper Übergewicht bekam. Sie stürzte rückwärts, und kam mit den Händen auf dem Boden auf, während ihre Beine noch in der Luft zwischen den Türen hingen. Dann waren sie frei. Wie eine Katze hockte Maleni vierbeinig auf dem Boden. Nur ihr Rock hing noch fest, und einen Schuh hatte sie verloren. Südwärts der Taille trug sie nur noch das Untertuch, das ihre Scham bedeckte und die Strümpfe, die über den Knien mit bunten Bändern gehalten wurden. Nackte Schenkel interessierten hier aber niemanden.

Sie nahm Rückensack und Laterne auf, dann begann sie zu husten. Tränen liefen ihr über die Wangen. Jetzt zurück? Schnell zurück? Vielleicht war es nur der Staub, der sich auf ihre Atmung legte.

Sie war zu weit gekommen, um jetzt umzukehren. Und so nahm sie sich nicht einmal die Zeit, durch den Türspalt nach dem anderen Schuh zu suchen.

Sie lief einfach los.

93

Sie nieste und keuchte. Das tat sie schon eine Weile. Sie zählte die Stufen, die es nach unten ging. Umbert hatte nicht zu sagen gewusst, wie viele es waren.

Sie war an Gesinde- und Verwaltungsräumen vorbeigekommen. Auch an einer großen Küche, in die schräg oben durch Fenster diffuses Licht brach. Die Installation von Feuerherden und großen Töpfen war mit Spinnweben durchwirkt; ganz sanft blähten die weißgrauen Schleier in einer Brise, die Maleni nicht einmal wahrnehmen konnte. Sie musste weiter hinunter. Die Bibliothek der Artefakte war tief unter dem Palast verborgen.

Durch den Strumpf ihres linken Fußes spürte sie hart den Steinboden. Die Treppe selbst war breit und führte quadratisch von Absatz zu Absatz. Sie wusste, der Hauptzugang zu ihrem Ziel verlief über einen anderen Weg. Doch dieser hier war schneller.

Der Palast war auf dem Höhlensystem des Bergrückens aufgesetzt, wuchs daraus hervor. Je tiefer sie kam, desto mehr erreichte sie die Gänge, die von oben her in den Fels geschnitten waren. Das Erdgeschoss bildete bestenfalls die Mitte eines architektonischen Konstrukts, das nach oben hin gen Firmament strebte und nach unten im Daumen der Gornhandberge versank. Wieder schlich sich das Gefühl ein, die Anlage ähnele dem Berg der Xyi. Ob auch hier ein blauäugiges Ungeheuer lauerte, das ihr eine fremde Seele injizieren würde, mochte sie zu diesem Zeitpunkt nicht ausschließen. Sie lauschte. Die Stille drückte.

Ihr Herz schlug rasend. Viel zu schnell. Ihr Körper wehrte sich bereits, und ihr graute schon jetzt davor, die Treppen wieder hochsteigen zu müssen. Schon der Abstieg war anstrengender, als er hätte sein dürfen.

Stufe um Stufe. Absatz um Absatz. Tief hinunter.

Sie erkannte die Tür aus Umberts Beschreibung: Eine breite Spitzbogentür aus dickem, relief-geschmücktem Holz mit vier Eisenschlössern quer über beiden Türflügeln. Sie waren rostig. Und verschlossen.

Maleni trat nach dem Holz. Einmal. Zweimal. Der aufwirbelnde Staub nahm ihr fast den Atem. Tränen und Rotz netzten ihren Seidenschal. Sollte sie ihn abnehmen? Was würde dann passieren?

Sie behielt ihn um und trat noch einmal zu. Ein Türflügel brach aus den verrosteten Angeln und fiel donnernd zu Boden. Noch mehr Staub. Einen Moment lang konnte sie kaum etwas sehen.

Keine Zeit zu warten, bis der Staub sich legte. Maleni sprang durch die Öffnung.

Und fiel. Umbert hatte sie nicht gewarnt, dass es hier einige Stufen hinabging. Vielleicht hatte er es vergessen. Oder sie hatte nicht richtig zugehört. Und möglicherweise war ihr Denken bereits von dem Gift vernebelt. Manche Gifte hatten diese Wirkung, lähmten das Gehirn, machten einen dumm. Man starb mit der Denkfähigkeit einer mittleren Rübe, ohne die Angst und den Schmerz einzubüßen. Maleni wusste das. Sie hatte es selbst schon angewendet.

»Götter!«, stieß sie verzweifelt hervor. Doch sie glaubte nicht an Götter.

Noch im Fallen drehte sie sich, kam rollend auf und war schon wieder auf den Füßen. Ihre Knie zitterten, wollten nachgeben. Nicht jetzt. Jetzt noch nicht!

Aus unerfindlichen Gründen war die Laterne nicht ausgegangen. Maleni ergriff sie und schwenkte das spärliche Licht mal in die eine, mal in die andere Richtung. Regale. Endlose Reihen tiefer Regale, vom Boden bis zur Decke. Alles voller Staub und Spinnweben.

»Links«, murmelte sie, erinnerte sich an Umberts Stimme. Hielt sich an deren tiefem, sicherem Klang fest. »Da ist links.«

Ein Hustenanfall erschütterte sie, und dann fand sie sich auf dem Boden kniend wieder. Vor ihren Augen tanzten bunte Punkte. Sie musste hier raus. Doch ohne etwas mitzunehmen, wollte sie nicht gehen. Dann wäre alles sinnlos.

Bücher. Schriftrollen. Dinge, deren Funktion sie nicht einmal erahnen konnte. Manche sahen wie Vasen aus, manche wie verschnörkelte Räderwerke. Sie versuchte zu rennen, doch ihre Beine waren langsam.

Dünne Lichtspeere spießten von hohen Öffnungen hinunter. Es war hier nicht völlig dunkel. Schön. Wer wollte schon in völligem Dunkel sterben?

Sie lief, hörte nur ihren eigenen Atem, ihre eigenen Schritte, die gedämpft durch den Staub patschten. Weiter.

Nicht weiter. Sie stand mit einem Mal. Es war, als hätte etwas in ihr halt geschrien. Doch Taryah war nicht mehr da. Sie war ganz allein. Und letztlich hatte sie immer gewusst, dass sie ihre Entscheidungen nicht lange überleben würde.

94

Dieses seltsame Ziehen. Die Würdige Nehra konnte es nicht erklären. Als würde etwas auf sie warten, das ihr gehörte. So war es freilich nicht, und doch bestimmte das Gefühl Nehras Tun. Sie wäre längst umgekehrt, hätte es diese unerklärliche Erregung nicht gegeben. Das ziellose Suchen in einem verlassenen Teil der Welt war gänzlich sinnlos. Wo niemand lebte, brauchte man niemanden zu töten.

Doch dann spürte sie wieder, dass es ein Ziel gab. Das ließ sie weiterreiten, immer am schmalen, östlichen Ufer der Venom-See entlang, in die der Drimit fast unmerklich übergegangen war. Als der Fluss zur Bucht wurde, wäre es an der Zeit gewesen, die nutzlose Suche aufzugeben. Nehra verstand nicht, dass sie es nicht getan hatte. Doch sie war auch nicht der Meinung, etwas Falsches zu tun.

Sie wollte ihr Patenkind und die Schmiede finden. Kämpfen wollte sie nicht mit ihnen. Ein paar Handwerker waren ihre Kampfkunst nicht wert, und Maleni hatte das Recht verwirkt, ihre Chance in einem ordentlichen Zweikampf zu erhalten. Es lag keine Ehre darin, einer Abtrünnigen Möglichkeiten zu eröffnen, auch wenn die Würdige Nehra nicht glauben wollte, die jüngere Schwester wäre ihr gar überlegen. Nehra war erfahrener, und sie war der festen Meinung, dass eine abtrünnige Schwester, keineswegs perfekt sein konnte. Ein Blasrohr und drei Pfeile. Mehr würde man nicht brauchen.

Manchmal spürte sie wieder jenen Schmerz, der sie im Kreuzgebirge vom Pferd geholt hatte. Ihn konnte Nehra ebenso wenig deuten wie die seltsamen Geschehnisse um Maleni. »Es hängt alles zusammen«, murmelte es wie von fern in ihr, und ihr wurde bewusst, dass sie ihre Außenseele schon sehr lange nicht mehr gehört hatte. Niccela war nur noch die geistige Haut, die den Rest von Nehras Person zusammenhielt. So zumindest hatte Nehra es empfunden. Das völlige Verschmelzen hatte nach ihrer letzten Patenschaft stattgefunden. Als hätte die Heilige Weihe, deren erinnerungslose Zeugin sie gewesen war, einen neuen Teil von Seele in ihr erblühen lassen, der die Reste Niccelas zu dem verband, was nun Nehra war. Sie war perfekt und wusste es.

»Verschwinde!«, befahl sie sich selbst barsch.

»Wir sind eins!«, hauchte Niccela.

»Natürlich.«

»Wir sind viele«, flüsterte Niccela.

»Ich bin die Würdige Nehra«, wehrte die Gelegenheits-Priesterin mürrisch ab. »*Ich* bin eins. Und perfekt.«

Viele. Wieso viele?

»Erinnerst du dich nicht?« Nein. Sie erinnerte sich nicht. Woran auch?

Wenn dies vorüber war, würde sie zum Berg gehen. Es war an der Zeit, den Rang einer Meisterin aktiv anzusteuern. Sie konnte nicht mehr schlechter sein als die Meister und Meisterinnen, die dort unterrichteten oder heilten. Ganz sicher würde man sie nicht in irgendeiner Taverne versauern oder als Dauerspionin an irgendeinem Hof alt und welk werden lassen.

War sie erst Meisterin, würde sie auch irgendwann Rätin werden. Sie bezweifelte dies zu keiner Zeit. Sie konnte sich an den Großmeister nicht erinnern, doch sie war der unerschütterlichen Überzeugung, dass er sich sehr wohl an sie erinnerte und ihre Eigenschaften schätzte. »Perfekt«, flüsterte sie und wartete darauf, dass ihre verlorene Außenseele noch etwas dazu beitrug. Doch es kam nichts mehr. Gut so.

Das Fortkommen am Ufer des Flusses gestaltete sich nicht einfach. Bisweilen war der Streifen zwischen Wildnis und Wasser nur winzig, dann wieder traf man auf Ruinen von Dörfern. Wenigstens eines davon hatte sie untersucht, hatte Leichen erwartet, Skelette vielleicht. Doch hier war niemand gewaltsam gestorben. Die Menschen waren einfach verschwunden, als hätte es sie nie gegeben.

Immerhin, die Häuser deuteten darauf hin, dass hier einst ein bescheidener Wohlstand geherrscht hatte. Doch nun hatte sich die Wildnis die Dörfer zurückerobert: Wo es noch Dächer gab, waren sie überwuchert, aus dem Gestein brach Wurzelwerk empor; blaue Blumen schmückten jede grüne Lücke. Wie allzu fleischige Veilchen sahen sie aus, irgendwo zwischen schön und widerlich.

Vor allem Rahe-Bäume hatten sich netzartig auf Ziegel und Stein angesiedelt und schossen von diesen unwirtlichen Gründen fest und stark in faserigen Stämmen und stacheligem Gezweig empor. Sie mochte die blätterlosen Bäume nicht, deren dicke Zweige direkt mit spitzen, nach außen stehenden Schuppen überzogen waren. Hier brüteten nur wenige Vögel, und die Zweige waren oft versponnen, als hätten sich Heerscharen von Spinnen und anderem Kriechgetier ein Heim geschaffen. Kein Wunder, dass hier niemand herkam. Man wollte hier nicht sein.

Die Tage vergingen langsam. Der Sommer brannte auf Nehra hinab, und der Weg schien endlos. Die Schemenjägerin, die in ihrem Leben schon so viel durch die Welt gereist war, fand sich nun in einem Teil derselben, der ihr gänzlich neu war.

Nachts rastete sie, um nicht plötzlich im Uferstreifen zu verschwinden und sich den Hals zu brechen. Auch die Krabbeltiere aus den grau versponnenen Rahe-Bäumen würden es mit dem Gift, das Nehra trug, allemal aufnehmen können. Manchmal sah sie sie, tellergroße, achtbeinige Kreaturen. Wo vorne und wo hinten war, ließ sich schlecht ausmachen, doch wenn das, was Nehra als Augen definiert hatte, tatsächlich Sehorgane waren, waren sie kreisförmig um einen ebensolchen, haarigen Torso angeordnet, als hätte eine abgeschmackte Schöpfung mit einem neuen Konzept herumgespielt. Auch die Beine schienen dieser unnatürlichen Kreisförmigkeit ihre Geschwindigkeit zu schulden. Sie konnten in alle Richtungen krabbeln, vorwärts, rückwärts oder im Kreis. Oder sie ließen sich blitzschnell an klebriger Seide aus den Bäumen herab.

Entgegen ihrer vorsichtigen Art machte Nehra nachts ein großes Feuer, manchmal sogar zwei oder drei. Zwischen ihnen fühlte sie sich sicherer. Angst hatte sie nicht, doch es empfahl sich, achtsam zu sein. Das war vernünftig. Freilich wäre es noch vernünftiger gewesen, umzukehren, anstatt zu Pferd einem Schiff zu folgen, von dem sie nicht einmal wusste, wohin es gefahren war. Sie dachte an den Rückweg, der nicht angenehmer sein würde als der Hinweg. Dann wieder blickte sie auf den Rahe-Dschungel. Wenn man ihn durchqueren konnte, würde man auf der Ostmeer-Seite der Landzunge ankommen. Dort war irgendwo ein Bukanier-Hafen, das wusste sie. Von dort aus konnte man die relativ kurze Distanz zu jener anderen Landzunge überbrücken, auf der sich der Berg befand. Es war nicht weit. Dort wollte sie hin.

Doch vorher hatte sie noch etwas zu tun.

Blitzschnell spießte sie zwei der großen Spinnen mit ihrem Dolch auf und warf die matschigen Körper ins Feuer, wo sie zusammenschrumpelten und aussahen, als tanzten sie in den Flammen. Sie knisterten. Und sie pfiffen.

95

Maleni griff in eines der Regale und hob das prächtige Gefäß hoch, das darin stand. Zu schwer. Sie stellte es zurück, wischte ihre spinnwebigen Hände an ihrer Kleidung ab. Wahllos griff sie einige in Leder gerollte Schriftrollen und ließ sie in ihren Sack fallen. Dann ein paar kleine Kunstwerke, die Artefakte sein mochten oder auch nur Ziergegenstände; sie konnte den Unterschied nicht erkennen. Umbert würde enttäuscht sein, wenn sie nur belanglosen Kram mitbrachte.

Wahrscheinlich würde er auch enttäuscht sein, wenn sie selbst nicht zurückkam.

Sie bog in einen Quergang ab. Im dünnen Lichtschein blitzte es blutrot. Rotschnecken. Kleine Papyrus-Röllchen waren mit brüchigen Bändern an die Schneckenhäuser gebunden. Vielleicht waren es Beschreibungen der Seelen, die darin vegetierten?

Oder sie waren leer und nutzlos.

Zum Lesen war keine Zeit. Maleni fegte die roten Schneckenpanzer mit dem Unterarm in den Sack. Ein Regal. Noch eins. Sie erinnerte sich an das fast identische Bild in der Höhle des Großmeisters. Nischen voller Seelen – alle von Menschen, die gut töten konnten. Ob diese hier anders waren?

Nicht denken. Weitermachen. Sie hob den Sack an. Zu schwer durfte sie ihn nicht machen. Noch ein paar Kästchen, die verdreckt herumstanden. Überhaupt war der Staub überall, sie hustete wieder in ihr Mundtuch, und ihr wurde schwindelig. Mit einem letzten Griff packte sie noch ein paar Gegenstände. Rostige Dolche waren dabei. Ein kurzes Schwert. Es war gewiss zu schwer. Sie nahm es dennoch. Dann schnallte sie sich den Sack auf den Rücken und begann gleichzeitig den Weg zurück zu rennen. Rückwege schienen einem meist kürzer als Hinwege, doch heute war es anders. Der Weg streckte sich endlos durchs Halbdunkel. War sie falsch abgebogen? Sie war doch nur einmal um eine Ecke gegangen? Oder vernebelte ihr der giftige Staub bereits die Sinne? War das ein Geräusch gewesen? Oder nur das Echo der eigenen Schritte? Hier konnte doch nichts leben? Oder doch?

Sie musste es zurück zu jener Tür schaffen. Sie sah sie nicht. Der regalgesäumte Korridor war gerade, doch das mangelnde Licht und der viele Staub ließen einen nicht weit sehen. Sie keuchte. Ihre Lunge brannte. Sie war außer Atem, dabei lief sie nicht einmal besonders schnell. Gift konnte einen lähmen. Es konnte einen ersticken lassen. Es konnte einem das Blut verflüssigen, bis man innerlich verblutete oder einen verätzen wie Säure. Es konnte langsam wirken oder schnell, sich in einem anreichern und nach und nach Krankheiten auslösen.

Sie wusste all das. Sie hatte es gelernt. Freilich nur, um ihr Wissen an anderen anzuwenden.

Da. Da war die Tür, die sie eingetreten hatte. Sie balancierte vorsichtig über die Bruchstücke, brach ein, kratzte sich tief an der Wade, blickte nicht einmal hinunter, um zu sehen, wie schlimm die Verletzung war. Sie lief einfach weiter, spürte kaum, wie das Blut ihr über den Fuß lief.

Sie besaß ein Gegengift. Es war ein Allheilmittel, das helfen mochte oder nicht, denn echte Allheilmittel gab es nicht. Das, was als Panazee von windigen Händlern angeboten wurde, war nichts als Alkohol und Dreck. Und ihr Gegenmittel half gegen ein paar Gifte in unterschiedlichem Maße. Und gegen andere nicht. Wieder andere mochte es in der Wirkung noch verstärken.

Ein Vabanquespiel.

Treppen. Ihr graute vor jeder einzelnen, und es waren ihrer viele. Sie musste hoch. Doch sie bekam jetzt schon kaum mehr Luft. Sie zwang sich dennoch weiter. Niemand würde sie hier retten. Sie würde einfach ein weiteres Skelett sein.

Also hoch. Und höher. Ihre Muskeln brannten. Sie versuchte es zu ignorieren, auch das Zittern, das ihr von den Knien durch den gesamten Körper zog.

Mit der Hand fühlte sie nach dem Fläschchen, das sie vielleicht retten würde. Sie hatte es sich um den Hals gehängt, um schnell darauf zugreifen zu können. Das Problem war, dass es einen in tiefe Bewusstlosigkeit fallen ließ. Wenn sie aufwachte und sich immer noch hier befand, hatte sie nichts gewonnen. Sie würde nur erneut vergiftet werden, während sie noch zu schwach war, um sich fortzubewegen. Also musste sie es so spät wie möglich nehmen.

Der Sack war viel zu schwer. Vielleicht hatte sie eine bessere Aussicht, dies zu überleben, wenn sie ihn zurückließ? Doch wozu war dieses Abenteuer dann gut gewesen? Wenn sie lebend, aber ohne Beute zurückkam, würde sich immerhin zeigen, ob man sie um ihrer selbst willen schätzte oder nur als Vehikel, an Artefakte zu gelangen, die sonst unerreichbar blieben. Auf der anderen Seite: Sie war gar nicht bis an die Artefakte herangekommen, derer Umbert hatte habhaft werden wollen. Und niemand hatte ihr aufgetragen, Seelen mitzubringen. Was sollten sie schon damit anfangen?

Alles war nutzlos und sinnlos. Sie starb für nichts.

Sie sank in die Knie, schaffte es gerade noch, sich nicht an der Kante der nächsten Stufe die Kniescheiben zu verletzen. Der Schal um ihr Gesicht war inzwischen nass und verklebt. Tränen und Staub machten ihn beinahe undurchsichtig.

Wie lang das Echo ihrer eigenen Schritte doch noch aus der Tiefe nachhallte! War das überhaupt möglich? Und klangen ihre Schritte wirklich so klein und kratzig?

Hoch! Sie quälte sich auf die Füße, griff nach den Resten eines Holzgeländers, das unter ihrem Griff zerbröselte. Splitter bohrten sich in ihre Hand.

Sie legte die Hände an die Wand und versuchte, sich zu ziehen, um so ihre müden Beine zu unterstützen. Einen Treppenabsatz lang gelang es ihr, so weiterzukommen; dann taumelte sie erneut, fing sich gerade noch. Treppen konnte man auch auf allen vieren steigen. Dann mochte man immerhin nicht so tief fallen. Eine Stufe, noch eine. Die nächste.

Sie zog sich und schob sich voran. Wenn alles hoffnungslos war, musste man seine Segnungen auflisten. Das hatte sie so gelernt. Also: Es war nicht vollständig dunkel. Das war gut, denn irgendwo hatte sie ihre Laterne verloren. Wo, das wusste sie nicht. Diese Treppe hörte irgendwo auf. Sie war sich dessen sicher, denn den Anfang hatte sie schließlich gesehen. Und sie führte Dinge mit sich, die nicht direkt bestellt waren, aber doch nützlich sein mochten. Vielleicht.

Stufe um Stufe kroch sie höher. Ihre Hände zitterten geradeso wie ihre Beine.

»Kyrros! Geh weg!«, keuchte sie. Zu viele Worte bei so wenig Atem. Doch es war ihr, als spüre sie die Hand des Gottes, an den sie nicht einmal glaubte. Manch einer wurde im Tode religiös. Widerfuhr ihr das jetzt auch? Dann wollte sie lieber an Tjölp glauben und in der Venom-See zur Meerjungfrau werden.

Weiter. Gute Dinge, auf die sie sich konzentrieren sollte: Elgors Lächeln. Sie sah es vor sich. Es war wie eine Rettungsleine. Lächle für mich, Elgor!

Verenns kritischer Blick. Würde der Mann sie vermissen? Würde er mit blauen Augen in den Nebel starren und auf sie warten – vergeblich?

Da war die Öffnung, durch die sie gekommen war. Sie war immer noch zu schmal. Doch es war ihr einmal gelungen, hindurchzuklettern, es musste ihr noch einmal gelingen.

Nicht mit dem Sack auf dem Rücken. Sie ließ ihn auf den Boden gleiten. Etwas klirrte. Wenn sie jetzt alles zerbrach, würde sie umsonst … nicht … sterben. Sie wollte nicht sterben.

Der Sack wehrte sich beinahe, als sie ihn durch die Öffnung schob. Wieder klang es, als ob etwas zerbrach. Doch es war ihr nicht wichtig. Sie selbst war dabei, zu zerbrechen.

Sie schlug auf der anderen Seite des Mosaikspaltes auf und wusste nicht, wie sie es hindurch geschafft hatte. Irgendwie. Ihre Erinnerung gab keine Einzelheiten preis. Sie hakte den Gurt des Rückensackes über eine Schulter und kroch weiter. Dann zog sie sich bäuchlings, als ihre Knie selbst auf allen vieren nicht mehr weiterwollten.

Staub, überall Staub. Und Skelette. Im diffusen Licht, das durch die hohen Fenster drang, schienen die weißen Knochen beinahe zu leuchten. War es eine Einladung? Sollte sie sie annehmen, sich einfach danebenlegen und aufhören, sich zu quälen? Der Gedanke war verführerisch. Schlafen. Nichts sonst. Von blauen Augen träumen.

Dass der Schrei von ihr kam, erfasste sie erst Sekunden später. Sie schob sich weiter. Der Ausgang schien Meilen entfernt zu sein. Es war ihr, als bewegte er sich stetig von ihr fort, als würde er gar über ihre fruchtlosen Bemühungen grinsen. Die geraden Fenster bogen sich in ihrem Blick vor Lachen. Alles verzog sich, verlor seine Winkel.

Weiter. Elle um Elle. Zoll um Zoll. Inzwischen weinte sie. Sie konnte es nicht leugnen. Sie weinte, weil sie es fast geschafft hatte und nun nicht mehr schnell genug den Ausgang erreichen konnte. Fast – war nicht gut genug. Beinahe heißt tot, hatte sie gelernt.

Und sie weinte, weil sie Elgor und Verenn nicht wiedersehen würde und ihnen nicht sagen konnte, wie sehr sie es versucht hatte. Sie weinte, weil sie nicht in seinen Armen liegen würde.

Es war zu spät.

Sie erkannte keine Einzelheiten mehr. War sie noch drinnen oder schon draußen? Zitternd nahm sie das Fläschchen mit dem Gegengift in die Hand.

Jetzt.

Oder nie.

96

»Es dauert zu lange!«, drängte Verenn ungeduldig. Er stand am Fuße der Treppe, die nach oben führte. In seinem Gedächtnis war es noch nicht so lange her, seit er sie das letzte Mal erklommen hatte. Wie jetzt auch, war er damals von Dersteyn gekommen und hatte ein Schiff genommen. Das lag länger zurück als der Untergang des Reiches, denn er hatte schon lange nicht mehr gelebt, als Cahersyg überfallen und der Kronrat zusammen mit dem Reich ausgelöscht worden war. Nur seine Seele hatte in ihrem Schneckenhaus überdauert.

Er erinnerte sich, wie er von der Prachtbarke gestiegen war. Sein silberglänzender Harnisch war leicht gewesen – mehr Zier als Wehr –, sein Mantel azurblau, die Farbe der Macht. Damals hatte man keine pludrigen, buntstreifigen Kleidungsstücke getragen, so wie jetzt. Für einen König war er einfach angezogen gewesen. Enge, dunkle Hosen, verzierte, hohe Schaftstiefel, ein Schwert mit einem Tentakelgriff. Das Amtsschwert.

Ein Schwert hatte er auch heute noch. Doch es war Elgors Schwert, von ihm geschmiedet, einfach und schmucklos. Elgors Erinnerungen waren so klar wie seine eigenen und so scharf wie dessen Schwert. Immer mehr wurden sie beide zu einem einzigen Menschen.

Dieser Mensch wehrte sich eisern dagegen, sich Sorgen zu machen.

»Sie müsste längst zurück sein!« Es klang eher verärgert als besorgt.

Er stieg eine Stufe hoch. Dann noch eine.

»Elgor – Verenn! Bleib zurück!«, mahnte Umbert. Nicht einmal er konnte noch gut unterscheiden.

»Sie braucht vielleicht unsere Hilfe.«

»Es wäre schlimm, sie zu verlieren. Aber wir haben keine Möglichkeit, ihr zu helfen. Du weißt das. Sie wusste das auch.«

»Sie ist trotzdem gegangen.« Verenn klang, als hätte er das nicht gewollt. Doch das hatte er. Herbeigesehnt hatte er es. Eine Eröffnung von Möglichkeiten. Ein Griff in die Vergangenheit.

»Sie ist mutig«, sagte Umbert. Es klang viel zu neutral für eine Feststellung solcher Tragweite.

»Ihr Mut sollte sie nicht umbringen.«

»Sie hat gewusst, worauf sie sich einlässt.«

»Hat sie das? Keiner von uns wusste, worauf sie sich einließ.«

Mut, vielleicht sogar Edelmut. Für eine Meuchlerin, der man ihr Leben lang das Mitgefühl für andere auszutreiben versucht hatte, war das enorm. Doch was Verenn an meisten beschäftigte – und er schämte sich für seine Oberflächlichkeit –, war der Gedanke an ihre Schönheit. An ihre weiche Haut. An ihren zarten Körperbau, diese weiten, grünen Augen, die erst langsam lernten, Gefühle nicht zu verbergen. Vielleicht lag sie nun hilflos in Cahersyg und starb?

Er knurrte wie ein Raubtier.

Sie hatten sich stets Sorgen gemacht, sie könnte sie immer noch verraten und ermorden. Stattdessen starb sie jetzt für sie. Verenns Scham wandelte sich in Wut gegen sich selbst. Er merkte erst, dass er wieder ein paar Stufen erklommen hatte, als Umberts Stimme ihn ärgerlich zurückbeorderte.

»Nimm dich zusammen – mein König!«

»Ich bin nicht mehr dein König. Ich war es ja auch nicht lange.«

»Und ich war es nie.«

»Warum eigentlich nicht?«

»Das weißt du doch. In einem Wahlkönigtum jemanden zu wählen, der sich mit dem Sterben schwertut, ist absurd. Unsere Stärke waren Wandel und Vielfalt.«

»Bis sich alles wandelte und nichts als Einfalt blieb.«

Verenn blickte von den Stufen hinab zu Umbert. Er hatte ihn stets gemocht. Alte Freunde. Ein so kluger und bedachtsamer Mann. Alles, was noch übrig war von einem Reich, das so viel besser gewesen war als das, was nun Predorenn zerriss. Umbert, der ewige Ratsherr. Verenn, der tote König.

Maleni, die verlorene Schöne.

»Wenn du jetzt da hochgehst und stirbst, nehme ich dir das übel!«, sagte Umbert scharf.

Verenn rührte sich nicht. Es war nicht anzunehmen, dass Elgors Körper weniger anfällig für Gifte war als Umberts. Und selbst der unvergängliche Umbert hatte gegen das Gift nicht bestehen können. Der Schmied und Ratsherr hatte zweifelsfrei recht. Doch zurückgehen wollte Verenn auch nicht. So stand er nur da, groß, breit und von Unmut zerrissen. Der Tod einer Schemenjägerin sollte ihm nicht nahegehen. Doch Maleni war so viel mehr.

Er lauschte in die Stille. Wenn man so lauschte, wurde die Stille lebendig. Er hörte die Wellen an die zerbrochenen Hafenanlagen schlagen. Hörte Insekten, die in den Rahe-Bäumen surrten. Manchmal fielen kleine Krabbeltiere tot aus den Lüften herab, und er schüttelte sein Haar aus, weil ihm der Gedanke nicht behagte, dort totes Ungeziefer zu sammeln. Blond? Schwarz? Er wusste es selbst nicht mehr genau.

Vögel waren kaum zu hören. Ihre Abwesenheit war beängstigend.

»Maleni!«, brüllte er hinauf in den Nebel, der nur unten am Boden auf ihrer Ebene dünn genug war, um einigermaßen weit zu sehen. Ob dieser Nebel auch einmal fiel, und ob er das Gift mit sich bringen würde, wenn er es tat? »Jetzt komm schon endlich! Maleni! Vergorrnt noch mal!«

Er fragte sich auch, wie weit die Giftglocke überhaupt reichte – nur um den Herrschersitz herum? Nur in seinem Inneren? Oder streute sie weit in den Rahe-Dschungel, durch den sie noch mussten, wenn sie den Hügelkamm zum Meer hin überqueren wollten? Wie wirkte das Gift? Und wie lange würde Maleni es aushalten? Oder war sie längst tot?

Wieder lauschte er. Ein Kratzen. Es konnte es nicht einordnen. Vielleicht die schuppigen Rahebaum-Äste, die gegeneinanderschabten?

»Gibt es hier wilde Tiere?«, fragte er Umbert, ohne sich nach ihm umzudrehen.

»Rahe-Spinnen dürften das Widerlichste sein, was es hier gibt. Sie sind – was auch sonst – giftig. Je mehr Rahe-Spinnen, desto weniger andere Beutejäger. Es sollte mich wundern, hier einem Pantheiger zu begegnen.«

»Im Wald auf dem Daumen des Gornhandgebirges wuchsen einst Eichen und Beerenbäume. Und weiter Richtung Dersteyn gedieh der Wein an den Hängen.«

»Jetzt gibt es Spinnen.«

»Manchmal frage ich mich, ob ich nicht besser in der gorrnverfluchten Schnecke geblieben wäre.«

Er lauschte erneut. War das ein Schnaufen? Ein Röcheln? Oder nur ein Tier, das im Nebel über ihnen lauerte? Wie groß wurden diese Spinnen? Hatten die Urgorrn bei ihrer Erschaffung die Hand im Spiel gehabt?

Er zog die Gugel von seinen Schultern hoch und wand sie sich um Mund und Nase. Er würde so weit steigen, wie er einen Atem anhalten konnte. Tief einatmen. Dann rannte er los, immer zwei Stufen auf einmal.

»Verenn! Verdammt! Komm zurück!«, schallte es panisch hinter ihm her.

Die Sicht wurde schlechter. Doch Treppenstufen direkt vor ihm sah er, und den Rest offerierte sein Gedächtnis. Er hielt sich nicht mit einer Antwort für Umbert auf, hoffte nur, der Meisterschmied würde ihm nun nicht auch noch folgen. Wenn sie hier alle drei starben, war wirklich gar nichts gewonnen.

Vergorrnt wenig Zeit hatte man mit einem Atemzug, wenn man Treppen stieg. Er musste zurück. Jetzt. Und hatte nichts erreicht.

Im gleichen Moment sah er Maleni über sich liegen, dort, wo die Treppe im Zickzack oberhalb von ihm vorbeiführte. Zu hoch, um sie zu erreichen. Sie lag nur da, reglos. War sie tot?

Rufen würde ihn seinen einen Atem kosten. Schon brannte sein Brustkorb, zwang ihn einzuatmen. Er hielt eisern den Mund geschlossen. Es konnten doch nur noch ein paar Schritte sein.

Er kämpfte um jeden einzelnen. Und dann konnte er nicht mehr. Er atmete ein, versuchte, den Atem flach zu halten, doch sein Körper verlangte nach Luft. Der beißende Nebel drang in seine Lungen. Würde er sie auflösen wie Säure?

Er dachte nicht darüber nach. Da lag sie. Tot oder bewusstlos. Der Flakon um ihren Hals war geschlossen. Vielleicht ein Gegenmittel, hatte sie gesagt, als Umbert sie gefragt hatte, was sie sich da umhängte. Ob es wirken würde, hatte sie nicht gewusst. Es sah nicht so aus.

Es war noch etwas in dem Fläschchen. Er trank den Inhalt, ohne zu wissen, ob auch der ihn umbringen konnte. Dann stemmte er sie hoch mitsamt ihrem Rückensack. Schwer. Schon rannte er, stolperte, flog beinahe abwärts, spürte die Stufen nicht mehr einzeln unter seinen Füßen, fühlte nur die Last auf seinem Rücken. Sie war noch warm. Vielleicht war alles dennoch längst zu spät.

Er brach aus dem Nebel hervor und landete auf den Knien auf dem Boden. Luft. Einatmen. Husten. Sein Magen hob sich. Seine Augen fielen zu. Bleierne Schwere zog ihn darnieder.

Während er stürzte, flog etwas knapp über seinen Kopf hinweg, und ein Muli schrie gellend. Nun schrie auch Umbert: »Deckung!«

Deckung? Er lag doch bereits auf dem Boden. Gut sichtbar mit seiner leblosen Last. Und dann wurde es dunkel.

97

Daneben! Aus dummem Zufall hatte sie nicht getroffen. Vielleicht war auch der Dunst schuld, der die Sicht einschränkte und sich nach oben zu einer tiefliegenden Wolkendecke verfestigte. Schon hatte Nehra den nächsten Pfeil im Blasrohr und zielte auf den breiten Rücken des Mannes, der vor ihr auf dem Boden lag und Maleni beinahe völlig verdeckte. Noch einmal würde sie nicht danebenschießen.

Ftupp!

Der kleine Pfeil steckte, dann fiel das fedrige Dingelchen zu Boden. Der Mann drehte sich noch liegend um. Seine Bewegungen waren langsam und gequält. Ein großer, kräftiger Kerl. Gift dosierte man, wenn möglich, nach Gewicht des Opfers. Für diesen hier mochte die Giftmenge knapp bemessen sein, doch wirken würde es allemal. Vielleicht nicht gleich.

Der ältere Mann hatte hinter seinen Mulis Deckung gesucht. Eines davon lag. Zwei standen noch und boten erfreulicherweise keine gute Deckung. Die Tiere waren zu klein für den wuchtigen Kerl.

Es erfüllte Nehra stets mit Genugtuung, wenn sie Männer besiegen durfte, die viel größer und stärker waren als sie selbst. Sie war zierlich und drahtig, und hätte dem Mann, den sie nun töten würde, nicht einmal bis zur Schulter gereicht. Sie fletschte die Zähne in einem sauren Grinsen. Er konnte sie nicht einmal sehen.

Sie hatte sich im verschlungenen Wust des Rahe-Dschungels angeschlichen. Es hatte sie ein wenig Überwindung gekostet, das Dickicht zu durchdringen, doch Widrigkeiten waren dazu da, gemeistert zu werden. Und sie war eine große Meisterin, wenn es um Widrigkeiten ging.

Sie ließ sich nicht von ihrer Umgebung ablenken. Das ließ sie nie. Eines ihrer Messer war so schnell in ihrer Hand, dass ein Zuschauer die Bewegung nicht wahrgenommen hätte. Doch in der Regel schaute ihr niemand zu.

Plötzlichen Giftpfeilen eine Ausgangsrichtung zuzuweisen war schwierig für Ziele. Bei dem Messer würde das anders sein. Schon flog es. Nicht alle ihre Messer waren vergiftet. Die meisten schon. Es hatte sich in langjähriger Praxis bewährt, gab zusätzliche Sicherheit bei der Erfüllung der Aufgabe. Vermutlich war es nur Zufall, dass der Mann sich just in dem Moment bewegte, als ihr Wurfmesser bereits flog. Griff der alte Schmied nach Waffen? Eine fast gierige Vorfreude durchdrang Nehra. Sollte er. Bewaffnet oder nicht, es würde ihr eine Freude sein, ihn auszuschalten.

Doch er griff nur in die Luft, als müsse er ihr etwas entziehen. Es war eine seltsame Geste. Er brach in die Knie.

Sie konnte ihn doch noch gar nicht getroffen haben? Hinter den beiden noch stehenden Tieren war das nicht klar auszumachen, er bot jedoch noch genug Angriffsfläche. Angelte er nach Waffen? Oder betete er, weil er wusste, sein Leben war hier vorbei? Fast sah es so aus, wie er da kniete und seine Hände vor sich hielt, an den Außenseiten aneinandergepresst, als wolle er Wasser schöpfen.

Direkt über ihr knisterte etwas. Die Schemenjägerin roch den intensiven Duft von schwelendem Baumharz. Nehra warf nun doch einen Sekundenblick nach oben. Die schuppigen Arme der Bäume rauchten. Manche glühten. Was geschah da? Sie hatte in der Nähe kein Feuer gemacht, das einen Brand hätte entfachen können, und doch brannte es. Wie mit einem sonoren Schnauben brachen Flammen aus dem Geäst, als hätten sie sich just befreit und fräßen sich nun freudig durch den flammenflackernden Harz.

Jetzt blickte sie schon länger nach oben, als es die Situation erlaubte. Drei Feinde hatte sie vor sich. Der liegende Hüne mochte noch nicht ausgeschaltet sein. Was mit Maleni war, ließ sich nicht einschätzen. Und der andere?

Er hatte ihren Moment der Ablenkung genutzt und war hinter irgendwelchen steinernen Hafenruinen verschwunden. Aus dem Augenwinkel hatte sie es verfolgt, wusste, wo er war. Natürlich war er zu seinem Gepäck geflüchtet wie ein panischer Tandler, der seine Ware nicht aufgeben wollte.

Die Hitze über ihr wurde spürbar; dann fielen brennende Äste und glutzüngelnde Spinnen auf sie herab. Letztere lebten noch, bewegten sich ziellos, gaben ein hohes, schmerzhaftes Pfeifen von sich, während ihre Borsten rauchten und ihre blauen Augen verkochten.

Es geschah nicht oft, dass Nehra Bewegungen machte, die sie nicht genau geplant hatte, doch einen Augenblick später fand sie sich im offenen Gelände des verfallenen Hafens wieder, schlug mit den Händen schwelende Dinge von ihrem Kopf und ihren Schultern. Doch Panik konnte sie beherrschen. Schon rollte sie in einem fliegenden Satz über den Boden und hatte eine neue Waffe in der Hand.

Nahkampf. Das hatte sie vermeiden wollen. Dennoch zweifelte sie nicht, dass sie auch hier siegen würde. Sie hatte stets gesiegt, und das nicht grundlos. Ein alter Graubart und zwei am Boden liegende Gestalten würden ihr auch diesmal den Sieg nicht rauben.

Wieso lag Maleni eigentlich? Der jüngere Mann hatte ihren leblosen Leib getragen. War sie vielleicht doch nur ein Opfer und keine Verräterin?

Es war einerlei. Keine Schemenjägerin durfte sich so übertölpeln lassen – über Wochen! So oder so hatte sie den Tod verdient.

Erneut spürte Nehra Hitze, diesmal direkt an sich. Irgendwie mussten die Funken des Waldbrandes sie doch erwischt haben. Erneut rollte sie ab, hoffte, so das Schwelen ihrer Kleidung zu ersticken und zugleich kein stilles Ziel zu bieten.

»Niccela«, wisperte es nun. Nur eine hier konnte ihren ehemaligen Namen wissen. Das hieß, Nehra musste sich zuerst um ihre Schwester kümmern. Wenn Maleni wach war, war sie gefährlich. Nehra änderte die Richtung, sprang, drehte sich im Sprung, rollte sich erneut ab.

Die junge Schwester lag immer noch. Ihre grünen Augen waren nur halb offen. Sie wirkte unfokussiert und wie betäubt. Gut. Das würde es einfacher machen. Es galt, schnell zu sein. Schneller als die Schwester, deren unverständliche Behäbigkeit nur Kampftaktik sein mochte. Sie holte aus.

»Niccela!«, brüllte es hinter ihr. Die Stimme war so tief und alt, dass es Nehra herumriss. Sie wich einer unsichtbaren Wucht aus, die sie fühlte, jedoch nicht sah. Wieder sprang sie, vollführte einen Salto und überwand ein nicht fassbares Hindernis, das aus nichts als Hitze zu bestehen schien. Weniger als vorher. Nichts als heiße Luft. Was immer der Kerl tat, er wurde schlechter.

Gut. Noch ein Sprung. Dann hatte sie ihn erreicht. Fast war sie etwas gekränkt, dass er ihr nicht genug Aufmerksamkeit widmete. Er wühlte in seinem Gepäck, als wollte er ihr etwas verkaufen. Wusste er nicht, wer sie war und was sie mit ihm tun würde?

Nun hielt er etwas, das er ihr offenkundig andienen wollte.

»Ich kaufe nichts«, flüsterte sie zynisch und stach zu.

Wollte zustechen.

Er war behende genug gewesen, um ihr – wie auch immer – knapp auszuweichen. Hatte er eine Waffe aus dem Gepäck geholt? Es sah nicht so aus. Ein kleines, rotes Ding. Er streckte es ihr entgegen. Sie lachte. Er murmelte. Sie verstand nichts, zielte erneut.

Und fand sich auf den Knien wieder, als eine Flut von Gefühlen über sie hinwegwusch, von denen sie sich längst getrennt hatte. Sie waren ihr so fremd, dass sie sie kaum erkannte. Die Wucht plötzlicher Bilder und wirrer Erinnerungen schlug sie wie eine Keule nieder. Sie keuchte, fing sich, verlor sich wieder. Disziplin rasselte klärend durch ihren Kopf, griff ordnend ein. Das alles hier durfte nicht sein. Wie hatte sie die Situation so unterschätzen können? Was hatte es mit diesen Männern auf sich, dass sie ihr mehr Schwierigkeiten machten als irgendein Ziel in den letzten Jahren? Was tat sie nur? Und warum tat sie es?

Es war die falsche Zeit, sich just an das dürre Kind zu erinnern, das hinter einem Holzstoß der Ermordung ihrer Eltern zugesehen hatte. Hervorragendes Material für die Xyi.

Der Alte war nun vollständig aus der Deckung gekommen. Immer noch hielt er dieses Etwas, das sie erkannte, ohne es zuordnen zu können. Regale voll von diesen Dingen. Doch wo? Wann hatte sie so etwas schon gesehen? Und warum entsetzte sie dieser Hauch von Erinnerung?

Das nächste Messer, das sie warf, während sie noch grübelte, verfehlte den Mann nicht. Doch es traf ihn auch nicht richtig, schnurrte an seinem Lederwams entlang, verfing sich in einem weiten Ärmel. Der Stoff färbte sich rot.

Endlich. Endlich lief diese Aufgabe so ab, wie sie sollte.

»Keine Aufgabe«, flüsterte es in ihr, eine Stimme, deren Existenz sie längst geleugnet hatte.

»Ich bin nicht Niccela!«, schrie sie und stürzte sich auf den Verletzten.

Vielleicht hatte er mit ihrer Reaktion nicht gerechnet, obgleich er keinen Grund haben konnte, von ihr etwas anderes zu erwarten als den Tod. Sie war wütend. Wut hatte sie schon lange nicht mehr getrieben, doch die kalte Perfektion, die ihr ansonsten eigen war, schien diesmal nicht greifbar zu sein. Einen Grund dafür würde sie später finden, sobald diese Ziele tot waren.

»Niemand außer dir selbst hat sie zu Zielen gemacht!«

Hatte sie das wirklich laut gesagt? *Selbst*?

»Sei still!«, schrie sie sich selbst zu und hackte in ungewohnt tapsiger Manier mit der Klinge nach dem Feind.

Etwas zwang sie in die Knie, eine Sekunde lang wusste sie nicht, was. Schmerz. Doch solange sie lebte, würde sie kämpfen. Und töten.

Sie warf ihr nächstes Messer.

98

Das Blut breitete sich schnell über dem Boden aus, färbte den dunklen Stein noch dunkler. Es spritzte aus der Messerwunde. Das Messer steckte noch, stak aus dem Fleisch, in das es tief gedrungen war.

Maleni lag auf dem Bauch. Vor ihren Augen flimmerte es. Dennoch hatte sie sich vorangerobbt. Sie war erstaunt ob der Unkonzentriertheit ihrer Patin. Aber auch sie hatte das Rotschneckenhäuschen gesehen. Taryah hatte darin gesteckt.

So wie das Messer in Niccela steckte. Es ragte aus ihrer Kniekehle, hatte die Arterie durchtrennt. Das Blut war hell.

Maleni war sich – fast – sicher, dass Niccela das nicht überleben konnte. Sie würde sich sofort mit dem Abbinden der Wunde beschäftigen müssen, doch die Patin war weitaus mehr daran interessiert, mit allem, was sie noch hatte, um sich zu schlagen. Und sie hatte noch viel.

Malenis Hand zuckte und zitterte. Sollte sie helfen? Sie musste helfen. Doch wem? Wer verdiente ihre Hilfe? Wem war sie sie schuldig?

Umbert blutete. Ob Niccelas Klinge vergiftet war, wusste Maleni nicht. Auch nicht, wie gut der beinahe Unsterbliche eine Giftattacke abwehren konnte.

Und sie selbst? Sie hatte zugestochen – noch aus liegender Position, denn ihre Beine gehorchten ihr nicht, waren wie Butter in der Sonne.

Sie rollte viel zu langsam über den Boden, als Niccela mit einem Dolch nach ihr stieß. Sie wäre schon tot, wären die Bewegungen der älteren Schemenjägerin nicht ebenso unkoordiniert gewesen wie ihre eigenen.

»Stirb endlich!«, zischte die Xyi-Kämpferin. Maleni war sich sicher: Niccela gab solch nutzlose Aufforderungen sonst nicht von sich. Die Patin schnitt lautlos und effizient durch ihre Feinde. Doch nun hatten ihre Feinde auch durch sie geschnitten. Im schlimmsten Fall würden sie jetzt alle sterben. Vielleicht sollten sie es nicht ohne irgendwelche Antworten tun.

»Niccela! Erinnere dich an die Große Weihe! An das Ungeheuer, das uns verändert hat!«

Niccela hörte vermutlich schon lange nicht mehr, welche Bitten und Argumente ihre Ziele ihr noch entgegenriefen. Zeitverschwendung. Ebensolche Zeitverschwendung war es, es zu versuchen. Doch in Maleni toste der Wunsch, sie zu überzeugen. Es schien ihr, als hätte das Blut der Patin eine ganz eigene Farbe, die von Blutschuld. Die Arterie war zum letzten Band geworden, das Maleni durchtrennt hatte. Sie würgte hilflos – war es das Gift? Oder war es ihr Gewissen, das – jung und unerfahren, wie es war – nicht wusste, was es fühlen sollte?

Maleni hatte getroffen. So hatte man es ihr beigebracht: Töten ohne zu zaudern. Sie hatte ihre eigene Patin verletzt, die Frau, die sie einst gerettet hatte. Die ihr Ziel und Zweck gegeben hatte, Ausbildung, Ausrichtung und Familie – Leben. Sie hatte diese Frau besiegt. Das war gut. Und das war furchtbar.

Maleni keuchte weiter: »Hast du ihn gespürt – den Teil Seele, den du mir einst überlassen hast, um Taryah zu formen? Ist er zu dir zurückgekommen? Niccela! Niccela, denk nach!«

Sie war sich nicht sicher, ob dem nächsten Angriff ein verständnisloser Blick vorausging. Dann wurde der Blick mit einem Mal starr und flog davon, zusammen mit dem Kopf, der immer noch jenen säuerlichen Ausdruck trug, der Niccela ausgemacht hatte.

Umbert war noch nicht tot. Er stand schwer atmend da, hielt sein blutiges Schwert.

»Kommen da noch mehr?«, fragte er unwirsch.

»Ich weiß es nicht«, antwortete Maleni matt. »Ich weiß nur, dass ich im Moment noch lebe.«

Er nickte. »Ich auch.« Dann warf er einen beunruhigten Blick auf das Feuer, das jenseits der verfallenen Hafenanlagen im Rahe-Dschungel tobte. Es knisterte und knallte. Schwarzer Rauch ballte sich gen Himmel, doch der Wind wehte ihn bislang in die andere Richtung, von ihnen fort. Manche Teile des Wurzelwerks, das die Treppe wie ein Netz überzog, schwelten vor sich hin. Ein Gutes hatte das Feuer: Verfolger, die aus Richtung Passagur kamen, würden es derzeit schwer haben, sie zu erreichen. Allerdings konnte es genauso sein, dass sie ganz ohne neue Feinde einfach nur an den Flammen und dem Rauch starben. Atmen war hier so schwierig wie in den Giftnebeln des alten Palastes.

»Hast du noch etwas von deiner Panazee?«, fragte Umbert jetzt, während er den Ärmel seines Hemdes aufriss und seine Wunde begutachtete.

Sie wollte auf ihr Gepäck deuten, doch sie konnte kaum den Arm heben. Ihre Augen tränten. Ihr Hals brannte.

»Da. Blaues Fläschchen.«

Mühsam robbte Maleni vom Rumpf ihrer Patin fort. Nicht mit deren Blut besudelt zu werden, war ein sinnloser Wunsch. Was da tot und zweigeteilt lag, hatte sie einst gerettet und war doch nur Knochen und Blut mit einer Seele voller Mörder. Diese Seele war nun frei und nicht gefangen in einem roten Schneckenhaus, um dem nächsten Schemenjäger als Meuchelinspiration zu dienen.

»Ohne sie wäre ich schon tot«, murmelte Maleni mühsam und zwang sich, das grause Bild nicht anzusehen. Sie wischte sich die Tränen von den Wangen. Sicher war das der Rauch. Nur der Rauch.

Sie kroch zu Verenn, kniete neben seiner darniederliegenden Form, lauschte seinem Atem und freute sich über jeden einzelnen Atemzug.

»Ohne ihn wäre ich auch schon tot«, flüsterte sie dann.

Sie suchte nach einer Verwundung, fand einen Blasrohrpfeil neben ihm. Erschrocken suchte sie eine Eintrittswunde. Doch sie sah nur ein Löchlein in seinem Wams. Der Pfeil hatte das dicke Leder nicht durchschlagen.

Warum lag Verenn dann hier?

»Was ist mit ihm?«, fragte sie.

»Er ist dir nachgegangen und hat dich aus dem Nebel geholt.«

Umbert klang neutral, als wisse er nicht, ob er diese Tollkühnheit gut oder schlecht fand. Er nahm einen winzigen Schluck von ihrem Fläschchen.

»Das Messer war vergiftet«, erklärte er. Sie brauchte eine Weile, um zu verstehen, dass er von sich selbst sprach und nicht von Verenn. »Ich konnte das Gift in meinem Arm spüren.«

»Hätte es dich umgebracht?«

»Wahrscheinlich nicht. Aber es hätte mich vermutlich längere Zeit krank gemacht.«

»Und das Gift in Cahersyg?«

»Hätte mich umgebracht, weil ich ihm nicht mehr hätte entkommen können, so ich erst einmal hilflos darin gefangen gewesen wäre. Vielleicht hätte der Tod Wochen gebraucht. Doch es wären Wochen des Sterbens gewesen. Oder Monate. Jahre möglicherweise. Vielleicht wäre ich als lebender Leichnam langsam vertrocknet. Wer weiß?«

»Und was ist mit Verenn?«

»Wir wollen hoffen, dass er dem Giftnebel nicht lange genug ausgesetzt war. Willst du ihm etwas von dem Allheilmittel geben?«

Maleni beugte sich über das Gesicht ihres Retters und schnupperte. »Nein. Er hat schon davon getrunken.«

»Dann wird er überleben?«

Sie zuckte mit den Schultern, blickte von dem Mann vor sich auf den brennenden Dschungel. Nichts war sicher. Sie wechselte das Thema: »Ich habe die Archivabteilung, die du mir genannt hast, nicht gefunden. Ich habe – irgendetwas – mitgebracht. Ich weiß nicht, was. Weiter konnte ich nicht. Es ging nicht.« Sie ließ sich neben Elgor nieder und schmiegte sich, blutig und nur halb bekleidet wie sie war, an seinen Körper. Dann sah sie zu dem alten Schmied hoch. »Es tut mir leid«, sagte sie, nicht so sehr als Entschuldigung, sondern als Ausdruck ihrer Anteilnahme für die Träume, die sie möglicherweise zerstört hatte.

Er nickte. »Wir haben es versucht. Wir werden sehen, was du gebracht hast.«

Dann ließ er sich plötzlich direkt neben ihr nieder. Das Gift oder die Panazee taten ihre Wirkung. Wie ein Sack fiel er um, und sie lag eingekeilt zwischen den beiden Schmieden, die ihr Leben zu einem Drahtseilakt über einer Giftgrube gemacht hatten.

Sie lächelte und blickte in den Nebel über sich. Kam er näher? Und der Rauch? Würden sie ersticken? Verbrennen? War Niccela allein gewesen? Waren schon weitere Geschwister vom Wasser her zu ihnen unterwegs?

Würde sie – würde überhaupt einer von ihnen je wieder aufwachen?

Mit diesem Gedanken fielen Maleni die Augen zu, und in den Sekunden, in denen sie noch versuchte, gegen die bleierne Betäubung anzugehen, die ihren Körper übermannte, flogen ihr noch Szenarien durch den Sinn, in denen ihre drei Köpfe so torsolos auf dem Hafenboden stehen würden wie der Niccelas.

Ihre Sinne versanken in schwarzem Nebel.

Sie erwachte, als sie etwas in ihrem Haar spürte. Einen Moment lang war es ihr, als krabbelte eines jener riesigen Spinnentiere über ihren Kopf, und das Erste, was sie fühlte, war Erleichterung. Denn damit sie es spürte, musste der Kopf sich noch auf ihrem Hals befinden, und sie legte Wert darauf, dass es so war.

Dennoch wäre sie kurz darauf entsetzt aufgefahren, hätte sie nicht just in diesem Augenblick den Geruch von Verenns Hand erkannt – Wald und Eisen. Die Hand strich über ihr Haar, dann ihr Gesicht entlang. Als sie ihre Lippen erreichte, küsste sie sie. Die Hand verweilte einen Augenblick, legt sich dann an ihre Wange.

»Leben wir?«, fragte Maleni. Dann begann sie zu husten. Heißer Staub war ihr in den Hals gedrungen.

»Wir leben«, antwortete nicht Verenn, sondern Umbert. Er stand bereits wieder ein paar Schritte entfernt, wirkte unverletzt und unverwüstlich.

Jetzt erst, wo Maleni und Verenn sich aus einem Knäuel von Armen und Beinen entwirrten, bemerkte sie, dass sie sich im Schlaf aneinander festgehalten hatten. Sie blickten sich in die Augen. Wie in der Ferne konnte Maleni in den blauen Augen beinahe die braunen Elgors ausmachen. Das

Lächeln war seins. Ein Mundwinkel kräuselte sich kritisch. Der gehörte nicht Elgor.

Nun begann auch er zu husten, wandte sich noch liegend von ihr ab und blickte zum Dschungel. »Hast du den angefeuert?«, fragte er Umbert ungehalten.

»Ich fürchte, ja.«

»Damit wir hier geröstet werden und ersticken?«

»Damit Malenis Patin aus der Deckung musste. Sie wollte uns lautlos und unsichtbar niedermachen. Beinahe wäre es ihr gelungen.«

Verenn sah sich um. Sein Mundwinkel zuckte. »Ist sie das?«, fragte er, als er den vom Körper getrennten Kopf liegen sah.

»Das war Niccela. Und ein Teil von ihr war Taryah.«

»Du hast sie vereint?« Verenn klang skeptisch.

»Ja. Und dann habe ich sie – wieder – aufgeteilt. In zwei Hälften.«

Beide Männer blickten Maleni erwartungsvoll an.

»Sie hat Fehler gemacht«, sagte Maleni sachlich. »Sonst macht sie nie Fehler. Sie hätte es gewiss bis in den Schemenrat geschafft. Sie war stets so perfekt.«

Es war ein Nachruf für jemanden, den sie immer respektiert hatte. Vielleicht nicht geliebt, aber geachtet und bewundert.

»Dann wollen wir für ihre menschliche Fehlbarkeit dankbar sein. Sie mochte keine brennenden Spinnen. Und sie ließ sich von einem Teil ihrer eigenen Seele ablenken.«

»Ich wollte immer wie sie werden«, flüsterte Maleni tonlos.

»Das ist nun nicht mehr möglich, und das ist gut so«, konstatierte Umbert trocken. »Taryah wird nie mehr Teil von dir sein. Und Niccela wird nicht zur Rätin der Geschwisterschaft. Und – was auch ganz schön ist – wir leben.«

99

Umbert nahm Malenis Rückensack und hockte sich zu ihnen. »Lass uns erst einmal nachsehen, was Maleni uns mitgebracht hat.« Er begann auszupacken. Einen Gegenstand nach dem anderen legte er sorgsam vor sich.

»Das ist nicht …«, murmelte Verenn, und Maleni gelang es kaum noch, die Schnelligkeit, mit der er zwischen seinem einen und seinem anderen Ich hin- und herwechselte, nachzuhalten.

»Es ist nicht das, was wir geplant hatten. Doch es bietet gewiss Möglichkeiten.« Umbert klang sachlich.

»So viele Seelen! Von wem?«

»Rätinnen und Räte, die vor dir gestorben sind. Und solche, die nach dir gestorben sind. Die Beschreibungen sind zerbröselt. Wir müssen wohl raten, wen wir da haben.«

»Das könnte … Überraschungen geben.«

»Manche gut – und manche schlecht.«

Maleni verstand. Nicht alle Räte und Rätinnen des Kronrats waren gleichermaßen wunderbar gewesen.

»Und das?«

»Die Schriftrollen könnten zerfallen, wenn wir sie auspacken und entrollen. Auf Rollen wie diesen hat man Erfindungen archiviert. Alles von der besten Art und Weise, eine haltbare Straße zu bauen, bis hin zur Erstellung von Artefakten mit Hilfe spezieller oder höchst individueller Fähigkeiten.«

»Magie!«, korrigierte Maleni sachlich.

Umbert lächelte. »Sozusagen. Und hier …«

»Mein Schwert!«, rief Verenn erfreut. »Das ist mein Schwert!«

»Es hat vor dir und nach dir noch anderen gehört. Irgendwann wurde ein besseres gemacht.«

»Es ist kaum verrostet!«

»Das Meisterschwert wurde von einem Meisterschmied mit – speziellen oder höchst individuellen Fähigkeiten gefertigt.« Umbert schmunzelte.

Verenn lachte vielsagend. »Von dir, willst du sagen, Meisterschmied!«

Ein lautes Knattern ertönte vom Brandherd, und ein heißer Wind prügelte schmerzhaft gegen ihre Gesichter und sengte ihre Haut.

»Verdammt. Der Wind hat gedreht. Und wir können hier nicht weg!«, fluchte Umbert.

Maleni kam auf die Füße und sah sich um, als könnte sie noch einen Ausweg sehen, der bislang nicht zu sehen gewesen war. Doch da war nichts. Ihr zerborstenes Schiff ragte nur noch in kleinen Teilen aus dem Wasser, auf der einen Seite des Hafens brannte der Dschungel, und auf der anderen verloren sich die Klippen von Köngstott in dickem Nebel und der Gischt der Meerenge. Man sah die Brandung nicht, doch sie war laut genug, um anzudeuten, dass man einen Spaziergang über die Klippen nicht überleben würde.

Verenn stand auf. »Nun denn«, sagte er. »Wollen sehen, wie gut deine Arbeit ist, Meisterschmied!« Er hob das alte Kurzschwert vor sich, als mache er sich bereit zu einem Zweikampf.

»Jetzt?«, fragte Maleni ungläubig. »Wir werden hier gleich zu Holzkohle, und du willst Schattenfechten?«

»Tretet hinter mich!«, befahl er nur.

»Das ist keine gute Idee!«, mahnte Umbert. »Zu viele Unbekannte: deine Fähigkeiten. Wie gut das Schwert noch ist. Und im Ganzen gesehen …«

»Im Ganzen gesehen bleibt uns keine andere Wahl.«

Malenis Mundwinkel zuckten. Keine andere Wahl zu haben schien ihr eine zermürbende Konstante in ihrem neuen Leben zu sein.

Sie und Umbert traten hinter Verenn, und Maleni stellte wieder einmal nebenher und gänzlich zur Unzeit fest, wie beeindruckend der Mann mit dem Schwert selbst von hinten aussah. Er hielt die Waffe am gestreckten Arm hoch und wirkte wie die Statue eines Kriegergottes. Pflichtschuldig riss sie sich vom Anblick seiner Physis los und konzentrierte sich auf das Schwert, das ihm einst gehört hatte. Die Klinge schien klein in seiner großen Hand. Der angedeutete Korb wuchs aus der Parierstange zu einem sich in Tentakel auffächernden, einseitigen Griffbügel. Bestenfalls war diese Waffe unhandlich; schlimmstenfalls konnte sie einem in einem Kampf selbst die Hand brechen.

Doch gegen wen wollte er kämpfen?

Etwas in Maleni spürte den Aufbau einer Energie, die sie nicht zu definieren imstande war. Sämtliche Alarmglocken in ihrem Inneren schlugen an, doch sie besaß keinen Referenzrahmen, der ihr dazu eine Erklärung bieten konnte. Ihre Bedenken gruben sich wie Eis in ihren Magen. »Was macht er da?«, flüsterte sie unruhig. Doch Umbert zog sie nur noch weiter von Verenn fort.

»Ist das gefährlich?«, fragte sie nun.

»Durchaus.«

»Was ist das für ein Schwert?«

»Das erste Amtsschwert der Könige und Königinnen von Predorenn.«

»Der Könige? Hat Verenn nicht gesagt, es wäre sein ...«

»Predorenn hatte viele Souveräne. Manche saßen dem Kronrat nur eine kurze Zeit vor und ließen dann einen Nachfolger wählen. Manche starben im Amt.«

»Ein König? Er ist ein gor... ein verd... König?«

»Er war ein König. Er starb viel zu früh. Ich schätzte ihn sehr. Deshalb hatte ich das Schneckenkästchen bei mir aufbewahrt und es zur Hand, als ich während des Überfalls flüchtete.«

»Wie ...?«

»Nicht jetzt.«

Umbert blieb stehen, doch Maleni taumelte, als ein plötzlicher Eiswind sich erhob und mit Macht in Richtung Feuer blies. Für einen verzweifelten Augenblick schien es um sie herum keine Luft zu geben, die sie einatmen konnte. Ihre Ohren dröhnten, die Kappe flog ihr vom Kopf und in Richtung Wald. Ihre Haare zerrten an ihr und peitschten ihr ins Gesicht. Sie rang nach Luft.

Einen Augenblick später knallte es erbarmungslos laut, als fülle sich der Raum um sie schlagartig mit nachströmender Luft. Verenn brach in die Knie. Und Maleni stürzte vor, zu ihm, um ihn herum, fing ihn, hielt ihn, nahm nur nebenbei wahr, dass Schnee und Reif sein Haar weiß überzogen hatte. Kniend hielten sie einander umfangen.

»Verenn!«

Seine bärtige Wange kratzte eisig an ihrer Haut; eine Hand krallte sich schmerzhaft in ihren Rücken. Die andere hielt noch das Schwert, und sie spürte dessen Griff gegen ihren Rücken würmeln, als bewegte er sich. Ihr graute, doch sie hielt den Mann dennoch mit aller Kraft fest, erlaubte nicht, dass er weiter fiel.

»Was hast du … was hast du nur gemacht?« Sie murmelte die Worte direkt in seine Schulter. Sie spürte seinen Atem, als wäre er unendliche Weiten gerannt. Sein Brustkorb hob und senkte sich viel zu schnell. Er ächzte vor Atemnot. Und er war kalt. Sie merkte, wie er fast sein ganzes, frostklirrendes Gewicht auf sie legte, als könne er sich selbst nicht aufrecht halten.

»Er hat gelöscht«, sagte Umbert ehrfurchtsvoll. »Vereiste Bäume brennen nicht.«

Verenn stöhnte. Dann hörte Maleni ein Flüstern an ihrem Ohr. »Maleni. Schöne Maleni!« Es war Elgors Stimme. Wieder rieb eine Wange an ihr, während sein Mund den ihren suchte. Fast meinte sie, das Feuer, das eben noch im Wald gelodert hatte, wäre erneut entflammt. Doch es war nur die Glut, die er in sich trug, obgleich sie zu selben Zeit die Kälte spüren konnte, die er beherrschte.

Der Kuss endete schnell und atemlos, und sie blickte ihm in die Augen. Sie hatten sich verändert. Außen waren sie immer noch stahlblau, doch rund um die Pupille hatte sich ein dünner, goldbrauner Ring geformt. Seine Gesichtszüge hatten sich gewandelt, sie erkannte beide Männer darin. Sein dunkles Haar wies helle Strähnen auf.

»Wer bist du?«, fragte sie, obgleich sie es wusste.

Er lächelte. Verenns hartes Lächeln. Und so etwas wie ein einseitiges Grinsegrübchen?

»Über einen neuen Namen würde ich gerne noch nachdenken«, sagte er mit der gewohnt tiefen Stimme Verenns.

100

Verenn hatte auf einen neuen Namen verzichtet und innerlich Elgor als zweiten Namen angenommen. Wie ihn seine Gefährten anredeten, war ihm nicht wichtig. Er war eins mit sich und der Welt, hatte die Erinnerungen aus zwei Leben ordentlich sortiert in sich abgelegt und fühlte sich erstaunlich jung. Wahrscheinlich konnte man das nur, wenn man wusste, wie es gewesen war, nicht mehr ganz so jung zu sein. Manchmal drängte es ihn zu lächeln, ein Reflex, den er erst noch zu beherrschen lernen musste. Er sah die schönste Frau der Welt, und er wollte lächeln. Bisweilen wandte er sich ab und hüstelte.

»Geht es dir gut?«, fragte Umbert. »Oder ist es das Gift …?«

Es war nicht das Gift.

Zwei Tage hatten sie noch am Hafen geruht und geschlafen und gehofft, das Feuer im Wald würde nicht abermals entflammen. Sie hatten Glück. Eventuelle Glutherde unter der Asche hatten sich bislang nicht erneut entfacht.

Den toten Leib Niccelas hatten sie dem Wasser übergeben. Ebenso den des Mulis. Es war keine saubere Lösung, doch in dem steinigen Hafengelände ließen sich keine Gräber schaufeln. Die zerborstenen Steinblöcke waren zu groß und schwer, um zu einem Geröllgrab aufgeschüttet zu werden. Und auf eine Feuerbestattung verspürte angesichts des Infernos, dem sie nur knapp entronnen waren, niemand Lust. So blieb nur das Wasser.

Sie hatten Maleni nicht noch einmal in den Palast geschickt. Das Gift machte sie immer noch matt, auch wenn sie nicht klagte, und das Gegengift war aufgebraucht – aufgeteilt auf alle drei Gefährten.

Verenn hätte sich eher die Zunge abgebissen, als sich darüber zu beschweren, dass seine Begegnung mit dem Gift Cahersygs ihn noch belastete. Umbert freilich hatte keinen Grund zu jammern. Seine eigenwillige Konstitution hatte ihn bereits vollständig geheilt.

Irgendwann würden sie vielleicht wiederkehren. Wenn die Zeit dazu gekommen war.

Maleni hatte ihre Patin nach nützlichen Dingen durchsucht. »Wir sollten ihr Gepäck finden. Es kann nicht weit sein.«

Sie fanden es, als sie schon eine ganze Weile am Wasser entlang unterwegs waren. Das schmale Ufer war aschebedeckt, und in den Fluten trudelten noch immer langborstige Spinnen, die dem Feuer entflohen waren, um schließlich im Wasser zu ertrinken. Die flachen Wellen spülten sie ein ums andere Mal an, um sie dann wieder fortzureißen. Es war ein grausiger Anblick, und Verenn hatte sich spontan umgedreht und Maleni zugegrinst, als er festgestellt hatte, dass sie Gift, Mord und Kämpfe auf Leben und Tod besser vertrug als matschige Riesenspinnen.

Er hätte gern so viel mehr getan als nur zu schmunzeln. Doch zum einen brauchten sie ihre Energie, um in dem schwierigen Gelände voranzukommen, zum anderen wollte er Umbert nicht der Peinlichkeit aussetzen, dass er seinen nicht zu leugnenden Trieben folgte, während es keinerlei

Privatsphäre gab. Auch war er sich nicht sicher, wie sie sein Werben aufnehmen würde. Taryah hatte als Buhlerin viel Erfahrung mit den Begierden von Männern gehabt. Maleni aber hatte keine Erfahrung mit echter Lust und Zärtlichkeit. Er versuchte den Kontrast zu verstehen und scheiterte. Seine Erfahrungswerte aus zwei Leben hatten ihn auf genau so eine Frau nicht vorbereitet.

Er wusste nur, er mochte sie. Schätzte sie. Und wollte sie.

Er versuchte ebenso insistent nicht daran zu denken, wie dies Wissen an ihm nagte. Nicht daran zu denken war etwas, das in ihm loderte. Am liebsten wäre er in das kalte Wasser der Venom-See gesprungen, um sich abzukühlen, doch die war derzeit wenig einladend.

Mit nur noch zwei Mulis hatten sie einiges an Besitztümern zurücklassen müssen, und jeder von ihnen trug noch ein erkleckliches Gewicht an Gepäck. Von Malenis Mitbringseln aus dem Archiv hatten sie nichts zurückgelassen, auch wenn sie noch nicht wussten, was genau sie damit anfangen würden oder was manches überhaupt war. Sie diskutierten es, spannen Ideen, verwarfen sie wieder, entwickelten neue. Es waren viele Ideen, und viele davon waren dumme Ideen.

Niccela hatte ihr Gepäck bei ihrem Pferd an einem Bach zurückgelassen. Viele solcher kleinen Gewässer strömten vom Hügelkamm zu Tal. Wandte man seinen Blick landwärts, konnte man nach und nach mehr vom Dschungel und dem flachen Bergkamm sehen. Der Nebel verflüchtigte sich zusehends, je weiter sie sich von Köngstott entfernten.

Verenn wusste, dass der niedrige Gebirgsausläufer des sogenannten Daumens der Gornhandberge die Landzunge entlanglief. Früher hatte es hier Ackerbau gegeben, weiter oben am Kamm eine weitläufige Parklandschaft. Auf der anderen Seite war das Ostmeer. Dort wollten sie hin. Doch der Dschungel wirkte mehr als abweisend. Die Teile, die nicht verbrannt waren, waren immer noch in einander verschlungen und voller widerwärtigem Getier.

Die Spuren an Niccelas Lager schienen immerhin anzudeuten, dass die Kämpferin allein unterwegs gewesen war. Dass sie ihnen überhaupt so weit hatte folgen können, war nicht begreifbar. Schiffe hinterließen schließlich keine Spuren.

»Vielleicht hat sie den anderen Teil ihrer Seele gespürt?«, meinte Umbert, doch er wusste es nicht genau. »Die Seelen, die wir in Cahersyg archiviert hatten, hatten niemand mehr, der sich nach ihnen verzehren konnte.«

Sie rasteten nicht lange. Maleni durchsuchte das Gepäck und nahm sich, was sie für nützlich hielt. Getrockneten Proviant, Waffen und ein Stück geprägtes Leder, das sie als Passierschein bezeichnete. Sie beluden das Pferd und warfen einen letzten Blick über die Venom-See. Das Ufer war kaum noch dunstig und der Nebel, der Köngstott vor den Augen der Welt verbarg, war hier schon so gut wie verschwunden.

»Meinst du die Bergkuppe ist vergiftet?«, fragte Maleni Umbert.

»Ich weiß es nicht.«

»Dann ist es keine gute Idee, über den Berg zu gehen.«

»Es ist vielleicht auch keine gute Idee, just den Weg zurück zu nehmen, auf dem uns eine Schemenjägerin verfolgt hat. Wer weiß, wer ihr nachkommt.«

Sie wandten sich vom Wasser ab und dem Dschungel zu. Jeder nahm ein Paar Zügel in die Hand, und sie begannen den Anstieg.

»Glaubst du, von deinen Geschwistern verfolgt uns noch jemand?«, fragte Verenn.

»Selbst wenn nicht: Man wartet vermutlich überall auf uns. Alle Herbergen der Xyi in den Acht Reichen dürften bald den gleichen Wissensstand haben.«

»… und uns umbringen?«

»Euch gleich. Mich nach Befragung.«

»Aber vielleicht erwartet man uns ja nicht in eurer Hochburg.«

»Nein. Denn dass jemand so dumm ist, dort freiwillig aufzutauchen, das glaubt gewiss niemand.«

»Gut.«

»Gut?«

Sie stiegen diagonal gen Osten den Berghang empor. Der Pfad war schmal, und sie mussten sich immer wieder unter ineinander verwundenen Rahebaum-Ästen hindurchquälen. Vor allem dem Pferd fiel das schwer, obgleich es eher klein und zäh war als groß und rassig.

Den Lauf des Baches verließen sie, als er zu steil wurde. Alle drei hatten sich trotz der Sommerhitze Gugeln übergezogen und die Kapuzen hochgeschlagen. Manchmal schlugen sie nach Spinnen, die plötzlich von oben heruntersanken und vor ihren Augen erschienen oder auf Schultern und Köpfen landeten. Ansonsten hieben sie nach Ästen. Verenn hatte dazu Elgors einfaches, aber breiteres und schwereres Schwert zur Hand genommen. Er ging voran und hackte mit einer Hand den Weg frei. Mit der anderen zog er sein Muli hinter sich her. Ihm folgte Maleni mit dem Pferd. Umbert bildete den Schluss.

Wieder und wieder hieb Verenn nach Ästen und Zweigen. Sie gaben ein kratzendes Geräusch von sich, wenn sie sich voneinander lösten. Sonst hörte man wenig, nur ihre eigenen leisen Schritte auf dem weichen Untergrund, ängstliches Schnauben ihrer Tiere und gelegentlich ein hohes Pfeifen, das – wie sie feststellten – von den Spinnen kam. Der Gedanke, die grausen Tiere mochten untereinander kommunizieren, ließ Maleni in panischem Ekel erschaudern.

Als es dunkel wurde, hackten sie sich ein wenig Platz frei. Für ein richtiges Feuer war der Abstand zu den Bäumen zu gering, und auch die Spinnweben, die mittlerweile überall an ihrer Kleidung hingen, hätten leicht Feuer fangen können. Und so spannten sie einen weiten Mantel über sich, um dem, was aus den Bäumen auf sie herunterkam, wenigstens notdürftig etwas entgegenzusetzen. Dennoch krabbelte immer wieder etwas unter ihr improvisiertes Zelt.

»Wie lange werden wir brauchen, um diesen aparten Teil der Welt zu durchqueren?«, fragte Maleni, die ansonsten weitgehend verstummt war.

»Ich weiß es nicht. Mehrere Tage, denke ich. Als ich hier lebte, gab es diesen Dschungel nicht.«

»Und die Spinnen?«

»Man wusste um ihre Existenz. Gesehen habe ich nie eine.«

»Dann muss dir die Erweiterung deines Erfahrungshorizontes doch eine Freude sein.« Maleni klang unleidlich.

»Nur bedingt.«

Umbert, Maleni und Verenn saßen Rücken an Rücken. Eine Laterne spendete spärliches Licht. Verenn spürte, wie Maleni sich immer wieder vor Ekel schüttelte und sich so klein wie nur möglich machte.

Für Annäherungsversuche war es offenbar der falsche Augenblick.

101

Einen Dschungel zu durchqueren, kostete Zeit. Diesen Dschungel zu durchqueren, kostete zusätzlich Nerven. Maleni wusste nicht, wie viele Spinnen und andere widerwärtige, vielbeinige Krabbeltiere sie in den letzten Tagen zertreten, zerteilt oder mit dem Dolch aufgespießt hatte. Zu viele – oder nicht genug? Und obgleich sie versucht hatte, sich zusammenzunehmen, hatte sie doch gemerkt, dass ihre Anspannung sie nicht gerade zur freundlichsten Reisegefährtin gemacht hatte.

Verenn war ihr denn auch nicht nähergekommen. Ein wenig Trost hätte sie von ihm durchaus gerne angenommen, doch anbiedern wollte sie sich auch nicht.

Ein Teil der Reise führte sie durch verbranntes Gebiet. Hier gab es keine Spinnen; dafür wateten sie knietief in Asche und Dreck. Das Atmen wurde schwer, wenn sich der feine Aschestaub in Nase und Mund legte.

Schließlich hatten sie die Kuppe überwunden und reisten bergab – müde, angeekelt und mit dem Gefühl, nie mehr aus diesem Alptraum-Dschungel heraus zu gelangen. Eine ganze Weile später hörte das Baumgewühl plötzlich auf. Vor ihnen brach der Hang ab. Es ging senkrecht hinunter, allerdings nicht tief, nur etwa mannshoch. Unter ihnen erstreckte sich ein Streifen saftig grünes, offenes Land, und danach das Meer. Eine Weile lang standen sie einfach nur da und blickten in die Weite, zelebrierten jeden Atemzug frischer Seeluft. »Gut«, sagte Maleni schließlich zufrieden. »Und die Spinnen haben uns nicht gefressen.«

»Da drüben scheint es flacher zu werden. Da können wir runter von diesem … Absatz«, meinte Umbert.

»Hoffentlich finden wir bald eine Ansiedlung. Unser Proviant geht zur Neige«, ergänzte Verenn.

»Nun, dies ist die Nordküste von Passagur. Eine große Stadt gibt es erst ziemlich weit im Osten, Harkness. Doch da wollen wir nicht hin. Kleinere Siedlungen könnte es allerdings entlang der Küste geben.«

Maleni blickte auf den breiten, flachen Streifen, der der Küste vorgelagert war. Gelegentlich zog sich wie eine Mole ein Strandhügelchen ins Wasser und teilte das Ufer in einzelne Buchten.

»Hier lief einmal die Straße nach Cahersyg entlang«, erklärte Umbert, und sein Blick ging in die Ferne, als sähe er nicht nur die Landschaft, sondern auch die Vergangenheit. »Man sieht sie kaum noch. Als Köngstott noch nicht zur Meerenge eingebrochen war, führte sie von Passagur an Cahersyg vorbei bis nach Kthon in Kahsell. Doch diesen Weg kennt niemand mehr – außer den Schmugglern.«

Sie fanden eine geeignete Stelle, an der sie die Kante des Abbruchs auch mit den Tieren überwinden konnten. Maleni musste sich konzentrieren, nicht zu schnell hinunterzuklettern, nur um den grässlichen Wald hinter sich zu lassen. Dem löblichen Streben nach Ruhe und Fassung kam der Sinneseindruck von Spinnwebdreck und Parasiten in die Quere, der sich – eher gefühlt denn tatsächlich wahrgenommen – zwischen ihrer Haut und der restlichen Welt eingenistet hatte.

Schließlich standen sie auf der flachen Ebene. Maleni drehte sich um und musterte den Dschungel hinter sich.

»Ich hoffe bei sämtlichen Göttern, die sich dafür zuständig sehen, ich muss da nie wieder rein!«

Verenn schmunzelte. »Glücklich?«

»Lebendig. Und dreckig.« Angewidert zog sie sich klebrige Spinnweben aus dem Haar. Sie versuchte sie abzuschütteln, doch sie hafteten nur einmal an der, einmal an der anderen Hand fest. Verenn grinste.

Umbert blickte ostwärts.

»Und du meinst, hier gibt es noch Ansiedlungen?«, fragte Verenn Umbert.

»Bukanier landen in diesem Gebiet an. Sie nutzen ehemalige Fischerhäfen. Irgendwer wird mit ihnen Handel treiben. Eine vergessene Straße eignet sich für so etwas.«

»Maleni, magst du Piraten lieber als Spinnen?« Manchmal klang Verenn sehr nach Elgor.

Sie antwortete nicht, begann nur zu laufen, über das weiche Gras, zwischen harmlosem Buschwerk hindurch, immer auf den glitzernden Ozean zu.

»Was …?«, rief ihr Umbert hinterher.

Kurz vor dem Wasser hielt sie an und riss sich jeden Fetzen Kleidung vom Leib. Sie sah, dass die Männer ihr langsam nachkamen. Sie behielt nichts an, nicht einmal ihre unterste Schicht Wäsche, gar nichts. Wie eine Befreiung war es, aus den spinnwebgrauen, klebrigen Sachen zu schlüpfen und sie von sich zu werfen. Vollständig nackt ließ sie sich ins Wasser gleiten. Hier gab es keinen Sandstrand, nur eine Art niedrigen Felsensims, gegen den die Wellen gemächlich rollten.

Sie schwamm, wusch sich. Sie tauchte unter und ließ ihr langes Haar durchs Wasser gleiten wie Tang im Seegang. Hier konnte man noch stehen, doch es wurde rasch tiefer.

»Wirfst du mir mal meine Seife zu? Sie ist im …«

Umbert nickte und wandte sich ihrem Gepäck zu. Verenn hingegen starrte sie nur an – wie versteinert. Staubig, dreckig, bewegungslos. Dann griff er sich mit der Rechten ganz langsam ans Hemd, als müsse sich seine Hand noch entscheiden, was nun zu tun sei. Die Extremität entschied sich einen Augenblick später, und schon ließ auch er ein Kleidungsstück nach dem anderen fallen.

Maleni sah ihm zu. Sie hatte gelernt, die Körper von Männern einzuschätzen. Dieser hier war schön. Wie eine der alten Statuen, perfekt proportioniert und muskulös. Der Seewind spielte mit den Haaren, in denen die hellen Strähnen im dunklen Schopf wie goldene Lichter wirkten. War der blonde Elgor hellhäutig gewesen, so war dieser neue Mann von olivbrauner Hautfarbe, heller als Verenn. Seine Brust war dunkel behaart, diese Behaarung zog sich in einer dünnen Linie bis zu seinen Genitalien, die hell daraus hervorstaken.

Er blickte sie an. Seine Augen verbanden eisige Schärfe mit heißer Sehnsucht. Ihr Blick glitt erneut seinen Körper hinab. Er wollte sie, das war deutlich. Jetzt und hier? Nun, die Kühle des Wassers mochte seine Vorfreude dämpfen.

»Ich … geh dann mal und … kümmere mich um die Pferde. Und das Gepäck.« Umbert warf ihr die Seife zu, wandte sich vom Meer ab und zog die Reittiere entschlossen mit sich fort, als müsse er sie vor einem Anblick schützen, der ihren Charakter verderben mochte.

»Danke«, murmelte Verenn, ohne sich umzusehen. Seine Augen hielten Maleni fest, blickten nicht zur Seite, sahen nur sie. Sie stand im Wasser auf. Es reichte ihr bis an die Hüften. Systematisch begann sie sich einzuseifen, langsam, genüsslich. Sie ließ das Stück Seife ihre Haut liebkosen, blickte den Mann weiter an, konnte die Augen nicht von ihm lassen.

Und er die seinen nicht von ihr. Sein Blick folgte ihren Bewegungen, die ihren Körper eher liebkosten als ihn zu reinigen. Sie hörte ihn einatmen, er fletschte die Zähne dabei. Seine Freude an ihr stieg sichtbar.

Dann sprang er zu ihr ins Wasser und stand einen Moment später vor ihr. Dicht. Er war größer als sie, die Fluten reichten ihm nur bis zu den Oberschenkeln. Sie nahm die Seife und begann ihn zu waschen, rieb sanft über seine Brust, über seinen Bauch und weiter. Er hatte es so nötig wie sie, doch darauf kam es längst nicht mehr an.

Das kalte Wasser hatte seine Begierde gebremst, doch ihre Dienste ließen sie wieder erstarken. Er tat nichts, ließ sich nur von ihr säubern, liebkosen, erforschen. Sie trat noch näher, umfing ihn mit den Armen, rieb das Stück Seife an seinem Rücken hinunter, berührte muskulöse Hinterbacken. Zog ihn noch näher an sich heran.

Irgendwann flog die Seife an Land. Inzwischen standen sie so dicht, dass sein Glied an ihrem Bauch rieb.

»Und?«, fragte er nur. Sie lächelte. Der erste Mann, der sie fragte, obgleich sein Ungestüm mehr als spürbar war hinter seiner letzten Wehr.

»Jetzt.«

Er hob sie aus dem Wasser auf das niedrige Sims. In ihren Sinn stürzte all das Wissen, wie man die letzte Konsequenz hinauszögern konnte, um das Ziel noch vor der Vereinigung zu töten. Doch diese Kenntnisse perlten an ihr ab wie das Wasser von ihrer Haut. Sie hatte sich gereinigt und war rein.

Sie waren beide nass und ihre Haut kühl. Er wärmte sie mit seinen Händen und seiner Zunge. Sie schmeckte das

Salz auf seiner Haut und dachte nicht mehr an Pflichterfüllung, an Spielchen oder an die Kunst der perfekten Betörung. Sie war so betört wie er. Und wenn dieses Wort von Torheit kam, so wollte sie nichts anderes sein als eine Törin, jetzt und weiterhin und immer wieder.

Er suchte seine Heimat in ihr. Dies war eine andere Vereinigung als die zweier bitterer Seelen, die nicht zusammenpassten. Körper und Seelen verschmolzen nicht zur zwanghaften Einheit, sondern zu einem Kunstwerk gemeinschaftlicher Freude. Alle Gedanken, alles Planen, alles Buhlen und Siegen vergingen, und eine neue Erkenntnis keimte in ihr im Takt der rhythmischen Ekstase ihres Leibes, den er mit seiner Kunst zu spielen wusste wie ein Musiker sein Instrument. Sie verstand, dass sie diesen Mann liebte. Liebkosung um Liebkosung, Vorstoß um Vorstoß begriff sie diese Liebe nicht mehr nur mit dem Verstand, sondern mit dem ganzen Körper, mit jeder Saite des Herzens, mit jedem Erblühen ihres Leibes.

Die Sommersonne schien auf sie nieder und trocknete ihre Haut, während sie noch ineinander verschlungen dalagen. Ein neues Konzept von Perfektion durchdrang Maleni. Dies war perfekt in sich selbst. Nicht als Sieg, nicht als erfüllter Auftrag, nicht als ausgeführter Plan. Es war, wie es war, und sie ergoss ihre Seele in jede Sekunde, in der es so war.

Er hob seinen Kopf und blickte auf sie herunter. Sein Lächeln war tief und nachdenklich. »Dass ich dich so lieben würde, habe ich nicht geahnt«, flüsterte er.

Sie nickte, spürte noch sein Gewicht auf sich, fühlte ihn noch in sich. »Ich wusste nicht, dass es möglich ist. Dass ich es kann, dich so lieben kann, wie ich es tue«, antwortete sie ihm. Viel zu viele Worte. Vielleicht nicht einmal die richtigen.

»Schiffe!«

Das war Umbert gewesen. Er störte. Sicher hatte er einen Grund dazu. Es sollte besser ein guter Grund sein.

Aber vermutlich war es ein schlechter.

102

Umbert war einmal mehr bei den Mulis geblieben und hatte das spontane Schäferstündchen nicht kommentiert. Maleni und Verenn hingegen lagen bäuchlings im hohen Gras einer kleinen, erhöhten Landzunge und blickten hinunter in die runde Bucht auf der anderen Seite, die als natürlicher Hafen für gleich zwei dort ankernde Schiffe diente. Frachtboote gingen zwischen dem größeren Schiff und dem Strand hin und her; das kleinere hatte eine provisorische Anlegestelle gefunden.

An Land standen schiefe Hütten und die zusammengeflickte Ruine eines wuchtigen, alten Steinhauses. Ein geschäftiges Treiben hatte eingesetzt. Dinge wurden an Land gerudert, abgeladen oder an Bord verfrachtet. Weiter landeinwärts standen Karren.

»Bukanier«, flüsterte Maleni.

»Piraten oder Schmuggler?«

»Beides vermutlich. Und die Landhändler nehmen das Gut in Empfang und transportieren es deine alte Straße entlang nach Passagur.«

»Wir sind in Passagur.«

»Wir sind im Niemandsland. Spinnendschungel und Köngstott. Wer sollte hier schon siedeln? – Mit einem Schiff kämen wir zum Berg der Weisheit«, sagte Maleni leise. »Ich habe noch Niccelas Passierschein.«

Verenn gab ein Grunzen von sich.

»Dazu sind wir doch durch diesen vergorrnten Spinnendschungel gekrochen, – damit wir ein Schiff finden«, flüsterte Maleni. »Der Landweg ist eine Weltreise. Erst zurück nach Dersteyn, dann westlich nach Passnath. Von dort nördlich über die Westwährzunge in die nördlichen Reiche. Dort nordöstlich zum Mandragorensumpf. Von dort wieder nach Süden. Endlos weit bis zu den Glutbergen und von dort noch weiter bis ans Ende der Nohrwähr. Wir würden Monate brauchen. Monate, die wir nicht haben. Je länger wir unterwegs sind, desto leichter findet man uns.«

Sie blickten erneut schweigend auf das Treiben, und ihre Finger berührten sich. Verenn nahm ihre Hand in seine, drückte sie, erst sanft, dann intensiv. Der Tag neigte sich dem Abend zu, doch die Nacht würde wohl keine neuen Freuden der fleischlichen Art beinhalten.

»Ein Schiff«, sagte er, »wäre gut. Doch schon die Mannschaft der Wasserfyrsthin hat den eindeutigen Wunsch gehegt, uns den Garaus zu machen. Und die da unten …« Er blickte skeptisch auf die wilden Gesellen, die sich in der Bucht und auf den Schiffen tummelten. »Wie hoch stehen unsere Überlebenschancen, wenn wir hier aus dem Nichts erscheinen und freundlich um eine Überfahrt bitten?«

»Der Passierschein garantiert unversehrte Überfahrt. Allerdings nur mit bestimmten Schiffen. Es gibt zwei Häfen am Berg, im Westen und im Südosten des Berges. Wie ich meine Geschwister kenne, weiß nicht jeder Seemann davon und niemand von beiden Möglichkeiten.«

»Du unterschätzt die Verbreitung von Wissen. Wenn euch Schiffe seit Jahrhunderten beliefern, sind die Häfen nicht geheim. Sagenumwittert vielleicht. Oder übel beleumundet und lieber gemieden. Aber nicht unbekannt.«

»Man hat mir gesagt, die Bukanier die den Berg beliefern, glauben, er enthielte ein Geheimes Kloster der Weisheit.«

»Solche Klöster hat es früher gegeben. Mehr als eines.«

»Ach? Gibt es heute noch welche?« Maleni klang skeptisch.

»Das Problem ist, sie sind geheim.«

»Hast du nicht gerade gesagt, es gibt keine Geheimnisse?«

»Es gibt immer Menschen, die etwas wissen. Geheim heißt nur, dass nicht alle es wissen.«

Sie schwiegen eine Weile, während ihre Finger miteinander spielten, als führten sie ihre eigene Unterhaltung.

»Und was machen wir jetzt? Runtergehen?«

»Wir …«

Der Wind trug Geschrei und Geschimpfe zu ihnen. Am Strand war eine Fehde zwischen den beiden Mannschaften entbrannt.

»Vielleicht bringen sie sich ja jetzt gegenseitig um«, meinte Maleni hoffnungsfroh. »Das würde die Dinge deutlich vereinfachen.«

»Ich liebe dich, wenn du so zuversichtlich bist«, antwortete Verenn, küsste ihre Fingerspitzen, riss sich dann mit Anstrengung von ihr los und wandte sich wieder der Bucht zu. »Könnte sein, dass sie deinem Wunsch entsprechen.«

Ein weiteres Frachtboot legte an. Gleichzeitig tobte am Strand der Streit, der schnell zu Handgreiflichkeiten eskalierte. Alsbald standen sich zwei Gruppen feindselig gegenüber und zogen allerhand Waffen, während von den Karren Menschen angelaufen kamen, die beschwichtigende Gesten machten. Landschmuggler hatten kein Interesse an einem Kampf auf ihrem Gebiet.

Malenis Aufmerksamkeit jedoch war auf etwas anderes ausgerichtet: das Boot, das vom größeren der Schiffe gekommen war. In ihm befand sich keine Fracht im üblichen Sinne. Menschen saßen darin, still und unbeweglich. Sie trugen alle die weiten, schwarzen Hosen und grauen Kittel der Sarven des Berges. Irgendjemand schrie sie an, winkte mit einem unterarmlangen Stab. Die Menschen standen auf. Sie stiegen über den Bootsrand. Sie schritten durch das seichte Wasser auf den Strand zu. Dort blieben sie stehen, ohne sich umzusehen.

»Sarven!« Beinahe rief es Maleni, nahm ihre Stimme gerade noch rechtzeitig zurück. »Sarven vom Berg!«

»Eure Diener und Dienerinnen?«

»Ja. Was tun die hier?«

»So wie es aussieht, sollen sie verkauft werden. Sklaverei war im Alten Reich verboten.« Verenn klang giftig.

»Aber der Berg verkauft doch keine Sarven!«

»Weißt du das genau?«

Sie schwieg. Sie wusste es nicht. Sie wusste ja nicht einmal, woher die Sarven kamen. Oder wohin sie gingen. Sie waren einfach da, stumm und gehorsam.

»Wie viele Sarven gibt es denn?«, fragte Verenn jetzt.

»Weiß ich nicht. Man beachtet sie nicht weiter. Bis auf Druya. Also die, die wie Druya aussah.«

»Und woher bezieht der Berg die Sarven?«

Auch das wusste sie nicht. Sie schämte sich ihrer Unwissenheit.

»Und wie ist deine Freundin zur Sarvin geworden?«

»Ich weiß ja nicht einmal, ob das Druya war.« Doch zum ersten Mal war sich Maleni sicher. »Gewiss war es Druya. Sie taugte nicht mehr zur Schemenjägerin.«

»Und da hat euer Großmeister ihr Teile der Seele entzogen für seine hübsche Sammlung. So entstehen Sarven.« Er klang sehr sicher. »Es muss im Berg immer Menschen gegeben haben, die nicht zum Schemenjäger taugten. Zu sanft, zu ungeschickt, zu schwach oder zu schwer versehrt. Gibt es alte Sarven?«

»Sie sehen irgendwie alle zeitlos aus.«

»Diese hier wirken nicht wie Greise. Aber auch nicht wie Kinder.«

Maleni blickte verzweifelt zu den Menschen hinüber. Sie hatte den stillen Dienern nie sonderliche Beachtung geschenkt, hätte sie – wie alle – gänzlich ignoriert, wäre die Sache mit Druya nicht gewesen. Ob Sarven Rechte hatten, oder ob es recht war, dass sie keine hatten, darüber hatte sie nie nachgedacht. Doch sie gehörten zum Berg, und sie einfach nur zu – veräußern – erschien ihr falsch.

»Gute Diener, die nicht reden«, meinte Verenn trocken. »Sicher eine willkommene Ware in den hohen Häusern der Fyrstheneien. Und wer weiß – vielleicht haben sie noch so viel gehorsames Denken, dass sie Schemenjägern immer noch Einlass gewähren, wenn das notwendig wird.«

Das ergab einen Sinn. Dass der Berg einen Exportartikel haben könnte, der nicht der Tod war, auf diesen Gedanken war Maleni nie gekommen. Erneut sah sie zu den reglosen Gestalten, dann wurden ihre Augen weit. »Druya! Siehst du die Schwarzhaarige dort? Das könnte Druya sein. – Wir müssen etwas tun!«

Verrenn nickte. »Gewiss. Doch jetzt erbost dort hinunterzulaufen und einzugreifen ist keine gute Idee. Wo sie doch gerade angefangen haben, sich so gekonnt gegenseitig zu dezimieren. Da sollten wir nicht stören. Wir müssen nachdenken.«

103

Die Tür der fensterlosen Hütte, in die man die Sarven getrieben hatte wie eine Schafherde, zeigte in Richtung der zwei großen Lagerfeuer, die inmitten der Bucht brannten. Maleni hatte versucht, die Bukanier und Händler zu zählen, doch sie waren immer wieder in Häusern verschwunden, durcheinandergelaufen, zu ihren Schiffen hin und zurück gerudert. Es ließ sich keine verlässliche Anzahl ermitteln. Auf alle Fälle waren es zu viele, als dass man sie zu dritt besiegen konnte.

Noch immer ankerten beide Schiffe in der Bucht, jedes auf seiner Seite, jedes noch teilweise bemannt, um einem Angriff des jeweils anderen nicht ausgeliefert zu sein. Der Streit hatte die Menschen Zeit gekostet, denn auch wenn sie vorgehabt hatten, hier zu übernachten, so vermutlich nicht in Gegenwart der Konkurrenz. Die Karren der Händler waren ebenfalls noch nicht abgefahren, sondern würden auf den nächsten Tag warten, wenn es wieder hell wurde.

»Hiatus!«, hatte irgendwann eine kräftige Frauenstimme in den Streit hinein geschrien. Maleni kannte das Wort nicht, aber es brachte die beiden Gruppen dazu, widerwillig voneinander abzulassen und zurückzutreten. Nun trat eine vierschrötige Frau in die Mitte. Was sie sagte, verstand Maleni nicht, aber offenbar nahm sie die Rolle einer Vermittlerin ein.

Schade.

Verenn war zum Nachdenken zurück zu Umbert geschlichen, während Maleni den goldenen Nachmittag lang bis zum Abend auf ihrem Buchthügel geblieben und das Treiben beobachtet hatte. Ihr Wunsch, möglichst viele der Bukanier würden sich gegenseitig den Garaus machen, war nicht in Erfüllung gegangen. Nur wenige waren nicht wieder aufgestanden, und Händler oder Anwohner hatten sie auf Handkarren landeinwärts fortgebracht. Es war anzunehmen, dass sie dort kein Seemannsbegräbnis erhielten. Spinnenfraß?

Das Beladen der Wagen war unterbrochen worden, und nun saßen die verfeindeten Mannschaften einander gegenüber. Irgendetwas wurde ausgehandelt, und bis es geklärt war, schien nichts weiter zu gehen.

Maleni erwog, näher an die Sarvenhütte heran zu kriechen. Es gab keine gute Deckung, doch die einbrechende Dunkelheit würde ihr zu Hilfe kommen.

»Wir brauchen deine Sarven«, sagte mit einem Mal Umbert neben ihr, und es gelang ihr nur im letzten Augenblick, ihre Faust so weit abzulenken, dass sie mit dem Schlag nicht seine Kehle eindrückte.

»Schleich dich nie mehr so an mich an!«, zischte sie böse. Doch es war auch ihr Fehler gewesen. Jemanden nicht kommen zu hören, war unentschuldbar. Es hätte auch ein Feind sein können.

Rechts und links von ihr lagen nun die Schmiede. »Und?«, fragte sie übellaunig, »Haben wir wieder einen wohldurchdachten Plan?«

»Ja!«, sagte Umbert. »Gleich geht es los.«

Erst jetzt fiel Maleni auf, dass er nass war. »Warst du schwimmen?«

»Ich musste nahe genug an das Schiff herankommen. Bin fast ertrunken. Die Strömungen hier sind ungesund.«

»Und was …«, begann Maleni, doch ihre Frage beantwortete sich von selbst. Plötzliche Flammen schlugen aus dem Deck des größeren Schiffes. Im Nu hatten sie die Segel erreicht und loderten lichterloh. Wie dunkle Schatten rannten Menschen über Deck, spritzten Wasser aus Eimern oder sprangen direkt in die Fluten.

An Land war das Durcheinander noch größer. Alle eben noch halbwegs friedlich lagernden Männer und Frauen sprangen auf – die einen, um zum Schiff zu laufen, die anderen, um die Rivalen anzugreifen, die sie fraglos für die Brandstifter hielten. Ein Ruf nach einer sachlichen Klärung der Lage verhallte ungehört im allgemeinen Geschrei.

Nun zogen sich die Händler hastig zurück und rannten auf das größte Gebäude zu, wo sie sich verbarrikadierten – offenbar ihr Versuch, nicht in die Kampfhandlungen der befeindeten Lager hineingezogen zu werden.

»Jetzt«, flüsterte Verenn, »holen wir deine Sarven.«

Sie krochen über den Gipfel des kleinen Hügels und hinunter in die Bucht. Die Lagerfeuer und die darum kämpfenden und streitenden Menschen warfen diffuse, wabernde Schatten, in deren Deckung sie hofften, nicht weiter aufzufallen.

»Was machen wir, wenn die sich wieder vertragen?«, flüsterte Maleni. Sie erhielt keine Antwort. Wieder einmal haderte sie damit, dass die Planung der Akribie entbehrte, die sie vom Berg her gewohnt war. Es hätte noch viele »Was machen wir, wenn«-Fragen gegeben. Doch weder für Fragen, noch für Antworten war Zeit. Wieso die Sarven? Warum nicht das Schiff?

Sie huschten gebückt von einer spärlichen Deckung zur nächsten. Längst hätte man sie entdeckt, wären die Menschen in der Bucht nicht mit anderen Dingen beschäftigt gewesen.

»Ich wusste nicht, dass er vom Wasser aus Feuer machen kann«, flüsterte sie Verenn zu, als dieser auf ihrer Höhe war.

»Es ist schwierig, doch Teer brennt gut. Eine winzige Flamme am richtigen Ort reicht aus; ihr Eigenleben erledigt den Rest von selbst.«

Die Sarven-Hütte war von außen mit einem Riegel verschlossen. Maleni öffnete ihn und schlüpfte hinein. Ein paar Augenblicke später folgten ihr erst der eine, dann der andere Schmied hinein ins Dunkel.

Drinnen war es dunkel. Die Feuer in der Bucht warfen nur ein sehr spärliches Licht durch einen winzigen Spalt, und auch das Mondlicht schien nicht geneigt, die trübe Szene zu erhellen, verzog sich das große, nächtliche Himmelslicht doch zusehends hinter schwere Wolken.

Die Sarven saßen auf dem Boden, hielten die Köpfe gesenkt, und ihre Gesichter lagen im Schatten. Maleni wusste, es hatte keinen Zweck, irgendeinen von ihnen anzusprechen, um eine Auskunft zu erhalten. Sie konnten nur einfache Befehle ausführen. Aber würde das reichen, sie leise nach draußen zu geleiten und von den Sklavenhändlern fortzubringen?

»Dumme Idee«, murmelte sie denn auch. »Wie …?«

»Sch!«, machte Verenn nur, und Umbert kniete sich vor die erste der Sarvinnen.

»Sieh mich an!«, sagte er, doch die Gestalt rührte sich nicht, saß nur mit dem Rücken an der Wand und blickte in eine Weite, die es hier nicht gab, direkt durch Umbert hindurch.

»Sie reden nicht«, erklärte Maleni leise.

»Sind sie stumm?«

»Weiß ich nicht. Sie reden nicht. Sie verstehen Befehle. Und führen sie aus.«

»Dann sollte sie mich ansehen.«

»Das tut sie. Soweit sie es kann.«

Umbert holte einen Gegenstand aus dem Säckchen, das er mit sich trug. In der Düsternis war er schwer zu erkennen, doch Maleni wusste, was es war: ein Rotschneckenhäuschen.

Eine alte Seele.

Umbert erklärte nichts, und Maleni fragte nichts. Sie erinnerte sich an ihre Große Weihe, an den Moment, als etwas auf sie zu schoss und sie wie eine Peitsche umwand. Eine graue Zunge, deren gespaltene Spitzen sich in ihren Brustkorb bohrten. Dieses Gefühl, als müsste ihr Selbst zerplatzen, als es um den giftigen Teil einer Seele bereichert wurde, der sich in ihr breitmachte, wie ein Felsbrocken, den man in ein Herz presst.

Maleni schritt nicht ein. Aber ihre Hände zitterten. Sie hätte besser daran getan, durch die Spalten im Holz nach Außen und nach Feinden zu schauen, doch sie konnte ihren Blick nicht von dem Geschehen in der Hütte abwenden. Und sollten sich die Feinde in der Tat spontan verbünden und die Eindringlinge entdecken, würde es schwer werden, mit dem Leben davonzukommen.

Ganz nah schob Umbert sein Gesicht an das der Sarvin. Zwischen ihren und seinen Lippen lag lediglich das Schneckenkästchen, das er lose zwischen den Fingern hielt. Er murmelte etwas. Maleni fühlte Hitze und fürchtete mit einem Mal, die alte Holzhütte könnte spontan in Flammen aufgehen und alles und jeden in ihr verbrennen. Stattdessen sah sie, wie Umbert tief einatmete, tiefer und länger als Maleni es für möglich gehalten hätte – als söge er die gesamte Luft um sich herum ein und ließe nichts als ein Vakuum zurück. Ein seltsames, sonores Summen war zu hören, ganz leise zuerst, dann schwoll es an, wurde lauter. Unwillkürlich riskierte Maleni nun doch einen Blick nach draußen, voller Bedenken, man könnte das eigenartige Geräusch dort wahrnehmen. Doch die Seefahrer waren noch miteinander beschäftigt. Ein Schiff brannte. Das andere lag im Dunkel. Metall schlug auf Metall. Schreie und Flüche drangen durch die Nacht.

Umberts Gesicht war weiß wie das eines Toten. Die Schatten seiner Gesichtskonturen erschienen blaugrünlich in dem schlechten Licht, doch seine Haut leuchtete fahl. Seine Augen strahlten, hatten sich verändert, von dem ruhigen Grau zu dem eisigen Blau, das Maleni allzu gut kannte.

Sie fragte sich längst nicht mehr, worauf sie sich eingelassen hatte. Der Zeitpunkt für Fragen wie diese war schon vor Wochen verstrichen. Sie sah zu Verenn, der an der Tür stand, sein Königsschwert in der Hand. Er sah mit versteinertem Gesichtsausdruck abwechselnd durch einen Riss im Holz nach draußen, und dann wieder zu Umbert. Sein Gesicht war steinern. Falls er Besorgnis verspürte, war er offenbar nicht gewillt, sie zu zeigen.

Nun atmete Umbert aus, direkt in den geöffneten Mund seines Gegenübers. Augen öffneten sich weit. Sie waren so blau wie die Umberts.

»Druya«, wisperte Maleni. Sie erwartete keine Antwort, erhielt auch keine. Die beiden blauen Blicke hielten einander stand, schienen verbunden. Schließlich gab Umbert ein Grunzen von sich und sank rückwärts. Er landete auf seiner

Sitzfläche auf dem Boden und keuchte heftig, als wäre er mehrere Meilen gerannt. Druya hustete.

Verenn kniete sich vor die junge Frau, die ihn verwirrt und panisch anblickte. Er berührte ihre Wange mit seinen Fingerspitzen: »Du kennst mich nicht, doch ich bin Verenn, einst König von Predorenn. Du hast viele Fragen. Du wirst viele Antworten erhalten. Doch im Moment bitten wir dich um Ruhe, denn Feinde sind nahe – du hörst sie draußen. Gehe in dich und sammle deine Gedanken, denn ich weiß, wie wirr sie sind. Ich bin so wiedergeboren wie du. – Wie ist dein Name, Rat von Predorenn?«

Druyas schöner Mund öffnete sich, schloss sich wieder. Ihre Gesichtszüge verzogen sich, änderten sich, wurden reif und kantig.

»Eluha«, wisperte es. »Rätin von Predorenn. Ich habe von dir gehört, Verenn, einstiger König. Wo bin ich?«

»In der Nähe von Cahersyg, das nicht mehr existiert. Die Welt hat sich gewandelt. Ein Urgorrn spielt mit dem Geschick der Menschen, die nichts davon ahnen.«

»Die Urgorrn? Die Feinde draußen – das sind Urgornn?«

»Nein. Das sind nur Piraten.«

»Und wie viele sind wir?«

»Ich.« Er deutete auf den Meisterschmied, der sich langsam vom Boden aufrappelte. »Du kennst Umbert. Und das ist Maleni. Sie ist aus dem Jetzt und weiß, wo wir den Urgorrn finden.«

Das Gesicht wurde glatter, jugendlicher und die Augen ängstlicher. Der Mund öffnete sich, doch keine Worte waren zu hören.

»Druya!«, flüsterte Maleni und kniete sich neben die Sarvin. »Erkennst du mich? Ich bin Maleni!«

Die junge Frau zuckte zurück; das reife Gesicht erschien erneut: »In diesem Körper bin ich nicht allein!«, beklagte Eluha sich.

»Es ist Druyas Körper. Der Urgorrn hat sie … entseelt.«

Die Frau mit dem kantigen Aussehen lauschte in sich hinein: »Niemand dieses Namens ist hier, doch ich kann auf ein Gedächtnis zugreifen.«

»Gut!«, konstatierte Umbert, der sich wieder gefangen hatte. »Wir werden es brauchen. Halte fest, was an Seelenrest noch da ist. Werdet eins. Du verlierst nichts, sondern gewinnst. Und nun wollen wir weitermachen. Uns geht die Zeit aus.« Er wandte sich dem nächsten Sarven zu, einem Mann.

»Ich erinnere mich an dich, Umbert«, sagte Eluha ungehalten. »Du, der du nicht starbst, warst immer schon ein Stachel in der Ordnung. – Und jetzt wirst du die Urgorrn angreifen? Zu dritt?«

Maleni blickte in das Gesicht, das manchmal aussah wie das Druyas und dann wieder nicht. Sie lächelte, streckte ihre Hand aus und streichelte über die Wange der Freundin, die vielleicht nicht mehr existierte. Die Rätin blickte sie irritiert an.

»Ich habe ihm auch schon erklärt, dass das eine dumme Idee ist«, sagte Maleni leichthin. Einen Moment lang wurde Eluhas Blick leer, dann wieder streng.

»Wir sind nicht zu dritt«, murmelte Verenn. »Mit dir sind wir schon vier.«

»Gegen die Urgorrn! Das ist Wahnsinn. Vollkommener Irrsinn!«

»Du hast deine Seele gespeichert, um wiederzukehren, wenn Predorenn dich einst braucht. Predorenn braucht dich jetzt.«

104

Wie eine Klinge glitt das Schiff durch das Wasser der Östlichen See, und die Bugwellen brachen sich flüsternd als stete Warnung: nicht weiter – kehrt um! Die Reise ging nach Osten und folgte beinahe in umgekehrter Richtung der Route, die Malenis erstes Schiff genommen hatte, damals, als sie wie ein geschlüpftes Küken voll mörderischer Vorfreude in die Welt gezogen war, um der Geschwisterschaft stets und treu und dienlich zu sein.

Nun war sie auf dem Weg zurück. Ein Schiff zu Anfang, ein Schiff zum Ende.

Maleni hatte sich beileibe nicht danach gesehnt, einmal mehr nichts als ein paar Planken und sehr viel Wasser unter den Füßen zu haben. Eine tiefe Panik saß ihr im Magen und machte sie stumm.

Mechanisch verrichtete sie die Aufgaben, die man ihr auftrug. Ebenso mechanisch lächelte sie. Vielleicht zeigte das Lächeln zu viele Zähne. Sie musste an Niccelas Lächeln denken und zog automatisch die Mundwinkel nach oben wie ein geschminkter Hofnarr.

Sie war nicht ohne Blessuren aus dem Kampf hervorgegangen, innere und äußere. Doch sie lebte. Noch. Und sie war nicht allein: Acht alte Räte von Predorenn. Maleni versuchte sich die Namen zu merken: Eluha, Prentiss, Gerdur, Anyen, Idila, Sreytor, Garamyl und Lavaicra.

Eluha hatte die Lage am schnellsten verstanden. Die anderen haderten noch mit ihrem Erwachen in einem gänzlich fremden Körper, der zum Teil noch nicht einmal das gewohnte Geschlecht bot. Manche hatten außer ihrem Namen noch kaum einen Ton gesagt, andere sich nur in einer Ecke zusammengerollt und nicht mehr intelligente Kommunikation von sich gegeben als die Sarven, deren Körper sie besetzten. Ob sie ihre Wiederbelebung überleben würden, war unklar. Die, die ihre Situation langsam begriffen, schienen jedenfalls derzeit wenig dankbar für ihr neues Leben zu sein.

Maleni schnaubte verdrossen. Was hatten die Räte sich vorgestellt, als sie ihre Seele konservieren ließen? Eine schöne Zeremonie im Thronsaal? Ein dreifaches Hurra auf den wiedergeborenen Retter eines Reiches, das keiner Rettung bedurfte – das sich nicht verändert hatte, keine Feinde kannte?

In jener Schmugglerhütte war keine Zeit gewesen, mehr als das Grundlegendste auszutauschen. Ein paar Worte, Namen, mehr nicht. Den Schock des Erwachens, die panischen Fragen der Wiedererweckten, ihre Unzufriedenheit mit der Lage, ihr lautes Klagen über Körper, die so ganz anders waren, als sie sich das gedacht hatten, und letztlich ihr Geschrei, als sie von der Gegenwart und ihrem plötzlichen Leben überfordert wurden – all das hatten Umbert und Verenn nicht mehr beherrschen können.

So hatte man sie entdeckt. Fast taten die Sarven-Räte Maleni leid, doch auf dieser Welt wurde ein jeder mitten in den Krieg hineingeboren. Vielleicht nicht gar so unmittelbar wie diese Menschen, deren beinahe erste Wahrnehmung im neuen Leben war, dass es ein paar Schritte weiter andere Menschen gab, die ihnen just dieses Leben wieder nehmen wollten.

»Wo sind Waffen?«, hatte Sreytor drängend gefragt. »Ich bin Kämpfer! Ich brauche eine Waffe!«

Maleni reichte ihm schnell einen ihrer Dolche, den er abschätzig begutachtete, als hätte sie ihm ein Spielzeug in die Hand gegeben. Ihm? – Ihr. Sreytor war deutlich im falschen Körper angekommen. Die zierliche junge Frau vor Maleni machte nicht den Eindruck, als könnte sie mit einem Messer etwas anderes anfangen als Zwiebeln zu schneiden – auch wenn ihre Gesichtszüge immer wieder von dem eines schüchternen Mädchens, dessen Züge Maleni unangenehm vertraut waren, zu dem eines wütenden und arroganten Kempen wechselten, der die Zähne fletschte wie ein Pantheiger. Sie wirkte dann zwar größer, doch Maleni nahm nicht an, dass sie über die Muskelmasse verfügte, über die Sreytor zu verfügen glaubte.

Weiteres Nachdenken ging in Kampfhandlungen an der Tür unter. Maleni konnte nicht ausmachen, ob eine Teilgruppe der streitenden Bukanier die Insassen der Hütte als neues Ziel ausgemacht hatte oder ob die verfeindeten Gruppen sich spontan geeinigt hatten, als ihnen klar wurde, dass es einen neuen, gemeinsamen Feind gab.

Es war unmöglich, sich in der baufälligen Hütte zu verbarrikadieren, und auch zu eng, um sich darin strategisch zu formieren. Das alte Holz war zudem allzu gut brennbar. Das hatten sich auch die Angreifer gedacht. Ein flackerndes Knistern in der hinteren Hälfte der Hütte verhieß nichts Gutes. Balken brachen aus dem Bauwerk.

»Wir müssen hier raus!« Schon drängte alles zur Tür, vor der sich wütende Piraten versammelt hatten.

»Hiatus!«, schrie Maleni, in der Hoffnung, es möge das bedeuten, was sie glaubte: Kampfpause – Verhandlungen.

Tatsächlich wurde es still. Irgendjemand draußen murmelte: »Klostersklaven können nicht reden!«

Umbert schob sich nach vorn, blass und kraftlos. Er hatte die überaus wertvollen Schneckenkästchen wieder eingesteckt, und Maleni wusste nicht, ob sie alle leer waren. Gewiss hatte sie mehr mit aus Cahersyg gebracht als nur diese acht?

»Hört mir zu!«, rief Umbert und trat nach draußen.

»Vorsichtig!«, flüsterte Maleni. Sie lugte nach draußen und dann nach hinten zu den Sarven. Im Schein der Feuer war es kaum möglich, sich umfassend zu orientieren. Das größere Schiff brannte nicht mehr lichterloh, doch der Rauch hing noch in der Luft, und es hatte deutlich Schlagseite. Auf dem steinigen Strand lagen blutende Menschen – manche tot, andere verletzt. Aber genug Feinde standen noch.

Wo war Verenn? Wohin war er verschwunden? Und konnte sie bitte auch verschwinden?

Maleni verspürte nicht die mindeste Lust auf Kampf. Es würde sie freilich niemand nach ihren derzeitigen Vorlieben fragen. So folgte sie Umbert nach draußen.

»Wir wollen euch nichts tun!«, versicherte dieser gerade beschwichtigend, und die Schar blutbespritzter Kämpfer mit ihren Säbeln und Entermessern brach in schallendes Gelächter aus. Nichts verband selbst verfeindete Lager so sehr wie ein gemeinsamer Feind, zumal wenn dieser auch noch spaßig war.

»Vielmehr wollen wir eine Überfahrt buchen!«, rief nun Maleni.

Erneutes Gelächter. Es klang wild und unbändig, nur einen Herzschlag entfernt von Angriff und Tod.

Maleni streckte die Hand hoch und zeigte Niccelas Passierschein. Das Gelächter verebbte langsam. Es wurde seltsam still. Hier kannte jeder das kleine, runde Ding aus dickem Älk-Leder. Es garantierte in einem organisierten System sichere Überfahrt und körperliche Unversehrtheit bis zum Ziel. Ob es auch Ärger und Tod für jene kundigen Seefahrer bedeutete, die es ignorierten, wusste Maleni nicht zu sagen. Ebenso wenig wusste sie, für wie viele Personen der Schein galt.

Die Sarven kamen nachgedrängt. Nun standen sie alle vor der Hütte im Freien, hinter sich ein wachsendes Feuer, vor sich wütende Feinde. Die Befreiten wirkten konfus und strahlten statt der Souveränität alter Räte nur die Unsicherheit verwirrter Sklaven aus. Gliedmaßen zuckten unkontrolliert. Augen rollten im verzweifelten Versuch, den Blick auf eine Welt zu fokussieren, die ihnen unverständlich war. Einige sanken in die Knie; andere hielten sich die Köpfe oder wiegten sich vor und zurück im Rhythmus ungehörter Verzweiflung.

»Das sind unsere Sklaven!«, rief denn auch schon einer der Bukanier. »Klostersklaven sind wertvoll!«

»Sklaverei ist verboten in Predorenn!«, belehrte ihn einer der Räte unvermutet, Maleni wusste nicht, welcher. »Auf Sklaverei steht …«

Umbert unterbrach eilig: »Ihr seid euch feind, Seefahrer!«, übertönte er die Argumente seines Ratskollegen, dessen Blick daraufhin wieder trüb wurde. »Ein Schiff habt ihr schon verbrannt. Es wäre vernünftiger, jetzt Frieden zu halten.«

Wem galt schon Vernunft als etwas Erstrebenswertes? Und wo war Verenn? Maleni sah sich nochmals verstohlen um, konnte ihn jedoch nirgends entdecken. Was hatte er vor?

»Alles, was wir wollen, ist eine Überfahrt«, fuhr Umbert fort. »Eine bezahlte Überfahrt.«

»Das sind unsere Sklaven!«, rief der Nächste erbost. »Die sind einen guten Batzen Geld wert!«

»Es sind unsere Sklaven«, rief es nun aus einem Fenster des Händlerhauses. »Wir haben sie bestellt!«

»Wir sind keine Sklaven«, wehrte sich eine der Rätinnen überraschend und klang pikiert.

»Das bestimmst nicht du, Sklavin!«

»Klostersklaven können nicht reden!« Der Mann, der diesen Satz wiederholte, kämpfte noch mit der ersten Ungereimtheit. Niemand hatte je behauptet, alle Piraten müssten klug sein. Dieser hier teilte die Welt in Menschen, die er erschlug, und solche, die er nicht erschlug. Die Entscheidungsfindung hierzu mochte an seinem eingeschränkten Denkvermögen vorbeilaufen.

Maleni beobachtete seinen Blick und konnte sehen, wie der Mann seine Entscheidung traf, dass sie zur ersteren Gruppe gehörten. Er sprang vor, und schwang ein großes Krummschwert. Kurz darauf fiel er; der Schwung ging daneben und verletzte einen seiner Kameraden. Oder Rivalen?

»Nicht kaputtmachen!«, brüllte es aus dem Händlerfenster. »Die gehören uns! Gesunde, gut abgerichtete Klostersklaven! Unsere Bestellung!«

Doch sie hatten eindeutig mehr geliefert bekommen, als sie bestellt hatten.

Armbrustbolzen, konstatierte Maleni. Der Mann war durch einen Armbrustbolzen gestorben. Sie blickte zum Haus. An den Fenstern waren Menschen mit Waffen zu erkennen. Auch die Händler waren wehrhaft. War der Schuss von dort gekommen? Und hatte er tatsächlich dem Piraten gegolten, oder eher ihr selbst, die ein gutes Ziel abgegeben hatte, bis der Kerl sich auf sie stürzen wollte?

Sie blickte rasch um sich. Die Sarven waren nicht in dem Zustand, zu kämpfen. Umbert und sie selbst waren zu zweit, und – mehr Zeit zum Nachdenken blieb ihr nicht, denn der Kampf brach los wie eine Feuerwalze. Hätte er auch nur eine Minute gedauert, alles wäre zu spät gewesen. Doch das aggressive Brüllen der Angreifer wandelte sich. Maleni rang bereits mit fünf Gegnern, als einer von ihnen fiel. Dann noch einer. Sie hatte das nicht getan. Jemand schoss auf sie. Pfeile.

Verenn. Er hatte sich eine günstige Stellung verschafft, von der aus er die wütende Meute beschießen konnte. Einen Pfeil nach dem anderen. Lange Sekunden vergingen, doch nun war er entdeckt.

Umbert lag am Boden. Sreytor saß rittlings auf einem gefällten Feind und starrte verständnislos auf einen Blutschwall. Die zarte Mädchengestalt hatte das Messer fallen lassen und blinzelte begriffsstutzig. Andere Sarven wehrten sich schwach und sinnlos gegen Feinde, die sie davonziehen wollten. Neue Armbrustbolzen unterstrichen den Besitzanspruch der verbarrikadierten Händler, und dann, plötzlich, knallte die Luft. Unwillkürlich blickten die Kämpfer zum Haus der Händler. Es war weiß, komplett mit Eis überzogen. Wer immer sich aus dem Fenster gelehnt hatte, war mit der Fassade gefroren. Eine spiegelnde Eisschicht bedeckte Türen und Fenster.

Maleni nutzte den Augenblick lähmenden Entsetzens, um zwei weitere Angreifer mit ihrem Dolch zu fällen. Irgendwer neben ihr schrie, als Flammen aus seinen bunten Kleidern schlugen. Umbert lag am Boden, doch er war noch nicht besiegt.

Wieder sprang Maleni, wirbelte um sich selbst, brach jemandem den Schädelknochen mit ihrem Fußtritt. Landete sicher. Schaffte es gerade noch, ihre Landung in eine Rolle umzuwandeln und so einem Schwertstreich zu entgehen, der sie gut und gerne in der Mitte durchgeteilt hätte. Jemand trat nach ihr. Es gelang ihr nicht, dem Tritt vollends auszuweichen. Eine Dolchspitze kratzte an ihrem Rücken entlang. Sie drehte sich und zog dem Angreifer die Beine unter dem Körper fort. Nun lag er neben ihr, war jedoch nicht besiegt.

Mehr Flammen. Es war, als senkte sich die Erkenntnis, dass hier Unerklärliches geschah, mit Verspätung durch die kampferhitzten Gemüter der Piraten. Offenbar war Umbert zu schwach, um wie beim Kampf gegen Niccela flächendeckend Feuer zu verteilen. Doch wenn einem plötzlich die Federn am Hut lichterloh brannten, obwohl keine Flamme in der Nähe gewesen war, zeitigte das immerhin auch einen Effekt. Eine Sekunde lang kam der Kampf zum Erliegen, als hätte jemand die Welt angehalten. Dann ließen die Angreifer ganz plötzlich von ihren Opfern ab, wandten sich um und rannten. Sie hielten gemeinsam auf das verbleibende Schiff zu.

»Wir brauchen das Schiff!«, brüllte Umbert, der immer noch am Boden lag. Einer der Rennenden explodierte in einer Flammensäule; ein anderer fiel als weiße Eisstatue zu Boden und brach in Stücke. Und noch jemand lag weiß und erstarrt am Boden: Verenn. Eine dicke Reifschicht war aus ihm herausgewachsen, Tausende winziger, senkrecht hochstehender Eispartikel, die ihn komplett bedeckten und eingelten.

Maleni schrie, wollte zu ihm.

»Hol die Mulis!«, brüllte Umbert sie an. »Wir brauchen die Sachen!«.

»Verenn …«

»Hol die Mulis! Los!«

Die Sarven bewegten sich wie betrunken.

»Kommt! Kommt aufs Schiff! Schnell!«, schrie Umbert. So panisch hatte Maleni ihn noch nicht gehört. Er war in Verenns Richtung gestürzt. Malenis Beine wollten sie nicht tragen, als wüssten sie nicht, welchen Weg sie zuerst nehmen sollten. Ihre Augen gingen rastlos zwischen dem Erfrorenen, den Sarven, Umbert und den rennenden Piraten hin und her. Wurden die Feinde schon langsamer? Würden sie umdrehen und begreifen, dass die Gefahr für sie schon fast vorüber war, weil sich einer der unheimlichen Angreifer selbst eingefroren hatte? Begriffen sie die Zusammenhänge – oder waren sie auch gerne bereit, ohne Begreifen Hindernisse aus dem Weg zu morden? Auch dumme Menschen konnten siegen. Tatsächlich taten sie das dauernd.

Da waren die Mulis und Malenis Pferd, so panisch wie die Menschen. Maleni fragte nicht, ob die Tiere den Weg von allein hierher gefunden hatten oder ob Umbert und Verenn sie gleich mitgebracht hatten. Vielleicht hatten sie schon geahnt, dass keine Zeit sein würde, sie zu holen. Beinahe blind lief Maleni nun doch zu ihnen, ließ ihren Blick jedoch nicht von Verenn. Er war tot. Sie war sich sicher, schrie vor Trauer und verscheuchte beinahe die Tiere, bekam gerade noch die Zügel zu fassen und zerrte an ihnen. Dann rannten sie.

Umbert kniete bei Verenn, die Hände gekreuzt auf dessen eisigem Brustbein.

Nun kam auch Bewegung in die Sarven. Eluha stieß sie und schob sie, redete auf sie ein. Viel zu langsam bewegten sie sich zu dem kleineren Schiff. Überhaupt geschah alles zu langsam. Das Schiff schien in unendlicher Ferne. Die Piraten hatten die alte Straße hinter dem Gebäude der Händler erreicht und waren dort stehen geblieben.

Sie würden zurückkommen.

105

Die Szenen des Kampfes gingen Maleni durch den Kopf und verbanden sich mit der Vorstellung dessen, was noch vor ihnen lag. Die Gischt formte eine sich stets neu gebärende, unendliche Bugwelle, fort vom Schiff, als mochte sich nicht einmal das Wasser mit dem Ziel befassen, auf das sie zusteuerten. Das Schiff gehörte ihnen. Näher und näher brachte es sie dorthin, wohin keiner wollte.

Verenn stand plötzlich neben ihr, nahm sie in den Arm, küsste ihre Haare. Sie sog seinen Duft in sich ein. Eisen und Leder. Und Leben.

»Geht es dir wieder gut?«, fragte sie nicht zum ersten Mal.

Er nickte. »Habe ich dir Angst gemacht?« Er drückte sie kurz.

»Ich dachte, du wärest tot. So kurz nachdem wir einander gefunden haben, hätte ich das … wenig geschätzt.«

Er grinste ob ihrer Wortwahl. »Ich hatte mich nur übernommen.«

»Nur? – Nur?«

»Nun. Die Dschungelfeuer zu löschen war schon recht kräftezehrend. Die Durchquerung des Rahe-Dschungels war auch nicht eben erholsam, und …«

»Du lagst da wie tot.« Es klang wie ein Vorwurf. »Du warst erfroren!«

»Ich lebe. Und das Eis hat mich nur äußerlich bedeckt.« Seine Umarmung war stark und warm, ein Beweis seiner Worte.

»Umbert war besorgt! Bei seinem sonst so … sonnigen Gemüt bedeutet das allerhand.«

»Ich lebe«, wiederholte er. »Und die Reise gibt mir Zeit, mich zu erholen. Früher hieß es, Seereisen seien der Gesundheit förderlich.«

»Heute ist man auf See entweder Seeräuber, Plünderer oder Ware. Nichts davon erfüllt die Bedeutung ›gesund‹.« Maleni seufzte und blickte dann auf die Männer und Frauen, die sich mit ihnen an Bord befanden. Sie hatten noch nicht verstanden. Oder sie hatten verstanden und sich nicht damit abfinden können. »Werden sie es schaffen?«, fragte sie Verenn. »Sie haben Angst. Die legendären Räte von Predorenn haben … große Angst.«

»Wir haben alle Angst«, sagte Verenn, als wäre das tröstlich.

»Wir hätten nicht so überstürzt losziehen sollen«, schalt sie ärgerlich. »Ich vermisse – wie immer – eine detaillierte Planung. Du und Umbert, ihr seid einfach nicht gut in so etwas. Und dann sterbt ihr noch fast mittendrin. Das gehört sich einfach nicht!«

Er schmunzelte: »Meine Perfektionistin! – Wir konnten nicht länger bleiben. Die Piraten wären zurückgekommen. Und selbst, wenn nicht: Die Kunde dessen, was dort in der Bucht geschehen ist, wird ihren Weg durch die Lande finden. Vielleicht als Legende, vielleicht als Bericht. Doch sobald es den Urgorrn im Berg erreicht, ist unsere Chance, ihn zu überraschen und zu besiegen, dahin. Für immer. Nachrichten reisen schnell – ganz besonders schnell reisen stets solche, die völlig unglaublich sind.«

»Besiegen …«, murmelte sie. »Ich weiß nicht einmal ansatzweise, was der Gro… der widerliche Wurm alles kann. Aber selbst wenn es weniger sein sollte als angenommen, ist der

Berg doch auch noch mit einer ganzen Reihe hochmotivierter Xyi bestückt: eifrige Anwärter, pausierende Schemenjäger, erfahrene Meister und – keiner-weiß-was-die-können – Räte. Wir hier sind gut. Doch was das Töten angeht, sind sie versierter als wir. Schau uns doch an: Manche von uns finden derzeit noch nicht einmal ihr eigenes Hinterteil ohne Hilfe. – Nicht, dass uns just diese Fähigkeit sehr viel weiterbringen würde.«

Er nickte und grinste: »Sicher wäre eine dezidierte Planung besser. Auch die zielgerichtete Erfassung eigener Hinterteile. Aber sobald die Xyi um unsere Existenz wissen, kommt zum Berg-Personal das gesamte Netzwerk und alle aktiven Schemenjäger in allen Acht Reichen hinzu – mehr Feinde, als es im Berg gibt. Und sie sind überall: in jeder Stadt, auf jeder Straße, an jedem Fyrsthenhof. Du weißt das. Es gäbe kein Entkommen. Oh. Und auch kein Hinkommen.«

Sie schmiegte sich an ihn und ließ ihr gezwungenes Lächeln frei: »Hier gibt es auch kein Entkommen, mein … Eiskönig. Dieses Unterfangen war von Anfang an ein Selbstmordkommando. Deshalb haben wir auch nie darüber gesprochen, was wir tun, sollten wir etwa obsiegen. Oder einfach nur überleben. Es war nie notwendig, darüber zu reden.«

Sie drehte sich ein wenig und küsste ihn auf die Wange.

Er rieb sein Kinn an ihr: »Wenn wir siegen, fahren wir auf eine ferne Insel, wo uns niemand findet«, versprach er. »Und leben glücklich bis ans Ende unserer Tage. Und bevölkern die Insel mit unseren Kindern.«

»Und warum tun wir das nicht gleich?«

»Wir haben es uns noch nicht verdient.«

»Und es gibt sie nicht, diese Insel.«

»Doch. Es gibt sie. Oder sollte sie noch geben. Weit im Nordosten hinter den Pirateninseln.«

Sie schwieg eine Weile, krallte sich an ihm fest: »Du bist schon einmal gestorben. War das schlimm?«

Er atmete tief durch. »Ich wusste, dass der Tod kam. Umbert hat meine Seele archiviert, während mein Leib verschied. – Und, ja: Das hat weh getan. Du weißt doch, wie weh es tut, wenn man auch nur einen Teil der Seele einbüßt, er sich aus dem Körper quält, als risse ihn etwas von jeder Faser des Seins los.«

»Und wiedergeboren werden – schmerzt das ebenfalls?« Sie blickte auf die Sarven. Einer von ihnen stand gerade auf, blickte um sich und stand dann einfach nur da, als hoffe er, ein gerüttelt Maß an göttlicher Erleuchtung fiele ihm vom Himmel direkt in den Kopf.

»Ja«, sagte Verenn nur kurz.

Maleni war klar, dass sie zu viel von den Wiedererwachten erwartete. Weder ihr Begreifen noch ihr schnelles Einfühlen in die Lage waren wahrscheinlich gewesen. Verenn hatte Zeit gehabt, sich an die neue Welt zu gewöhnen. Zudem hatte er Elgor gehabt, auf dessen Referenzwissen er hatte zugreifen können. Eluha, Prentiss, Gerdur, Anyen, Idila, Sreytor, Garamyl und Lavacra hatten Hüllen besetzt, die ihnen wenig Hilfe boten außer gesunden, weitgehend jungen Körpern. Vermutlich würden sie eine ganze Weile brauchen, um sich an ihr neues Leben zu gewöhnen. Nur stand diese Weile nicht zur Verfügung.

»Du bist Prentiss«, sagte Verenn zu dem Mann. Dieser nickte: »Du hast uns schon mehrmals erklärt, warum ihr uns erweckt habt und wohin wir fahren. Eben erst scheine ich es verstanden zu haben. Als hätten Mosaiksteinchen in meinem Kopf sich endlich zu einem erkennbaren Muster geformt. Euer Plan ist dumm, aber vermutlich unabdingbar. Wenn wir diesmal sterben, wird niemand unsere Seelen konservieren.«

Verenn blickte ihn ernst an, ohne Maleni aus seinen Armen zu entlassen: »Es war nie die Aufgabe von uns Räten, lebendig oder archiviert, in Cahersyg ein ruhiges, sattes Leben zu führen. Unsere Aufgabe war stets unser Erbe: der Schutz der Menschheit vor den Urgorrn. Es ist der Preis, den wir für unser Dasein entrichten – für unsere Fähigkeiten und besonderen Talente. Auch für die Vorrechte, die wir genossen.«

Prentiss nickte bitter: »Unsere Verantwortung. Ich gestehe, ich hätte gerne etwas länger gelebt, bevor ich schon wieder ins Gras beiße.«

»Wir alle, Prentiss.«

»Du, einstiger König, hast immerhin eine wunderschöne Frau, die du in den Armen halten kannst.«

Verenn blickte ihn treuherzig an: »Ich versichere dir, Prentiss, auch ich würde mich freuen, sie noch sehr lange und sehr oft in den Armen zu halten.«

Die beiden Männer lachten, während Maleni noch nach dem Witz suchte.

»Was ist deine Fähigkeit, Prentiss?«

»Ich bin Seefahrer.« Er atmete tief ein und dann mit gespitzten Lippen aus. Der Wind frischte auf. Ein Segel blähte.

»Dann hilf Umbert, Sreytor und Eloha. Sie steuern das Schiff.«

Der Mann nickte und bewegte sich langsam auf die anderen zu.

Verenn blickte zu Maleni hinunter: »Sie erwachen. Das ist gut!«

»Wunderbar«, spottete Maleni leise. »Jetzt kommen wir noch schneller ans Ziel. Und mit einem Helden von Sreytors Format haben wir sicher nichts zu befürchten.«

106

Eluhas besondere Begabung erschien einem auf dem ersten Blick nicht magisch. Sie konnte schneller denken als andere Menschen, detaillierter, strukturierter. Ihr Gedächtnis war von bildhafter Genauigkeit, ihre Logik irritierend. Darüber hinaus vermochte sie weder Feuer, Eis, noch Wind zu generieren. Maleni brauchte eine Weile, um zu verstehen, dass diese besondere Begabung etwas war, das sowohl Umbert als auch Verenn mehr schätzten als ihre eigenen absonderlichen Talente. Maleni hingegen hätte derzeit die Gabe, durchweichten Schiffszwieback in frisches Brot zu verwandeln, vorgezogen.

Druyas Gestalt und Antlitz waren bereits überlagert von Ausdruck und Ausstrahlung der klugen Rätin, auch wenn ihr Aussehen sich auf den ersten Blick nicht so sehr geändert hatte. Nur manchmal wirkte sie unendlich alt, um dann wieder zu der Frau Anfang zwanzig zu werden, die Druya gewesen war.

Sreytor hatte das Missgeschick mit dem falschen Geschlecht derzeit dahingehend gelöst, dass er es ignorierte. Seine Miene zeigte steten Ärger, war dabei jedoch so eisern, dass niemand ihn auf sein sehr persönliches Problem ansprechen wollte. Die Diskrepanz zwischen Wesen und Form ließ sein Äußeres unstet erscheinen, wandelbarer noch als die Manifestationen der anderen Wiedererweckten, die zwar auch ihr altes Ich in ihre neue Hülle einbrachten, das Aussehen der Sarven, in die sie geschlüpft waren, aber nicht so sehr verändert hatten.

»Du konntest schon immer Seelen in Schnecken archivieren?«, fragte Sreytor Umbert einmal. Umbert nickte: »Wenn wir …« Maleni erwartete, er würde ›das überleben‹ sagen, doch er sparte sich das: »… einmal mehr Zeit haben – dann würde ich dich bitten …«

»Wir brauchen nicht nur Zeit. Wir brauchen auch einen passenden Menschen. Und es ist gefährlich.«

»Gefährlich!« Sreytor schnaubte verächtlich. »Wir werden sehen. So ein Schemenjägerkörper – das wäre gut.«

Maleni stimmte innerlich zu. Ein Kämpfer wäre in einem gestählten Xyi-Körper besser untergebracht als in einer kleinen Küchensklavin. Doch wie das von statten gehen sollte, wusste sie nicht.

Gerdurs Talent, so hatten sie herausgefunden, war, sich unsichtbar zu machen. Er saß die meiste Zeit in einer Ecke und starrte vor sich hin. Auf Versuche, mit ihm zu sprechen, reagierte er zumeist gar nicht. Sein besonderes Talent hatte Maleni nur deshalb erkannt, weil er, während sie ihn einmal musterte, langsam aus ihrem Blick verschwand, bis dort nur noch die Schiffsplanken waren, auf denen er eben noch gesessen hatte.

Anyen und Idila hielten sich an einander fest. Zwei junge Frauen, die sehr überfordert schienen. Manchmal bedachten sie Umbert mit einem bösen Blick, dann wieder betrachteten sie einander mit seltsamem Wohlwollen, blickten auf ihre Hände und strichen sich gegenseitig über die glatten Wangen.

Verenn und Umbert erklärten ein ums andere Mal, was geschehen war, und was zu geschehen hatte. Wieder und wieder.

»Du bist nicht Umbert!«, sagte eine von ihnen schließlich. »Du sahst anders aus!«

»In Hunderten von Jahren verändert man sich.«

»Du warst kleiner!«

»Du siehst heute auch anders aus als damals, Anyen. Du bist – viel – jünger.«

Sie schnaubte verächtlich: »Ich war nicht immer alt!«

»Und du bist schön, Anyen.« Umbert lächelte, doch die Rätin reagierte nicht darauf.

»Und bald wieder tot«, sagte sie nur kalt. »Endgültig.«

»Hättest du dir gewünscht, in ein Leben zurückzufinden, in dem du dich um nichts sorgen musst, als um den Stil deiner Haartracht?«

Nun zog sich doch ein Lächeln über ihre Züge, und eine Hand fasste unwillkürlich nach ihrem sklavenkurzen, blonden Schopf. »Würdest du mich denn respektieren, so ich dich jetzt anlöge und dir sagte, ich hätte nichts anderes gewollt, als in einem Sklavenkörper wiedergeboren zu werden, auf dem Weg zu einem nutzlosen Kampf gegen eine unbezwingbare Übermacht? Umbert? Meisterschmied?«

»Sklaverei gilt uns nichts. Und es ist ein schöner Körper, Anyen. Ich erinnere mich an deinen, als du von uns gingst. Steinalt, gichtig und gebrechlich. Also genieße diesen Körper …«

»… solange ich ihn habe. Danke.« Es klang trocken und alt.

»War es nicht deine Kunst, jedes Wesen betören und verwirren zu können?«

Sie blickte ihn scharf an. »Daran erinnerst du dich also?«

Er grinste: »Sogar gerne.«

Ein Hauch von einem Lächeln ging über das junge Gesicht und verschwand dann wieder. »Ich weiß nicht, ob ich das schon wieder kann. Wir haben dir gesagt, dass nicht alle unsere Fähigkeiten den Weg in diese neuen Körper gefunden haben.«

»Es braucht Zeit«, erklärte Verenn. Er hatte Wochen und Monate Zeit gehabt, sich der Person, die ihn willig aufgenommen hatte, anzunähern.

So sagte Anyen denn auch: »Euer Plan sieht keine Zeit vor. Falls es ein Plan ist und nicht ein aus dem Zufall geborenes Konstrukt.«

Maleni lächelte im Hintergrund.

»Der Zufall ist wichtig«, erwiderte Umbert. »Die Urgorrn sind exzellente, detaillierte Planer. Ihr Feind ist – und war stets – der Zufall.«

Nun mischte sich Idila ein, so jung und hübsch wie Anyen. Auch sie bedachte Umbert mit einem wenig freundlichen Blick: »Willst du mir sagen, Umbert, Ewiger Ratsherr, dass du die Jahrhunderte nur durch Zufall überdauert hast?«

»Ich bin nicht unsterblich, Idila. Schwer umzubringen, ja. Von Krankheit verschont, stimmt. Ich altere sehr viel langsamer als ihr, auch das ist richtig. Doch sollte man mich in Stücke schlagen, wäre auch ich tot, sofern ich meine Seele nicht retten könnte. Dass man mich nie in Stücke schlug, habe ich soweit wie möglich nicht dem Zufall überlassen, sondern planvollem – umsichtigem – Handeln.«

»Dann war es planvolles, umsichtiges Handeln, das dich just an die Küste gebracht hat, als ein Schiff mit Sarven ankam, die du nutzen konntest?«

»Nein, Idila. Das war Zufall.«

»Und auf diesen Zufall vertraust du?«

»Ich wäre ein Tor, auf ihn zu bauen. Doch im Geschick der Welt gibt es immer Bewegungen. Wie Wellen heben sich die

Schicksale der Menschen hoch und senken sich im ewigen Meer der Zeit. Manchmal ist man unten und wird von der sich türmenden Übermacht beinahe erdrückt und erstickt. Dann wieder trägt einen die Welle nach oben. Man kann auf ihr reiten oder mit ihr brechen. Doch so man freiwillig unten bleibt, weil es bei allem Entsetzen sicherer scheint, sich im Grau des alltäglichen Leids zu verschanzen, ist man bereits vorher versunken und ertrunken, nichts als Fischfutter der Ewigkeit.«

Eine Weile war nichts zu hören außer der See und dem Wind.

»Reden konntest du immer schon«, brummte es nun unleidlich hinter einem Fass hervor. »Reden, reden, reden.« Ein Mann stand auf. Maleni erinnerte sich an den Sarven, dessen rechte Gesichtshälfte voller Narben war. Er war etwas älter als die anderen, vielleicht sogar einst ein Schemenjäger gewesen. Maleni musste sich immer wieder sagen, dass weder das Alter der Sarven eindeutig zu schätzen war, noch das Alter der Rätinnen und Räte. Sie waren unterschiedlich alt gewesen, als sie diesen besonderen Weg des Ablebens gewählt hatten, und hatten zu unterschiedlichen Zeiten gelebt. Bis auf Anyen und Idila hatten sie einander nicht gekannt. Nur Umbert kannten sie alle, auch wenn sie bereits öfter bemerkt hatten, er sähe nicht mehr so aus wie damals. Sie zweifelten dennoch nicht daran, dass er war, wer er vorgab zu sein. Sein inneres Wesen war zu deutlich, als dass Äußerlichkeiten davon ablenken konnten.

»Garamyl«, begrüßte Verenn den Mann, als wäre er eben erst an Bord gekommen. Weder er noch der Ratsherr lächelten. Sie schienen wie zwei Pole, und doch ähnelten sie einander auch, wenn in dem Sarven-Rat dieselben strahlendblauen Augen aufblitzten, die auch Verenn zierten. Sie verdrängten die Augenfarbe des Sarven dann vollständig, und Maleni rann ein Schauer über den Rücken, als sie sah, dass die Pupillen des Mannes dann nicht mehr rund schienen, sondern beinahe horizontal oval mit einem dunkelblauen Feuer. Die Abstammung dieses Rates war allzu deutlich.

»Toter König!«, grüßte Garamyl giftig zurück. »Du und Umbert. Immer voll halbgarer Ideen.«

»Wer die Welt gestalten will, kommt nicht ohne neue Ideen aus. Rückwärts ist keine Richtung, die die Zeit – oder die Vernunft – zulässt«, sagte Verenn leichthin, und doch konnte man eine unterschwellige Schärfe in seiner Stimme ausmachen. Er kannte diesen Mann, und er mochte ihn nicht.

»Die Welt war gut, wie sie war!«, zürnte Garamyl.

»Selbst was gut ist, kann besser werden.«

»Humbug.«

»Nun, Garamyl, an der Welt, wie sie heute ist, ist nichts Gutes. Du magst dich also freuen, dass wir sie nicht ohne ausreichenden Grund verbessern wollen.«

»Vielleicht nicht ohne Grund. Jedoch gewiss ohne Sinn und Verstand.«

»Es ist kein Zeichen von Überlegenheit, reglos auf dem Kissen der Eigenliebe zu sitzen und zu meinen, das Schicksal würde einen nicht angreifen, wenn man ihm keine Angriffsfläche böte! Wir – Rätinnen und Räte von Predorenn – hatten immer eine übergeordnete Aufgabe. Vielleicht entsinnst du dich des Gelöbnisses, mit dem wir jede Versammlung begonnen haben: Wir sind Menschen. Was uns zu Beschützern unter den Menschen gemacht hat, verpflichtet uns zum steten Dienst. Wir haben einst unser aller Freiheit erkämpft – und sind dieser ewig verpflichtet. Unsere Stärke ist unsere Aufgabe.«

Die beiden Männer starrten einander an, und Maleni fühlte, dass Garamyl auf Auswege sann, die ihn an der Aktion nicht teilnehmen lassen würden. Viele Jahrhunderte war Predorenn von Königen und Königinnen, vor allem aber vom Kronrat geleitet worden. Dass alle genauso mutig und selbstlos gewesen waren wie Umbert und Verenn, war kaum anzunehmen.

Lavaicra fuhr sich mit den Händen durch die Haare. Kurz schien es, als wären diese hüftlang. Dann wieder sah man nur das kurzgeschorene Haupt einer Sarvin. Blaues Augenfeuer verwandelte sich zurück in eine graugrüne Iris.

»Ich sehe Blut«, sagte die Rätin tonlos.

»Lavaicra, Seherin des frühen Reiches«, grüßte Umbert sie ehrerbietig und neigte sein Haupt.

»Lavaicra? Die Prophetin der ersten Befreier?«, fragte Anyen bewundernd. »Was siehst du sonst noch? Werden wir siegen? Sind wir auserwählt, die Welt zu ändern? Ist Umbert …«

»Auserwählt?« Lavaicra lachte und schüttelte ihr langes, weißes Haar, das dann auch schon wieder braun und kurz war. »Glaubst du an so etwas, Anyen? Du warst Rätin von Predorenn. Du solltest wissen, dass wir nicht auserwählt waren, sondern zufällige Fehlleistungen der Urgorrn. Niemand ist auserwählt. Jeder muss selbst wählen, das Richtige zu tun. Stets neu. Meist unbequem. Bisweilen gefährlich. Niemand ist vorbestimmt. Kein hehrer Retter, keine hehre Retterin verfügt über die alles umfassende Weisheit, die sie von selbst emporträgt zu einem ›glorreichen Sieg‹. Nur die Dummen erwarten die Rettung von einem Prophezeiten, dem sie tumb und ohne eigene Verantwortung zu einem Triumph hinterherzustolpern suchen. – Ich sehe Blut. Und ich weiß nicht, ob wir siegen werden. Doch ich weiß, dass wir es versuchen müssen. Selbst wenn wir verlieren.«

»Ich hatte dich für mehr gehalten als eine Schwätzerin«, spottete Garamyl. »Warst du nicht die legendäre Prophetin, die unseren Sieg vorhersagte?«

»Nein«, widersprach Lavaicra kalt. »Einen Sieg konnte ich nie prophezeien. Doch die Notwendigkeit, sich zu wehren, konnte ich sehen. Und die Möglichkeit, das Joch abzuschütteln. Der Rest sind Mut und Opferbereitschaft derjenigen gewesen, die sich gegen die Tyrannei der Urgorrn auflehnten. Das war damals so. Das ist heute so. Wir – nur wir – sind diejenigen, die zwischen diesem Urgorrn im Berg und den Menschen in Predorenn steht. Nur wir.«

Sie schwiegen.

»Land in Sicht!«, rief Prentiss vom Steuer.

Augenblicklich war es totenstill.

»Haben wir einen Plan?«, fragte Sreytor.

Eluha nickte und zuckte gleichzeitig mit den Achseln.

»Ist es ein guter Plan?«, fragte Gerdur, der eben noch nicht sichtbar gewesen war.

»Es ist ein … Plan.«

107

Maleni hatte die Anlegestelle erkannt. Den schmalen Serpentinenweg den Berg hoch und hinunter war sie oft genug geritten. Sie hatte damals die ankommenden Schiffe beobachtet. Nun war sie selbst auf einem dieser Schiffe angekommen. Sie schauderte und vermochte nicht einmal zu sagen, warum. Zu viel Vergangenheit. Zu wenig Zukunft.

Sie sah sich um. Die Sarven-Räte auf dem Schiff unterschieden sich nur auf den ersten Blick in nichts von den Sarven, die im Berg Dienst taten. Betrachtete man sie genauer, so war ihr Gesichtsausdruck scharf und ihre Kleidung ausgebeult von Waffen, die sie auf dem Piratenschiff gefunden hatten.

Der obere Teil des Berges war in den üblichen Wolkenpilz gehüllt. Der Weg nach oben zu jenem Eingang, den Maleni kannte, war ein ganzes Stück über ihnen. Sicher war dieser Zugang bewacht, auch wenn Maleni im Moment weder übende Reiter, noch Meister sehen konnte. Doch es würde nicht lange dauern, bis welche erschienen.

»Wir nehmen die Sarven-Pforte«, sagte Umbert.

»Ich weiß nicht, wo die ist«, murmelte Maleni betreten.

»Wir schon«, versicherte ihr Gerdur. »Die Wege sind uns vertraut – wir finden sie, wenn wir sie brauchen.«

»Wir sollten irgendwelche Fracht tragen. Sonst fällt es auf«, meinte Maleni. »Sarven spazieren nicht einfach so herum.«

»Gut. Das gibt uns Möglichkeiten, noch mehr Waffen mitzunehmen«, schlug Verenn vor, der ebenfalls wie ein Sarve gekleidet war.

»Einer sollte zurückbleiben und das Schiff bewachen«, meinte Anyen.

»Ich mache das!«, meldete sich Garamyl.

»Nein. Du kommst mit. Nimm dir ein Schwert!«, befahl Verenn. »Prentiss ...«

»Kommt nicht in Frage. Ich kämpfe mit euch!«

»Dann Anyen. Zieh dir etwas von den Piratensachen an. Und lass deine Verführungskünste spielen, falls dich hier irgendjemand belästigt.«

Idila sah einen Augenblick lang entsetzt auf ihre Freundin, von deren Seite sie noch nicht gewichen war.

»Du wirst wissen, was ich fühle«, sagte sie. »Wenn alles zu spät ist, versuche zu fliehen.«

»Wenn ... alles zu spät ist, erwarte ich, dass Prentiss sich zurück zum Schiff durchschlägt und es fortbringt«, befahl Verenn. »Mit allen Seelen, die noch an Bord sind.«

»Das ist Wahnsinn!«, zischte Garamyl.

»Wenn Massenmord normal ist, braucht es den Wahnsinn, um ihn abzustellen.«

Maleni sagte nicht, dass die Xyi nichts waren, das man einfach so abstellen konnte. Sie dachte nur an den Großmeister. Nur er war das Ziel. Das Bild in ihrem Gedächtnis war übermächtig.

Sie sprangen von Bord. Mit gesenkten Köpfen und dienstfertigem Schritt machten sich die ehemaligen Sarven auf den Weg. Sie trugen irgendetwas und gingen in eine Richtung, in die Maleni nie zuvor gegangen war. Sie lief einfach nur mit, während ihr Herz so laut schlug, dass sie sicher war, es halle durch den ganzen Berg bis hin zu Großmeister und gesamtem Schemenrat. Sie biss die Zähne zusammen.

Sie hatte nicht angenommen, ihre Ankunft am Berg würde all die alten Gefühle wieder hochkochen lassen. Sie war eine Schemenjägerin der Xyi. Noch konnte sie sich anders entscheiden: Mit einem ganzen Trupp Reichsräten als Mitbringsel wäre sie sicher gern gesehen. Noch einmal Verrat begehen? Überleben?

Doch wozu? Sie keuchte. Die Welt schien keine Luft zu haben.

»Ich weiß«, murmelte Verenn, der selbst in einem Sarvengewand mit gesenktem Kopf nicht unterwürfig wirkte. »Es ist schwer, und es schmerzt. Doch ich bin bei dir. Du bist die Mutigste von uns.«

»Ich bin ein …«

»Du bist der Dreh- und Angelpunkt. Ohne dich wäre all dies nichts.«

»Ich könnte überleben.«

Er stutzte einen Augenblick, als verstünde er erst jetzt, worüber sie nachdachte. Dann suchte er ihren Blick. »Du würdest morden bis zu deinem Tod. Vollgepumpt mit fremden Seelenteilen, die dich zerreißen. Maleni – die Maleni, die lachen und lieben kann – wäre nicht minder tot, als wenn man uns jetzt umbringt.«

Sie nickte.

Ein Spalt im Fels öffnete sich unvermutet nach einem kantigen Vorsprung. Maleni konnte die Luft des Berges riechen. Der leichte Schwefelduft hatte beinahe etwas Heimeliges, und doch machte sich Kälte in ihrer Magengrube breit. Sie blickte nach links, hoch zu jenem anderen Eingang, aus dem sonst die Anwärter kamen. Sie erkannte den Meister nicht, der dort stand, und die seltsame Prozession beobachtete. Ob er wusste, dass dies keine angemeldete Lieferung war? Ob er wohl annahm, alles hätte seine Richtigkeit?

Wie auch immer. Man hatte sie bemerkt.

»Sie haben uns gesehen«, murmelte sie. Auf einmal war es wieder leicht, das zu denken, das »Wir« und das »Sie«. Sie überprüfte ihre Waffen und berührte wie zufällig Verenns Handrücken. Es war keine Liebkosung, doch es bedeutete unendlich viel in der verbleibenden Zeitspanne bis zu ihrem Untergang.

Die Dunkelheit umfing sie erschreckend plötzlich. Sie war froh, dass sie nicht vorausgehen musste. Hier war sie noch nie gewesen.

Es ging aufwärts. Sie wusste nicht, wohin genau, war hier noch nie gewesen.

Die Räte jedoch wussten ihre Schritte zu setzen, hatten das Wissen ihrer seelischen Gastgeber parat. Sie durchschritten einen Tunnel, kamen zu einer größeren Höhle, die offenbar als Lagerraum genutzt wurde. Dort sahen sie zwei Sarven, die sie anblickten, jedoch nicht auf sie zukamen. Sie ordneten irgendetwas, still, mechanisch. Maleni sprach sie nicht an, doch Idila hob ihre Hand und strich den Sarven über die Wange. »Kommt!«, sagte sie.

Es sah nicht so aus, als würden die Diener ihrer Aufforderung Folge leisten. Sie starrten sie nur verdattert an, als wäre sie eine eierlegende Kuh.

»Links oder rechts?«, fragte Umbert.

»Beides geht. Links treffen wir weniger Sarven.«

Weiter ging es. Lichtstreifen fielen durch schmale Felsspalten, und wo sie fehlten, flackerten Fackeln an den Wänden. Die Kombination schuf wie immer mehr Schatten als

Helligkeit. Was Maleni allerdings neu auffiel, war die Wärme. Draußen in der Sonne war es warm gewesen. Hier drinnen war es noch wärmer.

Doch der Berg war stets warm gewesen. Unten wärmer als oben, wo sie gelebt hatte. Sie versuchte, nicht an all die Kinder und Jugendlichen zu denken, die Klafter über ihr just das Kämpfen und das Töten übten, auch das Buhlen und das Betrügen. Das Lächeln. Das Annehmen jeden Ziels. Die Erziehung war gut gewesen, in dem Sinne, dass man unendlich viel gelernt hatte. Kind um Kind hatte dies hier durchlaufen und war zum Schemenjäger geworden. Oder zum Sarven.

Vereinzelt trafen sie auf Letztere, die sie scheinbar geistesabwesend ansahen, jedoch nicht am Weitergehen hinderten. Sie waren wie hohle Schatten, und nun, da Maleni wusste, wer und was sie waren, graute ihr vor den ausdruckslosen Sanften oder doch immerhin vor ihrem Schicksal. Tod war nicht das Einzige, was ihr drohen mochte. Sie war noch jung genug, um den Rest ihres Lebens im stillen Dienst zu vergehen.

Idila sprach zu allen Sarven, die sie trafen, ein paar Worte. Es war Zeitverschwendung, und in dieser Lage verschwendete man keine Zeit, Maleni befürchtete, bald jene zu treffen, die keine Sarven waren. Sie schrie beinahe auf, als der kleine Trupp um eine Ecke bog und sie sich plötzlich in dem Saal der Räte wiederfand, in dem ihre Große Weihe begonnen hatte. »Der Ratssaal«, flüsterte sie stattdessen. »Der Spalt dort vorn bringt einen in die Gefilde des Großmeisters. Man muss springen.«

Verenn leuchtete mit einer Fackel nach unten, die er aus einer Halterung genommen hatte. »Man sieht nicht, wie tief es ist«, murmelte er beinahe andächtig.

»Tief. Und doch überlebt man.«

Er blickte sie kurz an: »Wir nehmen ein Seil zu Hilfe. Ich springe nicht blind in die Höhle des Urgorrn.«

Sie sahen sich nach etwas um, an dem sie das Seil befestigen konnten und fanden nur eine in den Fels eingelassene Fackelhalterung. Verenns Blick war starr und kritisch.

»Wie man dort rauskommt, weiß ich nicht«, sagte sie ihm. »Ich war nicht bei Bewusstsein.« Was immer sie an Erinnerung von der Begegnung mit dem Urgorrn wiedergewonnen hatte, ging nicht so weit.

Verenn wandte sich ihr zu, blickte sie bedauernd an. Zu bedauernd.

»Du bleibst hier«, befahl er, »und hältst uns den Rücken frei.«

»Ich komme mit!«, widersprach Maleni, deren Furcht vor dem Grauen in der Urgorrn-Höhle nicht größer war als die, hier allein die Gesamtheit der Räte, Meister und sonstigen Kämpfer abzuwehren. Sie trug ihr Hemd aus Karruhaut unter der Bluse, hatte sogar entsprechende Handschuhe über die Hände gezogen, Lange würde das Schemenjäger jedoch nicht aufhalten. Vielleicht nur Sekunden.

»Einer muss aufpassen, dass das Seil dort bleibt.« In Verenns Bedauern mischte sich Unbehagen. Sie verstand sein Anliegen. Sie verstand sein Bedauern. Sie verstand sogar die vielschichtigen Gründe, aufgrund derer er sie ausgewählt hatte. Und dennoch. Nicht nur sein eigenes Leben, sondern auch noch ein Seil zu verteidigen, vergrößerte ihre Chancen nicht. Nur Verrat täte dies. Ihre Augenbraue zuckte. Sie blickte dem Mann, der sie so verändert hatte, tief in die Augen, sah Schmerz darin, aber auch Zutrauen. Er vertraute ihr und ließ ihr dennoch die Möglichkeit, zu wählen. Er sollte es nicht bereuen müssen.

»Vergesst mich hier nicht, wenn ihr zurück zum Hafen geht«, sagte sie leichthin.

»Niemals«, antwortete Verenn und küsste ihre Stirn. Wenn das ein Abschied war, war es ein verdammt kurzer. »Wir gehen gemeinsam.« Oder gar nicht.

Keine Zeit für mehr. Sie blickte ihm hinterher, einen Augenblick lang nur. Mehr würde weh tun. Einer nach dem anderen verschwanden die Frauen und Männer im Bodenspalt. Maleni behielt den Rest der Höhle im Auge. Alsbald war sie allein. Wenn sie allein bleiben würde, wäre das gut.

Die Minuten zogen sich wie Stunden. Würden die Räte wiederkommen? Sie stand reglos mitten im Saal. Schutzlos. Wie lange waren die anderen schon fort? Sollte sie sich vielleicht doch verbergen? Oder zum Schiff gehen, in der unwahrscheinlichen Hoffnung, sie wären schon auf dem Weg dorthin?

»Verenn«, flüsterte sie tonlos und rührte sich nicht.

»Du bist also zurückgekommen«, erklang eine kultivierte Männerstimme ganz nah. Ihr Blick fokussierte sich auf die Schatten, aus denen ein Mann trat, als hätte er sich aus ihnen gewoben. Die Xyi sind unsichtbar, dachte sie und lächelte müde. So war das also, wenn es einem selbst passierte. Sie hatte ihn weder kommen gehört noch gesehen. Doch sie erkannte ihn. Mittelalt. Sandfarbenes Haar mit grauen Strähnen, das ihm in einem Zopf den Rücken hinunterhing. Hochgewachsen und elegant in seinen Bewegungen.

»So sehen wir uns wieder«, grüßte sie den Meister, den sie auf dem Geheimen Pfad in den Loryr-Bergen getroffen hatte. Damals hatte sie ihn wiedersehen wollen, denn er hatte ihr doch tatsächlich gefallen. Kälte rann ihr durchs Gemüt. »Warst du nicht auf dem Weg nach Gendern?«

»Ich wollte einen Krieg verhindern.«

»Dann hast du wohl versagt.« Ihr Lächeln war höflich. Seines scharf. Sie lächelten beide in perfekt verlogenem Gleichklang.

»Nein«, widersprach er leise. »Das Szenario hat sich lediglich verschoben. Ein neuer Krieg, ein neues Glück.« Er gab nicht vor, Frieden wäre sein Ziel. Kein Jota Naivität, das ihm vorgaukelte, sie alle fochten für den Frieden und das Gute.

Sie starrten einander an. Maleni wusste, sie wäre in dem Augenblick tot, in dem sie zu einer Waffe griff. Sie blieb reglos. Im finsteren Höhlenrund konnte sie Bewegungen ausmachen, dunkel auf dunkel. War es der Rat, der sich in weitem Kreis um sie versammelte? Die Meister? Genau war nichts zu erkennen, doch sie war nicht mehr allein, auch wenn sie keine Schritte hörte.

Warnen konnte sie niemanden. Die Gesamtheit der Anwesenden zu besiegen war ebenfalls unmöglich. Sie konnte nur lächeln und die Geschwister hinhalten. Mehr war nicht möglich. Also lächelte sie. Lange genug hatte sie just das in diesem Berg trainiert.

»Du hast natürlich kein Recht, hier zu sein«, meinte der Mann beinahe gütig. »Du gehörst nicht zum Rat, bist keine Meisterin und keine zu Weihende, die man hierher gerufen hat. Auch keine Patin.«

Sie nickte. »Und du? Ich weiß nicht einmal, wie du heißt.«

»Narhoyo, Buzzardmeister im aktiven Dienst und Anwärter auf einen Platz im Rat, so ich heute recht handele. Die Aufgaben zur Ratsweihe sind stets von einer gewissen Spontaneität getragen.«

Sie verneigte sich ein wenig, ohne den Blick von ihm zu nehmen: »Meister Narhoyo. Ich grüße dich. Ich ehre dich für dein Können und für das, was du erreicht hast und erreichen wirst.«

Er lachte leise. »Du bist sehr schön«, sagte er. »Außergewöhnlich ansehnlich. Das ist mir schon im Loryr-Gebirge aufgefallen, wo weit mehr von dir zu sehen war. Damals warst du noch nicht meine Aufgabe, nur eine verloren gegangene Schwester in der falschen Gesellschaft. Ich hatte darauf vertraut, dass du deinen Weisungen gemäß verfährst. Bist du das?«

»So gut es ging«, log sie. »Die Nordarmee der Gendrischen hat mich bei der Erfüllung meiner Pflicht nachhaltig gestört. Und dann war da noch dieser Schlangenbiss. Ich war sehr krank, doch dank unserer Entgiftung habe ich überlebt.«

Er überging das, es war nicht relevant. Was wusste er? Was wussten sie alle hier? Glaubten sie, sie wäre allein gekommen? Hatte sich die Ankunft des Schiffes vielleicht noch gar nicht herumgesprochen? Möglich, doch unwahrscheinlich. Er spielte mit ihr wie eine Katze mit einer erbeuteten Maus. Sein feines Lächeln zeigte an, dass ihm die Situation Vergnügen bereitete. Das musste es sein. Er hatte Spaß, sonst wäre sie schon tot.

Sie versuchte ihn und gleichzeitig die sich bewegenden Schatten am Rand ihres Blickfeldes im Fokus zu behalten. Es war unmöglich.

»Einmal schon war ich hier«, fuhr sie fort, nur um das Gespräch in die Länge zu ziehen. »Zur Großen Weihe. Erinnerst du dich an deine Große Weihe, Narhoyo?«

Er war ihr näher gekommen, ohne dass sie eine Bewegung bemerkt hatte. Irgendetwas in ihrem verschütteten Selbst bewunderte ihn für so viel Geschicklichkeit. Eine Schlange im Gras konnte nicht eleganter sein.

»Ich bin geweiht«, antwortete er ihr. »Und ich bin Pate.«

Sie strahlte ihn an, fühlte den Stahl in ihrem Lächeln. Wie viele Mörder mochten sich seinen Leib teilen?

»Und dennoch möchte ich wetten, dass du nicht weißt, wie es war«, trumpfte sie auf. »Deshalb bin ich hier. Ich will erfahren, was war. Ich bin der Löcher in meinem Gedächtnis weidlich überdrüssig.«

Nur nicht zu dem Spalt hinter sich sehen. Vielleicht würde er glauben, sie wäre allein? Und lediglich neugierig?

Doch das glaubte er nicht. Sein Blick zog sich einen Moment lang über das Seil, das im Spalt verschwand. »Da willst du also hinunter? Nur Anwärter, Paten und angehende Schemenräte dürfen hinunter. Anwärterin warst du schon. Zur Patin taugst du nicht. Und im Rat sind nur jene, die nicht zweifeln. Was also willst du?«

»Ich …«

Er stand so schnell vor ihr, als hätte er den Abstand gar nicht überbrücken müssen. Sie atmete erschrocken ein, versuchte ihn abzuwehren, griff ins Leere. Es war nicht sein Ziel gewesen, ihr seinen Dolch ins Herz zu rammen. Vielleicht ahnte er, dass das Karruhemd es schwierig machen würde.

Ihr Bein knickte ein, als er sein schmales Messer aus ihrer Leiste zog. Ein dünner Strahl Blut folgte der Klinge. So schnell. Der Schmerz folgte viel langsamer. Sie taumelte.

Er fing sie, hielt sie im Arm wie ein Liebender. Jetzt konnte sie ihn umbringen, sie musste nur an eine Waffe kommen. Wo war nur …?

»Das war geschickt«, flüsterte sie ihm bewundernd zu, konzentrierte sich auf seine Augen, die kalt und emotionslos auf sie blickten. »Taryah hat dich so bewundert.«

Ihr Messer rutschte von dem Panzer ab, den er unter seinem Hemd trug. Sie versuchte es ihm in die Achsel zu rammen, doch da flog ihr die Waffe auch schon aus der Hand. Etwas brach, ein Knochen in ihrer Hand. Nur zwei seiner Finger hatten sie berührt. Ihre andere Hand schaffte es fast bis zu seinem Auge, aber die Finger stachen ins Leere. Sie trat mit dem Fuß zu. Doch wo der Mann eben noch gewesen war, stand er nicht mehr. Dabei hielt er sie immer noch fest. Es war, als ob sie in einer seltsamen Choreographie tanzten.

»Tanz für mich, Buhlerin«, sagte er denn auch. »Ein letztes Mal.«

Maleni blickte um sich. Die Frauen und Männer des Schemenrats waren nun etwas genauer zu erkennen. Ihre Gesichter waren allerdings nur schemenhaft wahrzunehmen. Sie trugen Kapuzen und gewährten Maleni nicht die Ehre des Erkennens.

Maleni lächelte ihr entwaffnendstes Lächeln. Ob ihr dieses Lächeln besonders gut gelang, wusste sie nicht. Doch sie gab sich große Mühe. Vorsichtig streifte sie seinen Arm ab, stand ohne seine Hilfe. »Gibt es Musik?«, fragte sie. »Es tanzt sich besser zu Musik.«

Vielleicht hatten ihre Freunde ja bereits etwas erreicht. Sie musste ihnen Zeit verschaffen. Aus dem Spalt drang kein Ton nach oben. Falls es unten einen Kampf gab, so trug sein Lärm nicht bis in den Schemenratssaal.

Oder ihre Freunde waren längst tot.

108

Der senkrechte Schlot war schwarz gewesen, bröseliger, scharfer Basalt. Verenn bewunderte den Mut der Anwärter und Paten, die hier hinuntersprangen, ohne zu wissen, wohin. Ein heißer Wind biss ihm in die Augen. Er kam auf dem Boden auf, hielt das Seil für die nachkommenden Räte, wunderte sich, dass seine Landung nicht härter gewesen war. Der Boden schien zu federn wie ein dünn überwachsener Sumpf. Es roch nach Moschus und Schwefel. Und Tod.

Der Raum war rund und schlecht beleuchtet, die Wände voll großer und kleiner Löcher. In Tausenden von Nischen standen Rotschneckenhäuschen. Hier war die Mördersammlung des Spielers. Wie ein blutiges Sternenzelt strahlten die Gefäße aus dem Dunkel.

»Wir hätten doch den anderen Weg nehmen sollen«, brummte Garamyl übellaunig.

Vermutlich hatte er recht – vorausgesetzt jener andere Weg hätte nicht den Umweg über den Schemenratssaal genommen. Verenn mochte niemanden tadeln, wusste, wie wenig strukturiert das Wissen der Sarven in den Köpfen der Räte war. Die Diener des Berges fanden ihre Wege mit der instinkthaften Orientierung wandernder Tiere. Doch hätte er gewusst, dass er die »Große Weihe« der Anwärter würde nachholen müssen, anstatt einfach nur einem Gesindepfad zu folgen, er hätte den anderen Weg gewählt. Vielleicht hätte er Maleni dann nicht zurücklassen müssen. Vielleicht konnte sie sich aber auch retten, wenn sie nicht mit ihnen zusammen gefunden wurde.

Er wollte, dass sie überlebte. Gleichzeitig konnte er sich nicht mit der Möglichkeit abfinden, sie würde sie vielleicht verraten. Das würde sie nicht.

»Hier?«, fragte Gerdur. Seine Augen waren groß vor Angst.

»Vermutlich.«

Langsam schritten sie auf die Mitte des Raumes zu, stellten sich im Kreis auf, die Rücken gegeneinander gewandt.

»Weiß irgendjemand, wo wir suchen sollen?«

Niemand wusste es. Es war kein Wissen, das die Sarven hätten haben können.

»Irgendwo hier muss er sein.«

»Und ziemlich groß – hat Maleni gesagt.«

»Dann kann er nicht durch die kleinen Öffnungen kommen.«

»Bist du dir da sicher? Wer weiß schon, ob die Urgorrn eine feststehende Form haben? Sie sind alle unterschiedlich.«

»Dieser hier soll ein Riesenwurm sein. Mit Tentakeln. Schlangenkopf. Und Halskrause.«

»Dann kommen nur eine Handvoll Tunnelgänge in Frage.«

»Sollen wir die absuchen?«

»Da!«, mehrere Stimmen gleichzeitig wurden höher. Verenn sah sich panisch um, doch kein riesiges Ungeheuer stürzte auf sie zu. Vielmehr quollen Schlangen aus allen Löchern, weiße, gelbe, schwarze und solche mit einer Halskrause wie jene Traumschlangen am Loryr-Gebirge. Wie Schleim ergossen sie sich in die Höhle.

Sie waren schnell. Umbert streute Feuer gegen sie, doch sie kamen von allen Seiten. Verenn hob die Hände – und wusste mit einem Mal nicht, ob ihm der Zauber gelingen würde. Er war fast an der eigenen Fähigkeit erfroren. Sein eigener Überlebenswille wehrte sich heftig dagegen, sich noch einmal der gleichen Gefahr auszusetzen.

Er zwang sich zur Aktion. Willensstärke gegen inneren Fluchtreflex. Links von ihm toste ein Sturm über den Boden, und Schlangen flogen wie abgerissene Taue, klatschten gegen die Wände. Das musste Prentiss getan haben. Sreytor sprang nach vorn und wirbelte ein Schwert um sich, das entschieden zu groß für die Trägerin war. Es schien ihn nicht zu stören. Halbe Schlangen fielen zu Boden.

Eis bedeckte die Fläche vor Verenn. Er fluchte leise. Zwar lagen Haufen gefrorener Tiere vor ihm, anstatt näher zu kommen, doch er war zu langsam gewesen und haderte mit seiner Zögerlichkeit. Er warf einen Blick in die Runde. Niemand schien gebissen worden zu sein, aber noch lebte einiges Gewürm, auch wenn der Großteil in knotigen Anhäufungen einen leblosen Kreis um sie bildete.

Nicht ganz leblos. Er versuchte Bewegungen darin zu sehen. Rührte sich da etwas unter dem Gewühl? Eine einzige Schlange würde reichen, um zu töten.

»Seid ihr wirklich sicher, dass es einen zweiten Weg hier raus gibt? Nicht über das Seil?«, fragte Umbert. Die Frage war überflüssig und seiner eigenen Furcht geschuldet.

»Die Sarven müssen die Anwärter und Paten zurück nach oben bringen. Das tun sie nicht, indem sie den Felsspalt hochfliegen.«

»Und ihr wisst genau, welcher Weg das ist?«

Das Schweigen auf diese Frage war so kalt wie Verenns Eis.

»Ihr wisst es nicht?«, bohrte Umbert nach.

»Im Moment nicht ganz genau. Ich denke, es wird deutlich, wenn es notwendig wird. Sarven wissen nie mehr als für sie gerade vonnöten ist. Immer nur genau das.«

»Du hältst es nicht für notwendig zu wissen, wie wir hier jetzt rauskommen?«

»Wir haben unser Ziel noch nicht erreicht.«

»Es kommen immer noch Schlangen!«

Das Gespräch verebbte, die Flut der Schlangen erst nach einiger Zeit. Sreytor sprang immer noch herum und hieb Tiere entzwei, auch wenn manche von ihnen verbrannt und manche von ihnen vereist waren. Es war, als trüge der Kampfgeist das zierliche Mädchen mitsamt der Zerstörungswut davon.

»Wir leben noch«, murmelte Idila irgendwann.

Der Boden bebte. Einige der Gruppe verloren das Gleichgewicht und fielen. Schnell versuchten sie, wieder auf die Füße zu kommen.

»Ein Erdbeben?«, fragte Lavaicra.

»Wir sind in einem Vulkan.«

»Kann das der Urgorrn beeinflussen?«, fragte Idila.

»Ich denke schon«, meinte Lavaicra. »Sie spielen mit den Elementen. Manche meinten, sie wären Teil davon.«

»Er braucht also gar nicht hier aufzutauchen. Er lässt einfach den Berg über uns zusammenstürzen«, zischte Garamyl wütend. »Von allen blöden Ideen, die Verenn je …«

»Der Urgorrn ist selbst in dem Berg. Und seine hochgezüchtete Meuchlerbande auch.«

»Kommt es mir nur so vor oder wird es gerade sehr viel heißer?«, fragte Prentiss und trat von einem Fuß auf den anderen.

»Du hast uns in einen Kochtopf geführt, toter König!«, wütete Garamyl. »Deine kleine Kebse hast du in Sicherheit gebracht. Die hat uns vermutlich längst verraten. Und wir braten.«

Verenn wandte sich ihm nicht zu, blickte nur weiter um sich, um etwaige Schlangen oder andere Gefahren zu erkennen. »Wir sind Menschen«, sagte er. »Was uns zu Beschützern unter den Menschen gemacht hat, verpflichtet uns zum steten Dienst. Wir haben einst unser aller Freiheit erkämpft – und wir sind ewig dieser Freiheit verpflichtet. Unsere Stärke ist unsere Aufgabe.«

Er hörte, wie die Räte das Bekenntnis mitsprachen, alle außer Garamyl, der angefangen hatte, mit seinem Krummsäbel auf die Haufen still daliegender Schlangen einzuschlagen. Vermutlich war das noch nicht einmal eine schlechte Idee. Eine geteilte Schlange machte weniger Ärger als eine nicht ganz tote.

Ein erneutes Schütteln durchlief die Höhle. Es fühlte sich an, als lachte der Berg.

»Eluha, was ist der nächste logische Schritt?«

Eluha kam nicht mehr dazu, die Frage zu beantworten. Mit einem Mal war die Höhle voll. Die Räte schrien. Sie hatten gemeint zu wissen, was auf sie zukam, und doch war die tatsächliche Präsenz ihres Feindes mehr, als sie fassen und ertragen konnten. Verenns Sinn krümmte sich unter dem Eindruck, als wolle er schon die Möglichkeit, es könne so etwas überhaupt geben, aus dem Kopf drängen. Er würde vergessen, während er noch hier stand und starb. Wie hatten es die ersten Räte damals geschafft, gegen so etwas zu kämpfen? Sie alle, die sie hier waren, hatten sich auf dieses Erbe berufen, sich auserkoren gefühlt, weil jemand lange vor ihnen Schlachten gewonnen hatte, die sie sich nicht einmal vorstellen konnten.

Er warf sich auf den Boden, als ein riesiger Wurmschwanz, besetzt mit sich windenden Tentakeln, blitzschnell von oben auf ihn herabpeitschte. Er rollte über den Grund so schnell er konnte, fand sich auf einem Haufen Schlangen wieder, die sich unter ihm verschoben, als wollten sie flüchten. Was lebte da noch?

Einen Überblick über seine Gruppe aus Kämpfern zu haben, war nicht möglich. Es war schwer genug, den Überblick über das riesige Schwanzende und die Tentakel zu behalten. Ob diese ihm Gift einspritzen würden oder die Seelen von Mördern, oder ob sie ihn einfach nur durchbohren würden, um ihn wie eine Wildhenne am Spieß über das Feuer des Vulkans zu legen, war unerheblich. Er konnte nicht einmal sagen, wovor er die meiste Angst hatte. Seine Furcht kämpfte mit dem übermächtigen Wunsch, die Augen zu schließen und zu vergessen. Nachgeben. Überleben. Vergessen. Leben. Vergessen. Vergessen.

Vergessen war so leicht!

Wütend schlug er mit seinem Schwert um sich. Die Tentakel am Griff züngelten in nie dagewesener Geschwindigkeit. Er spürte einen Ruck. Der Schock ging ihm durch den ganzen Arm.

Neben ihm fiel ein abgeschnittener Fortsatz nieder, würmelte wie eine Natter, kam auf ihn zu. Eine Flamme traf ihn – so nah, dass sie Verenns Arm versengte. Im Augenblick des brennenden Schmerzes fiel ihm beinahe das Schwert aus der Hand. Mit letzter Kraft führte er es gegen den sich windenden Tentakel, der ihn fast erreicht hatte.

Der Schrei des Urgorrn ließ den Berg erzittern. Ob es Wut war oder Schmerz, wusste Verenn nicht zu sagen. Vielleicht war es sogar Schadenfreude? Das Gebrüll war so unendlich fremd, es war nicht einmal deutbar. Es schrillte in seinen Ohren und seinen Innereien, ließ ihm das Gedärm erzittern und war gleichzeitig viel zu hoch und viel zu tief.

Wieder fiel ein Tentakel. Verenn versuchte auf die Beine zu kommen und zu verstehen, wer ihm zu Hilfe gekommen war. Er sah niemanden, spürte nur eine Bewegung neben sich, schlug zu. Etwas sprang weg, und er begriff: Das war Gerdur. Er war nicht sichtbar. Das mochte gut sein. Oder schlecht – wenn man von der eigenen Seite aufgespießt würde.

Eluha hatte es hinter den Hautkragen des gigantischen Feindes geschafft. Vielleicht war das ein besonders guter Zugriffspunkt, um das Ungeheuer anzugreifen. Die meisten Kreaturen hatten im Ohrenbereich Löcher im Schädel.

Dieser Gedanke kam unwillkürlich, und Verenn musste sich eingestehen, dass er nicht einmal wusste, ob das Wesen, das ihm wie ein Schlangenwurm vorkam, überhaupt einen Schädel hatte. Würmer hatten keine Knochen.

Schlangen schon. Doch dies war kein Tier. Ein Urgorrn war ein Urgorrn. Es gab nichts, womit man ihn vergleichen konnte. Kein Tier. Kein Mensch. Nur eine physische Macht jenseits solch kreatürlichen Denkens.

Eluha hieb mit dem Entermesser zu, doch ein kleines Zucken des Feindes warf sie quer durch den Raum, wo sie liegen blieb. Blut quoll ihr aus mehreren Wunden. Die Enden der Halskrause waren mit scharfen Stacheln versehen. Es wäre zu naiv zu glauben, ausgerechnet diese wären nicht giftig.

Sreytor war rittlings auf den Wurmschwanz gesprungen, stach mit seiner Waffe danach, glitt damit ab, wie an gekochtem Leder. Der Schwanz bewegte sich, warf das züngelnde Ende hin und her. Die schmale Mädchengestalt versuchte sich auf dem runden, glitschigen Wurmteil zu halten, doch es gab nichts, an dem sie sich hätte festhalten können. Während Verenn schon wieder auf den Beinen war und sich dem vorderen Ende der Kreatur zuwandte, sah er aus dem Augenwinkel, wie Sreytor von dessen hinterem Ende katapultiert wurde.

Umbert kämpfte inzwischen mit zwei Schwertern. Sicher waren auch diese durch seine besondere Kunst Klingen, die ihresgleichen suchten. Doch obgleich er zielsicher auf die Mitte des Unwesens einhieb, traf er nicht, denn mit einer Geschwindigkeit, die man dem gigantischen Feind nicht zugetraut hätte, verstand es der große Wurm, sich immer wieder aus just dem Bereich fortzuschlängeln, den Umbert angriff. Schon war der runde, weißliche Leib aufgebogen wie eine monströse Raupe, bog sich um den Schmied, der sich mit einem Mal von dem riesigen Körper umfasst fand, so dass er ganz und gar aus dem Blickfeld verschwand.

Ein Orkanwind blies durch den Raum, fasste den noch fallenden Sreytor, wirbelte ihn herum, und legte ihn sanft auf den Boden ab. Verenn gönnte sich nicht die Zeit, nachzusehen, ob der Kämpfer bereits wieder stand, um den Feind erneut anzugehen.

Der Wurmleib hatte sich wieder verlagert, war im Rund um sich selbst gewabert, und sein Kopf war just nicht mehr an dem Ort, auf den Verenn eben noch zugehalten hatte. Dafür hatten Kopf und Schwanz einander im Kreis fast erreicht. Verenn drehte sich noch in der Bewegung, nahm Idila wahr, die neben Eluha kniete und der Verletzten die Hände auflegte. Sie sah verzweifelt aus, und Verenn erinnerte sich an seine ersten Versuche, nach der Wiederbelebung in jenem fremden Körper, der jetzt seiner war, all die Dinge zu tun, die er früher gekonnt hatte. Lange war nicht klar gewesen, ob seine Begabungen seine Seelentransplantation überlebt hatten.

Sie hätten warten sollen. Doch sie hatten keine Zeit gehabt.

Flammen schossen aus einer Windung des Wurmes. Fast erklang so etwas wie Lachen. Das Geräusch hallte von Wand zu Wand, und Verenn verstand, dass Umberts Feuer dem Feind nichts anhaben konnte: Feuer war sein Element.

Verenn sprang und rollte über den Boden, als der riesige Schlangenkopf nach ihm zuckte. Eben hatte er das Haupt noch erreichen wollen, nun hatte es sich von selbst ihm zugewandt. Eine gespaltene Zunge fuhr wie eine Doppellanze auf ihn nieder, die Spitzen auf seine Augen gerichtet.

Verenn warf sich zur Seite, verstand im gleichen Augenblick, dass er nie schnell genug sein würde, um dieser grausigen Waffe zu entgehen. Kein Mensch bewegte sich schneller als ein Schlangenzüngeln.

Er rollte über den Boden, sah nur noch sich und die Zungenspitzen, die ihn sein Augenlicht kosten würden. Mehr als das. Sie würden ihm durch die Augen in den Kopf dringen. Er schrie.

Eine graue Zungenspitze fiel abgehackt zu Boden. Nun schrie auch das Biest, doch es war schneller als Verenn. Schon hatte es sich herumgeschlängelt und ließ sich mit dem gesamten Gewicht auf eine Stelle fallen, an der nichts war. Ein dritter Schrei war kurz zu hören. Dann sah man nur, wie Blut und geborstene Knochen unter der weißlichen Ungeheuerleib hervorquollen. Gerdur. Im Tod war er nicht mehr unsichtbar.

Erneut warf sich Verenn zur Seite. Nur einen Augenblick lang gestattete er sich, seinen Blick durch die Höhle schweifen zu lassen, um zu sehen, wer von seinen Räten noch stand. Eluha lag am Boden. Idila zerrte an Umbert, der schwankend und rauchend einige Schritte taumelte. Prentiss war dunkelrot im Gesicht, während er versuchte, die Schwanztentakel von sich fortzupusten. Doch diese boten kaum Angriffsfläche, und dem Seefahrer ging die Luft aus.

Sreytor sprang vor und zurück, und mit jedem Sprung nach vorn versuchte er mit seinem Schwert einen Stich in den Leib fahren zu lassen. Zunächst glitt die Klinge nur ab. Dann blieb sie stecken, und die junge Frau sprang mit leeren Händen zurück. Entwaffnet.

Lavaicra kroch am Rand der Höhle entlang. Verenn verstand nicht, was sie im Schilde führte, doch wenn er es nicht verstand, vermochte der Urgorrn es vielleicht auch nicht zu verstehen.

Und Garamyl. Er war gar nicht zu sehen. War er geflohen?

Erneut warf sich Verenn zur Seite und schnitt, noch während er durch die Luft flog, mit seinem Schwert einen Kreis. Er fiel ungünstig und konnte nicht einmal sehen, ob er getroffen hatte, doch das Gebrüll des Feindes ließ ihn hoffen. Freilich mochte es gerade so gut Triumph sein.

Verenn rollte sich ab, hieb zu, rollte sich ab, stach erneut zu. Und schon rollte er wieder, hatte nicht einmal die Zeit, auf die Füße zu kommen.

Eine Bewegung von oben ließ zusätzliche Panik durch seine Adern schießen. Würde er jetzt genauso erdrückt wie Gerdur?

Etwas kam von oben, fiel, schlug vor ihm auf.

Maleni.

Blutverschmiert und völlig nackt, war ihr weißer Leib auf den Boden getroffen und lag dort wie eine zerbrochene Puppe. Entsetzt starrte er sie an, eine Sekunde nur. Eine Sekunde, die er nicht hatte.

109

Den Aufschlag hatte Maleni gespürt, doch der Schmerz kam kaum noch gegen die Schwäche ihres Körpers an. Sie sah, was um sie herum geschah, ohne es zu begreifen. Die Männer und Frauen des Kronrates von Predorenn kämpften. Es sah nicht aus, als hätte der Großmeister bislang Schaden genommen. Seine Präsenz war übermächtig, und schon schien es ihr, als drücke er ihr Bewusstsein aus wie eine Zitrone. Sie kämpfte darum, die Augen offen zu halten. Es kostete sie alle Kraft, die sie noch hatte.

Dabei wäre es einfacher gewesen, die Augen zu schließen und nichts mehr zu sehen. Die dünnen Schreie der Menschen und das unerwartete Gebrüll des Schlangenwurmes flirrten in der muffig schwefeligen Luft.

Vor Malenis Augen verschwammen Gegenwart und Erinnerung, als müssten sie sich zu etwas Neuem vereinen. Sie war oben im Ratssaal gewesen. Sie hatte getanzt. Sie hatte sich Mühe gegeben. Es sollte ihr schönster Tanz werden, der beste ihres Lebens. Ihre Gedanken wiederholten die Szene, jeden Schritt, jeden Schmerz. Die Wunde in ihrer Leiste hatte ihre Bewegung beeinträchtigt. Sie hatte dennoch getanzt. Dabei sah sie immer noch, wie Blut aus der Wunde lief. Nicht übermäßig schnell, doch stetig. Wenn man sie jetzt verband und versorgte, konnte sie es überleben. Das tat freilich niemand, und so würde sie sterben.

Die Erkenntnis, dass nun das geschah, das sie seit Wochen fürchtete, hatte ihre Gedanken auf seltsame Weise befreit. Das war bizarr. In dem Moment, in dem es geschah, wurde die Angst davor sinnlos. Maleni musste nur tanzen. So lange wie möglich, um den anderen, irgendwo tief unter ihr, eine Aussicht zum Sieg zu geben.

Hier tönte kein Klang von Trommeln und Flöten. Der Geruch, der jede Pore durchdrang, war nicht der parfümierter Kerzen, sondern irgendetwas zwischen Schwefel, Moschus und muffigem Alter. Gemeinsam war es der Duft von Tod.

Die akrobatischsten Verrenkungen, zu denen Taryah fähig gewesen war, konnte Maleni in ihrem derzeitigen Zustand nicht mehr ausführen, doch sie wirbelte herum, ließ sich vom Rhythmus ihres eigenen Herzschlags tragen, ließ sich gleiten, leiten, verleiten von dem apokryphen Bordun-Summen des Schemenrates, der jenen Singsang angestimmt hatte, den Maleni schon zu ihrer Großen Weihe vernommen hatte. Der Gesang war, wie damals, schaurig, voll dissonanter Schwebungen und rief tief in den Berg. Er schnitt in Malenis Gemüt wie jene Klinge, die der neue Rat hatte verschwinden lassen, als hätte es sie nicht gegeben. Der Schmerz, den Maleni fühlte, bestätigte freilich, dass es jene Waffe sehr wohl gegeben hatte. Blut lief ihr am Bein entlang.

Zeit gewinnen.

So lange es nur ging. Schön sein. Begehrenswert. Sie war begehrenswert – nicht nur Taryah. Ein König hatte sie begehrt. Ein ehemaliger König hatte eine ehemalige Mörderin begehrt. Weil er sie liebte. In Wahrheit tanzte sie nur für ihn.

Sie lächelte Narhoyo an, arbeitete an dem Lächeln, als müsse sie es in Stein schlagen, versuchte, es perfekt zu machen. Er hob eine Augenbraue. War er irritiert? Hatte er von ihr erwartet, sie würde um Gnade und Verständnis winseln? Wie alle, war auch sie geschult, so etwas nie zu tun. Man tötete ohne Reue. Und man starb ohne Reue.

Ein Kleidungsstück nach dem anderen fiel. Maleni griff auf ihre Ausbildung zurück, denn die Routine hatte nur Taryah gehört. Dennoch konnte sie in der kristallenen Miene ihres Gegners, des frischgebackenen Schemenratsherrn, so etwas wie Anerkennung erfassen. Es war nur eine Spur, überlagert vom feinen Ausdruck der Genugtuung. Letzterer war seiner nicht würdig.

Ihre Tanzschritte waren nicht unhörbar, auch wenn sie diesmal nicht von dem leisen Klingeln goldener Knöchel- und Armreifen begleitet wurden. Sie hatte sich ihrer Stiefel entledigt, und ihre nackten Füße patschten auf dem glatten Fels. Mit jeder vergehenden Minute musste Maleni um ihre Anmut kämpfen. Sie war nicht schwerelos. Ihre Verletzung machte sie müde und schwer.

Kam es ihr nur so vor oder wurde der Kreis um sie enger? Es war schwierig, sich zu orientieren, wenn einem Schweiß in die Augen lief und Dunkelheit sich von den Augenwinkeln her über den Blick zu ziehen begann. Doch, ja. Der Schemenrat kam näher, rückte immer enger an sie heran. Nun konnte sie auch Gesichter erkennen, die bislang in den Schatten versteckt waren. Es waren grausame Gesichter, alt und faltig, gelblich und mit schleimverklebten Augen. Schrumpelige Reptiliengesichter. Wie hässlich sie waren, die Herren und Herrinnen des Berges! Von dem, was sie einst gewesen waren, war nichts mehr übrig. Und sie ahnten das nicht einmal.

Näher und näher glitten sie heran, und Maleni versuchte ihnen tanzend auszuweichen, drehte sich weiter und weiter. Jetzt war sie schon fast nackt. Ihre Kleidungsstücke lagen auf dem

Höhlenboden verstreut, keine Seidenschleier, sondern feste Reisekleidung, verschmutzt von der Fahrt und frischem Blut.

Malenis Locken flogen nicht mehr wie fedrige Seide. Schweiß funkelte im Haar und machte es schwer wie glitzernden Brokat. Ihre Hüften kreisten, wippten, zuckten, lockten, und es schien ihr, als habe sie mit ihrer Kleidung auch Teile ihres Lebens abgestreift. Bei der Großen Weihe war ihr ihre Nacktheit vor den Räten peinlich gewesen. Diesmal nicht. Was immer dazu diente, in jenen wandelnden Hüllen der Niedertracht noch irgendein Feuer zu entflammen, war gut.

Mit einem Mal verstand sie, dass Narhoyo sie den Spalt zur Höhle hinunterstoßen würde, bevor sie starb, um vielleicht – nur vielleicht – eine Sarvin zu erhalten, die so aussah wie sie. Sie machte es ihm leicht, ließ sich ganz langsam in die Richtung drängen, in der er sie haben wollte, zögerte es dennoch hinaus.

Zeit gewinnen.

Im Moment waren hier alle auf sie fixiert. War sie erst einmal fort, würde sich der Schemenrat vermutlich darüber Gedanken machen, warum sie allein hier war. Und dass sie nicht gut allein sein konnte.

Sie schüttelte ihr Haar, das ihr die Schleier ersetzte. Drehte sich, hob den einen Arm, dann den anderen. Arme und Hände formten Gesten der Liebe. Sie glitten an ihrem Körper entlang, als liebkosten und umrahmten sie das perfekte Kunstwerk, das dieser gewesen war. Ihr Fuß ertastete den Rand des Abgrunds. Erneut lächelte sie den Rat an, der ihr nun nahe war, sie zu stoßen. Gut so.

Ihre winzige Klinge, die sie zwischen ihre Finger geklemmt hatte, zerschnitt ihm die Halsschlagader, und ein Schwall Blut bespritzte sie.

Da fiel sie bereits.

110

»Runter!«, flüsterte Maleni. Sie hatte brüllen wollen, doch nichts in ihrem Körper vermochte noch zu brüllen. Verenn schien sie dennoch zu verstehen. Flach rollte er über den Boden zu ihr hin. Das war falsch!

Hatte er in ihren Augen ihr Entsetzen gesehen? Schon hatte er sich herumgeworfen, die Richtung geändert. Die Zunge des Großmeisters schlug gegen den Boden zwischen ihnen, züngelte, verschwand, schoss erneut hervor.

Auf einmal war es möglich zu schreien. Maleni schrie, als die spitze Zunge ihr in die Wunde an der Leiste fuhr, neugierig und boshaft. Ein Züngeln vor ihrem Gesicht. Doch das war nur Verenns Schwertgriff. Das Schwert hieb nach dem fleischigen Speer, verpasste ihn, denn er war schon wieder fort. Der riesige Wurm schlängelte sich erneut im Kreis. Schon wieder war sein Kopf an einer anderen Stelle. Idila zog Eluha in die Mitte, denn das Innere des Kreises wurde kleiner. Der Feind selbst war die Schlinge, die sich um die Angreifer zusammenzog.

Maleni vermochte sich nicht zu rühren. Sie sah in die blauen Augen des Großmeisters, und es war ihr, als tauche sie in eine Flut blauen Feuers. Auf dieser Welt war Feuer sonst nirgends blau. Ein wenig kam Maleni sich betrunken vor, als hätte sie dem Wein zu heftig zugesprochen. Ihr Lächeln war in sich zusammengesunken, als sie gefallen war.

Es erfüllte keinen Zweck mehr, und sie musste es nicht aufrechterhalten. Der Boden war viel zu heiß, und doch fröstelte sie. Sie sah Umbert. Er war nicht unsterblich, hatte er gesagt. Noch stand er.

Idila war neben ihr. Wie war das gekommen? Sie blockierte ihr die Sicht auf den riesigen Kopf des Feindes, der schon wieder in eine andere Position geglitten war, während der Rest von ihm über den Boden waberte. Doch nun nahm sie wahr, dass auch der Großmeister Blessuren davongetragen hatte. Wenn sie mehr Kämpfer wären, könnten sie ihn vielleicht besiegen. Vielleicht auch nicht. Und warum hatte das Ungeheuer sich überhaupt dem Kampf gestellt? Möglicherweise hätten die Räte von Predorenn es nie gefunden, wäre es nicht just hierhergekommen. Aber dann fiel es ihr wieder ein. Es war gerufen worden. Die Schemenräte hatten den Großmeister mit ihrem Gesang gerufen. Weil Maleni getanzt hatte. So hatte sie immerhin etwas bewirkt.

Durch ihre schwindende Sicht versuchte sie einen Überblick zu gewinnen. Gerdur fehlte – war er unsichtbar? Garamyl war nicht zu sehen. Sie zischte.

Idila kämpfte nicht. Warum kämpfte sie nicht? Die rauhen Sarvenhände berührten Malenis nackten Körper, legten sich kreuzweise auf die Wunde. Ein Stechen ging durch ihre Muskeln, brannte sich ihre Adern entlang.

»Warum?«, flüsterte sie.

Idila antwortete nicht. Große Schweißperlen standen ihr auf der Stirn, und ihr Sarvengewand klebte feucht an ihr.

»Idila!«, rief Eluha, und die Frau ließ Maleni los und wandte sich ab. »Hilf mir!«

Der Boden wurde immer heißer, kaum erträglich für Malenis nackte Haut. Sie versuchte sich aufzusetzen. Es gelang ihr besser als gedacht. Ihre Wunde hatte zu bluten aufgehört. Doch sie schmerzte grauenvoll, und es fühlte sich an, als steckte immer noch ein Teil der Urgorrnzunge in ihr. Als Andenken. Als Hohn. Immerhin, Maleni konnte sich bewegen. Eben noch hatte sie getanzt. Das würde sie wohl nie mehr tun.

Sie kroch über den Boden, zog sich an den Händen über den heißen Fels, auf Eluha zu. Diese war leichenblass. Doch auch sie lebte, befand sich in den Händen von Idila. Maleni begriff, dass es mit diesen Händen etwas auf sich hatte.

»Er ist zu groß, um sich so zu bewegen«, flüsterte Eluha, während sie versuchte, eine Waffe zu heben, die vor ihr lag. »Das kann nicht sein.«

»Der Berg gibt ihm Kraft«, murmelte Maleni und versuchte vergeblich aufzustehen. Sie wollte noch mehr sagen, doch sie fiel wieder auf den heißen Boden und rang nach Atem. Eine Weile sah sie nichts, konnte nicht einmal ihren Kopf heben. Alles verschwamm.

»Der Hautkranz …«, murmelte Eluha. »Das Ding ist ein Wurm. Würmer sind leicht. Dieser ist schwer. – Wie kann er sich so unendlich schnell bewegen? Das ist unlogisch!«

Maleni war es nicht mehr unlogisch. Sie hatte es begriffen. Schon damals hatte sie es begriffen, und nun fiel es ihr erneut ein. Der Großmeister zog Kraft mit jener Halskrause. Er zog sie aus dem Himmel und der Erde. Er zog sie aus dem Berg und seinem Feuer. Er zog sie aus was immer Leben besaß. Und er gab sie in winzigen Dosen an jene, die er für geeignet hielt. An Schemenjäger. An Schemenräte.

Das musste sie Eluha sagen. Sie musste es allen sagen, doch sie lag nur da und konnte sich nicht mehr rühren. Ihre Sicht verschwand vor ihrem Blick.

Sie öffnete ihre Augen wieder und wusste nicht, wie viel Zeit verstrichen war.

Sie sah Umbert, der hektisch in dem kleiner werdenden Platz umhersprang, mal mit einem Schwert zuhieb, mal versuchte, der Bewegung des Feindes zu entgehen. Er selbst war voller Blut. Es musste sein eigenes sein, denn obgleich der Großmeister nicht unverletzt war, lief aus ihm nichts, was rot und als Blut erkennbar gewesen wäre. Kleine Schleimrinnsale waren auf der glatten Haut des Feindes auszumachen, doch es schien, als schlössen sich seine Wunden stets wieder schnell.

»Der Hautkranz!«, rief Eluha. »Der Hautkranz.«

Was sie damit sagen wollte, war nicht klar, doch Maleni war glücklich, dass die Bedeutung des hautüberzogenen Knochenfächers wahrgenommen wurde. Es gelang ihr nicht, sich aufzurichten, obgleich der heiße Fels in ihre Haut brannte.

Da war Verenn. Er nahm ein paar Schritte Anlauf, gerade so viel, wie er noch Platz hatte in dem schwindenden Rund. Dann sprang er direkt auf den Großmeister zu, und Maleni stöhnte leise, wo sie doch am liebsten laut geschrien hätte.

Eine sprenkelige Hautmembran des Stachelkragens klaffte auf, als Verenns Schwert hindurchschnitt. Verenns Sprung war weit und hoch gewesen, um sein Ziel zu erreichen. Nun knallte er mit dem feisten Leib des Feindes zusammen und glitt hilflos daran hinab, während der zahnige Kopf sich ihm einmal mehr schneller zuwandte, als man es dem großen Wesen zugetraut hätte.

Verenn lag. Allein das Maul des Großmeisters mit der Doppelreihe nach innen gebogener Zähne war so lang wie Verenns Beine samt Unterkörper. Schnappte der Urgorrn zu, würde er den Menschen mit einem Biss in zwei Hälften teilen.

Maleni hatte keine Kraft mehr zu schreien. Sie schielte nur mühsam den Ereignissen hinterher. Irgendwer schrie. Alle – sie schrien alle. Der Berg vibrierte im gemeinsamen Gebrüll, und Maleni begriff, dass auch der Urgorrn seinen Unmut preisgab.

Das Maul zuckte vor – und dann zurück, als ein blau glühendes Auge barst, in dessen horizontaler Iris plötzlich ein langer Dolch stak. Der Kopf schlug reflexhaft zur Seite, traf Lavaicra und schleuderte sie durch die Luft. Sie verschwand so plötzlich aus Malenis Blickfeld, wie sie erschienen war. Kurz darauf war ihre Stimme wieder zu hören: »Und Ihr sollt ihnen nehmen das Licht ihrer Augen, den Geschmack ihrer Zungen und das Denken ihrer Kronen!«, deklamierte die Seherin atemlos. »Ihr Innerstes sollt Ihr verderben, so auch die Macht Euch vernichtet! Nichts Äußerliches sei Euch wichtig!«

Während das riesige Haupt zurückschwang, hatte Verenn die Sekunden genutzt und war aufgesprungen. Doch statt sich in Sicherheit zu bringen, sprang er erneut vor, dicht an dem klaffenden Maul vorbei und schlug eine weitere Kerbe in den Hautkranz. Diesmal schnitt das Schwert durch die Spitze eines der Fächerknochen.

Und blieb stecken.

Einen Augenblick lang hing Verenn an dem Griff seines eigenen Schwertes, das sich nicht vom Knochen der Bestie lösen wollte. Dann ließ er sich fallen und rollte über den Boden fort, als das Maul schon nach ihm schnappte.

Ein Schwert kam geflogen. Umbert hatte es geworfen, und Verenn fing den Griff, rollte sich weiter und stach noch liegend zu. Auf das andere Auge hatte er gezielt, doch der Kopf war hochgeschnellt und nun steckte die Waffe in dem madenfleischigen Hals.

Die Stimme des Urgorrn erklang, und Maleni konnte nicht erkennen, ob er schrie oder ob seine Äußerung vielleicht gar ein Lachen war. Lachte er sie aus? Sie spielten gern, die Urgorrn. Das hatte man ihr so gesagt.

Es gelang Verenn, das Schwert aus dem wabernden Fleisch zu ziehen und damit auf den unteren Teil der Halskrause zu schlagen. Etwas barst, und das wütende Biest schüttelte sich wie ein überdimensionierter Hund. Waffen, die noch in ihm gesteckt hatten, flutschten ihm aus dem Fleisch und fielen in weitem Bogen zu Boden wie Späne von Feuerholz. Die helle Flüssigkeit schleimte noch immer von den Wunden des Urgorrn nach unten. Er gehorchte der Schwerkraft. Und wenn man ihn schnitt, blutete er. Maleni hoffte, dass dies nicht die einzige Ähnlichkeit war, die das Wesen mit Menschen gemein hatte, betete darum, dass auch er sterben konnte.

Verenn versuchte seinem Königsschwert näher zu kommen, das nun wieder erreichbar war. Sicher hatte es eine Bewandtnis damit. Maleni wusste nicht, welche, hoffte, es wäre eine Urgorrn besiegende Wunderwaffe. Allerdings hatte sie dann bislang noch nicht funktioniert.

Doch Verenn erreichte das Schwert nicht. Wie aus dem Nichts war da Garamyl, ergriff die Waffe und brüllte Verenn zornig an: »Du bist nicht mehr König! Du hättest es nie sein sollen! Es stand *mir* zu!«

Als ob Rang noch irgendeine Rolle spielte! Der Mann wirbelte erstaunlich schnell herum, den würmelnden Schwertgriff in der Hand. Verenn sprang ihm aus dem Weg.

Dieser Weg führte Garamyl direkt zum Kopf des Feindes, dessen gigantisches Maul sich weit öffnete.

Der Mann wich nicht aus. Vielmehr sprang er direkt in das Maul, Arm voraus. Er schrie, als sich das Maul um ihn schloss, und in einem letzten Augenblick sah Maleni, wie Verenns Schwert sich in Garamyls Hand veränderte.

Verenn hatte damit ein Dschungelfeuer vereist. Was konnte Garamyl?

111

Schwer schlug der Schlangenkopf auf dem Boden auf. Die vielen Zähne trafen dabei aufeinander, und zwei Unterschenkel mit Stiefeln plumpsten blutspritzend einzeln auf den felsigen Grund. Von innen hatte der Mann, den Verenn für einen Querulanten und für einen Feigling gehalten hatte, den Feind angegriffen. Das Schwert selbst war von unten nach oben durch den großen Schädel gedrungen, hatte den Halskranz an seiner höchsten Stelle zerteilt und den mittleren Knochen vom Kopf gebrochen.

Ein Rippeln ging durch das gesamte Schlangenwesen. Es waberte und zitterte. Der Schwanz schlug peitschengleich durch die Luft, zuckte und schlug erneut. Wer noch stand, warf sich zu Boden, rollte sich aus der Bahn oder versuchte es immerhin.

Irgendein Menschenkörper flog durch die Luft. Verenn konnte nicht ausmachen, wer. Wo war Maleni? Keine Zeit, sich weiter umzusehen. Der Urgorrn forderte seine gesamte Aufmerksamkeit. Sein riesiges Schwanzende stand nun hoch und zitterte wie das Ende einer Rasselschlange. Die Tentakel bewegten sich drohend; die kreisförmige Bewegung des Schlangenwurmleibs um sie alle herum ließ nach. Zum ersten Mal waren in diesem feisten Körper so etwas wie Segmente zu erkennen. In ihnen schien sich etwas zu regen.

Gleichzeitig änderte sich die Farbe des Kopfes. Das Blau des verbliebenen Auges wurde blass und opak. Das Strahlen erlosch.

Zwischen den Zähnen quoll unablässig Blut aus dem Maul, doch es war rot und gehörte Garamyl, der sich geopfert hatte. Der das einzig Richtige getan hatte.

Der es verdient hätte, König zu sein.

Was war noch seine besondere Fähigkeit gewesen? Verenn fiel es in dem Moment wieder ein, als er die Veränderung der Haut des Feindes sah. Hatte man bislang keine Schuppen daran gesehen, nur glatte, glitschige Haut, so wurde nun eine schuppenartige Parzelle nach der anderen grau und hart, bog sich ein wenig auf, um dann zu versteinern. Vom Kopf her wurde der Urgorrn zu Fels.

Einen Augenblick starrte Verenn fasziniert auf den Vorgang; dann sah er sich um: Prentiss half Sreytor auf, der ihm dies mit wütendem Blick dankte und ihn unwirsch zurückstieß. Eluha, Lavaicra und Idila standen beieinander. Gerdur war nur noch eine Blut- und Knochenspur, und auch von Garamyl war nicht viel mehr übrig. Umbert hob gerade Maleni auf seine Arme. Ihr Kopf baumelte rückwärts herunter.

»Ist das Vieh tot?«, fragte Idila leise und starrte auf den Schlangenwurm, der sich zum ersten Mal nicht bewegte. Sie suchten nach Sicherheit in den Augen der anderen und fanden nichts als Fragen.

»Wer weiß das schon?«, antwortete Prentiss rau. »Im Moment scheint er besiegt.«

»Wir haben ihn besiegt?« Idila klang ungläubig.

»Garamyl hat ihn besiegt«, flüsterte Verenn. »Er hat Lavaicra verstanden und nicht gezögert zu tun, was zu tun war.

Wir werden ihn ehren als das, was er immer sein wollte: König von Predorenn.«

»Aber erst einmal machen wir, dass wir hier fortkommen. Ihr erinnert euch? Da gibt es noch die Geschwisterschaft in diesem Berg!«, mahnte Umbert.

Verenn trat zu ihm.

»Sie lebt noch«, sagte der Meisterschmied und legte den leblosen Körper vorsichtig in seine Arme Er nahm sie entgegen wie ein Kunstwerk aus dünnem Glas.

Sie blickten um sich. Noch waren sie im Kreis des versteinernden Wurmes eingeschlossen. »Nach oben?«, fragte Prentiss und blickte zu dem Seil das immer noch aus dem Schacht über ihnen baumelte.

Umbert schüttelte den Kopf. »Ich denke, niemand hier ist in der Lage, an diesem Seil wieder emporzuklettern – mitten in die Schemenratshöhle.«

Sie alle hatten Verletzungen davongetragen. Idila ging nun von einem zum anderen und legte jedem die Hände auf, bis sie selbst zu wanken begann.

»Es ist genug, Idila. Sonst müssen wir dich auch noch tragen«, meinte Umbert.

»Stein ist hart, und Stein ist weich. Und weich bringt er den Tod«, deklamierte Lavaicra.

»Du meinst, das Vieh entsteinert sich wieder?«, fragte Prentiss panisch.

Alle blickten Lavaicra entsetzt an. Sie lächelte säuerlich. »Ihr wisst, ich kann nicht deuten«, murmelte sie betreten. »Ich kann nur die Gedanken von mir geben, die sich spontan formen.«

»Jedenfalls müssen wir schnell weg.«

»Anheben können wir den Leichnam nicht.«

»Wir müssen drüberklettern.«

»Er ist glatt.«

»Am Kopf ist er nicht mehr ganz so glatt.«

»Diese Steinschuppen sind scharf.«

»Haben wir noch ein Seil?«

Die Diskussion war jäh beendet, als die Mitte des Kreises immer heißer wurde. Auf einmal dachte niemand mehr lange nach, wie man am besten den Steinbalg überwinden konnte. Jeder versuchte es. Umbert hatte seine Hände zur Räuberleiter verschränkt und half einem nach dem anderen hoch. Gegenseitig schoben und zogen sie sich auf das leblose Hindernis, das für immer Stein sein mochte oder auch nicht. Die Oberfläche war hart, doch noch gab das Gewebe darunter nach, als stünde man auf einem Mosaik in einem Sumpf. Was geschehen würde, sollte der Urgorrn seine Metamorphose überstehen, das mochte keiner denken. Er musste tot sein. Alles andere wäre entsetzlich.

Verenn stand auf dem Wurm und blickte in die Mitte des Kreises. Darüber flirrte die Hitze; ein Rumpeln erschütterte den Berg.

»Raus hier! Schnell!«

»Warum sollte der Vulkan just jetzt ausbrechen?«

»Vielleicht weil der Urgorrn das war, was ihn bislang daran gehindert hat? Oder es ist einfach an der Zeit. Das Warum ist bedeutungslos. Wohin – ist wichtiger.«

Sie kehrten sich von der Mitte ab, der Kampffläche, auf der manche von ihnen ihr Leben gelassen hatten, und wandten sich nach außen.

Gesichter. In den Schatten der Gänge waren Menschen zu sehen. Zu erkennen waren sie nicht. Tatsächlich wurde es Sekunde um Sekunde dunkler.

Es schienen viele zu sein, doch sie standen im Dunkeln gedrängt. Genaues war nicht auszumachen. Verenn hätte gerne

Maleni gefragt, doch die lag reglos über seiner Schulter – die einzige Art, sie auf diesem schwierigen Weg zu transportieren. Er war sich nicht einmal sicher, ob sie noch lebte.

»Sarven, glaube ich«, meinte Idila hoffnungsvoll.

»Vielleicht nicht nur.«

»Einerlei. Wer weiß, wo wir hinmüssen, um hier rauszukommen?«

Lavaicra deutete in eine Richtung. Der Gang war voll mit Menschen.

»Dort durch?«

»Der einzige Weg.«

Eine neue Erschütterung ging durch den Berg, und sie rutschten und fielen von der kreisförmigen Feind-Barriere, die sie erklettert hatten. Nur einen Augenblick verweilten sie, um sich zu sammeln.

»Wie heiß ist eigentlich Lava?«, fragte Prentiss.

»Zu heiß. Wie Lavaicra sagte, weicher Stein ist tödlich.«

Es klang, als ob Felsen barsten. Ein sengender, scharfer Wind durchströmte das Höhlensystem. Es stank. »Vorwärts!«

»Und die Schemenjäger?«

»Die brennen gerade so gut wie wir.«

»Die werden draußen schon auf uns warten!«

»Drinnen bleiben ist keine Alternative!«

Sie rannten auf den Höhlengang zu, den Lavaicra ausgedeutet hatte, und drängten sich an den Sarven vorbei, die wie ein Ölbrei den Gang verstopften und sie anstarrten, als suchten sie eine Antwort, ohne zu wissen, was eigentlich eine Antwort sei.

Idila berührte sie im Verbeilaufen. »Kommt!«, rief sie. »Kommt mit!«

Vielleicht hatten sie nur einen Befehl gebraucht. Vielleicht funktionierten sie nicht ohne ein Wesen, das ihnen Anweisungen gab. Sie setzten sich in Bewegung, liefen mit den Räten mit. Verenn vermochte nicht zu sagen, ob das gut war oder schlecht. Er nahm es, wie es kam. Er hatte Maleni immer noch über der Schulter, hielt ihren nackten Körper mit einer Hand fest. Seine eigenen Verwundungen überprüfte er nicht, wunderte sich nur, dass ihm nichts mehr weh tat. Als hätte sein Körper den zu erwartenden Schmerz zum Teil aufgehalten, während er über seine Grenzen hinaus agierte.

Verenn wollte nicht darüber nachdenken, dass Maleni tot sein könnte, obgleich das vernünftig gewesen wäre. Einen toten Körper durch den ganzen Berg und bis zum Schiff zu tragen, war sinnlos. Doch er vermochte nicht loszulassen. Dabei würde er beide Hände brauchen, wenn sie auf Schemenjäger trafen.

Noch während er das dachte, wurde ihm klar, dass – angeschlagen wie sie waren – sie einen Angriff einiger Dutzend geschulter und vermutlich sehr ungehaltener Xyi nicht würden abwehren können.

Er war zurückgefallen in der immer größer werdenden Gruppe der Flüchtenden. Sein Atem ging heftig, und er keuchte. Die Luft war heiß. Es schien, als wäre sie mit etwas versetzt, das ihm den Atem raubte. Würde auch dieser Berg von einer Giftwolke durchzogen werden?

Er warf einen Blick zurück. Ein seltsames rötliches Licht glühte hinter ihnen. Das waren weder Tageslichtspalten, noch Fackeln. Der Fels selbst begann zu glühen.

»Schneller!«, brüllte er nach vorne, dabei kostete jeder Schritt ihn neue Kraft, und seine Stimme klang mehr nach einem Röcheln als nach einem Befehl. »Verdammt noch mal! Schneller!«

Seine Lungen brannten; sein Keuchen wurde laut und schmerzhaft. Seine Gedanken kreisten nur noch um das Schiff, das – vielleicht – noch unbehelligt im Hafen lag – sofern es nicht angegriffen worden war. Sofern nicht die Schemenjäger es längst requiriert hatten. Sofern … Er wollte keine weiteren Szenarien ersinnen. Das Schiff – dorthin mussten sie.

Wie graue Wäschestücke auf einer Wäscheleine gesellten sich weitere Schatten zu ihnen, die ihnen folgten. Sarvinnen und Sarven – vermutlich. Sollten Schemenjäger darunter sein, so war Verenn derzeit nicht in der Lage, sie als solche zu erkennen. Er wusste nicht, wie sie gekleidet sein würden und ob sie sich von den stummen Bediensteten äußerlich überhaupt absetzten.

Immerhin griff ihn derzeit niemand an. Alle rannten mit dem gleichen Ziel, alle keuchten, manche husteten. Das Echo des gemeinsamen Versuchs, zu Atem zu kommen, hallte nahezu bösartig von den Wänden wider und ging doch in einem Rumpeln und Wummern unter, das allgegenwärtig zu sein schien. Die Hitze wurde von Sekunde zu Sekunde unerträglicher.

Wie weit konnte es noch sein? Wie weit würden sie es noch aushalten, bevor sie zurückfielen und langsamer wurden; langsamer als der Berg, der sie ebenso erbarmungslos verfolgte wie ein glühender Wurm?

Doch niemand wurde langsamer. Stattdessen wurden sie schneller.

Verenn wusste nicht, wie lange es dauerte, wenn man in Lava verbrannte. Nicht lange, vermutlich. Lange genug, um grausam zu sein. Verbrennen war ein furchtbarer Tod. Ersticken würde nicht schöner sein. Unter Asche zu versteinern hätte aus der Sicht des Urgorrn sicher eine gewisse ausgleichende Gerechtigkeit – falls ein Urgorrn das Wort Gerechtigkeit überhaupt verstand.

Warum dachte er das alles? Er versuchte sich nur auf seine Schritte und die Umgebung zu konzentrieren. Doch das war nicht besser. Die Räte von Predorenn rannten ebenso still wie die Sarven. Niemand hatte noch genug Luft, um etwas zu fragen oder zu sagen.

Nochmals wagte Verenn einen Blick zurück. Das Glühen war heller geworden, und, so schien es ihm, auch näher gekommen. Er spornte niemanden mehr zur Eile an, war sich sicher, dass dies die schnellste Geschwindigkeit war, die sie erreichen konnten. Vielleicht hätten die Sarven schneller rennen können, doch diese Entscheidung hätten sie aus sich heraus fällen müssen.

Das Ende des Tunnelganges kam plötzlich. Mit einem Mal waren sie außerhalb des Berges. Der Himmel war nicht mehr blau. Blitzdurchzogene Wolken hingen tief über ihnen. Es schneite. Grau.

Das war Asche.

»Weiter!«, schrie er rauh und bereute es sofort. Er blickte den Berg hinunter. Das Schiff lag noch da. Er stolperte weiter, fühlte seine Knie kaum noch. Nur nicht stürzen! Mit seiner Last käme er vermutlich nie wieder hoch.

»Gib sie mir!«, sagte Umbert, der plötzlich neben ihm war. »Nun mach schon!«

Verenn diskutierte nicht lange, übergab den leblosen Körper an seinen Freund. Wenigstens für eine Minute wollte er Kraft sammeln.

Inzwischen konnte man sehen, wie viele sie geworden waren. Ein grauer Strom an Menschen lief mit ihnen den Pfad hinunter. Vermutlich kannten sie den Weg.

Verenn blickte zur Seite, dorthin, wohin Maleni auf dem Hinweg immer wieder besorgt gesehen hatte. Da war der andere Ausgang – der, den die Schemenjäger nahmen. Tatsächlich regte sich dort etwas.

Er versuchte auszumachen, ob die Männer und Frauen, die dort liefen, mit Fernwaffen ausgerüstet waren, konnte jedoch nichts erkennen. Vielleicht hatten die Meuchler derzeit andere Sorgen, als einen fliehenden Trupp von Sarven aufzuhalten.

Das Schiff zu übernehmen würde weitaus höhere Priorität für sie haben.

112

Der Berg hinter ihnen rauchte. Aus allen Spalten und Löchern quoll grauer Qualm. Er breitete sich aus wie bösartige Gewitterwolken. Der Nebelpilz, der die obere Hälfte eingehüllt hatte, reichte nun immer weiter hinunter, war grau geworden. Blitze schnellten daraus hervor, als wohnten sie darin.

Anyen stand an der Reling. Sie hatte das Fallreep herabgelassen und blickte ihnen entgegen. Dann schwenkte ihr Blick in die andere Richtung. Verenn folgte ihren Augen. Der heiße, graue Nebel nahm ihm die Sicht, doch mit Sicherheit waren auch aus jenem anderen Eingang zum Berg Menschen unterwegs, um die einzige Zuflucht zu erreichen.

Doch die Räte von Predorenn erreichten ihr Ziel vor ihnen, wenngleich man auch durch Ascheregen und Wolken nicht mehr erkennen konnte, wie nah die Feinde waren. Die Welt war undurchsichtig geworden.

Der Steg war viel zu schmal für sie alle. Prentiss hatte es irgendwie geschafft, sich nach vorne zu drängen. Er sprang als Erster an Bord und schrie Befehle, kaum, dass jemand da war, der sie auszuführen vermochte. Verenn versuchte zu zählen, ob alle seine Ratsbrüder und -schwestern da waren, doch in dem Gewühl gelang es ihm nicht.

Das Schiff war voll. Und es neigte sich gefährlich zur Seite, während die einen noch versuchten, andere an Bord zu ziehen und die gesamte Menge panischer Menschen nur an Backbord war.

»Verteilt euch!«, brüllte Prentiss. »Leinen los!«

Ein Segel knallte im heißen Wind. Menschen, deren Blick ihr Unverständnis verriet, holten den Anker ein, während Sreytor sie mit sich überschlagender Stimme anbrüllte, die einmal hoch und einmal viel zu tief klang.

Idila und Anyen lagen einander in den Armen, wurden dann von Prentiss' Befehl, sich nützlich zu machen, auseinandergerissen. Nützlich machen hieß, die Sarven anzuleiten. Nützlich machen hieß auch, die Menschen noch an Bord zu ziehen, die sich von außen an die Reling klammerten.

Wo waren Umbert und Maleni? Verenn wollte sie finden, doch dann wurde er abgelenkt. Über die Reling kam jemand geklettert, der nicht wie ein Sarve gekleidet war: eine junge Frau, ordentlich und zielsicher. Dann ein Mann, älter, mit arroganter Miene und hellem Habit. Ein Meister.

Der Abstand des Schiffes vom Anlegeplatz vergrößerte sich nur unendlich langsam. Wasser spritzte über sie alle. Anyen ließ Sarven mit Eimern an Tauen Wasser schöpfen, und über Planken und Segel schütten. Dennoch flammte mal hier, mal dort etwas auf, das von der heißen Asche entzündet worden war. Es war fraglich, wie lange man das Schiff noch davon abhalten konnte, ein Raub der Flammen zu werden.

Doch das war nicht Verenns Aufgabe. Er versuchte im Gewühl des übervollen Schiffes die beiden Menschen zu sehen, die ihm aufgefallen waren. Wo waren sie hin? Eben waren sie noch da gewesen. Nun waren sie unsichtbar – so unsichtbar wie die Xyi eben waren.

Das Schiff lag schwer und viel zu tief in den Wellen. Das Deck war brechend voll, und dass keine Panik ausbrach, war zum einen der Disziplin der Räte und zum anderen der stumpfen Dienstfertigkeit der Sarven und Sarvinnen zu verdanken.

Zwei Hände erschienen an der Reling. Wieder versuchte sich jemand von außen in das rettende Schiff zu ziehen. Verenn schlug mit Elgors Schwert zu, bevor er noch genau sehen konnte, wem die Hände gehörten. Ihm gehörten sie jetzt, denn sie fielen abgetrennt vor seine Füße. Durch den allgemeinen Lärm war das Platschen nicht zu hören, mit dem der dazugehörige Körper jenseits des Schiffes ins Wasser fiel.

Verenn blickte panisch über die Reling. Im Wasser zwischen Anlegestelle und Schiff schwammen sie, die Schemenjäger der Xyi. Sicher nicht alle, nur gerade so viele, wie es auf diesem Weg aus dem Berg den sehr viel weiteren Weg hinunter zum Meer geschafft hatten. An das Beiboot, das an einem Tau hinter dem Schiff hergezogen wurde, klammerten sich Menschen. Andere hatten mit den Händen die Jakobsleitern erreicht, die an den Seiten des Schiffsrumpfs herunterhingen.

Sie würden das Beiboot noch brauchen. Und auch die Jakobsleitern.

Aber nein, dachte Verenn. Gar nichts. Gar nichts mehr würden sie brauchen, wenn die Meuchelhorde es erst an Bord schaffte.

»Sreytor!«, brüllte er und meinte einen Augenblick, einen Hünen von einem Kerl vor sich zu sehen. Dann kam im gleichen Körper nur ein zartes Mädchen angelaufen: »Was?«

»Hilf mir die Taue abtrennen. Die Xyi …«

Wo der diminutive Kempe so schnell eine Axt aufgetrieben hatte, konnte Verenn nicht einmal erahnen. Vielleicht war es Teil seiner Begabung, immer schnell die richtige Waffe zur Hand zu haben. Das Geräusch der unter den Schlägen berstenden Taue hatte etwas Befreiendes. Verenn brüllte auf vor Erleichterung.

Das Geschrei derer, die im Wasser zurückblieben, vermischte sich mit dem Dröhnen des Berges und den Rufen und Schreien derjenigen, die an Bord waren.

Mindestens zwei Schemenjäger mussten darunter sein. Verenn hatte sie gesehen. Wo waren sie hin?

Er sah sich panisch um. Lavaicra stand mit einem Mal neben ihm, ihr Gesicht trug wieder jenen Ausdruck fernsichtiger Abgeklärtheit, den Verenn nun schon kannte.

»Die Meuchlerin entgeht der Strafe nicht«, prophezeite sie.

Wo war Maleni? Das verdammte Schiff war viel zu voll! Wie sollte man da jemanden finden? Hatte Umbert sie überhaupt mitgenommen? Er würde sie doch nicht am Berg zurückgelassen haben? Das hatte sie nicht verdient! Nicht nach allem, was sie durchgemacht hatte, nicht nach all der Läuterung, die sie durchlaufen und all dem Mut, den sie dazu aufgebracht hatte. Und auch er hatte nicht verdient, so weit gekommen zu sein, um sie jetzt zu verlieren.

Und wo war überhaupt Umbert? Verenn konnte ihn nirgends sehen. Das Wimmeln der Menschen, die versuchten, Ordnung in das Chaos zu bringen oder Prentiss' Befehle zu befolgen, ließ die flüchtende Besatzung des Schiffes wie eine verschwommene Mauer wirken. Wo hätte er selbst Maleni hingebracht? Unter Deck.

Verenn drängte sich durch die Menge. Dort vorne war die steile Leitertreppe. Er drehte sich einmal um sich selbst, nur um sicherzustellen, dass die Feinde nicht direkt hinter ihm waren. Dann rief er Anyen zu: »Es sind Mörder an Bord. Mindestens zwei. Vielleicht mehr. Sag es den anderen. Und gib Acht!«

»Wenn das Schiff Feuer fängt, ist es einerlei, wer darauf ist!«, gab diese zurück, vollständig von ihrer Aufgabe gefordert.

Er rutschte an der Treppe hinunter, ohne die steilen Stufen zu nehmen. Unten war es dunkel. Er hörte Stimmen. Das Schiff hatte einen großen Laderaum, eine winzige Kapitänskajüte und einen Gemeinschaftsraum, in dem die Hängematten der Mannschaft neben- und übereinander hingen.

Er folgte den Stimmen. Xyi, die redeten? Soweit er wusste, töteten sie ohne Kommunikation. Ohne Triumph und ohne Erklärung.

Im Laderaum fand er, was er gesucht hatte. Umbert war gestürzt. Ein Wurfstern lag blutig vor ihm. Gift. Doch das konnte der alte Rat gewiss überleben. In seinen Armen lag Maleni, immer noch nackt und bleich. Ihre Blässe erstreckte sich über ihren ganzen Körper, als befände sich kein Tropfen Blut mehr in ihren Adern. War sie tot? Aber würde Umbert sie immer noch zu schützen versuchen?

»Du bist auserwählt vom Orden der Xyi. Stirb stolz im Glanz unserer Pflicht. Dein Tod ist Gerechtigkeit«, deklamierte die junge Frau, die mit dem Meister zwischen Umbert und Verenn stand. Sie fuhr herum, als er eintrat, griff nach einer neuen Waffe, bewegte sich schlangenschnell und elegant. Fast wie Maleni. Fast so schön. Jünger. Warum musste sie nur so vergorrnt jung sein?

Sie fiel wie eine Statue, zu Eis gefroren. Der Ältere fuhr herum, starrte nur einen Augenblick lang fassungslos auf die vereiste Form, dann auf Verenns ausgestreckte Hände.

»Wer seid ihr?«, zischte er. Sein Blick ging geradewegs in Verenns Augen, als wäre der Mann mit nichts anderem beschäftigt, als sich mit ihm auszutauschen. Doch Verenn wusste, dass er vermutlich schon die nächste Waffe wählte.

»Wir sind die Rettung Predorenns«, antwortete Verenn.

»Ihr werdet sterben!«

»Alle Menschen sterben. Manche mehr als einmal.«

»Was habt ihr mit dem Berg getan?«

»Nichts. Das war euer Großmeister.«

»Was habt ihr mit dem Großmeister getan?«

»Genug gefragt.«

Offenbar fand das sein Gegenüber auch. Verenn ließ sich fallen, und im gleichen Augenblick flog das Messer des Xyi. Verenn keuchte. Warum war er so langsam?

Nun fiel auch der Mann, weiß und eingefroren. Sein harter Aufschlag dröhnte auf den Planken. Dann war es still. Nur von Deck drang immer noch Lärm.

»Danke«, sagte Umbert. »Ich wollte die beiden nicht verbrennen. Ich denke, wir haben genug von Flammen.«

Verenn kroch auf den Knien zu ihm und Maleni. Er zitterte vor Erschöpfung.

»Lebt sie?«

»Ich weiß es nicht.«

113

Die Welt war unruhig. Sie schien keinen Fixpunkt zu haben. Alles schaukelte.

Maleni fühlte nun so etwas Ähnliches wie einen Halt. Das einzig Feste auf der Welt. Ein Arm.

Sein Arm.

Sie erkannte seine Wärme und seinen Duft, Leder und Eisen. Sog das Aroma ein. Erst dann, ganz langsam, öffnete sie die Augen.

Sie hörte das Knattern von Segeln, sah blauen Himmel über sich. Dann gerade so blaue Augen gesäumt von einem goldenen Innenrand. Sein Blick senkte sich zu ihr hinab. Sein Mund verzog sich ganz leicht. Aus einer ernsten Miene wurde eine entspannte. Er lächelte nicht.

»Maleni.«

Sie versuchte die Welt zu erfühlen, und erinnerte sich. Der Urgorrn war beinahe das Letzte, das in dieser Erinnerung steckte. Die Höhle. Die Hitze. Die Schwärze dessen, was sie für das Ende gehalten hatte.

»Leben wir?«, fragte sie ganz leise. Ihre Stimme war rauh wie eine Eisenfeile. »Wirklich?«

Mit seiner freien Hand hob er einen Becher an und setzte ihn ihr an die Lippen. »Trink!«

Das Wasser war abgestanden und schmeckte dennoch köstlich. Sie fühlte sich, als wäre sie ausgetrocknet. Sie spürte nun mehr. Verenn saß, hatte sie quer über den Knien, hielt sie im Arm, ließ sie nicht los.

»Wir leben«, antwortete er dann. »Wir sind an Bord unseres Schiffes. Prentiss hat es ›Hoffnung‹ getauft.«

»Der Großmeister …«

»Wir haben ihn besiegt. Garamyl …«

Sie nickte. Ihre Erinnerung war lückenlos.

»Du lebst«, fuhr er dann fort und hielt sie ganz fest. »Du lebst.« Er beugte sich zu ihrem Kopf hinunter und küsste sie vorsichtig, als hätte er Angst, sie könne zerbrechen. »Du lebst«, wiederholte er. Seine blauen Augen glitzerten einen Augenblick lang in der harten Sonne des Ozeans.

»Du auch. Verenn. König.«

»Ratsherr«, korrigierte er. »Wir hier sind der Neue Rat von Predorenn. König Garamyl ist tot.«

Sie versuchte das zu verstehen, blickte zum ersten Mal von ihm fort über Deck, wo entschieden zu viele Menschen versammelt waren. »Noch mehr Sarven?«, fragte sie.

»Räte und Rätinnen – nach und nach. Solange der Vorrat an Seelen reicht, die du in deiner Weisheit geholt hast.«

»Zufall.«

»Zufall ist unsere Stärke.«

»Dann gibt es jetzt Frieden?«

Er strich ihr über die Wange, langsam und zärtlich, systematisch und immer wieder, fuhr ihr durchs Haar, zog sie noch enger an sich: »Die Möglichkeit besteht. Irgendwann wird es vielleicht Frieden geben. Sicher nicht gleich.«

»Und der Urgorrn?«

»Versteinert in einem Berg voller Glut.«

»Wird er wiederkommen?«

»Ich weiß es nicht. Ich hoffe nicht. Nicht bald. Lavaicra

sagt: ›Er ist gefallen.‹ Ob sie damit meint, er wäre tot oder über seine Tentakel gestolpert, weiß sie nicht.«

»Dann haben wir gesiegt?«

Erneut zog er sie in seinem Arm empor und küsste sie. »Ja. Wir haben gesiegt. Garamyl und Gerdur haben dafür mit dem Leben bezahlt.«

»Ich dachte immer, wir würden alle dabei sterben.«

»Ich auch.«

Sie schwieg einen Augenblick.

»Wir haben es dennoch getan.«

Sie regte sich, und er verstand und gab ihr erneut zu trinken.

»Werde ich überleben?«, fragte sie ganz sachlich, denn sie war sich dessen nicht sicher, spürte Schwäche in sich und eine seltsame Unwirklichkeit.

»Ja. Idila hat dafür gesorgt. Es war nicht einfach. Es wird noch dauern, bis du ganz gesund bist. Du warst dem Tod sehr nah.«

Sie schwiegen eine Weile.

»Ich habe für dich getanzt«, sagte sie schließlich. »Jener Schemenjäger aus den Loryr-Bergen und der Schemenrat hießen mich tanzen. Für sie. Doch ich habe nur für dich getanzt.«

»Ich wünschte, ich hätte es gesehen.«

»Sie haben dazu gesungen und den Urgorrn damit gerufen.«

Zum ersten Mal lächelte er. »Dann hat keine je besser getanzt.«

Wieder gab er ihr zu trinken. »Maleni, Rätin von Predorenn.«

»Ich bin keine …«

»Vielleicht haben wir nur einen kleinen Beitrag zum Gesamtschicksal unserer Welt geleistet – so über die Zeit dieser Welt hinweg gesehen. Doch sicher haben wir es uns verdient, Dinge neu zu definieren, denn wir haben einen Anfang geschaffen. Nur einen Anfang. Aber das ist schon sehr viel, Rätin von Predorenn.« Er schwieg und blickte auf das Treiben an Deck. Ihre Augen folgten seinem Blick.

»So viele Menschen.«

»Nur für dieses Schiff – es ist nicht sehr groß. Für den Neuanfang einer Welt sind wir eher wenige.«

»Sind das alles Sarven gewesen? Keine Schemenjäger?«

»Das hoffen wir zumindest.« Er blickte kritisch über die Planken.

Sie schmiegte sich an ihn. »Es gibt aber noch Schemenjäger in Predorenn«, gab sie zu bedenken.

»Ja. In allen Acht Reichen. Auf den Straßen, in den Städten. Und vielleicht sogar noch im Berg. Hast du nicht gesagt, es gäbe einen zweiten Ausgang?«

»Manche haben sich gewiss nach oben gerettet. Die Kinder …«

»Unsere Aufgabe war es, den Großmeister zu vernichten. Er war der Mittelpunkt und die Grundlage der Xyi. Niemand wird mehr Mörderseelen in junge Menschen bannen.«

»Mörder gibt es auch ohne Urgorrn.«

»Und wird es immer geben.«

Das hätte bitter klingen können und konnte doch die Freude, die Maleni wie ein warmes Feuer durchdrang, nicht trüben. »Und was machen wir jetzt?«, fragte sie.

»Wir fahren auf eine ferne Insel, wo uns niemand findet«, zitierte er sich selbst. »Und leben glücklich bis ans Ende unserer Tage. Und bevölkern die Insel mit unseren Kindern. Letzteres wird mir besonders große Freude bereiten.«

Er küsste sie erneut.

»Wie kommen wir dahin?«, fragte Maleni.

»Prentiss weiß den Weg.«

»Und dort bleiben wir? Für immer?«

Er zuckte mit den Schultern. »Wir werden sehen. Vielleicht kehren wir irgendwann zurück und vereinigen die Acht Reiche zu dem Predorenn, das es einst gab. Vielleicht können die Menschen das aber auch ohne uns. Erst einmal will ich Frieden – für dich, für mich, für uns alle hier. Wir haben ihn uns verdient.«

Sie nickte, obgleich sie sich einen Ort mit nichts als Frieden nicht einmal vorstellen konnte.

»Und ich«, begann sie. »Ich will für dich tanzen, Verenn, einstiger König. Für dich allein. Ich will für dich tanzen und dich umbuhlen, in deinen Armen liegen und dich spüren.«

Er blickte sie an; die blauen Augen glitzerten vor Intensität. »Ich kann mir nichts Schöneres vorstellen als das«, sagte er. »Ich freue mich darauf. Denn ich bin – dein.«

»Wir gehören einander.«

»Für immer.«

KASSIBER 15

An alle Familienmitglieder. Das Heim ist verbrannt. Doch wir leben.
Wir sehen uns im Netz der Wege und Möglichkeiten.
Unsere Aufgabe ist klar.
Wir sind überall.

Namen und Begriffe – Übersicht

Personen

Anyen Rätin von Predorenn
Berno Alter Xyi-Bruder in Pyrn
Cabon Schiffskapitän
Dernal Reisebegleiter junger Maleni nach Heroa
Drakju Wirt der Taverne »Zum fröhlichen Waldmann«
Druya Freundin von Maleni
Elgor Junger Schmied
Eluha Rätin von Predorenn
Ferric Neuer Matrose auf dem Schiff
Frieder von Kemp Adjutant von Kardred von Harknis
Garamyl Rat von Predorenn
Gardua Alte Xyi-Schwester in Pyrn
Gerdur Rat von Predorenn
Graav von Berenborg Besiegter und ermordeter Graav im östlichen Grenzgebiet von Virniu
Heroa Reisebegleiterin der jungen Maleni
Idila Rätin von Predorenn
Kardred von Harknis Nachfolger des Blutdenkers
Kargio Alter Xyi-Bruder in Pyrn
Krurro Junge, der Malenis Stern wird
Maleni Außenperson von Taryah
Marguryo Junger Xyi in Pyrn
Meister Greedo Mitglied des Schemenrats
Merren Gyrdon Unterfeldherr und Marejal der gendrischen Armee
Myra = Karmyn Jüngere Schwester Malenis

Narhoyo Buzzardmeister
Niccela (Nehra) Schemenjägerin, die Maleni als Kind rettet
Prentiss Rat von Predorenn, Seefahrer, Windmeister
Prinz Meredor Fyrsth von Gendern
Sörven Junxer aus Dersteyn
Sreytor Rat von Predorenn, Kämpfer
Taryah Tänzerin und Schemenjägerin der Xyi
Tryga Reisebegleiterin der jungen Maleni
Umbert Alter Schmied
Verenn Geheimnisvoller, dunkler Kämpfer
Verroya Wirtin des *Tanzenden Gottes*
Zandru von Lorennen Feldherr von Gendern, der »Blutdenker«

Flora und Fauna

Älk Großes, gehörntes Tier
Bergveilchen Blaue Blume
Botenbuzzard Großvogel für die Nachrichtenübermittlung
Drenwurz Aphrodisiakum, giftig
Drorhahn Großer Laufvogel
Flussquallen Extrem giftige Quallen, deren Gift sofort Nervenlähmung zur Folge hat.
Graselmaus Kleines Nagetier
Gürtelschlangen Schnelle Giftschlangen
Karru Reptil mit giftabweisender und undurchdringlicher Haut.
Krerwurz Heilmittel gegen allgemeine Krankheiten des Gemüts
Pantheiger Raubkatze
Rahe-Bäume Stachelige Schuppenbäume mit ausladendem und verschlungem Wurzelwerk.
Rahe-Spinnen Große Spinnentiere, rund angeordnet und giftig.

Rasselschlange Klapperschlange
Traumschlangen Giftschlangen
Urgengras Orangegelbes Gras, wuchert im Urgenmoor aus kopfförmigen Büschelknollen wie wilde Haarschöpfe versunkener Leichen

Orte

Die acht Königreiche:
Edunayu Hauptstadt: Ritternheim; Fyrsth: Kerelaos
Farrowul Hauptstadt: Farrostadt; Fyrsthin: Narani
Gendern Hauptstadt: Bergeheim; Fyrsth: Meredor von Gendern
Holtur Hauptstadt: Holtralyn; Fyrsth: Reyul
Kahsell Hauptstadt: Jorgvil; Fyrsth: Ryckmur
Passagur Hauptstadt: Dersteyn (ehemals Passnath); Fyrsth: Gregur
Virniu, Fyrsthenei, Nachbar von Gendern Hauptstadt: Wasserstatt; Fyrsthin: Vissera von Virniu, Die Inselbeschützerin
Wynnosiol Hauptstadt: Wynnoborg; Fyrsth: Staephur
Berenborg Graavensitz in Virniu nahe der gendrischen Grenze
Berg der Weisheit Xyi-Berg
Buccafjord Hafen am mittleren Finger der Währzungen
Cahersyg Alte Hauptstadt von Predorenn
Dersteyn Hauptstadt Passagurs
Drimit Fluss bei Dersteyn
Gornhand-Berge Bergiges Land, das sich nordnordöstlich zur Küste zieht und in drei »Fingern« und einem »Daumen« auf drei Halbinseln endet.
Innensee Wasser zwischen westlicher und mittlerer Währzunge
Kreuzgebirge Wo sich ost-westlicher Gebirgsstrang des Rojor-Gebirges mit den südlichen Loryr-Bergen und den nördlichen Gornhand-Bergen kreuzt

Krug Herberge der Xyi in Passnath
Loryr-Berge Hochgebirge, das die südlichen Fyrstheneien mittig von Süd nach Nord teilt
Meerenge von Köngstott Meerenge am Durchbruch der östlichsten Währzunge
Nebeltor Tor in den Berg der Weisheit
Passnath Grenzstadt zwischen Farrowul und Passagur
Predorenn Altes Reich – die Acht Reiche
Pyrn Stadt in Farrowul
Rojor-Gebirge Westlich verlaufender Mittelgebirgsstrang in Farrowul
Schwefelbusen Meerenge östlich von Köngstott und westlich der Glutberge
Urgenmoor Riesiges Moorgebiet in Gendern
Venom-See Wasser zwischen mittlerer Währzunge und östlicher Währzunge
Währzungen Verbindungslandzungen zwischen den vier nördlichen und den vier südlichen Reichen.
Weroburg Befestigte Stadt in Gendern
Zum Gelben Prinzen Herberge der Xyi in Dersteyn
Zum Tanzenden Gott Xyi-Herberge in Pyrn
Zum Zauberrad Herberge in Pyrn

Religion und Aberglaube

Kyrros Gott des Todes
Urgorrn Legendäre Ungeheuer der Urzeit
Tjölp Meeresgott

Sonstiges

Fyrsth Fürst
Gara Peitschenartiges Lasso
Geschwisterschaft der Xyi Geheime Kampftruppe
Graav Hoher Adeliger, der die Grenzen schützt.
Kronrat Rat des Alten Reiches
Laeth Trank, der Seelenpein vergessen lässt.
Laudjaton Beruhigungs- und Betäubungsmittel
Marejal Heerführer
Sartschant Feldwebel
Sarven Stille Diener im Berg
Schemenrat Rat der Xyi

Verwegene Abenteuer, schlagfertiger Witz und eine Prise Romantik – Der Auftakt der Fantasy-Trilogie

Die Gilde der Duellanten

JULIA KNIGHT

SCHWERTER UND SCHWINDLER

STERBEN IST FÜR ANFÄNGER

Roman

Eigentlich sind Kacha und ihr Bruder Vocho die besten Schwertfechter von Reyes. Doch der Kampf für Ehre und Gerechtigkeit war einmal – seit die beiden durch Vochos Schuld hochkant aus der Gilde der Duellanten geflogen sind, müssen sie sich als Wegelagerer durchschlagen, was Kachas Laune nicht unbedingt verbessert. Als sich die Geschwister beim nächtlichen Überfall auf eine Kutsche einem Magier und einer Truhe mit geheimen Dokumenten gegenübersehen, geraten sie mitten hinein in eine tödliche Verschwörung. Und Hilfe naht ausgerechnet in Form von Dom, dem arroganten Sohn eines Grundbesitzers, der ein Auge auf Kacha geworfen hat …

KNAUR

Held oder Verräter?
Der Aufstand gegen die Götter beginnt!

MICHAEL J. SULLIVAN

REBELLION

THE FIRST EMPIRE

Roman

Seit Anbeginn der Zeit leben die Menschen im Schatten ihrer Götter, der Fhrey: Während diese in kunstvoll angelegten Städten wohnen, über Magie verfügen und niemals altern, hausen die Menschen in armseligen Dörfern, geplagt von Hunger und Krankheiten.
Als der junge Raithe von einem Fhrey angegriffen wird, tut er das Undenkbare: Er wehrt sich. Niemand könnte überraschter sein als Raithe, als der unsterbliche Gott plötzlich tot zu seinen Füßen liegt. Von da ab eilt sein Ruf ihm voraus – und ehe er es sich versieht, wird Raithe zum Anführer eines Aufstands, der die Welt für immer verändern soll.

KNAUR

Der Beginn
eines epischen Abenteuers!

JAMES ISLINGTON

DAS ERBE DER SEHER

Roman

In Feuer und Blut endete vor 20 Jahren die Herrschaft der Auguren, mächtige Magier mit seherischen Fähigkeiten. Jene, die ihnen dienten – die Begabten – wurden nur verschont, weil sie sich dem rigiden neuen Gesetz unterworfen haben, das ihre Macht beschränkt.
Der junge Begabte Davian und seine Freunde wachsen in einer Welt auf, die sie verachtet und strengstens überwacht. Doch als Davian herausfindet, dass er über die bei Todesstrafe verbotene Magie der Seher verfügt, setzt er eine Kette von Ereignissen in Gang, die alles für immer verändern werden. Denn im Norden regt sich ein Feind, den man zu lange besiegt glaubte …

KNAUR